历史小说

天生丽质

刘芳芳◎著

杨贵妃

（上册）

中国铁道出版社有限公司
CHINA RAILWAY PUBLISHING HOUSE CO., LTD.

图书在版编目（CIP）数据

天生丽质：杨贵妃：上下册 / 刘芳芳著 . — 北京：中国铁道
出版社有限公司，2024.8
ISBN 978-7-113-31258-9

Ⅰ．①天… Ⅱ．①刘… Ⅲ．①传记小说—中国—
当代 Ⅳ．① I247.5

中国国家版本馆 CIP 数据核字（2024）第 099883 号

书　　名：**天生丽质：杨贵妃**
　　　　　TIANSHENG-LIZHI：YANG GUIFEI
作　　者：刘芳芳

责任编辑：奚　源　　　　　电话：（010）51873264
封面设计：尚明龙
责任校对：安海燕
责任印制：赵星辰

出版发行：中国铁道出版社有限公司（100054，北京市西城区右安门西街 8 号）
网　　址：http://www.tdpress.com
印　　刷：三河市国英印务有限公司
版　　次：2024 年 8 月第 1 版　2024 年 8 月第 1 次印刷
开　　本：710 mm×1 000 mm 1/16　印张：30　字数：572 千
书　　号：ISBN 978-7-113-31258-9
定　　价：158.00 元（上下册）

目录

【第一回】

携玉环幼女出世，现太真贵妃粲然

大唐开元七年（719年）六月初一这天，骄阳高照，酷暑难当，蜀州因为四面被群山包裹，地形恰似一个大盆子，天气显得分外闷热。

蜀州司马参军杨玄琰心绪不宁，他正焦急地徘徊在自家的庭院前，一会儿把手背在身后焦灼地来回走动，一会儿又停下来，凝神屏气地静听房中的动静。而他的三个女儿都躲在庭柱的后面，探出小脑袋远远地看着父亲。她们不明白父亲为什么在这样大热的天里还要不停地走动。杨玄琰身后的房子里一会儿静寂无声，一会儿又有纷繁杂乱的声响传来，还夹杂着女人痛苦的呻吟声。每当呻吟声传入杨玄琰耳中时，他就分外烦躁不安，几次想冲进屋里去，但最后还是停住了脚步。原来今天正是他的夫人临盆的日子，呻吟声就是她发出来的。

按道理，他的夫人两个月前就该临盆了，但不知怎么了，这次与前几次不同，到了临盆的时候却没有临盆。接生婆来看过后，说夫人的胎位有些不正，可能有些麻烦，不过又宽慰他说，不要紧，夫人已经不是第一胎了，应该不会有问题，就是迟几天也在情理之中，让他放心好了。但问题不是迟几天，而是足足迟了两个月。杨玄琰听人说，超过十个月才出生的孩子，多是大富大贵之命，但他更为夫人担心。

今天，接生婆一早就来了，侍候夫人到现在，偶尔出来对杨玄琰说上一两句话，还是那句：有一点麻烦，不过应该没问题。看得出来，她也很紧张，可能是从没遇到过这种情况的缘故吧。现在已经到了午后，杨玄琰没有吃饭，几个孩子也没有吃饭，倒是接生婆让人端了一碗饭进去，说是给夫人吃，好让她有劲生孩子。

"哇——"一声嘹亮的啼哭终于传了出来，杨玄琰迈步就往屋里冲去，在房门口与接生婆撞了个满怀。

"恭喜大人，又得了个千金。"

"夫人呢？"

"夫人也大安。"

杨玄琰长长地舒了一口气。外面树上的知了虽然还在聒噪着，但他已经觉得不那么烦闷了。

随着接生婆进到屋里，杨玄琰看到夫人一张濡湿的脸裹在乱发里。看到他进来，杨夫人疲惫地向他笑了笑，有气无力地说："劳大人挂念了。"在夫人的身旁，刚出生的婴儿正手脚乱舞地啼哭。

接生婆把婴儿抱到澡盆里给她洗澡。突然，她大声喊道："大人，你来看，这是什么？"

杨玄琰连忙走过去，蹲下身子，在接生婆的指点下，他看到在刚出生的婴儿的手臂上竟套着一个洁白的玉环。那个玉环在婴儿粉红皮肤的映衬下显得分外耀眼。杨玄琰把玉环从婴儿手臂上退下来，拿到眼前仔细打量，隐约发现上面还有两个小字，好像是"太真"，因为字太小，他不能肯定。杨玄琰是信奉儒学的读书人，不语怪力乱神，但他对拿在手上的这个小小的玉环又实在解释不清，它怎么会套在一个刚出生的婴儿的手臂上呢？不论能不能解释清楚，他认定这可能不是个好兆头，也许就是它差点要了夫人的命。想到这里，他把玉环用水洗干净，放在了贴身的衣兜里。

待接生婆把婴儿用清水洗净，抱到杨玄琰面前时，他看到这个最小的女儿已经停止了哭闹。只见她睁着一双亮如点漆的眼睛，向四周努力地张望，眼中满是对这个世界的好奇；小手不停地摆动着，似乎非要抓住某件东西；皮肤红润白皙，一望便知是个美人胚子。夫人向杨玄琰招了招手，用微弱的声音说："大人，给她取个名字吧。"

"玉环，就叫她玉环吧。"杨玄琰脱口而出。

不知不觉中，两年过去了。两年时间里，杨玉环已经会走路了。可以说，从玉环落地的那天起，杨玄琰就特别地关注她。这除了对最小的孩子倾注的一份父亲的疼爱外，更多的是他眼前时刻闪现着那只玉环，那太让他惊诧和不可理解了。在没人的时候，他会把那只玉环拿出来仔细地察看。他现在已经能看清楚了，上面确实雕刻着两个红色楷体字：太真。杨玄琰虽然饱读诗书，但他从没在哪本书上看到过这两个字，更不知道这两个字的含义，这好像是道教的哪个术语，但他们杨家从来都是以儒家教导为处世准则的，从来没听说过哪位前辈入过道门。有时，他会把玉环拿给夫人看。夫人自然也说不出所以然来，但她对这只玉环却有着超乎寻常的情感，也许是因为它是从她肚子里来的吧。夫人不仅常常抚摩它，还要放在鼻子上闻闻，据她说，她能闻到上面散发出的一股异香。

玉环出生的时候虽然有点异常，但她与几个姐姐比起来似乎没有什么特异之处。她在该会走路的时候学会了走路，该会说话的时候张嘴喊出了爹娘，如果非要说她与同龄人有什么不同的地方，那就是她特别好动。有时，杨玄琰看着眼前这个粉妆玉琢的小女儿，暗暗思忖：她的怪异出身会预示着什么呢？她会有不同于别人的人生遭遇和命运吗？那会给她带来幸福还是祸患呢？作为一个小小司马参军的杨玄琰，没有见过大世面，但人生的境遇告诉他，所谓的荣华最后往往都是以大悲哀收场的。因此，他希望女儿做一个普通人，过平平安安的生活。

追溯远祖，杨玄琰的高祖父是隋朝名臣杨汪，世居山西蒲州永乐，隋时属河东郡，即唐时的河东道，永乐县属蒲州之属县。由于杨汪与隋文帝都是弘农人，杨汪曾被重用，赐爵平乡县伯，官至尚书左丞。隋炀帝即位，杨汪授大理卿，岁余，拜国子祭酒。大业九年（613年），杨玄感起兵，杨汪遭怀疑，出为梁郡通守。隋炀帝死后，杨汪依附于东都王世充集团。唐初，太宗李世民平定王世充，克复东都，对于杨汪等幕僚以凶党罪名诛死。杨汪死后，他的后代子孙依然居住在蒲州永乐，但再也没有出人头地、显贵耀富的人了。杨玄琰的祖父和父亲都是安分守己的老实人，祖父叫杨令本，父亲叫杨志谦，他们一辈子都没走出过蒲州地界，过着安稳平实的日子。杨玄琰兄弟三人，他排行老大，二弟叫杨玄珪，留在蒲州与父亲一起生活；三弟杨玄璬，在东都洛阳任河南府士曹。杨玄琰是在太极元年（712年）来到蜀州的，也就是在唐睿宗李旦做皇帝的时候，那时他才二十岁。当初，他是抱着游览天下的心情随意乱逛的，到了这里就被蜀州特有的风情所吸引，再也不想遍游天下了。经过几年的奋斗，他混到了司马参军的位置，掌管户籍、道路、逆旅、婚田等事务。杨玄琰妻子王氏，也是某个小吏的女儿。在夫人过门没多久，她的父母就双双过世了，加之她又没有别的兄弟姐妹，王氏这一支也就断了亲缘。现在，杨玄琰已经有了四个女儿，让他遗憾的是夫人没有给他生一个儿子，恐怕有让他断嗣的危险。不过对这一点他也不是太放在心上，看着女儿一个赛一个地粉妆玉琢，他也着实欢喜。许多人看了杨家四姐妹后，都对杨玄琰夸道：杨参军，你的女儿以后恐怕都是大富大贵的命。

小时候的杨玉环除了长得比三个姐姐更漂亮之外，还极其灵活和好动。她不是普通好动，从她自己能站立走路那天起，就表现出急不可待要走出家门的好奇。开始她只是在自家的庭院里晃来晃去，这里摸摸，那里看看。随着年龄的增长，她走动的范围已不满足于那几个房间了，在旁人不注意时，她会从大门溜出去。三个姐姐也特别喜欢这个长着圆乎乎小脸的小妹妹，常常带着她出去玩。

杨玉环五岁那年的夏天，姐姐和邻居家的孩子们在离她们家不远的一棵树上吊了一个秋千。那棵树长在池塘边，这样，当秋千荡起来的时候，人就会高高地飘在池塘上，有一种飞的感觉。看着三个姐姐尽情地荡来荡去，杨玉环心里痒痒，也想爬上去荡一荡。但她们嫌她太小，不放心让她坐上去，总是不让她挨秋千太近。越是不允许越是激起了她心中的渴望，在一个炎热的中午，她等到别人午睡时，一个人轻手轻脚地跑到秋千边，费力地爬了上去。因为没人在后面推她，开始时她只是在上面晃来晃去，慢慢地她掌握了用力的方向，秋千竟荡了起来。随着她的用力和风的吹动，秋千越荡越高，最远的地方已能荡到池塘的上面。等秋千真的荡起来时，杨玉环心里害怕了，她到底还是一个五岁的孩子。此时，她不仅没有感受到一点欢乐，心里反而充满了恐惧。她不想玩了，她想回家，但秋千不能停下来。她的脸已经吓白，眼中移动的景物全成了黑影，眼泪窝在眼里，恐惧让她松开了双手。于是，她从荡起的秋千上飞了起来，扑通一声落在了池塘里。

等到杨玉环被人救起的时候，连吓带呛水，她已经昏了过去。抬回家时，她嘴里只有出的气，没有进的气了。父亲用手探了探她的鼻息，摇了摇头。母亲扑在女儿的身上放声大哭，哭了一会儿，她突然止住了哭声，仿佛得了什么灵感似的从贴身的衣袋里掏出那只玉环来。只见她拿着那只玉环在女儿的鼻子前来回滚动着，说来也奇怪，没过一会儿，女儿的鼻息竟渐渐变粗变重，慢慢地，脸上有了血色，再过一会儿，嘴里猛咳出几口脏水，四肢有了知觉。

杨玉环的这次意外让全家都吓了一跳，自此以后，大家对她看顾得更严了，轻易不让她一个人出门。可以说，这是杨玉环童年遭受的唯一的一次意外伤害，在以后的岁月里，她在三个姐姐的照顾下一直过着无忧无虑的生活。

就在这年，杨玉环家来了一位客人，是她远族的一位堂兄，名叫杨钊。他的父亲与杨玉环的父亲是一个祖父，就是说杨玉环与杨钊是同一个曾祖。对这门远亲，父亲杨玄琰从没和子女们提过，他只是说过他们这支杨氏家族是从蒲州迁徙过来的，来的时候只是他一个人，有了她们四个子女之后，他再没回去过。至于这位远房侄子，他也是第一次见面，就连杨钊的父亲杨询，杨玄琰也想不起其清晰的容貌来。

其实，杨钊的身上并没有他们杨家的血脉，他是他母亲改嫁杨询时带过来的前夫之子。不过提起他的舅父倒是大大地有名，那就是曾当过前朝女皇武则天面首的张易之，其在五王政变中被杀，声名狼藉，家族也从此衰颓。杨钊此时已是二十岁的成人了，长得并不出众，相貌一般。像他这个年纪的年轻人应该是成家立业的时候了，但他还没成家，用他的话说，他不想过早为家室所绊，想趁着年轻多跑些地方，增长一些见识，为以后更好地做事打卜基础。他这次来，就是因为羡慕蜀中风情来游览的，顺便看看有什么特产可以捎带回去，一来赚回路费，二来如果销路好的话，也可大宗贩卖。其实，这是他的谎言，也许是他体内流着一部分张氏血液的原因吧，他身上也有着他舅父所有的那种趋炎附势、极力钻营的品性。他从小不喜欢读书，品行恶劣，行为放荡不检点，喜欢饮酒赌博，为乡里宗族所鄙视。这次来蜀，也不是如他所说是怀着远大抱负来增长见识的，而是在家乡赌光了钱，待不下去，偷跑出来躲债的。

杨玉环的这位远房堂兄，从来的那天起，就很少待在家里，据他自己说他是到市场上看货去了。殊不知，他整天早出晚归，有时连饭也不回来吃，并不是如他所说是去物色什么可贩卖的蜀中特产，而是躲在赌场里厮混。杨玄琰虽然居住蜀州多年，但对那些污秽场所并不熟悉，而杨钊却像长着一双灵敏的鼻子，一闻就让他闻到了这些地方的所在，并很快就与当地的赌棍们混在了一起。有时，他还把杨玉环带去。相对于家里单调苦闷的环境，活泼好动的杨玉环似乎也很喜欢赌场里的喧闹，这除了赌场中特有的刺激与纷杂外，更让她好奇的是那些赌钱的人。有些人长相很凶，讲话恶声恶气的，但有时却会温柔地给她两个小钱买糖吃；有些人看去斯斯文文的，像个读书人，也围在里面凑热闹。堂哥杨钊一踏进赌场，就把她这个小堂妹忘记了，他浑身是劲儿地挤进圈子里，一会儿喊着"大大大"，一会儿喊着"小小小"，直到把嗓子都喊哑了。等他再挤出人群时，多数时候是垂着脑袋，无精打采的，那是输钱时的模样。但也有赢钱的时候，逢到这种时候，他会兴高采烈地把赢得的银子捧在手里，一路走一路颠，让银子碰击的声音不断地传进耳朵。之后，他会买些好吃的给杨玉环，并让她不要告诉父亲他是到赌场去了。他还会买些香粉或头饰，那是给玉环的几个姐姐的。杨玉环的大姐已经有了婆家，许给当地一户崔姓人家做媳妇，平日就很少出门，一心窝在家里准备她的嫁妆；二姐、三姐见杨玉环每次随杨钊出去都兴高采烈，有吃有喝有玩，也缠着杨钊带她们出去走走。杨钊答应了，同样，在给她们买了许多吃的以后，让她们为他的行径保密。

有一天，杨钊在赢了一大笔钱后，为她们三姐妹买了荔枝来尝鲜。在这之前，她们从来没有吃过这种水果，不是不想吃，而是吃不起。这种如绒球一样玲珑可爱的水果，她们见是见过，那都是挂在高档铺子里，专为贵族和有钱人准备的。现在，杨玉环手里抓着荔枝，握在手里有一种舒心的感觉，轻轻剥开裹在外面的那层红绿相间、带着小毛毛的外壳，露出的却是一团洁白清香的肉核。她把这团果肉轻含在嘴里，立时，一股从没尝过的清香沁满口腔，再轻轻一咬，一种似甜似酸又夹带着点清香的味道遍布口舌，让她欲咽不舍。这是她从未尝到过的鲜美滋味，吃完后真是唇齿留香，回味无穷。自此以后，荔枝的美味永久地留在了杨玉环的脑海里，这才有了后来她当了贵妃后让驿站快马万里送鲜荔枝到长安的故事。

但杨钊在外面赌钱的行径还是让杨玄琰知晓了。那天，杨氏三姐妹兴高采烈地跟着杨钊进到赌场，没过一会儿，杨钊就输了个底朝天。他到赌场放债人那里去借债，结果因为他已经借了太多的债没有还上，人家不愿借给他。每个赌场几乎都有这样的放债人，在赌徒输光的时候放债给他们，当然利息是很高的。在这之前，杨钊用叔叔杨玄琰的名义已经借了不小的一笔赌债。不管怎么说，杨玄琰在当地还算个小官，加之声望颇佳，放债人也就放心地借给了杨钊，但见他从借后就没有还过，加之数目也已不小，就不愿再借钱给他。杨钊正是赌性正浓的时候，加上才输了钱，心情急躁，急着想拿到钱再去翻本，一下被放债人截了赌性，真如饥饿的人被别人从面前撤走了美味一样。他怒火攻心，当即和放债人大吵了起来。放债的人既做了这个行当，自然在当地是有些势力的，怎容得杨钊在此撒泼？一帮人当即围住杨钊，让他立马还钱。最后，众泼皮扭押着杨钊向杨玄琰家走去。杨玉环的二姐与三姐见了这阵势，知道不是个好事，早乘机跑开了，只有不懂事的杨玉环，还亦步亦趋地跟在杨钊后面，呜呜地哭着，不停地拿手抹着眼泪。

到了杨玄琰家，杨玄琰正好在家。他见一帮泼皮赌棍扭着杨钊，不知发生了什么事，待问明白缘由后，气得连一句话也说不出来。让他生气的，一是杨钊瞒着他说是去物色本地特产，没有想到却成天躲在赌场厮混；二是他好歹也算是读书人家，现在却让一群泼皮无赖找上门来，真是有污清白。最后，为了早点打发这帮无赖离开，不让丑事喧扰门庭，他只得拿出家中不多的积蓄把杨钊的借债还上了。杨钊也自知无颜再在叔叔家待下去，当天夜里趁着杨玄琰全家熟睡之际，不和任何人打招呼便起身开溜了。

让人想不到的是若干年后的某一天，这个让杨玄琰气恼失望的远房堂侄，竟然会成为权势熏天、一人之下万人之上的宰相，不过那时他已不叫杨钊了，而是改名叫杨国忠。真是世事变化，出人意料。

自从有了杨钊这件事后，杨玄琰把几个女儿狠狠地训斥了一通，责怪她们和杨钊串通一气来欺瞒父亲，对她们看管得更紧了，轻易不让她们出门。虽然父亲引经据典地斥责了杨钊行径的可恶，但小小年纪的杨玉环倒并不觉得这位堂哥可恶，反倒认为他很亲切，起码他会带她到处游玩，还让她品尝到了荔枝的美味。

也是在这年，杨玉环的母亲生病了。还在年初的时候，王氏就一直感到全身乏力，神情恍惚，头痛欲裂，请了郎中来看，说是气血不畅，需慢慢调理，可汤药吃了不少，就是不见好转。有时，头痛起来恨不能拿头撞墙。汤药吃了不管用，王氏就想到是不是有鬼怪在暗中作祟，与她过不去，于是请了巫婆来看。巫婆在家里东瞅瞅，西看看，掐起指头算了算，最后算出原来是屋子下面埋着一个冤魂，杨玉环家的房子建在了冤魂的坟上，冤魂在和王氏作对。对这种事，杨玄琰是不相信的，但夫人已是病急乱投医，宁可信其有，不可信其无，除了让巫婆在家里贴了驱鬼符，还要到离家不远的某个道观去祈福禳灾。

唐朝时，佛教东来已经有不少年了。随着玄奘法师取经归来，佛教的影响日渐增大。但唐朝是以道教为国教的，道教的影响也早已深入民心，所以提起祈福禳灾，人们自然是去道观，而不是寺庙。在深秋落叶飘飞的一天，杨玉环陪着母亲去玉虚观祈福禳灾。进了道观，待母亲在三帝面前默祷完准备返回时，从旁边侧门里闪出一位小道童，对王氏说，师父有请。杨玉环的母亲一愣，按道理像她这样只布施一点小钱的施主，观中师父是不会接见的，但观中师父既然有请，也不好不去，当下携着杨玉环的手跨进了后堂。

二人一跨进后堂，那位身披道袍、头顶挽着道士髻的师父就拿眼睛一直紧盯着杨玉环看，足足看了有好一会儿，才把目光投向王氏，说："这是你的女儿？"在王氏点过头后，他示意小道童把杨玉环带到外面玩一会儿。等两个小孩的背影消失在门外，道士才用缓慢的语气说："你女儿出生时有没有什么异样？"王氏心中一惊，忙说："师父，实不相瞒，她出生时手臂上戴了一个玉环。"

王氏从贴身衣袋里掏出玉环递到观中师父手里。道士左右前后地仔细看了半天，才说："果然是个大贵之人。"

闻听这话，王氏心中一喜。在这之前，已经有无数人说她最小的女儿生就一副好面相，将来是个富贵之人，但这话从一个道士嘴里讲出来还是让她心中暗喜不已。只见道士不停地用手抚摩着玉环上的"太真"二字，眼望前方，目光迷离，良久喟然长叹一声，说，可惜命运作弄人，富贵不能长久。王氏心中一坠，想张嘴问问命运怎么作弄人，道士已把玉环递给了她，告诫她一定要把玉环收好，随后王氏带上女儿离开了。

从道观回来后，王氏的病不仅没有减轻，反而加重了。等寒冬到来的时候，她终于没有熬过去，撒手西去。年纪还小的杨玉环不知母亲的故去对她意味着什么，还一派天真地沉浸在玩乐之中。她看到家里突然来了这么多的人，觉得那是从来没有过的热闹，直到看到三个姐姐哭泣的模样，才受到感染，咧着嘴跟着哭起来。王氏下葬时，杨玄琰把那只带有"太真"二字的玉环，用绸缎包好放在她的身旁。他对那只玉环始终有一种说不清道不明的感觉，既有着神秘的好奇，又有着不可捉摸的畏惧。既然它是从王氏身上来的，那就让它永远陪着她吧。

自从王氏病逝后，杨玄琰也变得郁郁寡欢。在接下来的岁月中，他一直都没有从丧妻的悲伤里走出来，除了到衙门去坐班处理一些公事外，整日都不出门，有时看着亡妻留下的衣物，还会凄然落泪。杨玄琰对王氏的这份情感，多多少少影响到了几个女儿，所以在小小的杨玉环的心中，早已蕴藏了对真挚情感的渴望和珍惜。家中的许多事已经由杨玉环的大姐担负起来，从某些方面说，她如同母亲。没过多久，杨玉环的大姐出嫁了，接下来二姐接管了家务。这期间，最快乐和自由的当属三姐兰兰和杨玉环了。因为没人管，她们常常跑到外面去玩。

杨玉环和三姐兰兰最喜欢去的地方是东街杂耍场，那里除了打把式卖艺的、占卜算命的和各种诱人的小吃外，最让她们着迷的是一个叫谢阿蛮的小姑娘的表演。

谢阿蛮看上去年龄和她们差不多大，表演的节目却常常吸引许多人围观。她能在一个只有她头大的筒里穿进穿出，还能把身子折成三段叠起来，就是头向后扳脚向前伸，同时嘴上还能咬一个托盘，托盘上放一只盛满水的杯子。在她做这一切的时候，杯中的水竟能一滴洒不出来。每当她表演这个节目的时候，就会出现一个老妇人拿出盘子向周围的人收钱，如果有谁迟疑着不给，她就不让谢阿蛮停下来，直到那个人不忍再看她受罪为止。每当这时，杨玉环往往看到谢阿蛮的眼中噙有泪水。

杨玉环和三姐兰兰对谢阿蛮柔如无骨的身姿充满了羡慕，也想拥有她那样灵活的身材。日子久了，她们慢慢地和谢阿蛮也交上了朋友。看得出，谢阿蛮也想与她们做朋友，也许是她常年在外，缺少友情的缘故吧。谢阿蛮告诉她们，她柔韧的身材也不是天生的，是从小锻炼的。她每天都要早早起床练功，不能有一天的懈怠，如果她们愿意，每天早上可以来和她一起练功。从此，杨玉环和三姐每天都早早赶到东街，和谢阿蛮一起练功。她们只是抱着玩玩的心理，并不真想练了上场去表演。谢阿蛮教她们压腿劈叉，也只是一些活动韧带和骨节的基本功。

相处的时间久了，杨玉环从谢阿蛮的口中知道，她很小就出来做了这一行。也许她是从小就被父母卖到这个班子的，现在她也不知道自己的父母是谁，家在哪里。她叫班子里的一个老妇人为娘，就是那个拿盘子收钱的老妇人。是那个老妇人督促她从小练功，教她如何表演。有时，她吃不了练功的苦，老妇人就拿鞭子抽她。杨玉环觉得和谢阿蛮比起来，自己真是幸福，虽然母亲去世，起码还有父亲疼她，还有三个姐姐疼她。她们在一起，往往是谢阿蛮说得多，杨玉环和三姐插不上嘴。其实，谢阿蛮比她们还要小上几岁，但她走的地方多，见识的场面大，天生练就了一张能说会道的嘴。她把沿途各地的风情和怪异的事情，或见到的或听到的，一一说给她们听。杨氏两姐妹听得兴味盎然，缠着她不放。当然，谢阿蛮身上也染有跑江湖人的轻佻习性，但这点似乎也使她们着迷。

杨玉环和三姐偷跑出去跟谢阿蛮练功的事让父亲杨玄琰知道后，他大为生气，把她们狠狠训斥了一顿，说我们这种人家怎可学那种江湖上的技艺？虽然杨玉环和三姐都不觉得那是什么丢人的事，也不觉得那技艺有什么不好，但从此以后，她们再也不敢到东街去了。后来，谢阿蛮所在的那个杂耍班子离开蜀州，到别的州府继续过他们那种漂泊不定的生活去了。杨玉环以为从此再也不会与这位机灵活泼的童年伙伴相见了，哪知若干年后，她们却再度相逢在大唐皇宫里。

因为杨家四个女儿一个比一个长得漂亮，前来相亲说媒的人几乎踏平了门槛。很快，二姐也出嫁了，婆家姓茹。等三姐快到及笄之年时，来往杨家的媒婆络绎不绝，但都失望而归。这不是说三姐长得不漂亮，相反，她的美貌赛过两个姐姐，只是对将来的夫婿，她有着自己的标准，不轻易许诺罢了。她曾私下对杨玉环说过，希望嫁到一个富贵人家去，同时夫婿还不能对她约束过严，最好宠着她，凡事任着她的性子。她身为女子，平日很少抛头露面，又怎么知道哪个男子符合她心目中的标准呢？好坏都是听媒婆说，那些媒婆又从不会说男方家不好的。杨玄琰的身体从妻子亡去后一直不好，也许他感到自己寿命不会长久，心中为女儿着想，也就想看到女儿们都能够早日嫁到一个安稳的人家去。他对穿梭于他家的媒婆也感到疲于应对，所以他对女儿多次无故的推托颇有微词，最后，他终于不再征得女儿的同意，私自为她定了一户姓裴的人家。

三姐对父亲不征得自己同意就胡乱把自己许配出去的行为，感到气恼。虽然唐朝礼教不如后来朝代那样严格，但子女的婚嫁还是由父母做主的。所以，三姐气归气，办法却是一点也没有。杨玉环见三姐气恼，开导她说："三姐，你现在也不知道那家姓裴的是好是坏，为什么这样气啊？听父亲说，那家姓裴的还很有钱呢。"三姐说："就算很有钱，人不好，嫁过去还不是受罪？"杨玉环听了也觉得是个理。

忽然，三姐喜上眉梢，对妹妹说："我们为什么不去探探呢？好坏一探不就知道了吗？"杨玉环听了也觉得是个好法子："但如何探呢？"三姐说："听我的安排。"

当天夜里，她们两姐妹等父亲就寝后，拔下头饰，把头发梳成男子的发式，再各找一套颜色稍暗的衣服换上，装扮成男子的模样出发了。当然，她们装扮得不像，但在夜色的掩盖下，乍一看，还真分不出男女。她们来到那裴姓人家，看到裴家果然气派不凡，房屋高大，错落有致，是个有钱的人家。她们先是绕着裴家庄院走了一圈，庄院大得超出她们的预料，白墙墨瓦在月光下有着一份诗意，更有着一份富贵气。等她们再绕到庄院大门时，她们不知道接下来应该干什么，如果就这样回去，似乎意犹未尽。这时，正好有一个仆人从大门内走出。三姐没有多想，走上去对那个仆人说："请问你家公子在家吗？"仆人说："不知你问的是哪位公子？"三姐迟疑一下，说："就是才说了杨家女儿为媳妇的公子。""噢，你说的是三公子啊，你等等，我为你通告一声。"仆人说完，向内跑去，一边跑一边喊，"三公子，有人找。"喊声把三姐吓了一跳，她连忙跑回来，拉起妹妹的手说，快跑！杨玉环被弄得莫名其妙："不看了？""不看了，如果被他看到就丢人了。"三姐拉着杨玉环没跑出多远，又停了下来，悄悄躲在一棵树后。没过一会儿，她们看到从大门内走出一位青年公子，因为离得太远，加之又是夜晚，所以虽然有着明亮的月光，但是看得并不真切。只见他身材柔弱，并不强壮，一袭长衣，模样斯文，站在月光里，也是长身玉立。他先是往两旁瞧上一瞧，问："谁找我？"连问几声，没见到半个人影，便摇摇头进去了。

三姐和杨玉环回到家，她们为想到这个点子探到了一些真相感到高兴。结果是令人满意的。首先，裴家是个富贵人家；其次，裴家公子看上去是个知情达理的读书人，这样的人是不会太过刁难人的。特别是三姐，几天来积在心中的担忧消散了，她重新变得活泼和快乐。

在杨玉环十岁的时候，也就是开元十七年（729年）的春天，杨玄琰的病加重了，已经到了不能去办公的地步。他知道外面虽然是万物复苏的季节，但自己正日薄西山，一天不如一天，能不能熬过这个季节，再次看到清艳的莲花在家前池中绽放，实在是件很难说的事。为了让三女儿在他死后能有个依托，他决定提前把她嫁出去。兰兰哭闹着不同意，她想以自己还不到出嫁年龄为理由，留在家侍候父亲，但杨玄琰决心已下，不容更改。杨玉环的三姐在哭泣中上了花轿，父亲强撑着病躯操办了女儿的婚事。婚事一结束，杨玄琰就倒在床上再没起来，他知道自己真的不行了，留在世间的日子屈指可数了。

此时最让他放心不下的就是最小的女儿杨玉环。他躺在床上，透过昏暗的光看着娇小玲珑、稚气未脱的杨玉环，仿佛看到自己去世后她孤独无依的处境。他想到她出生时所戴的玉环，还有夫人从道观回来后对他说的一番话。种种异象似乎都在表明他这个最小的女儿具有大富之命，但他对这些玄虚总是将信将疑，起码，迄今为止他没有在她身上看到哪怕是一丁点儿的富贵之相。他能看到的就是在他死后，她会成为一个孤苦无助的人，哪怕有三个姐姐的照顾，她也是过着寄人篱下的生活。自从杨玄琰卧床不起后，杨玉环似乎也变得懂事了，她学会了烧饭洗衣，还会把煎好的汤药捧到父亲的床头。为了女儿的一片心意，杨玄琰有时强迫自己喝下那些苦涩的汤药。但他知道，那些苦汤对自己的病已经没有什么作用了，他迟迟没有闭上双眼，只是因为心中牵挂着杨玉环。最后，他想到了远在洛阳做官的二弟杨玄璬。

于是，杨玄琰连夜修书，托人带至洛阳，要二弟帮他照看他最小的女儿杨玉环。杨玄琰这样做是经过一番思考的。他想到家族中只有二弟杨玄璬还算个人物，虽然当的也是小官，但到底是在东都洛阳，托他照顾杨玉环要比托别人放心；再说，如果杨玉环真的命中注定有富贵的话，他想也绝不是在偏僻闭塞的蜀州，而是在繁华的都城。可惜他没有等到二弟的到来，就带着忧虑闭上了双眼。就在他下葬的第二天，杨玄璬从洛阳风尘仆仆地赶到蜀州，阔别二十多年的两兄弟终究没能见上最后一面。

到兄长坟上祭奠完毕后，杨玄璬带着杨玉环离开蜀州，踏上了去洛阳的路程，也是改变杨玉环命运的道路。

正是暮春时节，沿途风景迷人，处处花香鸟啼，但杨玉环正处在丧父的悲伤里。她觉得仿佛是一夜之间，她的家就随着父亲的去世而消失了，从前的欢乐情景仿佛还历历在目，四个姐妹也在一夜之间而不得不分离。杨玉环觉得自己几乎是一步一回头地离开家的，心里有说不出的无奈和痛苦。三个姐姐对她是千叮咛万嘱咐，泪眼婆娑，仿佛是生死离别。杨玉环没有心情欣赏美景，父亲的坟墓上刚刚冒出的嫩绿小草，一直牵着她小小的无助的心。她觉得自己也是一根草，随风不知飘向何方。跟着叔父匆匆赶路，一路免不了舟车劳顿，风尘仆仆。叔父杨玄璬见这个小侄女生就一副美丽大方、天真活泼的模样，因为父亲去世变得愁肠百结、郁郁寡欢的，生怕她憋出病来，就有心要让她早点抛开悲哀，高兴起来。因此路过长安时，他特地停留一天，带杨玉环游览了一番。其实他这样做，还有另一番心意，那就是他在外调洛阳做河南府士曹之前，曾在长安为官。那时他是朝廷秘书省正九品的校书郎，后来从长安放出，调到河南，官阶升了，为正七品下阶，职务也重要了，但是，那总是地方的事务官，前途并不好的。此次停留，也是想故地重游，排遣一下心中的郁闷。

杨玄璬带着杨玉环先是在长安街上游逛，他想让她看看大唐都城的丰饶繁华与蜀州的风情是多么的不同。在杨玉环的眼中，长安城里真是稀奇古怪，什么都有，看得她眼花缭乱，目不暇接。更让她惊异的是，大街上还走着她从未见过的人。他们不仅与她长得不一样，与叔父也长得不一样。他们鼻子高高的，胡子长得又长又翘，眼睛竟是蓝的，有的手里还牵着似马似驴的牲口，背上晃着两个大肉坨。杨玉环乍一见到，吓得直往叔父身后躲。叔父呵呵大笑地告诉她："这不是什么妖怪，他们都是外国派来的遣唐使，是来向我朝皇帝问候和学习礼仪的。他们手上牵着的叫骆驼，是特别能吃苦耐劳的动物，可以好几天不喝水，是穿越沙漠不可少的帮手。"

"那，那他们的胡子为什么都翘得那样高，为什么不像你的胡子一样是往下长的呢？"杨玉环不免童心大发，好奇地问。

叔父说："他们是胡人嘛。"

"那什么又是胡人啊？"

"就是胡子翘得又高又长的人啊。"叔父忍不住大笑起来。

杨玉环也笑了，这是父亲去世后，她第一次开怀大笑。

待走到大雁塔时，叔父带杨玉环登了上去。大雁塔是为玄奘储藏经卷佛像专门建造的，原为五层，女皇武则天登基后，增建为十层。登上宝塔可以将长安城一览无余。杨玉环跟着叔父顺着旋转的阶梯一步一步地向大雁塔爬去，累得小脸通红，但是当她一登上大雁塔，就觉得眼界为之开阔，极目远眺，长安城尽收眼底。在绿树的掩映下，只见全城街道纵横交错，南北十一条街和东西十四条街把全城划分为许多方格，方方正正，像菜畦，又像棋盘。杨玉环拍着手叫道："哇，京城真大啊！"

　　叔父指着其中两个大方格告诉侄女，那是做买卖的地方，东边的叫东市，西边的叫西市。除了两个大方格外，一个小方格一个坊，全城有一百零九个坊，是住人的。

　　"那一片是什么地方？好漂亮！"杨玉环指着北边的一大片宫殿问道。

　　"噢，那是皇帝住的地方。"

　　"皇帝就是住在那儿啊？"杨玉环看到宫殿处层层叠叠，朱墙碧瓦交相辉映，幽房曲室，千门万户，真是说不尽的灿烂，道不尽的辉煌。

　　"皇帝一个人住这么大的地方？那他怎么住得过来啊？"

　　杨玄璬被侄女幼稚的问话逗笑了，他说："皇帝是最有权的人，他想要自己的房子有多大，就可以有多大，想有多少间就能有多少间。要知道，他除了自己住，还有皇后、贵妃、嫔妃和许多才人也住在里面，更有数不清的侍候他们的宫人，你说要不要那么多房子？"

　　"皇后、贵妃？她们是干什么的？"

　　"她们都是皇帝的夫人啊。"

　　"噢。"

　　杨玉环似懂非懂地点了点头，她心想，皇帝就是皇帝，连老婆都有个名称。这时，在她的心中，"贵妃"只是一个无意义的符号，等她当上贵妃的那一天，才真正知道这个名号所代表的荣华富贵，那是多少人梦寐以求又企盼不来的荣耀。而后来当杨玉环当上贵妃的时候，她常常会记起在大雁塔上看到的情景，她想那时自己是用多么艳羡的眼光看待那一大片鳞次栉比、豪华似锦的宫殿的啊，那时她怎么也不敢想自己会成为这宫殿里的一个被皇帝万分宠爱的女人。其实，在别人艳羡的宫殿里又有多少女人真正享受到幸福呢，她们的痛苦与难耐的寂寞全被那种豪华遮盖住了。而那种豪华当时却实实在在地吸引住了年幼的杨玉环。

　　长安城的繁华与新奇很快就让杨玉环从丧父的悲痛中解脱出来。她蹦蹦跳跳，东瞅瞅，西看看，只恨自己的眼睛不够用。但长安作为当时世界性的大都市，唐朝又是中国历史上少有的开放的朝代，四面八方的特色物产都汇集于此，要想一天把长安游遍，那是不可能的。叔父还带杨玉环吃了长安的特产。当热气腾腾的羊肉泡馍端上来的时候，杨玉环感觉那味道真是香极了，后来她嫁给寿王的时候，还特地拽着他去吃过羊肉泡馍，但是却再也吃不出小时候的那种味道了。第二天，杨玄璬就带着杨玉环踏上了赶赴洛阳的路。杨玉环恋恋不舍，对长安留有美好的印象。让她想不到的是，八年后，她又会重返长安，而且还住在了让她羡慕不已的皇宫里。杨玄璬也想不到，现在是他带着侄女游览京都长安，若干年后，从某种角度讲，却是杨玉环带他又重返长安，并且圆了他重返京都为官的心愿。

出了长安是潼关。潼关是一处险关，历来为兵家必争之地，但天下太平日久，此关的战略地位似乎已经失去，在上面走动的兵卒也懒散无事，斜抱着兵器做点缀。五月底，杨玄璬和杨玉环来到了东都洛阳。

洛阳虽不及长安繁华，但作为历代皇帝常常临幸的另一座都城，其建筑的宏伟与壮观自是别的郡府州衙不可比的。因为地处中原腹地，水陆交通又便利，在某些方面的繁荣与长安比，可谓有过之而无不及。

杨玉环到了叔父的家里，拜见过婶娘。叔父家还有一个比杨玉环大的儿子，叫杨鉴。婶娘一见到长相端正、眉清目秀的杨玉环，就从心里喜欢上了她，同时为她小小年纪就失去父母感到怜惜不已。因为是领养，杨玉环就称呼杨玄璬为父亲，称呼婶婶为母亲。开始杨玉环可能还有些别扭，一喊他们就想起了自己的亲爹娘，她的眼前就会浮现出父亲满是忧患、放心不下的眼神。她对母亲也是稍有记忆的，母亲的怀抱像一个温暖的家园，让她无法忘怀。但随着她和叔叔婶婶一家人相处日久，感情也在不断地加深，这种称呼也变得自然而然了。

杨玉环的婶娘是在一个大家庭长大的，因为母亲病逝得早，父亲后来又再娶，还有几房妾，所以她虽然生长在不愁吃穿的家庭里，但在很小的年纪就饱尝了落寞和孤独的种种滋味，并且感到了世态的炎凉。她在那个家里成了没有人疼爱的孩子，只有她的奶妈还能给她一点疼爱，但是她的奶妈在家里没权没势的，所以她的地位还是远远无法和那些有妈的孩子相比。尤其是当她有个头疼脑热，一个人躺在床上的时候，就会情不自禁地流下眼泪来，那时她就特别地想念自己的母亲，她想如果母亲要在，她就能享受到母亲的温暖了。而她的奶妈是一个特别善良的女人，奶妈的耳濡目染对她影响比较大，所以她的身上没有大家族的傲气和骄气，为人善良而平和。杨玉环刚到叔叔家的时候还有点拘谨，但是婶婶对她无微不至的关心和爱护，使她体会到了久违了的母爱，她小小的心很快就被融化了。杨玄璬只有一个儿子，其实他们夫妻俩一直希望有个女儿，美丽乖巧的杨玉环就像上苍给他们送来的宝贝，两人疼爱不已。加上杨鉴性格温和，从来都不和杨玉环争抢什么，甚至还处处让着杨玉环，所以杨玉环在这个家里很快就适应了。

杨玄璬虽不是杨玉环的亲生父亲，但对她的管束却比杨玄琰严厉得多。他认为杨家是名门，为人处世自不能与一般小官小吏相比，行为都要合礼合节，举止言行都讲求温文尔雅，合乎官家礼仪。因此，杨玉环只在刚来洛阳时游玩过几天，随后就被叔父关在家里，不能出门了。同时，叔父还给她布置了大量的功课，让她没事的时候，和杨鉴一块看看圣贤之书，接受圣人的教导。

杨玉环对叔父布置给她的功课痛恨至极。她天生就是一个活泼好动的人，现在让她静下心来看那些枯燥乏味的什么孔圣人的书，真如要了她的命一样。她常常看了半天，却不知道书上讲了什么。有时她气恼得恨不能把书撕个粉碎。更为可恨的是，叔父每天哪怕事务再忙，晚上都要抽出时间来考查她的功课，对她不能完成的部分还给予讲解。倒是婶婶对她多有呵护，说她小小年纪，失去父母就够伤心的了，何苦非要逼着她去看什么圣贤书？她一个女孩子，又不能和男人一样去应考中进士。每当听到这些话，叔父总说她妇人之见，什么也不懂，说一个女孩子，看了孔孟之书，习了贤淑之礼，才能端正优雅，只有这样的女子才能嫁入贵族人家，享有富贵。

和她一样受着这样苦刑的还有堂哥杨鉴，但他似乎并不认为这是一桩苦差事，对看书和做功课甘之如饴。有时，杨玉环问堂哥："书上有什么这样吸引着你，你那样专心地看个不够？"他说："我与你不同，我是要应考的，是要中进士的，只有中了进士才能做官，也才能过上富贵的日子。"杨玉环摇摇头，表示对堂哥的志向不理解，有时堂哥帮她完成功课，省了她许多烦心事。杨玉环喜欢的是起舞弄琴，喜欢抱着音律方面的书看。有时来了兴致她还会自娱自乐一番。那通常是叔叔不在家的时候，她的婶娘和堂哥就是她最好的观众。杨玉环叔叔的家里有几件常年闲置的乐器，那是婶娘出嫁的时候带过来的。婶娘从小在家的时候喜欢摆弄乐器打发时光，后来手渐渐生疏了，也就不再玩了。现在她看玉环喜欢摆弄这些，就在旁边给她点拨点拨。没想到玉环的悟性还真高，稍加点拨她就上路了，而且她是那样痴迷，恨不能天天把乐器抱在手里不放。她的叔叔见她如此喜欢乐器，也就对她睁只眼闭只眼，一切随她去了。她还常常趁叔叔不在家的时候，跑到街头看艺人的演出，而且经常看得如痴如醉。这些民间的艺术就像营养，给了杨玉环许多艺术上的补充。而令她想不到的是，这些经历为她后来对歌舞音律的精通和修养都打下了良好的基础。更让她自己和她的家人想不到的是，这些竟然成了她和玄宗皇帝情感的媒介，甚至成了她和玄宗皇帝宫廷生活十分重要的一个组成部分。如果玄宗皇帝不是一个帝王而是一个音乐家，做他自己想做的事情，那么他在中国音乐史上的建树一定是了不起的，也许他会创作出许多流传于世的舞曲和音乐。

虽然河南府士曹只是个七品小官，但因为是在东都为官，所以难免与一些权贵有来往，加上远祖杨汪的声望，杨玄璬在当地还是有点地位的，比起杨玄琰在蜀州，要阔气得多。家里有老家人与使女，家务事是让他们去做的，杨玉环陡然有了太多的空闲时间。杨玉环没有如叔父杨玄璬所说只窝在家里看书弹琴，她一得空就会忍不住跑到外面去逛，当然是在叔父到公廨办公的时候。

有一天，杨玉环逛到与她家只相隔一条街的一所大宅前，听到里面传出一阵阵悠扬的音乐声。她趴在门缝上朝里一望，看到宅子里有一大片空场，许多和她年龄差不多大的女孩子在练习舞蹈。她不觉推开门走了进去，站在边上入神地欣赏起来。她发现那些女孩子在按照一位中年妇女的口令做着整齐划一的动作，或进或退，或放或收。这时，那位中年妇女也看到了她，问她是谁家的孩子。她告诉了她，随即问中年妇女，她可不可以也跟着练习。中年妇女说："只要你父亲同意，你就来吧。"

杨玉环看到的是一处歌舞教坊，那位中年妇女早年是一位舞伎，只因年龄大了，应酬少了，所以才退下来开了这处歌舞教坊，专门教一些平民百姓家的女孩子练习歌舞，以便她们长大后，能靠此挣饭吃。有钱人家的小姐很少有人来学这个，但杨玉环对舞蹈的爱好是出自内心的，也不管环境是否与身份相宜，就冒昧提了出来。中年妇女一来瞧她长得讨人喜欢，二来看她是官家小姐，认为她不过是偶尔来玩玩罢了，也就答应了。哪知她学舞的热情超出常人，竟然天天都来，来了就专心地练习，有些动作还反复地练习多遍，直到汗透衣衫。中年妇女姓吴，大家都叫她吴大娘，杨玉环也随大家这样叫她。吴大娘发现杨玉环是天生的舞蹈胚子，她不仅悟性好，而且身体柔软，舞蹈起来就像周身无骨似的灵活；她的每一个关节都是那样柔韧，跳起舞来似风如雨般轻盈，让人有一种看不见逮不着的感觉，那真是说不出的曼妙。要不是因为她出生在那样的有地位、有名望的家庭里，吴大娘真想收她做养女，在自己的调教下，她定会出落成一个了不得的尤物，成为红遍洛阳的舞伎。吴大娘发现杨玉环的美丽是从骨子里散发出来的，是上天精心造化的，将来随着成长她只会越来越美，越来越有魅力。吴大娘还发现杨玉环的性格也很讨人欢喜，她是那种没有心机的女孩，很随和，也很温柔。大凡有这种性格的女孩，命运都不会太差的。因为要强的女人大抵都会和自己过不去，总是想折腾点什么事来，结果却总是事与愿违，就像古人说的，心强强不过命。吴大娘自己就是这样的，如果她不是要强，不是自己和自己过不去，好好嫁个好人家，也不会落到今天这步，只能靠教舞为生，到现在连个家都没有。

杨玉环学舞是瞒着叔父的，她明白一旦被叔父知道，他一定会像父亲一样阻止她的。她弄不明白的是，父亲和叔父为什么都看不起学舞的人，她却觉得舞蹈让她全身充满活力，让她陶醉和放松。有时，为了瞒住叔父，她不得不待在家，待在自己的房间里，偷偷地练习。有时，和堂哥在一起做功课时，她也会情不自禁地舞动起来。杨鉴知道妹妹是偷着去学舞的，他在心里也和父亲一样鄙视这种娱乐，认为它是没有出息的娱人之技，但他没有告诉父亲，而是替妹妹隐瞒着。读书之余，他看到妹妹充满活力的身影，也会被这个身影感染，不觉起身蹦跳两下。

开元十九年（731年），因为关中地区淫雨连绵，成熟了的庄稼无法收获，烂在地里，农业歉收，粮食匮乏，谷物奇贵，皇帝只好带着文武百官到东都洛阳就食。十三岁的杨玉环第一次看到了威武庄严的皇家车辇。那天，堂哥杨鉴牵着她的手，在人群中穿进穿出，望见的只是连绵不尽的仪仗车队。旌旗飘飘，遮天蔽日，护卫的兵士铠甲耀目，装饰华丽的车辇一辆接着一辆，但是却见不到皇帝。

皇帝随后在洛阳住了一年，一年中，叔父比平日更忙了，就没有太多的时间管束杨玉环，她自由活动的空间增大了。

光阴荏苒，不知不觉中，杨玉环来洛阳已经五年了。五年中，杨玉环身上发生了很大的变化。首先她长成了一个亭亭玉立的大姑娘，含章秀出，美貌惊人，由于常年跳舞，浑身散发出一股健康清新之美。吴大娘的歌舞教坊，杨玉环还是常去，现在，吴大娘更加喜欢她了。凭着多年的经验，吴大娘看到，在她教的这群徒弟中，没有一人比得上杨玉环。不论是相貌还是舞姿，杨玉环都是出类拔萃的，她对音乐和舞蹈的领悟超出常人百倍，她对舞蹈出自内心喜好，别人更是望尘莫及。也许正是因为内心的狂热，而不是以后生活的需要，她才舞得比别人美妙和洒脱吧。对于杨玉环美妙的舞姿，吴大娘在羡慕之余又有点惋惜。她知道，像她这种官家小姐，最后总是要嫁到一个官宦之家的，那时，她的舞姿再美又能有几人领略呢？要是她出生于贫寒人家，她倒可以入梨园，那样的话，就会有更多的人欣赏到她出神入化的舞姿，而她的名声就会响亮起来。每当想到这里，吴大娘都会深深地叹口气。她知道杨玉环的命运上天早已为她安排好了。

在杨玉环十五岁那年的春天，洛阳城举行了一次舞蹈大会。说是大会，其实不过是各个教坊间技艺的比较。各教坊中尽派精英参加，为的是在大会中替自己争脸扬名。每个参赛的人也都很重视这样的出场，意欲在大赛上有不俗的表演，引起别人的注意，好被贵族豪宅或好的梨园选去，不枉多年习练之苦。以杨玉环的身份，她是不适宜参加这种大赛的，但她渴望能到这种场合去一展舞姿。吴大娘一味怂恿她去，她知道杨玉环一定会为她的教坊争得头彩。杨玉环心中却有顾虑，叔父若知道她在这种不雅的场合抛头露面，一定会重重责罚她的。最后，她经不住吴大娘的一再劝说，决定参加舞蹈大赛。

参加大赛跳什么舞让杨玉环煞费苦心，可以说杨玉环对各式各样的舞蹈都谙熟于胸，不论是意韵悠扬的慢舞，还是轻快灵活的劲舞，她无不精通。但她想到，这些舞蹈都没有什么出奇制胜的地方，她会，别人也会，起不到特别引人的效果。她要跳一种既有难度又从未为大家所见的新舞。最后她选择了胡旋舞。

胡旋舞，是从西域传至中原的一种舞蹈，顾名思义，它是由身体快速旋转来完成的。在音乐声中，舞者合着音乐的节拍，一边不停地旋转，一边还要摆出各种优雅的舞姿。这不仅需要体力，而且还要有扎实的基本功和灵活的身段。试想，一个人在快速旋转中既要保持头脑的清醒，又要保持身体的平衡，这是很难的。因此，胡旋舞虽然传入中原已经有了些时日，但一般人是不敢问津的。

吴大娘听说杨玉环要以胡旋舞去参加比赛，不免为她捏了一把汗。因为她知道，胡旋舞不比别的舞，表演中有个小失误还可以掩盖过去。胡旋舞的一切动作都是在快速连贯中完成的，难度高就不说了，如果出现一点失误，就会满盘皆输，无从挽回。她劝杨玉环换别的舞参赛，但杨玉环只愿跳胡旋舞。说起杨玉环选胡旋舞，还有一个缘由：有一天杨玉环到街市上去玩，她看见前面有一群人正围成一圈，杨玉环也好奇地钻了进去。原来是几个少年在比舞艺。其中一个少年人不但长得英俊，而且舞艺也很高强，赢得了一遍又一遍的喝彩声。少年一回头，看见人群中有一个明眸皓齿的天仙般的少女，眼睛一下就亮了。他微微朝杨玉环一笑，忽然来了一段劲舞。杨玉环一下就看傻了。她在吴大娘那儿看了不少舞，也学会了不少舞，可是这种舞却有一种说不出来的韵律，令人看了眼花缭乱，心醉神迷。杨玉环使劲地鼓掌，激动得满脸通红。看到杨玉环如此沉醉，少年舞得更加起劲了，他知道这个少女应该是懂得舞蹈的，然后他舞到杨玉环的面前，邀请她一起舞。

杨玉环太兴奋了，她已经将叔父的谆谆教导丢到脑后了，她已经忘记了一个有教养的女子是不可以在外面抛头露面的。一个大家闺秀又怎么能在大庭广众下跳舞呢，况且还是与一个陌生男子共舞。但是杨玉环才不管呢，她不仅舞，而且舞得很起劲。她对舞蹈的悟性可以说太好了，开始她还有点拘谨，但是很快就进入了角色，并且很快就掌握了胡旋舞的舞技。如果不是她的堂哥来找她，她还不知道要跳到什么时候呢。原来是叔父回来了，她的婶娘赶紧派了她的堂哥去找她，婶娘骗杨玄璬说玉环今天头疼，就让她出去透透气了。少年依依不舍地看着杨玉环跟着她的堂哥离去了。

临近大赛前的一个月时间里，杨玉环刻苦勤奋地练习着胡旋舞，常常累得汗透衣衫，云鬟散乱，但她却乐此不疲。终于到了比赛这天，正巧叔父不在家，这是她先前最最担心的。

比赛是在一处比较大的教坊内举行的，虽然只有歌舞行的人知道，不过来的人还真不少，除了整个东都的各个教坊外，还有各家梨园以及豪门管家，他们是想趁这次大会物色优秀人才或传扬本园名声，或选舞伎进贵门用来宴请王公的。各坊的人环坐四周，各有一小块地盘以供围观和休憩。

比赛开始了，各教坊参赛人员依次入场表演，其中不乏容貌娇美、身姿娴娜之人，她们或轻舞飞扬，或群舞群蹈，也博得热烈的掌声，但是没有新意，不免给人匠气之感。杨玉环出场了，只见她脱去外面的长衫，露出穿在里面的一袭紧身短衣，这正是跳胡旋舞时所应穿的胡服。这身衣服是她专门找人缝制的。杨玉环一亮相，就博得了满堂喝彩。大家看到的是别出心裁的组合：一个美艳超尘的少女却裹在透着野性与粗犷的胡服里，丰腴的身体似乎更散发出青春逼人的活力，让人疑为空谷幽兰。围观的人为之屏气静声，目光集中在一点。

随着一声铿锵乐声响起，似乎在平静的湖面投入一枚石子，杨玉环轻舒手臂，就像受到水波触动的一朵含苞欲放的荷花，突然惊醒过来，她小心翼翼地舒展开粉红色的花瓣，她发现了外面春光明媚的时节。音乐的节奏在加快，犹如欢乐的召唤与时光的催逼，于是她不再犹豫，不再徘徊，全身心地放纵着自己欢乐的本性。此时，只见杨玉环双袖飘举，身如旋陀，随着乐拍左旋右转，初若雪花飞扬，渐如狂风漫卷，忽而骊珠追飞星，忽而虹晕掣流电，忽而潜鲸喷海波。大家直看得眼花缭乱，如痴如醉。音乐的节拍越来越快，犹如繁星密雨般，没有一点空隙，让人心跳加剧，呼吸不畅。大家忘了鼓掌，忘了喝彩，眼珠子错不开半分，脸上的表情似乎凝固了。在杨玉环快速美妙的舞姿里，他们有着想冲进场中和她一起狂舞的冲动。随着音乐越来越快，他们已经分不清杨玉环的舞姿了，看到的只是一片彩云在飘。这片彩云在乐曲的吹奏下扶摇而上，变幻着晨光晚霞般的绚丽。随着一声响彻云霄的鼓声，乐曲戛然而止，这朵云彩也透然坠地，幻化为一个绝世美女。

大家瞧得目瞪口呆，很久才从迷醉中醒来，掌声如雷般响起来的时候，杨玉环已经早早离场。在这之后，别的舞女都成了虚设的景致。仿佛一日间，杨玉环为整个洛阳所知，大家都知道杨玄璬家出了一位善舞的美丽女儿，她的胡旋舞如风似电，又似雾如花，能让人看得气喘心跳。

年轻的杨玉环也陶醉在自己的成功里，比赛达到了她的目的，甚至比预想的还好，但她对自己所获得的名声，喜忧参半：喜的是为人所传颂的名声，忧的是怕叔父知道后，说她做了有损家誉的事，从此再不会放她出门。如果真是那样的话，她连学舞的自由也失去了。她希望这个只属于歌舞圈的比赛不要被太多的人知道，这样，整日在官场忙碌的叔父也许就会忽略了。

也许洛阳城传讲杨玉环的人真的太多了，她去参加舞蹈大会并夺魁的事还是被叔父知道了。叔父把她叫到跟前，严厉地训斥了一通，痛斥她这种行为简直有辱门风，说他们杨家乃礼仪之家、名门之后，怎能去参加这种自降身份的比赛，难道长大想当戏子伶人不成？杨玉环听了暗自不服，心想，什么名门之后，不过前辈有个叫杨汪的当了个尚书罢了，还是在前朝，下场还不好。但这话她只敢在心里说说，她绝不敢当面顶撞叔父。

不管怎么说，从此以后，杨玄璬加强了对杨玉环的看管，让她在家习练贵族之礼，并把这个看管的任务交给了杨鉴。杨鉴虽然对这个顽皮的堂妹十分喜爱，但迫于父命，也不敢对她太过纵容。杨玉环外出的时间少了。即便是这样，也阻挡不了她热爱舞蹈的天性，她自己编排了一套适合在卧室练习的动作，每天勤练不懈。

转眼间，乙亥年的新年到了，过了年，杨玉环就十六岁了，已是待嫁的年龄。她像以往过每一个新年一样，心中充满了欢乐，庆幸自己又增添了一岁，对未知的命运暗暗充满了少女的期待。但她不知道，这已是她不多的少女时代的最后一个新年了，等过了这一年，她的命运就会发生天翻地覆的变化。

大唐开元二十二年（734年）正月二十六，新年刚过，鞭炮的硝烟还没散尽，贴在门上的对联墨迹犹香，玄宗皇帝从长安来到了洛阳。这次和前几次一样，都是因为长安粮食歉收，谷价大幅度上升，仓储锐减，民食吃紧。为了缓解粮食供应的紧张，玄宗皇帝便亲自率领宫妃、皇子、公主、文武百官等来到洛阳。而这次和上次来的时间已隔了四年。

早在几天前，杨玉环就知道了这个消息，街坊邻里之间早有传闻。主管车仗调度的父亲更是忙得连吃饭的工夫也没有。许多人都相约那天要到洛水边去看热闹。

那天很冷，池塘都结了冰，人们呵出的热气如浓浓的雾笼罩着面容。杨玉环和堂哥杨鉴一起去看皇家的车仗。杨鉴本不想来，他是被杨玉环硬拖来的。这个堂哥，因为整天读书，杨玉环觉得他已经有点迂了。她真佩服他这么冷的天还能坐得下来。

杨玉环和堂哥来到洛水边，两岸已经站满了人，大家呵着气，跺着脚，引首翘盼，为的是一睹皇家豪华与威严的阵容。她还看到欢迎的官员排着长长的队伍守候着。中央高级官员和东都的留守官员排在前面，地方的中下级官员则排在黄道桥塊的洛水边。水边的风更冷，那些身着吉服的官员，身体在打颤。杨玉环想：自己的叔父是不是也在其中呢？那样，他会吃不消的。其实主管车仗调度的杨玄璬没有排入欢迎的队伍中，他为了周全地安排车仗，在天津桥与黄河之间跑来跑去，不仅不觉得冷，还忙得全身流汗呢。

皇家车骑终于在洛阳百姓的等待中来到了，前后绵延百里，皇族中主要人员、文武百官、侍从加上护卫的兵士总共有两万多人。虽然他们在过潼关时遇到一场雪，但现在看来，依然仪容鲜明，车辇严整，旌旗翻飞。杨玉环看到一辆接一辆装饰华丽的车驾从眼前驶过，上面挂着的耀眼流苏随风摆动，犹如一艘艘在风中行驶的彩船。所有的车驾都放下了挂帘，看不到里面坐着的人。大家指点着车上的奢华彩绣，并猜想着哪辆是皇帝所乘坐的，艳羡称慕之声在风中飞扬。

皇家车队很快由端门进入皇城，含元殿有朝仪，百官鱼贯而入，郊迎大典至此告一个段落。杨玉环却不想早早回去，她像脱笼的鸟一样，好不容易找到这个出来的借口，想多玩一会儿。洛阳百姓也确实是把这次郊迎大典当作一次娱乐的借口，许多杂耍班子和梨园唱班就地开了场子。反正是正月里，一切农事都停止了，百姓也难得有个游玩的机会。

杨玉环拉着堂哥的手在人群里钻进钻出，一会儿看别人测字算命，一会儿又去听两句戏文，浑身充满了活力。杨鉴也喜欢在这种场合多待一会儿，但他又担心被父亲发现，那样他受到的责骂一定会比堂妹杨玉环多。最后，在杨鉴的劝说下，杨玉环只好嘟着嘴回去了。

洛阳在女皇武则天时代长期是政治中心，因此皇城、宫城和民居空间都很大，后来睿宗与玄宗执政后，虽以长安为政治中心，但为了粮食问题时时东来，洛阳并没失去它在政治上的地位，只是繁华程度稍微不如以前。这次皇帝再来洛阳，百官的家族得知皇帝会在东都住上一段较长的时间，所以也陆续赶来了，再加上四面八方的使臣和商人，洛阳的人口到三月间，已添增了五万以上，一时间洛阳仿佛又成了全国政治、文化、经济的中心。洛阳一下就繁华起来了。

也由于皇家到来，河南的地方官比平时忙得多了，杨玄璬时常因公留宿衙门。杨鉴因为计划着明年应考进士，为自己的事而忙着。婶母向来是宠着杨玉环的，把这位侄女当作亲闺女一样疼爱，说一不二，没有不满足她的。这样一来，因为没有管束，杨玉环常常找借口外出游玩。

现在她玩的地方可多了，因为从长安迁来的官员家族中有杨家的亲戚，她的游伴陡然多了起来。她们都是见过大世面的，总是带着她去玩一些很新奇的东西。那些人也喜欢带着杨玉环玩，因为她乖巧、讨人喜欢的性格加上她的美丽与大方，走到哪里都是吸引人的亮点。其中，她们常玩不疲的就是到洛水中乘着彩船漂游。

有一天，杨玉环和她的新朋友们兴致特别好，她们又相约去洛水上泛舟。那一天，春光明媚，气候宜人，洛水河边垂着依依杨柳。杨玉环和朋友们环坐于船头，有的唱歌，有的在跳着自娱自乐的舞蹈，洛水无声地推着五颜六色的彩船顺流而下。马上有载着青年男子的船靠上来与她们搭话，立刻有人用歌声来应和。春天的阳光照在脸上，青春年少的男女们一起嬉戏逗笑，与两岸的美景相得益彰。

不一会儿，在相随的船旁靠上来一只船身敞大的船，船上的人衣裳鲜明，举止恶俗。他们一面举杯饮酒，一面轻薄地用不堪入耳的言语挑逗她们。别的船上的年轻人一看这种情景，知道那条船上坐着的是些惹不起的贵族恶少，纷纷避让开去。那帮恶少见没有人来阻挠，越发猖狂起来，仗着船大，还撞起她们的船来。杨玉环与众姐妹们又惊又怕，尖叫声不断。最后，她们在城郊弃舟上岸，希望摆脱这群流氓的纠缠。但那伙人并不罢休，也舍弃船追上岸来，言行更加放肆，有的人竟上来牵扯她们的衣袖。周围踏青游玩的人看到这种场面，一个个躲得远远的，显然对这群恶少早有了解，所以惧怕得不敢上前帮她们解围。她们一个个如受到惊吓的小鹿，不敢搭话，不敢停留，只一味地向前跑去。她们都后悔今天出游了。

正在她们惊慌之时，一位青年公子突然救了她们。只见那位公子身穿华丽的绸子外衫，腰缠玉带，面如敷粉，皓牙如贝。他端坐在一匹高头大马上，用马鞭指着那群恶少厉言痛斥道："青天白日，朗朗乾坤，尔等宵小，竟敢胡作非为，不怕廷律王法吗？"

这帮恶徒仗着家族背景，一向野蛮惯了，今日见一个白面公子来横加干涉，不免气恨至极。但他们看到白面公子气派不凡，后面又跟着众多仆从，知道也是一位颇有来头的人物，不敢太过放肆，于是语气蛮横地说："这不关你的事，你少管。"

白面公子说："天子脚下，怎容你等目无王法，我不管谁管？来人，把这些狂妄之徒给我驱散了。"

话声刚落，跟在他后面的仆人立即扑向前来，捋袖揎拳地动起手来，不一会儿就把那帮恶少打翻在地。那些恶少也带有一帮仆人，但不知怎么的，他们见了公子的气派，全没了平日的嚣张气焰，架起被打的主子落荒而逃。

目睹此过程的杨玉环和她的女伴们，对这位素昧平生，出来打抱不平的公子感激至极，深深为他的气度和胆识所折服。她们刚想上前去表达一下谢意，白面公子却已经带着仆人远去了。

回来的路上，杨玉环和女伴们谈论着这位白面公子，不知他是什么人。但有一点她们是可以肯定的，这位英俊的公子一定出身于王公贵族。这从他的打扮与气度上一眼就可以看出来。更让她们敬佩的是，他还有一颗正直的心，面对邪恶会挺身而出，不畏强暴。

百官随皇帝东迁洛阳，来杨玄璬家的客人也越来越多，越来越尊贵。他们大多是杨玄璬在京都为官时认识的同僚，其中最为尊贵的是身为监察御史的杨慎名。杨玄璬在长安没外调前，杨慎名就以他九十岁老父太府卿杨崇礼退休之故，以荫赐特擢为监察御史，二人多有相见，也谈得投机。之所以谈得投机还有一个原因，就是大家都姓杨，又都自称是后汉太尉杨震之后，论世系，杨玄璬是十七世，杨慎名则低至十九世，但他们在联族时却撇开了本就纠缠不清的世系，只以族兄弟相称。

杨慎名的身世是这样的：隋朝末代皇帝杨广在江都被杀，他的儿子杨柬也被杀。杨柬的夫人生下一个遗腹子叫杨政道，后来随着祖母萧皇后入突厥，又被唐太宗李世民迎回。李世民优待杨政道，正式让他做官。杨慎名是杨政道的孙子，隋炀帝则是他的高祖父。亡国皇室后裔受到优礼而且担任实际职位的，在历史上极为少见，李世民在这方面表现了罕有的大度。而他的儿孙也同样大度，隋王朝杨氏一族，自唐初以来，一直有人在朝廷当官。杨崇礼很有名气，他担任主管宫廷财货出入的太府卿二十余年，口碑之好超过从前任何一个人，每年为皇帝省下数百万缗钱。退休前，皇帝给他户部尚书的官衔。他的三个儿子都受到照顾并被置于要位，次子慎矜继父亲之职，入太府卿做出纳。因此，杨慎名三兄弟对工作尽心尽职，一心想报答皇帝对他们杨家的厚待与隆恩。这次来洛阳，杨慎名兼理东都著名的粮仓含嘉仓，常常要向杨玄璬了解仓库的实际情况。

杨慎名的家眷也自长安迁到了洛阳。安顿下来后，基于两家的关系，杨慎名拜访了杨玄璬家，随后，两家走动就频繁起来。待两家熟悉后，杨慎名夫妇当着杨玄璬夫妇的面称赞了杨玉环的美丽，并顺带夸奖了她的仪容气质，说她有一种令人一见难忘的神韵。作为长辈能说出这样的话，可见十六岁时杨玉环已有出众的仪态了。

杨慎名的妻子在见过杨玉环一面后，邀请她到本宅参加内室宴会。现在，杨慎名三兄弟都来到了洛阳，长兄慎余，先官吏部郎中，到洛阳不久，又兼宫内官，为太府少监，次兄慎矜官监察御史兼太府出纳。三兄弟虽然是亡国皇室后裔，却声势显赫，交游不仅于朝臣，更兼及宫廷和皇族，那是因为他们三兄弟都担任宫廷职务。杨慎名兼管的含嘉仓，专为供应宫廷和禁军的。仓库自成一个大城，西墙和宫城的东墙相接，又有一部分墙垣和东宫城相接；含嘉仓城的北面是德猷门，门外是宫苑禁区；东面出含嘉门，有一条大路通永福门，大路的两边，都是衙署，如大理寺、少府监、军器监、尚书省等。杨氏兄弟，以出入宫中、府中之故，经常宾客盈门。而三兄弟中最幼的杨慎名与妻子都喜欢交友，他家的宴会也特别多。杨玉环在杨慎名的家宴上刚一露面，就以美色引起了轰动，受到许多贵妇们的赞赏。杨玉环还不知道，她的美艳仿佛一夜间就在贵族间传开了。

时间过得真快，皇帝来洛阳已经一年了，在这一年里，东都整个就像变了个样，处处透着繁华，一片歌舞升平的景象。开元二十三年（735年）正月，为了标榜天下的升平，玄宗皇帝要与民同乐，除了大赦天下外，还在东都城内大宴三日，举办盛大的灯节，取消宵禁三天，让百姓随意游玩，不必受时间的约束。

到了这一天，杨玉环早早地吃完饭就出门了。父亲昨晚没有回来，他越是碰到这样热闹的节日就会越忙。哥哥杨鉴恰恰与妹妹相反，不仅不爱热闹，似乎对喧闹隐隐还有着恐惧，当然他不会说出口，他以快要会考为由留在家里继续看书。杨玉环管不了那么多，她早早地来到街上，越往前走，人就越多。人们从家中走出，会集到大街上，再摩肩接踵地向闹市区拥去。

这一天，好像全洛阳的人都走出了家门，都在朝着一个地方拥去，那就是五凤楼。皇帝要在五凤楼设宴，与万民同庆同欢。大家都想一睹皇帝的龙颜。一路逛来，杨玉环不时地看到游玩的人中有老有小，有的一看就是全家出动。越往前，人越拥挤，慢慢地走不动了，等到了闹市区，只有跟着前边的人一点一点地向前挪。闹市区的街两旁摆开了许多铺着红地毯的舞台，皇家梨园弟子与民间艺人粉墨登场，各展才艺。杨玉环和同伴们逐一欣赏，久久留连不去。除了歌舞外，杨玉环特别喜欢的还有惊险的杂技表演。那些身怀绝技的江湖艺人似乎也受到了热情的观众的感染，一个个各呈绝技，惊险节目一个接着一个。

虽然表演刺激又惊险，歌舞也精彩纷呈，但杨玉环还是和同伴们离开，向五凤楼拥去，她们更想看到大唐天子的龙颜。这是她们的心愿，也是所有老百姓的心愿。等她们好不容易挤到五凤楼前时，这里已是人山人海了。那时的杨玉环做梦也不会想到自己有一天会成为皇帝身边的女人。

五凤楼上，四周都悬挂着白色的纱幔，那是一种轻柔的、半透明的纱幔，里面的人可以透过它看到外面，外面的人却看不到里面。在纱幔与围栏间的走廊上排列着奏乐的乐工，但人群的嘈杂让杨玉环一点也听不到他们的奏乐。杨玉环想，皇帝一定就坐在那轻柔的纱幔里面看着他们呢，可惜他们却看不到他。就在杨玉环为看不到皇帝而心中懊悔时，忽然一阵风起，纱幔高高飘起。这下，不仅杨玉环看到了，五凤楼下所有的人都看到了纱幔里面的场景：皇帝正在大宴群臣。杨玉环透过朦胧的纱帘，看到一人高坐在上位，由于相隔太远，面容看不真切，也许他就是皇帝吧。人群连忙跪拜在地，高呼万岁，杨玉环也跪拜下去，秩序更乱了。

就在混乱不堪之时，一辆马车分开人群急驱而来，到了五凤楼前，从车上下来一位身着官服的人。他脸色肃穆，不苟言笑，拿过随从递过来的一只盂钵，从里面倒出一些白粉在人群前画出一条白线，高声说：“逾此线者，格杀勿论！”人们随即静立在白线旁，一动也不敢动了。

人们认出了这位官员，他是河南丞严安之。严安之是一位素来为大家所敬重的官员，他秉公断案，不畏强权，常常能为百姓说理，他治法甚严，说一不二。严安之画过一条线后，喧闹的人群立即平静了下来，远远地站在了白线之外。后来杨玉环又待了很久，但风再没吹起纱幔，也就再没见到皇帝的龙颜。

春天里，杨玉环的哥哥杨鉴参加了进士会考。他多年的刻苦攻读总算没有白费——他考中了进士。父亲脸上露出笑容。杨玉环也真心为哥哥高兴，她想，一个人的心愿终于得到实现，那是多么幸福的事啊。哥哥的心愿实现了，我的心愿是什么呢？随即她又这样为自己辩解：“我一个女孩子，为什么要有心愿呢？”

有一天，杨慎名的夫人又叫杨玉环去她家参加家宴，中途突然有人来报，中宗皇帝的长宁公主前来拜访。杨玉环听后忙起身要回避，她早已听人说过，长宁公主是皇族中著名的公主之一，先嫁杨慎交，杨慎交死后，她已经步入中年，又嫁给了苏彦伯。她这次来，是为和前夫所生的儿子杨洄的婚事。杨洄将婚，对象是皇帝最宠爱的咸宜公主，因而长宁公主有许多事要和少府的官员联络。

杨慎名的夫人一把拉住杨玉环的手，让她不需回避，并告诉她，长宁公主是一位性情特别柔顺的公主，不必拘礼。就这样，杨玉环在意外的场合下，与皇帝的堂妹相见了。果然如杨慎名夫人所说，长宁公主性情和婉，面容慈祥，没有一点傲慢的架子，让人一望就心生好感。长宁公主也是一见杨玉环就喜欢上了她，并当面夸赞了她的美貌，还极有兴趣地问了她的世系，并说她的儿子，也就是即将做驸马的杨洄的先祖也是弘农人，这样说来，她们之间也是有亲戚关系的。最后，长宁公主从头上取下一支钗，作为见面礼送给了杨玉环。这是杨玉环第一次与皇族中人打交道，给她留下了深刻的印象。

【第二回】

白面王子情脉脉，娇俏花神舞翩翩

———————————————————————————

开元二十三年（735年）七月间，大唐皇帝的女儿咸宜公主出嫁，在洛阳举行了场面极为盛大的婚礼。

皇帝最钟爱的公主要出嫁的消息，在洛阳盛传开来，许多高官望族收到了婚礼的请柬。作为地方小官的杨玄璬居然也收到了杨洄的请柬，这多少让他欣喜莫名。请柬是由专人送到公署的，在整个衙门里只有杨玄璬一人收到了大红请柬。他的同僚们把请柬拿在手里翻看，脸上露出既羡慕又嫉妒的神情。杨玄璬脸上虽一片平静，心里却在暗自诧异：自己是一个默默无名的地方小吏，与皇家又从无来往，怎么会受到邀请呢？要知道，这可是皇帝的女儿出嫁啊。为此，他走访了杨慎名，并婉转地提出了自己心中的疑惑。杨慎名说，这有什么可奇怪的呢？杨洄世系也出自弘农，只是不同房支而已，后人虽没交谊，但先祖始终是一脉。杨玄璬只好信服这个理由。其实杨慎名知道，真正的理由并不是这个，而是长宁公主邀请了杨玉环做咸宜公主的伴娘，哪有喊别人的女儿来做嫔从又不邀请她的父亲的道理呢？

回到家的杨玄璬在得知女儿被邀请去做咸宜公主的嫔从后，似乎隐隐明白了一点什么，但他还能说什么呢？不管怎么讲，这对他来说，到底是一件很有面子的事。

收到请柬的杨玉环并没有表现得如父亲那样高兴，相反，她暗自担忧，怕自己在那样盛大的场面中会举止不当，让人嘲笑，为此，她焦躁不安，茶饭不宁。此时，她暗自后悔以前没有好好学习那些烦琐的礼仪，否则她就知道如何进退了。她跑到杨慎名的夫人那里，向她咨询应如何表现。杨慎名夫人宽慰她说，那天会有专门的人来指导她们，让她不必担心，尽管放松好了。

到了那天，杨玉环很早就乘车赶到驸马府，梳洗打扮。做公主嫔从的一共八人，除了杨玉环之外，其余七人都是皇亲国戚、豪门之女，但杨玉环是其中长得最漂亮的。执事女官把她们召集起来，给她们说了做嫔从的职责：当公主要在公众前出现时，由她们分作两队，站在两侧，陪伴公主一下就可以了，但不要讲话，更不得喧哗。她们在一起梳妆时，她的美色就盖住了其余七人。在经过一番精心打扮后，她更如出水芙蓉，超凡脱俗。随后，她们一起登车去皇宫迎接公主。或许杨玉环明白了伴娘并不是什么重要的角色，只要摆摆样子，她心里就放松下来了，并对别人过多地投向她的眼光窃喜。她知道，那是因为她出众的姿色。

皇宫，即使豪门之女，也不容易进入，八位年轻的女嫔中没有一人曾入过内廷，因此，她们表现得特别兴奋。她们坐在挂有纱帘的车中，穿过殿宇，从缝隙中窥看皇宫的布局和摆设。虽然看到的只是一角，但已足以让她们惊奇和欢喜了。最后，她们被带到一间宽敞的起居室里，等待着公主的到来。

没有等多久，咸宜公主就来了，只是她并不是一副打扮好的模样：她的头发还没有梳理整齐，衣裳也只是便服，让嫔从们更感惊讶的是她竟赤着双脚。执事女官连忙让嫔从们站起来迎接公主。杨玉环和同伴站成一排，向公主屈身行礼。咸宜公主摆摆手说："不必多礼，我只是想看看诸位嫔从。"随即，执事女官逐个向公主介绍嫔从的名字和来自哪个有名望的家庭，被介绍的就向公主行礼。当介绍到杨玉环时，杨玉环发现公主看她的眼光与看别人的不一样，亮亮的，有着惊奇和欣赏。杨玉环连忙躬身行礼。公主竟伸出手来要她不必拘礼，这在别人是没有的。待全部介绍完后，公主对执事女官说，时辰还早，可以领她们去苑中游玩一下。公主说完，就进内室去了，临转身时，还朝杨玉环看了一眼。

其实公主没有化妆就跑出来，并不是如她所说的想认识一下嫔从。原来嫔从一入宫，就有宫廷女官向咸宜公主报告说，在八个伴娘中，有一个长得特别漂亮，风华姿色，无人可比。公主也是童心大发，忍不住跑出来看看。果然如宫女所传，杨玉环的姿色在八人中卓然可见，令人赏心悦目。杨玉环虽然不明白公主为什么这样匆忙地出来，但从她看自己的眼光中，知道这一定与自己有关。杨玉环发现公主其实比她要小，脸上还带有孩子的稚气。公主看她时的眼神，晶莹闪亮，坦诚中含有善意。

公主的婚礼富丽堂皇地进行着。依照礼制，公主在进入每一所殿堂行礼时，八位嫔从都分成左右两行，公主的步辇则在中央，嫔从扶公主下辇，走至殿门内阶而止。

她们一共要如此伴行四次，再伴入一所殿中和宾客相见。在整个伴行过程中，公主不时地把头朝向杨玉环，含笑看着她，更多的是把手伸向杨玉环，让她牵着自己下辇和上阶。有一次，杨玉环扶公主上阶时，手牵着公主的手，俩人挨得比较近，公主低声说："你今天太美了，大家都在称赞你，我感到你才是今天的新娘。"

听到这话，杨玉环惶惧得说不出话来。公主随即又说："大礼过后，你可以时时到驸马府来看我，我听说，驸马都尉和你们是一家。"杨玉环这才心下释然，知道公主不过是在称赞她的美丽罢了。按照礼节，新娘在此时是不宜说话的，但是，咸宜公主却说了，而且还是跟她说。此前，执事女官曾告诫她们不得在婚礼中开口讲话，但她对公主怎可不理会呢？于是杨玉环也低声说："谢谢公主的夸奖，我一定会去的。"

婚礼之后是宴乐，女嫔从不必再相伴公主，她们被引入一所殿中看舞蹈和杂耍。

坐在许多贵妇人中的杨玉环，心中忐忑不安。正如公主所说，今天她吸引了太多人的目光，她出众的姿容随着公主一天几次出现在众人面前，风头几乎盖过了公主。就是现在，她也感到有人在议论着她。她强自镇静，表现出被精彩的杂耍吸引了的样子。

回到家的杨玉环，脱掉束缚了她一天的礼服，又恢复到她本真的样子来。她首先跳到铜镜前，对着镜中的自己痴痴地看。她看着镜中那个少女，仿佛是在看一个不认识的人，她心想：真的那么美吗？我美在哪里呢？她看不出镜中的那个少女美在哪里，随即冲着镜子扮了个鬼脸，然后便去沐浴了。不管怎么说，被别人夸赞为一个大美人是让人高兴的。

杨玉环在咸宜公主的婚礼上，风华为众人所慕，人们纷纷打听这位含章秀出的少女出自谁家，当然没有费太多周折就都知道她是河南府士曹杨玄璬的女儿，芳龄十七，更重要的是还没许配人家。这下，那些有年轻子弟的官僚人家，自恃门户可与杨玄璬相配，纷纷来杨家下聘书。更有些门阀高贵的，也贪图杨玉环的姿容，托人来说媒。杨玄璬对突然间有着这么多聘书下到他家，感到不知所措。好在他并没有忙着答应，他要为女儿的幸福着想，放弃门户之见，为女儿找一个品行端正的好女婿。

一天，一辆装饰华丽的马车停在杨玄璬的府上，原来是咸宜公主来接杨玉环去驸马都尉府游玩的。这是咸宜公主在她的婚礼上亲口对杨玉环说过的事，杨玉环以为公主不过随口说说罢了，想不到现在她竟真的派车来接了。对别人可以推辞，对咸宜公主却是不可以轻辞的。杨玉环稍事打扮一番，便登车去了。

咸宜公主一见杨玉环，就拉住她的手，好像许久没见的姐妹一样，神情亲密地说："玉环，不是说好你来玩的吗？为什么不来呢？"

杨玉环只好支吾着，以没时间为由搪塞过去。杨玉环发现，短短几天不见，咸宜公主身上已经有了一些变化，脸上容光焕发，全身洋溢着一股初为新妇的魅力。咸宜公主拉着杨玉环的手说了一会儿亲热话，最后说："玉环，这次我喊你来，是有事求你的。望你不要推辞啊。"

杨玉环连忙说："公主有何吩咐，只管差遣好了。"

咸宜公主笑着说："不要这么客气，在我这里不用如此拘礼。是这样的，最近我才听说，原来你还是洛阳的舞蹈高手啊！刚好我想学舞，正愁找不到好师傅教呢，有你就不愁了，不知你愿不愿意教我？"

　　杨玉环这才知道咸宜公主把她叫来的原因，她当然不能推辞，只好当起了公主的舞蹈师傅。杨玉环不知道公主为什么突然会对跳舞感兴趣，可能是她觉得常在府中待着烦闷吧，既然公主愿学，她只有尽力地教。

　　只做了几个动作，杨玉环就看出咸宜公主是没有舞蹈功底的，腿硬脚僵不说，关节的软骨一点柔韧性也没有。杨玉环只能从最基本的动作教起，她先让公主做柔软腰肢与关节的活动，虽然单调，却必不可少。为了不让公主觉得无聊，杨玉环往往以身表率，以自己优美的动作来调动她的热情。有时，公主看着杨玉环柔韧的腰肢和灵便匀称的小腿，就会情不自禁地夸赞道："玉环，想不到你这样丰腴，却又这样灵活。"

　　杨玉环的身体是圆润的，但她跳舞时的轻盈又超乎所有人的想象。

　　自此以后许多天里，杨玉环都是在咸宜公主那里度过的。咸宜公主学舞的热情很高，看样子，她是想在短时间里就学会跳舞。只有杨玉环知道，这不是一朝一夕的努力所能达到的，只有长期坚持不懈方能有收获。但她并没有打击公主的热情，还时刻鼓励她。有时，公主疲倦了，就让杨玉环舞上一曲。看着杨玉环优美的舞姿，公主的热情就会又鼓动起来。同时，杨玉环在不停舞动中，也会忘记自己的烦心事，全身心都会获得一种欢畅舒适的放松感。

　　有一天，在教舞的间隙，咸宜公主问杨玉环："玉环，听说你的胡旋舞跳得最好，还在全洛阳的比赛上夺了魁，能不能舞给我看看？"

　　杨玉环没有想到公主连这个也知道，当即不好意思地说："那是闹着玩的，怎么能在公主面前舞呢？"

　　咸宜公主不放过她，还叫人拿来了胡服和专供跳胡旋舞的鞋子，看来，咸宜公主是有准备的。"这里又没有外人，就我们两人，你就跳一下让我开开眼吧。"咸宜公主再一次恳求道。

　　看来不跳是不行了！杨玉环只好换上衣服和鞋子，在乐曲声中旋转起来。现在杨玉环的胡旋舞跳得比那次大赛上更自如、更灵便了。因为在那次比赛以后，她一直就没间断过胡旋舞的练习。现在，她能根据胡旋舞的节奏更好地掌握旋转时的速度和技巧，并真正做到繁而不乱，快而不紊。急速的舞姿与优美的表演相得益彰，让人从眼睛到心灵都得到一次美的享受。她一曲跳下来，呼气不促，鬓发不乱。

　　舞罢，杨玉环突然听到内堂门口传来的一阵掌声，随之而来的还有一个男子的喝彩声。杨玉环扭头一看，发现门口站着一个英俊的青年公子。只见他长身玉立，面容皎白，正温文尔雅地含笑看着杨玉环。杨玉环当时羞红了脸，不知该如何是好。此地已是内堂，再无门可通别室，杨玉环只有避在咸宜公主的身后。这时，听到咸宜公主说："哥哥，你进来也不知通报一声。"

　　原来进来的是咸宜公主的哥哥，那就是一位皇子了。杨玉环听到这位皇子说："仆人说你在学舞，我想看看你学舞时的样子，就没让他们通报。想不到，倒让我领略到了这位姑娘优美绝伦的舞姿。"

杨玉环这才知道这位皇子早就来了，并且一直在观看她的表演。她的脸更红了。

咸宜公主笑着说："算你运气好，能看到洛阳城舞蹈花魁的表演。她现在可是我的师傅。玉环，这是我哥哥寿王。"

杨玉环于是站起来给这位寿王行礼。她屈下身子，穿着一身胡服，一边行中原大礼一边说："拜见寿王。"

咸宜公主被杨玉环行礼时的模样逗笑了，她说："玉环，你这个样子不伦不类，不胡不汉，太好玩了。"

寿王也被逗笑了，说："不要叫我寿王，这太让人感到生疏了。"

杨玉环一双又黑又亮的大眼睛在浓而长的睫毛下扑闪着，流露出困惑的眼神，似乎在问：我不称呼你寿王，该称呼你什么呢？

咸宜公主说："玉环，你就听他的。哥哥是位平易近人的皇子，他希望关系亲近的人都叫他清，你要是觉得不好开口的话，就叫他十八殿下好了。"

"十八殿下？难道，难道……"杨玉环眨着一双大眼，一副欲言又止的样子。

咸宜公主显然看出了她的心意，笑着说："是的，玉环，父皇的儿子很多，寿王排行第十八，在他下面还有许多，最小的是才到洛阳生的，还在吃奶呢。至于我的姐妹，那就更多了，多得我都记不过来。这还不算已经夭折的呢。"

杨玉环吐了吐舌头，脸上露出调皮的神情，说："一个人生这么多子女，太让人不可想象了。"

咸宜公主与寿王看到杨玉环可爱的模样，都笑出了声。他们对杨玉环说出的那些对皇室有些不敬的话，并不往心里去，相反，他们都觉得她是一个胸无城府的人。

寿王含笑看着面前的杨玉环，眼中有着少许的柔情。在此之前，他是见过杨玉环的，那是在妹妹的婚礼上，那时，他就被她出众的仪态吸引了。现在，距离近了，他发现，除了那天远距离看到的绰约风姿外，她亭亭玉立，体态丰满，乌黑亮丽的头发上插着别具风情的头饰，鼻子饱满而端正，唇红齿白，也许是刚刚跳完舞的原因，皎白的皮肤透着红润，浑身上下散发出青春健康的自然美。他情不自禁地被她吸引了。

杨玉环在寿王含情脉脉的眼光中低下了头。她的心突突突地在跳动。她也抬起眼向这位寿王看去，只在一瞥间，突然觉得寿王有些面熟，略一思索，她想到了那个赶跑恶少的白面公子。真巧，原来曾令她魂牵梦萦的白面公子竟会是一位皇子，而且此时就站在自己的面前。杨玉环脸红了。

杨玉环是个心中藏不住事的人，心中的喜怒哀乐随时都表现在脸上。寿王一会儿看到杨玉环脸露诧异，一会儿又看到她脸色娇羞地低下头，不知道她心里都想些什么。但不管她想什么，寿王觉得杨玉环的这种神情，更增添了她的妩媚可人，令他心旌摇动。

这次谈话并没持续多长时间，虽然寿王与杨玉环都希望就这样长谈下去，但顾及礼仪，他们不便多说。最后，杨玉环起身告辞。临去时，她向寿王行告辞礼，寿王以手相搀，再次让她不要行大礼。咸宜公主送杨玉环出门时，也只说了一句："过几天还来教我跳舞。"

当咸宜公主回到内室时，看到哥哥满脸怅然，对着屋角呆望出神。寿王听到妹妹的脚步声，又连忙恢复到平时的样子，问了妹妹一些家常话。咸宜公主知道，哥哥此时最愿听到的不是她居家过日子的事，而是刚刚离开的杨玉环的事。但她也知道，哥哥是个自尊心比较强的人，有些事，他不说，你就不能代他说出来，哪怕那是他心里想知道的。看着哥哥欲言又止的难受样子，咸宜公主说："哥哥，过两天喊你来看斗鸡吧。"

聪明的寿王听出了妹妹话中的深意，她不会单单约他来看一场斗鸡的，而是在帮他和杨玉环两人订约会。他答应了，临走时，深深地看了一眼妹妹，眼中满含着谢意。

寿王没有会错意，咸宜公主确是这样想的。没过几天，她就派人去接杨玉环来她家一起欣赏斗鸡。当然，她已经事先通知了哥哥。

这同样没有出乎杨玉环的意料，从那天她离开驸马都尉府时起，她就预感过不多长时间，公主就会找个借口来接她的。她的预感没有出错。可以说，从她回来的那天起，她的心就没有平静过，她对预料到的结果又是期待，又是惶惧。从见到寿王的那一刻起，少女的芳心已乱，特别是看到英俊的寿王对她也是情义有加，越发令她心中窃喜，情思难抑。杨玉环打扮一番后，登车赶赴驸马府。果然如她所料，寿王李清已经早来一步在等着她了。即使心中有所准备，她还是不由得脸上一红，称呼一声："十八殿下。"

看得出来，寿王今天特地打扮了一番：他头戴簪缨帽，帽子正中嵌着一颗明珠，更衬托出寿王光彩照人；身穿一领宝蓝色绸衫，腰系一条鲜艳的玉带，蓝白相配，清雅高逸。他看到杨玉环，脸上顿时焕发出青春的光彩来。

当然看斗鸡只是一个借口，但既然来了还是要看的。咸宜公主让人抱来两只斗鸡，放在栏内相斗。两只雄鸡，威风凛凛，脖子上的毛乍竖着，翅膀张开来，眼盯着对方，恨不能一口啄死另一个。旋即，两只雄鸡便斗在了一起。它们一会儿纠缠在一起，一会儿分开来，蓄势待发，寻找对方的破绽。同时，除了用嘴，连爪子也没闲着，不时刨向对方。不一会儿，场内已是羽毛纷飞，鸡血淋漓。当胜败已分，咸宜公主让人去换另一只时，杨玉环连忙阻止她。她不愿看到这种过于惨烈的游戏，不愿看到血，也不愿看到失败一方的落荒而逃和胜利一方的趾高气扬。她拉着公主的手说："公主，我们去后园赏菊吧。"

咸宜公主特地让匠人提前布置好后花园，以便今天玩赏，好让他们二人的感情在菊花的清香里得到增进。

为了便于谈话，咸宜公主让侍从全部退去，只有他们三人。一进花园，满园的菊花香气扑面而来，展眼望去，各式各样的菊花争奇斗艳，让人目眩。有的大如碟盘，色白如霜，有的小如蔻丹，五色俱有，缤纷不可名状，加之艺匠精心摆设，让人有一步一景、浏览不尽的感觉。转过一处回廊，眼前陡然又是一个新天地；行到水穷处，跨过小桥，又别有洞天。各类菊花或簇拥，灿烂如锦，或分类装点，鲜艳如画。不尽美色兜眼来，万种风情心头起。看着眼前如海的菊花，闻着扑鼻的芳香，三人都觉胸中俗尘尽抛，凡念涤除。杨玉环情不自禁地凑近花丛，闭上眼，深深吸入一口香气。

寿王李清见杨玉环纯真流露，不禁也受到感染，陶醉在美人与花香里。他靠近杨玉环，与她一起欣赏起来。虽然菊花的香味浓馥，但寿王还是闻到从杨玉环的身上传来的一股异香。这股异香与清淡的菊香不同，虽然也是若轻若淡，但它更有一种让他晕眩的感觉。寿王再低头看到杨玉环白皙的皮肤，雪白如玉，正与白色的菊花相映争辉。他觉得杨玉环就是一朵一尘不染的白菊，是一位统领百菊的花神。

杨玉环正陶醉在菊花的美丽中，哪里知道身边的寿王心里已把她比作了花神。当她睁开眼时，发现咸宜公主不知什么时候已经离去了，只有寿王一人在深情地望着她。接触到寿王不看菊花只看着她的专注目光，杨玉环脸上泛出红晕来。

真是最是温柔娇羞间！寿王发现，杨玉环最美丽动人的地方，就是她时不时表现出的娇羞。每当此时，她眼光盈盈，粉面含春，低首垂鬟，真可谓风情不可名状。就连周围的菊花也都相形见绌，黯然失色。寿王情不自禁地伸手采下一朵菊花，要给她插上云鬓。杨玉环低声说："寿王。"

寿王柔声说道："我不是说了吗，不要叫我寿王，叫我清就可以了。这样我更喜欢听。"

杨玉环再次涨红了脸，头垂得更低了，她没有推辞寿王为她插上的菊花。随后，两人相伴着一路赏起花来。四周是簇拥的菊花，花丛中缓步徜徉着一对璧人，男的英俊倜傥，长身玉立；女的貌如天仙，形若花神。此时，要是有人在旁看到，一定会为看到的情景心醉神迷。两人随步而行，时而低语，时而娇笑，时而驻步花间，时而追逐捉蝶。两人忘了时间，也忘了咸宜公主，陶醉在浓烈的情感里。寿王对杨玉环越看越爱，恨不能把她这朵最艳的花朵攀折到手；而杨玉环呢，因为少女固有的害羞，对寿王的情感多是半推半就。不知过了多久，直到咸宜公主再次出现在他俩面前时，他们才发现日已西斜，已到了鸟雀归巢时分。咸宜公主含笑看着杨玉环，一点也不解释离开的原因。看着公主含有深意的笑容，杨玉环羞涩起来。

游园结束，把杨玉环送回府后，寿王终于按捺不住，向妹妹倾吐了他对杨玉环的爱慕之情，他再也无法隐藏对杨玉环的热烈的情感了。

这早在咸宜公主的意料之中，在开过哥哥的玩笑后，她答应帮忙，认为这不是一桩难事。

突然有一天，河南府尹让人把杨玄璬请到公署。当杨玄璬来到时，府尹忙起身相迎，亲自为他泡了一杯茶，并呼杨玄璬为杨兄。这让杨玄璬受宠若惊，不敢应答。以前，出于公务，他与府尹也常常见面，但都属于公事公办，没有太多亲热客套，现在府尹何以对他如此礼遇呢？这让他有点摸不着头脑。待杨玄璬坐定，稍作寒暄后，府尹再一次站起，恭敬地一揖到地，说："杨兄，恭喜你啊。"

"大人，何喜之有？"杨玄璬连忙站起。

"刚才奉内廷传话，令爱已被纳吉为寿王妃，定于十二月二十四日举行册妃礼，请回府准备吧。"

消息太过突兀，杨玄璬一点心理准备也没有。他嘴里喃喃地说着："同喜，同喜。"走出公署的他完全蒙了。

在十二月二十四日正式举行册妃礼之前，还有五项礼仪，那就是纳采、问名、纳吉、纳征和请期。不过，这五项只要选定吉日，办起来却很简单。眼见着册妃之日就要来到，杨玄璬为了让杨氏一门显得人丁兴旺，特地派人去山西弘农接二兄杨玄珪一家，好壮大杨家声势。结果只接来了两个侄子——二兄杨玄珪已经病入膏肓，余日无多了。两个侄子，分别叫杨钊和杨崎。

终于到了开元二十三年（735年）十二月二十四日。这天天气寒冷，但阳光很好，照在人身上暖洋洋的。一大早，就来了二十多名典礼人员，他们沿着伊水岸边站立，每隔十步，就立有一人，一直到杨宅门前。此外，又有金吾军的兵士四十人，在街道上巡弋，不许闲杂人等在此经过。

杨玄璬府上，早已打扫得纤尘不染，所有人都穿戴齐整，坐等册封使的到来。大门、二门都敞开着，除执事、役吏外，守宫署的内官一人以及一位内谒者，也分别在门内坐待。

朝会散了，有飞骑不断地把消息传向杨宅，正副册妃使马上就到。杨玄璬整理衣冠，到门口迎接。不一会儿，册妃使的车驾在仪仗队的呼拥下来到了杨府。杨玄璬看到首先从车上下来的是当朝宰相之一李林甫，再次是黄门侍郎陈希烈，他们各为正、副使。原来皇帝和武惠妃为了表示对这件婚事的重视，把宰相都派出来了。杨玄璬赶紧抢前一步把两位高官迎进府内，平日他连他们的面也很难见到的。

宰相李林甫与黄门侍郎陈希烈迈进杨府，使者、持节者、典谒者、赞礼者、持册案者以及主人、诸宗人各就各位。之后，女相者从别室把杨玉环引出，立定，使者令她向正副使行礼。来的人早就听说这位寿王妃美貌出众，杨玉环一出来，他们都觉眼前一亮，果然名不虚传。随后，使者读册书，全文如下：

维开元二十三年岁次乙亥，十二月壬子朔，二十四日乙亥，皇帝若曰：于戏！树屏崇化，必正闺闱，纪德协规，允资懿哲。尔河南府士曹参军杨玄璬长女，公辅之门，清白流庆，诞钟粹美，含章秀出。固能徽范凤成，柔明自远；修明内湛，淑问外昭。是以选极名家，俪兹藩国。式光典册，俾叶龟谋。今遣使户部尚书、同中书门下李林甫，副使黄门侍郎陈希烈，持节册尔为寿王妃。尔其敬宣妇道，无忘姆训。率由孝敬，永固家邦，可不慎欤！

宣读完毕，杨玄璬引领全族俯身而拜。女相者带着杨玉环向前从使者手中接过册书，拜而受之。仪式结束，正副使没有停留，在杨玄璬的相送下，登车离开。留下的只有典礼人员，他们负责把皇帝给的聘礼抬入杨家。

隆重的册封典礼让杨家满门生辉，杨玄璬将之看作一件光宗耀祖的事。他虽然极力抑制心中的欢乐，但在独自一人时，他还是常常笑开了口。在册妃礼后，他对女儿的看管更严了。他知道，在正式入嫁寿王府之前，如果女儿有了什么不洁的名声，那就不仅仅是废掉的事了，朝廷一定会追究他疏于教导之罪，轻则流放，重则掉头。好在这些方面不用他多操心，内宫已经派了几位执事女官，整日教杨玉环学习宫廷贵族礼节。

杨玉环对那些所谓的宫廷礼仪深感厌烦，她觉得那都是一些条条框框，把她束缚住了，让她不能尽情地展示自己。人高兴的时候就笑，伤心的时候就哭，这不是很好吗？现在却有人来告诉她，笑的时候要怎样，手要怎么摆，嘴要怎么抿，甚至连怎么走路也有一番讲究，弄得她浑身不自在。但那些宫内派来的教习女官，委婉地对她说，她现在已经贵为王妃，与一般人有所不同，应时刻注意自己的言行举止。杨玉环弄不懂，王妃就不是人了吗，有什么与众不同的？她想是这样想，但还是照着她们的要求做了，因为她知道，那些女官也是秉命而行，如果自己不配合的话，她们会受到重重的责罚。

别的地方不能去，咸宜公主那里她还是可以去的。现在，咸宜公主一见杨玉环，就喊她嫂子，弄得杨玉环应也不是，不应也不是。作为回应，她就去呵咸宜公主的痒痒。两个人在一起时，说得最多的当然是寿王了。从咸宜公主的嘴里，杨玉环知道了许多寿王小时候的事情。知道他从小就是一个温文尔雅的人，性情温和，从不发脾气，虽然有父皇和母妃的宠幸，但从不恃宠欺人，因此诸多兄弟姐妹都很喜欢他。最后，咸宜公主重重叹了一口气说："唉，可惜，哥哥只是排行十八。"

"排行十八有什么关系？"杨玉环困惑地问道。

"有些事，不身在皇族是不知道的，以后你就知道了。"咸宜公主不愿多谈。

这时，仆人来报，寿王来了。咸宜公主笑着看了杨玉环一眼，杨玉环不好意思地低下头去。

按礼仪，寿王与杨玉环还没完婚，是不应该随时相见的，但他俩都沉浸在恋爱的喜悦里，都想见到对方，于是就选择在咸宜公主这里相会。这样做可以掩人耳目，不为外人知道。咸宜公主心里明白，寿王之所以往她府上跑得这样勤快，并不是真想来看她这个妹妹，而是私会情人来了。

寿王一进来，就看到了杨玉环，眼中闪出光彩来，却掩饰着说，他出去游玩，顺路来看看妹妹。咸宜公主顽皮地问道："哥哥，怎么你每次来都这样巧啊，玉环姐姐都在。"

寿王讪讪地笑了笑。为了让他摆脱窘态，杨玉环说："外面好玩吗？"

"好玩，好玩！快过年了，街上热闹得很。"寿王十分起劲地描述着外面的世界，把他见识到的新奇事详尽地告诉她们。咸宜公主与杨玉环听了寿王的描述，瞪大了双眼，恨不能也像他一样到街上走走，但一想到自己的女子身份，脸上就黯然了。杨玉环说："我们要能出去看看就好了。"

"可以啊，我可以带你们去。"寿王脸上荡漾着喜悦。

"你带？怎么带？"咸宜公主问道。

寿王这才想起她们的身份，他有点为难地摇了摇头。

"我们可不可以女扮男装，这样不就没事了吗？"杨玉环对童年那次女扮男装的经历记忆犹新，觉得刺激好玩。

"对，对，我们就扮男装。还是玉环姐有办法。"咸宜公主高兴得喊了起来，"那就明天吧，我都等不及了。"

第二天，杨玉环早早来到咸宜公主家，咸宜公主已把男装准备好了。两人换上，大小正好合身。杨玉环还别出心裁地在腰间别上了一块玉，咸宜公主一见，也不甘落后地在帽子上箍了一道彩带。待收拾停当，她们互相一看，都被对方的扮相逗笑了，咸宜公主还模仿着男子迈起了四方步。寿王到了，他看到她们二人的扮相也乐了，特别是杨玉环，穿上男装，更是别有风韵，既眉清目秀，又风流倜傥。他想，就她们这样走出去，也不用看什么街景了，别人都会来看她们吧。于是，他亲自动手，再给她们补补妆。他把她们脸上的妆洗掉，匀上褐色的粉膏，找上一套半新不旧的衣服，重新换上，反正不是补漂亮，而是往丑的地方补，往普通的地方补，越平常越好，越不引人注目越好。最后，总算勉勉强强过关了，不过，寿王看杨玉环，还是觉得她有点惹眼，这除了她天生丽质不可掩盖外，固然也有情人眼里出西施的意思。

他们没带一个仆人，来到了大街上。正如寿王所说，正是接近年关的时节，街上熙熙攘攘，热闹非凡。繁华的大街上，人流如潮，就连以前一些僻静的背街小巷，也是人流如织。咸宜公主久在深宫自不必说，杨玉环虽见识过市井繁杂，但都是乘车而过，哪像这次，完全融入这热气腾腾的场景中。她们二人就像初到都市的乡下人，这个瞧着也热闹，那个看着也新奇，什么耍把式、变魔术、问卦算命、斗鸡玩鸟，瞧得她们眼也花了，腿也酸了。她们又乘兴观赏了几个地方，才打道回府。

没过几天，丙子新年到了。这一个新年，杨家过得热热闹闹，有不少朝官都来杨玄璬府上拜年，就连那些平日并无深交的，也来了不少。更让人高兴的是，岁首朝贺，杨玄璬竟然也以椒房之亲而得以参与，这真是莫大的荣耀，许多比他位高的官也没有这种机会的。宰相李林甫的春宴，也邀请了他。虽然他还是一个小小的七品官，但他现在经常和权贵打交道，所有人都相信，过不了多久，杨玄璬的官职就会得到提升的。

正月里，杨玉环除去了一次咸宜公主家外，别的地方哪里也没去，被父亲逼着在家里练习皇家的各种礼仪。正月十六，宫廷宣布了她与寿王的婚期。婚期在三月间。

这天，咸宜公主派车来接杨玉环。到了驸马府，咸宜公主才告诉她，母妃要见见她。杨玉环心里一点准备也没有，怪咸宜公主为什么不在接她时预先告知一声。咸宜公主却说："自家人见见面，有什么好紧张的？"

杨玉环心想：话是这样说，这位从未见过面的婆婆据说是后宫最有权势的女人，如果没有一定威势，怎能统御后宫？见了面，杨玉环才发现自己的担心完全是多余的，武惠妃不仅不威严，反而面色慈祥，对人说话，柔声细语。更让杨玉环吃惊的是婆婆的容貌，按道理讲，婆婆应该有三十四五岁了，可看上去肌肤细嫩，娇艳无比，犹如少女，虽是生过几个孩子的人，可身材依旧婀娜多姿。杨玉环想，婆婆多年被皇帝宠幸，不是没有原因的。

武惠妃已经不是第一次见杨玉环了，上次在咸宜公主出嫁时就见过，但只匆匆一面，没有留下太深印象，再说离得也远，看不真切。自从寿王册妃后，她早就听说这位儿媳妇长得漂亮，美貌冠绝洛阳。今天，武惠妃让咸宜公主私下带杨玉环进宫来，一来加深婆媳间的感情，二来借机考查一下她的品貌。

她一见杨玉环，果然如外界所传那样，美艳出众。只见她脸如满月，肌肤细腻，粉艳欲滴，如出水芙蓉，似秋日海棠。与之交谈，又见她落落大方，应答如流，吐音娇柔，华贵之态自现。武惠妃自恃美貌少有人可比，但见到杨玉环后，也自愧不如。她为儿子能找到这样一个品貌兼备的女子而高兴。同时，武惠妃从这位儿媳妇的身上也隐约看到自己当年的风韵与逝去的青春，也许是因为美丽在某种程度上是相通相似的缘故，武惠妃发现杨玉环与她年轻时的相貌很像，这个发现让她对杨玉环更加充满了好感。

杨玉环感觉到了婆婆对她的好感与喜爱，她从对方亲切柔和的目光中，感受到一股母爱的柔情。此时，在她眼里，婆婆已不是一个位尊人显的贵妃，而是一位可亲可爱的长辈。这让她情不自禁地从心里产生出一股亲近感，从而对武惠妃充满尊敬与爱戴。

见面时间没有太长，武惠妃只是关切地询问了杨玉环家族中的一些事，并没让杨玉环觉得拘谨。分手时，武惠妃从手腕上摘下一大串饰有各种宝石与明珠的手镯，送给杨玉环作为见面礼。后来，听咸宜公主讲，这只手镯是西域进贡来的，她向母妃要了几次都没要来，想不到，今天杨玉环第一次觐见母妃，就得到了这样一件贵重的礼物。

正月刚过，二月接踵而至。二月正是早春时节，万物复苏，柳树吐绿。这个月里，皇帝把皇太子与诸子的名字改掉，全换成带"王"偏旁的字。寿王李清改名为李瑁。二月小，倏忽就过去了，转眼就到了三月，杨玉环与寿王李瑁的佳期也就到了。

为了显示对寿王的宠爱，皇室宣布将全城百姓动员起来，庆贺三天三夜。是日，天公作美，春光分外明媚。正是桃红柳绿、梨花飘香的时节，整个洛阳城都为了寿王的婚礼而忙碌着。杨玉环早早就起床了，她被从宫中赶来的女官安排着沐浴与梳妆，不时有人告诉她外面热闹的景象。待一切准备妥当，下人和女官都退出她的闺房，似乎有意要让她在这一刻静静思考。杨玉环的心却静不下来，她早就盼着这天了，盼着和寿王生活在一起。爱情在她与他的心中燃烧，他们已经到了一日不见如隔三秋的地步。这一天过去，她和寿王就可以天天在一起，再不用掩人耳目地躲在咸宜公主家幽会了。唯一让她遗憾的是三个姐姐没有参加她的婚礼，她们远在蜀州，尚不知道她这个最小的妹妹将要出嫁了，她多么想听到她们的祝福啊。

日上三竿时分，杨府门外三声炮响，皇宫的迎亲队伍到了。随即，杨玉环被盖上大红盖头，由伴娘牵着，上了花轿。坐在花轿中的杨玉环只听到锣鼓唢呐，齐奏乐曲，一路吹吹打打，好不热闹。在颠簸的花轿中，杨玉环悄悄掀起盖头，再把轿窗帘子掀起一角，偷偷向外张望。她首先看到的是骑在马上与花轿一起前进的寿王，但见他今天打扮得比以往更加英俊潇洒，光彩夺目。他骑着高头大马，头戴金冠，身着紫袍，肩披彩带，满面春风得意的样子。看到寿王如此丰姿俊逸的模样，杨玉环心里热浪滚滚，陶醉在甜蜜幸福里。她想她是多么幸福啊，不仅嫁给皇族，更主要的是嫁给了与自己相爱的人。

花轿并没有被直接抬入寿王府邸，为了让满城百姓观看盛大的迎新队伍，特地让花轿绕城穿过了几个主要街道。坐在花轿中的杨玉环透过轿帘缝隙，看到沿途两旁，看热闹的百姓挤得人山人海，他们对迎亲队伍指指点点，嘴里发出啧啧称美的声音。锣鼓唢呐高歌猛奏，一路喧哗，花轿随后在内宫门前停了下来，按礼仪，寿王与王妃要朝见皇上和皇妃。朝见只是走走过场，皇上和武惠妃高高端坐在上面，台阶下杨玉环和寿王在司仪的唱和下，屈身三拜，然后皇上和皇妃说了两句勉励的话，就算结束了。其间，杨玉环曾抬头向上看了几眼，由于隔得太远，她没有看清皇上的面容，只觉得他裹在一团锦缎绣袍里，华贵又威严。

到寿王府时，已经中午了。

下了花轿，杨玉环刚吃了一点东西，咸宜公主就进来了。她一见杨玉环的面就叫了一声"嫂子"。杨玉环脸又红了。咸宜公主笑着说："以前叫你，你还不愿意，现在可是名正言顺了。"

杨玉环说："公主，我还是希望你叫我玉环。"

"可以，但我也希望你叫我小妹。"咸宜公主笑着说。

"那我们就讲定了，我叫你小妹，你叫我玉环。"

一天里，来寿王府贺喜的宾客络绎不绝，王公大臣几乎都来了，还有诸多皇子、公主，外加内府官员。寿王忙着接应，但他百忙之中还是抽空到后堂看看杨玉环。在他眼里，杨玉环今天真是美若天仙。她身穿新娘礼服，头戴霞帔，说不尽的千娇百媚，看不完的美姿华态。好不容易，宾客散尽，晚烛高照，寿王与王妃并坐于红烛之下，互叙衷情，执手相看，情浓意惬，相拥而眠。一夜春风数度，恩爱至极。

婚后第三天，寿王与杨玉环回门。回到自己原先的家后，她特地踏入她原先住的小房间，一个人静静地待了一会儿。房内的陈设一切照旧，床还放在老地方，柜子上摆着她喜爱的小饰物，就连她练舞时所穿的衣服也叠得整整齐齐地放在一边，铜镜没有蒙尘。想来她不在时，房间也是日日打扫的。父亲说，她的房间会原封不动地保持下去。她在屋内缓缓地踱着莲步，摸着铜镜、被褥、衣架、帏帐，情不自禁地想念着她的少女生活。现在她已贵为王妃，住在陈设豪华的寿王府里，使女侍从成群，处境与未出嫁时不可同日而语，但她对少女时期的生活还是充满怀念。

待她回到正室，全家团聚在一起，免不了问候一番。才分别三日，大家似乎心里都有着千言万语，看来最亲的还是一家人。母亲在寿王不在时，乘机对杨玉环说，她哥哥中进士已经有一段时日了，要不了太久，朝廷就会授以官职，外派的可能性很大，但杨鉴是不想外出的。她要杨玉环最好在寿王面前说说，看他有什么办法不让哥哥外派为官，最好能分到一个留在朝廷里做事的官。杨玉环很为难，哥哥不想外出为官她是早已知道的，一来，她觉得才和寿王完婚，就向他提娘家的事要他帮忙，似欠妥当；二来，她也不知寿王有无此能力。她相信寿王对她开口提的事，一定会尽心帮忙的，但他如果帮不上忙，不是给他增添烦恼吗？她又不好驳回母亲的请求，只能虚应着。

回到寿王府，杨玉环心里想着母亲跟她说的事，不知是和寿王提好，还是不提好。但她是个胸无城府的女人，心中想什么就会在脸上表现出来。寿王见她闷闷不乐，就问她有什么心事。在寿王一再追问下，杨玉环只好告诉了他。寿王听了呵呵一笑，说："此等小事，何不早说？"

寿王随即找了他的妹夫，也就是咸宜公主的丈夫——驸马都尉杨洄，要他帮忙把自己的大舅子杨鉴留在京中。杨洄因为娶了最受皇上宠爱的咸宜公主为妻，成了都城中一个活跃的人物，许多官场中的人都与他有来往。他轻易地通过特别的人事关系，为杨鉴谋得了集贤殿校书的职位，官职为正九品下阶。同时，他还托了宰相李林甫，由他直接引荐，把杨玄璬提为国子监的太学博士。

这对杨家来说，当真是件可喜可贺的事，是杨玄璬做梦也想不到的事。他知道，国子监太学博士是中央正六品上阶的官，而在此之前，他只不过是一个七品下阶的地方官。这下，他不仅实现了多年来到中央为官的心愿，而且还跨级调升。再说国子监也是他喜欢的部门，能入那里的人，大都是饱学之士，在那里做官，权虽不大，但别的部门提起，都是有着敬佩之情的。现在，杨玄璬担心的是，他进入国子监会不会遭到同僚儒生们的轻视。即使他再愚鲁，也知道他调入国子监是因为女儿的缘故，只是她事先没和他说过罢了。不过他想，即使女儿帮忙，他也要让同僚们看看，他是有真本事的。他决定从今而后，要好好静下心来，著几本书，重振家声。

杨玉环自与寿王成婚以后，两人过着神仙眷侣似的生活，恩爱甜蜜超出一般夫妻，唯一让杨玉环遗憾的是不能经常外出，而她恰恰是喜欢跑动的。大唐皇帝的子女众多，皇子不另建府邸，在长安，皇子的住宅附连于皇宫；在洛阳，皇子和未出嫁的公主，都居住在宫城之西的一个称为夹城的区域。夹城狭长，东边城墙与宫城连接，西边城墙则连西苑，夹城南三堂有一列屋宇和花园，是寿王邸。平日，杨玉环与寿王就住在那里。现在，杨玉环觉得还不如做少女时自由，因为自从做了王妃后，她的行动受到了皇家制度的限制，出入宫城的城门要登记，而且不能晚归。她在未出嫁时，虽然有严父的看管，但她瞅准父亲不在家时，还可约同伴一起游玩，现在，她有一种鸟入囚笼的感觉。不过有时，她会求助于咸宜公主，让咸宜公主来邀她去做客，这样，就有了出宫城的理由。但出宫又不能太过频繁。

这天，寿王从后宫省母归来，问过侍女之后，得知王妃正一个人在城墙上。他立即赶去。还没登上城墙，便看见杨玉环一动不动地站在城墙上，独自看着脚下繁华的街景。他轻手轻脚地走到她的背后，一把从后面把她抱住。结婚已经有一段时间了，他们都还有着初婚时的激情与甜蜜。杨玉环依偎在寿王的怀里，良久，指着眼下的街景说："十八郎，你看，街上多么热闹啊。"

寿王知道，妻子是个爱游玩的人，自从嫁给自己后，由于皇家制度所限，不能自由出入，显得孤单和烦闷。他看在眼里，常常为此愧疚。此刻，他顺着王妃所指的方向望去，果然一派繁荣景象，紧挨着城墙的是一条繁华的大街，街上人来人往，吆喝贩卖声隐隐可闻。寿王搂着杨玉环说："改天，我们就去游览一下。"

　　几天后，寿王利用母亲的关系，从宫内派人传话，先入宫，再出苑，这样在内侍省的记录册上，记录的便是入侍。两人事先各备了一套便服，此时，出了宫城的他们就像两个普通百姓一样走在繁华的大街上。他们随意闲逛，觉得什么都透着新鲜。走进一家瓷器店，看到一对小瓷人嘴对嘴在亲，两个小人幼稚古朴，憨态可掬。杨玉环拿起来，觉得很好玩。店老板连忙过来，说："瞧两位郎才女貌，似一对天仙，一定恩爱无比，何不买一对，也是早生贵子的寓意。"杨玉环听了，脸颊绯红，欲舍不忍。寿王见杨玉环喜欢，就买了下来。

　　也许是寿王从为爱妻买东西中得到了欢乐，他一见能引起杨玉环兴趣的东西，不管什么，都掏钱买下来，一条街还没逛完，肩上已经背了一个不大不小的包袱。当走到一家铜镜店时，他又停下了脚步。店内师傅都在忙碌，店中靠墙竖着的是一面面硕大的铜镜。店内师傅告诉他们，千秋节马上要到了，这都是大臣们定做的，到那一天献给皇上。

　　杨玉环问寿王什么是千秋节，她怎么不知道。寿王告诉她，所谓千秋节就是父皇的生日，八月初五那天，普天同庆，放假三天。父皇还要大宴百官，热闹得很，今年她也要参加。

　　出了铜镜店，经过一家马店时，杨玉环心里一动，她想起第一次见寿王时的情景。于是，她告诉寿王，她想学骑马。寿王便进去租了两匹马，牵着向郊外走去。

　　正是暮春时节，郊外游人如织，他们找了一处人少的地方，寿王教杨玉环骑马。一开始，杨玉环连马都不敢靠近，觉得那个庞然大物说不准会咬她一口，直到确定它是个温驯的动物，才大着胆子摸了它，最后在寿王的帮助下，终于骑在了马背上。马刚一迈步，杨玉环就赶紧搂住了马脖子，惊吓得花容失色，更不要说驰马飞奔了。寿王骑在另一匹马上，在旁边保护着她。在他的一再鼓励下，杨玉环终于坐直身子，紧拽着缰绳，缓缓向前。马走得很平稳，甚至比坐在船上还稳当。杨玉环胆子渐渐大了，她催动马走得再快点。没过多久，她已经摸透马的脾性。

　　现在，她与寿王并骑走在郊外，熏风拂面，满眼春色，游人都用羡慕的目光注视着他们，她觉得又开心又满足。正在杨玉环信马由缰地陶醉在春色中时，突然，从旁边跑出一匹枣红色的高头大马，直向着杨玉环的坐骑冲了过来。眼看着快撞上时，又一拨马头，转了开去。杨玉环的坐骑受了惊吓，带着杨玉环向前猛跑起来。杨玉环还没反应过来是怎么一回事，突然身子向后一仰，又向前一冲，只见眼前的树急速地向后退去。她吓得大叫一声，紧紧抓住马脖子上的鬃毛，两腿死死夹在马腹上，身子伏在马背上一动也不敢动。寿王赶紧打马上前，追了一截路后，才赶上杨玉环，好不容易才把她的马拢住。此时，杨玉环已经吓得娇喘吁吁，脸色煞白，连下马的力气都没有了。寿王把她扶下马来，她抬头看看寿王，似乎才缓过神来，突然一头扑在他的怀里，痛哭起来。背后却传来放肆的大笑声。

　　杨玉环回头望去，只见有三个人骑在马上，正对着他们得意地大笑，其中就有刚才冲撞了她的那个骑枣红马的人。他们衣着鲜明，一副贵公子的打扮。寿王对他们怒目而视。杨玉环说："十八郎，把这些无礼之徒抓起来，送官惩办。"

　　让杨玉环诧异的是，这次，寿王并没有像上次那样英武，他不仅没有说什么把他们送官惩治的话，甚至连一句呵斥也没有。他扶起杨玉环，说："我们走吧。"

　　杨玉环满腹委屈地牵着马跟在寿王的后面。一路上，寿王告诉她，那三个骑马的人都是他的哥哥。这更让杨玉环不可理解了，既然是哥哥，就算不打招呼，也不能这样恶意冲撞啊。寿王说："皇宫内的事不是你想象的那样简单。今天就这样吧，改天我牵两匹御马来，好好教你练习。"

　　经此一番折腾，杨玉环再也没有心情游玩了，她和寿王到租马店归还了马匹，准备回去。没走出几步远，街上突然传来一阵喧哗声，行人纷纷向两旁避让，只见一队官差押着一行犯人跟跄而来。那些犯人个个蓬头垢面，男的用大枷锁着，女的都手并着手用一根长绳子串起来。虽然他们衣衫破烂，披头散发，甚至身上散发出一股难闻的气味，但可以看出，他们皮肤白皙，衣服质地很好，显然出身富贵人家。杨玉环和寿王也站在人群后观看，他们从人们的小声议论里得知，原来这是一队遭流放的官吏人家，当家老爷因某事得罪了当今皇上，本来应判处斩的，是皇上慈悲为怀，格外开恩，减轻处罚，把他们改判为流放，听说是流放到六千里以外的岭南去。那里地旷人稀，瘴气弥漫，鸟兽横行，暂不说路途遥远，中间隔着千山万水，就是到了那蛮夷荒僻之地，也是死的多活的少。杨玉环看到遭流放的队伍中，也有如她一样大的女子，她们娇艳的脸庞掩藏在乱发里，污颜垢面，在兵士的推搡下艰难地行走着。杨玉环想，她们昨天也许还像她一样，都是大家闺秀，举止风貌，华妍娇美，谁曾想，一日之间，就沦为了阶下囚，被别人粗鲁地呵骂，随意地鞭打，一点没有了被宠护的感觉。

　　杨玉环不是一个爱多想的人，但今天平白受了一顿委屈，所以在看到这群遭流放的人时，他们陡然的命运转变让她有了一点关于人生的想法。她想，女人真是可怜，只有依附于男人才能生存。想到这里，她往寿王身上靠了靠，心里为自己嫁给一个可靠的男人而庆幸。她觉得自己的丈夫是最安全的，因为他的父亲是当今皇上，谁敢不听皇上的话呢？

　　在路过咸宜公主家时，杨玉环和寿王进去看望公主。杨玉环自然把今天遭遇到的一番委屈说给咸宜公主听。咸宜公主听了，看着寿王说："哥哥，是不是又是李瑛他们一伙？"寿王默默地点了点头。随后咸宜公主不再多说。

　　杨玉环觉得他们兄妹在打哑语，忍不住开口问道："李瑛？他是谁？"

　　咸宜公主说："玉环，你既然嫁到皇家，皇家的有些事你也应该知晓了。李瑛，就是皇太子，也就是我们的二哥，等父皇百年之后，他就是皇帝了。你今天看到的除了他，另外两人一位是五皇子李瑶，一位是八皇子李琚，都是我们同父异母的哥哥。我估计用马冲撞你的一定是八皇子李琚，他孔武有力，骑射俱精，又好招惹是非。他对寿王一向不善，一定是他仗着精湛的骑术，故意惊吓你的。"

"这样的坏人，为什么还要选他当皇太子？"

"因为他年长。皇太子向来只是年长者当的，免得引起不必要的纷争。"

"他年长吗？好像他只是老二，为什么不让老大当皇太子？"杨玉环问。

"大皇子在一次狩猎中，被一只熊在脸上抓了一道伤痕，破了脸相。父皇说如果让他当了皇帝，会有碍皇室威仪，就这样才让李瑛得逞。"

"如果皇太子只是比长相的话，那应该让十八郎当才对啊，他长得最漂亮！"

咸宜公主和寿王都被杨玉环稚气的话逗笑了，不过，这何尝不是他们的心愿呢，他们私下里已经在为此而努力了。"择长而立，只是一般原则罢了，选皇太子，主要看的还是才能。远则我朝初年，太宗皇帝就不是嫡长，不是也创下了前世所没有的'贞观之治'？近的就更不用说了，父皇排行第三，还不是当上了皇帝。因为大伯父宁王看到才能不如父皇，主动让给了他。所以说，寿王虽排行十八，要当皇太子，也是有可能的。"咸宜公主侃侃而谈，仿佛寿王没有当上皇太子是天大的委屈似的。只是她忘记了，她所说的太宗皇帝是靠血洗玄武门，杀了他的哥哥才当上皇帝的。她的父皇玄宗皇帝，也是手握兵权，宁王是为了保全自身不得不放弃太子之位的。皇太子之位从来没有谁主动拱手相让之理，古代贤君礼让的道理只是口头说说罢了，哪一次太子之位的争夺不伴着血雨腥风？不过有的是能看到的，有的是暗中进行的罢了。

"玉环，你今天也看到了，太子李瑛对寿王极其不善，就是因为寿王有可能取代他，如果他一旦当了皇帝，就会对寿王不客气。因此，为了保全自己，我们都希望让寿王当上皇太子。"

听到这话的杨玉环，眼前出现刚看到的那队遭流放的官属，她们的命运改变只在一日之间。如果真像咸宜公主所说的那样，现在的太子做了皇帝，那么，自己的命运将不如她们。她对咸宜公主所说的一切，心里又有着隐隐的惧怕。以前，她以为皇家的一切都是好的，过的是万事不愁的日子，但现在看来，不是这样的。咸宜公主的话为她掀起遮盖布帘的一角，让她看到了皇家生活中不为外人所知的内幕，其中透着股股冷气，让她害怕，让她后退。她对这一切本能地感到恐惧，不想看到，更不愿加入，她只想和寿王平平安安地过安稳快乐的日子。

从咸宜公主家回来，寿王与杨玉环两人都沉默着。杨玉环不知寿王心中所想，她找了个机会问他："十八郎，你想当皇太子吗？"

寿王神色黯淡地答道："我不知道，我只想与你甜甜蜜蜜地过日子，谁当太子，我不感兴趣。也许母妃想叫我做太子。"说着，他一把把杨玉环搂在怀里。

　　杨玉环与寿王陶醉在新婚燕尔之中，整天只想着变换花样地玩耍度日。恰在此时，一场围绕着寿王夺取太子之位的争斗在武惠妃的策划下，紧锣密鼓地展开了。正如一句话所说，外面风逐浪涌，中心却平静无波，作为核心人物的寿王，反而置身事外，把许多空闲时间用来陪伴爱妃。

　　经过多年谋划，武惠妃觉得为寿王夺取太子之位的计划可以付诸行动了。在此之前，她仔细分析了一下双方实力。她这边，由于她贵为皇妃，实际已统领后宫，加上她平日有意地善待嫔妃才人，不时施以小恩小惠，因此上至嫔妃，下至宫女，无不服帖于她。同时，她也日渐注意到宦官的作用，特别是皇上最亲信的宦官高力士，她更是纡尊以结。可以说，东宫太子李瑛的声息几乎难以传达到皇上面前，对皇上了解太子起到了阻隔。现在，又有朝臣李林甫为外援，驸马杨洄来回奔走，时机从没有像现在这般好过。相反，太子李瑛那边，他的母亲谢丽妃已在开元十四年（726年）去世。谢丽妃还是在皇上当临淄王时，以擅长歌舞见宠的，家族没有什么背景，这就决定了太子没有娘舅一族的势力帮衬，更没有什么朝臣为之撑腰，因而显得势单力薄，其唯一的优势就是长为太子。太子李瑛显然也知道自己的处境，他处处小心，谨言慎行，唯恐被武惠妃挑出什么刺来，再在父皇面前夸大其词，恶意歪曲，废了他的太子之位。他想，一切权且忍着，等他坐了龙廷，手握皇权的时候，那时，他再要他们尝尝他的厉害。他要一吐胸中压抑多年的怒火和委屈。

　　太子李瑛平日深居简出，很少离宫，更不与朝臣来往，免得武惠妃在父皇面前说他结交朝臣。他知道，父皇对这一点是忌讳的。想当初，父皇就是因为有了朝臣的拥护，依仗丰满的羽翼，才迫使太上皇退位，过早登上皇位君临天下的。当年的经验让他时刻关注诸皇子的行踪，因此他在京都长安建十王宅，用一个大大的院子把他们圈起来，给他们优厚的俸养，就是要让他们沉溺享乐，不要无事生非，结交朝臣，各成派系，对他的皇权造成威胁。如看到哪位皇子背着他与外廷官僚来往密切，那他一定会严惩不贷。不用说，太子是他防范的重点。

　　平日，太子只与五皇子鄂王瑶、八皇子光王琚来往。他们的母亲都是在皇上当临淄王时，因为容色艳丽而被皇上眷顾，后来又都因为武惠妃的被宠而遭到冷落。母亲的不得势，让他们也不被皇上喜爱，心里难免失落。为此，他们也不愿与旁人交际，只把时间和精力都放在读书和练武上。相同的际遇让他们有着相同的命运，相同的命运又让他们有着共同的感慨，于是他们很自然地走到了一起。他们经常一起读书习武，切磋诗文，相互唱和，聊以自慰，排遣抑郁。对武惠妃的专权后宫，他们都很愤懑，对于她不守嫔妃之道，妄想把寿王扶上太子之位，更是气恼难平，但限于自身处境，只能钳口缄默，以目示意。太子李瑛故意讷言恭让，只想明哲保身，以待来日。而鄂王瑶和光王琚却有着年轻人的热血与冲动，他俩心中的怨愤有时会假于言形于色，情不自禁地显露出来。太子李瑛多次劝告他们，不可意气用事，要韬光养晦，以待时机，免得招来武妃的陷害。但他们对太子的懦弱退让不以为然，认为太子应该主动出击，在朝臣中培植亲信以固本基，在边将中网罗心腹作为外援，免得成为刀俎下的鱼肉，任人宰割。那次光王琚用马冲撞杨玉环就是心中怒气的直接表露。

对于太子瑛与二王的密切交往，武惠妃早已心知肚明，对他们私下的怨语，也早得传报。开始，她准备剪除二王，削除太子唯一的羽翼。但她看到，二王有勇无谋，让他们待在太子身边，只会坏他的事，不会有助太子之位的巩固，方才罢手。现在，她觉得正好可以借助二人意气冲动的特点，寻机窥隙，抓到太子的把柄，以达到她的目的。

这天，二王又以温习诗书为由，相聚于太子瑛处，其实他们是想聚在一起，发发满腹牢骚。见左右无人，鄂王瑶说："二哥，你可听说，前两天，寿王妃的哥哥娶了承荣公主为妻。想他卑俗之人，小小校书郎，何德何能匹配公主？"

不待太子接话，光王琚说："还不都是那个武氏老女人从中作怪，想笼络人心，壮大寿王的势力，也不管你什么公主不公主，只要对她有利，就利用联姻这根线把你拉进来。承荣公主是岐王最小的女儿，连父皇都喜爱，嫁与那个名不见经传的校书郎，真是辱没了她。"

太子见二人讲话越来越口没遮拦，担心地说："二位弟弟，讲话切莫过激，免得隔墙有耳，惹来不虞之祸。"

光王琚说："二哥，你就是太过提心吊胆。平日怕她也就算了，今日，在你府邸，又无旁人，我们还不能一吐心中怨言吗？"

鄂王瑶也说："是啊，想那武氏一味狐媚父皇，专宠后宫，害得你我的母亲遭遇冷落不说，还打起移换皇储之事，要把她的亲生儿子替换为太子。真不愧是武氏一脉。"

太子瑛深深叹了一口气说："唉，武氏乱朝，殷鉴不远，父皇不应没有警戒，为何独独不悟呢？"

三位皇子对父皇专宠武惠妃，也是一肚子的不满，但碍于名分，不敢妄加评说，只把怨气发泄在武惠妃的头上，说她是武氏之后，专以狐媚事上，貌美如花，却心如蛇蝎。最后太子瑛也抑制不住心中的怒气，说："等到我当政的那一天，一定要把她武姓余脉铲除，还唐室朗朗青天。"

他们自以为在太子府邸，只顾讲得高兴，不想他们的话早已被武惠妃收买的太子身边的人听去，并迅速传到她的耳中。武惠妃听到这一切，气得浑身颤抖，恨不能立即赶到东宫向三人问罪，但她冷静下来，觉得应好好利用这一难得的机会。于是，她留住那个太子身边的人，衣饰不拾，蛾眉不扫，饭也不吃，哭哭啼啼以待皇上的到来。

当皇上看到他的爱妃这样一副憔悴不堪的模样，自是关心地问她怎么回事。武惠妃未语泪先流，她一头扑在皇上的怀里，放声痛哭起来，仿佛受了天大的委屈一般，边哭边说："太子私下里与鄂王、光王结党相聚，说我专事狐媚陛下，并说陛下不明清浊，偏听偏信，如他临朝之日，必不让我与寿王存活世间。"她又说这是太子身边的人不忍她无由被害，特来转告她的。皇上立即把那个太子身边的人找来，亲自审问。

那人既然被武惠妃收买，不免添油加醋地把三王的牢骚话夸大说出。皇上还没听完，已经怒气勃发，怒喝道："此等逆子，怎敢猖狂若此，阴损皇妃，诽谤父皇？如真让他临朝，还不知会怎么样对待天下呢。"说着，就要下旨把三人送御史严办。

武惠妃见目的已经达到，不想继续扩大事态，由此掀起冤狱，引起朝中大臣的不满，就又哭泣着说："陛下，太子将来是一国之尊，为社稷着想，妾妃诚请把我与寿王驱逐出宫，或者干脆赐死吧。免得因为我的缘故，让太子于人落下不实话柄。"

玄宗听了，说："此等不孝子，留他何用？待明天，我先废了他的太子之位，再慢慢收拾他。"

听了这话，武惠妃心中暗喜。她劝皇帝千万要保重身子，免得气坏了身体，接着又语气一转，说："陛下，凡事有个限度，太子品性不端，愧为太子，现在你知道了，免去他的太子之位也就是了，不要再多加责罚了。到底你们是父子，也免得让朝臣非议，于陛下威严有损。"

皇帝气哼哼地答应了，他决定免去李瑛太子之位。他把武惠妃搂在怀里，心想：这样一个善解人意的人，太子竟然骂她心如蛇蝎，只会狐媚事人。我看不是她心如蛇蝎，而是太子你心术不正，还没登上皇位，就连为父的爱妃也不能容忍，连我这点欢乐也要剥夺。她狐媚事人，她事的是谁？是父皇我！这样说，我不就是一位偏听妇人之言的昏君了吗？是可忍，孰不可忍！

武惠妃见皇上气得不行，就提出陪他下一盘棋解解闷。皇帝立刻传御厨房为武妃准备御膳，他要考虑一下废除太子和二王的事，看如何与三个宰相们商讨。

第二天，玄宗皇帝把中书令张九龄、侍中裴耀卿、礼部尚书李林甫三位宰相召集来，商议废黜李瑛太子一事，原因就是武惠妃说的，太子私结党羽，阴损后宫，指斥皇上。三位宰相乍一听都蒙住了，没有想到皇帝召他们来是商议这件事，他们没有一点心理准备。倒是李林甫听了，气定神闲，显然这不是一件出乎他意料的事。三位宰相谁也没有先开口，因为他们知道，这预示着宫廷中又将掀起一场新的权势斗争，而在这场斗争中，他们的讲话也就表明他们的方向，是站在现在太子一方，还是站在那个连他们也不知晓是谁的另一方。

　　良久，中书令张九龄开口了，他说："陛下，恕老臣直言，您登基已经三十年。三十年来，在您英明的治理下，天下太平，五谷丰登，百姓很久都不知道战争是怎么一回事。他们庆幸生逢其时，感谢陛下的享国日久，子孙的繁育从没像现在这样多过。这一切因为什么呢？这都得益于天下安宁，靖晏无事。太子殿下，很早就已经确立，他平日不离开深宫，天天受到您的教诲，耳提面命，早已深明大义，从来没有听到他有什么过错。今天突然一日之间，圣上要废太子，臣服唯陛下三思而后决之。太子是国家的根本，轻易不可动摇，以免引起不必要的纷争。频繁更换太子给国家造成灾难的，这在历史上是屡屡可见的，比如晋献帝、汉武帝等。陛下慎思！"

　　张九龄是宰相，他的话是有一定分量的。皇帝不好反驳，只好把头扭向裴耀卿和李林甫说："两位爱卿，有何高见？"

　　裴耀卿一向是以张九龄马首是瞻，见张九龄这样说，只是唯唯诺诺地跟着应和，说他所言极是。李林甫在皇上还没问话时，就一脸肃然，显示出对这个问题已经深思熟虑的样子，当皇帝问到他时，他徐徐说道："陛下，臣以为正如张宰相所言，太子是一国之根本，因此所立皇子应是温礼贤德、品性俱佳之人，这样，才能起到表率作用，一旦临朝，才能更好地治理国家。如果先期失于考察，仅固守太子立而不可轻废的原则，那么对大唐社稷是不利的。现太子既有不虞之辞，越礼之议，陛下要废黜，也在情理之中。历史上罢免已立太子，再立贤明皇储，从而把国家治理好的例子也为数不少。"

　　玄宗听了李林甫的话，微微点了点头。张九龄向来鄙视李林甫的为人，见他在这紧要关头，竟不顾国家社稷，只知道讨皇上的欢心，于是连忙说："陛下，太子是一国所望，废止应是百官皆知之事，现仅以听到的没有确证之事来废黜，恐令天下失望。愿陛下再思之。"

　　这倒是说到了玄宗皇帝的心坎上了，他就是因为废黜太子的理由太过单薄，才和三位宰相商议的。如果他有太子忤逆的确凿证据，还用得着与他们商量吗？早就下诏办理了。此时，他也不愿听宰相们的争论了，挥挥手说："我知道了。这事以后再商议吧。"

　　皇帝与三位宰相商议的结果，很快就传到武惠妃的耳中，她一面对李林甫为她讲了话感到快慰，一面又痛恨张九龄的迂腐与不识相。但她没有再就这事去问皇帝，她知道凡事不可操之过急，急了反而不好。她一面让女婿杨洄更加密切地注意三人的动静，搜集他们不敬的言行；一面不停地在皇帝面前大讲李林甫的好话，她的目的是让李林甫在朝臣中的地位更加突出，讲话更有分量，最好当上第一宰相，把张九龄那个不识抬举的老家伙挤下去。

　　李林甫知道张九龄对自己印象不佳，因为张九龄的官比他大，他只能把对张九龄的忌恨放在心里，表面上对张九龄还是恭敬有加的。但善于伪装的他，慢慢发现了张九龄与皇帝的关系并不融洽，张九龄有几件事弄得皇帝很不高兴。他看到这种情况后，就千方百计附和皇上，有些事不管对不对，只顾顺着皇上的心意说，利用一切可以利用的机会离间皇上与张九龄的关系，削弱皇上对第一宰相的信任。比如在对边将牛仙客加官晋爵这件事上就是这样。边将牛仙客因为治边有方，玄宗皇帝想把他调入京中为官，直至为相。张九龄极力反对，他说："牛仙客只是边隅小吏，目不识书，少有文才，若委以大任，恐怕难以服众。"而李林甫知道玄宗皇帝极想加官于牛仙客，就对皇上说："既然有治世才能，何必在文才上太过计较？我看牛仙客完全可以胜任宰相职位。张九龄的话，完全是一个书生的迂腐见解，不识大体。"皇帝被李林甫这么一而再、再而三地挑拨，渐渐地疏远了张九龄。这一点张九龄也是有所觉察的，但文士的耿直让他一如既往，丝毫没有变得圆滑。

李林甫见皇帝听了张九龄一番义正词严的话后，废太子的决心开始动摇，自己虽有意帮助武惠妃，只叹孤力难为，三个宰相中，就他一人说可废太子，人微言轻。从宫中出来后，他一面派人把商讨结果告诉武惠妃，一面又派人找到皇帝宠幸的宦官——官封右监门卫将军、知内侍省事的高力士，让他转告皇上一句话，这句话就是：此乃皇上家事，何须外人置喙？意思是，这是皇上您自己家里的事，废也好，不废也好，全在于皇上您这个一家之长。为什么还要问旁人，让别人来管您家中的事呢？别人也没权来管您家里的事。这就是李林甫聪明过人之处，他把关系大唐命运的皇太子的废立，轻描淡写地说成是皇上家里的事。但他忘了，此家不是彼家，往大了说，这个家就是国。他正是看到玄宗皇帝有了废黜太子的念头才说这番话的，如果玄宗皇帝坚持太子之位不可替换，恐怕他又会说出"普天之下，莫非王土；率土之滨，莫非王臣"的话来。

武惠妃听了李林甫的传报，知道一切事情都要争取，坐待其变，是不会等来好结果的。特别是在权势集中的宫廷，谁都想捞取权力，为了抓住它，什么残酷的手段都能用出来，看似温情脉脉、太平无事的宫闱，其实有着掩盖不住的血腥。你不谋划别人，别人就会谋划你；你一步想不到，处处就会让别人争得先机，你就只能成为任人宰割的鱼肉。但怎样让朝臣都同意废黜皇储呢？为此，她心急如焚，焦躁不安。但又不能把心中所想表露于外，特别是不能在皇上面前露出一点口风，那样，原本还有希望的事就会前功尽弃。历朝历代的皇帝，都是深忌后宫干政的，不允许妇人对他们手中至高无上的权力有一点影响。因此，在皇上面前，武惠妃还是要强颜欢笑，表示对皇上废不废太子一事，根本不关心，似乎已经把她对皇上哭诉太子一伙要陷害她与寿王的事忘得一干二净了。武惠妃的心事和难言之隐瞒过了皇上，却没有瞒过身边侍候她的一个叫牛贵儿的宦官。一个人的心中所想，总会有所表露，她在皇上面前极力掩盖，但皇上不在时，难免会有所松懈。而在宫廷生活久了的宦官，无论大小，似乎从小就养成了一份对权力的敏感。牛贵儿也是从小就入宫的人，他又一直服侍武惠妃，几天来，武惠妃的心事他不可能不知道。他很想开导开导皇妃，为她分担忧愁，但限于身份，又不敢贸然开口。

这一天，皇上在朝堂上处理国事。武惠妃一人在后宫，牛贵儿侍立在旁。虽是金秋送爽的时节，武惠妃却没有散心的意思，反而显得焦躁不宁，坐卧不安。只见她一会儿蛾眉紧蹙，一会儿起身徘徊，心中似有决断不下的事。牛贵儿在旁不敢多嘴，垂首默立。忽然，武惠妃喊道："贵儿，你过来。"平日，武惠妃都喊他贵儿，以示亲切。牛贵儿赶紧小跑到武惠妃面前。"贵儿，我问你一个问题。你说，怎样才能让一个人做他不愿做的事呢？"

牛贵儿想了想，说："我听说在秦朝时，有一个叫商鞅的宰相，要变法，但人们开始都不信任他。为了取信于民，他在城的北门竖了一根大木头，并当众宣布，谁把大木头抬到南门去，当众给五两金子。人们都不相信，想世上哪有这样便宜的事，抬一根木头就能得到五两金子，该不是一个阴谋吧，还是不要贪财为好。见众人不信，商鞅就加到十两，还是没有人相信，最后加到了三十两。一个人实在经不起诱惑，就把大木头扛到了南门。商鞅当着众人的面，给了他三十两黄金。这就叫重赏之下，必有勇夫。如果要一个人去做他不愿做的事，奴才以为，多加赏赐，他一定会去做的。"

"如果这个人不缺钱呢？"

"那就给他官，有钱的人没有一个不想当官的。"

"如果他已经当了官呢，并且还是一个大官？"

听到这里，牛贵儿已经心知肚明了。他稍稍停顿了一下，加重语气，一字一顿地对武惠妃说："那就派人告诉他，可以让他一直把大官当下去。"武惠妃听了这话，目光定定地落在牛贵儿的脸上。两人四目相对，心照不宣。武惠妃说："好，贵儿，你就去告诉那个人吧。"

牛贵儿按着武惠妃的心意，当晚，赶在宵禁之前，他来到中书令张九龄的府邸，要面见张九龄。不过他是经过一番乔装才去的，没人知道他是宫内的太监。张九龄久在官场，见一个陌生人此时来访，知是为人所派，便问他有何见教。牛贵儿也不与张九龄兜圈子，他直言相陈，说："听说太子有忤逆之言，皇上有废黜之意，曾召公商议此事？"

张九龄诧异此等机密的事竟为外人所知，既然此人连这件万分机密的事都知晓，可见他一定是有来头的。他不动声色地点点头，算是默认。

"听说公不主张废黜？"

"太子是固国之本，怎可仅凭谣传轻言废黜？"

"公此言差矣。太子固是将来一国之君，但如果品性不端，大臣只是一味循章遵典，以为废黜有损国基而迁就，最后，岂不免欺国累民？常言道，有废就有兴，皇上子嗣众多，难道就没有一个品德端庄、慈爱有仁心的吗？"

"噢，你看哪一位是可立太子之选呢？"张九龄不知来人底细，故有此一问。

牛贵儿以为张九龄有所心动，说："我看寿王俊美可爱，温良礼让，如立为太子，定不负国人所望，可使国泰民安，内外平定。中书令大人如倾力相助，不仅尽了臣子之道，为国家荐一明君，就是自己的至尊之位，也可久居不离，是别臣所不敢奢望的。"

听到这里，张九龄已经全明白了，他知道眼前这个人是受谁指派而来。他把眼一瞪，眉一横，疾言厉色道："太子废立，乃圣朝命运所系。我身为大唐臣子，自当忠于职责，秉心陈言，只求无愧于心。要想让我尸位素餐，上不能匡主，下无益于民，位尊而遭人耻笑，不是我辈所为。尔等何人，竟敢过问皇储废立，不怕律法惩处吗？"

听着这番慷慨言辞，牛贵儿的心陡然悬提了起来。他见张九龄怒气勃发，脸上胡须根根皆竖，目光如炬地瞪视着他，双手扶着椅子的扶手，似乎随时都要站起喊人把他拿下。牛贵儿知道，如果此时张九龄把他拿下送官，告到皇帝面前，他就是有十条小命也捡不回来了。但他想到他是武惠妃差派而来，既然张九龄已经知道，谅他也没有这个胆。想到这里，他又壮了壮胆，看着张九龄冷冷地说："张大人，小的完全是一番好意，只在提醒你要审时度势，免得日后后悔。要知道，再怎么讲，太子的废立，都是皇上自家的事，大臣还是不要过多干预的好。"

张九龄听到这话，一下子站了起来，他一步跨到牛贵儿面前，怒喝道："大胆狂徒，竟敢口出这等言语，再不速退，休怪我无礼。"

牛贵儿在张九龄威严的目光下，不禁退了两步。待稳定心神后，他恨恨地说："好，好。我话已传到，你好自为之。"说着，忙不迭地出了张府。

牛贵儿回到宫内，把张九龄的话传给了武惠妃。武惠妃听了，眉头紧紧地拧在了一起，她没说一句话，挥挥手让牛贵儿退下。此时，她有些后悔让牛贵儿去劝说张九龄了，没有想到张九龄是这样顽固、这样不识相。现在，她最怕的就是张九龄把牛贵儿去劝说他的事告诉皇上，那样的话，形势就会对她极为不利。虽然牛贵儿没有说是她派他去的，但她想张九龄心里也一定会明白的，不然，他一定会把牛贵儿拘押起来，送交御史台或刑部。张九龄放牛贵儿回来，就是心里忌惮她。如果张九龄把这件事呈报皇上，即使不说出她，皇上也难免会起疑心，从而削弱他废除太子的决心。武惠妃实在懊悔自己考虑不周的举动。她连忙把驸马杨洄叫来，要他时刻注意张九龄，看张九龄是不是把这件事告诉了皇上。

武惠妃的担心不是多余的，张九龄第二天就把牛贵儿去劝说他的事，呈报了皇上。皇上在褒奖张九龄忠心正直的同时，心中疑云密布。经历多次宫廷权势斗争的玄宗皇帝，深深感到在废立太子一事的背后，有一股隐藏着想要扳倒太子、另立皇储的势力。这是玄宗皇帝所不能容忍的，任何对他至高无上的权力构成威胁的因素，都是他要警惕和提防的。因此，废立太子一事，他觉得不能偏听偏信，应该迟缓一下。

杨洄探听到这些消息后，立即让咸宜公主入宫传送到武惠妃的耳中。武惠妃见自己担心的事还是发生了，更是懊悔无比。她知道，废黜太子，谋立寿王的事只能暂缓一下了。只有慢慢打消皇上的疑心，再相机行事。她在一面懊悔自己处事欠妥的同时，一面又把张九龄恨之入骨。她想，如果要继续谋立寿王为太子，只有把张九龄这个绊脚石搬开，把李林甫这个得力的外援扶上第一宰相的位置。

而什么事也不知晓的寿王与杨玉环，当真以为自己生活在太平无事的好日子里。这天，寿王又不知从哪里借来两匹骏马，要携爱妻去郊外骑马。自从杨玉环爱上这一运动后，寿王几乎把他认识的皇亲国戚的好马都借来了。当天，寿王兴致勃勃地穿戴好后，见杨玉环还是一身家居打扮，诧异地问："咦，平日都是你催我，怎么今日你倒不慌不忙起来？我可是收拾好了，今天，我要和你好好赛一赛，看谁先跑到洛水边。"

杨玉环还是没有忙着去换衣服。她走到寿王面前，温柔地拉起他的手，轻轻地放在她的肚子上，说："十八郎，我今天恐怕不能去了。"

"为什么？"

"我已经有身孕了。"

"啊！"寿王眼中露出喜悦的光彩，他把杨玉环搂在怀里，一只手轻轻地在她肚子上抚摩，感受着另一个小生命的存在，嘴里喃喃着说道，"我就要当父亲了，真是不可想象。"

杨玉环心里涌起一股从未有过的温情，脸上放出幸福的光彩，她问寿王："十八郎，你是想要一个王子呢，还是一个王女？"

"都要，最好生一对龙凤胎。这样，我们再出去骑马玩时，就可以你抱一个，我抱一个了。"

"唉，都是因为他，我不能出去玩了。"杨玉环脸上又露出烦恼的表情。任何影响到她游玩的东西，她都要气恼的。

"玉环，不要这样着急，只是短短几个月时间，再说马上就要进入冬季了，外出骑马也不方便。除了骑马还有别的可玩嘛。"

听寿王这么一说，杨玉环紧皱的眉头松开了，她又喜笑颜开地说："对，你说得有道理。不过，现在我要去看看你又借到了什么骏马。"

寿王妃有孕的消息立刻让武惠妃知道了，她由衷地高兴，并把杨玉环召入宫中，详细地询问了有关情况，还派内宫侍医奚官来为她诊脉。奚官虽不是正式太医，但他的医术丝毫不逊于太医，只是他们常为内宫服务罢了。奚官为杨玉环诊过脉后，告诉武惠妃一切正常，没有什么可担心的。话是这样说，但武惠妃还是不放心，因为她就曾多次流产，没有保住在寿王前面的几个孩子。在这方面，她有着自己的迷信和忌讳。

首先，武惠妃要求不要把寿王妃怀孕的消息到处传播，尤其不能让皇上知道。哪个宫女不守此条，到处张扬，一定严惩不贷。如果真的有什么鬼祟的话，她希望用这种方法能瞒过鬼祟的注意。其次，武惠妃拿出一块玉让杨玉环随时戴在身上。据她说，这块玉是在她前几个孩子不幸夭折后，一位女道士送给她用以避邪的。自从她佩上这块玉后，生下的寿王与咸宜公主都存活了下来。所以，她对这块玉特别钟爱，就是在寿王与咸宜公主都长大成人后，她还时刻把它戴在身上。现在，她把这块玉送给了杨玉环。

杨玉环对自己的身孕，开始是惊喜的，她似乎此时才意识到自己已经成人了，应该要对某个生命负责了，一种伟大的母爱在她心中荡漾。特别是在独自一人沐浴时，她看着自己日渐隆起的肚子，心里非常甜蜜。她把手放在肚子上，感受另一个生命在她体内的跳动。他会长得什么样呢？他会像她，还是像寿王？真是不可思议，一个生命就在自己身上孕育了。但慢慢地，杨玉环又对自己的身孕有所不满了，因为怀孕，她不仅不能骑马，而且所有的剧烈运动都不得不停止，她最喜爱的舞蹈也只能看不能亲自参与了。因此，她抱怨不休，甚至对肚中的那个孩子也怨恨起来。好在寿王体谅到她的心情，把洛阳最好的乐师找来给她解闷。受他们的影响，杨玉环慢慢地对音乐的兴趣大增。

转眼间，八月初五的千秋节到了。玄宗皇帝为了庆祝自己的生日，每年千秋节都放假三天，让百官休息，士庶同乐。每当此时，洛阳城中就分外热闹，街市上的喧哗往往能传入深宫。杨玉环为自己不能融入这种欢乐的氛围中而深感懊恼。武惠妃似乎知道她这位儿媳好动的脾性，特地派人来告诫她，要少动静守，以免牵动胎气。杨玉环便抱怨自己的行动受到了限制。

寿王为了让杨玉环不致太过寂寞，没有上街游玩，只是到宫中参加了贺拜父皇生日的仪式，就匆匆赶了回来。他对杨玉环说，许多官员都给父皇送了生日贺礼，就是上次他们在制镜坊看到的一面面大铜镜，取名金宝镜。唯有中书令张九龄给父皇送了一套书，书名叫《千秋金镜录》，是以历代兴废史事编纂而成，希望父皇看了能从中汲取经验，更加知人善用，把国家治理好。

"这很好啊，知古才能明理，这比那些献什么金宝镜的人强多了。我听说太宗皇帝曾讲过这么一句话，照镜子可以整衣冠，只有观照历史，以历史为镜子，才能明辨是非，有错必纠，做一个明君。"或许父亲是儒生的缘故，杨玉环对张九龄这一举动很是欣赏。

　　"是啊，父皇也赐书给予了褒美。但是母妃说这是张九龄别有用心，向来只有对昏庸的君王，臣下才搜集什么历代兴亡史事编成书籍，上呈皇帝借以讽谏。现在，父皇英明决断，海内升平，他这一举动不是明明在说父皇是昏庸之君吗？"

　　"怎么能这样说呢？要知道编一本书是要费好大力气的。我记得，父亲在编书时，有时唉声叹气半宿，往来不停地踱步，翻看了几大本书，却不能写下一句话。能把以前朝代的事收集起来，那要花费多大的精力啊。他这样做也是出于一番好意嘛。"

　　"我对张九龄编不编书不感兴趣，只是母妃说，他对我们不太友善，让我们提防着他才好。"

　　"噢，原来他是一个奸臣，那皇上为什么还不把他惩办了？"

　　"忠奸只是后来人评说出来的，当时是不好说谁忠谁奸的。"

　　"好了，不说这些事了。今天我又新学会了一支琵琶曲，弹给你听。"现在，杨玉环又对弹琵琶有了兴趣。为了经常奏乐不引起旁人的议论，她特地把一间宽大房间的门窗，各加三重帷幕，以防音响传出太远。

　　这样的日子没过多久，武惠妃突然从宫内传话，让杨玉环千万不要进宫，说是宫内有鬼怪作祟，免得沾染上她，有碍身孕。这话在叫人害怕的同时，又让人觉得刺激。好奇的杨玉环叫寿王去打听，到底是怎么一回事。很快，寿王打听出来了，说是宫中有鬼，鬼经常在晚上敲门，还有地上的蚂蚁常在一个宫女遭杖杀的地方组成一个"冤"字来。杨玉环问那个宫女是被谁杖杀的。寿王支吾半天说，是被母妃杖杀的，罪名是她污秽宫廷。杨玉环不便再问，她想一个宫女被杖杀，死的地方有蚂蚁自动拼排成一个"冤"字，其中一定有隐情。

　　事情正如杨玉环所猜疑的那样。其实那个宫女是被冤枉的，她不过是武惠妃与太子瑛政治斗争的牺牲品，不过那些令人们谈之色变的鬼祟，却又是太子瑛蛊惑人心、恐吓武惠妃的伎俩。

　　那个宫女名叫英妹，本是武惠妃身边的侍女，长得婀娜多姿，容颜如玉，芳龄二八，正是怀春年龄。有一天，太子礼见武惠妃，偷眼望见英妹天仙般的容颜，不禁怦然心跳，多瞧了两眼。英妹呢，生长于深宫，没见过几个男人，一见太子望她的眼神，也是心有灵犀，一双妙目也在太子身上游走不停。虽在武惠妃身旁，两人竟眉目传情起来。

　　这一切都被武惠妃看在眼里。当时她不动声色，等太子离开后，她单独留下英妹，做出关心的样子问道："英妹，你今年多大了？"

　　"回贵妃娘娘的话，奴婢今年十六了。"

　　"嗯，正是青春年少、如花似玉的年龄。这样的岁数应该出嫁了。"

　　"奴婢不嫁人，奴婢要侍候娘娘一辈子。"

"你的心意我领了。我也知道，你们宫女谁都希望能出宫嫁人，哪怕是过上普通人的生活。"

"奴婢不敢。"

武惠妃不听英妹的话，自顾自地说："你是我身边的人，要嫁人可不能胡乱就嫁了，一定要嫁个有权有势，能让你享尽荣华富贵的人。你看东宫太子如何？"

武惠妃这句话差点把英妹的魂给吓掉，她以为武惠妃知道她与太子眉目传情的事后，将要惩罚她，而故意说这番话给她听的。她吓得立马跪倒在武惠妃面前，哭拜道："奴婢不要嫁人，奴婢只要忠心侍奉娘娘。"

"好了，不要说小孩子话了，这个事就这样说定了。不过，委屈你的是，你到东宫太子那里，却不是太子妃，而只是一般侍幸的宫女。至于以后你是不是能被太子宠爱，就看你的造化了。今天我看太子对你很有情义的样子，我相信你是能得到太子的宠幸的。"

英妹见武惠妃不像是开玩笑，心中不免疑惑起来。她想，难道当真喜从天降，武惠妃看到自己与太子眉目来往，不仅不加责怪，还成全他们的心愿？想到这里，她心中难免暗喜，但嘴里还在说要侍候娘娘一辈子的话。这时，她又听到武惠妃说："不过，你到了太子那边，要时刻关心他，要像侍候我一样侍候他。太子是将来的一国之君，任何举止言行都关系着未来大唐的国运。因此，你到了那边，太子的一举一动，你都要及时回报于我，让我们共同关心他。听到了吗？"

"奴婢听到了。"

于是，没过几天，英妹就被送到了东宫太子那里。太子当初要勾引英妹，固然因为她美貌，其实更主要的是看中她是武惠妃身边的人。太子想把她勾引到手，好随时从她嘴里探听到武惠妃的秘密举动。不想，武惠妃却奏明皇上，打着关心太子的旗号，把英妹送了过来。太子知道武惠妃才不会真的关心他呢，她这样做，是要在他身边安插一个奸细，监视他的一举一动，好随时上报于她。太子也是工于心计的人，看到英妹这样小，他决定用男人的魅力征服她，把她转变过来，成为一个为他所用的女人。

因此，从英妹被送给太子那一天起，太子就表现出对她超乎寻常的宠爱。不用说，连男人都很少见到的英妹，一下子就掉到了男欢女爱的甜蜜中不能自拔了。她对太子无比依恋，早把武惠妃告诫她的话丢到了九霄云外，倒是太子多次劝她常回武惠妃那里走走。她回到了武惠妃这里，也给武惠妃说了很多太子的情况，当然都不是武惠妃想听的。在要她好好侍候太子的同时，武惠妃不忘揭醒她要多注意太子平日都在忙些什么。英妹没有在武惠妃那里坐多久，就迫不及待地回来了。

等时间久了，时机慢慢成熟，太子看到已能控制英妹了，就把真相都告诉了她，当然隐瞒了他当初要勾引她的初衷。英妹没有想到武惠妃把她送给太子，原来包藏祸心，另有目的，藏在心中的对武惠妃的感恩戴德，一下全部消散了。最后，在太子花言巧语的挑拨下，英妹从一方倒向了另一方：她不是把太子的消息传报给武惠妃，而是把武惠妃的消息传报给了太子。太子还给英妹许诺，等他登上皇位，就会立她为皇后，虽然现在太子已经有了太子妃。但有了这一空头许诺，英妹为太子奔忙得更欢了。

通过别的渠道，武惠妃很快知道英妹已经变心。她不能忍受一个宫女对她的背叛，于是心里对英妹充满了怨恨，她要狠狠地惩罚英妹，方能一泄心中被愚弄的恼恨。没过多久，武惠妃就找个借口，以充足的理由将英妹杖杀了。

英妹被杖杀，武惠妃与太子最是心知肚明的，她只是他们之间权力争斗的牺牲品。武惠妃借此出了胸中一口怒气。太子受到了无情的打击，他竟连自己所喜爱的一个女人都保护不了。他在心中暗暗咒骂武惠妃的同时，也在绞尽脑汁地想办法，从而给武惠妃这个他最痛恨的人以重重打击。没过多久，他就想到了一个办法。

这种办法是光王琚替他想出来的。光王琚因为常在外走动，认识一些江湖奇异人士。出于长远的打算，他刻意结交这样的能人，以备后用。其中有一个对动物特别感兴趣的人，他对光王琚讲了许多有关动物方面的事。当武惠妃无端杖杀英妹，给了太子一记闷棍时，他想到可以利用动物的特性从精神上去恐吓武惠妃。

光王琚和太子商议后，在武惠妃杖杀英妹的御沟旁，用调好的蜜在地上写了一个大大的"冤"字，引得蚂蚁聚附在上面，不知内情的人看了，还以为蚂蚁受到神灵的调遣，聚集成字，向世人彰示英妹的冤情呢。有人立即将这一特异情况告诉了武惠妃。武惠妃听了，开始还不相信，以为是太子瑛那边的人在散布谣言，对她杖杀英妹发泄不满。等她赶到御沟边，看到确实有无数蚂蚁聚集在她杖杀英妹的地方，形成一个大大的"冤"字。那些蚂蚁爬动着，使得那个"冤"字看上去又瘆人又恶心。也许是心中有鬼，武惠妃没有心情细看，只是吩咐宫女把那些蚂蚁铲到御沟里去。

武惠妃受到了打击，她以为她杖杀英妹的事，遭到了神灵的谴责。这种事是瞒不过神灵的，她在无人时，也许是想得到神灵的宽佑，便默默地进行祷祝，还派人在晚上为英妹烧了冥币，希望她在另一个世界宽恕她，不要再到处诉冤了。但神灵似乎没有接受她的请求，在随后的几天里，蚂蚁依然聚集成"冤"字。接着，更离奇恐怖的事出现了。

这件更离奇、更恐怖的事，就是半夜鬼敲门。

一到晚上，人刚刚睡下，就听到嘟的一声，随后是嘟嘟，紧接着就是密如骤雨似的敲门声。等壮着胆子起来把门打开，门外什么人也没有，抬头向天，只看到一只只蝙蝠在夜空中乱舞。那些令人恶心的小东西，在静寂无声的夜空中无声地穿梭，让人有说不尽的恐怖与惊惧。把门关上，回身刚躺下，又是一阵密集的敲门声传来，一直持续到天明。

其实这又是太子瑛玩的一个阴谋。他悄悄买通武惠妃身旁的小太监，一到晚上，就让他把一些牲畜的血涂抹在武惠妃寝室的门上，这样，就吸引了那些晚间才出来活动的蝙蝠。蝙蝠一闻到血腥气味，就从半空中飞下来，附在门上吸血，听上去就像有人敲门一样；等人一出来察看，蝙蝠又飞到空中。到了天明，蝙蝠把门上的血都吸干了，什么痕迹也不会留下。不明就里的武惠妃还以为她冤杀英妹的事真的触怒了神明，神明特意用这些手段来恐吓她。为了平息神明的怒气，她派人请来道士、和尚不断地到宫中做道场和法事，希望驱逐那些鬼祟，但没有见效，鬼怪依然夜夜来敲她的门。

这真是一件可怕的事。在威严的皇宫深处，一旦夜晚来临，那些听闻这些事的胆小宫女，都早早就寝了，只有执戈的武士提心吊胆地巡游在宫殿间，每一点风吹草动，都让他们汗毛竖起，心惊肉跳。走路的人蹑手蹑脚，讲话的人不敢高声，偌大的皇宫显出一派阴森的景象。最可怜的还是武惠妃，她害怕黑夜的来临，每当最后一抹晚霞在天边消失时，她心中的恐惧就随着夜色漫上来。那些夜色就像冰冷的水一样，不可阻挡地从天空中，从门缝里，从树荫下，从看不见的阴暗角落里涌出来，慢慢地浸漫过屋角、堂厅、走廊，最后是整个天空。

武惠妃看着黑暗从四面八方涌上来，她感觉她心中的热气也在慢慢地退却，最后只剩下如豆的火光能供她呼吸。当大门轰的一声在她面前关上时，武惠妃觉得那声响就是鬼祟到来的铃声。她也曾想过不关门，但她不敢冒这个险，敞门迎鬼，也许鬼真的就会迈门而入，一直到她的眼前。她让宫女多点红烛，把寝室照得亮如白昼，又多增宫女，环列于室内。那些宫女和她一样也吓得浑身颤抖，牙齿打颤。武惠妃坐在床上，在心里想象着鬼怪的模样：它面目狰狞，眼放红光，腿脚粗大却落地无声。它和整个黑暗融在一起，分不出它到底多高多大，伴随它的是纷飞的蝙蝠。那些蝙蝠在它头顶左右翻旋，就像它纷披的乱发。它迈着轻快的步子，一步一步逼近她的寝室。它到了寝室门口，从容地静立一会儿，然后举起丑陋的手指敲起门来。嘟！当第一声敲门声传来时，寝室里的宫女就如被施了定身法，一个个呆若木鸡，脸上都是凝固的恐怖表情。她们惊骇地盯着大门，已经忘了自己的职责所在，随后惊叫声连成一片。武惠妃吓得连呵斥宫女的胆子都没有了，此时，她忘了她尊贵的身份。此时的她只是一个普通的女人，她像所有的宫女一样，吓得把头深埋在被子里。她感到，巍峨的皇宫在密集的敲门声里摇摇欲坠。

几天下来，武惠妃已经是面容憔悴，疲惫不堪了。她夜夜提心吊胆，坐以待旦。当几天后，皇上再次临幸她时，吃惊于她的面容变化之大。在皇上询问他的爱妃面貌何以变化得如此出人意料时，武惠妃忍不住心中的惊悸，一头扑倒在皇上的怀里，痛哭流涕。但她又不能把内在的隐情告诉皇上，只是说："我们回去吧，这里不吉利，我们回长安吧。"

【第三回】

金銮殿上生荆棘，骊山泉中绽芙蓉

皇宫有鬼祟的事传开了。于是，皇帝在第二天的朝会上提出想要提前回京都，他原本是想在来年四月回去的。但中书令张九龄不同意，他说现在百姓的冬忙还没结束，现在回去，大队人马势必会给沿途百姓造成侵扰，影响来年庄稼的收成。别的大臣也有阻拦，理由都一致。皇帝见众大臣反对，心下徘徊，就没有强行决定。

下朝回到宫中，皇上来到武惠妃的身边，他把朝臣们反对此时回长安的意见告诉了她。武惠妃闷闷不乐，她涕告皇上，她恐怕不能活着回到长安了。这话让玄宗皇帝吓了一跳，他握着爱妃的手宽慰她说："你放心，我争取尽早回去。"

武惠妃之所以说那么重的话，是因为今天寿王府来人告诉她，寿王府也出现了鬼祟，寿王妃受到了惊吓。听到这个消息，她心中吃惊，因为寿王妃有孕在身，那是丝毫不能有差错的。此时，她有点后悔太严厉对待英妹了，以致引来了神明的震怒。

太子瑛和光王琚本来只是想用此计吓吓武惠妃的，没想到竟大大出乎他们的预料，把武惠妃吓得着实不轻，现在她已经草木皆兵，夜不就寝，昼不安坐了。接着，他们又想到把这条计策用在寿王身上，也吓他一吓。这次更方便了，因为他们的住处与寿王连在一起，没费太多周折，就达到了目的。

虽然杨玉环没有武惠妃因为杖杀英妹而有的鬼胎，但她终究是一个女人，着实也被吓得不轻。她不明白，鬼祟为什么会找上她。她自问从来没害过哪个人，也没得罪过谁，鬼怪为什么半夜来敲她的门？如果是在朗朗白日，她一定会认为是谁在和她开玩笑，那她是再开心不过了，但这是在黑夜中，阴森的气氛让她丝毫产生不出玩乐的心情。她紧紧依偎在寿王的怀里，身子瑟瑟发抖，平日洋溢全身的欢乐荡然无存。寿王也是一个懦弱的男子，但为了保护妻子，他强打精神壮起胆子，仗剑站在门边，仿佛随时与有可能破门而入的鬼怪决一死战。他们身心俱疲地度过一个又一个夜晚，直到东方第一缕曙光从窗棂射入室内，他们才如虚脱了似的松懈下来，衣服不解地倒在床上。

一切玩乐都停了下来，他们整天都如生活在梦魇里，怕黑夜，怕烛光，怕空中飞翔的鸟。在极度的惊吓中，在一夜接一夜无休无止的折磨中，杨玉环流产了。她痛哭流涕，像第一次遭遇伤痛一样，两行清泪从眼中流出。她一把抱住寿王，为他们的第一个孩子就这样离去伤痛不绝。寿王也悲痛满心。他们突然感到自己是那么凄苦无助，连自己还没出生的孩子都保护不了。他们更紧地搂抱在一起，感到只有对方才是自己依靠的对象，除了对方，自己一无所有；世上虽有万人，真正相依为命的，能给自己扶持的，只有此时自己怀中的人。在万分悲苦中，他们长大了，知道了生命的可贵和脆弱，那是他们以前很少考虑到的。

寿王妃流产的消息很快传到了武惠妃那里，她让人去安慰寿王妃，并派去宫中最好的御厨，让他从饮食上好好调理寿王妃的身体，并告诫了一些必须注意的事，比如不可见风见光，离污秽的场所远些等。她的心中更沉闷了，认为有一些事是命中注定的，她在养育下一代上周折颇多，看来现在轮到寿王妃了。无论从哪方面看，她觉得都要尽快离开洛阳这个鬼地方为好。

武惠妃在督促皇上的同时，托人转告尚书侍郎李林甫，要他在朝会上做出赞成迁驾回长安的姿态。李林甫回话说，他照武惠妃的意思去办。等朝会上再次讨论是否可以回驾长安时，张九龄一派依旧固执己见，不赞成此时伤及稼禾的回驾。很有城府的李林甫没有当即说出自己的主张，他沉默地不开一言。等散朝时，他故意装作脚有点跛地落在后面。皇上看到了，问道："李尚书，你的脚怎么了？"

此时，李林甫看到众大臣都已经离开了，他回话说："臣向来有脚疾，不想此时又犯了。"

"噢，那为什么不治治呢？"皇上关心地问道。

"回皇上，臣有一家奴，每当臣脚疾发作时，都是他手到病除。可惜临来洛阳时，臣没有把他带来，故臣才有这无备之痛。"

"唉，如果此时能回长安，爱卿的脚疾当即刻痊愈，哪用受这番苦处？只是张中书一意阻拦，使之不能成行。"

李林甫见话题引到了正题上，于是故意面色郑重地说："陛下，恕为臣妄言，张中书所谓劳民伤禾，实有牵强附会之嫌。"

"噢，怎么说？"

"暂不说现在已经接近冬闲时节，正是锄藏民休的时候，该播种的已经下地，该收获的也已收割进仓，路过州府，一切供给只劳动少许百姓，怎能说耽误农时？再说，皇上车驾行进有序，只在官道上行进，怎说得上践踏田地，伤害稼禾？张中书只是一味地强调爱护百姓，拒绝回驾西京，而忘了普天之下，莫非王土，不去考虑皇上的需要，这未免有沽名钓誉之嫌。近来臣听说，宫内时有鬼祟作怪，已侵扰到皇上和嫔妃。臣没有听说有这样爱民的，为了几个小民的利益，而委屈至尊，以致行本末倒置之事。试问，如果皇上有了什么不安，牵动天下不宁，还有比这更大的损失吗？"

这番话，从李林甫嘴中娓娓道出，显见得在他心中酝酿已久。一来顺了皇上的心意，二来暗损了张九龄，把张九龄爱护百姓的一番用心，说成是沽名钓誉的自私行为，直说得玄宗不住地额首称是。最后，玄宗说："李尚书，你且回去，朕自有决定。"

李林甫见他的目的已经达到，只是玄宗不好当着他的面说出最后的决定就是了，于是也就心满意足地离开了。只是离开时，他还一跛一拐的，没有忘记他伪装脚疾这回事。

终于，玄宗不顾中书令张九龄和许多大臣的反对，决定从洛阳回驾西京长安。

这是开元二十四年（736年）十月间的事。众官员们奔走相告，他们都喜笑颜开地谈论这件事，因为他们随从皇上来到洛阳，已经整整有两年零十个月了。在他们的印象中，长安才是真正的京都，那里有他们真正的府邸、真正的家，洛阳的一切都是暂时的。整个洛阳城都在忙碌，人们收拾行囊装束，车马喧哗，一片嘈杂。

武惠妃脸上展露出笑容，她想，只要离开这个晦气的地方，鬼祟就会被远远地抛开吧。她让人传话给寿王和寿王妃，一切原有的东西都留在洛阳，那都是有晦气、不吉利的。她还告诉寿王妃，让她一路上一定要保护好身子，切记不要受了风寒。

离开洛阳到长安去，这对杨玉环来说，比别人少了一份欢喜。因为她是在洛阳长大的，洛阳是她的第二故乡，她对长安的繁华没有一点印象，她对洛阳是有感情的，对长安却没有。她的亲人和少女时的伙伴都在洛阳，她成长岁月中的每一个足迹都印在洛阳，现在离开，她有种割舍不去的依恋。唯一让她高兴的是离开洛阳，便可以离开这个闹鬼祟的地方，再也不用夜夜提心吊胆了。

十月间的某天，天气晴朗，阳光不温不热，即将凋零的枯叶在枝头簌簌作响，玄宗皇帝御驾回京都长安。车驾是在日头高于树梢时离开洛阳城的，金吾卫士在前开道，驱赶闲人。先是皇帝的车驾，紧跟着的是后宫嫔妃及皇子皇孙的车辇，再后是百官。杨玉环就夹杂在中间一队里，她坐在一辆宽大的车辇里，随行车队向长安进发。

杨玉环这次由洛阳到长安，与八年前和叔父由长安到洛阳相比，不可同日而语。那次虽说不上风餐露宿，但也是备尝旅途艰辛，舟车劳顿，一路颠簸。哪比这次，坐在宽敞舒适的车辇中，饮食住宿全不用发愁，反嫌日子不好打发。白天，她一个人实在太过憋闷，就使人去叫寿王，让他和自己共坐一车。但寿王怕别人说他是个一时也离不开女人的人，所以叫两次才会来一次。多数时间里，杨玉环是一个人在车中昏昏入睡，前一阵子在洛阳因闹鬼祟所欠下的觉，现在她全部补回来了。

洛阳离长安有八百多里，皇上的车驾于十一月间才到达长安。在长安，寿王有自己独立的府邸，和在洛阳时不同，现在他不用和其他的皇子们住在一起，行动自由多了。

就在杨玉环还沉浸在长安的繁华和新奇里时，一场新的宫廷斗争又展开了。

回到长安后，因为太子瑛居于东宫，光王琚与鄂王瑶与他相见不如在洛阳时方便了。为了避人非议，他们的联络少了，自然不能再做装神弄鬼的事，武惠妃也就又过上了安稳的日子。但她是个不安分的女人，环境刚安定下来，精神稍有恢复，她为儿子谋立太子的欲望又高涨起来。

武惠妃仔细分析了当下的境况，她知道，现在首先是要想办法废掉李瑛的太子之位，让太子的位置空下来，然后才能把寿王推上去。而废掉李瑛太子之位，在她看来，最大的阻碍就是那个老而顽固的中书令张九龄。为了让寿王当上太子，她一定要想尽方法搬去这块绊脚石，让张九龄失去相位，让朝中再也没有一个人为太子讲话。这一点，仅凭她的个人之力是不能完成的，她只有与朝中大臣联合。这不难，李林甫会随时领会她的心意。

谁料想没过多久，朝中发生了一件事，把张九龄牵扯了进去。

事情还得从张九龄的好友、御史中丞严挺之说起。严挺之也是耿直忠信之人，张九龄当初就是欣赏他这点，才引荐他当上了御史中丞这一重要职位。当初，张九龄推荐严挺之为相时，曾私下里对他说："我与君相洽厚，意气相投，自不多说，但李尚书正得到皇上的宠信，你有时间也造访一下，沟通沟通感情。"

当时，李林甫任礼部尚书，刚得到皇上的宠信，在皇上面前也是个能说上话的人。虽然张九龄瞧不起李林甫，但出于为老朋友着想，还是想叫严挺之去屈意通融一下。哪知严挺之轻视李林甫的为人，负气清高，说什么也不去拜访这个宰相，还说什么自己与此种人同列朝堂已感污秽，再与之闻声，如入泥塘，恐三日不能去其垢。张九龄在赞赏他清高的同时，暗地里也为他担忧，因为他深知李林甫心胸狭窄，锱铢必较。果然，后来此话传到李林甫的耳中，他便把严挺之视为眼中钉，并且恨之入骨。只是因为有张九龄的庇护，才没有找到报复他的机会。

但李林甫想：这笔账先记下，我有的是时间，总有一天，会让你栽在我的手下，让你知道我的厉害。

严挺之与前妻王氏因故离异，王氏又嫁与蔚州刺史王元琰。后来王元琰坐赃罪下三司讯问，就是刑部、大理寺、御史台同审。王氏知道，人只要进入这三司，就说明罪已经很大了，即使不死也要脱层皮。她救夫心切，想来想去，找一般人已经帮不上忙，只有硬着头皮去恳求严挺之帮忙，希望他看在过去夫妻一场的情分上，帮忙把她现在的丈夫王元琰罪减一等。严挺之接见了王氏，最后答应帮她这个忙，这倒不是他看在与王氏昔日的情分上，而是他把王元琰的案卷调来，仔细看了一遍后，发现王元琰确有冤情，他是有罪，但罪不该诛，顶多削官减俸。于是，他在审理此案时，极力为之营解。

王氏从前夫严挺之处出来，还是放心不下。虽然严挺之答应帮忙，但她想多个人帮忙多条路，因此，她又在想，京城是否还有什么相识的有能力之人能在这事上出出力。最后，王氏想到有一个远房堂妹在皇宫当才人，也许可以让她知告皇上一声，帮上点忙，即使什么也不说，只把这事告诉了皇上，让皇上心里有个数就行了。王氏还准备把找了严挺之帮忙之事也说给她听。这也是病急乱投医，王氏也不想想，后宫佳丽三千，一个小小的才人平日想见皇帝一面都难，天天期盼皇上临幸而不可得。就是见了面，她一个后宫才人怎么可能在皇上面前提朝中之事呢，这不是把好不容易等来的皇上再往外推吗？王氏没有在后宫待过，她以为后宫也像普通人家一样，什么事都是夫妻俩商议的。

宫中的那位才人，当然知道这事她无能为力，但为了不伤堂姐王氏的心，嘴里答应可以在皇上面前说说，好像她随时都可以见到皇上似的，但私下里听过就抛到脑后去了，只是在有一天去武惠妃处坐坐时，无意中把这事说给了武惠妃听。

武惠妃立即从这条消息中嗅到了对她有利的东西。她是知道严挺之的，知道他是张九龄那个老顽固的死党，虽然对她废太子的计划还不构成什么威胁，但听李林甫说，因为严挺之身居御史中丞，已经对李林甫的几次有利于寿王的行为进行了弹劾，使得李林甫有点掣肘。这也是一个有碍寿王成为太子的人物，应在他羽翼还未丰满的时候，早除去为好。她认为这是一个除去严挺之的把柄，于是迅速把这个消息通告了李林甫。

李林甫那里自不用说，得到这个通告，立即派人密奏玄宗皇帝，说严挺之在审理王元琰坐赃一案中，身为审理官之一，却徇私枉法，因为前妻的情义，有意开脱王元琰的罪行。玄宗皇帝听了大怒，也不派人细加察访，立即把三位宰相召来，说严挺之囿于私情，置律法于不顾，应允前妻所请，为罪人钻营脱身，一定要惩处他包庇亲属之罪。张九龄没有想到皇上把他们召来是商议这件事，他心里一点准备都没有，因为严挺之事先并没有把此事告诉他。但他是了解严挺之的，知道严挺之绝不会如皇上所说，因为看在前妻的面子上，私下里置国家律法于不顾，去为王元琰开脱罪名的。因为了解，他才不能沉默，不能眼见着好友无端被皇上怪罪，受到不应有的惩治。他说："请求严挺之的人，是王元琰的夫人，虽是严挺之的前妻，但既已离异，两人当再无情义可讲，也就不能说是徇私。至于严挺之为王元琰开脱，是否其中还有别的隐情呢？望陛下派人细加考查，再做定夺不迟。"

李林甫说："虽离异，仍有私情。严挺之一定是因私而谋。张中书可不能因与他交厚而一意袒护啊。"

听到这话的张九龄狠狠瞪了李林甫一眼。李林甫说话向来话中含有深意，他在皇上面前说这话，用心很明显，就是暗地里向皇上告了张九龄一状，说他结党营私。听了这话的玄宗皇帝果然十分不悦，他把脸转向侍中裴耀卿，问他有何意见。裴耀卿说："张中书所言有理，凡事据实查处，而后再加惩处不迟。"

玄宗皇帝听了裴耀卿的话，更加不悦，他大声说："严挺之身为朝廷大臣，受命审理此案，自当知道避嫌。他明知前妻已嫁与王元琰为妻，还私自会面，没有私情怎会如此？"

张九龄见玄宗发这么大的火，当下不好再说。玄宗草草罢议，回宫了。张九龄知道严挺之的前景不会看好，皇上这次一定是要惩处他了。但他弄不懂的是，一向明辨是非的皇帝，这次为何会一反常态，连臣下的一点非议也听不进去，而一意专断独行起来？

张九龄不知道，正是李林甫的那句话触动了皇帝的心。李林甫说张九龄之所以袒护严挺之，是因为他们关系亲密，相交甚厚，这就给他们扣上了一个结党的罪名。试问从古至今，又有哪个皇帝喜欢手下的臣子搞党派阵营的？皇帝一方面希望手下的朝臣默契配合，协助他把国家治理好；一方面又怕他们关系太过亲密，搞小宗派，从而团体势力太过，对他的皇权造成威胁。对这一点，玄宗皇帝因为有着切身的体验，所以处处防范。当年，他就是秘密在龙武军中笼络人心，和军中的将领慢慢培养彼此间的感情，才使得自己实力大增，从而在诛韦后和灭太平公主的宫廷斗争中，占据上风，把政敌置于死地的。登上皇位之后，他就一直密切注意大臣们是不是有这方面的倾向，一经发现，立即严惩不贷，绝不手软，轻则流放，重则处死。早年那个为他扫平政敌出了大力的王毛仲，当初被玄宗皇帝宠爱到何种地步，儿子一出生就被授予五品官衔，并被允许长大后与皇太子同游，和皇帝连榻而坐，贵重非常人可想。但仅仅因为他与禁军的将领来往亲密了点，皇帝就对他起了疑心，并最终找了个理由把他贬谪，后又将其杀死在永州。居心叵测的李林甫早已把皇帝的心思揣摩透了，他说那话，看似轻飘飘不经意说出，实则是深思熟虑后的放言。他知道，皇上听了他这句话后，就再不会去管严挺之到底出于私心还是公心，为了防范大臣结党，一定会将严挺之贬官外调。

果然，正如李林甫所料，玄宗皇帝对张九龄、裴耀卿与严挺之的关系怀疑起来，他根本就不派人去查严挺之到底是出于什么目的，第二天就下旨把严挺之贬为洛州刺史，王元琰流逐岭南。岭南，在当时人的心目中，是蛮夷荒僻之地，只有重罪之臣才会被流放到那里，人人都把流放岭南看作仅次于杀头的刑罚。

没过多久，中书令张九龄和侍中裴耀卿被皇上以"阿党"的罪名，双双罢去相位，裴耀卿被贬为尚书左丞相，张九龄则降为尚书右丞相。虽还是相，但不再参与政事，成了只拿薪俸不谋政事的闲官。同时，玄宗皇帝任命牛仙客为工部尚书、同中书门下三品，领朔方节度使。这无疑是给张九龄一个响亮的耳光：你不是说牛仙客只是边疆小吏，不堪委以重任吗，好，我现在偏要委与他重任，倒是你这位栋梁之材，远远到一边歇着去吧。

朝廷重大的人事变动，自然迅速传入内宫。武惠妃听了喜上眉梢，她想，这下好了，终于除去了张九龄这个最大的绊脚石，下一步就可以专心对付太子瑛和二王了。于是，她督告驸马都尉杨洄更加密切地注视他们的行踪，收集他们忤逆的言行，一旦发现，立即禀报。

太子瑛与二王自东都还长安后，知道时局对他们越来越不利，越发谨言慎行，不敢再做冒险逾礼之事。他们汲取上次只图一时口舌之快险招大祸的经验教训，连非议的话也不说了。这次张九龄的罢相，对他们来说无疑又是一个打击。他们知道从此以后，朝臣中能为他们说话的人再也没有了，以后实在是凶险多多，既然不能再博取父皇的欢心，那么但求无过，让父皇即使要废黜他也找不出理由，只求能熬到登临皇位的那一天吧。不能不说，他们的想法太过幼稚，在历代的宫廷斗争中，对手往往都是残酷无情的，人人都想抢得先机，置对方于死地为快，如他们这样一味保守弱势，期待对方抓不到他们的把柄，就以为可以保存下来，实在是想得太简单了。殊不知，你想维持现状，对手是不会答应的，他们会想尽一切办法，寻找你的差错，即使没有，他们也要给你编造出来。这就是树欲静而风不止的道理。

但他们也并不是一点准备都没有，光王琚就是个有计谋的人，他提醒太子说："在险恶的宫廷斗争中，你退一寸敌就会进一尺，因势守弱固然迫不得已，但也应积极准备外援，外援固了，太子之位才能稳固。当然现在看来朝臣中几乎没有了帮我们说话的人，但可以慢慢培植，到底你还是太子，有着让旁人依附的吸引力。"同时他还说，在所有外援中，太子的舅家赵氏和鄂王瑶的舅家皇甫氏，以及他的舅家谢氏都是可靠且可以联络的人。太子被光王说动了心，让他去办这些事，但一定要办得隐秘稳妥，不能让武氏察觉。

李林甫自从把张九龄和裴耀卿排挤出相位后，他一人把持朝廷大权，虽然牛仙客被提上了相位，但他出于对李林甫的感激，凡事都听他的安排，没有一点主见，只是一个傀儡宰相。但就算如此，李林甫还不称心，他知道，虽然张九龄倒台了，但张九龄一手提拔上来的人还有很多，他们向来和张九龄一个鼻孔出气惯了，绝不会看着他李林甫一手遮天，什么事都是他说了算的。因此，某一天，散朝后，李林甫和朝臣们走出金銮殿，当走到殿外不远处时，他停下来，指着道路两侧的立仗马说："众位大臣，你们看到这些立仗马了吗？你们有没有发现它们有什么不同？"

众位朝臣不知宰相突然问这话是什么意思，就都把头转向那些立在道路两旁的马。立仗马，顾名思义，是摆立在宫殿外，用以增加皇室威严和担任卫戍的。立仗马每隔十步立上一个，身上还披着好看的衣饰，绣着耀眼的金丝线，阳光一照，闪闪发光，马上则骑着宫廷侍卫。大臣们左看右看，也没有发现有什么不同。它们都很安分守己，老老实实地站在各自的位置上，头垂着，甚至连尾巴也不甩一下，一副忠于职守的样子。

见大臣们脸上布满疑惑，李林甫说："立仗马与别的马相比，每天吃的都是三品料，不仅用度不愁，而且还不用拖车耕田干苦活，可以说过的是马中的上等生活。但如果它们有哪一匹鸣叫的话，便会被立刻拖出，或充以军用，或驱使驮重，吃的是下等草料，还常受鞭打呵斥。现今，明君在上，我们做臣子的只需用心领会皇上的旨意，用不着上什么谏，进什么言。如果非要如此，就像鸣叫的立仗马，立即被拖出，不仅丢官失俸，连性命能不能保全都很难说，到那时就悔之晚矣了。"说完，留下神情错愕的众臣，大步迈出皇宫大门。

此话中的威胁意味不言自明，李林甫是在以立仗马为例，告诫那些对他心有不满的人，不要无事生非，与他作对。有些人是被这话吓住了，但有些人听了这话，心里反而被李林甫如此嚣张的气焰气坏了。监察御史周子谅就是其中一个。

周子谅回到家后还气愤难平，他为李林甫把众大臣比作立仗马而气愤。原本他手头就有一本写好的奏折，准备近日呈交皇上，被李林甫这么一激，他决定明天就上书进谏。他倒要看看立仗马在一鸣后会是个什么样子。

第二天，周子谅当廷启奏，说宰相牛仙客才学有限，身居相位，却毫无建树，专以旁人意见是从，有名无实，不如罢免相位，另行任用。可以说，这篇奏折的内容还是很客观的。周子谅指出牛仙客实非相才，不应该身处相位，应该量才而用，派他到能发挥他才能的地方去。他在入相前当地方官时，才能不是发挥得很好，把当地治理得井井有条吗？周子谅只顾自己说得尽兴，不知此奏折已经引起了两个人的反感与憎恨，这二人一个是皇帝，一个是李林甫。

　　当初牛仙客入相时，张九龄也曾这样反对过，说牛仙客乃边疆小吏，不堪委以大任。皇帝不听，还讥讽他说，噢，他是小吏，就你是大官，能担当大任，谁能当大官谁不能当大官又不是天生的，我偏不听你的，非把相位给他。现在牛仙客入了相，短短几个月过后，周子谅又来说这话。皇帝想，这不是成心让我难堪，说我有眼无珠，不能识人吗？

　　李林甫就不用说了，一来牛仙客是他引荐的，牛仙客自入相之后，对他凡事听从，让他很是满意，周子谅说的"旁人"就是他李林甫了。二来，他昨天才以立仗马劝告过他们，想不到，今天周子谅就敢"鸣叫"了。看样子，我今天要是不给你点厉害看看，以后还不知道有多少人会做鸣叫的立仗马呢。想到这里，他缓步迈出班列说："陛下，周子谅这是一派胡言。在微臣看来，牛尚书自上任以来，政绩显著，处事有度，满朝文武百官，无不敬服。想周御史师承张丞相，张丞相也曾阻挠过牛尚书入相，他这是怀有私心，无中生有，恶意中伤，明着说牛尚书才能不当，实是想替恩师洗脱阻塞贤才之罪。"

　　周子谅一听，义愤填膺，他急忙奏道："皇上明鉴，周子谅实无此意。因民间流传谶辞，称牛姓之人将败坏大唐国运，臣这才忧心如焚，不得不直言相告。"

　　周子谅只顾想开脱李林甫栽给他的罪名，急不择言，竟说出自己听到的流传谣言，不想这下触犯了玄宗皇帝历来讨厌卜祝谣言的忌讳。玄宗一听"谶辞"二字，勃然大怒，他气恨恨地说："大胆狂徒，你心怀叵测也就算了，竟以民间谶辞蛊惑人心！朕今日若不重重治你，民间谶辞势必如野草疯长。左右侍卫，给我把他拿下，当廷杖责五十。"

　　左右侍卫上前，二话不说，拿翻周子谅，当廷用杖打起来。

　　这在以前是没有过的，一般说来，五品官犯罪是不用杖打的，更不用说在朝堂之上当着文武百官的面用刑了，这实在是从未有过的奇耻大辱。只见板子上下飞舞，噼啪有声地落在周子谅的屁股上。周子谅被打得死去活来，但他咬紧牙关，硬是不哼一声，更不出声求饶。两旁的大臣看得心惊肉跳，恻然不已，却没有一人敢为他求情。

　　周子谅被打得奄奄一息，抬回家去，连气带恼，没有多久就死了。李林甫还不解恨，他对玄宗皇帝说："周子谅妖言惑众，死有余辜。他是张九龄推荐为官的，张九龄应负连带责任。"

　　玄宗皇帝深以为然，立刻下诏罢免张九龄的右丞相一职，将他逐出京都，贬为荆州长史。自此，吏治派掌握了朝中大权，文学派随着张九龄的外放，彻底倒台。朝中大臣看到周子谅的下场，无不心惊胆战，人人自危，再不敢做鸣叫的"立仗马"了。李林甫在朝中权势熏天，渐渐飞扬跋扈起来。

　　李林甫在外廷中的屡屡得手，刺激了武惠妃的心，让她觉得现在无论天时、地利、人和都是最适宜的时候，应该把她的愿望付诸行动了。但令她苦恼的是，太子瑛一伙敛形藏迹，让她无从着手。这天，她又以探视为名把咸宜公主与驸马杨洄召进宫里，共同商讨对付太子的计策。这段时间杨洄一刻也没放松对太子瑛的监视，但他看到太子整天都是在读书或研讨经史，似乎刻意想做一个应考的读书人，甚至连内坊也不出。这让他非常失望。

三人对坐，一时也想不出什么好的计策来。武惠妃心急如焚，她急切地说："难道我们就这样干等下去不成？如果这样，等到有一天太子登基，大权在握，我们就都性命难保了。"

武惠妃不是在危言耸听，她讲的是事实，宫廷斗争向来是残酷的，一方得势后必会置另一方于死地。她们与太子作对已经走到这一步了，要么拼命把他拉下马，要么谋事不成被太子掀翻，绝没有半途退下等太子得势后再来慢慢收拾她们的道理。杨洄看着焦急的武惠妃，心中一动，说："他们既然不动，我们为什么不引蛇出洞呢？"

"引蛇出洞？怎么引？"

于是，杨洄缓缓说出一个计策来。武惠妃听了，思虑良久，说："也只能这样了，但此事务必要做得稳妥，不然就会打蛇不成反被蛇咬。"

几天后，太子瑛和鄂王瑶、光王琚接到宫中邀请，到宫里参加宴会，说是波斯国新近进贡了一些食品与胡姬，父皇要与子女们同享共乐。来传达消息的是十八弟寿王瑁，他还特意关照说，近日宫内外时时有盗贼出入，不是特别安全，请太子与二位皇兄务必带兵甲上路，以防万一。

皇上与子女同享共乐的家宴一年中总要举行几次，自从武惠妃受宠以后，这样的家宴渐渐减少了。太子瑛及鄂王瑶对此毫不生疑，不知是计，倒是光王琚多了一个心眼，他说："平日我们入宫，都是不允许佩带兵器的，这次怎么特地关照要带上兵甲呢？会不会其中有什么阴谋？"

鄂王瑶说："八弟，你也太小心谨慎了，你没听说吗？因为宫内外有毛贼出入，以防万一嘛。"

"宫内侍卫何止千百，谅几个小小毛贼怎有容身之地？此事有些蹊跷，不可不防。"

太子李瑛说："此事是有点反常，但既是寿王亲自来说，想必不会有什么事。"

光王李琚见太子也这样说，不好再说什么，就选定十几个卫士，令他们拿上兵器，三人身佩长剑，向宫内走去。

早在太子内坊附近监视的杨洄，一见太子携兵甲出门，心中大喜，立刻飞马向玄宗报告，说太子并鄂王、光王三兄弟带甲进宫，要杀害武惠妃母子。他还一路把消息散布了出去，宫廷之中立刻人心惶惶，乱作一团。

玄宗皇帝近日正为杖杀了周子谅，贬逐了张九龄而闷闷不乐，听闻杨洄之报，龙颜大怒，立即令高力士召集侍卫护驾。高力士也不知是真是假，忙乱地把侍卫召集起来，在皇帝面前竖起几道人墙。慌乱中，早得到消息的武惠妃，打乱她的头发，鞋子也不穿，赤足披发地从寝宫奔到皇帝面前，高叫道："皇上救我！太子带兵要来杀我。"说着一头扑在皇帝的怀中，放声痛哭起来。接着，几个太监和宫女早按照武惠妃的安排，狼狈地奔来，纷言太子要来杀惠妃娘娘。

玄宗皇帝听了，惊慌失措。他以为发生了宫廷政变，于是命令高力士快快备马，准备逃跑。高力士倒有几分冷静，他呵斥住奔逃的宫女，问太子带了多少人来。宫女回说只有十几个人。高力士还以为自己听错了，当确认太子确是只带了十几个人时，心中才安定下来，他想，十几个人能成什么大事？武惠妃在旁连忙说道："他们带了十几个人，是专门来杀我和寿王的。"

皇帝知道人数后，环顾身边的侍卫和内侍也有几十人，当下心里不再害怕，吩咐高力士："高将军前边引路，朕要亲自去看看怎么回事。"

众人簇拥着玄宗皇帝直奔寝宫。太子三兄弟一见父皇，当即叩拜道："孩儿给父皇请安。"

玄宗皇帝厉声喝道："你们兄弟三人为何夜晚持甲进宫，莫非要谋反吗？"

听到皇帝一声呵斥，太子与二王面面相觑，情知有异，忙跪倒在地辩解道："孩儿奉父皇之命来赴家宴。"

"大胆！朕何时请你们来赴家宴？赴家宴要带兵甲吗？分明是图谋不轨，来人，统统给我拿下！"

"冤枉啊，父皇！我们分明是听了召命而来的，还说宫内不安全，特让我们准备兵甲以防不测的。"

"谁人所传召命？"

"寿王。"

"传寿王。"

杨洄在禀报过皇上太子带兵要来杀害惠妃母子后，立即从皇帝身边消失，赶到寿王府。看到寿王正和寿王妃打扮一新，准备去宫中赴宴，杨洄一把拖住寿王，把事情的前因后果说给他听，并要他在皇上召见他时，矢口否认去过太子内坊一事，更不能说是他传召了太子三兄弟带甲入宫的。

听到事情真相的寿王一下子惊呆了，他不能相信自己已被牵进一桩宫廷阴谋之中，更让他揪心的是，这个阴谋的发动者就是他的母妃，并且最终目的是为他。他来回不停地在屋里徘徊，唉声叹气，不知如何是好。

杨玉环看着焦急难安的寿王，也不知道该怎么办才好，她只能眼睁睁地看着丈夫手足无措的样子。寿王身上还穿着鲜明的衣裳，也不知是该换下来，还是继续穿着，腰带也散了，衣袖一会儿卷起来，一会儿放下去。他停在杨玉环面前，问道："玉环，你说我应该怎么办呢？"

杨玉环也无助地望着寿王。她比寿王更加没有主见，一个妇道人家，遇到这种事，她又能拿出什么主意呢？只能摇摇头。

"不然就跟父皇实话实说了吧，不能让三位皇兄遭受不白之冤啊。"

"要是一切实说，那么母妃怎么办呢？皇上岂不是要怪罪母妃，说她诬陷太子吗？再说，母妃这样做全是为了你啊。"

"那就一切按母妃吩咐的说？唉，明明不是那么回事，你知道，私自带兵入宫，是要杀头的。母妃为什么开始不和我说呢？和我说了，打死我，我也不会去通知他们的。母妃真是用心良苦，连我们都瞒过了。要不是杨洄来说，我俩还准备去赴宴呢。"

杨玉环此时也明白了武惠妃为什么会选中寿王去传召，就是因为要打消太子他们的疑虑，如果派别人，一定会引起他们的怀疑，就达不到目的了。只是这样做，太让寿王为难了。

就在二人坐卧不宁的时候，宫中传话，要寿王立刻进宫，皇上要召见他。寿王一下就像一个将要赶赴刑场的犯人一样，无助地看着杨玉环，似乎她是他唯一的依靠，他要从她那里得到对策，用以应付即将到来的考验。但杨玉环也是两眼凄苦地回望着丈夫，就在寿王即将迈出大门时，她把寿王拉了回来，指了指他身上的衣裳。寿王这才醒悟，赶忙脱下身上的新衣，换了一件看上去不是太鲜丽的衣裳，木然地迈出门去。

寿王来到宫中，被眼前的场景震住了。只见四周火炬通明，亮如白昼，侍卫和内侍环列四周，手里拿着兵器。人群中间，跪着太子瑛和鄂王瑶、光王琚三位皇兄，他们身悬长剑，衣着鲜明，在他们身后，一排还跪着十几个人。再看上面，父皇坐在床上，满脸怒容。母妃也坐在父皇边上，饮泣吞声，不时发出抽泣声，旁边站着高力士。

寿王赶忙上前叩拜父皇和母妃。不待他叩拜完毕，玄宗皇帝大声问道："我来问你，是不是你传告太子，要他们进宫来赴宴的？"

"这……"寿王不知如何回答是好，他拿眼偷看母妃。

武惠妃知道，此时此刻寿王的回答不能有一点含糊，稍一迟疑就会引起皇上的怀疑，那样的话，不仅前功尽弃，还会给他们带来麻烦。她见寿王踌躇不答，心中暗暗着急，突然大放悲声，哭着说："瑁儿今日一直与我在一起，怎么会去通知他们？他们见杀我们母子不成，又栽赃于瑁儿，请皇上为我们母子做主啊！"

"寿王，你到底有没有去通知太子他们？"

寿王的额头上已经沁出汗珠，他见母妃万分悲痛的样子，于是牙一咬，说："孩儿没有去通告过他们。孩儿一天都在宫内，并不曾离开过。"话一说完，他就把牙咬得紧紧的，如果不这样，他就会浑身打起寒战来。

此话犹如巨石投入平静的湖面，太子和二王一听，连忙大喊："冤枉啊，明明是寿王去通告，我们才带兵甲入宫的。"

但皇帝已经没有耐心去听他们的呼喊了，他气哼哼地站起来，拂袖而去，只留下太子与二王还在呼冤不止。武惠妃也连忙牵着寿王离开。周围的侍卫因为没有得到皇帝的命令，不知该怎么办。高力士向他们挥了挥手，让侍卫们散开了，他这才对太子和二王说："太子殿下和二位王子，也请回去吧。"

太子瑛和二王知道今天被武惠妃和寿王陷害了，自己一时不慎，陷入他们的阴谋，父皇心中肯定已有猜疑，即使自己有一万张嘴，父皇不听申辩也是白搭，怎么样才能让父皇明白真相呢？当听到高力士让他们回去时，三人眼前一亮：对，为何不求托此人呢？要知道高力士是父皇最宠信的人，日夜侍候在旁，朝中之人谁不巴结他？后宫上下都称之为"阿翁"。想到这里，他们三位一齐拜于高力士面前。

高力士见太子突然行这样大的礼，忙侧身避过，表示不敢承受。他连忙把三位皇子搀扶起来，说："三位快起，这是如何说呢，折煞奴才了。"

光王琚说："高将军，此事有隐情，太子与我和鄂王确是听寿王的传召而来，不想，造成此误会，寿王又背弃前言，令我三人惹怒父皇。我与鄂王被父皇见怪也还罢了，只是牵连到太子殿下，恐有大碍。父皇正在气头上，不听我们的申诉，请高将军有时间在父皇面前代为辩白，大恩大德，永不相忘。"

其实高力士早已看出此事的蹊跷，他不相信太子和二王是带兵来杀武惠妃母子的。如果是这样，他们思虑得也太不周详了，暂不说他们所带的兵甲太少，而且还没穿着甲胄，就是把武惠妃母子杀了，这对他们又有什么好处呢？这样就能早点登上皇位吗？恰恰相反，谋杀了父皇宠爱的妃子，只有死路一条。他们绝不会只是为了出出胸中的一口怨气，而不顾一切后果这样做的。与其这样，倒不如假以时日，等登上君位那一天，皇权在手，再一泄胸中之气，岂不轻而易举？高力士也相信，他们一定是陷到武惠妃布下的圈套里了。宫廷里的阴谋，他见得太多了。但他明白在一桩阴谋面前应该怎样尽一个奴才的本分，那就是不闻不问。他神情谦卑地说："三位殿下，如果此事真有隐情的话，皇上一定会知晓真相的，请不必挂怀。"

但太子与二王希望听到的不是这种敷衍的场面话，他们希望高力士能说出对他们表示同情的话，进而答应在父皇面前替他们辩白。于是，他们又再次下拜，说："高将军，一切都仰仗您了。"说完，三人带着兵士，垂头丧气地离开了宫廷。

高力士看着他们离去的背影，黯然地摇了摇头。他想如果时机允许，自己会在皇上面前提醒一下。

被武惠妃拉着离开的寿王，一副失魂落魄的样子。自从说出那番话后，他就一直不再开口，只是跌跌撞撞地跟着母妃，任她一路牵着。看到儿子这副模样，武惠妃惊异地问道："瑁儿，你怎么了？"

寿王失神地说："母妃，明明是您让我去告诉他们来赴家宴的，还说因为宫内不安全要他们带上兵甲，为什么你又要孩儿不承认呢？"

武惠妃听了寿王这句话，恨不得上去堵住他的嘴。她看看身边的宫女，说："你们先下去，唤你们再来。"待身边宫女退去后，她才说，"瑁儿，你怎么就不明白呢，这不都是为你好吗？只有把李瑛扳倒，废了他的太子封号，你才有可能当上太子啊。"

"可是怎么能这样做呢？这不是冤枉他们吗？这样做太卑鄙了！"

听了这话，武惠妃厉声呵斥道："放肆，你是说母妃是个小人吗？"

寿王立即惶恐道："孩儿不是这个意思，只是觉得这样做太明显，会被父皇知道的。"

武惠妃从未这样对寿王发过脾气，但她随即态度缓和了下来，语气温柔地对寿王说："你放心，你父皇是不会知道的。瑁儿，你要记住，宫廷斗争历来就是阴谋的斗争，你不这样做，你敢担保别人不会这样对你吗？当你占上风的时候，你心软；当别人占上风时，他们对付你的手段会比这残忍百倍。你要明白，母妃所做的这一切，都是为了你啊，你能体谅母妃的一片苦心吗？"

寿王嗫嚅地说："母妃，孩儿知道您用心良苦，一切为孩儿着想，只是，只是……"

"只是什么？难道你不想当太子吗？"

在武惠妃目光的逼视下，寿王更觉惶恐，心里感到从未有过的凄凉。他结结巴巴地说："孩儿觉得……觉得才德不配当太子。"

武惠妃听到这话，心里又惊又气，恨不能上去抽寿王两个嘴巴。这是怎么讲呢，自己为了让他当上太子，使出浑身解数，万般身法，就像今天，为了把太子引进圈套中，不惜抛去贵为皇妃的尊严与体面，披头散发，赤足奔逃于宫中，全不顾平日的威仪，可他倒好，反置身事外，更可气的是，还讲出什么才德不配当太子的话。武惠妃想是这样想，嘴里可不能这样说。她强压住心中的不快，轻声细语地对寿王说："瑁儿，你认为自己的才德不够当太子，那你认为谁够呢？李瑛？他有什么才德？整天唯唯诺诺，什么主见也没有，他一旦登基当了皇上，能把国家治理好吗？谁天生有治理国家的才能，不都是慢慢学的吗？再说了，还有那些大臣呢，他们是干什么的？他们不就是辅佐皇上治理国家的吗？好了，我不说了，你回去好好想想吧。"

寿王跌跌撞撞地回到寿王府。杨玉环还没有睡下，在等着丈夫回来。她一扫平日无忧无虑的欢乐神态，显得心事重重。她知道寿王和她一样，只想过安稳日子，对权势没有过多欲望，至于要当太子，这一切都是武惠妃的安排，当然这也是母妃的一片苦心。正是因为明白武惠妃对寿王期望太高，是寿王所不能承担的，杨玉环才对寿王担心。她深切理解寿王此时左右为难的心情：一边是自己的同胞兄长，一边是自己的母亲，他说的任何话都是对其中一方的打击，都必将是对自己的伤害，但他又必须做出选择。所以，当杨玉环一看到寿王失魂落魄的样子时，心里突然涌起一股深深的同情与关怀。她一把将寿王抱在怀里，如同一位母亲把孩子抱在怀里，紧紧地拥抱着他。

寿王也紧紧地抱着杨玉环，他觉得天地之大，只有此时怀中的这个人才是他的依靠，才是他可以停泊的港湾，才是他可以敞开心胸的地方。他把头深深地埋在杨玉环的怀里，痛哭起来。杨玉环任凭寿王无节制地痛哭，她知道，此时对寿王来说，任何劝告都是没有用的，只有泪水可以冲刷掉他心中的郁闷与痛苦。他需要的只是一个可以依靠的肩膀。

在那个春天的夜晚，在静谧的寿王府，侍女和奴仆们都被寿王悲切的哭声撼动了。他们不知道贵为皇子的寿王到底遇到了什么伤心事，让他这样伤心欲绝。

那天晚上，武惠妃使出浑身解数，发挥她的无边魅力，把玄宗皇帝侍候得舒舒服服。正当玄宗皇帝昏头昏脑的时候，武惠妃看准时机，把早已想好的有关太子与二王的谣言一股脑儿全送到了他耳朵里，说太子与二王私下里对她母子早已恨之入骨，想除之而后快；同时，对他这个当父皇的，也怨恨已久，说他是非不分，偏听偏信。在说这些的同时，武惠妃又说太子一伙在外面暗地里交结能人志士，私藏兵器，并和军队中的一些高级将领来往亲密，似有图谋不轨的征兆。玄宗皇帝听到这番话，心中一惊。这刺激了他心中的敏感处，他是最提防别人与军队中的将领来往的，那样会对他的皇权构成威胁。当初，他自己不就是用了这招夺到今天这个权位的吗？想到这里，他披衣而起。他知道武惠妃跟他说这些，固然有她的私心，但总不是空穴来风，看样子真的要想一个方法惩处太子一下了。武惠妃见目的已经达到，她慵散地紧靠皇上，说："皇上，妾妃本不该说这些的，实是为皇上着想。太子如果只是想对妾妃和寿王不利，只要他能对皇上您尽孝，妾妃和寿王就是受万般委屈也无妨，但没有想到他对皇上您也心有怨意。"

玄宗皇帝搂着武惠妃说："你放心，朕自有主张。"

第二天，在朝会上，玄宗皇帝提出要废黜太子，理由是太子对长不尊，并心怀异谋。对长不尊，就是对皇上不敬了，心怀异谋，什么异谋？皇位迟早是太子的，太子还能有什么异谋？无非是想早点登上皇位，不惜发动宫廷政变，逼父皇早点退位，甚至杀掉父皇而已。但这可是大大的罪名。既然皇上这样说，哪个大臣还敢替太子申辩？满朝大臣脸上只是一片错愕，因为在这之前，一点征兆也没有，怎么说废就废了呢？此时，原先一直替太子说话的张九龄已被贬官外放，再也不会有真正替太子说话的人了。在皇帝连问几声"众爱卿有何意见"后，仍不见有一个大臣迈出朝班半步。最后，还是李林甫上前奏道："皇上英明！皇上明断是非，微臣没有异议。"

这话明显是奉承，不仅赞成皇帝的主张，还堵住了别的大臣想阻谏的嘴。玄宗皇帝如果还有记忆的话，他应当记得上次与三位宰相商议废黜太子之事时，李林甫也托高力士向他说过这句话。说这话的李林甫，看似有着游离事外的超脱，但这正是他老奸巨猾之处。上次说这话，是因为他还不能与张九龄相抗衡，只能借助这句话曲意表达他拥护皇上废黜太子的主张；这次说这话时，他已经大权在握，无人再敢与他争辩，皇帝尽可按自己的主张去办。玄宗皇帝见大臣没有异议，就下令废黜李瑛的太子称号，将他和鄂王瑶、光王琚一起，贬为庶人，并把他们囚禁在各自的寓所，等候处理。

太子李瑛与二王自那晚从宫中回来后，心里一直惶惧不安。他们不知道这件事会给他们带来什么后果，虽然他们请求高力士在父皇面前为他们辩白，但父皇真的会听高力士的话吗？要知道，那个时刻不离父皇身边的武氏，她一定会在父皇面前说些对他们不利的话，她的话可比高力士的话对父皇有影响得多了。唉，想父皇也是一生英明，当初灭韦氏、诛太平公主，是何等决断与果敢，现在竟被一个妇人所迷惑，难道他就不知是武氏一族差点断送了我大唐江山吗？武氏一族是李家不共戴天的仇人啊！

惶惶忐忑的他们一夜都没合眼，想不到，第二天就传来了可怕的消息：李瑛被剥夺了太子封号，并与鄂王瑶和光王琚一起被贬为庶人。这个消息对他们的打击太大了，他们知道带兵甲入宫的事件会对他们造成一些不利的影响，却没有想到会带来这样可怕的后果。他们只能向天申诉："苍天啊，你对我们何以如此不公！"

李瑛与二王被囚拘在一起，不能随意走动，更不能与外界有任何的来往。他们满腹怨言，却无人可诉。他们此时也看清楚了，太子之位是再也别想了，只求父皇能明辨真相，恢复他们的皇子身份，让他们过上普通皇子的生活。这就是他们最大的奢望了。但他们的奢望也落空了。

原来，自太子和二王被囚拘后，他们的外戚舅家一刻也没有停止对他们的营救。他们秘密买通内侍，使得内外互通联络，想办法要找到一个能使皇帝明白真相的机会，但苦于所找的都不是皇上贴身之人，因此也就没有机会把事情的真相向皇上表白。与此同时，他们所做的一切努力都被武惠妃探知。她想，若皇帝哪一天真的会从某人嘴里知道事件的真相，那么自己所有的努力不就都付诸东流了吗？索性一不做，二不休，斩草须除根，为免留后患，不如再在皇上面前讲讲他们的坏话，煽起皇上的怒火，让皇上把他们杀了算了。

于是，武惠妃找准机会，乘玄宗皇帝高兴的时候，先是一番曲意承欢，之后又装作满脸戚容地说："皇上，自从太子和二王被废为庶人后，宫里宫外多有议论。"

"噢，都有什么议论？"

武惠妃没有马上回答，过一会儿，她方才说道："那都是些无聊之人的疯言疯语，皇上不听也罢。"

"我想听听。"

"他们说皇上年纪大了，变得昏庸糊涂，做事不分好坏，不辨是非。"

"大胆，什么人竟敢如此放肆？"玄宗皇帝勃然大怒。

"妾听说，这都是废太子李瑛一伙借助母舅一族，故意在外如此造谣，发泄他们被贬为庶人的怨恨。同时，他们还派人到处散播妄言，说李瑛三兄弟如何英明，不该被废。"

"他们好大的胆子，竟敢如此猖狂！"

"还有，他们虽然被囚，却贿赂内侍，时刻与母舅一族联络，并有背着人的一些举动。妾妃怕他们做出一些图谋不轨的事来，会危及皇上。"

"哼，想不到这些逆子竟敢以下犯上。依你之见呢？"

"依妾之见，这是谋反之兆。皇上废黜了太子，剥夺他们的爵位，他们心中一定怀恨皇上，想夺回已经失去的一切，于是，才有此举动。皇上虽然顾念父子情义，可是他们却不顾惜皇上的宽慰。妾妃怕皇上一味宽厚，只恐是养虎遗患，不若斩草除根。请皇上决断。"

此时，高力士正好在旁，他听了武惠妃的话，心中暗暗吃惊，为武惠妃超出常人的歹毒心肠所震惊。按理说，李瑛已被贬为庶人，她的心愿已经达到，为何还不放过对手呢？这让他想到自己早年间侍候过的武则天女皇，想到女皇的专横与蛮不讲理，真是"不是一家人，不进一家门"。他偷眼打量了一下皇上，见皇上脸色沉重，已经被武惠妃的话打动。如果他不说一句的话，那么李瑛三人必死无疑。高力士于是轻轻咳嗽了一声，想为废太子辩白两句。再说，那天晚上，李瑛曾托他在皇上面前为他们分辩一下。不是他不想说，而是他一直没有找到机会，自从出了那件事后，武惠妃生怕别人在皇上面前坏她的事，不让任何人有接近皇上的机会，她把皇上一人独自霸占了。

"高将军有什么话要说吗？"玄宗皇帝听见了高力士的咳嗽声，多年融洽的主仆关系让他知道高力士有话要说。

武惠妃也听见了高力士的咳嗽声，她见皇上要让他讲话，连忙把目光落在他的脸上，定定地看着他，那是在告诉他，不要胡乱说话。

"皇上，依奴才之见，说废太子等三人谋反，证据不足。"虽然在武惠妃目光的逼视下，高力士还是硬起头皮说了一句，只是声音小得只有自己才能听得到。

"什么，将军的声音再大一点？"

武惠妃见此情景，连忙接过话头，说："啊，高将军是说三庶人谋反证据确凿。"说着狠狠地瞪了高力士一眼。

"是不是这样呀？"

"是，是。"高力士畏惧武惠妃的眼神，竟言不由衷地连说了两个"是"。

"都有哪些证据啊？"

高力士想不到玄宗皇帝会有此一问，他嗫嚅着说："都有，都有……"他本来是想替废太子辩白两句的，被武惠妃从旁一打乱，竟变成诬告了。但已经走到这一步，他再改口已不可能，只能硬着头皮编下去。

武惠妃看着高力士的窘样，心里又喜又好笑。她想，你这个不识抬举的奴才，仗着与皇上的关系不一般，就想坏我的大事，竟敢当着我的面为太子说话，亏你还算机灵，不然有你的好看。这下，看你如何回答吧。

由于高力士本来是想帮助李瑛，现在让他编造李瑛谋反的证据，实在有点为难。他哪比得上武惠妃那么有心机，一口就是一个瞎话，一转眼就是一个主意。武惠妃见他实在说不上来，白白胖胖的脸上已经沁出汗珠，她怕皇上见疑，忙抢过话头说："高将军，你忘了，昨天你不是还告诉我说，废太子妃的兄长薛萧广结宾朋，四处窜游，并与军队中的将领来往，准备有所图谋，让我提醒皇上多加准备，以防不测吗？"

"有这回事吗？"

"是，是。"高力士此时已是骑虎难下，他心想，我什么时候跟你说过这样的话了？但这时已由不得他多想了，他只能频频点头。

听完这番话，玄宗皇帝把手重重一拍，呵斥道："这些不肖子，留待何用？高将军，朕命你速到囚所，赐他们归天。"

听到这话的高力士脸上一哆嗦，他还想劝劝皇上再慎重一点，不要只是听信一面之词，但武惠妃在旁督促道："高将军，你没听到皇上的旨意吗？"

"奴才领旨。"高力士硬着头皮接下了这份差事，心里万分痛苦。

高力士奉旨向囚拘废太子李瑛与二王的处所走去，身后跟着手捧毒药的小太监。李瑛与二王自从被黜为庶人后，已经迁出太子内坊，皇上另外指定一个小院给他们居住，四周都有兵士看管，不准他们离开处所一步。李瑛与二王见高力士来，脸上都显出喜色，以为他是来传达父皇赦免他们的消息的，不然，怎么会派身边最宠爱的太监来呢？李瑛迫不及待地问道："高将军，父皇有什么传谕吗？"

高力士看到三位皇子充满渴望的脸，他真不忍心把这个残酷的消息告诉他们。他默默地看了三位皇子一眼，一句话也说不出来。三位皇子从高力士的脸上看出了一丝不祥之兆。高力士侧开身子，从他身后闪出了捧着毒药的小太监。

三位皇子一切都明白了，没有想到盼来的竟是这个结果，他们悲愤与绝望的心情真是难以言说。光王琚上前一把抓住高力士的手臂说："高将军，这是父皇真正的决定吗？"

高力士的手臂虽然被光王抓得痛入骨髓，但他没有动，他完全理解此时他们悲愤难言的心情，他面无表情地点点头。光王一把将高力士推开，大喊道："不，这肯定不是父皇的决定，这一定是武氏那个贱人的毒计。高将军，你带我去面见父皇，让我当面把一切说个清楚。我要让父皇明白，这都是那个贱人设下的圈套，是对太子和我们的陷害。"

高力士摇了摇头。他是奴才，必须按旨办事。

此时，废太子李瑛与鄂王已经泪流满面。李瑛把光王拉住，说："八弟，这一切都是命，我们就认命吧。古语说'君叫臣死，臣不得不死'，即使我们死了，也不能落下个不忠不孝的罪名啊。"

"我们死不足惜，可恨的是让那个武氏贱人的计谋得逞，从此后愈加狐媚父皇，不知会把李家大唐江山搅乱成什么样子。早知是这个结局，还不如当时就把她杀了，反正是一死。"极度的绝望已经让光王口不择言，他再也没有什么顾忌，没有什么不可讲的了。他大骂武惠妃，甚至连自己的父皇也连带着责怪起来。

"我生不能要了那个贱人的命，死了也不会放过她，变成厉鬼也要把她的命勾走！"光王咬牙切齿地说。

听着这充满怨恨的话，高力士心中不禁打了个寒战，背后掠过一阵冷飕飕的阴风。他不敢多留，高喊一声"执行圣旨"后，就快快地溜走了。

废太子李瑛和二王被赐死的消息，立时传遍京城，许多人为三位皇子悲惨的命运暗叹不平。与此同时，废太子妃的哥哥薛锈也被赐死，废太子舅家赵氏、妃家薛氏，鄂王瑶舅家皇甫氏，坐流贬者数十人，一时株连甚众。所谓"家事"也如此严惩不贷，大出臣僚的意外。

武惠妃终于了却了心愿，除去了太子李瑛一伙，为把寿王扶上太子之位扫除了最大的障碍。

三位皇兄被赐死的消息自然也传到了寿王与杨玉环的耳中，他们听了万分难受，饭也吃不下，特别是寿王，暗暗地流了几次泪。他认为对于他们的死，自己有不可推卸的责任，因此，他内心愧疚，停了一切娱乐活动。他甚至私下在府上设了三位皇兄的灵位，有事无事都拜一拜，以求他们在天之灵能够得到安息，并祷告他们不要怨恨他与母妃。不管怎么说，他是不能责怪母妃的。杨玉环也曾陪着寿王流了几次泪，但她是个没有常性的人，慢慢地就把这事给忘了。反正她又不认识什么太子什么鄂王、光王的，也许他们的死与寿王有关，可与她是一点关系也没有的。她觉得那些权力斗争是可怕的，是令人难以想象的，同时，又离她那么遥远。她对这一切不感兴趣。

转眼间，已是十月深秋季节。这年长安特别寒冷，玄宗皇帝决定赴骊山温泉避寒。所有皇族中人都要跟随前往，百官中也有不少从驾到骊山的随从人员。大臣中有不少人在骊山有赐第，家眷也相随而去。皇上这次去骊山与上次已经相隔整整三年了。

骊山温泉离京都长安有七十多里路，是一处闻名的皇家疗养胜地。杨玉环自来长安后，也从别人嘴里听说过这个地方，说那里的地底下会汩汩地往上冒温水，不管是夏天还是冬天，一年四季都是这样。用那些温水洗澡后，身体不适者可以祛病除疾；身体健康的人，洗了也神清气爽，皮肤娇嫩。杨玉环早就想去见识见识了。

虽然已是深秋季节，别的地方的树木已经枝叶枯黄了，但骊山的树木却还是一片绿色，郁郁葱葱，生机盎然，使人心旷神怡。皇家在骊山建了许多行宫，不同身份的人有不同的浴池，有专供皇帝洗浴的，有只给后宫嫔妃洗浴的，还有专供其他皇室人员用的。杨玉环第一次下温泉是和咸宜公主一起去的。温泉池是用光滑的石头砌成的一个大的水池，池面水汽缭绕，池水清澈见底。池的底部也是用光滑的石块砌成的，边上还有可坐卧的石凳，以便人能躺在水中。

咸宜公主已经来过无数次了，可谓轻车熟路，她麻利地脱去衣裳，一下就滑到了水里。杨玉环还小心翼翼地用脚试探着入水。看着嫂子杨玉环那副谨慎的可爱模样，咸宜公主突然用手撩水向她泼去。杨玉环一惊，失足向池中倒去，慌乱中喝了两口水。待她手忙脚乱地爬起来时，发现池中的水才到腰间。咸宜公主咯咯大笑起来。被捉弄的杨玉环随即也捧水向咸宜公主泼去，两人在池中打起了水仗。待玩累了，两人躺在温泉中，浑身慵懒乏力，却又感到有说不出的舒服。咸宜公主说："啊，真舒服，已经有三年没来泡泡了。前几年，每到冬天，父皇都要带我们来的，这两年不知怎么的，他好像把这个地方给忘了。"

两人沐浴完后，穿好衣服来到外厅。咸宜公主看到出浴后的寿王妃显得更加姣美，肌肤如雪，真是美艳绝伦。咸宜公主想：我在皇宫中长这么大，不知见过多少漂亮的女人，但还从没见过像寿王妃这样美丽的女子，哥哥娶了她真是有艳福。但容貌漂亮而又很有心机的女子我也见到很多啊，比如母妃，如果寿王妃也如母妃一样机智，那样寿王真可谓是天下最有福的人了。

来到骊山，宫廷和王府的各种管束都放宽了，生性好动的杨玉环就像出笼的鸟儿一样，尽情感受着无拘无束的生活。她参加各式各样的活动，累了，就到温泉里泡一泡，一身的疲劳立即消失，没过一会儿又精神焕发。在各种运动中，杨玉环最爱的除了跳舞就是骑马。自从在洛阳跟着寿王学会骑马后，她就喜欢上了那种骑在马上一起一伏地配合着马的节奏行进的感觉，她想着有一天能像男人一样骑马飞奔就好了。到长安后，她就再没骑过。这次来骊山，终于如愿以偿，又可以骑马了。

这天，天气分外地好，阳光普照，让人感到不冷不热，简直不像是十月的天气。寿王奉诏和诸王一起去听国子监祭酒和司业讲经，留下杨玉环一人。她觉得烦闷，就换上轻装，一身胡服打扮，又在外面罩上一件外衣，带着两名马夫和内侍，骑马出游去了。

也许是许久没有骑马的缘故，杨玉环一骑在马上，立即就有一种要飞奔的欲望。她也不管徒步的马夫和内侍是否跟得上，只一味地打马奔驰。在她的印象里，马似乎是天底下最温驯的动物，再怎么鞭打它也不会发脾气。但杨玉环不知道，为了皇室成员的安全，宫廷的马都是经过特别驯服的，野性已经降服，绝对不会突然发脾气尥蹶子，给人造成意外的伤害。今天，杨玉环牵出来的马，却是一匹刚刚入厩的马，还没经过很好的调理，身上还有着一丝野性。

杨玉环特别兴奋，觉得这匹马很听她的话，她轻轻一扬鞭，它就小跑起来，不像以前骑的马，催促半天，还缓缓踱步，把人急得要死。小跑了一阵，杨玉环就出汗了。她看前后无人，索性把累赘的外衣脱掉，横搭在马鞍上，露出里面的紧身小褂，这样就利索多了。跟着的马夫和内侍早已不见了人影，杨玉环也不等他们。她见一路跑过的都是平坦大道，心里也就没什么可担忧的。这时，她看到前方有一处平台和阁楼，掩隐在一片树丛中。她朝马屁股用力抽了一鞭，想一鼓作气疾驰到那里，好好歇一歇，再等等马夫和内侍。不想，这一鞭把马的野性给抽了出来，只见它头一昂，尾一甩，突然奋蹄向前冲去。杨玉环身子猛地向后一仰，差点从马上摔了下来。她赶紧用手抓紧缰绳，准备把马勒住。但此时马已失控，它鼻子里喘着粗气，嘴里喷着白沫，顺着大道，一路狂奔下去。

杨玉环吓坏了，想不到平时看似温顺的马，还有狂暴凶猛的一面。她此时顾不了许多，死死地夹住马鞍，手里紧紧地拽着缰绳，希望能把马勒住。但她不知道，马在受惊时，是不可以拽紧缰绳的，应该放松才对，好让它被激起的野性慢慢平服。人在情急之中，哪会想到这么多。杨玉环只觉得耳畔生风，眼前的树木嗖嗖地向后掠过。她心里害怕到了极点，觉得眼前金光乱闪，马上就要从马背上摔下来，于是大声地呼救起来。

正在这万分危急之时，突然从旁边蹿出两个人来，只见他们一把抓住马缰绳，先是随着马的方向跟着跑了一会儿，然后慢慢把马勒住了。杨玉环不知道自己是如何从马上下来的，她脚一着地就瘫在了地上。想到刚才的冒险经历，她不禁流下了眼泪。

帮她截住受惊之马的两个人询问了她的身份，在得知她是寿王妃后，对她宽慰了一番，并提醒她说，圣驾在此，请速速离开。杨玉环抬头一看，她已经快到刚才看到的平台和阁楼前了。听内侍这样一说，她心里更是惊慌，想到自己刚才的失态可能会被皇上看到，更是窘急。她不顾身体乏软无力和心中的惊悸，强打精神站起来，想再骑上马去，好早早离开。也许是刚才惊吓得太厉害了，她的双腿发软，再也迈不上马背，只好用手牵着缰绳，一步一步向回走去。

这时，玄宗皇帝正与武惠妃在平台上观赏风景。他已经看到了杨玉环，因为离得远，他还以为是哪位皇子在驰马飞奔。他看着快速飞奔的马的身影，心中很是赏识这位皇子的胆量和勇气。他传诏，让这位皇子近前来，他要当面夸赞两句。

虽然离得远，但诏命一层层由内侍传下来，很快就传到了杨玉环的面前。听说皇上要见她，杨玉环心中一片恐慌。她想，自己这样不守礼制地驰马狂奔，又是一身这样的打扮，一定要被皇上呵斥了。唉，早知这样，今天也不出门了。

杨玉环一步一步向上走去，当她来到平台上，看到了玄宗皇帝，同时，她还看到在皇上身旁的武惠妃。看到武惠妃后，她稍稍心安了一些。她想，不管怎样，武惠妃会为她开脱两句的。

直到杨玉环来到近前，玄宗皇帝才知道刚才驰马飞奔的人竟是一位女子，只是她一身紧身胡服打扮，远远看去和男子并没什么两样，怪不得他看走了眼。杨玉环上前拜见皇上和武惠妃，并为自己不适当的行为请罪。皇上没有开口，武惠妃说："玉环，你不陪着寿王，这样骑马乱闯，不怕出事吗？"语气中带着一丝责备。她是想在皇上开口责备杨玉环之前，用轻轻的语气顺带过去。

听了武惠妃的话，玄宗皇帝才知道眼前站着的美貌女子是寿王妃。

杨玉环向武惠妃禀告说，因为寿王去听讲经，自己认为这是一个好天气，才一个人出来骑马玩，由于不熟悉骊山的道路，不承想惊扰了圣驾。

玄宗皇帝听后，语气温和地说："不妨事。"随即询问杨玉环是在哪里学会骑马的。

杨玉环禀告说，是在东都洛阳时，寿王教她的。

"想不到在这样短的时间里，你的骑术竟这样精湛，许多男子都不如你呢。我当年也可以骑这样快的马，现在恐怕不行了。"皇上对杨玉环夸赞着。

听到皇上的一番夸赞，杨玉环脸红了，她又是羞涩又是委屈地说："不是，是马受惊了。"

"是吗？我还以为你的骑术出众呢。"说到这里，玄宗皇帝哈哈大笑起来。他完全可以想到一个女子骑在一匹惊马上的心情和窘态。也许是为了缓解寿王妃紧张的心情，皇上竟教起她在马受惊时应采取的措施，那就是既不能死拽着马缰绳，也不能用腿使劲夹着马，那样它反会认为你是要它卖力向前冲。此时应该坐稳身子，信马由缰，等到它跑累了，自会停下来。皇上说完，禁不住又哈哈大笑了起来。

武惠妃见皇上对寿王妃有好感，认为这是一个好兆头，对寿王谋取太子之位是有好处的。于是，她也笑嘻嘻地看着杨玉环，说："玉环，你也不必太过拘礼。你的外衣呢？取来穿上吧。"她认为，作为儿媳妇的寿王妃这样一身打扮站在皇上面前，总是不好。

听武惠妃这样一说，心情刚刚平复的杨玉环又面颊泛红，不好意思地说："因为天热，我把外套脱了放在马背上的，现在，现在……"杨玉环说不下去了。

玄宗皇帝脸上又露出微笑，他想，一定是刚才马受惊，她的外套不知掉到哪里去了。他传令，让内侍去把寿王妃的外套找回来。他看着眼前寿王妃因为紧张而羞红的脸，面颊白里透红，身上散发出青春的活力，想到当年武惠妃也是这样顽皮娇媚的。他不禁眼含爱意地把头扭向了武惠妃，说："你可记得，当年，你也是爱骑马到处游荡的，只是不穿这身衣服罢了。"

武惠妃见皇帝还记得她当年的模样，心里也掠过一阵甜蜜，脸上泛起了一丝娇羞，虽有儿媳在旁，也禁不住轻喊了一声："三郎。"

杨玉环见皇上与武惠妃都有些情不自禁，自己在旁不免显得别扭，正不知是进是退的时候，内侍已经把她的外衣找来呈上。她把外衣穿上，正准备行礼告辞，玄宗对武惠妃说："外面有些凉，不宜待得太久，我们进去吧。"

武惠妃并没有让杨玉环离开，而是让她相随。她是希望皇上看到眼前的寿王妃，从而多问起一些寿王的消息来。但玄宗似乎把寿王给忘了，也忘了杨玉环的身份是寿王妃，他对寿王只字未提。他们进到室内，玄宗竟问起杨玉环的家事来。

杨玉环告诉皇上，她家在东都洛阳。她未出嫁时，父亲对她管得很严，只是逼着她每天去看什么《贞女传》和《十孝》之类的书，上面都是讲做妇人的规矩。但是她不敢告诉皇上自己往往是看不下去的。

玄宗问她还喜欢什么，问她是否已经适应了宫廷里的生活，等等。

也许是玄宗慈祥的神情让杨玉环放松了，她竟率真地回答了皇上的种种提问。

玄宗往往在听到寿王妃的一些直率的回答后会哈哈大笑起来，对寿王妃的天真、率直产生好感。其实在心里，他对那些迂腐的儒生也是不以为然的，他们动辄引经据典，说话必有个来源。而武惠妃却在旁轻轻哼了一声，觉得寿王妃讲话有点轻率。当玄宗谈到对那些儒生的看法时，他接着问道："依你看，做人应该如何去做才好呢？"

也许是皇上愉快的神情鼓励了杨玉环，她不假思索地答道："我觉得，一个人该怎样就怎样，由着性情来做人才好，不要做什么事都想着书上怎么写的，书不也是前人写的吗？"

"好，这个想法很新鲜，我倒是第一次听说。"玄宗皇帝忍不住喝起彩来。

被皇上这样一夸，杨玉环反而有点不好意思，她看着武惠妃，想知道她这番话讲的是不是有些唐突。武惠妃也笑盈盈地望着杨玉环。她心里虽然觉得寿王妃在皇上面前有点太不拘礼，但看到皇上没有一丝一毫的责怪，反倒还很开心的样子，她也就不做阻拦，仍让杨玉环讲下去。她觉得皇上已经很久没有这样高兴过了。

玄宗皇帝似乎真的有点兴奋了，竟和儿媳寿王妃开起了玩笑，他说："刚才的策马飞驰，也算是一次性情的流露吧。"说着，不待寿王妃回答，想到她刚才在马上受惊的模样，自己先忍不住笑了起来。

听皇上这样一说，杨玉环再一次飞红了脸，她再次下拜，表示谢罪。

不知怎么的，玄宗皇帝觉得在青春飞扬的寿王妃面前，自己也变得有活力了。他问起寿王妃的家族成员来。杨玉环告诉皇上，她的父亲现在是国子监祭酒，上个月奏请，已经由太学博士擢升为国子博士，除了教书外，整天待在家里，准备写两本有价值的书出来。

其实，玄宗皇帝对外戚的行踪是留意的。他早从外人口中得知他的这位亲家专心著书，对政治向来少有兴趣，这让他放心，并有好的印象。想不到在这样一个矜持的儒生之家，竟出了一个性情如此开朗的女子，他不觉哑然失笑。

此时，侍女送上点心、小菜，玄宗也邀杨玉环就座，一起用些小食，并命侍女赐酒给她。杨玉环依循宫廷中晚辈受赐的仪式而拜谢。在进小食的过程中，进来了几位舞女，她们在琵琶的伴奏下，轻歌曼舞。在杨玉环看来，那些舞都太过简单，没有激情，根本谈不上美妙。可是皇上看得却很投入，一副陶醉的神态。也许是杨玉环不屑的神情引起了玄宗的注意，他问道："怎么，寿王妃认为她们跳得不好吗？”

杨玉环连忙起身答道："不是，她们跳得很好。"

"寿王妃如果有什么见解就尽管说来听听，朕是不会见怪的。"

这时，武惠妃乘机在旁说，寿王妃很热爱舞蹈，舞跳得很是出色。

"噢？原来寿王妃还是一位舞蹈人才。那你说说刚才那段舞是好是坏，看与朕心中想的是不是一样。"

杨玉环被逼无奈，也是仗着皇上此时对她的好印象，于是大着胆子把刚才看到的那段舞的好坏优劣都一股脑地说了出来。哪一段是好的，好在恰如其分地表现了音乐中的感情，与音乐互相应和，互相映衬，用动作表达了人心中的所思所想；哪一段是不好的，舞蹈动作太过死板，与音乐脱节，动作只是无意义的比画；同时指出，哪些应该急舞的地方太缓，哪些应该轻缓的地方又过于急促。

听着杨玉环的分析，玄宗不住地点头默赞。杨玉环的话，有些与他心中的看法是一致的，有些却让他大开眼界，出乎他的意料。整体说来，杨玉环的话与他心中所想大致不差，只是他是从音乐方面来评判，而她是从舞蹈方面来评判，殊途同归。他没有料到，眼前的寿王妃不仅容貌出众，而且还有着这样高的艺术修养，这不能不让他刮目相看。他说："寿王妃对舞蹈这样有研究，想必舞跳得也不一般吧。"

杨玉环只顾尽兴地在皇上面前评论舞蹈，却把该注意的礼节都抛到了脑后，听到皇上这样一问，她才觉得自己有点放肆了，不应该在皇上面前这样喋喋不休地乱语。她顽皮地吐吐舌头，低下头去，轻声说："儿臣只是这样说说罢了，是只能动嘴不能动腿的。"

玄宗笑了笑，没有再勉强。他知道，虽然寿王妃这样说，但她的舞一定跳得很好，只是这种场合，是不宜让寿王妃表演的。杨玉环也觉得今天自己太过轻慢了，虽然皇上和武惠妃不怪罪，但若再待下去，还不知自己会做出什么举动来呢，于是就告辞了。临去时，皇上表示等哪天有空，一定要看看寿王妃的舞蹈表演，随后和武惠妃含笑目送她远去了。

杨玉环一蹦一跳喜气洋洋地回去了。

没想到，数日之后，皇上突然决定起驾回长安，他们到骊山才过了一个月多一点。听说这与武惠妃的病有关。原来武惠妃在骊山又做噩梦了。她梦见废太子李瑛与鄂王瑶、光王琚了，他们在梦中变成厉鬼的模样向武惠妃索命。

玄宗皇帝把最好的太医也带上了骊山，让他们给武惠妃把脉诊断，可是谁也诊断不出武惠妃的病因，只能胡乱地说温泉对武惠妃的病并无好处，敦请皇上回到长安为好。皇上在万般无奈的情况下，只好听从御医们的话。于是，在十一月中旬，皇帝的车驾又回到了长安。这让杨玉环心里懊丧，她现在是越来越喜欢泡在温泉里了。

随着天气越来越冷，武惠妃有一种不祥的预感，她感到自己会熬不过这个冬天，虽然她只有四十几岁，比皇上还小十几岁，但没想到会走到皇上的前面去。为此，她一定要赶紧把寿王扶上太子之位。她认为寿王与别的皇子比起来，除了有她这样一个被皇上宠爱的母亲外，别的什么优势也没有，万一她不在了，寿王也就失去了唯一的靠山，再不会有当上太子的希望。因此，她要用感情这根线牢牢拴住皇上的心，让他爱屋及乌，早点定下立寿王为太子的决定。

这天，侍女来报，皇上又来看她了。武惠妃强打起精神，稍稍梳理了一番，支撑起身子来迎接皇上。玄宗皇帝一跨进武惠妃的寝室，就把她扶靠在床上，让她只管躺着，不要拘礼，以免受了风寒。

武惠妃感谢皇上对她的眷顾。她斜靠在床上，把皇上的手握在自己的手里，痴痴地望着皇上，突然眼里流出泪来，她呜咽着说："三郎，妾怕不能长久侍候您了。"

玄宗皇帝面上一惊，责备她说："爱妃何出此言？小小病恙，转瞬即愈，不要胡思乱想才好。"

"三郎，不是妾胡想，妾实有预感。这些天来，妾思前想后，多年来，皇上宠幸贱妾，恩爱无人可比，妾死也可瞑目了，只是想到从此以后，将要永诀皇上，妾每每想起就不胜心悲。妾真是命薄，无福消受皇上对我的恩宠。"话没说完，武惠妃眼中热泪长流。

玄宗皇帝也被武惠妃心底流露的真情所打动，他紧紧抓着武惠妃的手，眼中也不禁流下泪来。他想到与武惠妃二十多年的恩情，两人情好始终如一，现在听她如此说来，怎不令他心痛？

过了一会儿，武惠妃轻声地对玄宗说："三郎，你还记得当初我们第一次相遇时的情景吗？"

玄宗皇帝用袖子擦擦眼泪，说："怎么不记得？那天我到后宫走动，你冲撞了我，不知道歉，还理直气壮地责问我是谁，为什么不给你让道。现在想来，你那时顽皮可爱的模样好像还在眼前。"

武惠妃的脸上也浮起了一丝笑容，她说："就是从那次冲撞开始，三郎你就让妾侍候在旁，妾也受到了你的宠顾。想来那已是二十多年前的事了。"

"二十多年来，你永远都是我心中的小妹，虽然后宫有佳丽三千，但她们没有一人可替代你在我心中的地位。让我心里难安的是，始终没能封你为皇后，让你荣贵至尊。这都是外面那些自以为是的迂腐大臣们拼命阻谏。现在，朕想开了，再不听那些大臣们的话了，等你的病好了，朕立即封你为皇后。"

听到皇上的话，武惠妃再一次热泪盈眶。皇后的封号也是她盼了许多年的，但随着时间的推移，她向往的心也淡了，加之她虽没有皇后的封号，但实际上享受的却是皇后的待遇，后宫的尊荣无人能出其右。现在，她躺在病榻上，把皇后的名号看得更轻了，她唯一寄望着的只是寿王的太子名号。

武惠妃把皇上的手又向自己胸口拉了拉，说："妾与三郎的情分是自古少有的，正是因为太过真、太过深，所以连上天都要嫉妒了。"

"爱妃不要胡想，你会慢慢好起来的。"

"难道不是吗？三郎还记得我们的第一个孩子吧，才出生就夭折了，第二个孩子也是这样。这不是上天在嫉妒我们的感情又是什么呢？当有第三个孩子时，我们的心情是又紧张又欢喜。皇上还记得那些日子吗？"

"我怎么能不记得呢？那时我整天陪在你的身旁，看着你日渐隆起的肚子，又盼着你临盆的那一刻，但又害怕等到那一刻，心里真是说不出的矛盾。"

"好在上天可怜我们，终于给我们送来了一个可爱的孩子。他就是现在的瑁儿。"

"为了让他活下来，真是难为了他，一出生就让宁王抱回府中抚养，是宁王妃把他喂养大的。"

"在那几年里，为了能让他健康地成长，我们心里想见他，却又顾虑着不敢见他，只靠从宁王府传来的消息安慰自己。那些日子真是熬人啊。"

"好在瑁儿在宁王妃的照顾下，没有出什么事。"

"当他六岁第一次被带进宫，站在我面前时，我几乎都不相信眼前那个粉妆玉琢般的小孩就是我们的孩子。三郎，你还记得瑁儿第一次见你时的情景吗？"

"怎么不记得？我把他抱起来，他又踢又闹不认我这个父皇，吵着要回他自己的家呢。"

"这儿不就是他的家吗？他把宁王府当作了他的家。"

"也许是瑁儿从小就离开了我们的缘故，所以我总觉得他与我之间有着一定的距离，不是太亲近。"

"三郎，不是这样的，瑁儿曾无数次地对我说，他心中最亲的人就是父皇，因为你最让他佩服。"

"噢，他都佩服我哪里啊？"

"他佩服你把国家治理得这样井井有条，百姓丰衣足食，百官和睦相处。他说这是历史上任何一位皇帝都没有做到的。"

"是吗，他是这样说的吗？"

"三郎，你别看瑁儿长得文弱，但平日里他对如何治理国家是有一番研究的。只是你平日少见少问他罢了。"

"是的，皇子太多，我没有太多闲暇——考查他们。但我见瑁儿相貌固然俊美，文采擅长，武功却略输常人。"

"这一点，瑁儿也曾和我谈到过。他说国家要想长久治安，必须要重视文臣，以文治国。不是他不好武功，他认为，身为皇室中人，如果带头喜好武力，自然会有小人追随而来，那样，难免会惹是生非，带来不好的影响。"

"他这样想很有道理。"

"三郎，臣妾留在世间的时日已经不多了，心中割舍不下的只有你和瑁儿两人。"

"爱妃不要多想，只管安心养病才是。瑁儿自有我来关照。再说，他现今也已成家，我看寿王妃虽活泼好动，但还知礼贤惠，我也听说他们夫妻感情很好，瑁儿会生活得很好的。"

"三郎，臣妾说的不仅是这些，臣妾是说在陛下也百年之后，世间还有谁来关心、爱护瑁儿呢？"

"爱妃不须牵挂，瑁儿是朕的儿子，有谁敢欺负他？"

武惠妃说这些话，原是想用情打动皇上，让他立寿王为太子，但见皇上一直避开话题，不禁长叹了一口气，说："但愿如皇上所言。"

玄宗皇帝说："其实瑁儿的聪明伶俐，我早就看出来了。不仅我看出来了，许多大臣都认为瑁儿是个治国的人才。他们还向我推荐要立瑁儿为太子呢。"

武惠妃本来以为皇上已无意在立太子的问题上过多考虑寿王了，所以不免黯然伤神，突然听他这样一说，真是喜从天降。她眼睛中放着光彩，说："皇上，你也看出来了吗？瑁儿真是一个治国的人才？"

"我想是的，不然李林甫为何一而再、再而三地在我面前保举他呢？自从李瑛那个不肖子被废去太子后，太子之位就一直空着，这始终是朕心头牵挂的一桩大事。常言说'国不可一日无君'，太子也是这样，总是不立太子，会让大臣们内心不安的。"

"陛下是说，要立瑁儿为太子吗？"

"朕有此打算。"

听到皇上亲口说出这话，武惠妃眼中流出泪来，这是喜极而泣的眼泪。她紧紧抓着皇上的手，嘴里轻轻唤着"三郎，三郎"。一朝心愿得到满足，武惠妃不知如何表达她的欢喜心情。她变得语无伦次了。

玄宗皇帝也紧紧握着武惠妃的手，两人四目相对。最后，皇上拍了拍武惠妃的手说："你只管安心养病，等你身体痊愈后，我就宣布立寿王为太子的诏命。"

等皇上离开后，武惠妃只觉得身上顿添活力，病好像也好多了。她两眼放光，神情亢奋，也有了要吃东西的胃口。皇上不是说了吗，只等她病好后就宣布寿王为太子。对，为让病早点好，一定要吃东西。于是，她传令赶快摆上小食。

稍微进食后，武惠妃觉得有点累了，就斜靠在床上睡了过去。这是她几个月来都没有过的安稳觉。

刚进入梦乡，武惠妃就看见门吱的一声开了，已经有两个月没到梦中来惊扰她的废太子李瑛和二王又出现了。

"啊！"武惠妃大叫一声，从梦中惊醒，张口把才吃下肚的食物全吐了出来。

自此以后，武惠妃又夜夜梦见废太子李瑛与二王的鬼魂。他们在武惠妃的梦中对她恶言相向，作势吓人，向她讨债，向她索命，每每把她从梦魇中惊醒。就是一个身体强壮的人也经不住这样的折腾，更不用说身子虚弱到极点的武惠妃了。几天下来，武惠妃已经变得花容惨淡，形销骨立。宫女们也被她不断发出的惊叫声吓得提心吊胆，私下里相传，武惠妃是活不过年关了。

玄宗皇帝依然对武惠妃很体贴，他经常来病榻前看望她，劝她不要多想，只一心养病才好，心静才会祛除心魔，须知有所思才有所梦，什么都不想了，梦中的恶鬼自然远离。太医们劝告皇帝不要常到武惠妃的寝室中，因为重病之人身上难免会有些秽气，怕皇帝沾染了不好。皇帝把他们狠狠训斥了一顿，认为他们平日只会夸夸其谈，现在却一个主意也拿不出来。

其实玄宗皇帝不知道，武惠妃病情的加重，其中也有他的原因。他对武惠妃说要立寿王为太子的话，使她的情绪更不稳定，从而加重了她的病情。皇帝说这句话，本意是想让武惠妃高兴一下，冲冲喜，增加她战胜疾病的信心和盼头。他哪里想到，这个消息对武惠妃来说太过重要，听到这话的武惠妃，太过激动，太过亢奋，这是一个身体极度衰弱的人所不能承受的。这就像给一个身子很虚弱的人进行恶补一样，营养不仅不会被吸收，反而会对肠胃造成损害。

在这期间，寿王几乎日日来探视母亲武惠妃。这也是武惠妃有意安排的，她让寿王侍病，以此让皇上看到寿王是多么忠实孝悌，这样孝顺的儿子是不会怀有二心的，是可以依靠的，可以放心地把太子之位给他。杨玉环多数时间也随寿王进宫，每当她看到消瘦得已变形的武惠妃时，心里既恐惧又难受。她难以想象几个月前还风韵照人的武惠妃，在短短时间内，怎么会变得这样难看：两边的颧骨高高突起，腮帮深深陷了下去，头发干枯，两只大眼空空无神。每次她都要在寿王的陪伴下才敢靠近武惠妃，不然，她的心里总有些发毛。

但武惠妃却很想与这位儿媳谈谈话。现在，随着病情的日渐加重，武惠妃也知道自己已经病入膏肓，无药可救了，能不能撑到年关，她心里一点谱也没有。再说，就是撑到了年关又有什么意思呢？不过是多受两天罪罢了。这样一想，她的心反而平静了下来，许多虚妄的念头反而抛开了。她静下心来，把自己短暂的一生回顾一遍，觉得一切都是可以放弃的了，一切都是可有可无的了，生不带来，死不带去。想自己一生，虽说荣华富贵到了极点，但真正快乐的时光却很少，倒是没遇上皇上前做少女时，无忧无虑，遇上皇上，得到皇上的宠幸后，烦恼也就来了。先是与王皇后斗，想着当皇后，用尽万般手腕，斗败了王皇后，自己却没能如愿；后又与太子斗，要把寿王扶上太子之位，斗败了对方，又杀了不少人，是不是她就胜利了呢？还很难说。现在，她就像一盏油灯，快要油尽灯灭了。时日无多的时候，她反倒认为一切都是可以割舍的了。这时候，她特别有些冲动，觉得有些话想和人说一说。这些话都是她心里的秘密，是她二十多年来深深埋藏在心底的隐秘，多年来，坠得她沉甸甸的。但这些话，不能和皇上说，不能和寿王说，不能和咸宜公主说，她反而想和杨玉环说一说，也许因为杨玉环没有心机，也许因为寿王妃永远不会明白她的那些话。

在只有杨玉环一人在她身边时，武惠妃拉着杨玉环的手，说："玉环，你告诉我，我的面貌是不是变得很难看了？"

杨玉环眼睛不敢看着武惠妃："没有，我觉得母妃依然还是那样光彩照人。"

武惠妃叹了一口气，说："你不要骗我了，我知道自己已经变得很难看了。自从宫女们把我房中的镜子都拿走后，我就知道自己变得不好看了。这也是我为什么不让皇上来看我的缘故，就是他来了，我也不让他看到我的脸。玉环，你要知道，以色事人者，色衰即失宠。这就是我们女人的命啊。"

见杨玉环一脸茫然的样子，武惠妃喘了一口气，接着说："古时，有一个妃子，因为美貌被皇帝宠幸。后来她病了，皇帝去看她，她就把自己罩在帐子里，隔着纱帐与皇帝说话。皇帝问她为什么要这样，她说：'妾以色事君，不想让陛下看到妾现在的模样，损害了以前留下的美好印象。'这个妃子是多么聪明啊。"

"可是我看到皇上对母妃您的关心是出自内心的啊，他还耐心地和御医们商量如何用药呢。"

"是的，现在皇上对我是宠爱的，但谁能保证皇上会一直宠爱下去呢？总有一天我会老的，我的面貌会变老、变丑，那时，皇上就会另找新欢。因此，我们做嫔妃的人，没有一个不预先为自己寻找后路的，这条后路就是子女。"

杨玉环一点也听不懂武惠妃的话，但她觉得武惠妃今天对她说的都是心里话，是平日不轻易和别人说的。她不知道武惠妃为什么要和自己说这些。

不等杨玉环有任何表示，武惠妃又自顾自地说了下去，似乎她要的只是杨玉环的倾听，倾听她的诉说。

"皇帝的嫔妃的子女，就是皇子与公主了。每一个嫔妃都希望自己能生下皇子，这样，她就有所依靠，不至于晚年寂寞冷清，无人理睬了。最好儿子能当上太子，然后再顺理成章地登上皇位，这样一来，她就是皇太后，荣贵无人可比了。玉环，我这样一说，你能明白我为什么总是处心积虑要让寿王当上太子了吗？”

杨玉环若有所悟地点了点头，说："我知道。"

"太子的确立，向来只有两种方式：一种是为长而立，就是说第一个皇子最有可能被立为太子，这是怕引起不必要的纷争；另一种就是有功者可为，比如太宗皇帝和当今圣上，他们虽然都不是长子，但功劳太大，群臣信服。寿王既不是长子，又没有什么军功可言，要想当上太子，实在太过困难。但事在人为，我不信就达不到目的。可是我做得太过了，本来把李瑛废去也就算了，千不该万不该，不该怂恿皇上赐死他们。"

听到这话的杨玉环，身上一阵发紧。她觉得武惠妃手上的凉意从她的手上传过来，让她不禁打了一个哆嗦。她想把手抽出来，但没敢这样做。

"玉环，你在外面一定听到了不少传言，他们都是如何说我的？"

"那都是些谣言，母妃不可当真的。"

"无风不起浪，谣言也是有根据的。我现在这个样子，不就是所受到的报应吗？"

"母妃，您不要胡思乱想，安心养病才是。"

"我也想安心养病，把病养好了，看着皇上封寿王为太子，那该是多么令人高兴的事。但我知道，我不会有那么一天了。"

杨玉环想安慰武惠妃，但一时不知如何张口。武惠妃抬手阻止了她，说："玉环，你不知我整天过的是什么日子啊。一闭眼，那三个恶鬼就会来到面前，向我讨债，向我索命，拿剑刺我。更可恨的是那个光王琚，还用带火的箭射我，让我一刻也不得安宁。我不敢闭眼，不敢看见灯火，更不敢听到打更声，一切与黑夜有关的东西都让我害怕，让我心惊肉跳。我只有一天到晚地睁着眼，从早晨到晚上，从晚上到早晨。真是生不如死啊。"

武惠妃说着，眼里泛出了泪花，泪水滚出眼眶，流过脸颊，落在枕边。那张脸几个月前是多么娇嫩啊，现在却是那么憔悴、那么痛苦。杨玉环也难过地流下泪来。

"但我不这样做行吗？那些人讲的时候都很明白，都很仁慈，等他们处在我的位置和环境时，我想他们也会像我这样做的，这叫情势不由人。有时你处在某种环境中只能做那些事，这就是命运。"

杨玉环对武惠妃的这番高论显然不明白，她劝说武惠妃道："母妃，现在有我在旁，你就小睡一会儿吧。"

也许武惠妃话讲得太多，困乏了，也许她真的相信杨玉环能驱逐走她梦中的恶鬼，于是，她点点头，闭上了双眼。

杨玉环的手依然被握在武惠妃的手里。她看着闭上双眼的武惠妃，心想，武惠妃真是可怜啊，她虽然尊贵无比，但连一个安稳觉也睡不好，连一个平常人的安宁也得不到。她极力钻营，费尽了心机，本想得到更多，但却连仅有的一点也失去了。

就在杨玉环这样想时，武惠妃已经发出了轻微的鼾声。心里的话能对一个人讲出，让她的心得到了少许的平静。杨玉环看武惠妃已经睡熟，正准备抽出手时，突然，武惠妃一把将她的手抓得紧紧的，全身抽搐起来。杨玉环看到武惠妃嘴里喘着粗气，脸上露出痛苦的表情，嘴里还不停地发出"啊啊"的呻吟声。显然，武惠妃又做起了噩梦。看着武惠妃痛苦的样子，杨玉环手足无措，不知是应该把她推醒，还是让她继续这样挣扎下去。正当她左右为难时，武惠妃大叫一声醒了过来，她大口地喘着气，目光惊慌地望着前方，嘴里喊着："鬼！鬼！鬼！"

武惠妃的指甲已经深深掐入杨玉环的肉里。又痛又怕的杨玉环禁不住哭了起来。她对着这种生不如死的日子的武惠妃感到又是可怜又是伤心。

开元二十五年（737年）的冬天似乎比以往任何一年都要冷，大雪下了一场又一场。杨玉环是最爱雪的了，往年，每逢下雪，她都要跑到雪地里去尽情游玩，或堆雪人，或打雪仗。今年，因为顾念到武惠妃的病，如果游玩的话，会被别人讲闲话，就一次也没玩过。十二月初七这一天，下了一整夜的雪在天明时停了，天空放晴，几天都没露面的太阳升在了空中。杨玉环拉着寿王到后园去看雪景。

近一段时期，寿王因为挂念武惠妃的病，加之天天侍病在侧，人变得消瘦了。他站在后园，在雪光的映照下，脸色显得更加苍白。杨玉环搀扶着他，陪他赏看后园中顶雪开放的梅花。站在梅花前，寿王说："希望母妃也能像这些雪中的梅花，能顶住风寒，度过寒冬。"

杨玉环说，一切都会好起来的，等过了年，天气一转暖就好了。

寿王说："玉环，让我们来许个愿吧，祝母妃早日康复。"

【第四回】

治蝗忠王封太子，赏梅醉臣戏皇妃

就在他们合起双手，准备在心里许下祝武惠妃早日康复的愿望时，突然一位内宫太监急匆匆地来到，禀告道："武惠妃已于丙午时分逝世。"

武惠妃死了。这对寿王来说，犹如天塌下来，让他没有了靠山。他想，母亲再多活几个月多好，父皇已经允诺她封自己为太子了，说不定就会在新年的时候宣布，现在他不知在接下来的日子里，应该如何表现。咸宜公主与驸马杨洄都劝寿王不要太过悲伤，现在所要做的只是在哀伤中保持镇定，让皇上既看到他的孝敬，又看到他处乱不惊的风度。因为不管怎样说，皇上既已答应过武惠妃要立寿王为太子，这样大的事，不会因武惠妃的去世有所变动。关键是寿王自己，要给别人，特别是给皇上留下好印象。

杨玉环对武惠妃的去世是从内心感到伤痛的，这也许缘于同是漂亮女人的原因，美丽让她们惺惺相惜，相互欣赏，再说她们之间还有着婆媳这一特殊关系。武惠妃的早逝让她感到红颜不可挽留。武惠妃对杨玉环无疑是关心和爱护的，但于内心深处，杨玉环知道，她与武惠妃并不是同一路人。虽同为貌美之人，她是享受这一天生丽质，而武惠妃却是利用这一丽质。杨玉环的嬉笑怒骂皆出自真心，武惠妃多数时间却是强颜欢笑，别有所图。但武惠妃临死前对杨玉环说的一番肺腑之言，确实触动了杨玉环的心，让她这个从来无忧无虑的人知道，一个在别人眼里风光八面，要风得风要雨得雨的人，实际的情况却远不是那么回事，她甚至活得还不如一个普通人轻松。现在，她死了，对她来说，也许是一个解脱。从此以后，她就可以摆脱那些让她惊悸、恐惧的梦魇，不再提心吊胆地害怕黑夜来临了。不知怎么的，武惠妃的死，让杨玉环有了一点对人生的感悟，还有一点命运无常的感慨。

武惠妃在活着时苦心钻营没有得到的皇后封号，死后却得到了。玄宗皇帝追封死去的武惠妃为贞顺皇后。这次自然再无人从中作梗了，反正人已经死了，管她是武家人还是李家人，死人是不能兴风作浪的。只是对封号，大臣们心里不免嘀咕：贞顺，我看她既不贞也不顺。

玄宗皇帝不仅封死后的武惠妃为贞顺皇后，还亲自带人去为她选择墓地。天气很冷，但皇帝冒着严寒去了很多地方，并逐一考察地形地貌，最后选择了万年县东南四十里的一个地方。那里离长安城不远，在骊山以南，终南山的东麓。皇帝又亲自把武惠妃的坟墓命名为敬陵，因为她已是皇后了，而皇后的坟墓是可以称作陵的。

寿王深深知道父皇这样做的深意，父皇把母妃的墓选在这样一个地方，以后每次去骊山就可以顺便来探访了。这样看来，父皇并没有因为母妃的离世而在心里减少对她的感情。这样一想，寿王心里不免又温暖起来：父皇不会忘记母妃，当然也就不会忘记对母妃作出的允诺。

开元二十六年（738年）二月二十六日己未，是大唐贞顺皇后下葬的日子，仪式极为隆重。这一天，仪队、皇族及百官、禁军、送殡的队伍绵亘五里多长。这样隆重的仪式很久都没有过了，就是当年睿宗皇后的下葬也没有这样隆重过，由此可见玄宗皇帝对武惠妃的珍爱。

在整个仪式进行的过程中，寿王的表现叫人挑不出一丝缺点，他悲痛地立于棺木前，虽哀伤而又执礼甚恭。许多人认为，在武惠妃下葬后，要不了多少时间，皇上就会宣布寿王为太子的消息。

时间不知不觉过去了半年，自从武惠妃离世后，玄宗皇帝对女色没有太多的欲望，他对每晚来侍寝的嫔妃也漠不关心，并不在容貌上太多重视，安排谁就是谁。为此，那些嫔妃才人们反倒得了便宜。于是，她们每到晚间，都用猜拳来一赌运气，谁赢了谁就可以侍寝皇上。每当此时，玄宗皇帝就在一旁看着她们热热闹闹又全神贯注地进行这种游戏。当看到胜出者喜气洋洋的神情时，他也乐呵呵地笑。

看着这一切的高力士却认为自己没有尽到职责，没有让皇上得到真正的欢乐。他常常愁眉苦脸地待着，想如何才能让皇上开心起来。他试着为皇上选了几个有姿色的女人，玄宗皇帝看都没看就把她们打发出去了。

俗话说皇帝不急太监急，看着皇帝萎靡不振，日日唉声叹气的样子，高力士是真着了急。一天，他特地抽时间到掖庭去，想看看那里有没有绝色的女子，以便挑选几个来侍寝。地方官吏及王公大臣一旦获罪，他们的女眷及丫鬟、使女籍没入宫，掖庭就是收养这些女人的地方。当时，掖庭有几千女子，高力士想，其中当有姿容出众，可以引起皇上兴趣的吧。

这次，高力士精心从几千名女子中，选出了五位妙龄少女。经过一番精心打扮，她们被引领到玄宗面前。玄宗皇帝的目光逐一从五位少女脸上滑过，他不是不明白高力士的一番苦心，但他还是叹口气说："将军，辛苦你了。"

高力士知道自己精心挑选的女人又没引起皇上的兴趣，不免黯然。他朝五位少女摆摆手，让她们退下，而后小心翼翼地说："大家，不要太过费神，保重身体要紧。"

玄宗皇帝朝高力士看了一眼，说："将军，你跟随朕这么多年，难道还不知朕的心思吗？"

"依老奴看来，大家之所以闷闷不乐，一是因为怀念贞顺皇后，二是因为储君之事。"高力士谨慎地说。

"真不愧是我家老奴，朕的心思完全被你说中了。"

"老奴不能为大家分担忧愁，问心有愧啊。"

玄宗皇帝站起身，来回地踱步，边踱边说："将军，你看朕老了吗？"

其时，玄宗皇帝五十四岁，讲老也算老，讲不老也不老。听到这话的高力士忙说："大家精力过人，何能言老？奴才比皇上大着一岁，还没有老的感觉呢。"高力士知道，皇上可以讲自己老，他可不能不知好歹地顺着讲。自古以来，哪个皇帝会说自己老呢？须知，老就是不中用啊。

听到这话的玄宗不觉笑了笑，说："将军，你不要奉承我了。不知怎么的，近来朕感到气力难继，越来越精神萎靡，这不是老又是什么呢？"

"大家，那是您太过伤悼贞顺皇后的缘故，您要想开点，人死，到底不能复生啊。"

"贞顺皇后虽然离世了，但朕总觉得她还在朕的心中，朕时时想着她，再说，还有她生前朕曾给她的许诺呢。"

高力士隐隐猜到玄宗皇帝给武惠妃的许诺可能就是要立寿王为太子，但皇上没有明说，他也不好接话。不过，皇上自己把话说了出来。

"将军，你觉得寿王可为太子吗？"

高力士知道这已经涉及皇储的问题，而他的一言一行都可能影响到谁当太子。面对这样重大的问题，按理他是不应该发表什么意见的，但皇帝此时似乎不是以君臣的关系，而是以一个朋友的身份在与他探讨和商量，这不能不让他慎重应答。

高力士沉吟半晌，才轻轻地说："大家爱屋及乌，由宠爱贞顺皇后而喜爱寿王，这是人之常情。但恕老奴直言，寿王忠厚有余，英武不足，性格稍欠懦弱，恐不是太子的上佳人选。"

高力士这番话可谓说得冒险，因为玄宗皇帝在问他时，并没表明自己的态度，语气中也丝毫没有流露出不立寿王为太子的意图，可见高力士这番话完全是内心之言。他说完后，目光不觉向皇上望去。

玄宗皇帝听完高力士的话后，不觉点了点头，说："将军所想，与朕的担忧一样。"

听到这话，高力士才把心放了下来。

"将军，你觉得朕赐死三王，是不是做得太过了？"

听到这话的高力士身上一紧，赐死三王可是皇上亲自下的诏命，即使有意见也只能深埋在心中。但听皇上的口气，似乎他对赐死三王也心有悔意，主要是他当着高力士的面承认了错误，这已不是一般君臣间的谈话，更像朋友间的交谈了。这也让高力士感到今天的谈话不一般。高力士说："三王在对上有不敬言辞的同时，又阴构异谋，也是罪有应得。"

"不，三王也许是有不当言辞，但说他们阴构异谋，有不可信之处。这也是朕年老昏聩，听信了一面之词。"玄宗这样说，无疑就是承认他对武惠妃偏听偏信。这可是他第一次承认自己在这件事上的错误。

"大家，老奴有罪，是老奴去宣的赐死诏。"

"罪过在朕轻信失察。三子因武惠妃为寿王争夺储君而死，惠妃又因三子而死，如今留下朕孤家寡人。朕已是半百老人，来日无多，可储位至今空虚，朕实在是寝食难安啊！"

玄宗皇帝说到这里，不觉流下泪来。高力士跟随皇上这么多年，从未见过皇上像今天这样消沉，他哽咽着劝道："大家，保重身体啊。"

玄宗拭干眼泪，接着说："惠妃一心只想让寿王当上太子，他日如有意外之变，寿王又没有处理应变的能力，反为所累，岂不是害了寿王的性命？这一层意思，武惠妃考虑不到，朕当初也不忍心对她说。"

此时，高力士已经知道，皇上绝不会立寿王为太子了。他点头道："储位空虚，实乃当务之急，请大家早作决断才是。"

"朕看中一人，将军，不知你能否猜得到？"说着，玄宗皇帝用期待的眼光看着高力士。

高力士稍稍沉默一下，说："是不是忠王李玙？"

"正是，正是。"玄宗兴奋地击掌道，"将军真是朕的心腹，与朕想到一起了。只是以何理由推忠王为太子呢？"

"推长而立，谁敢复争？"

"推长而立？如何推长而立？"

"大家，老奴早就思考过，长子李琮因容貌不雅，已没有立太子的可能，次子李瑛已死；从遴选储君的角度，忠王可算长子，谅朝臣对此也不会有什么异议。"

高力士的一席话令玄宗皇帝茅塞顿开，他高兴得连连击掌说："好，好，将军说得有理！推长而立，谁敢复争？"

见皇上这样高兴，高力士也很得意，他到底没有让武惠妃遂了心愿，也算替冤死的三王申了一点冤屈。

随后，玄宗皇帝又对高力士说："将军，朕今日与你说的话暂不要泄露，朕还要对忠王多加考察一番。"

高力士重重地点了点头，表示明白皇上这话的分量。

玄宗皇帝与高力士此时所说的忠王是皇上的第三子，名叫李玙。李玙的生母杨氏也是名门出身，是则天女皇的舅家太尉杨知庆的女儿。杨氏在玄宗皇帝尚为临淄王时就嫁为侧室，后来玄宗当了太子，她也就被封为良娣，当玄宗当上皇帝，她才得了妃号。杨妃生下忠王李玙没多久就去世了。李玙从小就由没有子女的王皇后抚育长大，因此，他对王皇后有着很深的感情。

王皇后在与武惠妃的争斗中败北，李玙也就无人专门照料，渐渐被玄宗皇帝遗忘了。有一天，玄宗到后花园散步，看到一群孩子正在玩耍，其中一个小孩引起了他的注意。只见那个小孩把同伴分成两伙，互相冲锋陷阵，而他俨然是一个高高在上的将军，虽然孩子中有比他大的，但他们都听他的。玄宗让高力士把那个小孩喊到面前，问他是谁。谁知那个小孩脖子一梗，说："你管我是谁的孩子呢，你是谁？"

在一旁的高力士说："这是你父皇啊。"

听到此话，面前的小孩立刻跪下磕头。玄宗这才知道眼前的小孩原来是他的第三个儿子——被封为忠王的李玙。玄宗心中有些戚然，他想自己真是太过马虎了，弄得连自己的儿子都不认识自己。于是他把忠王扶起来，细细问他的身体和读书情况。忠王回答说一切都很好，一副很懂事的样子。旁边的小孩接着说："他书读得可好了，先生都夸他聪明呢。"

"噢，那我来考考你。"玄宗来了兴趣，他略一沉吟，让儿子吟一首诗来听听。

李玙张口即来：

少小离家老大回，
乡音未改鬓毛衰。
儿童相见不相识，
笑问客从何处来。

玄宗知道这是一首当朝有名诗人贺知章的诗，才作出来没几天，许多人还不知道，想不到李玙就已经熟记于心了。特别是这样一首表达乡情的诗，从一个未谙世事的小孩嘴里道出，在玄宗听来更不是滋味。诗中的儿童对"少小离家老大回"的本乡人不相识，是因为诗人离开家乡太久了，而今天，儿子对他的不相识，又是因为什么呢？要知道自己还是他的父亲呢。玄宗只觉得心里堵得慌，激动之下，他一把把儿子拉到怀里，为自己对他的关怀不够而深感愧疚。

自此以后，玄宗皇帝对李玙这个早年失去母亲的儿子就多了一份关心。他常常命高力士询问李玙的情况，回来再详细说与他听。从高力士口中，他知道，李玙一直都很勤奋地读书，常得到国子监博士的夸奖。等李玙长大后，玄宗皇帝命高力士为他选妃，高力士选了幼年就入宫的吴氏。吴氏温柔贤惠，知书达理，很得李玙的欢心。玄宗也认可了这门亲事，并在东都为他们主持了大婚典礼。第二年，吴氏就生下一个儿子。玄宗皇帝又亲赴宫中举办洗儿庆典，赐物赐宴，心中十分喜悦。

开元十七年（729年），契丹叛唐，高力士极力保举忠王李玙挂帅出征，讨伐契丹。于是，玄宗任命李玙为河北道行军元帅，率唐军讨伐敢于叛唐的契丹。李玙很会打仗，他率兵到了前线，并不急于进攻，而是驻扎下来，与契丹对峙，努力寻找可以打败对方的时机。耐心等了几年后，他终于等到了对方的内讧，于是乘机出兵，一举打垮了对方，凯歌而还。李玙是诸皇子中唯一有军功的人。

基于这层关系，高力士与忠王李玙的感情超出常人。李玙对高力士的照顾很是感激，他见着高力士时常常恭敬地喊他"二兄"。所以当玄宗皇帝问高力士何人可为太子时，高力士立马推荐了忠王，这不能不说怀了一点私心。

玄宗皇帝说还要对忠王李玙考察一番，这不能不让高力士平添一份担心。他既不知皇帝要如何考察忠王，又不知忠王能否通过考察。没过多少日子，考验忠王的事情就摆在了他们的面前。

这一年，山东诸州蝗虫大起，尤以河南、河北最为肆虐。飞蝗铺天盖地而来，稍一停食，苗稼立尽。此时，正是小麦即将收割之时，百姓眼看着就要成熟入仓的粮食被蝗虫一片片地吃光，心里痛惜万分。灾情传递到长安，玄宗与百官商议，要他们采取对策，快点想出一个办法，阻止灾情的蔓延。有的大臣说："天灾岂是人可以阻止的？上天既降此灾，人主自宜修德。古人不是早就说过吗？'人之有德，蝗虫避境而过；人之无德，天降异灾。'"另有一些有识之士态度完全相反，他们认为蝗虫的猖獗完全是自然现象，与人的德行根本是两码事。蝗虫食庄稼，就是损害百姓的利益，人就要尽力捕灭。再说了，蝗虫是害怕人的，人为什么要害怕它们呢？若是束手不管，那就是本末倒置，反把祸首当作了神明。在这一点上，他们也举出例子，说汉代的光武帝就曾下诏灭蝗，并且收到了很好的效果。

朝中的大臣分成两派，朝堂上一片吵吵闹闹，让玄宗也不知如何是好。他没有想到张九龄已被贬黜之后，朝中还有这么多迂腐之士。听了他们的话，玄宗心中万分气恼。按他们所说，蝗灾的泛滥是上天对人主不德的惩罚，这不就是说他是个无德的昏君吗？哼，他要是无德的话，那么历史上也就没有一个有德的皇帝了，历史上有哪个朝代像现在这样强盛，百姓这般富裕，海内这样太平？都是一帮死读书没脑子的人。但玄宗有气只能窝在心里，他怎么好当着百官的面，自己说自己是一个有德皇帝呢？无奈之下，他分派两个皇子去督办此事，忠王去河南，寿王去河北，让他们视情况再做定夺。

玄宗这样一分派，朝中的大臣也就明白此中深意了：皇帝这是要通过让两位皇子治理蝗灾来考验他们办事的能力，以确定太子的人选。

寿王临走前一夜，与杨玉环话别，免不了一番亲热与缠绵。自从他们成婚以来，这还是他们第一次的别离。杨玉环叮嘱寿王在外要多加保重，凡事不须太过劳累，以顺从民意为要，百姓愿意干什么，只要在旁引导就行了，不要强抑民情，做吃力不讨好的事。寿王一一记在心上。

寿王与忠王前后脚启程，分赴河北、河南。还没到河北境内，寿王就看到沿途蝗虫满天，它们一团团一簇簇地攀附在庄稼上，满地的庄稼都被它们啃吃得只剩下光光的秆子，虽正处夏季，但地里一点绿色也看不见。有的蝗虫还蹦到了他的马上和衣服上，稍走得快点，就会与它们迎面相碰。那些褐色的灵巧的蝗虫，密密麻麻地在路上蹦跶着，一旦飞起，铺天盖地，看上去犹如一片乌云。道边还有不少农民在焚香祭拜，祈祷苍天福佑。到了河北，寿王看到，严重的地方已经赤地千里，连路边的树也未能幸免。到了府衙，还没等寿王坐稳，当地的官员就来拜见，陈说他们不愿捕杀蝗虫的缘由，说百姓都认为这是上天降下的惩处，只有一心修德祈神保佑才可避免，不是人力所能阻止的。他们这样说，是为自己开脱，唯恐被寿王斥责为灭蝗不力。

听他们这样说，又加上一路所见百姓焚香祭拜的情景，寿王想起临来时杨玉环对他的告诫。于是，他不仅没有惩办那些迷信迂腐的官员，反而任他们维持原样下去，还对他们所持的论调深以为然，表示确如他们所言，人与天是感应的，人应修德以顺天意，方能消弭蝗祸。

寿王不是只说说就算了，而是先从自身做起，除了取消任何娱乐外，只吃素食，亲自参与一些祈祷活动。所以，寿王到河北没几天，他的声誉清名得到大小官吏和百姓的一致赞扬，说他是个贤德皇子。但河北的蝗灾却一日甚过一日。

与寿王所做的这一切相反，忠王一到河南就大力灭蝗。不是当地的官吏和百姓比河北的开明，而是忠王是个曾带过兵打过仗的人，他知道人定胜天这一普通的道理。他对那些只知一味搞迷信活动而耽误灭蝗的官员严加训斥，坚决取缔一些愚昧的祈福仪式。他把大小官吏召集起来，对他们说："蝗虫是庄稼的天敌，生就是要毁坏稼穑的，与人的德行丝毫扯不上关系。如果放纵蝗虫为害，那么必将颗粒无收，百姓来年要么逃荒，要么饿死。如果真的有神灵的话，他们必不会因哪一个人的德行不好而让众多百姓饿死。"

对他这番话，有些官员明白，有些仍然执迷不悟。为此，他制定了许多鼓励百姓灭蝗的措施，比如采取了以捕代赈的做法，就是捕得蝗虫一石，就可以换回粮食一石，捕得越多，换得的粮食也越多。这无疑对捕蝗起了促进作用。忠王并不是只在府衙说说话，指挥指挥就算了，而是凡事亲躬。他亲自到田间地头参与捕蝗，还把好的捕蝗方法加以推广。比如，他看到蝗虫夜必赴火这一特性，就想出在夜晚于田间架设火堆，招引蝗虫。这样一来烧死蝗虫无数，往往一夜之间，火堆四周都积满了蝗虫。

但由于早期的纵容，没有过早灭蝗，致使蝗虫数量巨大，虽然忠王积极捕灭，人力终究有限，所捕不及总数的十分之一，蝗祸依然严重。这样，就引起当初那些迷信之人的议论，说什么天意使然，怎可强为，触犯上天？恐怕不只是今年有祸，来年也怕难逃。更有一些愚夫愚妇，置灾情于不顾，只是对着苍天祈拜，还说忠王就是导致这场灾祸的不德之人，求上天诛灭了他。一时间，谣言四起。面对这种情况，忠王没有动摇捕蝗的决心。他规定，不论哪一级官员，如不积极参与灭蝗，而是散播这种消极的言论，若让他知闻，定将严惩不贷。

寿王与忠王在外的所作所为，通过各种途径传到玄宗耳中。他为寿王与忠王完全相反的治蝗之道而困惑，闹不明白究竟哪一个的做法才是正确的。就在玄宗困惑不解的时候，朝中的大臣也吵得不可开交。

一派是以李适之为主的，支持忠王倾尽人力地灭蝗，不相信蝗祸是天谴；另一派是以李林甫为主的，坚持说蝗祸就是世间德行的不修，致使上天震怒，希望人君悔过自责，减停不急之役。玄宗被他们吵得头都要炸开了，往往没等议出结果就散朝罢议。回到后宫，玄宗闷闷不乐，他的本意是把两位皇子分派到不同灾区，目的就是看他们谁有能耐把蝗祸阻止住，结果没有一人令他满意。

看着玄宗愁眉不展的样子，侍候在旁的高力士小心翼翼地问："大家，您是不是在为山东的蝗灾发愁？"

"是啊。将军你看，山东的蝗灾已经严重到这种地步，朝中的大臣还只是吵嚷，没有一个能提出切实可行的治蝗策略。怎不让朕焦心？朕看他们没有一个是关心百姓的，那般吵闹只怕别有用心。还说朕是一个不德的君主，让朕悔过自责呢。力士，你说说，朕哪方面有过了？"

"皇上无过，不过是那些酸儒们胡谈什么天人感应，一遇到天灾就说君王德行有损，好推诿过错。隋炀帝时期，也有过风调雨顺，难道说隋炀帝是个明君吗？"

"那些目光短浅的家伙，要是能像将军一样明白事理就好了。唉，可叹的是，忠王采取的那种灭蝗方法也没有效果。也怪不得他们说闲话。"

"大家，恕奴才直言，凡事都要给个时间。俗话说，心急吃不到热豆腐，捕蝗不是一天两天就能完成的。我敢说，如果皇上再等上一段时间，给忠王更多的人手支持，定能立竿见影，有明显的效果。"

真是一语点醒梦中人，经高力士这样一说，玄宗恍然大悟。他想，是啊，凡事都要有个时间限制，忠王才到河南，即使灭蝗方法正确，也要等到一段时间后才能收到明显效果。于是，他不再犹疑，下定捕蝗决心。第二天早朝，他就宣布给忠王增派人手，辅助忠王捕蝗。

忠王得到父皇增派人手的帮忙，灭蝗的效果立即显现了出来，短短一个月，河南的蝗灾就得到了遏制。李林甫在皇帝表态后，马上派人快速地把消息通告河北的寿王，让他积极行动起来，组织一切人员灭蝗，争取在忠王之前把蝗祸控制住。接到消息的寿王不敢急慢，立刻把能调度的人手都调度起来，加大灭蝗力量。但终究行动太迟，匆忙中难免急躁，说服工作没做到位，引得百姓满腹牢骚。

玄宗并不是真的要忠王与寿王把蝗虫治理好才回京，他主要是想考验他们谁更有办事能力。短短一个月中，他的目的已经达到了，那就是忠王比寿王强。于是，他另派人分赴河南、河北把寿王与忠王换回来。

等寿王一从河北回来，玄宗皇帝就宣布忠王李玙为皇太子。

虽然寿王心中早已有了点预感，但听到这个诏命，还是觉得突如其来。他不能想象，母妃朝思暮想的东西，父皇的一句话，一句轻飘飘的话，就把它击碎了，碎得那样轻脆，碎得那般无痕。

开元二十六年（738年）七月二日，玄宗皇帝举行了立太子的大典，公布了《册皇太子文》，并大赦天下。太子李玙改名为李亨，随即搬入东宫内坊居住。在李瑛被废去太子后，相隔了十三个月，终于结束了太子之位的空悬。围绕着太子之位的争斗也烟消云散，尘埃落定。作为失败者的寿王，失去了问鼎太子之位的机会，也就意味着他失去了未来，远离了波诡云谲的宫廷斗争。

皇储终于有了恰当的人选，这让玄宗皇帝感到高兴。他把高力士前一阵子特地为他挑选的几个女子叫来侍寝。但没过多久，他又觉得索然味寡，重新变得无精打采。

随时在旁对玄宗皇帝察言观色的高力士，瞧在眼里，急在心里。高力士知道，这么多漂亮的女子都不能打动皇上的心，并不是容貌比不上武惠妃，而是因为皇上对武惠妃的感情太深了。在皇上的心里，已经没有过多的空间来容纳别的女人。这可怎么办呢？这样下去，皇上是不会有好心情的，也是他做奴才的失职啊。

高力士不能坐等玄宗皇帝这样日复一日地消沉、委顿下去。他想，全国之大，难道就找不到一个比武惠妃强的人？即使比不上武惠妃，起码长得和她一样的人还是有的。对，何不到全国去找找呢？正好此时，南方的福建和广东地区出了一件事，需朝廷派人处理，高力士就讨得了这个差使，去了福建和广东。

出了长安城的高力士并不急于赶路，他穿州过府，每到一个地方，都悄悄地询问当地的官员，此地有没有容貌特别出众的妙龄少女。当地官员自然知道一个宦官问这话的意思，都认为这是一个立功请赏的机会，不管有没有都夸口说有，于是一个个少女被领到高力士面前给他过目。最后，高力士都暗地里摇头，再赶往下一个地方。

在一般人看来，那些被选出来的少女都是美丽超群，不敢说万里挑一，起码也是千里挑一的，但因为高力士心中是按着武惠妃的容貌来审视她们，自然合格的就少了，就算有个把在相貌上勉强比较接近武惠妃，但那种内在的气质和天生的贵族气根本无法同武惠妃相比。也许就因为高力士是个太监，所以他更能看出美丽女人间的不同和差距。

一路行来，一直到了福建，高力士也没有寻到一个比较合意的女子，这让他心中焦急万分。他想，难道此行就这样白跑了不成？不行，说什么也要找到让皇上满意的女子带回京城。

功夫不负有心人，当高力士到达福建浦田县时，这个美女终于让他寻着了。

这位出众的美女名叫江采苹，父亲叫江仲逊，行医为生。南方女子小时无名，大了嫁到夫家，才随夫姓叫某氏。江采苹从小就表现得与周围的同龄人不同。她头脑灵活，偏好读书，九岁的时候就能看懂《诗经》，并以此自励，说："我虽女子，愿以此为志。"意思是说，别看她只是一个弱小的女子，长大了也要写出这样的文章。

听到小小年纪的女儿讲出这样有志向的话，父亲江仲逊不免惊讶，自此后，对她刮目相看，还给她取名为采苹。江仲逊日日留心着这个女儿，发现她果然与众不同，不仅从小就懂事，还聪敏过人，有着过目不忘的奇能。她平日一有时间就捧起书本来读，有时还拿起笔来模仿古人的笔法作上一二首诗赋。那些诗赋虽不敢说是惊世之作，但也自有一种女子特有的纤丽与细腻，让人读之如沐春风，清新的感觉扑面而来。读书之余，江采苹对歌舞还有着特殊的兴趣。她本就聪敏，加之又看了许多书，对音乐歌舞，一点就通，领悟得比别人快，还比一般人深，而且她生就一副清脆圆润的歌喉和婀娜的身姿，没过多久，她就成了远近闻名的歌舞高手了。随着年岁的增长，江采苹出落成一位容貌俊俏的少女，但她天生不爱化妆，喜欢淡妆素服，却自有一种超尘脱俗的风姿。

江采苹到了及笄之年时，前来求婚礼聘的人几乎踏平江家门槛，其中有慕名而来的，有慕色而来的，但都被她挡了回去。江仲逊为此心中着急，他问女儿："采苹，你到底要选什么样的夫婿呢？"

江采苹胸有主见地劝告父亲："父亲，你不要着急，女儿的婚事女儿自有主张，绝不会令你失望的。"

听女儿这样说，江仲逊嘴上也就不好说什么。他是相信自己的女儿的，女儿说不急，那她心中一定有自己的主见。从小到大，女儿的一些见识还要高过他呢。

江采苹不是胡乱拒绝那些求婚者的，她看得很清楚，慕名的没有才，慕色的她更是不去考虑。其中虽不乏富贵官府之家，但由于她只是出身于行医人家，门第低下，那些富贵官宦人家看中的只是她的美色，娶回去也是做小的。这样的地位，她说什么也不会答应的。

而当高力士对官府搜选来的女子大摇其头时，地方官立刻向他推荐了江采苹。高力士听了说："我刚才好像没有看到这样的女子呀。"

地方官忙说："这位女子一向心高气傲，自诩才女，像这种选美什么的，她向来鄙视，不参加的。"

"噢。"高力士眼睛一亮，他被勾起了兴趣，"我倒要见见她。去把她喊来。啊，不，应该是请来。"

高力士知道，凡是稍有姿色的女子都是有架子的，他希望这位有架子的少女能让他惊喜一下。

不一会儿，江采苹被带到高力士面前。高力士从她一进门就盯着她看，发现她果然有着一股别人无法比的气质。她身着朴素的碎花小衣，发髻整齐而不花哨地梳向脑后，脚步袅袅婷婷，腰肢如弱柳，盈盈可握。到了高力士面前，她盈身下拜道："小女子叩拜大人。"

"啊，免礼。抬起头来。"

江采苹一抬起头，高力士心中一阵狂跳，他还没有见过这样明丽匀称的脸庞，如满月，照得一室生辉，如荷花，淡雅袭人，清丽如玉，恍如天仙。高力士虽久在宫中，眼中见过的美人何止千百，但一见眼前的江采苹，还是被她身上那股不假修饰、浑然天成的自然美所陶醉、所吸引。江采苹的容貌虽不像武惠妃，气质也不如武惠妃那般雍容华贵，却别有魅力。高力士嘴里不禁赞道："果然名不虚传，貌如天仙。"

"谢大人夸赞，小女子愧不敢当。"江采苹又盈身一拜，显得知书达礼。

"好，好。"高力士连说了几声好，随后又说，"我听当地官员们都夸你知书明理，才识过人。"

"那都是别人的风传谬夸，大人怎可当真？小女子虽读过两本书，不过匆匆翻阅，又何能谈得上'才识'二字？如果胡乱议论也能当得才识的话，真愧煞小女子了。"

高力士听到江采苹这一番应答，知道她是读过一些书的人，回话中虽尽是谦逊之辞，但看得出她是比一般女子有见识的。于是，他说："你不必过谦，可诵诗一首来给我听听。"

江采苹不便推辞，略作沉吟，轻启朱唇：

> 垂矮饮清露，流响出疏桐。
> 居高声自远，非是藉秋风。

高力士虽说书读得不多，但这首唐初著名诗人虞世南的《蝉》诗还是知道的。在此以前，诗人诵蝉大多有贬义，但这首诗却独辟蹊径，大赞蝉的清华隽朗、高标逸韵。

高力士一听江采苹诵的是这首诗，不觉暗暗点头，知道她是要以此诗明志，表示她是一位不同凡俗的女子。领教过武惠妃的心机后，高力士心中不期然地就想找一个心地单纯、性情简单的女人，这一点，江采苹很令他满意。

高力士自从得了江采苹这位美女后，再无心在外逗留，匆匆办完公事，立即打道回京。他要早日把这次觅得的丽姝呈给玄宗皇帝。一路上，高力士还从细小的方面对江采苹进行了考查，发现她果然是位心胸开阔、不甚计较的人，这真是再好没有了。高力士知道，选这样一个女人在皇帝身边，后宫会少了许多不必要的矛盾。

早赶晚赶，高力士携江采苹回到长安时，已经是初冬时节。高力士立即把江采苹呈献给玄宗。

玄宗见了果然大喜，这除了江采苹的美貌外，更主要的是她有着一般女子所不具有的艺术领悟力。要知道，玄宗皇帝是一个艺术爱好者，他对音乐和舞蹈都有着一定的造诣，他对身边女子的需求除了肉体上的，还有着性情上的和谐。武惠妃就是靠这点多年打动他的心的，并在死后还让他不能忘怀。现在，江采苹似乎可以代替武惠妃了。

江采苹自从入宫后，日夜陪在玄宗的身旁，晚间侍寝，白日里与皇帝唱和诗词，饮酒作乐。江采苹吹得一手好笛子，每当酒宴高潮时，她都要轻启朱唇，吹出清越嘹亮的乐曲。当回肠荡气的笛声响起的时候，玄宗闭目养神，以手击节，让婉转悠扬的笛声载着大唐天子的快乐在宫城里回荡。江采苹不仅会吹笛，舞姿也很迷人。她的舞姿与中原长安的舞姿有所不同，一改宫中轻曼变为狂风般旋转，在不停的旋转与变幻中，使人想到传奇梦幻般的南方，令人仿佛置身于疯长的草木之中。玄宗看得如痴如醉。

江采苹不仅善舞懂乐，更擅长文章。她每每于欢宴之后，捉笔记之，把每个场景都描述得活灵活现，让已散的宴席活现于纸上。玄宗看了不觉有余香留颊之感。就这样，多才多艺的江采苹获得了玄宗皇帝的欢心，填补了玄宗失去武惠妃后的内心寂寞。

生长在南方的江采苹，舞姿是那样热情，内心却是喜静的，来自南国的女子却偏偏喜欢北方的梅花。江采苹爱梅也是爱得如痴如醉。也许是她经常看书的缘故，从书中她知道，梅花是一种品性高洁的花，它既没有牡丹媚人的娇态，也没有桃花与梨花庸俗的烂漫。它顶风傲雪，不畏风寒，越是在寒冬时节越是怒放。江采苹喜欢梅花这种独立狷傲的品格。

第一场大雪过后，正是梅花开放的时节。前一晚，江采苹就惦记着明天要早起赏花。第二天，天刚一放亮，江采苹就从床上起来，她一推开窗，满眼白茫茫的一片。只见在靠近寝宫不远的地方，有几株梅花星星点点地散布于雪中，若隐若现的红色花蕾掩映在白雪里，别有一番独特的景致。江采苹满心兴奋，她披上一件猩红的外衣，踏雪来到那几株梅花面前，脸带虔诚地注视着那一个个娇嫩的花朵在冰雪的覆盖下绽放着，粉红的花瓣丝毫没有因为冰雪的寒冷而瑟缩，相反，晶莹剔透的冰雪仿佛更加衬托了它的娇艳与高洁。

她痴痴地伫立在雪地里，只顾欣赏雪中的梅花，全然忘了寒冷，也忘了来到身边的玄宗皇帝。直到皇帝开口讲话，才把她惊醒。

"爱妃，你在看什么呢，这样着迷？"

"噢，皇上。"江采苹连忙告罪，"臣妾正在赏梅呢。"

"那几株瘦梅有何看头？"

"皇上请看，在这万物萧条的冰雪天地，只有梅花傲雪怒放，妩媚却不亚于别的花朵，这是多么难得啊。"

"朕倒看不出它有什么特别的地方。论大，它大不过牡丹；论香，它香不过荷花；论式样和姿态，它与菊花更不能相比。"

"虽然梅花和别的花相比，并没有什么突出的地方，但在别的季节里，百花盛开，竞相繁陈，不免让人眼花缭乱。唯独冬天，只有梅花可赏，它的平凡也就显得不平凡，它让人有了空谷幽兰的感觉。"

在玄宗眼中，此时身披猩红外衣站立在雪中的江采苹就是一枝娇艳的梅花。他说："朕将在宫中广栽梅树，让爱妃与梅为邻。"

于是，玄宗皇帝让人在她的寝室四周广植梅花，并建一亭，取名梅亭，还投其所好，索性封江采苹为梅妃。此后，宫中上下，都呼江采苹为梅妃。

高力士看到玄宗皇帝自从得了江采苹后，一扫多日来的消沉，身上似乎又焕发出了多时不见的热情，心中轻松了起来，心想，到底不枉了福建之行。玄宗对高力士的这番苦心是心存感激的，他想，不愧是吾家老奴，时时为朕分忧。

玄宗不仅与梅妃日夜相伴，每当有宴席时，必让她侍坐在旁，或让她吹支笛子曲，或让她一展美妙的舞姿。而这样的宴席又是经常有的。这缘于玄宗皇帝对待兄弟诸王的特别友爱，他常常邀请他们来宫中赴宴。

玄宗皇帝与历史上的皇帝相比，有一点与众不同之处，就是他特别善待兄弟子侄。玄宗共有兄弟五人，分封为宁王、薛王、临淄王、申王和岐王，兴庆宫就是五王以前所居住的五王宅。后来玄宗即位当了皇帝，把兴庆宫改为宫殿后，诸王就从那里搬了出来，但所建府邸也环于宫侧，邸第相望。玄宗把兴庆宫大抵分为两部分，北边的花萼楼专门用来宴请兄弟诸王，楼上设置了一个大床，皇帝与诸王有时就同榻一床，联床夜话；南边的勤政楼才用来处理朝政。玄宗常常召诸王登临花萼楼，同榻欢宴，礼仪如同在家。有时，玄宗也到诸王府邸去，赐金分帛，厚赠分赏。到了开元二十七年（739年），诸王中除了排行最长的宁王外，别的王爷都辞世了，玄宗皇帝对大哥宁王就更加敬重厚待了，甚至连自己服用的仙丹都派人分送给宁王，希望他与自己一道长生不老。

以前的家宴主要是以五王为主，但随着其他几王相继去世，只剩下宁王。宁王年纪过大，不再轻易出府，家宴的参加者越来越以下一辈为主。

这天，又是一场新雪后，玄宗皇帝召集诸王开设家宴，地点就在梅亭。为了让诸王放松，每逢家宴，玄宗皇帝都是身着便服，谈笑自如的。

前几天还含苞未放的梅花，现今已经怒放。宴席上，玄宗与众位子侄把酒欢饮，梅妃也侍奉在旁。渐渐地，宴会的气氛达到了高潮，大家都真正地把这看成了一次家常的宴席。酒兴正酣时，玄宗让梅妃用笛子吹奏一曲助兴。

梅妃当即拿起一支碧绿的笛子，玉唇轻启，悠扬清亮的乐曲立即就飘了起来，闻之犹如仙乐。笛音时而清越，时而舒缓，最后如飘浮的暗香渐隐于耳畔。诸王个个都被这美妙的音乐陶醉了。还没等大家从音乐的迷醉中清醒过来，玄宗又叫梅妃跳曲惊鸿舞。

梅妃轻移莲步下到场中，随着乐曲，轻摆腰肢，舞动起来。只见她时急时缓，时进时退，忽如狂风般旋转，忽如闪电般倒地，让人惊疑是飞鸿在翩跹，又似未停歇的雪花。众人直看得眼睛也来不及眨一下，端着的酒杯停在半空，真如喝了最浓的烈酒。最后，在一阵急如繁雨的动作中，梅妃随着一声戛然而止的乐曲仆倒在地，宛如一朵盛开的梅花，娇艳不可名状。

玄宗皇帝亲自斟酒端给梅妃，说："此乃梅精，奏清乐，作惊鸿舞，满座光辉映雪景。"

梅妃接过玄宗手里的酒杯，一饮而尽，吐气若兰地说："俗乐拙舞，恐碍观瞻，徒娱耳目罢了，怎比得陛下，设使调和四海，治国安邦，万乘自有心法，贱妾何能相较？"

听到这话，玄宗心中更是高兴，举杯与诸王同饮。随即，宫女端上来一盘橙子。玄宗让人破开，命梅妃赐给诸王一人一片。

一个宫女端着盘子跟在梅妃身后，梅妃把分开的橙子一片片分赐给诸王。诸王都站起身来，表示不敢当。当梅妃来到汉王桌前时，汉王不仅立刻站了起来，还绕过矮桌，站到了梅妃面前。但是他没有马上伸手去接梅妃手中的橙子，只是眼光直直地盯在梅妃的脸上，竟似痴了一般。

"汉王。"梅妃见汉王以那种直露的目光看着她，不免脸呈红晕。

汉王是岐王的儿子，原本是个好色之徒，刚才见了梅妃的美妙舞姿，不觉被她的美貌所吸引，萌动色心。此时梅妃近前赐橙，他透过蒙眬的醉眼，看到梅妃光彩照人，明艳逼人，竟不能自持，昏昏然放肆起来。

"汉王。"见汉王只是痴痴地盯着自己，梅妃不觉有点恼怒，她加重语气又喊了他一声。

"噢。"汉王如梦初醒一般，把目光从梅妃的脸上移开，不禁又往前跨了一步，伸出手去接橙子。哪知他只顾贪看梅妃的美色，一步跨得大了，竟一脚踏在了梅妃的秀足上，把梅妃舞鞋上的缀珠给踩了下来，伸出去的手也没有接住橙子，反握在了梅妃的手上。

梅妃看见汉王淫邪的目光，本就不悦，一见他如此放肆，更加气恼，当即把橙子往桌子上一扔，也不和玄宗打招呼，掉头而去。由于二人相隔很近，加之大家都喝了不少酒，并没看到他们二人间发生的事情，直到见梅妃忽然掉头离席，汉王讪讪归座，好像才感觉二人间发生了一点不愉快的事，但也没有深究，继续喝起酒来。

玄宗见梅妃突然不辞离席，不知是为哪般，以为她是要如厕，也没在意。但不想等了好久，梅妃还没回来。于是，他让宫女去看看出了什么事，让梅妃速来侍宴。

梅妃此时正躺在寝室的床上生闷气呢。她想，汉王好大胆子，竟敢调戏起她来了，也不看看她是谁，要不是她涵养好，当场闹起来，他有几个脑袋也保不住了。但她想，这又何必呢，如闹开来，汉王脑袋自是不保，但皇上面上也不好看，一场原本热热闹闹的家宴顷刻之间就染上了血光之气，岂不扫了皇上的兴头？于是，她决定把一腔委屈与恼恨埋在心里，不去发作，同时也希望汉王自此以后稍加收敛，不要再有越礼之举。

宫女到寝室把皇帝让她速去侍宴的话转告了梅妃。梅妃只是翻了一下身子，说："你去禀告皇上，说我鞋子上的珠子掉了，等串好就来。"

宫女去了。梅妃却并没起身前往梅亭，而是身子一歪又躺下了。她实在不想再看到汉王那令人作呕的嘴脸。她心想，凭着皇上对她的宠爱，偶尔一次不奉旨也不会有事的，再说，这不过只是一次普通的家宴。

但梅妃想错了。

宫女把梅妃的话向皇上禀告了。玄宗听了，停杯对诸王说："梅妃马上就来，我要让她再为大家跳支舞。这是朕近来才创作的，还从没在外人面前亮过相呢。"

大家轰然叫好，全停下手中的杯子，拭目以待。

但左等不来，右等不来，玄宗不免有些烦躁，又对宫女说："你让梅妃快一点。"

宫女再次来到寝室，把皇上的话对梅妃说了。要在平日，梅妃早已经起身前往了，今天不知怎么了，她就是提不起精神，也许汉王的无耻举动让她再也没有一点舞兴了。她对宫女说："我马上来。"但她还是没有动身。

宫女第二次向玄宗禀告过梅妃的话，但过了很久梅妃还是没有露面。玄宗心中不禁暗暗有了怒气，他的脸色阴暗了下来。大家不免面面相觑，不知是继续停杯等下去，还是举杯喝酒。一时间，整个宴席鸦雀无声，大家都把眼光望向了皇上。

玄宗的脸色越来越难看，他为梅妃不给他面子，让他感到难堪而气恼。又等了一会儿，见梅妃还没露面，他把酒杯往面前的桌子上重重一蹾，鼻子里哼了一声，拂袖离去。

玄宗径直向寝室而来，他要看看梅妃到底在搞些什么，一而再、再而三地请她竟然都不买账。他这个皇帝简直丢尽了颜面。

梅妃没有想到皇上会亲自来催她。她以为自己不去，家宴会照样举行，皇上肯定正和诸王们欢饮呢，哪里想到皇上满面怒容地来到寝室。她连忙拽过一件外衣披在身上，从床上坐起来，不等皇上开口，便用手捂着胸口说："妾妃突感胸腹疼痛，望陛下恕妾妃不能前往应命。"

玄宗皇帝见梅妃脸上的表情，又看她拽衣动作之迅速，知她所言不实，言不由衷，但也不好发作，于是哼了一声，也不说话，掉头而去。

这场家宴除了给皇上和梅妃惹来不快外，还有一个人时刻提心吊胆，他就是汉王。当梅妃甩袖而去时，他的酒当即就吓醒了，他为自己这样大胆地对待皇上的宠妃而后怕。后来皇上一再地催促梅妃却没有露面，别的人都面露狐疑，而他是最心知肚明的，梅妃之所以不出场，完全是他惹的祸。一想到梅妃气得连皇上的话也敢不听，他立马出了一身冷汗。他想，等皇上回到她身边，还不知道她会怎样对皇上说呢。不用想，她一定会夸大其词地把他对她的非礼说给皇上听，那等着他的处罚就可想而知了。调戏皇上的宠妃，那还得了，有几个脑袋也保不住了。

回到王府的汉王，越想越害怕。他在王府中不停地来回踱步，虽是冬天，他的脑门上却全是汗珠。他后悔自己的色胆包天，酒后的胆大妄为。他在心里狠狠地咒骂自己：你啊，你啊，真是吃了熊心豹子胆了，身边那么多美女，哪个女人你碰不得，偏偏要去打皇上爱妃的主意。你这不是找死吗？

汉王又是自责又是后怕。他甚至想到了死，他想自己一死，皇上看在他是皇亲国戚的份上，也许就不会追究他的家人了吧。但就这样死去，他又一时舍不下荣华富贵。正在他犹豫彷徨的时候，门人来报，驸马都尉杨涧来访。他忙叫有请。

杨涧一进王府，就见汉王愁容不展，两道眉毛拧在一起，还不时地唉声叹气，于是问道："汉王，什么事让你这样发愁啊？"

汉王看了看杨涧，又重重地叹了一口气，欲言又止。

"到底什么事啊，愁眉不展？"

在杨涧的一再催问下，汉王把今天酒宴上自己酒后失态，对梅妃做出非礼的事说了出来。末了，汉王后悔万分地说："杨都尉，你瞧我这个祸闯的。千不该，万不该，我不该酒喝得太多，更不该由着性子来。要是梅妃在皇上面前添油加醋地把这事说了，我有几个脑袋也保不住啊。"

听汉王这样一讲，杨涧也觉得汉王这个祸闯大了。他看着汉王说："你是不想活了，身边这么多美女，还不能满足你吗？你竟然打起梅妃的主意来了，她也是你能摸的吗？"

汉王把这一切讲给杨涧听，本指望他能替自己拿一个主意，见他也这样说，更加心灰意懒了。他嘴里不住地喃喃着："这可怎么办呢？这可怎么办呢？"

过了一会儿，杨涧说："我看这样吧。梅妃肯定会把你非礼她的事说给皇上听，她怎么说，你并不知道，我想，不会有什么好话。皇上也一定会生气。与其等着皇上来找你，不如你主动去找皇上。"

"我去找皇上？我不去。"

"你以为你不去就能躲过这场祸了吗？常话说是福不是祸，是祸躲不过。你主动到皇上面前，把今天的事说了，就说你是酒后失态，主动前来请罪。皇上看在你主动前去领罪的份上，也许会格外开恩，放你一马也难说。"

"这行吗？"

"行不行，只能这样了。"

"万一皇上还是追究，我岂不是自投罗网？"

"除此之外，再也没有更好的方法了，你自己好好想想吧。"

汉王想了想，确如杨洄所说，除此之外，再也没有什么好的方法了。就算是自投罗网吧，不自投也还是逃不出罗网。他犹豫半天后，终于决定如杨洄劝说的那样，明天一早就主动找皇上请罪。

第二天，汉王还没等早朝散了，就早早地在宫内等着了。玄宗一下朝，他连忙迎上去，抬头一看，皇上的脸色没有他预想的那样难看。相反，皇上看到他，也没有大声呵斥，还满脸笑着问他为什么这样早来宫中给他请安。

汉王心中不免嘀咕，难道梅妃没有把昨天的事给皇上说？但他不敢怠慢，忙跪下说："臣特来领罪。"

玄宗脸上一片诧异，忙问道："何罪之有？"

汉王用眼向四周望了望，于是玄宗摆摆手，让身旁的人退下。汉王这才把昨天宴席上，他醉酒后对梅妃非礼的事说了。玄宗自此才知道昨天梅妃退席后，为什么一再喊她都不来的原因。

昨天，玄宗一再传唤梅妃不来，被她弄得下不了台，觉得有失威仪，后来到寝室看到她托言有病，其实什么病也没有，心中更是气恼，当下便拂袖而去，晚上也没喊她侍寝。因此，梅妃也就没有机会把这事向皇上说，不过，她也是不想说的。现在，听了汉王的话，玄宗心中不由得怒气暗生，只是，这怒气不是对着汉王，而是对着梅妃。

也许是玄宗对梅妃心中已有成见，从这件事上，他看到的不是梅妃宽厚待人的肚量，相反，令他不满的是梅妃对他的不忠诚，心中有事竟然不和他说，瞒着他，这是他所不能容忍的。自此后，皇上对梅妃冷落起来。

自从梅妃失去了玄宗皇帝的欢心后，玄宗又陷入先前那种郁郁寡欢的境地。他上朝匆匆处理了一些朝政，回到后宫后，要么和众宫女们玩玩游戏，要么就是无精打采地看看歌舞。高力士瞧在眼里，急在心里。他想，这样下去怎么行呢？皇上是个有激情的人，他虽然上了岁数，但身上激情不减，他需要一个年轻美貌的女子来激活他身上的活力。让高力士犯难的是，玄宗皇帝对女子的眼光太挑剔了，如果他需要的只是容貌上漂亮出众的女子，那倒好办。可他需要的是一个能与他互唱互和，在性情上完全相通相融相知的女子。这样的女子就不好找了。虽然高力士有事无事就往掖庭跑，看看有没有新近抄籍来的女子能符合条件，但他终是失望而归。

这天，高力士出外办事归来，听内侍说皇帝一个人在书房看书。他匆匆赶到书房，见皇帝一个人端坐在书案前，正凝神观看着案头上的一卷画卷，他轻手轻脚地走了进去。

高力士看到玄宗皇帝眼光迷离，神情痴醉地盯着画卷，根本没有注意到他的到来。他顺着皇帝的眼光看去，发现案桌上摊开的画卷，竟是寿王妃的画像。

或许是几天来高力士常跑掖庭的缘故，他对女人有着超常的鉴赏力。他一见画像上的寿王妃，立即觉得画像上的女子明艳逼人，身姿飘逸，神采不可名状，正是他要为皇上物色的女人。他不禁"噫"了一声。

皇帝回头一看是高力士，连忙把画像卷了起来，脸上露出不好意思的神情。

高力士连忙替他掩饰道："武惠妃过世快一年了，陛下不要太过伤心。"他这样说，意思是讲皇上看寿王妃的画像，是因为寿王妃长得与武惠妃相像，皇上思念武惠妃才看的。

听高力士这样一说，皇上的脸色也自然了些，他说："是啊，时间过得真快，武惠妃离开朕已经有一年了。朕还是不能忘记她。"

"人死不能复生，大家，您要保重身体啊。"

"谢谢将军这些天来的劳碌，朕又何尝想这样呢。"

皇上这样一说，说明他是知道高力士这些天为他所做的一切的。高力士听了，心中既是高兴又是自责，他说："奴才没有照顾好皇上，是奴才的失职。"

过了一会儿，玄宗说："马上就是武惠妃去世一周年忌辰了，到时候，你把武惠妃的一些衣裳赏赐给寿王妃吧，也免得我睹物伤情。我看她们两人的身材差不多，武惠妃的衣裳，谅寿王妃也能穿得上。"

高力士答应下来。

到了武惠妃忌辰一周年的日子，高力士奉命到寿王府。寿王府依礼正在举行一项祭祀典礼，听到高力士来了，寿王与王妃连忙迎了出来。寿王与寿王妃都穿了一身孝服，在高力士看来，穿着一身孝服的寿王妃更有一番别样的风姿，犹如梨花卓立，素洁高雅。他颁赐了祭品，又赐给寿王一套文具，赐给寿王妃一些武惠妃过去穿的衣服，并代表皇上对他们进行了一番劝勉，而后登车离去。

坐在车上的高力士想，寿王妃果然艳丽超群，她的美丽不单纯是在她的美色上，更多的是她无可描述的气质。他突然有个念头，就是如果把寿王妃选在皇上身边，保管会让皇上开心，重获活力……

可他又该如何安排呢？

高力士知道这事不能由他出面，他总不至于跑到寿王府去，对寿王说："皇上喜欢寿王妃，你把她让给皇上吧。"这也太不成体统了。最好是找一个女人出面，让寿王妃与皇上私下相会。当然，这一切是要瞒着寿王的。

但由哪个女人来担当这个重任呢？

几天来，高力士为这个问题愁眉不展，开始他想到了咸宜公主，但随即又否定了。咸宜公主与寿王是一母所生，关系亲密，听说在寿王争夺太子时，她和丈夫没少出力，如果让她去办，她多半会把此事说给寿王听，那就不会有什么希望了。看样子，不仅不能让她去办，还要瞒着她，免得她走漏了风声。这一天，高力士闲着无事，就在皇城内转悠，转着转着，他的心情还是很烦，不自觉地就出了皇城向外面走去。

高力士悬有腰牌，可以自由出入皇城内外，再说，他没有腰牌，又有谁不认识他这个皇上面前的大红人，官封三品的大将军呢？高力士信步走出皇城，来到外面繁华的街市上，看到许多热闹场景，其中有小商小贩，跑江湖卖艺的，各类人物如潮水般涌来涌去。看着这热闹的场景，高力士也稍许除却了一些烦恼。他在街市上游览了一番，越走越远，慢慢地离开了街市，来到了一处道观前。

高力士抬头看去，只见眼前的道观规模宏大，环境幽静。道观掩映在茂盛的树丛中，红色的墙壁在绿叶的掩映下，显出几分庄重，又有几分神秘。抬头望去，道观的上方高悬着一块观匾，上书"玉真观"三字。

玉真观，高力士是知道的，那是玉真公主所居住的地方。玉真公主何许人也？她可是非同一般的人，她是当今玄宗皇帝最小的亲妹妹。

玉真公主做女道士，并不是潜心向道，而是为了远离凶险的权力争斗场罢了。因此，她虽做了道士，与皇室中人还是保持亲密的来往，而大家也都愿意与她来往，她反倒成了长安社交界最活跃的人物。特别是那些文人学士，更是把她这里当成作诗唱文的场所，三日一小聚，五日一大聚，丝竹之声常响彻道观内外。

看到"玉真观"三个字，高力士心中豁然开朗。他想，这真是"踏破铁鞋无觅处，得来全不费功夫"，我千寻万找物色不到在中间穿针引线的人，为什么就偏偏没有想到她呢？以玉真公主的身份，再也找不到比她合适的人选了。看来冥冥中自有安排。

想到这里，他拾级而上，让门人通报玉真公主，就说高力士来访。在门人入内通报的时候，高力士心中暗想，这要如何跟玉真公主说呢？

因为高力士在宫中的地位，玉真公主亲自迎了出来。高力士忙迎上去，嘴里说："岂敢，岂敢，有劳公主出迎。"

玉真公主没有什么客套的，她笑眯眯地说："大将军，你不在皇宫内侍候皇兄，跑到我这里来干什么？是祈福还是来禳灾？"

高力士也笑着说："没事就不能来了？我是顺便玩玩，闲逛到这里的。"

等二人走进内堂后，高力士便把皇上近来郁郁寡欢的境况和自己的想法，一一说给玉真公主听了。

玉真公主听了，低头沉思不已。

最后，二人商议一番，说定玉真公主找一个机会把寿王妃请到玉真观来玩，然后暗中通告高力士，把皇上请来，让他们二人相会一次。只是此事一定要做得神鬼不知，装作是一次巧合。

这样商议停当，高力士就回宫静等玉真公主的回音。玉真公主也就着手实行她与高力士定下的计划。

第一步，玉真公主先到寿王府去看望寿王妃。这在以前是没有过的，不管怎么说，玉真公主是寿王的皇姑，她还从来没有主动去拜访过哪一位皇侄。这让寿王感到受宠若惊。不过，玉真公主轻描淡写地说，她是因为想念寿王妃才来的。寿王说："公主想看寿王妃只管差人来告知一声就可以，何敢劳您的尊驾，让您亲自登门？"

"什么尊驾，都是自家人，串串门不行吗？"玉真轻松地说，"自从上次玉环到我观中玩过一次，我是久盼不至，只能亲自来了，看看她是不是一个人躲在家偷练什么新舞。"

"自从母妃去世后，玉环就不曾跳过舞，更不要说练什么新舞了。她是太悲伤了，还请公主多劝劝她的好。"寿王这样说，显然是假话。但他总不能说寿王妃在服丧期间还有心思听歌跳舞吧。

"是啊，不要太伤心了。武惠妃过世已有一年，真正的丧期也算过去了，还是出去散散心的好。玉环，没事的时候，到我观中游玩游玩。"玉真公主一想到自己这番邀请是出于另一种目的，就心中有愧。

"谢谢公主，我有时间一定去玩。"

"那就后天吧，后天宁王妃说要去我观中一坐。"

寿王和寿王妃不知玉真公主为什么催得这样急，但她这样说，他们还是答应了。

"到那天，我再派人来请，一定要到呀。"

"不敢再劳公主挂念，到那天，我亲自送她去观中。"

"啊，不用了。"玉真公主一听，心中一急，嘴上不禁说了出来。她想，我喊玉环去，主要是让她与皇兄见面，你寿王夹在中间，那不是竹篮打水一场空吗？大家都成了尴尬人。"我喊玉环，还有宁王妃，是想说些只有女人才能听的话，你一个大男人去干什么？到那天，你就在家歇着吧。"

"是，小侄听姑姑的。"

……

这天，是个晴朗的日子，杨玉环上午就乘车来到玉真观。听到门人通报，玉真公主亲自迎出道观，携着玉环的手进入观中，并跟她说，宁王妃因身体不适不能来了。杨玉环并没有多疑。

二人坐下后，玉真公主为了等待皇上的到来，东扯西拉地和杨玉环说着话。她问杨玉环："玉环，平日你在家都干些什么？"

杨玉环说："自从母妃过世后，因礼仪所限，很少外出游玩，有时只把公孙大娘请去，谈一些有关舞蹈方面的话。"

"寿王也不管你吗？"

"他怕我闷坏了，多次劝我出去走走，有时还把门窗都关严了，在门窗上挂上厚厚的帘子，让我跳舞解闷。"

听到这里，玉真公主微微一笑。前天，寿王还说寿王妃为了服丧歌舞全戒，今天，单纯的杨玉环就把一切都说了出来。由此可见他们夫妻的情意是多么深厚。她再一次在心里自责，不应该破坏这对恩爱的夫妻。

玉真公主换了一个话题，问道："玉环，你和寿王成婚也有三年了，为什么迄今没有孩子呢？"

"我们本来可以有一个的。在东都洛阳时，我第一次有身孕，哪知宫中闹鬼祟，我受了惊吓，流产了。自此后，我再也没有怀上。我和寿王都期盼着来年能有一个小孩。"杨玉环说着，眼中泛起晶莹的泪水。看得出来，她还在为那个未降临人世就死去的孩子难过。

上次玉真公主没有随驾去洛阳，她不知道杨玉环曾有过身孕，听杨玉环这样一说，她深为自己的冒失而后悔。玉真公主难过地想，如果皇上要寿王妃伴幸的话，那么她与寿王就可能永远不会有孩子了。

"不要焦急，一切都会好起来的。"只有玉真公主知道，她这话是多么虚伪。

"寿王也常这么开导我。我想我们还年轻，我们会有许多小孩的。"说着，杨玉环脸上又露出快乐的微笑。

她真是个孩子。玉真公主想，她喜欢寿王妃这种单纯的性格，烦恼来得快去得也快，不让自己烦恼，也不让别人烦恼。她不知道皇上喜欢寿王妃的原因中是不是也有这一条。

就在玉真公主与杨玉环闲聊之时，高力士却在皇宫中劝说着玄宗。早朝散罢回到宫中的玄宗，用过御膳后就往御榻上一躺，一副恹恹欲睡的样子。高力士凑上前，劝说玄宗活动一下，这样有助于消食。玄宗摆摆手说，只想躺着，不想走动。高力士说，前几天他到皇宫外办事，发现外面热闹得很，远比宫中好玩。他建议皇上去街上走走。

听高力士这样一说，玄宗来了点兴趣。高力士说，皇上最好身着便服外出，这样作为一个普通人到街市上，更能得到超乎平常的快乐。此话甚合玄宗的心意，他高高兴兴地听从了。

　　玄宗与高力士身着便服，来到皇城外的街市上。他们随走随看，果然发现外面另有一番热闹场景。高力士装作无意实则有心地把玄宗向玉真观方向引去。

　　等游玩到玉真观附近时，日头已经升得很高了，玄宗也走得口干舌燥。高力士乘机说："大家，前面就是玉真观，我们进去喝杯茶吧。"

　　"好，好。我也很久没有见着玉真公主了，正好乘此机会去小坐一下。"

　　高力士连忙在前面引路，心中却为一切符合安排而高兴。

　　来到玉真观前，看到观前停着一辆马车，高力士故意装作不知地问门人谁人来此。门人答道，是寿王妃的马车。听到这话的玄宗身子微微一颤。这个微小的动作没有逃脱高力士的眼睛。

　　玉真公主等待他们已经很久了，杨玉环甚至有一次提出要回去。玉真公主挽留说："你好不容易出来一次，就在我这里吃饭吧。饭后，我还要领略一下你的舞姿呢。"她心下暗暗埋怨高力士做事拖沓，如果吃过饭，寿王妃再提出回去的话，她也就不好挽留了。

　　正在她们一起闲谈并准备吃饭的时候，一名侍女进来，附在玉真公主的耳边禀报说："皇上驾到。"

　　玉真公主脸上露出喜色，她站起来对杨玉环说："玉环，有位特殊的客人来了，你回避一下，我要出去迎接。"

　　"特殊的客人？是谁呀？"

　　"是皇上。"玉真公主说，"不过，不妨事，他有时会私访至此。"

　　杨玉环心中暗惊，皇上怎么会来此？哎呀，要是让皇上看到自己在此，那多不好。她想从后门溜走算了，但又觉得这样不好，太造次。她被侍女引入起居间，那是和玉真公主的卧室相连的，能听到外面人的谈话。不一会儿，她就听到了玉真公主与皇上的谈话。

　　"小妹，你这里好像刚走了一位客人？"一进门，玄宗就指着桌子上的一杯还冒着热气的茶水问道。没有看到寿王妃，玄宗心中不免沮丧，故有此一问。

　　这一切，当然没有逃脱玉真公主的眼睛，她笑着说："客人倒是有一位，不过还未走。"

　　"噢，是谁？"

　　"是寿王妃。"

　　"那还不请出来相见？"

　　"小妹怕不妥当，便让她回避了。"

　　"这又不是宫廷，有什么关系，我不也穿着便服吗？大家就不要讲究那么多的客套了。"

　　"既如此，我马上派人把她请出来与皇兄相见。"

随后，侍女进来请杨玉环。杨玉环不得已，只好走出来，上前拜见皇上。玄宗笑呵呵地对杨玉环说："这里不是宫廷，是道观，大家都是平等的。我们随意一点，不要拘礼。"

当玄宗见到寿王妃时，玉真公主看到皇兄的眼睛里闪现出了光彩。

这已是杨玉环第二次近距离地面对皇上了。第一次是在骊山，那次皇上也是这样和蔼可亲，笑眯眯地看着她。这次，皇上穿的是便服，丝毫没有一点皇帝的威仪，却显得神清气朗，别有一番气质、神韵。虽然皇上让她不要客气，但她还是有点拘谨，垂头默坐，一言不发。她想，要是早知道皇上要来，她说什么也要早回去的。

玄宗笑着问玉真公主，他没来时，她们正准备做什么。玉真公主说："我们正要吃饭。"

"好，好。你们不说，我的肚子也饿得咕咕作响呢。今天被高力士拽着出来逛街，直走得口干舌燥，肚子空空，正要到你这里来吃饭的。"

听皇上这样一说，玉真公主连忙吩咐摆席。玄宗说："不要准备太多，有一些清淡的菜就可以了，最好有点酒，好解解乏。"

片刻间，酒席摆好。玄宗与玉真公主、寿王妃入席，他于正中而坐，她俩分坐两旁。玄宗端起满满一大杯甜酒说："我真的是太渴了，来，我们同干一杯。"说着，一仰头把满杯酒喝光了。

见此情景，杨玉环只好也饮了一杯。杨玉环从没喝过酒，虽说是甜酒，但多少也是有酒劲的。没过一会儿，她的粉脸上就现出红晕来，目光也变得迷离，看上去别有风姿。

或许玄宗真的饿了，或许他看出了杨玉环还有些窘迫，于是不停地吃着菜，一边吃一边夸菜做得好，并不停地向二人举杯。渐渐地，杨玉环放松下来，她也说起了话，但菜吃得还是很少。

玄宗见杨玉环很少动筷子，就问道："寿王妃不饿吗？玉真观的菜做得很好的，清淡中别有滋味。"

没等杨玉环回答，玉真公主抢着说："玉环不吃，是要保持体型。"

"保持体型，保持什么体型？"

听玉真公主这样一说，杨玉环的脸色更红了。玉真公主笑着说："皇兄还不知道吧，寿王妃可是舞中高手。"

"我知道，上次在骊山就已经听过寿王妃的高论了。"

杨玉环轻声说："我只是胡乱舞的，哪能说是舞中高手？"

"那你都会哪些舞呢？"

"她会的就太多了，"玉真公主代杨玉环答道，"连最难的胡旋舞她都会。"

听到这话，玄宗把酒杯放了下来。他是知道胡旋舞的难度的，一般人不要说舞得好，就是舞得有些模样已是很难了。他说："想不到寿王妃竟在舞蹈方面有如此的造诣，这样一位奇才，朕今天一定要开开眼界了。"

但现在正吃着饭，是不宜跳舞的，再说，跳胡旋舞需要不停地旋转，也不能在饭后跳。玄宗说他可以等。随后，玄宗问寿王妃，她是如何喜爱上舞蹈的。杨玉环照实说来，她说她小时候就喜欢跳舞，为此还常常受到父亲的责骂，许多舞蹈都是她偷偷学来的。开始，她学的是中原的民间舞，后来到洛阳才学了胡旋舞。

"那你觉得是中原的舞好呢，还是胡旋舞好？"

"中原的舞多是来自民间，另有一些是出自文人之手。来自民间的土味儿重，但有生活气息，也有情趣；出自文人之手的太过精细，太过柔弱，有点华而不实；胡旋舞看得人眼花缭乱，但别有情调，基本功扎实，可以说各有优劣。一味注重好看，不免流于耳目之娱，不能达到精神上的快乐；若一味注重内涵，忽略舞姿的变化，又会让人看了寡然失味。"

"好，太好了。听寿王妃一席话，让我茅塞顿开。来，我敬寿王妃一杯酒。"说着，一口把一大杯酒喝个精光。

被皇上这样一夸，杨玉环脸上飞红，于是也饮了一杯酒。她觉得头有点微微发昏。

"我觉得我大唐王朝，富甲天下，要有大国的风度，要有大国的胸襟，在舞蹈上要兼容并蓄，要在中原舞蹈的基础上，杂糅胡旋舞，甚至婆罗门舞、新罗舞的特点，创造出一种新的舞蹈。"

听皇上这样一说，杨玉环眼中放出光彩来。她没有想到大唐的皇帝，高高在上的一国之君，竟然对舞蹈这样着迷，更让人难以相信的是，还这样精通。

"寿王妃，你对音律也熟悉吗？"

"玉环是通音律的。她会吹笛，会弹琵琶，还会别的乐器呢。"

"真的吗？要是这样就太好了。要知道，舞蹈是离不开音乐的，它就像水上的一艘彩船，如果离开了水，彩船装扮得再漂亮也漂浮不起来，也行驶不远。只有把它置于水中，它的美才会动起来，才会悦人耳目，才会醉人心魄。"

听皇上把舞蹈与音乐的关系描述为彩船与水的关系，这让杨玉环耳目一新。不得不承认，这个比喻是那么新奇与妥帖，只有深刻理解二者关系的人才会领悟这个比喻的奇妙之所在。她不由得瞪大眼睛，似乎忘了礼节，直眼看着皇上，期待着他讲出更多更精彩的话来。

玄宗也讲得兴致盎然，他唾沫横飞，似乎也忘了他的君王身份。

谈着谈着，他忽然让玉真公主取一支笛子来，他要就音乐中的一个问题为寿王妃吹上一段笛子。

"这是我对一段笛曲的改动，其中有不妥之处，还望你指出来。"

"陛下太抬举臣妃，我对音律不是太在行的。"

"无须客气，尽管直言。"

说话间，玉真公主已经取来笛子。玄宗端起酒杯喝上一口酒润润嗓子，把笛子放在唇间，不一会儿，清越的笛音就响了起来。玄宗吹得很投入，他目光安定，手指起起落落于笛孔间，笛音犹如一阵清凉的风在席间吹过。

杨玉环听得很专心，开始她还有一点局促，听了一段之后，脸上有了惊讶的表情。她没有想到皇上的笛子吹得这样好，简直就是她听过的最好的笛曲。但听着听着，她脸上惊讶的表情更大了，不禁脱口而出："啊，陛下，你把南吕转入变宫……"她说了一半，便立即收口，觉出自己的唐突与不礼貌。

玄宗也住了口，他含笑望着寿王妃。杨玉环说得一点没错，在这支笛曲中，他是故意把两个音变了一下，他觉得这样会更好，想不到寿王妃竟听了出来。以前，他曾把这支笛曲吹给别人听过，但没有一个人能指出其中的微妙变化，因而他深感失望。他说："一点没错，这支曲子我稍微改动了一下。寿王妃，你觉得变得还行吗？"

"啊，这样一变，我觉得更有笛子的神韵。虽然有点违背乐律，但给人耳目一新的感觉。"

杨玉环这样一说，玄宗听了万分高兴，他心中也是这样想的。被寿王妃这样一夸，他越发不可收拾了，把笛子一横，说："那朕就再给你吹一曲。"

玄宗这样一说，杨玉环知道皇上这是有意考她了。她愈加凝神屏息留意起来。玄宗这次吹了一支新曲，这是他为胸中那部新舞配的一支过门曲，其中有他颇为得意的创新部分。

笛声响起，却一改笛音固有的清越，变得肃杀沉郁，既有着琵琶的铿锵，又有着箫音的郁闷与悲壮。杨玉环没有想到笛子也能吹出这样的调子，立刻就被迷住了。她不禁把身子向前倾去，似乎想随着笛音进入到那万物萧条的意境。

突然，笛音拔高，犹如云开雾散，紫气东来，鹤音唉唉，一派祥和。笛音就像一阵清风缭绕在空中。杨玉环情不自禁地"啊"了一声。

杨玉环的叫声，既有着对皇上高超技术的佩服，又有着对曲子乐调改动的惊叹。按照原本的曲调，笛音应该走商，玄宗却走了徵，但如此一改，使得意境大开，达到了意想不到的效果。

杨玉环发出的声音，玄宗听到了，他知道她听出了曲中的微妙和变通之处，心中很是高兴。待笛声在一阵繁杂的快奏中戛然而止后，他眼中满含笑意地问道："你看这段过门曲还行吧？"

"陛下不仅笛子吹得出神入化，更难得的是深通乐理，并能融会贯通，让儿臣大饱耳福。"

"玉环，你不要只是赞美皇兄。皇兄的笛子自然吹得好，你的笛子吹得也不坏啊。"

"对，寿王妃也吹上一曲，让朕一饱耳福。"说着，玄宗顺手自己才吹过的笛子递给了杨玉环。

按理，玄宗吹过的笛子是不应该递给杨玉环的，这与礼不符。但玄宗好像并没有顾虑到这一点，他做得是那样自然。于是，杨玉环也就随手接了过来，但她没有立马放在唇间。她有点为难。

玉真公主似乎看出了杨玉环的尴尬，她轻轻地说："玉环，皇兄刚才说了，这是在道观里，不必拘礼，你就吹上一曲吧。"

听玉真公主这样说，杨玉环不再推辞，她把皇上才用过的笛子横放在唇间，瞬间，一缕清亮的笛音萦绕开来。也许是因为杨玉环是女子的缘故，她的肺活量不大，所以吹出的曲子以轻柔见长，平缓中起伏不大。即便这样，玄宗也听得出寿王妃对笛子是下过一番功夫的。杨玉环顺畅地把一支曲子吹了下来，还把玄宗刚才在曲子中变动的地方引入了其中。这让玄宗对寿王妃的聪慧又有了进一步的认识。寿王妃不仅领悟到他的新手法，还活学活用，马上引接到老的曲子中。这除了好的记忆力外，还要有灵敏的技巧。他不禁用手按着节奏在桌子上拍动起来。

杨玉环这样做除了炫耀一下自己的技艺外，更多的是出于年轻人的好玩天性。她见皇上喜欢在曲子中改动音节，于是在吹奏中也顽皮地在两个转节处，自行增加了双音转换律，拖了一个双音。这博得了皇上的一声喝彩。

一曲奏罢，杨玉环放下笛子，羞涩地说："陛下，我吹得没您好，让您见笑了。"

"好，很好，这已经很了不起了。你正式学过乐理吧？你弄的那个双音，很有创意，我要好好借鉴，看能不能放到新舞中去。"玄宗喜气洋洋地说。他实在没有想到今天竟然碰到了一个知音。

"臣妾只是胡乱学过几天，怎比得上陛下？还要请陛下多多指教。"杨玉环面颊上红晕未退，轻声答道。

这时，玉真公主看到皇兄与寿王妃都没有了吃饭的兴致，于是笑着问道："二位还要再吃些饭吗？"

经玉真公主一提醒，玄宗才似从梦中醒来，他看了看面前的冷菜剩酒，也笑着说："今天只顾听乐，竟然一点也觉不出饥饿，怪不得古人说秀色可餐呢。我看不仅秀色可餐，乐也可食。"

　　玄宗一席幽默话把杨玉环与玉真公主都逗乐了。于是玉真公主让人把酒席撤去，重新上了茶水和点心。歇了一会儿，玄宗请求杨玉环表演一段舞蹈。杨玉环自然不便推辞。玉真公主就把他们引入另外一间空阔的房间。但让杨玉环为难的是，玉真观中没有乐工，她总不能空舞吧。但率真的性情让她说出这样的话："陛下，您能不能亲自为我伴奏？"

　　没等玄宗回答，玉真公主轻轻嗔怪道："玉环！"

　　玄宗却笑吟吟地说道："不碍事，我就权且充当一下乐工。我来擂鼓好了，寿王妃准备跳哪段啊？"

　　"我随鼓声而进退。"

　　杨玉环这样回答充分表现了她对舞蹈的自信，因为这样一来，她不仅要展现舞姿的优美与和谐，还要在舞动中通灵音乐，随时把对音乐的领悟转变到肢体上来。

　　听到杨玉环这样回答，玄宗道声"好"，便挽起袖子走向鼓架。

　　玉真公主在一旁说："玉环，你还不知道吧，皇兄的擂鼓是一绝，平常是很难听到的，今天他竟为你破例。"

　　杨玉环忙低头谢过。只见玄宗走到鼓架前，自行选取一对鼓槌，用手摩挲着鼓面，轻松地说："我如入乐籍，可算一流鼓手，不知你这副三等鼓可经得起我擂。"

　　不待玉真公主回答，玄宗已经擂鼓了。他面色凝重，提起鼓槌轻轻地在鼓面上一点，随即一声沉闷的鼓声响起。一下，一下，再一下，只见他两臂不停起落，鼓声密如炒豆般传出。杨玉环知道这是舞曲的前奏，她立在场中，并不舞动，静等着这段前奏过去。

　　在一阵急切的鼓声响后，鼓声突然变得舒缓有致。杨玉环也如停在花间枝头的蝴蝶，此刻振翅而起。只见她轻展双臂，轻摆柳腰，袅袅婷婷地由静入动。鼓，虽是一种演奏威武乐曲的乐器，但在玄宗擂来却并不单调。他一会儿用槌的头部轻点鼓面，一会儿又用槌尾敲击鼓侧，一会儿一只手抚在鼓面上，另一只手拿在鼓槌的中端，用两头轻触鼓面。一只鼓在他手下，竟能敲打出无比轻柔的乐曲来。此时，杨玉环舞姿轻柔，没有大的身体动作，只频繁变化手臂的动作，再夹以碎步，望去犹如风中弱柳，水中芙蓉，又如徜徉水间的仙鹤，可谓尽得曲中意旨。

　　玉真公主看着起舞的寿王妃，也不禁心醉神迷，她想：怪不得皇兄会为她着迷，寿王妃确实有超出平常女子的地方，单看她这轻柔无骨婉转如柳的身姿，又有几人可以比得上呢？

　　轻柔的风掠过湖面，随即就是狂风大作。鼓，终究是一种表现刚健的乐器，不然，每次出征打仗也就不会用它来振作士气了。一阵如泣如诉的轻敲过后，玄宗不觉加大劲力，鼓声咚咚，直撞人心。

这时，只见场中的杨玉环，恰如狂风中乱舞的花枝，左右摇摆不定，动作虽快，但举手投足，无不按着音律而动，与音乐配合得丝丝入扣，恰到妙处，望去就像飞天，又如下凡仙女。美妙中又透出一股刚健雄风，隐隐含有出征将士的威武之气。玄宗心中暗道一声"好"。他想看看寿王妃对音乐的领悟到底有多深，于是双手不停地起落，鼓声听去已如繁雨倾注，绵延不可分清。这时，再看杨玉环，已经看不清她的一招一式，她抱臂束腰，用出胡旋舞的绝技，不停地旋转，展开的裙裾像彩云飘浮在场中，忽高忽低，忽上忽下，使人目眩。在玄宗一声响彻屋顶的定音鼓中，杨玉环犹如一朵不胜其力的梨花，飘旋着落在地上，以一个美妙的舞姿定格于场中，一时显得娇艳无比。

良久，屋内没有一点声息，杨玉环是娇喘吁吁，香汗淋漓。玉真公主直看得如醉如痴，两眼发直，连喝彩都忘了，过了老大一会儿，才拍起巴掌，大声喝起彩来。她说："皇兄，我很久没有听到你擂得这样好鼓了，今天真叫小妹开了眼界。"

"哪里，主要还是寿王妃的舞跳得好，激发了我的兴致。"

"玉环的舞自然跳得没话说，你的鼓擂得也好，缺一不可。你们两位真是配合得天衣无缝。"玉真公主突然觉得自己这样说实在唐突，还有些无礼，连忙掩饰说，"玉环，你出汗了。"

杨玉环取了汗巾轻轻擦拭着脸上的汗水，她感到皇上正用温和的目光笑盈盈地望着自己，那是一种赞许的笑，饱含着慈爱，还有对她能用舞蹈来淋漓尽致地表现鼓曲中的意境的感谢。她满面含春，脸上光彩飞动，为自己的舞姿得意着，同时也惊叹皇上对乐律的熟悉，更赞叹他擂鼓的技艺。她看到皇上虽擂了半天的鼓，但除了稍稍气喘外，一点疲倦的感觉也没有，依然很从容悠闲。她不禁说："陛下真是好体力，好技艺。"

此时的杨玉环在玄宗看来，脸带红晕，香汗湿鬓，明眸顾盼，说不出的妩媚可人，身上散发出的青春活力就是站在三尺之外，也能感觉得到。他心中恨不能一把将她抱在怀中。但有玉真公主在旁，他连一句越礼的话也没有多说。玄宗用一种快乐的目光看着寿王妃，不知怎的，对眼前的这个女子，竟生出一份亲切感。刚才她用舞蹈把自己擂鼓时的所想所思，那么充分、那么完美地表演出来，这让他惊讶，更让他温暖。他觉得与她之间的距离一下子拉近了，好像他们已经认识很久了，期待很久了，他们应该早点认识，并永不分开。

不知不觉间，日已西斜，但玄宗与杨玉环的谈兴不减。玉真公主这时只起了陪衬作用，看到他们谈得这样投机，她的心里却有些茫然。她知道，寿王妃是没有心机的人，完全像个孩子，单纯活泼，她把皇上对她的好感当作一个长辈对她的爱护。开始她还多少有点拘谨，但随着谈话越来越融洽，她已忘了尊卑之分，有了点后辈的娇宠和顽皮。

而玉真公主知道，如果一位皇上对一个女子感兴趣的话，那么不论那位女子是谁，她的命运就只有一条，那就是做皇上的妃子。当然，许多女子是巴不得有这样的命运的。但寿王妃不同，她是皇上的儿媳妇，她与寿王相爱甚深。更主要的是，她连想都没想过，如果告诉她以后的人生道路，她自己都会被吓一跳。

这时，一位侍女进来报告玉真公主，说宫中有人来接皇上。

玉真公主出去一看，原来是高力士。高力士见皇上久久不出，又听到屋中传来的鼓声，知道他与寿王妃相见甚欢。他听得出来，鼓是皇上擂的，久伴君王，也逼得他对音律粗通一二，除了皇上，再没有人能擂出这样好听的鼓了。他心中惊诧万分，心想，寿王妃果然招皇上喜爱，短短的时间内就逗引得皇上有了如此高的兴致，要知道，皇上已经有很久没有碰乐器了，更不用说擂出这样好听的鼓声。他想，玉真观是长安一些文人学士常来集会的地方，如果此时有人看到皇上与寿王妃在一起，会多有不便。于是，他通告门人，如有人来，一概不许放入。同时，他立即派人进宫，要来一辆便车，等皇上出来后，就让他神不知鬼不觉地乘车离去，免得被别人看到，惹起不必要的闲话。

不一会儿，宫廷的小车来了，这是一辆没有皇家徽记的小车。高力士见天色已晚，皇上还没有动身离去的意思，就把玉真公主喊出来，想告诉她皇上应该起身回宫了。高力士一见玉真公主就问："公主，皇上玩得还开心吗？"

"一切都在你的意料中。"玉真公主笑着说。但她在心里说的却是另外一句话：你这个奴才，皇上的心思可被你琢磨透了。

"寿王妃呢？她也还快乐吗？"此时，高力士还不忘问一声寿王妃。

"她也很快乐，还为皇上跳了一段舞。不过……"玉真公主没有说下去。她想说，如果寿王妃知道她与高力士的暗中打算，她是不会快乐的。她感到，单纯、快乐的寿王妃就像一只温柔的小羊，被她和高力士摆布着。她有点于心不忍，但她知道这是没有办法的。她突然有点恨自己，恨高力士，但她也明白，高力士这样做也是为皇上着想，在他的眼中，没有比服侍皇上更大的事了。想到这里，她淡淡地对高力士说："将军在外稍等，我去让皇上回宫。"

进到里面，玉真公主对玄宗说："高力士来迎接皇兄回宫。"

"这个老奴！"玄宗笑笑说，"我们回去吧，朕很久都没有玩得这么尽兴了。"

他们来到外边起居间，高力士已经在等候了。他向前庄重地对玄宗和玉真公主行礼，像是才知道寿王妃也在这里一样，也向杨玉环行了礼，说："哦，寿王妃也在这里。"

"我是约宁王妃和寿王妃来观中游玩的，宁王妃身体不适没来，只有寿王妃来了，正好皇上到了，一起吃了顿饭。"玉真公主尽量用自然的语气解释着。她在心里骂自己虚伪，觉得这样欺骗善良的寿王妃真是有愧。

按理，杨玉环应该先送皇上离开，然后再走。高力士也是这样安排的，他想最好皇上离开一段时间后，寿王妃再走，这样就不会引起别人的注意了。但皇上似乎没有想到避嫌，他对高力士说："将军，你用小车先送寿王妃回去吧。"

高力士想，皇上这是怎么了，是不是想让城里人都知道今天他与寿王妃在一起？应该遮掩才是啊。但皇上这样说，他也不能违背，只是说："那皇上你……"

"我骑马回去。"

杨玉环推辞道："臣妾有车，还是陛下乘车吧。"

但皇上不许，他坚持用他的宫车送寿王妃。杨玉环不再坚持，她坐上本该皇上乘坐的宫车，离开了玉真观。

待寿王妃离去，高力士服侍皇上上马。在玉真公主与高力士目光相接的一瞬间，她的脸上露出似笑非笑的神情，但高力士一脸的庄重，好像真的不明白一切一样。玉真公主在心里骂道：这个奴才，你别想从他脸上瞧出什么来。

虽是宫廷的小车，杨玉环发现车中的空间其实很大，气派也不小，四匹马拉着，车台上还有一名监门的侍卫官。杨玉环和自己的侍女入车，车子起动了。但她发现车子走上了一条自己不熟悉的道路。

这条道是她从未走过的，道路宽广，车子很平稳地在上面行驶。她把头伸出来问御者，这是什么路？御者告诉她这是夹城，是专供皇上用的通道。这也是皇上为什么要用车送杨玉环的原因，因为走的是专用通道，根本不会让别人看到，更不用担心会引起旁人的猜疑。

坐在车内的杨玉环时而把车帘掀起向外望去，但她既看不到热闹的街景，也看不到任何的闲杂人员，只有不断延伸的宫墙和持戈而立的兵士。她想：有这条道，就是宵禁了也一样可以进出皇宫的。

走夹城专供皇上用的通道，路是绕远了一些，但因为平坦和通行无阻，反而快，不一会儿，就到了寿王府。

寿王听说杨玉环是乘坐宫车回来的，心中大是奇怪：玉环不是到玉真观去的吗，怎么坐着宫车回来了？他连忙迎了出来，派人款待宫使，同时厚赏每一个人。待宫使离去，他才进到内室，问杨玉环是怎么回事。

杨玉环很兴奋，把今天在玉真观的事说了一遍。她着重说了皇上擂鼓她跳舞的事。

"宁王妃呢？不是说还有宁王妃吗？"

"宁王妃身体不舒服，没有去。到中午快吃饭时，皇上来了。我们一起用了饭。皇上是不是经常这样微服私访啊？"

"我不太清楚。也许是吧。"寿王也把这当作一种巧合。

"阿瑁，你不知道皇上的鼓擂得多好，我还从来没有听过这样好听的鼓声。"

"听母妃说，父皇在任路州别驾的时候就会擂鼓了。在众多乐器中，父皇对鼓情有独钟，认为鼓能激越人的斗志，催人奋进。可惜我一次也没听过。"

"看皇上擂鼓时一点也不像五十多岁的人。阿瑁，我看皇上比你还要精神呢。"

寿王笑笑。他是柔弱的，因为柔弱，在心里，他对刚健雄威便有一种天生的厌恶。

杨玉环絮絮不停地说着今天的事情，喜滋滋地兴奋着。寿王也很高兴，按礼，玉环与皇上这样做是不妥当的，但他自从没有得到太子位置后，为了不招人注意，一年来都生活在压抑的心情中，唯恐有逾礼越轨的片言只语被猜疑他的人传给皇上。前一阵在武惠妃过世忌辰时，高力士来赐祭品和衣服，已让他心中较为踏实，现在父皇对寿王妃又这样眷顾，更让他感到，父皇对他的宠爱没有改变。他久悬的心这才放下来。

【第五回】

袖舞霓裳羽衣曲，忆梦缠绵难舍情

年轻的寿王与寿王妃没有多想，他们哪里知道，一张大网正向他们头上罩来，他们分离的日子就要到来了。

玄宗从玉真观回来后，就没有一刻平静过。从外面看，他依然如旧，上朝、回宫、看妃子宫女们嬉耍，但他的内心却如暴风雨前的海面一般，没有片刻的安宁，他的心底和眼前全是寿王妃俏丽的身影。

这种感觉他以前也有过，那是在第一次遇见武惠妃时，还有在前不久梅妃入宫的那段日子。但如果说那两次是带有热情的话，那么这次是带有激情，它的热烈程度是前两次所不能相比的。这既让玄宗欣喜，又让他困惑。他在心里问自己，我这是怎么了，就像一个二十岁的小伙子？我已是五十多岁的人了，怎么会对一个女子这样魂牵梦绕，念念不忘呢？比寿王妃美丽百倍的人我也见过呀！啊，我要忘记她！她是我的儿媳妇呀，我与她在一起，于礼于情都是不对的，我怎么可能有别的想法呢？

正是这种可望而不可即的状况，激起了玄宗想要得到寿王妃的欲望。如果一个随随便便就能得到手的女子，也许还不会让他这样牵肠挂肚。

玄宗的所思所想，高力士虽不能全部猜中，但从皇上坐卧不宁的情况，他也能猜出个大概。作为侍候了皇上几十年的奴才，他对皇上这种为女人而焦躁的情况太熟悉了。有许多次，他几乎就要冲口而出：皇上，您是一国之君，还有什么事是您不能办到的呢？让奴才为您去办吧。但话到嘴边他又忍住了。虽然他有一颗忠心，但不是什么事都能越俎代庖的。他深知伴君如伴虎的道理，就算是出于好心地去把一件事办好了，如果一不小心，触着了皇上哪一根筋，你就会吃不了兜着走，皇上那时才不顾你的忠心呢。因此，高力士虽然心里明白，却并不说出口。

这一天，玄宗在御花园赏花，只有高力士一人随侍在旁。

玄宗说："将军，你看百花都盛开了。几年前，我还有武惠妃陪着赏花，现在朕的身边只有你了。"

"大家，武惠妃都已经过世这么久了，您也应该找一个女子代替她了。"

玄宗看了高力士一眼，心想，还是力士懂我的心，我一张嘴，他就猜到了我的心思。于是他说："我何曾不想呢？但挑来挑去，都没有一个合意的。有时我想，是不是朕真的老了，对那些如花似玉的女子都不再感兴趣了呢？"

"不是陛下老了，而是那些女子太过平常，她们没有什么独特的地方能打动陛下的心。"

"噢，将军认为什么样的女子才能打动朕的心呢？"

"奴才不知，奴才要是知道早就去寻找了，就是天涯海角，奴才也会找到这样的女子来侍候陛下的。"

"这样的女子可遇而不可求啊！"

"那陛下是不是遇着了一位可心的女子？如果皇上遇上了，老臣真为皇上感到高兴啊。"

玄宗又带有深意地看了高力士一眼，心想，这个老奴是真的不知，还是装着不知呢？随即他叹了一口气。

高力士连忙问："大家，怎么这个女子不在宫里吗？那她在哪里？奴才马上去把她接进宫来。"

"她远倒不远，只是不能把她接到宫里来，就是来了，也不能留在朕的身边。"

"为什么？哪一个女子不以能被皇上宠爱为幸事，岂有召之不来的道理？我去把她接进宫来。"

"不可，将军。唉，她是朕的儿媳啊。"

说到这里，玄宗把目光盯在一株盛开的鲜花上，不再看高力士。话说到这里，高力士已不能再装下去了，如果再装下去，玄宗非生气不可，会怪他故意装糊涂。沉默了一会儿，他轻轻地说："大家说的是寿王妃吗？"

玄宗点了点头。过了一会儿，玄宗才开口说："武惠妃去世后，朕一直打不起精神，别的女子都不能引起朕的欢心，朕自以为老了。哪知自从在玉真观遇到寿王妃后，朕又觉得年轻了，朕身上又有了活力。"

高力士静静地听着，此时，他知道他只能听着。

"寿王妃以前朕也见过，那时只是认为她漂亮，想不到，她还那样精通歌舞，通晓朕的心意。这是除武惠妃外，朕遇到的第二个人。唉，她为什么偏偏是朕的儿媳呢？"

说到这里，玄宗不免有些黯然神伤。

"那能不能把寿王妃接进宫呢？"高力士小心翼翼地说。

"不可，那与礼仪不合。听说寿王与寿王妃感情很好，我就是得到她这个人，却得不到她的心，又有什么意思呢？"

"寿王妃看上去还有着孩子的天性，她与寿王的感情也许并不是很深，他们在一起也才不过四年，连孩子都还没有呢。"

"对了，寿王妃已经结婚四年了，为什么还没有孩子？"

"听玉真公主说，她在东都洛阳时，曾怀过一次孕，因为闹鬼祟受到惊吓，流产了。后来一直都没有怀孕。"

"原来如此。寿王妃的舞跳得真好啊。依朕看，就是那些乐坊中的舞女，也不见得比她跳得好。"

"奴才没有亲眼见过寿王妃的舞姿。不过，已经不止一个人夸赞她舞姿优美了，想必是好得很。"

"寿王妃出众的舞姿宫中实在是无人可比啊！"

高力士立即从玄宗这句话中听出了暗藏的深意，他说："陛下，让奴才试着去安排一下吧。"

"将军，此事一定要隐秘，最好不要在皇宫中，知道的人越少越好。"

"奴才知晓。"

高力士是了解皇上的，也许是因为皇上喜爱艺术的原因，凡事讲个情面，就是对女人也有别于过去的皇帝。他心中对此大不以为然。

御花园的一番话，算是皇上婉转地向高力士表明了他想得到寿王妃的心意，并要他去把这件事做好。

高力士思前想后，想到这种事找别人不行，还是得找玉真公主，借着她的身份才能把这事办妥。再说玉真观位置偏僻，正适合做这种隐秘的事。

玉真公主自从上次和高力士暗中安排了皇上与寿王妃的见面后，看见皇上与寿王妃很是谈得来，皇上眼中显现的神采与欢乐，她很久都没有见到了。寿王妃呢？她还不知道寿王妃心里是如何想的，看上去寿王妃也很快乐。但玉真公主知道，寿王妃的欢乐只是一种孩子气的表现，这正说明寿王妃是一个单纯的人，她肯定只把上次的见面当作一次巧合而不会多想。如果再安排她与皇上见面的话，她心里是不是就会明白一些呢？

不管寿王妃会如何想，玉真公主有种预感，寿王妃会像一艘小船一样被推到皇上面前，她根本无法主宰自己的命运。只要是皇上看上的东西，谁敢违背他的意愿呢？早晚寿王妃都会有与寿王痛苦分离的时刻，只是时间的长短而已。出于一种同是女人的心理，她不想看到寿王妃遭遇此种命运，也不想在这件事中扮演某种角色，但她不能逃避，更不能斥责，相反还要竭尽全力促成此事。虽然她是道士，但只因生在帝王家，所以连清心修炼也不可能。

让她从中牵线搭桥促成与寿王妃的幽会这件事情，虽然是由高力士来说的，但她知道这一定是皇上的心意。别的事，她可以推，这个事她不能推。因为她是大唐的子民，是皇兄治理下的一个国民，没有道士就可以不听皇上的道理。更让她为难的是，她这样做是对另一个女人的伤害，这个女人不是素不相识的陌生人，而是她的侄媳妇，也算是她家族中的人，那么这种伤害不就变成手足伤害了吗？

这都是玉真公主的心事。几天来，她一改平日的恬淡，而显得忧心忡忡。不过她知道，她的心事在这件事中是微不足道的，是没有一个人关怀、过问的。从这点来说，她也许还不如寿王妃呢。寿王妃有了委屈还可以向寿王倾诉，还有人关心，而她却只能孤单地坐在道观中向太上老君祈祷默祝。她本来是可以得到这样的幸福的，但现在呢，自己却要帮着皇上去伤害另一个女人。

正在玉真公主自怨自怜、自烦自恼之时，她看到高力士正一步一步地顺着玉真观的台阶向上爬。她在心里说："这个狗奴才，不知道又有什么新的花招了！"

高力士进了玉真观，向玉真公主行过礼。玉真公主不冷不热地说："公公，有什么事尽管说吧，有什么事要我做的尽管吩咐吧。"

"不敢，不敢。"善于察言观色的高力士，一看玉真公主脸上的表情，连忙说，"上次皇上与寿王妃在玉真观相遇，玉真公主也看到了，皇上神采飞扬，犹如青春再现。奴才很久都没有看到皇上这样有活力了。"

"我倒觉得皇上一直都有活力。"

"啊，那是因为皇上每次见到公主都从心里感到高兴，所以你才会有这样的感觉。"

"是吗？"

"嗯，上次皇上的确是很高兴，不仅说了许多话，还亲自擂了鼓。"

"是啊，是啊，奴才回宫叫车，没有听到皇上的鼓声。皇上已经几年都没碰过鼓槌了。"

"好了，力士，不要再奴才奴才地自谦了，就连皇上也不把你当奴才，我怎么敢叫你奴才呢？"

"是，奴才……啊，不，我谨领公主的旨意。我这次来，是想请公主再约寿王妃一次，让皇上与寿王妃再会一次……"

"力士，这不好吧。上次还可以说是巧遇，再约的话，寿王妃心里难免就会起疑。她是一个胸无城府的人，回去什么话都会和寿王说。这事如果让寿王知道了会有一点难堪吧。"

"我也知道这样不好，甚至违背礼制，但皇上此时心中只有一个寿王妃，别的女子他都视作尘土敝屣，做奴才的又有什么办法呢？"

高力士想，玉真公主这是怎么了，前一阵子不是都和她说好了吗，怎么今日又变得推三阻四起来？但玉真公主到底是皇上的御妹，高力士不敢勉强。于是，他不得不把皇上抬了出来，他说："皇上自玉真观回宫后，心中闷闷不乐，他跟奴才说，想再见寿王妃一次。"

玉真公主自然听出了话中的分量，她知道既然皇上亲口吩咐高力士去办这件事，她也就不能拒绝高力士了，但她说："力士，不是我不想从中帮忙。你也看到了，我这小小的玉真观，虽然在皇宫之外，到底还是处于闹市之中。上次做得隐秘，没有旁人知道，但如果稍不注意，被别人看见，传出去就不好了。我的意思是能不能另找一个地方呢？"

"那依公主之见，到哪里好呢？"

"让我想想。噢，对了，昨天，陈王妃约我一道去郊外游玩。我看在长安北郊有一处地方，那里是连片的青草地，还有杂花繁树，景色也好，就在那里，再好不过了。"

听到这话，高力士心想，开什么玩笑，此时正是暮春时节，外出踏青游玩的人络绎不绝，皇上怎能到那里去与寿王妃约会，这不是唯恐旁人不知吗？但他可不敢说出这话，于是面露难色地说："这只怕不妥吧，郊外人多，更会传出去。"

"没事，我想过了。我们分别到北郊，而后会合，用布幔一围，又有谁知道是皇上和寿王妃在一起呢？"

"好主意！"

高力士知道，每年春季，王公皇族中人都喜欢到郊外去游玩，到了郊外，就用布幔围起好大一个圈子，人们就可以在布幔中饮酒歌舞。布幔可以围大，可以围小，看上去就像一间间用布扯起的墙壁。布幔外派人放哨，闲杂人员不得靠近，游玩之人又可观赏春天的景色，而且没有宫殿的局限，再好不过了。此种情景，皇上更会觉得欢乐无比的。

而后，高力士和玉真公主约定，等玉真公主和寿王妃相约后，再通知高力士。这样一来，就会不显山露水地造成又一次的巧遇了。

待高力士离去后，玉真公主就驱车来到寿王府。刚进寿王府，寿王就说："姑妈，你来得正好，近日玉环有些烦闷，你正好和她聊聊天解解闷。"

玉真公主问发生了什么事。寿王说一点小事，让玉环跟你说吧。

待寿王出去后，玉真公主拉着寿王妃的手问她为什么不快乐。

杨玉环不好意思地说："一点小事情，不值得公主动问。"

玉真公主一再相问，才知道前几天杨玉环回家看望父亲时，哥哥对她发了一通牢骚。

杨玉环的哥哥杨鉴来到长安后，一直当一名九品集贤校书郎，本来干得好好的，官职虽说不大，但因为他是寿王妃的哥哥，同僚们都很巴结他。特别是前一阵子，因为寿王有可能当上太子，所以同僚们更是对他礼敬有加。要知道，一旦寿王当上太子，如果不出意外的话，以后再当上皇帝，他可就是皇上的大舅子，那时的他还会是一名小小的校书郎吗？他就是皇亲国戚了。但人算不如天算，结果寿王没能当上太子，太子让忠王李玙当上了。

本来同僚们倒不会因为寿王没当上太子而对杨鉴改变了态度，不管怎么说，他的前途与他们的联系不是那么密切。但后来又调来了一个上司，而这位上司却是太子李亨一伙的。虽然在寿王与忠王的太子之争中，没有造成流血冲突，但寿王到底是忠王潜在的政敌，忠王一伙的人也难免对凡是与寿王沾边的人都警惕以待，杨鉴被上司刁难也就在所难免了。

也许是杨鉴读书太多，身上有着读书人的迂腐与偏执，再加上前一阵子大家对他的礼敬和承让，他一时不能接受这种突来的场面，闲散的职责变成了受罪，上司每日的刁难让他觉得日子变得无法承受。当妹妹杨玉环回来看望父亲时，他便把自己的窘境告诉了妹妹，想请她帮忙，看能不能把他从那种处境中调离出来。

杨玉环回来后，请托寿王，寿王却很为难。要是在以前，这种事是很好办的，现在却不同了。现在寿王自身的处境都岌岌可危，他哪敢插手别人的职位调动？特别是这人又是他的亲属，而且这事又与太子有一点牵连。

见寿王为难，杨玉环心中郁闷，她一面为兄长的遭遇难受，一面又为自己不能替他摆脱这样的遭遇而伤心。正在她闷闷不乐，长吁短叹时，玉真公主来了。玉真公主听说了以后，乘机提出要约杨玉环出去散散心。

杨玉环在征得了寿王的同意后，答应和玉真公主一道去北郊游玩，她们定好了日子。

在此之前，玉真公主已经和高力士联系好了，由高力士安排皇上到时也去北郊，和上次一样，装作偶遇，再和杨玉环见面。这样，他们两人算是不着痕迹地完成了任务。

这一天，高力士对玄宗说："大家，近日郊外春光明媚，许多王孙贵族都外出踏青赏春。前两天玉真公主对我说，她有心想约皇上一道去，不知皇上是否有时间？"

玄宗看了高力士一眼，想探询到他这番话后面是否另藏深意。但他看到高力士垂手立于一旁，目光下视，脸上并无任何表情，他不置可否地"噢"了一声。

高力士继续说："玉真公主说，到时她还可以喊上一两个人，大家一起玩，更高兴些。"

高力士这样一说，玄宗也就明白了，所谓一两个人，不过就是寿王妃一人罢了。他顿时兴致高涨，笑着说："好啊，天天闷在宫里，我早想外出游玩一下了。"

到了这天，玉真公主把杨玉环约了出来。为了避人耳目，高力士将所带的车马全部去掉了皇家的徽记。高力士看到，皇上在听说要出宫时，那种欢喜无尽的心情就像一个少年要去见自己的初恋情人，有种按捺不住的喜悦和渴望。玄宗在侍女为他穿衣打扮时，居然比平时多花了不少时间。本来去郊游可以穿得随便些，但他为自己挑选了平日在皇宫里不太穿的淡雅色调的衣服，这让他看上去年轻些、随和些，也更加儒雅。

这些都是高力士所能看到的，但他看不到的是玄宗这几天来特意为杨玉环编排的一首舞曲。玄宗希望能引起玉环的欢心与兴趣，希望她能明白曲调中的心意，能与他一起唱和。因为是为心爱的女人所作，所以这首舞曲流淌着曼妙的情思，寄托着玄宗自己的所思所想、所恋所爱。他一边作曲一边想象着杨玉环舞蹈时的一颦一笑，每个动作、每个眼神仿佛都在眼前。他沉醉着，灵感从未有过地翩然而至，令他欣然鼓舞。那天晚上，他的兴致如此之好，以致高力士几次想催促他安寝，都是话到嘴边又咽了回去。月光穿过窗棂，透过纱幔照在琴案上，玄宗觉得那就是杨玉环盈盈的眼波在伴随着他。一曲终了，玄宗觉得自己的灵魂已随着那道盈盈眼波出窍了。

一路上，高力士发觉皇上的心情就像春阳一样蠢蠢欲动，无拘无束，充满了欢快。自从皇上的眼里有了寿王妃，他就像换了一个人似的，浑身充满了活力。他们为了不张扬，带的随从不多，都身着便服。别的侍卫则扮成游客，暗中保护皇上。

等到了北郊，果然是游人如织，仕女如云，许多王公贵族都乘着春光明媚出来踏青。在这种情况下，玄宗不能下车，他只能在车上掀起布帘小小的一角朝外望去，希望在人群中能看到杨玉环的身影。他当然看不到玉真公主与杨玉环。

高力士没有想到北郊会有这么多的人，他也不知道玉真公主来了没有。但他想，就是她们来了，也不能在这样广稠的人群中让皇上与她们见面啊。于是，他有意地把皇上的车驾往人群稀少的地方赶去。他想，玉真公主会来找他们的。等到了一处偏僻的地方，他停住车驾，让皇上下车，并用布幔在四周围了好大一个圈子。

玉真公主倒是很早就把杨玉环约了出来。她带着杨玉环到了北郊，一边游玩一边不停地用眼瞄着四周，希望与高力士遇上。

因为兄长的事，从来不知犯愁的杨玉环居然也有了几分惆怅，所以她几乎是慵懒而无奈地伴随着玉真公主。出门前，寿王还劝慰了杨玉环几句，说是难得玉真公主这么殷勤相邀，应该抛开一切烦恼好好散散心。寿王哪里知道项庄舞剑，意在沛公，他不知道一个由玉真公主和高力士合谋好的巨网就要将玉环罩进去，他心爱的女人即将成为父皇觊觎已久的猎物，而一顶绿帽子就要扣在他的头上。

浑然不知的还有杨玉环，她就像一只小鹿，蹦蹦跳跳地就要掉进一个甜蜜的陷阱中。她的人生轨迹也就要从这一刻起发生巨大的变化，小时候那个道士对她的预言，正在一步步向她逼近。

玉真公主领着杨玉环边走边看，其实她是在寻找皇上的踪影。开始她也是在人多之处寻找，但始终没有看到。想了一下，她明白了，高力士怎么会安排皇上在人多的地方与杨玉环会面呢？于是她带着杨玉环向人少的地方走去。果然，在远离游人的一块草坪上，她看到高力士正在东张西望。她对杨玉环说："玉环，你看那边不是宫中的高将军吗？他怎么也有空出来游玩，该不是皇上也在此吧？"

杨玉环顺着玉真公主的目光看过去，一个豪华且威严的屏障就在眼前。她也吃了一惊，但内心忽然也涌起了一阵喜悦。

杨玉环为什么会有这样的心情呢？因为在上一次与皇上的会面中，她发现皇上是一个温和慈祥的人，是一个懂歌舞与音乐的人，是一个与她有共同语言的人。虽然他是皇帝，是大唐王朝至高无上的人，是寿王的父皇，但在心底她还想着能与他再次见面，好与他再探讨一番音乐歌舞。所以当玉真公主说皇上有可能在眼前时，她的眼睛不禁一亮。

这个小小的举动没有瞒过玉真公主。玉真公主忐忑不安的心放下了，她知道她不必再有什么内疚了，因为杨玉环也是喜欢皇上的。

"玉环，我们过去看看吧。"玉真公主说。

杨玉环点点头，跟随玉真公主向高力士走了过去。

高力士自然也看到了她俩，便迎了上去，向玉真公主拜见道："啊，是玉真公主和寿王妃，奴才拜见二位。"

"高将军今天怎么有空出来游玩啊？"玉真公主说。

"皇上今天心情不错，奴才是特地陪皇上出来游玩的。"

"啊，皇上在此吗？"玉真公主像什么也不明白似的说。

"啊，公主小声一点，皇上是便服出游，不想惊动太多的人。"

高力士和玉真公主在杨玉环面前演着戏。

"玉环，我们应当进去拜见皇上一下。"玉真公主又向高力士说，"高将军，你进去通报一声，说我和寿王妃拜见皇上。"

　　高力士进去没多一会儿，出来笑着说："皇上有请公主和寿王妃。"

　　有意的安排在杨玉环看来一切都像是巧合，一切又都是那么顺理成章。

　　玉真公主携着杨玉环的手走进幔帐，拜见了皇上。玄宗不知怎么了，虽然见过那么多女人，身边也时刻没少过美貌的女子，但一见到杨玉环，他的心竟突突地跳个不停。他在布幔中等待她时，竟有一种不可遏止的渴望，恨不能马上就能看到杨玉环，把她搂抱到怀中。所以，杨玉环进来后，他立即用热辣辣的眼光看着她。这时，杨玉环也正用羞涩的目光看着皇上。两人的目光不期而遇，杨玉环随即把头低了下去。这份娇羞使得杨玉环看上去更像一个怀春的少女，有着一种分外撩人的妩媚。而今天的皇上在杨玉环的眼中，也显得格外精神和清爽。

　　玉真公主和杨玉环坐定后，看到围在四周的布幔圈出了一个直径达几十米的大圆圈，圆圈中央是草地，上面长着浅浅的绿草，头顶是瓦蓝瓦蓝的天空。更为奇特的是，布幔中还围有一棵小树，树上开着不知名的大朵白花，花香扑鼻，沁人心脾。玄宗的脚下铺着一块色彩斑斓的垫子。身处此地，既有美景相伴，又无闲人打扰，更无宫廷的沉闷，真是身心俱爽。

　　因为有过第一次的谈歌论舞，杨玉环这次并不很紧张，神情放松。玄宗也完全放下在宫廷中的架子，而是以一个好友的口吻与杨玉环谈心。玄宗的话不是很多，他更多的时候是引诱杨玉环多说话。他想了解她的一切，想听到她的声音，想看到她脸上的神情。他看着她，目光温和，像爱惜一件还没到手的珍宝一样，只要是关于杨玉环的点点滴滴，他都爱听。但杨玉环因为有哥哥杨鉴的事挂绕于怀，因而有点愁闷不乐。

　　也许是受了皇上的宽容和怂恿，本来没有心机的杨玉环慢慢把话题引到了自己身上。她叹了一口气。

　　"怎么，寿王妃今天不高兴吗？"杨玉环的一颦一笑都没有逃过玄宗的眼睛，他问道。

　　"出来游玩是很高兴的，但……啊，没什么。"杨玉环突然觉得这事还是不说为好。

　　见杨玉环欲说还休的样子，玄宗更着急了，他催促道："寿王妃有什么不开心的事吗？"

　　"只是一些家事，不值得皇上动问。"

　　"玉环，有什么事，你跟皇上说就是，皇上也是关心你嘛。"玉真公主在一旁说。

　　"只是哥哥的一些事，不好意思打扰皇上。"

　　"寿王妃的哥哥在哪里供职啊？"

"哥哥只是一个校书郎，但听他说，近来他的上司总是与他为难，处处刁难他，弄得他很不开心。"

"为什么呢？"

"我也不知道，听他说，好像就因为他是我的哥哥，而他的上司是听太子话的。"口无遮拦的杨玉环一点顾忌都没有，在皇上面前把什么都说了出来。

"噢，原来只是这么一点小事，弄得寿王妃这样不开心。"

"在皇上看来可能只是小事，但对我来说可不是小事。我一回去就见到哥哥唉声叹气的样子，他还托我帮忙，看能不能帮他换个环境呢。我哪里有这个能耐啊？但我也不想看到哥哥整天愁眉不展的样子。"

玄宗笑着点点头，他喜欢杨玉环凡事都显露在脸上的模样，喜怒哀乐不要你动脑子去猜。他对高力士说："力士，既然寿王妃这样不快乐，你看有什么办法可以帮她解决呢？"

早已摸透皇上心意的高力士连忙说："陛下，既然寿王妃的哥哥不适宜做校书郎，那就把他调换一下。"

"那你看把他调换到哪里呢？"

"回皇上，礼部正好缺人，就把他调为礼部舍人吧。"校书郎只是九品小官，礼部舍人可是六品官了。但高力士知道，皇上为了讨得寿王妃的欢心，恨不能把她哥哥调为一品官呢。

"那这事，朕就委托你去办理了。"

"啊，恭喜寿王妃，你的哥哥可是大大升官了。礼部舍人可是六品啊。"玉真公主怕杨玉环不明白官衔高低，装作惊讶地叫了起来。

杨玉环的惊喜更是表露在了脸上，她没有想到自己只是随便说说，竟把这几天来挂在心上的一件难事解决了。她再次对皇上盈身一拜，表示对皇上的感激之情。

心上的石头一去，杨玉环再次显出活泼可爱的性情。她就像一朵忽然被雨水滋润开来的芍药，那种娇艳和美丽真是曼妙无比，无法言说。皇上只看得心旌摇荡，恨不能马上就把杨玉环带进宫里，让她成为自己的女人。只可惜杨玉环却像一个天真无邪的少女，一点不了解皇上的心意。皇上捺住了性子，他知道感情的事是不能勉强的，需双方的相知才能相悦。寿王妃受制于儿媳的身份，也难怪她不解皇上那份难耐的情感。

此时，玉真公主看到皇上猴急的模样，心中只是好笑，她觉得自己此时真的成了一个多余人了。于是，她站起来对高力士说："力士，我刚才过来时，看到敏王妃也来了，我过去和她打个招呼。"

高力士也是个八面玲珑的人物，他岂不知玉真公主真正的心意？便也随势说："奴才送公主。"

玉真公主随即向皇上和杨玉环说先去看看敏王妃，等一会儿就过来。说着离开了布幔。高力士送她，说也奇怪，也是一送不见了踪影。

偌大的布幔里，只剩下了玄宗与杨玉环。杨玉环稍稍有些局促，似乎觉得单独与皇上在一起，有些不妥。但皇上一点没有在意，神情仍显得很随意，他说："寿王妃，上次在玉真观里听了你对音乐的议论并欣赏了你的美妙舞姿，回去后我大受启发。希望能常听到你对歌舞的见解。"

听皇上这样一夸，杨玉环脸上泛红，她羞涩地说："儿臣只是胡乱议论，陛下不责怪就是了，哪敢承蒙陛下夸奖？"

"我从来不胡乱夸奖人的，你的舞跳得实在是好。回去以后，我久久不能忘怀，眼前心里颠来倒去都是你的舞影。"玄宗是情不自禁地说出这番话的，但他却没想到，这番话与他的身份是大不相符的。

听到皇上这样动情地夸赞，杨玉环除了把头低得更低，再也说不出一句话来。

"针对你的舞蹈特色，我回去后灵感迸发，随即编排了一首舞曲，很想听听你的看法。"

"好啊，快奏给我听听。"一听皇上特地为她编排了一首舞曲，天真的杨玉环竟喊出声来。话一出口，才知道这样对皇上讲话，是大大的不敬，于是她吐了吐舌头，又把头低了下去。

杨玉环的天真与率性更惹得玄宗心痒难熬。他不仅没有一点见怪，反而喜欢看到她这种天性流露的模样。他微微一笑，吩咐站在外面的宫女为他捧上一张古琴。原来为了今天的相会，玄宗把什么都准备好了。

玄宗把宽松的衣袖往上撸了撸，伸出手指，在琴弦上轻轻一拨，随即一阵动听的乐曲流淌开来。古琴本来只宜演奏轻柔缓慢的乐曲，这样才能体现古曲中的意境，但玄宗演奏的曲子一点轻柔舒缓的迹象都没有，相反，却显得激昂奔越，好似其中藏有金戈铁马之势。

听着皇上弹奏的乐曲，杨玉环觉得身上的血在冲击着全身的每一个部位，她有一种按捺不住要起身舞动的欲望。她觉得不用事先编排，只要顺着这首乐曲的节拍，她就能跳出曼妙的舞蹈来。但出于礼节，她控制住了自己。

杨玉环身上一丝一毫的变动都没有逃出玄宗的眼睛，他知道杨玉环不仅听懂了他特地为她谱写的乐曲，而且还领略了乐曲中的意蕴。他目光温和地看着她，鼓励她不要拘束自己，可以率性而动。

杨玉环在皇上温和目光的鼓励下，站起身来，来到草地中央，按照乐曲的节拍，根据自己对乐曲的理解，舞动起婀娜的身姿。

玄宗见杨玉环翩翩舞动的身姿开始还有点生滞，慢慢地就与乐曲所传达的他的心意融合了。看着杨玉环的舞蹈动作，他觉得那正是他心中所想、所期盼的，是他手下弹奏的乐曲的形体表现，有时如小溪般轻缓叮咚，有时如大河般奔流狂泻，有时是春风送暖，有时又是寒冬肃杀。从杨玉环的舞蹈中，他甚至还领略到乐曲以外更多的东西，那是他当时创作乐曲时没有想到的，经她用形体一表现，仿佛为他推开了一扇窗子，更多美妙的景色扑面而来。他们互相补充，互相启发，真正达到一种乐舞相洽的境界。

杨玉环的心情也是舒畅无比，她觉得在皇上弹奏的音乐中起舞，没有一点累的感觉，是那样自然、那样合拍。她时而觉得自己像是一艘小船，在一条平缓的河面上顺流而下，船随水势而转，两边是青山美景，风光无限；时而又觉得自己像一只小鸟，在明媚的春光中振翅高飞，天高云淡，新鲜的气息扑面而来，气体的流动载着它忽上忽下，数不胜数的美景从眼底倏然而过。

杨玉环根本不用多想，随意的舞动就是绝妙的姿态。她觉得耳中的乐曲就像一根魔棒，轻轻地一点，把她身上蕴藏的舞蹈潜能都激发了出来。在此之前，她还从没想到自己是这样富有创造力，一投手一举足，都不像是随意摆动，而像是事先经过深思熟虑编排好的。她自己也沉湎在艺术的创造快感里了。

杨玉环的舞姿让玄宗看了只觉得有时神清气爽，有时又如坠云端，其中有的舞姿他隐约还能看出一点影子，有的姿态却是他从未见过的，但又让他觉得是那样新奇、那样到位。这让他兴奋，让他惊喜。他没有想到杨玉环对歌舞的领悟是这样深、这样准确。他对她更是喜爱有加，倍感珍贵。

乐曲终于奏罢，玄宗两手摁住琴弦，杨玉环如眼前那棵树上的白花移落在地，两人久久都没有作声。曲终舞歇，两人还觉得余音袅袅。玄宗觉得杨玉环的舞姿并没有因为她身体的静止而消逝，而是如流水中的落花一般渐行渐远，让人回味，让人留恋。杨玉环也觉得耳中的音乐并没有因皇上手指的停歇而消弭，却如一只仙鹤在祥云中越飞越远，终于和天边的朝霞融为一体，心中顿时一片空明。

过了一会儿，玄宗才拍手喝起彩来，他说："玉环，你不仅把朕心中所想的都表现了出来，还激发了朕心中所没有想到的。"

心神摇荡之下，玄宗竟脱口说出寿王妃的闺名。杨玉环脸色红润，犹如绽开的桃花。她也陶醉在艺术的创造之中，好似没有听到皇上直呼她的闺名。她低声说："是皇上曲子作得好，儿臣勉力而舞，让皇上见笑了。"

玄宗突然灵机一动，说："寿王妃，你看我大唐王朝富甲天下，威慑四方，四海臣服，真可谓威名远扬，这是自古未有的事。我总在想，迄今还没有一曲歌舞能表达我大唐的盛况和气势。我有一个心愿，就是要创作这样一部歌舞。"

"好啊，难得皇上有这样的雄心，这应该是一部空前绝后的大型歌舞。啊，让我想想，这个计划太诱人了，这样一部歌舞该是怎样精彩啊。"杨玉环眼睛发亮，被皇上的这一创想吸引了。

"原来我是想独自完成的，现在看来，我一人恐怕力不能胜。我看寿王妃精熟各种舞蹈，我想邀请你与我一起来创作这部歌舞。"

"这真是再好不过了，能参与完成这部歌舞，一定会名垂青史的。"杨玉环完全被皇上的宏伟计划所打动，恨不能立即参加进去，但随即又觉太过唐突：她，一个女子，还是皇上的儿媳妇，有何能力参与皇上的宏伟构想呢？这若传出去恐怕多有不便。想到这里，她放低声音说："只怕儿臣能力不够。"

"你可以的。我正好对舞蹈部分不熟悉，而那正是你的长处。我想，我们合作，一定会创作出华美的乐章。"玄宗鼓励着杨玉环，"你看，不管是蛮夷的舞蹈还是边远部落的舞蹈，抑或是远古流传下来的宫廷舞蹈，或是民间涌现的舞蹈，都可以一一吸收进我们的歌舞中来。我们要把这些舞蹈兼容并蓄，重新展现在大唐的宏伟气势中，以此显示出我大唐不凡的气度。这一点你是完全可以做到的，你不仅可以对它们进行创作改编，有些片段，你还可以领舞，充分发挥你的特长。我一定要把这部歌舞编排得盛况空前，让后人知道我大唐超凡的胸襟和威赫的名声。"

"想不到皇上对歌舞这样倾心，还有着这样大的雄心。"杨玉环真心佩服地说。

"其实这部歌舞，上次在玉真观我已经向你透露了一点，它的名字叫《霓裳羽衣曲》。不知寿王妃还有印象吗？"

上次在玉真观，杨玉环心中只有见到皇上的局促和惶恐，哪里会留心皇上曾说过这么一回事？此时，她又不好说没听过。玄宗不待她回答，又问道："你知道我为什么给它起这个名字吗？"

这次，杨玉环真的摇了摇头。她想，皇上起的这个名字乍听起来是那样美，确实不是一般人能想出来的。

玄宗脸上露出得意的微笑，他说："这个名字还与我的一个梦有关呢。"

"梦？"杨玉环的脸上露出不解的神色，她不知道一部歌舞的名字与梦又有什么关联。

"有一天夜里，我做了一个梦。迷迷糊糊中，我身轻化羽，向上升去。我穿过云端，来到天上的一座宫殿前，突然殿门开启，从里面走出一位仙女，她说主人已经等我很久了。我正自纳闷，天上怎么也会有我认识的人呢？于是便跟随着仙女向内走去。进到里面，看到宫殿内金碧辉煌，陈设华丽，非人间可比，比我的皇宫美丽辉煌百倍。坐在上面的是一位仪态万方的女神仙。我看了她一眼，就把头低了下去，只觉得她身上有一股令人不可仰视的光彩。虽然我贵为地上的君主，但在她面前，我却自惭形秽，连开口的勇气也没有。啊，现在讲来，她的容颜就宛如在眼前一样。对了，她长得可有点像你啊，寿王妃。"

杨玉环本来正专注地听着皇上讲他做的梦，冷不丁听到他扯到了自己身上，还把他梦中的那位女神仙比作自己，这让她娇羞无比，答话也不是，不答话也不是。她只能说一声："皇上，儿臣哪能与天上的仙女相比？"

"那位高坐在上的仙女笑吟吟地看着我说：'远来的贵客，辛苦了，坐下说话吧。'于是有人替我搬来一张椅子，我坐了下来。那位仙女又说：'听下面的人禀报说，你身为一国之君，日夜操劳，没有一刻懈怠，把国家治理得太太平平，民众得以安息，四海清平，物足粮丰，真是一代仁君。今夜我特派人迎请君王来天庭做客，还请不要拘束为好。'随即仙女为我捧上一杯清茶。那杯清茶看上去与我常喝的茶一样碧绿无二，但一入口，却口齿留香，全身无不顺畅，只觉得像一条小溪流淌过身体，把我的内脏洗刷了一遍，每一个汗毛孔都透着热气。仙女说：'由于你一心为天下百姓着想，殚精竭虑，故奉你一杯增寿茶。但养身之道，还在于清心节欲，培精固元，望你不要过多沉湎声色，才可长享天年。'我点头敬受仙女教诲，不敢多言。稍待片刻，仙女又对我说：'我早听说明君对乐律很是精通，前不久，我刚编排了一组歌舞，这就演练给你看看，其中不妥之处，还请指教。'听她如此一说，我连忙站起，口称不敢，粗识陋见，何敢在众仙面前露丑？

"不等我说完，坐在上首的仙女手一招，只见一队仙女鱼贯而入，随即一阵悠扬的乐声响起，众仙女随乐翩翩起舞。啊，那真是美妙无比的音乐，我虽在宫廷这么久，但还从来没有听过那样美妙的乐声，听在耳中，只觉周身被一股暖融融的气息包围。先前的清茶让我从内到外感到舒畅，现在听着动听的音乐，又让我感到从外到内的欢快。我觉得自己在这股气息的包围中，变得越来越透明、越来越轻柔，有着身不由己随乐飘荡的感觉。我仿佛看到了那一缕缕的乐曲像一条条彩色的丝带在缭绕，在盘旋。我很想弄明白这样悦耳的乐曲是由什么乐器演奏出来的，侧头一看，也不过就是筝、笛、鼓那些人间常见的乐器，但这些普通的乐器何以能演奏出这样好听的乐曲呢？我实在想象不出。

"这时，我再看众仙女的舞姿，更是曼妙无比。她们长袖善舞，或进或退，或急或缓，无不姿容美丽。看着她们从容自然的舞姿，连我这个不会跳舞的人心里也有了一种冲动，要起身与她们同舞。她们一会儿群舞，如梨花怒放，一会儿独舞，如仙鹤翩跹于云端，还没等我对眼前的舞姿回味品赏，更加超凡出尘的姿态又乍现眼前。我耳中听着仙乐，眼中看着众仙女飞扬的仪姿，真不知到底身处何地。直到歌歇舞罢，我还沉醉不醒，感到身上的魂魄也随着那慢慢消逝的曲音渐去渐远，消失在天际云间。

　　"就在我呆呆出神，灵魂出窍之时，高坐在上的仙女问我：'明君，你觉得此段歌舞如何？'

　　"我称慕不已，只说是我平生所未听未见的绝佳歌舞，赏此歌舞，陶陶然忘记一切烦忧与愁苦。

　　"那仙女说：'这只是我新近编排的一首叫《霓裳羽衣曲》的歌舞，能得明君盛赞，实感欣慰。'

　　"这时，我才知道这首歌舞名叫《霓裳羽衣曲》，于是牢记在心。又坐了一会儿，仙女就说仙庭不可久坐，命人送我出来。于是，我依然跟着来时为我引路的那位仙女往外走。等走出大门，我向外一看，只见眼前白茫茫一片，根本没有来路可寻。我刚要回头向仙女询问，背后猛地被人一推，我一头栽了下来，吓得大喊一声，随即从梦中惊醒，才知所经历的一切不过是一场梦。

　　"虽然是一场梦，但梦中所经历的一切却深深印在我的脑中，特别是那场歌舞，更是让我回味良久。醒来的我想把那场歌舞重温一遍，却发现不能完整地把它复述出来，想起的只是一些片段，断断续续不能串连成章。但那场歌舞实在太诱人了，每当我一想起，就禁不住心旌摇动，为之神往。但我想，不管那场歌舞是我梦中经历的也罢，是我幻觉臆想的也罢，反正是我听过和看过的，我为什么不能创作一部呢？于是，我决心创作一部在乐典中从来没有被记载过的，宫廷舞班中也从来没有上演过的歌舞。"

　　"那皇上创作出来了吗？"杨玉环被玄宗的这番话所吸引，眼睛一眨不眨地盯着他问。

　　"朕本来想凭一人之力独自完成这部歌舞的，但现在看来有点力不从心。我对乐律很熟悉，勉强还能谱写成曲，但在舞蹈部分，我就不行了。正因为这样，我才想让寿王妃来帮这个忙的，不知寿王妃是否愿意和我一起完成这部歌舞呢？"

　　"啊，我行吗？"杨玉环听皇上这样一讲，也勾起了心里的创作激情，但她又怕自己能力有限。

　　"让我们试试嘛。我有一种预感，如果我和你合作，一定能完成这部歌舞的。"玄宗用温柔而又期望的目光望着杨玉环。

　　被皇上这样一说，杨玉环脸色绯红，好像他们已经不是君臣，也不是公公与儿媳妇，而是一对热爱艺术，要为艺术献身的同辈人。

　　接下来，玄宗与杨玉环谈话的内容就放在了那部叫《霓裳羽衣曲》的歌舞上，他们放松而自由地交谈着，心意渐渐相通。

　　时间过得很快，不知不觉中，鸟儿归山，暮色四合，玉真公主也回来了。杨玉环与玉真公主向皇上告辞。

坐在回府的车辆中，玉真公主看到杨玉环满脸的兴奋，她问道："玉环，今天你与皇上都谈了些什么？"

杨玉环不回答玉真公主的话，反问她道："公主，原来皇上对歌舞是那样痴迷、那样倾心，你知不知道，他还要创作一部大型歌舞呢。"

"噢，是吗？我没有听说过。"玄宗喜欢歌舞，玉真公主是知道的，但她没听说他要创作一部什么大型歌舞的事。难道朝中大事还不够他忙碌的吗？

其实玄宗皇帝为了自己享乐，把一切朝中大事全部委托给了宰相李林甫处理，他还给自己找了理由，说他找到了一位贤相，他可以不必像以前那样操劳了。至于李林甫是不是如他所说是一位贤相，凡事秉公处理，他就不知道了，他只是听那些奉承小人都这样说，也就跟着信了。

其实人在沉迷于情欲的时候，往往是最不理智的，他们是会想出种种理由来放纵自己、原谅自己的，那时他们会一味地沉浸在个人情感的享乐中而忘乎所以，玄宗也不例外。特别是在遇到杨玉环后，玄宗更是显得魂不守舍，他对朝政不闻不问，只想着如何把寿王妃弄到手里，仿佛那就是他生命的最高的需要，并且比什么都重要。

杨玉环回到寿王府，寿王正要派人出去找她，说她与玉真公主去了这么半天，着实让他放心不下。杨玉环拉着寿王的手说："看你担心的，我和玉真公主在一起，还能有什么事？"

随后，杨玉环把这天外出游玩的情景告诉了寿王。她兴奋地说道："阿瑁，原来皇上对音律是那么在行，对舞蹈的鉴赏眼光也很敏锐。皇上还准备要创作一部大型歌舞呢。"

寿王听杨玉环絮絮叨叨地说个不停，不知怎的，心头突然有种说不出的惶恐和不安。为什么会这样呢？他也说不清。按理，玉环外出游玩遇到父皇，这是小事一桩，或者应该说是庆幸之事。父皇对她那么好，与她谈歌论舞，还把自己要创作一部歌舞的事跟她说，这可不是任何人都能享受到的啊。但其中总有一个地方让寿王欢喜不上来。上次在玉真观，玉环遇到了父皇，此次外出又遇到了父皇，要知道，父皇可不是经常出宫的人啊。但这种可能也不是没有。于是寿王装作不经意地详细询问了玉环和父皇在一起的情景。

天真活泼的杨玉环竹筒倒豆子，胸无城府地把一切都说给了寿王听。她边说边比画，说她与玉真公主到北郊的时候，皇上和高力士早已经到了，为了不让人发觉，还在四周围了一个老大的布幔，这只有皇上才能想得到，还说没有想到的是自从上次遇到皇上后，皇上还特地为她谱写了一首舞曲。

听到这里，寿王心中一顿，忙问什么舞曲。杨玉环告诉他就是一首短曲，是皇上针对她的舞蹈特点专门谱写的。听了这话，寿王心中的不安又增加了一分，他知道父皇就是对儿媳妇喜欢，也绝没有喜欢到专门谱写舞曲的地步。这样说来，父皇与杨玉环的相遇怎么能说是巧遇呢？

寿王的脸色越来越凝重，他的心中沉甸甸的，有一丝不祥的预感。杨玉环还在喜气洋洋地说着，根本没发现寿王脸色的变化，她问寿王：“阿瑁，皇上说让我与他一起参与那部大型歌舞的创作，你说我要不要参与？”

“我不知道。”寿王答道。

与此同时，从北郊回来后的玄宗皇帝也是心事重重。他经过与寿王妃的再一次接触，又一次为她的风采所倾倒，为她的姿容所迷惑，心中对她的渴望又多了一层。这让他越发地感到，她正是他想得到的女人，她的迷人之处不仅是她出众的容貌，更让他不能割舍的是她与他对艺术的心心相通。他一遍遍回味白天与寿王妃在一起的时光，想到她是那样的青春迷人，那样的妩媚娇人，那样的聪敏可人，也想到当时自己的意乱心迷，心跳加速，活力四射，这是多少年来都没有的事了。

坐在回宫的车辇上，玄宗皇帝微闭着双眼，在心中把白天所发生的一切细细想来，慢慢地品味，犹如品尝一道美餐，慢慢地吃下去，再慢慢地咀嚼，生怕囫囵吞下不辨其味。他想着杨玉环的一颦一笑、一举一动，脸上露出丝丝微笑，陶醉其中。就在他沉浸其中时，车辇一顿，到皇宫了。

回到宫里，玄宗的眼前还是杨玉环的倩影美姿。他神情恍惚，甚至有点失魂落魄。吃饭时，面对着满桌的美味佳肴，他没有一点胃口，只吃了两口，就把手中的筷子放下了，并重重地叹了一口气。

其实玄宗的这一切神情都没有逃脱高力士的眼睛。作为皇帝身旁的贴身奴才，他自然对皇上的一举一动都注意在心，他明白皇上之所以食无味，寝不安，全在于对寿王妃的思念。但作为奴才，皇上只要不提，他也就不能主动开口。当他看到玄宗只吃了几口饭就把筷子放下后，也只是说：“皇上，再吃一点吧。”

玄宗看了看高力士，摇了摇头，说：“朕已经吃饱了。”

看着皇上神情萎靡的样子，高力士心有不忍，他开口说：“皇上，寿王妃真是一个才艺双全的人啊。”

玄宗脸上神色舒展，他说：“是啊，想不到她这样一个美貌出众的人，还对舞蹈那样精通，真是难得。”

其实，玄宗此时最乐意的事莫过于有人和他谈论杨玉环了。他一听高力士讲到她，脸上立刻就显出高兴的神色来，就像一个正沉浸在恋爱中的男人一样。

“唉，只是碍于她的身份，不能总是与她在一起，真是遗憾。”玄宗神情沮丧地说。

"这也不是什么难事，只要想个办法，寿王妃就会常常陪伴在皇上身旁的。"

"噢，将军有什么好主意吗？"

"奴才没有什么好办法，但奴才想，既然皇上要得到一个女子，想来不应该是难事啊。"

"话是这样说，但她总是寿王妃啊，是我的儿媳妇，有名分在那里放着，我不能太过出格。"

"如果皇上考虑这么多，我看寿王妃是不会和皇上长久在一起的。"

"我这个当皇上的，总不能去夺儿子的女人吧。"

"为什么要夺呢？可以让寿王献啊。"

"什么？要寿王献？啊，不，不会的，听说寿王夫妇感情很好，他不会平白无故地把寿王妃献出的。"

高力士不吱声了，他默默地站在一旁。

玄宗嘴里情不自禁地喃喃着"寿王妃"三个字，突然，他一转身，面对着高力士，淡定地说："我又为什么不可以得到她呢？"

这句话让高力士微微一惊，他仿佛又看到了当年玄宗英武的样子，只是当年的对手是政敌，现在呢，只是为了得到一个女人。

"力士，你看我该怎么办呢？"

"皇上，奴才觉得这事最好还是去找玉真公主。"

"玉真公主？为什么？"

"这事由玉真公主出面去对寿王说也许更好些，不管怎么说，他们之间有着一层姑侄的关系。"

"对，对，你讲得有道理。我们现在就去找玉真公主。"

高力士一听这话，心里想，皇上可真是性急啊，下午刚刚才和玉真公主分了手，现在又去找她。要知道，现在可是晚上啊，为了一个女人，值得吗？

但玄宗没有想那么多，他急匆匆地站起来，让高力士准备车辆，立马就要到玉真观去。

高力士不敢怠慢，连忙让人去准备皇上乘坐的车辇，吩咐一定要悄悄准备，不能让太多的人知晓，并安排龙武骑士随驾保护皇上，通知把守皇门的军士放行。因为是宵禁时刻，这样一队人马出皇城，务必要通过掌管龙武军的将军。一切都不难办到，只是当这样一大队人马穿城而出时，那些把守皇门的军士还会以为边防又出了什么大事呢。

为了遮人耳目，玄宗不再骑马，改坐车辇。他坐在四平八稳的车辇里，四角挂着四盏灯，朦胧的灯光照射在窗纱上，是那样静谧。春天温暖宜人的气息随着缝隙透入车中，闻了让人有说不出的舒服。队伍在街道上行走，除了偶尔听到一两声马的响鼻声外，什么声音也听不到。

　　不一会儿就到了玉真观前。皇上要来的消息，早有人提前通报了玉真公主。玉真公主早早地穿戴整齐，立在观前等候，一见皇上的车辇来了，连忙赶上前去，打开车门，把玄宗扶下车来。

　　遵照高力士的吩咐，玉真观中别的道姑一概没有惊动，闲杂人等更是屏退在外。玄宗和玉真公主来到正殿。玉真公主不知皇上深夜来到玉真观干什么，她满怀疑虑地望着玄宗。在烛光的映照下，玉真公主看到皇上的脸上毫无表情，全没了白天的光彩。待皇上落座后，她才问道：“皇上，不知此时到来为着何事？”

　　玄宗没有忙着回答玉真公主的问题，他幽深地望了她一眼，抬起头来，把目光射向前方。过了一会儿，他缓缓地说：“小妹，为兄今年多大了？”

　　玉真公主心中一愣，她想，皇兄怎么没来由地问这个问题呢？她稍稍顿了一下，说：“皇兄今年五十有余了。”随后又加了一句，“这离古人说的高寿还早着呢，而皇兄一定是个高寿之人。”

　　玄宗笑了笑，对玉真公主的祝愿不置可否。他接着说：“朕虽然五十出头，但朕已经觉得老了。”

　　“不老，不老，皇兄怎么会有这样的感觉呢？”玉真公主连忙说。她知道，凡是为君者最忌讳别人说他老，而玄宗自己说的也不是真心话。

　　“怎么不老呢？朕现在可是孤家寡人啊。”

　　“皇兄子孙满堂，怎说得上孤家寡人呢？噢，莫不是因为兄弟去世你觉得孤单了？三哥啊，兄弟失群，固然让人伤悲，但这也是天意，不能因此就说孤家寡人，再说，还有我们这些妹妹呢。”

　　玄宗听了玉真公主的话，心里只是暗暗地着急，他不知道玉真公主是头脑太迂，还是装着听不懂他话中的含意。他说的孤家寡人可不是玉真公主所说的兄弟四个现如今只剩他一个的意思，而是说他年轻时娶的那么多嫔妃和皇后，现今一个也没有了。父母当然是最亲的了，排下来当是夫妻，现在他身旁连一个贴心喜欢的女人也没有，难道不是孤家寡人吗？

　　玉真公主哪里明白这些，她以为皇上深夜来此，只是要和她一起回忆往事，回忆逝去的双亲呢。

　　见玉真公主半天开不了窍，玄宗没有办法，只好亲自点题说：“常话说夫妻一体，小妹，你看我早年娶的皇后与嫔妃，无不先我一步而去，只剩下我孤零零的一个人留在世间。难道这还不让人倍增孤单吗？”

　　“啊，原来皇兄说的是这回事呀。”直到此时，玉真公主才算开窍，她随即说，“但这也不能说皇兄就是孤家寡人了，后宫还有那么多嫔妃呢，谁不在企盼着得到皇兄的宠爱啊。"

"小妹，这么多年来，你难道还不了解为兄吗？为兄与那些好色荒淫的皇帝是不同的，那些皇帝恨不得让天下的美女只供他一人享乐。而我呢，不求过多，但求性情相投，能真正从心里愉悦我的女人。武惠妃不就是这样的吗？因为她能得我的欢心，与我性情相知，所以直到她临死，都是我最宠爱的女人。"

"皇兄不须太过伤悼，武惠妃固然是一位出众的女子，但她已经离世这么久了，皇兄也应该另有钟爱了。再说，后宫那么多女子不见得都比不上武惠妃，依我看，有一些女子当还胜过她。难道皇兄就没有找到一位自己钟爱的女子吗？"

"我找到了，但不是在后宫。为兄今晚来，正是为着此事啊。"

听玄宗这样一说，玉真公主不禁一愣，心想，皇兄找到合意的女子到我这里来干什么？随即她明白了，皇上中意的女子一定是寿王妃杨玉环了。想到这里，她沉默了。

玄宗说："小妹，为兄今年已经五十多岁了，说大不大，说小也不小，即使别人不说，自己心里也是清楚的。我不想在晚年时再让自己有什么遗憾，连自己喜欢的女子也无法得到。小妹，为兄是来请你帮帮我的。"

"不是我不帮你，可这让我如何帮你呢？寿王夫妻感情很好，又如何能够让寿王妃离开寿王呢？"玉真公主终于说出了"寿王妃"这三个字。

"小妹，我相信你是有办法的。我要寿王妃来到我的身旁，并从心里接纳我，不会因我强行拆散他们夫妻而怨恨我。小妹，这就是我深夜来此的目的。希望你能体谅到我这份焦急的心情，快点想出办法来。"

"皇兄快别这样说，玉真尽力而行。只是玉真有一个请求，皇兄能答应吗？"

"你快说，只要能让寿王妃来到朕的身旁，别说一个请求，就是一百个、一千个，朕也会答应你的。"

"玉真请求皇兄，此事不应太急，让玉真一步一步地来办。万一办不成，请皇兄只管责罚玉真好了，不要怨怪寿王妃。"

"不会的，我相信小妹一定会办妥此事的。"

这句话说了等于没说，玉真公主说的是万一办不成请他不要再去为难杨玉环，而玄宗避开问题，说她一定能办成，就是说万一玉真公主办不成，他可没答应不再去纠缠杨玉环。

玄宗把心事托付给玉真公主后，心里才轻松了一些。他觉得肚子有些饿了，就让玉真公主摆上一些小吃，准备吃一点垫垫肚子。

在进食的过程中，也许是因为气氛轻松的原因，玄宗不禁又提到了杨玉环。看来，他很喜欢和别人说她。

"小妹，你和寿王妃认识得久，你觉得她是一个怎样的人？"

说心里话，玉真公主打心眼里是喜欢杨玉环的，并为她活泼开朗的性格所吸引。但是此时，她不想在皇上面前说杨玉环的好话，如有可能，她倒想说说杨玉环的坏话，目的就是打消皇上心中对杨玉环的念头。可是她又不能，她又怎能随便说一个人的坏话呢？再说杨玉环又没有什么坏话可让她说。

"啊，寿王妃是一个开朗活泼又年轻美貌的人，人人都很喜欢她。"

"是的，你说得一点都没错。寿王妃性格开朗，但这只是她的一个方面，她还有更多的超出众人的地方，你们都没有看到。"

"噢，那是什么地方？"

"就是她出众的艺术天赋。她不仅善舞，还懂音律，还能创作编排歌舞，这才是朕真正喜欢她的原因啊。"

"是这样的，寿王妃对舞蹈一直保持着浓厚的兴趣，她的胡旋舞和剑器舞都跳得很好。我也觉得她与皇兄在一起，你们两人要相投得多，有着许多共同语言。"

"是吗，小妹也是这样看吗？不瞒你说，每当我与寿王妃在一起时，就感到身上充满了活力，仿佛逝去的青春又回来了，这在以前可是从来没有过的事啊。每次和寿王妃的相聚，在朕看来都是那样短暂，时间不知不觉中就过去了。但在那短短的时间里，朕觉得就如同换了一个人，心情是那样舒畅，思维是那样敏捷，什么烦恼的事都不见了。等分手后，朕就又回到孤身一人的境地。虽然后宫佳丽那么多，但朕觉得是那样凄清，眼前、心底到处都是寿王妃的身影，只想能早日再见到她。"

玄宗的这一番肺腑之言，把玉真公主打动了。看来她把皇上的情感想错了，皇上对寿王妃的感情是真诚的，不带有一点贪婪的意思，是出自内心的渴盼。他需要的是一份情感上的共鸣。但寿王妃是不是也愿意与皇上在情感和艺术上发生共鸣呢？

"小妹没有想到皇兄竟然这样痴迷寿王妃，可她是嫁与你儿子的女人啊。"

"这些我都想过了，但是我实在割舍不下她啊，我的心里只有她一个人。我现在才明白古人说的'一日不见，如隔三秋'是什么意思。虽然我知道这样不好，但我都这个年龄了，为什么就得不到自己喜欢的女人呢？小妹，你愿意看到为兄天天这样郁闷下去吗？"

玉真公主真想反问皇上一句：难道你不知道，你这样做就会造成另外两个人的痛苦吗？而那两个人，一个是你的儿子，一个是你的儿媳妇。但她不敢把这话说出口。她不禁嗫嚅道："这实在是一件很难办的事情啊。"

"你有办法的，你一定会想出一个两全其美的办法。"

口气虽然是商量、恳求的，但玉真公主知道，这不是相求，也不是商量，是命令，是一定要去办的。

不管寿王妃同意不同意，或许她已经没有退路了吧。玉真公主这样想。

玄宗吃过点心后，就起身离开了玉真观，回宫静等消息了。这边玉真公主可犯难了。她想，这让她如何是好呢？袖手不管吧，她不能，也不敢。皇上亲自深夜来求她，她能当作耳边风吗？要是换作旁人，她还可以摆摆公主的架子，可来求她的人是皇上啊，不要说她不敢不管，如果不尽力，她也不忍心看着皇上那么痛苦。皇上怎么说也是一国之君啊，他的痛苦和欢乐可是关系到社稷的大事啊！

管，又到底如何管呢？这是一件棘手又得罪人的事啊。难道要她跑到寿王府，对寿王说，皇上喜欢寿王妃，你献出自己的王妃给父皇吧；再对寿王妃说，你不是愿意和皇上在一起吗？这下好了，你就永远和皇上待在一起吧。

玉真公主真的讲不出这些话，再说，就是讲了，寿王和寿王妃就会同意吗？她这不是去哪个未婚的青年男女家做媒，这是生生拆散人家夫妻的事啊！这是难以启齿的事啊！

玉真公主也想到还是用老法子，由她去约杨玉环出来，以游玩为名，让她与皇上遇到一起。但不行啊，一次两次可以，次数多了，难免会招人耳目，引起寿王的疑心，外面绯闻闲言必然增多，也不是一条长久之计。再说了，皇上要的是杨玉环长久陪侍在他身旁，要让她离开寿王，住到皇宫里去。如果这样，只能去和寿王明说此事，让他献出自己的媳妇了。

一想到寿王，玉真公主眼前就露出寿王那英俊又文弱的模样。她想，多可怜的一个孩子，虽然身为皇子，却连自己的妻子也要保不住了。人人都想娶一个美貌如花的女人，但如何保护这个女人则是令人头痛的事。难道真的要由她来伤害寿王吗？她不忍心。

玉真公主焦急地在屋里踱来踱去，不知如何才好。突然，她的眼睛一亮，心中想起一个人来。她想，对啊，为什么不找她呢？

原来玉真公主想起的那个人是咸宜公主。她想，咸宜公主与寿王是一母所生，在所有的皇子、公主中，他们是最亲的了，由咸宜公主去和寿王说这件事，也许会更好。

这样一想，玉真公主心里就像放下了一块大石头，顿时轻松了不少。一整夜她都在想着如何开口去和咸宜公主说这事。

第二天，玉真公主就来到咸宜公主家里，也就是驸马都尉杨洄府上。咸宜公主夫妇连忙迎接出来，不知轻易不出观门的玉真公主为何会突然前来拜访。玉真公主只是说好久没出来走动了，随便出来散散心。

　　杨洄寒暄了两句就退了出来，他知道这种情况下，他是不好在场的，女人间自有女人自己的话题。待杨洄退出后，稍微有点沉默。咸宜公主知道玉真公主心中一定有事，无事不登三宝殿。虽然说是出来散散心，但皇族间一切都是敏感的，可没有平民百姓间说串门就串门的道理，只是玉真公主不说，她也不好开口询问。

　　玉真公主不是不说，而是在心里盘算着如何开口才好。还没有等她开口，咸宜公主倒先说了。咸宜公主说："姑姑，听说前一阵寿王妃到你的玉真观里去玩了？"

　　玉真公主正愁找不到话头呢，听咸宜公主主动提到寿王妃，心里顿时松了一口气，心想，她既知道杨玉环曾到我那里去过就好，这事不是杨玉环亲口告诉她的，也必是寿王告诉她的。玉真公主连忙说："是啊，那次还正好遇到了皇上，皇上是出来微服私访的，想到我那里喝杯茶歇一歇的。"

　　玉真公主心想，咸宜公主既然知道杨玉环去过我那里，一定知道那次皇上也去过了。果然，咸宜公主听了这话，一点没有表现出惊异，只问："皇上也去了吗？"

　　"皇上很喜欢寿王妃，他们探讨了歌舞艺术，寿王妃为皇上跳了舞，皇上还亲自擂了一通鼓呢。"

　　"这真是寿王妃的福分，能亲耳听到父皇擂的鼓声。"

　　玉真公主看到咸宜公主的眼里闪出光彩。咸宜公主完全是为弟弟寿王着想。寿王自从争夺太子失败后，一直过着黯淡的日子，皇上喜欢寿王妃，岂不是说明皇上对寿王还是很看重的。但她哪里知道，皇上喜欢寿王妃是出于个人的情欲，而不是爱屋及乌。

　　"是啊，皇上已经很久没有擂鼓了，那次可真是难得啊。在我这个不懂音乐的人听来，都觉得擂得好呢。"

　　"父皇自从母亲去世后，听说一直郁郁寡欢。这次他见着寿王妃，能很高兴地擂上一通鼓，寿王知道了，一定会很高兴的。"

　　玉真公主想，寿王会不会真的很高兴还很难说，但可以肯定的是，当他知道父皇要夺走他的女人时，他一定是不会高兴的。既然咸宜公主讲到皇上心情一直不佳，那我就顺着她的讲吧。想到这里，她说道："是这样的，皇上自从武惠妃去世后，心情一直很沉闷，后宫佳丽虽然很多，但没有一个能得到他的欢心的。高力士为了让皇上开心，听说还特地从福建选来了一位梅妃，但也不能博得皇上的欢心。这可如何是好呢？"

　　"父皇深爱母妃，我们都是知道的，但母妃已经去世，父皇也应该节哀顺变。这事，我们做子女的不好多劝，姑姑，你还是可以劝一劝的。"

"我没有少劝，但效果不佳。不过近来，皇上的情绪有所好转，这事你可以问问寿王妃。"

"问寿王妃？"

"是啊。自从玉真观皇上不期然遇到寿王妃后，表现出难得的兴致。后来他们还遇到过一次，皇上的兴致依然很高。"

"他们又遇见过一次？在哪里？"

杨玉环第一次在玉真观见到过皇上，这事已经由寿王告诉过咸宜公主。她听后还和寿王讨论，觉得这是一件好事，从皇上对寿王妃的态度上，可以看出皇上对寿王还是很喜欢的。但皇上第二次遇见寿王妃，不知是寿王没来得及告诉她，还是怎么的，她一点也不知晓。

其实寿王妃第二次遇见皇上的事，寿王不是没有机会告诉咸宜公主，而是故意不说的。作为一个男人，作为寿王妃的丈夫，他敏锐地感到其中有某种不妥，有一只看不见的手在向他侵袭。他不说，是因为有着某种不想承认的念头，在潜意识里他感到一丝不安，但理智让他回避。

于是，玉真公主把寿王妃与皇上第二次见面的情况说给了咸宜公主听。

"也是巧合，那天，我约寿王妃外出踏青，到北郊去游玩，不想又遇见了皇上。皇上在北郊围了一个好大的布幔，要不是看到高力士，任谁也不会想到是皇上在里面。"

"你们见到父皇后又怎样了呢？"

"还能怎样呢，皇上与寿王妃又谈起了歌舞，我都没有插话的机会。"

"父皇又擂鼓了吗？"

"皇上哪有到哪儿都带着鼓的道理。不过，皇上虽没擂鼓，却弹了一下琴。听说，弹的曲子还是特地为寿王妃作的呢。"

"什么，父皇特地为寿王妃作了一支曲子？那是一支什么曲子？"

"我不知道，当时我不在场。"

"你不在场？"

"啊。"玉真公主稍稍顿了一下，继续说，"他们两个又是弹琴又是跳舞的，我在旁看了实在没趣，就到外面走了走。"

咸宜公主心里隐隐觉得什么地方有些不妥。试想，皇上和寿王妃单独在一起，也就是公公与儿媳妇单独在一起，这传出去多少有些不好听，但这话她不好说出口。

"后来怎样了呢？"

"我从外面回来后，看到两人都很高兴，我很久没有见到皇上那样兴奋了。看来，两人有很多共同语言。"

"是吗？"

"咸宜公主，我有个想法，不知可不可以说给你听听。"

"什么想法？"

"皇上郁闷得太久了，通过前两次与寿王妃的相遇，我看到他很乐意看到寿王妃，很喜欢和她在一起，那种快乐的神态是瞒不过别人的。我想，是不是可以让寿王妃时常和皇上在一起游玩，谈谈歌舞？"

"这怎么行呢？寿王妃是皇上的儿媳妇，哪能经常在一起呢？这是不合礼法的，传出去，一定会有许多闲话。"

"但是，你就愿意看着皇上一天天憔悴下去吗？皇上的要求并不高，只是想寿王妃能时常陪他谈谈话，讨论一下歌舞，这有什么闲话可说呢？"

其实玉真公主这是在欺骗自己，她当然知道，咸宜公主讲得完全是对的，寿王妃只要再和皇上在一起，外面就会闲言四起。

咸宜公主好像突然明白了什么，问道："这是父皇的意思，还是你的意思？"

事到如今，玉真公主就不好再隐瞒下去了。她静默了一会儿，期期艾艾地说："咸宜公主，这是谁的主意重要吗？问题是，只要皇上高兴就行了。"

明白了，咸宜公主完全明白了，玉真公主开始说的那些都是废话，她今天来完全不是随便来散散心的，是有着使命，有着心机的。那她为什么不直接去找寿王说呢，却跑来和我说？噢，明白了，她这是想让我去和寿王说，她知道我与寿王是一母所生，关系自然不同一般。但她也太狠心了，让我去做这种伤害人的事，我又如何去和可怜的寿王说呢？

见咸宜公主不开口，玉真公主也不知该说些什么。此行的目的已经达到，但她一点轻松的感觉也没有。她从咸宜公主的脸上仿佛看到了寿王令人怜悯的神情，到底是同胞兄妹，咸宜公主脸色戚然。作为皇族中人，此时又能说些什么呢？宽慰吧，显得虚伪；晓以事理吧，这事根本就没有什么道理可讲。她也只有沉默，同时在心里默默责备自己。

过了一会儿，玉真公主对咸宜公主说："这事你可以跟寿王说说，其实也没什么，皇上只是想和寿王妃一起谈论歌舞。听说，皇上正在编排一出大型歌舞，叫作《霓裳羽衣曲》，他还邀请寿王妃一起创作呢。"

咸宜公主知道，玉真公主说的这些都是虚话，真实的目的，有时越想掩盖就越会浮现。试想，哪有至高无上的皇帝会和一个女子平等地探讨什么歌舞的？背后的目的是任何人都能看得到的。但看得到又怎样呢？除了屈服，再没有别的出路了。

咸宜公主本想责备玉真公主几句，想想又算了，这除了玉真公主是她的长辈外，还想到她也是作为一个说客来的，也是身不由己。咸宜公主想，如果让她选择的话，她也不会赞同这个所谓的让皇上快乐的方法的。

沉默让玉真公主呼吸不畅，让她感到难堪，如坐针毡，她实在不好意思再待下去了，就起身告辞，回玉真观去了。

待玉真公主离开后，咸宜公主的脑子才稍稍清醒了一些，她细细回想玉真公主提出来的问题。

事情是明摆着的，父皇既然提出让寿王妃去相陪，回避是回避不了的。由此，咸宜公主想到了自己可怜的哥哥。因为寿王的孱弱，往往是咸宜公主照顾寿王的多，咸宜公主反倒像是寿王的姐姐。咸宜公主在心里也对寿王有着一份关照之情。她想，母妃已经去世，在对太子之位的争夺中，寿王又败走麦城，好在没有性命之虞。在一连串的打击中，唯一能给寿王一丝安慰的就只有寿王妃了。他们夫妇两人感情甚笃，自从成婚以来，恩爱甜蜜，让人羡慕。现在好了，上天连这一点幸福也要从寿王身旁拿走，这可让寿王如何承受这个打击啊。

不，不行，我一定要让哥哥经受住这场打击。咸宜公主心中暗自拿定主意。但我应该如何做呢？突然，咸宜公主想到，父皇这样喜欢寿王妃，说不定对寿王还是一件好事呢。什么好事呢？就是可以利用寿王妃靠近皇上的机会，让她时常在皇上面前说寿王的好话，再让寿王得到父皇的宠爱，把失去的太子之位夺过来。

按理说，太子之位悬了许久才最后定了下来，李玙也已经进驻东宫，短时间内不可能再有什么变动。但事情总是难说的，李瑛当了那么多年的太子，最后还不是在母妃的挑拨下失去了太子之位，甚至连性命也没有保住。父皇是容易受感情控制的，他要是钟情于某一位女子，他会改变一切的。

对，就这么对哥哥说。他失去寿王妃不完全是一件坏事，这倒是一件峰回路转的事。再说，他失去寿王妃只是暂时的，如果寿王妃能说得父皇改变了主意，重立寿王为太子，那么最后他们夫妻还有团圆之日。哪怕这一切都不能成功，也没有关系，起码给了哥哥一线希望，这线希望会减轻对他的伤害，会让他有生活下去的盼头。

这样想后，咸宜公主立马驱车到寿王府。杨玉环正好不在府上，这让咸宜公主感到宽心，心想，这样可以更好地与哥哥谈话。但她还是问了寿王妃到哪里去了。寿王告诉她，杨玉环去了一位叫公孙大娘的舞蹈师傅处。

待坐定后，咸宜公主让服侍的奴仆都退了下去。她久久没有开口，她不知道如何把这件事慢慢讲给哥哥听。过了一会儿，她说："哥哥，近来，你和寿王妃经常外出游玩吗？"

"没有，玉真公主倒是来约过她两次。"

"听说两次她都遇见了父皇，是吗？"

寿王听了这话，惊异地望着妹妹，不知她是如何知道这事的。他记得，他只给她说过杨玉环第一次在玉真观遇见父皇的事。

见寿王不说话，咸宜公主继续说："听说，寿王妃与父皇在一起时，父皇很快乐，第一次擂了鼓，第二次还弹了琴。"

"你是从哪里知道的？"不知怎的，寿王说这话时，语气中含有一丝惊慌。他显然不想让太多的人知道寿王妃第二次与父皇见面时的情景，哪怕是自己的亲妹妹。

"你不要问我是从哪里知道的，到底有没有这么回事啊？"

寿王沉默了一会儿，还是点了点头。

见寿王默认了，咸宜公主把语气放缓了，说："哥哥，你有没有觉得寿王妃长得有点像谁？"

"长得像谁？"咸宜公主话题的突然转变，显然让寿王的思维一时没有适应过来。他睁着一双英俊的眼睛望着妹妹。

"就是有点像我们的母亲啊。"

"噢，是有点。"寿王这才想起，这话以前讲过，他不知妹妹现在又提这个干什么。

见哥哥依然一副懵懂的样子，咸宜公主只好说："这就是父皇为什么喜欢寿王妃的原因。他一看到寿王妃就想到了我们的母妃啊。"

"噢，是这样，父皇对母妃的感情就是不一般。"不知怎的，寿王听了妹妹这样一说，他心中反而有点释然，以为父皇喜欢看到杨玉环，只是出于怀念母妃的缘故。

"看来，父皇是把对母妃的一片感情转移到了寿王妃的头上。"咸宜公主像是自语，又像是在对寿王说。

轻轻的话语把寿王又吓了一跳，他完全听到了妹妹刚才说了什么。他静默着不开口，以为静寂会把那些话消弭掉。但咸宜公主接着说："父皇通过和寿王妃两次的接触，心里很喜欢她，他很想继续看到寿王妃，并且是常常看到。"

咸宜公主的眼睛不看哥哥，她鼓足勇气一口气把这些话都讲了出来。让她纳闷的是，说完这段话后，她没有听到哥哥发出什么声响。她不禁把头抬起来，看到哥哥睁着一双大眼睛怔怔地望着她，脸上有着莫名和惊异的表情。咸宜公主知道，哥哥是被她的话震骇了，他不能明白刚才她说了什么。

咸宜公主又轻轻地说："为什么要让他们相遇呢！"

"这是谁说的？"寿王突然哑着嗓子问道。

"不要管是谁说的，反正你知道就行了。"

话一出口，咸宜公主才想起，这话玉真公主也这么对她说过。看来，玉真公主是怕她伤心不愿说出这样的话，她为了不愿伤哥哥的心，也不愿说出来。如果她说这是父皇的意思，那对哥哥的打击就太大了。

"为什么？"

为什么？咸宜公主也想问问这个问题，她弄不懂这个问题，也就无法回答哥哥的询问。其实也不用去问，道理很简单，父皇喜欢寿王妃，这就是理由，这就是答案。因为寿王妃长得漂亮，长得酷像母妃。

"为什么会这样？"寿王还在问。他的眼睛死死地盯着咸宜公主，似乎是妹妹策划了这场阴谋。

咸宜公主看到哥哥的眼睛发红，神情慌乱，心中隐隐地有点恐惧。她劝慰道："哥哥，你冷静点。"

"也许父皇只是太想念母妃，把寿王妃喊去游玩一下，并没有什么。"

"不是这样的，当我听说玉环第二次与父皇相遇，父皇还为她弹了琴后，我就一直在担心，心中有着某种不安。现在果然应验了，果然是不好的兆头。上天，为什么要这样？这对我太不公平了。"

寿王突然倒在地上，放声大哭起来。

咸宜公主看着哥哥痛哭的模样，眼里也流出了泪水。虽然同父异母的兄弟姐妹很多，但世间和她最亲的人只有寿王一人，就是父皇，亲生的父亲，感情也没有如此深厚。她看到最亲的人遭受这番惨痛的打击，犹如亲身所受。咸宜公主没有劝慰哥哥，她觉得让哥哥痛哭一场，他心中的伤痛也许可以减少一些。

果然，没过一会儿，寿王便坐起身来，擦掉脸上的泪水。咸宜公主看到哥哥擦干泪水，把脸抬起来，怔怔地望向室外的天空，久久没有收回。

咸宜公主顺着哥哥的目光望去，她发现天空万里无云，好得与他们的心情一点也不相称。

寿王就这么呆滞地看着天空，仿佛天空中有什么稀奇事物一样。咸宜公主小声提醒道："哥哥。"

寿王没有反应。

咸宜公主又把声音稍微提高一点，再喊道："哥哥。"

这下，寿王有了反应，他像猛地醒过来一样，把头转向妹妹，鼻子里"嗯"了一声，仿佛不明白妹妹喊他干什么。

咸宜公主说："事情已经这样了，就不用去多想了。我冷静地想了想，这事也不一定都是坏事，说不定坏事可以转为好事呢……"

"什么？"

"父皇这样喜欢寿王妃，后面的情景大抵也是可以想到的了。我有一种预感，寿王妃一定会得到父皇的宠爱，并且尊荣会大过母妃。我们可以让她在父皇面前大讲你的好话，让父皇立你为太子……"

"不，这太卑鄙了，我不要这样做，我也不想失去玉环。"寿王歇斯底里地叫道。

"哥哥，现在是需要我们冷静的时候了，你想不失去寿王妃就能不失去吗？我们虽贵为皇子，往往是身不由己的时候居多。寿王妃如果能得到父皇的宠爱，靠她的帮助让你当上太子，这不是没有希望的事。再说了，不管如何，父皇已经五十多岁了，假如你当了太子，早晚必登宝殿，寿王妃还不是又回到你的身旁？你们二人还有破镜重圆之日啊。这在我朝是有先例的。"

听了咸宜公主的一席话，寿王眼睛里又有了一点神采，他显然被打动了。他说："可是，那要等到哪年哪月啊？"

"不管等到哪年哪月，有希望总比没希望的好。如果由此能让你当上太子，我看这还是一件好事呢。寿王妃虽然可爱少有，但一个女人怎能与权力相比呢？"

"不，我不要你这样说。如果能留住玉环而失去权力的话，我宁愿失去一切来换她。再大的权力也比不上玉环。"

"是的是的，但这不是万般无奈之下的选择吗？"咸宜公主此时就像一位母亲一样宽慰着哥哥，"为了以后着想，从现在起，你就要抓紧时间加深与寿王妃之间的感情。要知道，你们在一起的时间可能不会太长久了。"

"我和玉环之间的感情向来很深。"

"我相信你们之间的感情很深，但那是现在。你能保证在以后不见面的情况下，她还会时时想着你，会时时在父皇面前为你讲好话吗？"

"噢，对了，这一切玉环都知道吗？"

"不知道。"

"不知道？"寿王的眼睛里射出光彩来，他兴奋地说，"玉环当真对这一切都不知晓吗？"

咸宜公主莫名其妙地望着哥哥，不知道他为什么这样兴奋。她想，哥哥你应该想到她是不知道的，以寿王妃的性格，她要是早知道的话，还不早就说给你听了，但这事她知不知道，似乎并不重要吧。

"我就知道玉环不知道，她只是把与父皇的相遇当作了巧合。"

"所以，你还要劝寿王妃到父皇身旁去。"

"什么？我还要劝玉环离开我？"

"对。"

"不行，我不会这样做。一切都要依玉环来定，她如果想离开我，她就离开我，如果不想，我才不会主动去劝她。"寿王突然坚定地说。

"不是去劝，是配合。"

"配合？"

"对。可以肯定的是，父皇以后一定还会来喊寿王妃去游玩，而你作为她的丈夫除了装聋作哑外，就是配合。你不仅不能从中作梗，还要积极怂恿她去。这不是配合吗？"

听到这里，寿王真感到痛苦万分。是的，妹妹讲得一点也没错，玉环第二次遇见父皇后，回来讲给我听时，我不是心中隐隐有着不快吗？虽然没有出言呵斥，但脸色一定不是欢喜的。这下好了，以后父皇再要喊她出去，如果她不愿去，我还要在旁积极劝她去，脸上不仅不能有一丝不快，还要装作什么也不知道的样子。寿王只感到天地虽大，却没有他的容身之地。

最后，咸宜公主告辞。临走前，她告诫哥哥，一切必须保密，不可有丝毫消息外泄。一切就按今天她与他说的去办，只有这样，他与寿王妃的分别才是暂时的，他们才会有团圆之日。

咸宜公主离开寿王府，登车径直回自己的驸马府。虽然她不想马上就离开，还想多陪哥哥一会儿，替他排遣烦忧与伤痛，但时间不允许。再说，她觉得，让哥哥一个人安静地待着，他的心境反会更快地平静下来，把事情理出个头绪来。

寿王慢慢回想了一切，咸宜公主来过，她都给他说了什么？啊，想起来了，这是真的吗？这不是梦吧？寿王狠狠掐了自己一下，不是梦，自己身上发痛。但这怎么可能呢？玉环会离开自己，她离开自己？她到哪儿去？啊，她要到父皇那里去。一切如海涛般狂涌过来，把寿王吞没了。思维的清醒让他伤痛无比，他的泪水又流了下来。

正在此时，使女通报，寿王妃回府了。寿王连忙把泪水擦拭干净，站起身来。

还没等寿王走出屋子，杨玉环已经冲进了屋子，她向来走路如同刮风。杨玉环一进屋，就嚷道："哎呀，怎么还不点灯？"

此时，寿王才发现，天已经黑了。待屋内点上灯，杨玉环看着寿王，诧异地说："阿瑁，你哭了。"

寿王连忙又伸袖在脸上擦了擦，说："没有。"

"还说没有呢，眼睛通红，脸上还有泪痕。告诉我，发生了什么事？"

"噢，我想起了母妃，突然有些伤心，不碍事的。"寿王掩饰道。随后，他又问起杨玉环今天玩得可好。

杨玉环一副神采飞扬的样子，一看就是才经过大量运动。她说："公孙大娘又对剑器舞进行了改动，增加了一些变幻的舞姿。为了早点学会那些舞姿，我整整一个下午都在练习，可把我累死了。你等我一下，等我洗浴过后，再和你一起吃饭。"说着，杨玉环洗浴去了。

看着杨玉环青春诱人的容颜，寿王心中有说不出的难受。以前还不觉得如何，现在陡然要失去她，才觉得杨玉环是那样娇美，一个笑靥、一个眼神都让人割舍不下。想到这里，寿王的眼眶又红了。

待杨玉环洗浴过后，她一身清香地来到寿王身边，和他絮叨着白天在公孙大娘家的事，并述说着她练习了一下午的舞蹈。寿王专注地听着，他的眼神中表现出的如饥似渴让杨玉环感到一个被宠爱女子的幸福。随后，两人共进晚餐。

吃饭时，寿王吃得很少，大多时间，他都痴痴地盯着杨玉环看，并不停地往她碗里夹菜。杨玉环被寿王的这些举动弄迷惑了，她索性放下碗来，对寿王说："阿瑁，你是不是有心事？你今天的举动为什么与往常不一样？"

"没有，我只是想看着你吃饭。"寿王装作不经意地说。

于是杨玉环又吃起饭来。经过一个下午的体力消耗，她确实饿了。

突然，寿王说："玉环，我想问你一个问题。如果哪一天，我们两个分离了，你心里还会想着我吗？"

听到这话的杨玉环一下停止了咀嚼，怔怔地望着丈夫。她看到寿王也期待地看着她，仿佛这个问题对他很重要似的。杨玉环不知道丈夫为什么会没来由地问这个问题，她不知道如何回答才好。她说："阿瑁，你告诉我，今天下午是不是有什么事发生了？"

听到这话，寿王差一点就把下午咸宜公主给他说的那些话讲出来，但他想起咸宜公主对他的一再叮咛：这事万万不能和杨玉环说，说了就会影响到杨玉环的情绪，就会让她在心里抵触父皇，以她的性子，她是什么事都可以做得出来的，那样，不要说留住杨玉环，连性命都可能不保。于是，寿王把到嘴边的话又咽了回去，说："没什么，下午，我一个人在家，想到了故去的母妃。人的一生是多么短促，说不定哪天，我们中就有人弃世而去，那留下的一个人在世间，该是多么伤心、孤单啊。"

情急之下，寿王还算聪明，临时编造了这一番感世伤怀的话来搪塞。

听了丈夫这番话，杨玉环才放下心来，她说："唉，你真是想得太多了，那还离我们远着呢，我们都还年轻，说什么分离的话？现在，我们不仅不会分离，还要在一起几十年呢。"

"我是说万一，万一我们暂时分离，你心里会不会想着我？"

"我怎么能不想你呢？不要说分离一段时间了，有时一天不见你，我都想你想得不得了。"

听了杨玉环的这番话，寿王的泪水差点又涌出了眼眶。他连忙端起面前的饭碗，借着往嘴里扒饭做掩饰，硬是把泪水咽了回去。

晚饭后，寿王时刻不离地和杨玉环待在一起。他也只是痴看着她，听她说话，欣赏她举手投足间的风采，一直到深夜二人才就寝。

半夜里，寿王做了一个梦，梦见杨玉环被一群金甲卫士拽着，从他身边拉走了。杨玉环哭着把手伸向他，向他呼救，但他也被一群金甲卫士按住，丝毫动弹不得。他大喊，嘴里叫着"玉环、玉环"，但他无能为力，玉环还是被越拉越远。他用尽最后的力气挣脱出来，向玉环跑去。快跑到近前时，拉着玉环的一个金甲卫士突然挺起手中的矛向他心窝处刺来，他惊叫一声从梦中醒来。

从噩梦中醒来的寿王，浑身冷汗透体，他大口喘着气，看到身边的杨玉环正香甜地睡着。透过从窗户里洒进纱帐的月光，寿王看到杨玉环睡容安详，娇美的脸庞就像一朵芙蓉盛开在月光里，美艳逼人。寿王把脸靠近杨玉环的脸，感受着她香甜的气息，替她拂去脸上的几根发丝。

寿王轻轻地从床上下来，披衣走出房间，他来到院子中。外面月朗星疏，凉风习习，蟋蟀的鸣叫平添夜的静谧。寿王抬头向天，看到一轮满月正高挂天宇，没有心事地照着人间的一切。他突然想起一句诗来：

今人不见古时月，
今月曾经照古人。

夜凉似水，寿王感触身世良久，不觉间露水湿衣，发梢潮润。当月沉西天时，他深深地叹口气，回到了屋里，静静等待命运的狂潮向他袭来。

【第六回】

臂挽雕弓成云雨，身入玄门遁红尘

随后的一个月中，玄宗多次和杨玉环相见，但都没有什么直接火热的表露，更没有丝毫的言语不当或动作出轨。他多数时间里显得慈爱有加，用温柔的目光笼罩着杨玉环。这种温情的目光让杨玉环放松了心里的警惕，她甚至开始有点喜欢皇上的那种目光了。这也是情有可原，试问哪个女子不愿意被男子多情的目光注视？又有哪个女子不愿意被男子宠爱呢？哪怕这个男子是个上了岁数的男子。

其实，玄宗心中想的与表面做的完全不是一回事。他恨不能一下就把杨玉环征服，与她耳鬓厮磨，日日享受鱼水之欢。但他知道，欲速则不达，他要得到的不仅是杨玉环的身子，更主要的是要得到她的心。

在进入秋天的时候，玄宗决定到骊山温泉去。往年，玄宗要么是夏季，要么是冬季才去温泉，很少在春秋两季去的，但此次他去了，并要一些皇亲国戚随之前往，其中就有寿王夫妇。这是玄宗让玉真公主通知他们的。玄宗认为，在京城长安，他与杨玉环见面多有不便，等到了骊山，他与她的谋面会方便一些。他也相信，他与她的关系会发生突飞猛进的变化。

正是秋高气爽的时节，骊山草木葱茏。

到骊山的第二天，皇上就派玉真公主把杨玉环喊去了。当杨玉环随玉真公主来到的时候，玉真公主借口另外有事就避开了。

杨玉环显得很不高兴，心中责怪皇上刚到骊山就把她喊来。玄宗假装没有看到她生气的样子，对她说："玉环，你还记得我第一次在骊山见到你的模样吗？那时，你一身男装，骑着马在禁地乱闯。"

"我不记得了。"其实杨玉环是记得这事的，她那次吓得不轻，好在有武惠妃在旁，皇上也没有责怪她。

"玉环，那次你一定没有尽情驰骋，今天，我就和你骑马游玩如何？"

听到这话，早有侍从牵过两匹骏马来，玄宗跨上一匹。杨玉环没有办法，只得也跨上了另一匹。他们并辔向前，浏览着沿途风景，玄宗顺便告诉她那些宫殿的名称，是本朝哪个皇帝所建，谁在哪里住过。当经过一条宽阔山道时，玄宗建议他们来一场赛马。听了这话，杨玉环来了兴致，她问怎么赛。

"这样吧，我们看谁先绕过那个山脚，谁先绕过去就算谁赢了。"玄宗这样说着，早有两骑侍从打马飞奔而去，布置防御和驱赶闲人。

杨玉环说："好，一言为定！谁先绕过山脚谁得胜。"说着立即催动坐骑，不待玄宗跟上，向前奔去。

看着杨玉环一副争强好胜的样子，玄宗心里好笑，又说不出来地喜欢。他故意要让杨玉环开心，就催动坐骑，不紧不慢地赶上去。

还没跑出多远，玄宗就落后杨玉环一大截了，他还生怕杨玉环看出他在故意让她，就有意高喊道："等等我，等等我。"

杨玉环一路领先，待她转过山脚，回转头来，已经看不见皇上的身影，她暗暗得意。一路奔驰，她身上已冒出汗来。勒马等了一会儿，还不见皇上到来，她想自己跑得也太快了，把皇上落下那么远。无聊之中，她突然看到山脚下有一处温泉小溪，水清且浅，水中有五颜六色的小石子，看上去甚是喜人。她也不等皇上，就勒马朝山脚下的小溪走去。

到了小溪旁，杨玉环看到小溪中除了有五颜六色的小石子外，还有五彩斑斓的小鱼儿。

杨玉环把裙子的下摆撩起掖在腰间，再挽起裤脚，甩掉鞋子，赤脚下到水里，一边拾捡彩色的小石子，一边观赏着小鱼儿。那些小鱼儿在水中嬉戏追逐，见着人也不怕，在人的腿旁游来游去，蹭得人腿痒痒的，又舒服又异样。

水中的小石子不知是什么原因，与平日见到的那些石子颜色很是不同。它们形态各异，有的像小动物，有的像天上的小星星，更奇的是不仅有常见的褐色，还有红色、绿色、粉红、银白……不一而足。杨玉环看到这些颜色不同的小石子，爱不释手，不一会儿，就拾了满满一大捧。

杨玉环只顾专心拾捡小石子，把与皇上赛马的事忘得一干二净。玄宗赶到目的地后，不见了杨玉环，心里正在纳闷，低头一看，见杨玉环正挽着裤子在山脚小溪中拾石子，不禁摇头微笑。他让侍从不要惊动她，更不要大声喧哗。玄宗下了马，把缰绳递给侍从，也从山坡上悄悄地来到了小溪边。

杨玉环一抬头看到皇上站在她的面前，吓了一跳，叫道："皇上，你来了也不事先讲一声，吓了人家一大跳。"

"还说朕吓了你，说好赛马的，你倒好，偷偷地一个人跑到这里捉鱼来了。"玄宗笑着说。

听到这话，杨玉环不好意思地低下了头，但她强词夺理道："人家等你了，但你这么长时间都不来，我就到这里来了。"

玄宗见杨玉环手里捧满了五颜六色的小石子，就说："啊，这么多漂亮的石头，都是从哪里捡的？"

杨玉环说："就是这条小河里的，想不到这里有这么多好看的小石子。你看，我都捧不下了。"

玄宗见此，竟一把从头上把自己戴的帽子抓了下来，说："放在这里。"

杨玉环一看，急得直摇头："这不行，这怎么行呢！"杨玉环就是再顽皮，她也知道怎么能用皇上的帽子盛小石子呢，小石子再好看，也没有皇上的帽子重要啊。皇上的帽子上镶着一颗大大的钻石，那是再好看的小石子也比不上的。

但玄宗坚持让她把手里的小石子放进帽子里，还说："这么好看的小石子，我的帽子能盛它，是我的荣幸。你就照放不误吧。"

听了这话，杨玉环就不好再坚持了，她把手上捧着的彩石都放进了皇上的帽子里，不仅全放了进去，还又捡了一些。

玄宗见小溪的中央有一颗特别好看的小石子，就准备去把它拾起来。不想小溪的中间有一个小坑，他刚一迈步，身子一歪就栽倒在溪水中。好在坑不是太深，人站直了水也就没到腰部。但就是这样，也把杨玉环吓得够呛，她不顾自己不会水性，连忙近前想把皇上拉起来，却不想没把皇上拉起来，她自己也滑进了小坑里。杨玉环大叫一声，倒在皇上的怀里。

玄宗是会水的，他一站直，发现水只没于腰部，心就定了，正要抹去脸上的水时，突然一个柔软的身子向他怀中倒来。他没有多想，一把就将她抱在了自己的怀里。待发觉是杨玉环时，不知怎么的，他的手竟不想松开，而杨玉环出于慌乱，也把皇上抱得紧紧的。

待杨玉环心神稳定下来，发现自己躺在皇上的怀里，直羞得满脸通红。她挣扎着要下来。玄宗说："水很深，让我抱你上去。"

听到这话的杨玉环脸更红了，不过她已不再挣扎，只把头深深地埋在自己的胸前。等皇上抱着她一步步走上岸后，她才从皇上的怀里下来。

玄宗怀里抱着杨玉环，这是他第一次正式接触她的身体，只觉她的身体柔软异常，饱满而有弹性，虽在水中，青春的气息也一股股地直往鼻子里钻，绯红的脸颊吹弹得破。他真想就这样永远抱着她的身体，永远也不要走到岸上。

两人上岸后，身上都湿透了，看上去就像两只落汤鸡一样。两人你看看我，我看看你，都禁不住大笑起来。杨玉环看到皇上的衣服直往下滴水，平日的威严全没有了。玄宗看到杨玉环薄薄的衣衫紧紧贴在她的身上，勾勒出身体诱人的曲线，该凸的地方凸了出来，该凹的地方凹了进去，玲珑美妙，说不出的诱人。玄宗直看得浑身躁动不安。

这时，几个内侍早已跑到小溪边，脸吓得变了颜色。玄宗朝他们挥挥手，让他们速去拉一辆车来。内侍中有两个飞一般地跑去了。别的内侍不知是离开的好，还是待在原地的好。玄宗让他们全到远处等着。

这时，杨玉环一声惊叫："啊，我的石子！"

原来，玄宗一落水，石子连帽子都一起扔得不知所终了。玄宗宽慰她说："不碍事，我们还可以再捡。我要为你在骊山建一处宫殿，内有温泉池，池中全都铺满这种小石子，算我今天对你的补偿。"

听了这话，杨玉环心里充满了喜悦。经此一闹，两人心里都觉得距离拉近了。杨玉环觉得皇上是个很会玩的人，在这方面比寿王要强多了。玄宗则觉得杨玉环更加可爱，更加让他想入非非了，他也更想要得到她了。

不一会儿，一辆车辇拉来了，玄宗与杨玉环浑身湿淋淋钻进去。在这种情况下，杨玉环自然不好说要回去，只好听任皇上摆布了。不一会儿，车辇停了下来。杨玉环下了车，看到一处她从未到过的宫殿。她满怀狐疑地问道："皇上，这是哪里？"

"这是我专用的温泉，你进去沐浴一下吧。"

"我进去沐浴？你的专用温泉池？"杨玉环心里忽然充满了警惕。

"不要怕，就你一个人沐浴。沐浴后，赶快换上衣服，在冷水里泡得太久，不用热水泡一泡，会生病的。"玄宗像看透了杨玉环的心思。

听到这话，杨玉环放心了，她随着使女向内走去。经过第一道门廊时，杨玉环看到两侧分站着两队使女，她们手里捧着彩色漆盘，上面盛着干净柔软的披衣。杨玉环把贴在身上的湿衣服脱下来，披上外衣，向内走去。

再推开一扇门，里面已是雾气缭绕，屋里又有几个使女，只穿着薄薄的贴身小衣，手上捧着供沐浴用的东西。她们见杨玉环走进来，上去帮她把外衣脱下。再向内，推开一道木门，就是温泉池了。

皇上用的温泉池，果然与别人用的不一样。杨玉环洗温泉澡当然不是第一次了，但都是在供公主与王妃用的温泉池中，是一个大池子，设施的精致程度无法与皇上专用的相比。只见皇上用的专池，造型别致，不是四四方方显得呆板的池子，而是从上到下，顺着山势故意造就的一个缓坡。池水从浅到深，到了底端，又雕成一朵莲花状，每一个花瓣都恰巧供一个人半躺其中，人就犹如躺在清香的荷花中的一只小蜜蜂，惬意无比。池壁和池底，全都是用光滑的白玉石铺就，虽在雾气缭绕中，也光可鉴人。往上看，高大的气窗中透照着日光，人一点也不觉得压抑和憋闷。

杨玉环轻轻地下到池水中。池水温暖宜人，才经冷水浸泡刺激的皮肤不禁微微收缩了一下，随即全身毛孔放松。她把全身浸入池中，嘴里舒服地呼出一口气来，闭上了双眼。

待全身泡软了，使女让她出水，躺卧在池边一处床榻上，轻轻为她按摩与洗涤。在使女轻柔的揉搓下，杨玉环感到全身舒坦。不知不觉间，她就要睡着了。就在她神思迷惑时，使女们退下了。

杨玉环再次下到池中浸泡，她慢慢撩起水洒在自己的手臂上，发现经按摩过的皮肤更加光滑柔嫩、红艳圆润。她轻轻一按，弹性十足。以前，别人都夸赞她的美貌，她并不往心里去，但此时，她一个人在池水中审视自己的身体时，心里突然有了一种骄傲的感觉。

杨玉环在池中也不知道浸泡了多长时间，突然，她听到关着的小门发出了一声声响。她以为又是使女进来了，并没有睁开双眼。突然，她听到一个男人的声音响了起来：

"玉环，你要洗到什么时候？"

听到这话，杨玉环一下睁开眼，从神思缥缈中惊醒了。她本能地用手挡住自己的胸部，全身蹲在水中，惊问道："谁？谁在那里？"

"玉环，是我，你快点洗，我还要洗呢。"

是皇上，他怎么进来了？想到这里，杨玉环又羞又气，她想不到皇上这样不庄重，不检点，竟会偷偷地看她洗澡。她抬眼向小门望去，发现小门被打开了一个小缝，想必皇上正通过那道缝向里看呢。

"你，你走开。"情急之下，杨玉环连尊卑也不顾了，竟连皇上也不喊，就"你，你"地喊开了。

但小门后没有丝毫声响，看样子，皇上已经离开了。杨玉环不敢再在池中泡下去，她蹑手蹑脚地从池中上来，轻轻地走到小门边，先把眼贴上去向外看去，发现外面除了几个使女外，并没有皇上的影子。这下，杨玉环才放心。她打开小门走了出来。使女立刻打开手上捧着的干浴巾披在她的身上，待吸干她身上和头发上的水后，再把一件轻柔的外衣披在她的身上。

走出第二道门时，杨玉环看到皇上正坐在外面等她。一看到皇上，杨玉环脸上更红了，她不顾旁边有使女，嗔怪地说："皇上，你……"

玄宗站起来，委屈地说："玉环，你洗太久了，我身上还在发冷呢。"

听皇上这样一说，杨玉环心里才释然一些。原来皇上不是故意去偷看她的，只是要催她快洗，他还要去泡泡呢。这样一想，杨玉环心里的气全消了，为自己只想着自己舒服却把皇上忘了而自责。她想，皇上宁愿忍着自己受冷而让我先去温泉里泡，我也太不应该了，他可是皇上啊。杨玉环不禁低下头，说："皇上，都是我不对。"

杨玉环嘴里讲了什么，玄宗一句也没听到，他完全被杨玉环出浴后的娇媚之态吸引住了。只见杨玉环湿发披肩，玉面红艳，眼波灵灵，美艳逼人，胸前翘然而起，饱满的身体曲线玲珑，身上的轻纱犹如蝉翼，望去飘飘欲仙。玄宗咽了一口口水，只想立刻把杨玉环抱在怀里，只是一来碍于边上有人，二来他想杨玉环属于自己的日子也就快到了，现在不是用强的时候，他才好不容易克制住了自己。

杨玉环看到皇上痴痴地盯着自己，头一低，又催促了一声："皇上，该你去洗浴了。"

玄宗这才如梦初醒，嘴里唔唔地应着，向内走去，待走出几步远，还恋恋不舍地又回头向杨玉环看了看。

皇上的失措与对她的迷恋，杨玉环都看在眼里，她的心里有点甜蜜，但更多的是不知所措。通过这一段时间的接触，她原先在心里对皇上的抵触在渐渐减少。原先她认为皇上对她的迷恋只是对她美色的贪图，现在看来不是这样，皇上对她的娇宠和宽容是她无法拒绝的，也是她乐于接受的。这些天里，皇上并没有强迫她做什么事，也没有凭借着手中的权力要求她做什么，相反，皇上还在百忙之中，抽出时间来陪她玩，完全以平等的姿态与她游玩，这是多么难能可贵啊。有时，杨玉环觉得和皇上在一起，是安全和放松的。还有一点，是她隐隐不愿承认的，那就是和皇上在一起，有时比与寿王在一起更让她有活力。对这一点，她也有点弄不明白。说起来，寿王和她年龄相差不多，同为年轻人，应该是有着青春活力的，但事实恰恰相反，已五十多岁的皇上却比寿王更有活力，更能让她迸发出激情来。

其实，这一点也不稀奇，寿王虽正当青春年少，但身为皇子，做事反而有着太多的约束，加之身处政治旋涡中心，因而更是小心百倍，倒显得未老先衰，暮气沉沉。而皇上呢，权力在握，高高在上，加之早年射箭走马，身体强健，调养得当，虽五十过半，但神采胜似青年，精神和体力都过于旺盛，激情不减当年。

杨玉环坐在外室，思绪联翩。她突然想到，自己才从温泉中出来，皇上又进去沐浴，虽前后错开，但共用一池之水，是不是也算共浴呢？这样一想，她脸上才退下去的红润又泛了上来。

待皇上洗浴后出来，他们稍微休息一会儿。玄宗命摆上小吃，他与杨玉环略微进食。之后，他们又谈到了歌舞。

玄宗谈到他新近为《霓裳羽衣曲》编排了一组新的舞蹈，想让杨玉环试演一下。杨玉环起身试舞了。玄宗让她在某个动作上停住，他走到她的身旁，试着校正。只见玄宗一手握着杨玉环的那只举向半空的手，另一手托着她的玉腰，把她的腰肢再向下压了压，感觉方好。

当玄宗这样做时，杨玉环觉得皇上就像在搂抱着自己，神情不禁紧张起来。她心里想：如果皇上这样把自己抱住，自己应该怎么办呢？

好在玄宗的心思似乎都放在了舞蹈上，他只是校正了杨玉环的舞姿，并没有什么非分的举动。他又回到座位上，让杨玉环继续舞下去。

杨玉环心安下来，也为自己的多想感到不好意思。但就在又一次校正她的动作时，皇上却不老实起来。这一次，皇上走到她的身边，也是从后面托住她的腰，让她摆一个甩云袖的动作。当杨玉环把虚拟的长袖刚甩出去时，他竟从后面轻轻抱住她的腰，把脸贴在她的脸上，并在她的脸上轻轻吻了一下，随后就移开了。

这是转瞬即逝的一下，还没有等杨玉环反应过来，玄宗就又回到了位置上。这个举动让正尽兴的杨玉环回到了现实。本来，杨玉环经过一天的游玩，在皇上的宽容下，活泼的性情已经流露，两人的隔阂正在消除，但皇上稍一放肆，便又让她想起皇上对她的目的来。但她不好发火，一来他是皇上，二来她凭着一个女人的直觉，感到皇上的那一吻是内心情感的流露。这多多少少让她芳心暗喜。

一天游玩结束，杨玉环回到寿王在骊山的府舍时，脸上神采飞扬。可以看出来，她这天玩得很高兴。与杨玉环的喜气洋洋正相对比的是寿王愁眉紧锁的忧郁。不知怎么的，一看到寿王那张愁云满布的脸，杨玉环突然为自己太过开心而感到难为情起来。她想，自己这是怎么啦，舍弃自己的丈夫在家，而自己却玩得这样开心，是不是有点太说不过去了？

晚上，杨玉环把自己一天与皇上在一起的情景说与丈夫知道了。不知怎么的，她没有说落水之后和皇上共在一个温泉池中沐浴以及皇上偷偷吻她的事，只是说与皇上骑马游山和谈论歌舞的事。杨玉环看得出来，丈夫其实很想问她一天与皇上相处的事的，但忍着没有开口。她一一说出来，他很专注地听着。听到父皇对自己的女人并没有什么过分的举动，他的愁眉稍稍展开了一点。他心中抱着侥幸说："玉环，父皇也许只是让你去陪他聊聊天，好打发太过寂寞的日子。"

"但愿是这样。"但杨玉环知道，皇上的目的绝不是这样。通过一天的接触，杨玉环知道皇上的目的和欲望所在。皇上焦渴的眼神与轻浮的举动都告诉她了。但她又不能把这一切如实告诉丈夫。告诉他，除了平添他的忧愁外，又能让他得到什么呢？她不愿无谓地伤害丈夫。

在随后的日子里，玄宗几乎隔不了几天就把杨玉环喊去游玩，两人的身影多次在骊山间出现，而寿王又不在身旁。渐渐地，皇上与寿王妃之间的关系在皇族中小范围地传开了，但人们谨言慎语，不敢造次，当作根本没有这回事一样。因为这事到底是违背礼仪的，是不光彩的。

　　每次杨玉环到皇上身边去，寿王都会一人待在府上，无心参加别的宴乐和玩耍，静静等着杨玉环的归来，直到看到杨玉环的那一刻，他的神情才会开朗起来。这种情形让杨玉环看了心下黯然，也影响到了她与皇上的关系。

　　如果抛开丈夫寿王，杨玉环甚至有点喜欢与皇上在一起了，因为每次与皇上在一起时，皇上对她并不摆架子和显威风，而是尽量纵容她，反倒是他顺着她的脾气。虽然她知道皇上对她的真实目的，但皇上一点也不心急，一点也不强逼。当然，皇上时不时也有些小动作，比如摸摸她的手，搂搂她的腰，亲亲她的脸，但每次都像怕得罪她似的，都是一触即离，连让她着恼的余地都没有。

　　其实，玄宗心里是很清楚的，杨玉环与他已经越来越亲近，越来越熟悉，并且已经有接纳他的趋向。他在得到她的身体之前，已经先得到了她的精神，得到了她的心。在他的一生中，任何女人都是招之即来，挥之即去，反倒没有一种能激起他热情的欲望，而他是喜欢去拼搏的男人。他看出了杨玉环内心对他的疏远与戒备，对他的态度有别于其他任何女子的奉承巴结。这反倒激起了玄宗更深的欲望与情感，他被这种若即若离的关系所吸引，完全像才坠入情网的年轻人，所表现出的是一种十分体贴与谦让的态度。在情感中由直截了当变为迂回和使用心机，这就有点像老猫钓鱼、猫抓老鼠之类的游戏，让玄宗觉得新奇。他要在情感上慢慢地去征服杨玉环。说真的，先得到一个女子的情感，继而再去征服她的肉体，这对他来说还是生平第一次，但他有信心，他把分寸拿捏得很好。

　　在这种越来越亲密的接触中，杨玉环的心在涣散，神思在迷离，她预感到一种结果必将来临。杨玉环是一个感性的女子，她没有心机，但并不愚蠢，她知道皇上对她的情意，那是她无法躲避的。在她得知皇上对她的情意后，她曾在寿王面前说，万不得已，她宁可死去，但死的前提是皇上对她用强，而皇上并没有用强，反而是处处迁就她，这让她如何绝然弃世呢？再说了，死对她来说本是遥远的事，她说死，并没有什么具体的意象，只是一种抽象的事。现在，她只感到一种越来越甜蜜的东西在吸引着她，她感觉到每一天都是新鲜而又充满了诱惑的，她甚至有一种离不开皇上的感觉了。她已经忘记了自己曾经提到过"死"这个字眼。

　　有时，杨玉环甚至盼望着那一天的到来，那时，她当如何呢？不知道。现在，她只能走一步算一步了。

　　但这一天说来就来了。

　　从骊山回来后，皇上把杨玉环喊进宫的次数更多了。这天，他们到兴庆宫的内射堂去玩，这是杨玉环听说了这样一处地方后主动提出来的。

内射堂，是玄宗还没有当皇帝时所建的健身房。那时候藩王如果在外面练习骑射，是一件惹眼的事，弄不好会让皇帝猜疑，但玄宗知道有一个好身体对以后的创业是很重要的，于是就在居住的兴庆宫——那时兴庆宫还叫兴庆坊，建了一个健身的场所，内设有双杠、攀绳、射箭等健身的器材，每天由高力士陪着偷偷地练习。后来他当了皇帝，将兴庆坊改称为兴庆宫，扩大规模。此处内射堂因有特殊的意义，并没有拆毁，而是保存了下来。有时，玄宗有了兴趣，还会偶然来此一试身手，一来活动活动身手，二来回味当年的情景。玄宗曾偶然跟杨玉环讲过这么个地方，不想她倒记在了心里。

内射堂因常有人打扫，因此里面清洁干净，没有丝毫灰尘。杨玉环一进内射堂，立即被里面的设施吸引住了。她活泼而顽皮地在各种器材上爬上爬下，摸摸这里，拍拍那里，对有些不明白用处的器材，还要皇上亲自为她示范一下。

玄宗看着杨玉环像只小猫一样在器材间蹿来蹿去，心里不期然有一种亲切的感觉。在杨玉环要他展示一下那些器材的用处时，他有意显得刚健威武，在那些器材上不断变幻着各种花样，博得了杨玉环的一声声喝彩。

不管什么器材，杨玉环都要上去试试，玄宗从而变为一个观赏者。他看着杨玉环柔弱的女性身躯在这些器材间转动，反而有一种有别于男性雄健的柔美，这让他怦然心动，心中的欲望突突地冒了出来。

当杨玉环提出要去攀绳网时，玄宗看到她穿着长衫不方便，就上去替她脱去。他从后面一把抱住她，本想解开她腰间长衣的带子，但一挨近她充满青春气息的身体，鼻子竟然忽地嗅到了她散发出的一种香味。玄宗皇帝头脑一热，再也控制不住自己，一把将杨玉环紧紧搂在怀里，手也不再去解带子，而是向上移去……

杨玉环把玄宗的手扳开，嘴里说道："皇上，让人瞧见了该有多不好。"说着，她轻轻推开皇上，挣脱出皇上的怀抱，自己解开长衣，手脚并用地攀起绳网来。玄宗抱着杨玉环的长衣，情欲难控。他看着杨玉环丰满的身体在绳网上荡来荡去，更让他情急难熬。

杨玉环从绳网上下来后，又拿起放在一边的弓箭，准备射箭玩。但她要么拉不开弓，要么就是好不容易费劲拉开了弓，射出的箭却不知道跑到哪里去了。她让玄宗教教她。玄宗走到她的背后，两手分别抓住她的手，帮她用力，再对准箭靶，然后把箭射了出去。箭射中了箭靶，杨玉环兴奋得几乎跳了起来。而玄宗此时再也抑制不住了，他从后面一把抱住杨玉环。

这次，杨玉环似乎没有挣扎，她全身如触电了一样，只剩下粗重的喘息声。玄宗把脸贴在她的发鬓上，发鬓间散发着热气，有着微温的湿汗。他把鼻子埋在杨玉环的发间，深深嗅着那股香甜的气息，而后，把脸贴在杨玉环的脸上、脖颈处，轻轻地摩擦着。

杨玉环本身很热，但被玄宗搂在怀里，她感觉就像被一团炭火包裹着。皇上一系列的小动作让她全身不禁有些战栗。就在她不知如何是好时，玄宗一把将她抱离了地面。

杨玉环嘴里不禁"啊"了一声，但为了不让室外的侍从听见，她连忙闭嘴。此时，她看到皇上的眼里闪着粗犷的光芒，这种光芒是她从未看到过的，但她被这种目光所吸引、所迷醉。她觉得皇上搂抱着她的双臂就像钢箍一样，让她丝毫动弹不了。玄宗抱着杨玉环，一步步向藤床走去……

狂风疾雨后，两人身上的情欲平息了。杨玉环于恍惚之中承受了皇上的欢爱。她虽然早知这种时刻会来，但当它真的来到时，她实在又不知道如何形容自己的心情，她下意识地抱紧了皇上的身体。

玄宗很满足，这种满足固然有着对美丽的杨玉环的征服，但更多的是一种情感上的感应。现在，他怀中搂着杨玉环，才真正觉得拥有了她。这一刻，他对她的占有是实在的，他这才觉得两人真正达到了相知相融的最高境界。玄宗皇帝终于心满意足地松了口气。

杨玉环从宫中回府，她的神思一片混乱，她一时实在无法理清她与皇上之间的全新关系。坐在轿中，她想，这以后的日子当如何过呢？今天既然与皇上已经发展到了这一步，她就真的是皇上的女人了，那么她和寿王的关系又该怎么办呢？和皇上的这种关系既然到了这一步，必然会长期保持下去，可她是寿王妃啊，那样对自己的丈夫寿王岂不是一种无形的伤害？这让他如何面对呢？她一身而事父子二人，这又让她如何面对呢？杨玉环天生不是一个爱动脑子的人，她这样一想，觉得头都要大了，索性不再想下去，只是觉得这样回到府中，没有脸面再见自己曾经深爱的丈夫了。

杨玉环回到府中，寿王正好不在，他少有地外出参加一个皇子间的聚会去了。这给了杨玉环一个喘息心定的时机，她趁此可以静下心来好好思索了。

此时的杨玉环心里说不出是喜是悲。这种结果完全是违背她的意愿的，对她与寿王之间的感情有伤害的，是她想竭力避免却没有避开的，这如何能说是喜呢？同样，她对这样的结果早有预料，也就是说，她在心理上已经有了迎接它的准备，现在的出现，又如何可说得上悲呢？

虽然别的皇子百般挽留，但寿王还是赶回来与杨玉环共进晚餐。现在，他很少外出，偶尔有万不得已的应酬，也是早早赶回，以期能与杨玉环待在一起。因为他们心里都明白，他们在一起的日子已经不多，时光的短促让他们分外珍惜。杨玉环晚餐吃得很少。晚上，当寿王想与她交欢时，杨玉环想到白天才与皇上发生的一幕，不禁缩起身子，想避开丈夫。

　　敏感的寿王发现了杨玉环这一反常的举动，他用手扳过杨玉环的肩头，想问问她是怎么回事。但杨玉环不愿与丈夫的目光相对，她的目光躲避、游离着，她的目光也泄露了一切。

　　寿王全明白了，他不再问，或者说他没有勇气去问，他害怕从杨玉环的嘴里听到那个结果。他放开杨玉环，身子如倒塌的墙一样轰然倒在床上，随后，目光呆滞地盯着上方。

　　杨玉环吓坏了，她反身搂着寿王，喊道："阿瑁，阿瑁！"

　　寿王一句话也不说。突然，他跳起身来，匆忙地穿起衣服，其动作的快速惊得杨玉环连问话的勇气也没有了。寿王穿好衣服，一句话也没说，头也不回地离开了卧室。

　　杨玉环不知寿王要到哪里去，已经是深更半夜，他又能到哪里去呢？但杨玉环没有听见开门声，也没有听到使女的声音，她知道寿王没有去远，只是到了院子里，于是披上衣服也走了出来。果然如她所料，寿王正倚靠在院中的那棵树上暗自饮泣。杨玉环轻轻走过去，她从后面把丈夫抱在怀里，把脸贴在他的背上，感应着他胸中巨大的悲痛。

　　寿王的背起起伏伏，那是他强压在胸间的悲痛的躁动。他又不能痛哭着来宣泄，那样会吵着使女，惊动旁人，传出去，甚至会传到皇上的耳中。他只能把这种悲痛化为手上的力量，狠狠地抓在树干上。突然，寿王转过身来，他一把将杨玉环紧搂在自己的怀里，在她的脸上狂吻起来。在这种狂吻中，杨玉环与他都身上火热起来，他们相拥着倒在了地上。

　　杨玉环与皇上的关系掀开了新的一页。新的关系对玄宗来说是欣喜的，他似乎忽然年轻了二十岁，身上充满了青春活力。他说话有力，眉梢含春，浑身都有着精神。第一个看出这种变化的自然是时刻随侍在旁的老奴高力士，他看到皇上兴奋异常，知道他与寿王妃的关系终于水到渠成，皇上的愿望得到了满足。他也高兴得很，平素寡淡的脸上也少有地露出了笑容。皇上看着嘴角含笑的高力士，知道这个老奴把一切都揣摩到了，就笑着说："力士，朕想升你的官呢，你看你想当什么呢？"

　　听了这话的高力士连忙跪下，说："奴才没有寸功，不知陛下何以要升奴才的官？奴才不敢无功受禄。"

　　"谁说你没有寸功？朕看你的功劳大着呢。你对朕的心意揣摩透彻，替朕办事得力周到，这还不能说是功劳吗？"玄宗笑吟吟地说。

　　"啊，那是奴才该尽的职责，不能算什么功劳。"高力士自我贬抑道。

　　"不要多说了，朕说是功劳就是功劳。只是怎么封赏呢？力士，你说说。"

"折煞奴才了，奴才不敢求赏，但求皇上长命千岁，奴才沾皇上的光，也多活几年，好多侍候皇上几年。"

"这个你放心，朕现在也离不开你。只是对你们宦官，祖宗早年定下了规矩，就是最大的官也只能封三品。你现在已经官封三品了，这还让朕怎么封你呢？"玄宗为难地说。

"奴才不想要任何封赏，只想时刻侍候在皇上的身旁。"

"好了，这样吧，封赏先寄存在朕这里，等有了时机再封不迟，免得朝中那班老臣搬出祖宗的规矩朝上递奏本。"

高力士谢主隆恩。

随后，玄宗把与杨玉环的新关系给高力士说了，并表达了想长期和她在一起的心意。高力士说，这要有个过程，不能忙在一时，现在此事还要遮人耳目。最后，高力士给玄宗出个主意，可以秘密地带杨玉环上骊山，一来遮人耳目，二来两人也可长在一起。

玄宗听取了这个主意，没过几日，就带着杨玉环上了骊山。

从骊山回来后，玄宗皇帝回宫，杨玉环回寿王府。但没过一天，玄宗又把她召进宫去，并且在宫里过了两天两夜，最后还是在杨玉环的要求下，玄宗才让她暂回到寿王的身边。

杨玉环一再要求回到寿王府，是怕更多的人知道她与皇上的事，另外她也不想太多地伤害到寿王。但她回到寿王府才一天，玄宗就又派人来接她回宫。

杨玉环离开玄宗才一天，玄宗就有神不守舍的感觉，他觉得他已经一刻也离不开寿王妃了。这可怎么办呢？作为大唐至高无上的君王，应该说哪个女子都是他的属民，都可以把她召入后宫，供己娱乐。但对待寿王妃却独独不行，她是他的儿媳，硬要娶入宫中未尝不可，但有悖礼仪。虽然他从心里看不起那帮酸儒倡导的什么礼不礼的，但作为一个帝王，他知道治理国家是少不了那一套的。现在让他为难的是，他已经一刻也离不开她了。

此时的玄宗，就像一个坠入爱河的年轻人，心底都是杨玉环的影子，整日想的也是她，杨玉环不在眼前时，真是吃饭不香，睡觉不甜。所以，杨玉环刚回去一天，他就觉得受不了，连忙派人去接。

杨玉环一进宫就显得很不高兴，她噘着嘴，眼睛不看玄宗。倒是玄宗赔着笑脸说："玉环，你怎么不高兴啊？"

"人家怎么还能高兴呢？本来说好放我回去小住几天的，人家前脚还没进门，你后脚就派人来接了。你这样做，寿王又该怎么看呢？即使你不顾及我，也要顾及旁人的闲话吧？"

"可是朕实在太想你了啊，所以才无法顾及那么多的。"

"可是，你这样做，让我太为难了，让寿王一点面子都没有了。"

"玉环，你要给我一点时间，我会想出办法来的。"

"等你想出办法，我们再见面也不晚啊！"玉环有理有节地说。

其实在骊山时，玄宗就和高力士商量过，如何想出一个既合礼又合节的办法，把寿王妃弄到皇上的身旁，但就是没有想出一个周全的办法。后来，玄宗也和妹妹玉真公主商议过，同样束手无策。

几天后，玄宗再把高力士和玉真公主召到一起，商量如何把杨玉环永远地留在他的身旁。玄宗说："你们两人一定要替我想个两全的方法来，我再也不能让玉环两头为难了。我要她日日夜夜永远都留在朕的身边。"

看着玄宗一脸的焦急神色，高力士说："陛下，依奴才看来，实在没有什么方法，就强行把寿王妃留在宫中算了。"

"不行，不行，这样会惹人非议，特别是那帮咬文嚼字的儒生，整天嘴里都是礼啊仪啊什么的。这些酸儒虽然没什么办事能力，但一旦较起真来会不依不饶的，而且也不能让那些大臣们在朕的背后指指点点，还是要用一个折中的办法为好。"

"皇上，你看这样行不行，先让寿王把寿王妃休了，然后再把她娶进宫里？"

玄宗低头想了一下，觉得这样也不妥。他说："玉环没有过错，让寿王休了她，对她的名誉有不利的损害，也会让她受到不公正的待遇。再说，寿王休掉的王妃，做父亲的皇上却把她迎进宫中，更加不成体统。"

三人想了半天，也想不出什么好的方法，最后，高力士说："万不得已，只能有一个方法了。"

玄宗忙问什么方法。

高力士没有忙着回答，而是用眼看了玉真公主一下，说："啊，也不行。这个办法也不行。"

玄宗见了高力士的神情，知道他想出的那个方法不想让玉真公主听到，也就不再追问。玉真公主刚一离开，他就问高力士那到底是什么方法。

高力士说："大家那么想得到寿王妃，只因为寿王夹在其中碍事，索性一不做，二不休，把寿王杀了算了。"

"什么？把寿王杀了？"

"看来这是唯一的办法了。随便找个理由定寿王一个罪名，然后把他除去，这样，陛下再把寿王妃迎进宫，就不会再有人异议了。"

玄宗听了这话，皱着眉头想了半天，最后说："这不行，不要说瑁儿没什么罪名，就是有，我看在武惠妃的面子上也不会多加怪罪的。再说瑁儿那么文弱，又知书达礼的，我怎么可以因为要得到寿王妃而杀害寿王呢？这万万不行。"

见玄宗这样说，高力士不再多说。这实在是他能想到的唯一的方法了。

玉真公主从皇宫出来，心里充满了忧虑。虽然高力士没有当着她的面把话说出来，但玉真公主知道高力士会给皇上出什么主意，那就是把寿王杀了，把寿王妃强夺过来。那个忠心耿耿的狗奴才一定会想出这个毒辣的主意的。在他的眼里，只要皇上能得到一点快乐，就是杀他的亲人他也不会眨眼。玉真公主不知道皇上听了高力士的这个计策后会怎么想，但如果有高力士在旁一味蛊惑，难免皇上不听他的话。因为此时在皇上的眼里只有杨玉环一人了，为了得到她，什么样的手段他都会使用。

不行，玉真公主想，一定不能让寿王再受到伤害。他已经够不幸的了，一个男人连自己爱的女人都保不住，被别人占有了，还要装聋作哑，自己反倒像个偷人家女人的贼，甚至还有可能为此掉脑袋。玉真公主深深同情起这位侄儿来。

但玉真公主知道，要想保护寿王，现在唯一的方法就是想出一条万全之计，让杨玉环离开寿王，到皇上的身旁。这条计策既要合礼又要合理，既达目的，又不惹人非议。真难啊！

回到玉真观的玉真公主千思万想，就是想不出什么好的办法来。此时，她痛恨那个该死的太监高力士，为什么要把她牵进这桩事中，她早年出家，不就是想避开宫廷中的是是非非吗？眼不见心不烦，落得个清净，想不到还是被牵扯进来了。玉真公主因为想不出好主意，气得用手撕扯身上的法衣。她想，我还穿着这身衣服干什么？穿着它却做着见不得人的事。撕着撕着，她心中一动，停止了动作，原来她手撕着法衣却想出了一个能让寿王免祸的好主意来。她想，为什么不让寿王妃也像她一样出家呢，那样的话不就可以让杨玉环离开寿王了吗？啊，这真是一个好主意，为什么早没有想到呢？玉真公主责怪自己醒悟得这样慢，但还不迟。对，让寿王妃出家当道姑，那样的话，皇上和她幽会也就不会有什么不便了，谁会关注一个道姑的行踪呢？

想到这里，玉真公主精神大振，她连忙重新换上一身法衣，匆匆进宫。她要把这个好方法赶紧告诉皇上，免得皇上听了高力士的话，做出对寿王不利的事。

玉真公主赶到玄宗身边时，高力士还在。玄宗为玉真公主的去而复返感到诧异，他问道："玉真，怎么又回来了？"

"皇上，我想到了一个好主意，能让杨玉环离开寿王。"

"啊，是吗？什么好主意？快快讲来。"

"就是让寿王妃当女道士。"

"什么，让玉环出家做女道士？小妹，我看你是当道士当入迷了，玉环怎么可以出家呢？她出家，我怎么办？"

"皇上，你不要急，让小妹替你慢慢分析一下。玉环当了女道士，她就可以离开寿王府，住在道观里，那样，你想什么时候召她进宫就什么时候召她进宫，想把她留在宫多久就留多久，再也不用因为有寿王夹在中间而感到为难了。"

"哼，这倒是个好方法，但朕还不是偷偷摸摸像做贼一样吗？再说，朕要的是玉环长久留在我的身边啊。"

"皇上，这还不简单吗？让寿王妃住在宫中的道观里就是了。"

"什么，宫中还有道观，我怎么没有见过？"

这时，高力士听出了一点苗头，他替玉真公主说："陛下，为寿王妃在宫中建一座道观就行了。"

"建一座道观？哼，好是好，但宫中平白多一处道观，难免会遭人非议。再说，让玉环出家她就出家了？总得有个理由吧。"

这倒也是，总不能说出家就出家吧，即使是表面上的理由，也总得说得过去呀。于是，玉真公主与高力士又想开了。

玉真公主忽然眼中一亮，她忙说："皇上，再过一段时间就是我们生母窦太后的忌辰了吧？"

"那是年初二，这与杨玉环的出家又有什么关系？"

"怎么没关系？大有关系。我们可以让杨玉环以为我们死去的太后荐福为名，自度为女道士，代陛下尽孝啊。这样的话，也就可以把道观名正言顺地设在宫中了。"

"好主意，我怎么没有想到呢？"玄宗不禁拍手称道。

什么好主意，玉真公主心想，这也是自己迫不得已才想出的两全之计啊，一方面是为了皇上着想，同时也是为了寿王着想。只好把我们惨死的母亲搬出来作为度寿王妃的理由，要是母亲地下有知，也会骂我不孝的。玉真公主心里这样想，但她是不敢把这番话说出口的。

"力士，你明天就去着手办这件事，越快越好。"

"陛下，我看这样不好吧。还是由寿王妃上表自求度为女道士的好，这样一来可以堵住那些闲人的嘴，二来也显得寿王妃的诚心。"

"对，对，还是力士想得周到，这事你看着办吧。离过年已经不远了。"

"皇上，这事还是由我来对寿王说吧。"玉真公主说。

"也好，尽快为好。"

看着皇上那猴急的模样，玉真公主心想，看来皇兄这次为寿王妃动心已经到了不可自拔的地步了，唉，也难得皇兄能为一个女人如此动情。虽说杨玉环单纯没有心机，但一个女人一旦被男人如此宠爱，她总是要撒撒娇要要小性子的，再说这个男人又是权倾天下的皇帝，往后，还不知道她是否懂得自尊自爱，否则这样发展下去，怕是闹出什么事来呢。玉真公主暗中担心。

接受了去劝说寿王的任务，玉真公主心中万分为难，虽然她已经明了寿王知道杨玉环与玄宗之间的事，但那是她通过咸宜公主让寿王知道的，她可没有当面告诉他。现在，要她当面去对寿王说，你不仅要让出寿王妃，还要主动请求，世间哪有这种道理？即使是父皇的要求，这样欺负他也太让人难以接受了。再说寿王又是那样的敏感、那样柔弱无助，看上去更觉可怜。唉，这话又怎么叫她这个当姑姑的说出口呢？

千挨万揶，玉真公主还是到了寿王的府上。寿王一听玉真公主来访，连忙迎了出来。一见寿王的面，玉真公主问，玉环呢？寿王期期艾艾地说玉环到外面游玩去了。听了这话，见了寿王不自然的神态，玉真公主明白了，杨玉环一定又被皇上叫进了宫。玉真公主真是说不出的难受，刚才她还在宫中和皇上谈怎样度杨玉环当道士的事，想不到，她刚一离开，皇上就等不及派人来喊寿王妃了。当下，她装作什么也不明白的样子，不再往下多问。寿王把她引入王府。

待坐定后，寿王主动说："玉环刚才离开，姑姑是来约她出去游玩的吧？"

"啊，不是。"玉真公主听寿王这样一说，脸上泛红，嘴里也结巴起来，"我只是来看看你们，顺便有件事要和你们说说。"

"什么事？"寿王身上不禁一抖，他眼睛睁得大大的望着玉真公主。

寿王的这个动作没有逃过玉真公主的眼睛，她心里一阵难过。她想，寿王已经被太多的厄运吓怕了，他再也禁不起任何打击了。但灾祸不是想躲就能躲掉的。她实在不忍心再伤害寿王了，但情势所迫啊。

玉真公主稍稍沉默了一会儿，故意放缓语调说："瑁儿，你还记得我是为了什么出家当女道士的吗？"

寿王不知道玉真公主为什么突然问起他这个问题，他愣了一会儿，才像醒悟似的说："听父皇说，姑姑是为祖母窦太后荐福才自愿入的道门。"

"是的，母后死得太惨了，连尸首都没能落下。每当想起小时候母后对我的疼爱，我就不能平静。日子久了，我甚至有了这种想法，就是哪怕我享受一点人世间的快乐，心里就感到羞愧，有种愧对母后的自责。"

"姑姑，怀念长辈乃人之常情，你不要再过多自责。再说都过去那么久了，又不是你的过错，你不应该这样。"

"不，瑁儿，你不知道，每当我想到母亲为我们所受的罪，我就食不下咽。因此，我才毅然入了道门，在清静无为中修身养性。如果母后真的有什么罪过的话，就让它降临到我的身上吧。"

"姑姑的孝心，真是值得我们后辈仿效。"

"你不知道，有此孝心的不仅是我，有时皇上也有这种念头。"

"什么，父皇也有这样的念头？"

"是啊，皇上有时对我们说，他真的不想当皇帝了，也想像我和金仙公主一样遁入道门，做一个清净修身的道士。"

"这万万使不得，父皇可是一国之尊啊，他要治理整个大唐王朝，怎么可以当道士呢？姑姑，你一定要劝劝他啊！"

听着寿王急迫的话，看着寿王急切的神情，玉真公主直在心里骂自己卑鄙、虚伪，事情都这样了，还在用感情欺骗寿王。

"我们也是这样劝皇上，但他一意孤行，执意不当皇帝，要出家当道士，还说他身为一国之君，不能在孝道上表率垂范，还有什么资格来要求臣子呢？"

"这是不一样的，父皇把国家治理好，那是最大的孝心，那是对天下人的尽孝，如果祖母地下有知，她也会赞成这样做的。"

"瑁儿，你讲得再好没有了。还好，在我们千劝万劝下，他终于接受了一个折中的方法，不再坚持当道士了。"

"这样就好。那么是个什么折中的方法呢？"

"我们劝皇上，你是堂堂一国之尊，怎么可以说当道士就当道士呢？既然你有此心愿，可以让别人代你出家当道士啊。"

"对，对，果然是个好办法。姑姑，这一定是你想出来的。"

听到这话，玉真公主脸色发青，要不是知道寿王不明白其中的缘由，她一定认为寿王是在故意讽刺她呢。但她知道，寿王这样说，完全是出于对父皇的关心，是心中父子间感情的自然流露。瞧着寿王天真的模样，她的心中如同针刺，再次为自己扮演的角色而羞愧。

"这倒不是我想出来的，是大家一致想出来的。"玉真公主可不想让这碗脏水全泼在自己身上。

"那你们让谁代父皇当道士呢？"

"我们想，想……"玉真公主感到实在难以把话说出口，但不说是不行的，她牙一咬，终于说了出来，"我们想让寿王妃代皇上当道士。"

话一说完，玉真公主就把脸扭向别处，她实在不好意思，或者不忍心再看寿王了。

"什么？"寿王果然惊骇地叫了起来，"寿……寿王妃，这、这怎么可能呢？是不是弄错了？"

"没有弄错，皇上就是要玉环代他出家当道士的。"

"可她是王妃啊，她是成过亲的人了！"

"没有说成过亲的人就不能当道士啊。"

"这不行，这万万不行！玉环怎么可以出家当女道士呢！"

寿王情绪激动，变得语无伦次起来。玉真公主不再和他争辩，她知道，在这种情况下和寿王争辩，寿王难免会说出什么不敬的话来，即使她听了不说出去，但终究不好。她沉默着。

寿王情绪确实激动，他一时不能接受这个现实。他站起来，在室内踱来踱去，一会儿手背在后面，一会儿用拳头用力地捶打着墙壁，嘴里不停地喃喃着："怎么会这样呢？怎么会这样呢？"

玉真公主也不搭理寿王，她想让他慢慢平静下来，细细体味其中的深意。她相信寿王会体味到的。

果然，没过一会儿，寿王平静了下来。他不再自言自语，也不再用拳捶墙。他在玉真公主面前静静地坐了下来，但他的眼睛是无神的，甚至是呆滞的。他抬着头，眼光茫然地看着上方，似乎想从屋顶上看出命运的答案来。

玉真公主知道寿王已经明白此中的深意，但她不能说出来，她还要自欺欺人地说："瑁儿，你知道，现在的皇位本来是由你大伯宁王来继承的，一来他为长子，二来他是正皇后刘太后所生。但你大伯有古贤人遗风，主动把皇位让给了你的父皇。即使这样，你的亲祖母窦太后在地位上还是要低于刘太后，这于皇上的面子不好看。现在有我和金仙两位公主入道为窦太后荐福，她的地位才得到提高，但排名仍居其次。"

玉真公主一边说一边拿眼偷偷瞧着寿王，发现寿王一脸茫然，似乎并不在听她的话。虽然房间里只有她与寿王两人，但玉真公主觉得是那样压抑，那样让人窒息，以至于她都无法顺畅地把一句话讲出口来。但她感到如果闭口不说的话，那会更让人受不了。她不得不说下去。

"皇上想，如果能有一个亲媳妇再入道为窦太后荐福的话，她的尊荣比实际要更大了，无形之中，窦太后的地位就超过了刘太后。"

寿王依然紧闭着嘴巴不开口。玉真公主不得已，只好接着说下去："虽然这是皇上的意思，但他希望寿王妃能主动提出来。"

"她同意吗？"寿王的眼珠缓慢地转动了一下，目光呆滞。

"你要劝劝她，让她接受下来。"

"我？去劝寿王妃，让她主动出家当道士？"寿王脸上掠过一阵苦笑，他摇了摇头。

寿王摇头并不是表示他不肯去劝寿王妃，只是觉得这样做是多么荒谬与辛酸。玉真公主也明白这个意思，因此，她继续说："你可以代玉环写份要求自度为女道士的表文，到时让玉环递上去就行了。"

寿王没有答话。沉默，难堪的沉默。在这种沉默里，玉真公主不知是继续坐下去的好，还是站起来告辞的好。过了一会儿，寿王语带讽刺地说："玉环当道士后住在哪里？是不是住在你的玉真观里？"

玉真公主当然听出了寿王话中讽刺的意味，她想发作，但她忍住了。她想，相对于寿王的遭遇与悲哀，自己的面子与自尊又算得了什么呢。于是，她心平气和地说："玉环当了道士后，会住在皇宫里。"

"皇宫里？噢，她应该住在宫里。"

"因为是为窦太后荐福，皇上要在宫中特地为她修建一座道观。"玉真公主装作没有听出寿王话中的深意。

"就是说，玉环以后再也不能回寿王府了，她也不是寿王妃了？"

"我想是这样吧。"

听到这话，寿王突然发出一阵笑声。笑声短促而沉郁，阴森而瘆人，那不是正常的笑，是压抑着悲伤强颜做出的笑，笑着笑着，两行泪从寿王的脸上流了下来。随即，寿王卧倒在地上痛哭起来。

玉真公主没有劝阻寿王，她知道，在这种情况下，他哭出来也许对他是好的，总比把伤痛强压在心中，憋出毛病来好得多。在寿王的哭声中，她站起身，也不与寿王告别，向寿王府外走去。当她登上马车，一个人坐在车中时，她的脸上也不禁滚下泪来。她知道她在寿王心目中的形象已经毁了，再也不是他可亲可近的长辈了，再不是清静无为的修道之人了，而是专行卑鄙之事的虚伪小人。她心想：侄儿，你不要责怪姑姑，也不要责怪玉环，要怪你就怪你的父皇吧。是他要拆散你们这对恩爱夫妻，是他要满足自己的私欲而置人伦于不顾的啊！唉，寿王，你和玉环实在是有缘无分啊！

与此同时，玄宗皇帝也在开导着杨玉环。杨玉环正为刚回到寿王府才一天，就又被召进宫中而不满。她一到玄宗面前就轻轻地皱起了她那弯弯的细眉，满脸的不高兴。玄宗看到杨玉环生气时的模样更显得妩媚可爱，不禁笑着问道："又怎么了，谁又惹你不高兴了？"

"皇上，你说呢？"

"是我吗？我没有地方得罪你啊。"玄宗故作委屈地说。不知怎的，在杨玉环面前，玄宗皇帝总是显得年轻了许多，甚至连皇帝的威严也不摆了。

"还不承认呢，人家刚回去，又把人家喊来，干什么吗？也不为人家考虑考虑。"

"我正是要为你考虑才把你喊来的呀。"

"什么为人家考虑？你倒说说。"

"我是要你永远留在宫中，再不用两处跑，也不用怕别人说闲话了。"

"那倒是什么主意啊，是不是让寿王和我一起搬到宫中来住呀？"

听了这话，玄宗又气又好笑。他想：这叫什么话，你和寿王一起搬进宫来住，那成何体统？但这话从杨玉环嘴里讲出来，却有着另外一种稚气的可爱，让人生气不得。于是，玄宗故作严肃地说："我是想让你当女道士，从此不再回寿王府去了。"

"什么，当道士？我为什么要当道士？"杨玉环把一双俏丽的眼睛睁得大大的，好像不相信自己的耳朵似的。

"你不要急，听我慢慢讲来。"

"我不要当女道士！"杨玉环本能地叫了起来，她用手捂住耳朵，表示不想听皇上的任何解释，"我不想像玉真公主一样，整天手里拿着拂尘，身穿法衣。"

玄宗走过去，轻轻地把杨玉环揽在怀里说："你听我慢慢跟你解释，你为什么不听我的解释呢？你当道士与玉真公主是不一样的。"

"不一样，有什么不一样？难道我会住在宫里，不住在道观里吗？"

"对，你就是住在宫里。"

"什么，真是住在宫里？"杨玉环睁大了眼睛，不相信地望着玄宗。

"玉环，你不就是为现在的处境为难吗？"

"你知道就好！"

"好了，我们不谈这个。你也曾跟我说过，你夹在我与寿王之间很为难，我现在就想了这个方法，让你离开寿王。"

"这是什么方法，我是离开了寿王，不也离开了你吗？反正我不当女道士。"

"那你能想到一个比这更好的办法吗？"

"我不知道，你不要问我。"

"好了，玉环，我们暂且不说这个，让我来给你说段历史吧。"玄宗眼望前方，目光迷离，仿佛回到了他要说的那段历史中。

听皇上说要讲历史，杨玉环也静下心来。

"玉环，你知道则天女皇帝吗？"

"当然知道啦，她是迄今为止唯一的女皇帝。噢，她是你的祖母吧。"

"不错，你说得一点没错。那你知道她第一个嫁给的男人是谁吗？"

"这还用说，当然是你的祖父了。"

"你错了，她嫁的第一个男人是我的太祖父太宗皇帝。"

"什么，这怎么可能呢？简直乱套了，怪不得……"说到这里，杨玉环吐吐舌头，不再往下说了。她的本意是想说，怪不得你现在这个样子，原来是有家族遗传的。

玄宗知道她话里的意思，没有见怪，接着往下说道："你肯定奇怪，她既当了我的太祖母，何以后来又当了我的祖母是吧？这事说起来话长。在她入宫嫁给太宗皇帝时，她还小，名叫武媚娘。那时我的祖父高宗皇帝时常在后宫里走动，一来二去，两人就有了感情。那种情景，有点像我和你吧，也是有着辈分的跨越。"

"那他们后来是如何走到一起的呢？"杨玉环被与她有着相同命运的则天女皇所吸引，情不自禁地问道。

"你不要急，我就要说到了。他们暗中生情，在太宗皇帝去世后，祖父高宗皇帝继位，依他的心意，恨不得马上就把祖母纳入后宫，但那样是有违礼制的，必遭到大臣的反对。于是，他们想出了一个办法，就是先让祖母入佛门，带发修行，等过了一段时期后，再迎娶入宫。这样，大臣们也就不怎么反对了，礼仪上也过得去。按佛门的说法，一入佛门就与世间尘俗脱离了关系，再入尘俗就不再是先前那个人了。"

"那不是掩耳盗铃、自欺欺人吗？那你……你不是要我效法则天女皇帝吧？要我也入佛门修行？"

"我不是跟你说了吗？不是入佛门，是入道门，是像玉真公主一样，做女道士。"

"做女道士？"杨玉环吃惊地问道。

"对。玉环，朕只要你做这一件事。你亲自上表，表示自己愿意度为女道士，只有这样你才能和寿王脱离夫妻名分。那时我再给你在宫中盖一座道观，我们不就可以天天在一起了吗？"

"我，自己上表，上什么表？"

"啊，是这样的。你知道玉真公主是如何当女道士的吗？"

"不知道。那是她自己主动要求出家的，还需有什么理由吗？"

"怎么会那么简单呢？一个大唐的公主出家当道士总得有个理由吧。我告诉你吧，她当女道士是为窦太后，也就是为我和她的母亲荐福。"

"荐福？荐什么福？"

"荐福，就是用牺牲自身的一些俗世欢乐来为故去的长辈在来世积福。我希望你也能为窦太后荐福。"

"我？我为什么要为她荐福？我又没有见过她。"

"你当然没见过她，就连寿王也没有见过她。她，她死得好惨啊。"

"怎么，她老早就死了吗？谁这么大胆子，敢把皇上的母亲害死？"

玄宗没有马上回答杨玉环的话，他的脸上显出悲戚的表情。过了一会儿，他才开口说："玉环，在你眼里，我一直是高高在上的皇帝，似乎从来没有过一天苦日子。其实不是这样的，我在登上龙位之前，整天过的都是提心吊胆的生活。那还是在则天女皇在位的时候，她为了自己能长久坐稳皇位，时刻防备大伯和父皇，害怕她的两个儿子造反。正是基于她的这种心理，有些小人投其所好，不惜假造罪证，阴谋诬告大伯和父皇，还说母后和刘太后私自在庭院中埋了一个酷似女皇的木头人像，每天对其诅咒。女皇听后大怒，不分青红皂白，就把两位太后喊进宫去，乱刀分尸，随后还把尸首抛给野狗吃掉了。"

听到这里，杨玉环吓得倒吸了一口气，用手紧紧抓住了自己的衣角。她早听说宫廷中到处充满了阴谋和血腥，但没有想到是这样恐怖。

"我永远都忘不了那个傍晚，宫中派人来请母后和刘太后进宫给女皇请安。我也想跟着去，母后不让我上车，她说：'你好好在家，我去去就回。'哪里知道那是我与母后的最后一面。此后，我再也没有见到母后。"说到这里，玄宗眼眶湿润了，他沉湎在怀念窦太后的伤痛里。

杨玉环实在没有想到高高在上、一呼百应的皇帝还有着这样伤心的往事，她以为皇帝永远都是一副威严的模样，永远都是权力无边，让人望而生畏的。她看着皇上悲伤的神情，心里也十分难过，情不自禁地伸手替他拭去眼角的泪水。玄宗紧紧地抓住玉环的手说："玉环，你不是诧异我怎么会对乐器那样精熟吗？这就是在那段被女皇幽闭的日子里跟太常乐工学的。那时，什么事都不能做，也不敢做，生怕引起女皇的疑心，只有沉迷于歌舞，给她一种只图玩乐、不思进取的错觉。不过也亏了有那么一段时期，不然我又怎么能精通乐器，否则又怎么会与你有缘，并且领略到你歌舞的美妙呢？"

杨玉环不知不觉静静地依偎在大唐天子的怀中，听他说着酸楚的往事，心想，寿王是因为没有经过残酷生活的磨炼，所以性格才那样懦弱的吧。杨玉环现在常常不自觉地拿皇上与寿王作比较。

"我的鼓技就是跟一位叫安金藏的太常乐工学的。他在教我鼓艺时说，鼓是最阳刚的乐器，它催人奋进，给人勇气，所以每当意气消沉时我就擂上一通鼓，立刻就会意气昂扬，奋发勇进，觉得再大的困难也不能把我难倒。"

"这位太常乐工，我怎么从来没有见过？"

"他死了。在有人向女皇举报父皇'造反'时，女皇派了最恶毒的酷吏来查办此事，对父皇身边的人严刑拷打。许多人经不住酷刑都屈于淫威，只有安金藏坚强不屈，最后，他剖腹明志，以此来证明父皇的清白。他的这一举动感动了女皇，她亲临安金藏床前，泣告着说：'我的儿子我都不能明白，却要外人来向我表明他的清白，我真是有愧啊。'但安金藏那一刀到底插得太深，没过几天，他就离开了人世。"

这些话都是玄宗皇帝深深埋在心底的话，平日他从不对任何人说起，今天不知怎的，他有一种想倾吐的欲望。他一面觉得杨玉环是那样单纯无知，天真可爱；一面又觉得她是那样可以信赖，他愿意把这些早年所受的伤痛细细地说给她听。

听到皇上说的这些话，杨玉环心中不由得涌起一股怜惜之情。她紧紧地抱着皇上的腰，似乎觉得他是一个受了太多委屈的小孩，而她反倒成了一个大人，要给他爱抚，给他温柔。她轻轻地说："想不到你的过去竟是这样叫人伤心，窦太后的命运是那样让人可怜。"

"每当想起母后的惨死，我心中都不禁伤痛万分，恨不能亲自出家做道士，好为母后荐福，但你知道，这是不可能的。虽然有两位公主当道士为母后荐福，但我总觉得不够，如果你这位亲儿媳妇再能这样做的话，那就再好不过了。这样，也无形中提高了窦太后的地位。你知道，母后按名位来说，她并不是正太后，正太后应是宁王的母亲刘太后。所以说，我让你当道士并不仅仅是想让你离开寿王，其实也是有一片苦心在内的。"

"唉！"杨玉环深深地叹了一口气，她被皇上的一片苦心感动了。她知道，皇上为他们的事情也够费心的了，她就是不愿意，也不好意思开口了。当女道士看来是她唯一的选择了，皇上想为窦太后荐福也好，想把她从寿王身边拉开也罢，反正，她只有听从这一条路。她还能说什么呢？

"那什么时候入道呢？"

"年初二。"

"什么，那么急？"

"年初二是窦太后的忌辰，在这个日子选择入道，意义非凡。"

"好吧。"

回到寿王府，杨玉环的心才平静下来，不管怎么说，自己的家始终能给一个人安全感、温暖感。她一进门，就把身上的装饰一件件急不可待地摘下来，那些她以前非常喜欢佩戴的东西，现在她一点兴趣都没有了。她想，她的那些烦恼，是不是也是它们惹的祸呢？她摘下首饰，问侍女寿王在哪里。侍女说自从她离开后，寿王就一个人把自己关在一处偏殿里，饭也不吃，水也不喝，她们都不知道发生了什么事，心里急坏了。

杨玉环听侍女这样一说，吓了一跳，不知道寿王怎么了。她顾不上歇一口气，快步走到那处偏殿边。只见偏殿的门紧紧关闭着，窗户也不开启，里面鸦雀无声。杨玉环走到门前，轻轻拍了两下门，嘴里喊道："寿王，寿王。"

过了一会儿，从偏殿里面传出寿王一声沉闷的声音："走开，我不是说了吗，我不吃饭！"

杨玉环提高了声音又喊道："寿王，是我啊。玉环。"

里面不再有声响了，过了一会儿，门吱咯一声拉开。寿王站在屋内。

乍一见开门后的寿王，杨玉环吓了一跳，她有点不敢相信自己的眼睛。这是她的寿王吗？这是她上午才离开时还显得英俊倜傥的寿王吗？只见他脸色憔悴，神情呆滞，与先前判若两人。杨玉环不知寿王这是怎么了，她上前用手捧着寿王的脸，问他是不是病了，为什么要一个人把自己关在这处密不透风的小房子里。

原来自从玉真公主对寿王说了要让杨玉环出家当道士后，寿王就明白，杨玉环离开的日子就要来到了。以前他也知道，既然杨玉环与父皇有了那层关系，与他分离只是迟早的事，但他一直不愿面对这一残酷的现实，不去多想，以此躲避。现在不行了，父皇等不及了，他要杨玉环在年初二就要离开他。他不能再麻痹自己了。当失望来到的时候，性格懦弱的寿王除了感叹自己命运的悲苦外，他束手无策。绝望之余，他还把一腔不满发泄在了杨玉环身上。他由绝望到怀疑，进而否定起他与杨玉环之间的爱情。他是这样想的：父皇在这件事里固然扮演了不光彩的角色，但作为小辈的寿王妃是否也有着不庄重的地方？常言说，苍蝇不叮无缝的蛋，如果杨玉环庄重自持，父皇会有非礼之举吗？他这样一想，平日杨玉环的活泼举止似乎都有着不检点的嫌疑了。本来在武惠妃去世后，他争夺太子失利，心情已经受到了打击，但那时，他还想着有美貌的妻子相伴着他，他还有别人羡慕的寿王妃守着自己。可现在，连这最后的慰藉也没有了，这怎能不让他伤心难受，进而愤世嫉俗呢？他把自己关在房间里，越想越是失望，越想越是悲观。他无心吃饭，甚至连期盼杨玉环回来的念头也没有了。

寿王轻轻地用手把杨玉环的手拨开，他一言不发地又坐回了原处，仿佛眼前没有她这个人似的。杨玉环不明白寿王为什么对她这样冷淡。她本来也是受了一肚子委屈的，本想赶回来向寿王倾诉，却不想寿王对她不理不睬。

杨玉环也在寿王面前坐下来，两人默默相对。过了一会儿，也许是寿王受不了这太过压抑的气氛，他用眼斜视了杨玉环一下，说："刚才玉真公主来对我说，你马上就要出家当女道士了。"

杨玉环心里一顿，她才知道在皇上在对她说那些话的同时，已经托玉真公主来和寿王说过了。听了寿王这样一说，她只能轻轻地"嗯"了一声，等着寿王继续说下去。

"玉真公主还说，父皇会为你在宫里建一座道观，那样，你就要住到宫里去了。那是你想要的吧？"

杨玉环终于知道寿王为什么这样生气，他对她产生了误解，以为其中都有着她的策划。她为寿王这样不明白她的心情而委屈地哭了。

杨玉环这样一哭，寿王的心又软了，或者说碎了，但他还是硬着心肠说："你放心，我会帮你写一封文采出众的自度表文的。"

听寿王这样一说，杨玉环再也忍不住，放声大哭起来。她一边哭一边说："阿瑁，我不想，我不想啊。"

杨玉环这样一哭，寿王也禁不住泪水长流。他一把抱住杨玉环说："我们为什么要生在帝王家呢？"

就在寿王与杨玉环满心悲苦的日子里，玄宗正忙着做两件事，一件是督促工匠加紧在大明宫建造一座道观。他一日三问，询问每天的进展。这在历史上可以说是从来没有过的事情，一位皇帝放着那些朝廷大事不理，却关注一座道观的施工情况。虽然工匠们日夜不停地施工，但玄宗还是嫌慢，他下了旨意，道观务必在年底竣工。第二件事是他在宫廷中选出一名少女送给寿王，做寿王的侧妃。这完全是高力士出的主意，他说这样一来，既可以增加寿王的荣耀，平复寿王妃离开给他造成的心理失衡，又可以在杨玉环自度为道士时不让太多的人说闲话。既然寿王已经另有了一名侧妃，正妃为祖母荐福，似乎也还说得过去。

选送给寿王做侧妃的少女叫魏来馨，她从小生长在宫廷，对宫廷中的事情也许耳濡目染得多了，看上去比杨玉环要成熟，虽然她只有十七岁。她为自己被选送给寿王做侧妃而感很高兴，不管怎么说，这是一个好的命运，虽不能说贵如皇后，但总比大多数宫女老死宫中要好得多。像她们这样的女人，要么被皇上宠幸，富贵无人能比，要么就一生空守后宫，任时光一天天消逝，有的宫女就是到老，连皇上的面也见不了几次。她嫁给寿王，虽是侧妃，但总归是有了男人，有了家。她知足了。

魏来馨一见杨玉环的面就盛赞她的美丽，这也许是基于她想和杨玉环搞好关系的心思。因为不管怎么说，她是侧妃，从名分上来说，她归正妃管束。但其中也有她真心的夸赞。

"王妃，在我没有见到你时，宫中都称赞你的容貌，说你美若天仙。我见了以后，才知道你美到什么样子，就是天仙也不如啊。"

杨玉环笑笑，几年前，她是喜欢听到夸赞她容貌的话的，但现在，她已经没有心思听了，甚至心里对此有些反感。她想，都是容貌惹的祸，如果自己只是一个姿色平常的女子，哪里会有这些烦恼呢？

魏来馨本是一个活泼开朗的少女，但她自从来到寿王府后，整天见到的只是寿王忧郁的脸和杨玉环满腹心事的样子。她不明白他们这是怎么了，说他们不恩爱吧，两人整天又形影不离；说他们恩爱吧，又整天不见他们有个笑脸。她感到不解和纳闷。

但没过几天，这个谜底就揭开了，魏来馨知道了杨玉环要出家当女道士。这个消息还是杨玉环亲口告诉她的。杨玉环说她过了年就要离开寿王府，请魏来馨多多照顾寿王。

魏来馨几乎不相信自己的耳朵，她惊异地问道："王妃，你为什么要当女道士？"

杨玉环也想问自己这个问题，但她不能把真相告诉魏来馨，她只能装作平静地把表面的理由说给她听："寿王的祖母，也就是窦太后，早年离世，为了孝道，我要当道士为窦太后荐福。"

"怎么能这样呢？寿王愿意吗？"

杨玉环脸上掠过一阵苦笑，她想，寿王怎么会愿意呢？但她嘴上却说："这是一件荣耀的事情，寿王是同意的。"

"哎呀，这是不行的，当女道士多寂寞啊。"少不更事的魏来馨口无遮拦，根本不顾虑到什么孝道以及为窦太后荐福的事，"王妃，你不能这样做啊。"

杨玉环不想多说，她对魏来馨说："这事已经定下了，你就不要多说了，在我离开后，寿王就托你多多关照了。"

魏来馨不知说什么好。现在，她明白寿王和寿王妃为什么整天不快乐了，他们正处于分离的时刻，又怎么能快乐起来呢？她心头的这个疑惑解除了，但更大的疑惑产生了：寿王妃为什么要这样做呢？

寿王知道他与杨玉环待在一起的日子屈指可数，因此他倍感时光的可贵，二人时刻待在一起。同时，寿王还要为杨玉环自度为女道士起草一份表文，他先写好，再让杨玉环抄一遍，呈给朝廷。可以想象寿王难受的心理，一面他不愿杨玉环离去，一面却要装出很真诚的样子，写出情深意诚的自度表文，这太让他痛苦，太让他感到荒谬了。他几次掷笔几次流泪，几次又把笔重新拿起。最后他压抑着满心的苦痛，终于写出一份情感诚挚的表文来。

杨玉环看着那份表文，禁不住也是泪水直流。她开始拒绝，但寿王一再求她，她无可奈何，只得照抄一遍。寿王把杨玉环抄好的表文呈入内廷。

一切都结束了，一切都完结了，现在对寿王与杨玉环来说，只有等待了。等待内廷下诏，等待来迎杨玉环出家的车驾。

玄宗没有让他们等得太久，他一接到表文，第二天就派宫廷内使来接寿王妃进宫，并在内殿接见了她。这是仪式，不同于他们二人间的私会。杨玉环一下车辇，就由站立两旁的太监呼喊着一路传报入内。等她进入内殿，抬头看见皇上高高端坐在龙座上，身穿皇服，头戴皇冠，一脸肃穆的样子。她盈身下拜，说："寿王妃拜见皇上。"

皇上赐她不须多礼，随后由司言代玄宗皇帝询问她为窦太后荐福自度为女道士的事。她一一应答，心想，这都是你自己提出来的，哪里是我真心所愿？但她不敢这样说，如果这样说的话，一切都前功尽弃，戏就演不下去了。整个过程中，身不由己的杨玉环只不过例行公事而已。最后，皇上开口讲了几句嘉许的话，无非说她孝心可嘉，可为万妇之表，等等。整个过程严肃压抑，杨玉环在此期间，几次抬头向上看去，发现皇上表情端正，脸色威严，根本不是平日与她在一起时慈祥温和的样子。她感觉到了皇上至高无上的尊严，这让她的心一下收敛了许多。

觐见的礼仪终于结束，杨玉环回到寿王府。一到寿王府，她就把身上穿的吉服脱下扔在一旁。她知道，她和寿王分手的日子就要到了。她的心里有一种内疚，她觉得自己对不起寿王。这些年来，寿王对她是那样恩爱有加，而她却要离他而去，这种对寿王的伤害是她永远也无法弥补的。

第二天，玄宗皇帝又派人来接杨玉环进宫。杨玉环心里有气，再过半个月她就要长住宫中了，现在还要来剥夺寿王的时间。但她又不能不去。到了宫中，她的小嘴噘着，心里的不快尽显在脸上。

玄宗问她这是怎么了。她把昨天的感受说了。玄宗说这也没法子，一切事都要有章法，按礼节行事。杨玉环说："你是皇上，还不是你说怎么办就怎么办的吗，要那些章法干什么？"

"有些事不是你所想的那么简单，皇帝也不是想怎样就怎样的。有时，皇帝还得委屈自己。"

"这样说，当皇帝也有不快乐的时候。"

玄宗笑笑，心想，何止有时，不快乐的时候多着呢。他说："昨天那一切都要被史官记下来的。后人从中可以读到的。"

"什么？那件事也记在书上？"

"那就是历史啊。"

"历史？噢，我现在知道什么叫历史了，历史就是该记的东西没有记，不该记的东西却记了下来。"

玄宗笑笑。杨玉环的话虽然幼稚，但也自有道理。

"那现在的事，历史记不记呢？"杨玉环歪着脑袋问道。

"你看除了我们两人外，还有旁人在吗？"

"这样说就是不会记的了？这多虚伪！"

"唉，对了，我正有一事要和你商量呢。"玄宗突然提高声调说。

"什么事？"

"就是每个道士都有法号，你的法号叫什么呢？"

"这又不是什么大不了的事，你随便给起一个算了，难道你想叫我当一辈子女道士吗？"

"常言说，做一天和尚撞一天钟，你既当了女道士，不管是真是假，总要有个法号。我本来给你起了几个，但恐怕你不满意。你有什么好的名字，给自己起一个。"

"我哪里知道这些呀？噫，对了，我想起一件事来，你知道我为什么叫玉环吗？"

"也许你小时候经常爱佩戴玉环吧。"

"爱戴是爱戴，但你恐怕不知道，那只玉环是我一出生戴在手臂上的。"

"什么？一出生手臂上就有玉环？这太不可思议了，我还是第一次听说呢。"

"还有更奇的呢。玉环上面还写了字……"

"字？什么字？"

"太真。"

"太真？这两个字很玄啊。"

"我母亲曾带我到一所道观去，让一个道士看过。那个道士也认为很神奇，他还说我有大福呢。我看法号就用太真吧。"

"好极了。太真，这本身就是道教的名称啊。那个道士说得也许有道理。噢，那个玉环呢？拿给我看看。"

"我母亲去世后，父亲把它和母亲葬在了一起。"

"什么？你母亲去世了？我怎么没有听说？"

"噢，我忘了告诉你了，我原来的父母在蜀中，都已经去世多年了。现在的父母是我的叔叔和婶婶，我从小就被过继给他们，是他们把我抚养大的。他们待我就像亲生女儿一般，我对他们也如真的父母一样。"

"是这样。你的身世也很曲折啊。"

就这样，杨玉环还没正式出家当道士，她的法号就已经有了，或许她在一出生时就注定需有做道士这一段经历吧。

没过几天，朝廷颁下了《度寿王妃为女道士敕》的敕文。这是玄宗让国内最有文采的学士写成的。全文如下：

敕，至人用心，方悟真宰；淑女勤道，自昔罕闻。寿王瑁妃杨氏，素以端懿，作嫔藩国；虽居荣贵，每在精修。属太后忌辰，永怀追福，以兹求度，雅志难违。用敦宏道之风，特遂由衷之请，宜度为女道士。

敕文简明而有文采，既没损着祖母女皇，又彰显了孝道，更表赞了寿王妃。这道小小的敕文在朝臣中引起了不小的震动。前一阵皇上赐给寿王一名侧妃，现在寿王妃又自度为窦太后荐福入道，那些政治嗅觉灵敏的人从中猜想，是不是皇上又想要重新立寿王为太子？还有就是女皇武氏集团的残余人物，他们想，这样大张旗鼓地为窦太后荐福，是不是预示着要将他们一网打尽？因为窦太后是被女皇所杀的。真是众说纷纭，莫衷一是。但熟悉寿王妃的人都不免心存疑惑，寿王妃并不是生性恬淡的人，她怎么会入观当道士呢？

不管别人如何议论，开元二十八年（740年）的新年就要来到了，等新年一过，年初二，寿王妃就是一名女道士了。

转眼间，新年来到了。瑞雪兆丰年，人们脸上带着快乐的神情迎接这一节日。寿王府里却一片黯淡，声声爆竹传入耳中，更引得人心里一片悲伤。

杨玉环与寿王形影不离地待在一起，他们珍惜着这最后的一分一秒。晚上，当寿王赴大厅接受从属的辞岁之礼时，杨玉环却独自一人走向后园，立在廊下，看着黑夜中翻飞飘落的雪花。

在幽暗的灯光映照下，白天看上去洁白的雪花显现出一种昏黄的色彩，它们纷纷落下，又悄无声息地消失了。杨玉环用手接了一片雪花，微微的凉意透入心底。她看着那片雪花在手心里慢慢地融化，直至消失无形，汪成一滴水珠。她的伤感如从空中纷纷而下的雪花。

杨玉环想到与寿王结婚快五年了，一起度过的除夕有四次，每一次他们都是快乐无忧的，他们堆雪人，放爆竹，非常快乐。今年本来也可以这样的，但谁还有那个心情呢？他们在一起的日子算上今天，也只有三天了。在过去的五年中，他们恩恩爱爱，亲密无间，哪知陡起变故，说分别就要分别了。

清脆的爆竹声不断响起，五彩绚丽的礼花在夜空中绽放，杨玉环却显得孤零凄凉。她又想到自己以后的生活，以后她就要投到另一个男人的怀抱里了，从年龄上说，那个男人可以做她的父亲。但年龄不能说明什么，皇上除了年龄大点，别的方面一点都不比寿王差，甚至有过之而无不及，精力比寿王还大得多，给她的欢乐也多。如果说她对皇上一点没有依恋也是假的。皇上那样宠爱她，这也让她有点小小的志得意满。能被天下最有权势的男人所宠爱，这是任何一个女人所梦寐以求的。但她还是爱寿王的，想到这些，她流泪了。

在冷风中，杨玉环不知站立了多久，她感到身上微微发凉，抱了抱双臂，准备进屋。这时，一件衣服披在了她的身上。原来，寿王接受从属的拜贺后回来了。杨玉环看了丈夫一眼，没有开口，两人默默地站在廊下，就那样悄无声息地望着满天的飞雪，觉得自己的命运就像眼前的雪花一样，翻翻飞飞，不知要落在何处。

寿王把冻得很冷的杨玉环搂在怀里，说："我们进去吧。"

杨玉环回头看了看寿王，说："阿瑁，我们再堆一次雪人吧。"

寿王不知杨玉环为什么这时还有玩耍的心情，但她既然提了出来，他也不好驳回，就点了点头。

两人到了庭院里，雪已经很厚了。虽然是夜里，但在雪光的映照下，还是看得很清楚。他们把雪堆积起来，拍实，慢慢雕出人形来。往年，他们堆雪人时都是欢声笑语不断，但现在，他们沉默无言，似乎在做着一件很吃力的事。

待雪人堆好后，杨玉环指着雪人说："阿瑁，你看它起个什么名字好呢？"

听了杨玉环的话，寿王呆呆地望着雪人出神。以前，他们围绕着给雪人起什么名字，充满了许多乐趣，取过许多好听又好玩的名字。看来，那些虚假的名字最终都会像雪人一样，一遇到阳光就融化不见了。他与杨玉环的婚姻也是这样，不属于他们的孩子的名字永远只能属于雪人。

想到这里，寿王眼中的泪水潸然而下。

两人相拥着进到室内。虽然时间对他们来说这样珍贵，但他们好像都不知道应该如何度过这段时间。杨玉环在斋戒期间，不能与寿王同住一间房中。恩爱的夫妻，在最后几天里，竟不能肌肤相亲。那一夜，他们相对而泣，那一夜，他们互诉衷肠，似乎想把心里的话全说出来。不知不觉间，天色已经泛白。

大年初一，正是皇子朝臣间互相拜年的时候，因为寿王妃明天就要当女道士了，所以别人都没有来寿王府向他们恭贺。杨玉环与寿王也乐得落个清静，好让他们两人度过这短短的宝贵时光。

人说欢乐恨时短，哪知悲痛也是这样。杨玉环与寿王在大年初一这一天，觉得还没有说上两句话，天色就晚了，接着是黑夜的来临。

大年初二，是个晴天。雪后的暖阳照在白茫茫的大地上，反射出耀眼的光芒。

一队迎接寿王妃入道的皇家仪仗队从皇宫出发，碾过白雪铺就的街道，来到寿王府前。主持礼仪的太常寺少卿，身着正礼服，迈进了寿王府。

杨玉环早就打扮好了，坐在室内等待着，但是当她一听到报时官的声音传入时，还是抑制不住地失声而哭。在她的左右，既有她原来的侍女，也有宫廷里派来侍候她的宫女，她的这一举动，让她们吓了一跳。这是有违礼制的，虽然在此之前寿王千叮咛万嘱咐，可杨玉环就是控制不了自己的感情，她一边哭着向室内走，一边叫着寿王的名字。

寿王惶恐无比，他进入室内安慰杨玉环，不能感情用事，要是让父皇知道了，那是要治大罪的。

杨玉环不听，她一把将寿王抱住，说："阿瑁，我舍不得你。"

寿王的泪水也流了下来，但他知道，此时不是对泣的时候，他要出去迎接太常寺少卿。他为杨玉环擦擦眼泪，自己也收了泪，匆匆走了出去。机敏的魏来馨进来为杨玉环拭掉脸上的泪，再在她的脸上匀上一层粉，好让人瞧不出来。

没过一会儿，杨玉环就在奏乐声中，登上一辆装饰特别的马车，准备进宫了。

杨玉环坐在车厢内。车厢很大，只有她一个人，她透过车前的纱帘望见前面是衣饰鲜艳的皇家兵士，寿王骑着马就在车旁。他目视前方，不敢向车中的她望上一眼。她掀起帘子一角，看见熟悉得不能再熟悉的寿王府的正门，那是她以往常进常出的府门，但从此后，再进就难了。恍惚中，她有一种错觉，仿佛今天的她才是出嫁，才是要离开真正属于自己的家，要到另一个陌生的家中。那些以前熟悉的东西都要抛弃，都要远离，只能在记忆中想起它们了。喧天的乐曲声虽然响在她的耳旁，但她又觉得离她很远。她想，这一切莫不是梦吧。

车子启动了，杨玉环身体轻轻向后一仰，随即马车踏雪的声响传入耳中，她有一种想哭的冲动。

车辆载着杨玉环一路驶向皇宫，沿途有许多百姓围观。有的百姓听说寿王妃自愿出家当女道士为窦太后荐福，为她的孝心感动，跪拜在地迎接她的车驾。

大唐皇家的太庙，今天因为窦太后和刘太后的忌辰而开着，同时杨玉环的度道仪式也将在这里举行。按理杨玉环是没有资格入太庙祭拜的，但因为她那个入道特别的理由让她迈过了太庙的门槛。

主持今天的祭拜仪式的宁王，是皇上的哥哥，他的到来，可以说代表了整个皇族。

杨玉环先到窦太后的享堂祭拜，再到刘太后的享堂祭拜。之后，玉真公主引她到外堂，在宁王的主持下，将一袭道服披在了她的身上，并赐她法号为"太真"。

这一切都在意料之中，没有一点惊奇，"太真"的法号还是杨玉环自己取的。待一切结束后，宁王走了，只有玉真公主陪着她。杨玉环茫然地望着她，似乎在询问：我现在应该怎么办？

玉真公主说："玉环，以后我俩都是道家中人，也是平辈，就不要拘泥于过去的称呼了。"

杨玉环"噢"了一声，良久，她才说："公主，现在，我应该到哪里去？"

"当然是回你的太真观了。"

"我的太真观？"

"就是皇上特地在大明宫里为你建造的一座道观，一切都是新的，连随侍的道姑也是新的。"

"道姑？什么道姑？"

"你想啊，皇上让你出家，难道是真的要你当道士不成？你要是真的清心寡欲，不动欲望，那皇上岂不是和自己过不去？他不过是让你装装样子罢了，不久一定要派人来侍候你的。正好有一些老宫女前一阵子闹着要出家当道士，皇上正好乘机让她们到你的太真观里出家，一来遂了她们的心愿，二来也有人侍候你了。"

玉真公主陪着杨玉环到太真观去。太真观是建在原来的太真宫上的，是皇帝祭拜他的母亲窦太后的地方，因杨玉环要入居，就将它改造成了一座道观。一切都是新的，包括正殿上的老子像，还有殿间的柱子。

到了太真观的杨玉环一脸的好奇，她望望老子的像，侧头问玉真公主，她的道观里怎么会有一个老头子的像，还那么大。玉真公主笑着告诉她，那个老头子可不是一般的人，他就是道教的祖师爷，名字叫老子，道教就是他创立的。他现在已经到天上当神仙去了。

杨玉环左看看右瞧瞧，实在看不出眼前的那个老头有什么能耐。她又看刻在四壁的图画。玉真公主逐一给她讲其中的故事，杨玉环也听得兴味盎然。

杨玉环看着眼前的道观，心想，这里就是我以后的家了，但它怎么能与寿王府相比呢？这里没有歌舞，没有奏乐，有的只是几尊塑像、几个老宫女，太冷清了。

"公主，寿王有时也能来看我吗？"

"不行，不行，不仅寿王不能来看你，你也不能去看寿王。那样的话，皇上会生气的。"

"唉，真是烦。这样说，我真是一个女道士了。我可是一点都不会当道士啊。"

"没什么难的，待我一点点教你就是了。再说，皇上又不是要你真的当道士，不过遮人耳目罢了。又没有谁来考你当得怎么样。"

"皇上今天会来吗？"

"皇上今天不来。"

听说皇上不来，杨玉环就把身上的道袍脱了下来，她讨厌死了那套黄不拉几的衣服，再把鞋也脱下，在榻上斜躺着。她从天一亮就忙活着，到现在才可以自由一点。她也饿了，待吃过饭，又和玉真公主讲了一会儿话。不知不觉间，天色已晚。玉真公主告辞，杨玉环早早上床休息了。

入睡后，杨玉环做了一个梦。她梦见寿王一身白衣打扮，骑在一匹白马上，从她面前经过，却看也没看她一眼。她大喊，随后跟在马后面追赶，但寿王骑着白马，越驰越远，终于离她远去。

醒来后的杨玉环脸上带着两行清泪。窗外映着幽暗的雪光，耳中听到的是打更声，她独自难眠。想到从此以后，她与寿王会像梦中预示的一样，虽近在咫尺，但犹如天涯远隔，永无厮守之日，不禁悲从心出，泪水止不住地流了下来。

【第七回】

掩耳目广宣道法，谋情欲还俗太真

第二天，杨玉环睡到很晚才起来，她懒懒地进了一点食，觉得无聊死了。整个道观就那么几个年老色衰的老宫女，一点意思也没有。她拿起眉笔准备描眉，一照镜子才知道自己已经是个道士了，还有什么好化妆的呢。她懒散地匀了一点薄妆，就站了起来。

似乎所有人都把她忘掉了，玉真公主躲在她的玉真观里不来，皇上也不见踪影。皇宫虽大，但她又不能随意乱走，活动的地方只能是太真观这块巴掌大的地方。

寿王这时在干什么呢？她想念起寿王来了。

虽然只是短短一天，杨玉环却觉得烦恼不堪，对女道士的身份讨厌极了。

好不容易等到晚上，皇上来到了太真观。

一见到皇上的面，杨玉环就把小嘴嘟了起来，她对皇上发着牢骚说："让人家当什么女道士，原来是把人家一个人抛在这里活受罪。"

身穿道袍的杨玉环在玄宗皇帝眼里却别有一番风韵，他上前一把将杨玉环抱在怀里，凑在她的耳边说："我怎么舍得你呢，这不是来看你了吗？"

杨玉环把身子一扭，说："还舍不得人家呢，我要是早知道这里是这个样子就不会答应了。既没歌，也没舞，就几个老宫女，叽叽咕咕地说着她们的事。"

"什么？我让她们来侍候你，她们没有尽力吗？瞧我治她们的罪。"

一看皇上要治那些老宫女的罪，杨玉环忙说："不是，她们倒是蛮用心的，只是我对她们谈的事不感兴趣，怪不得她们。"

"啊，这还不简单，我就再派几个年轻的宫女来侍候你就是了，再给你派一个小乐队来，好不好？"

听皇上这样一说，杨玉环才眉开眼笑起来，但她说："我希望皇上能天天在我身边才好。"

"这有什么难的，我自然是天天要来的。"

　　几个老宫女见皇上来到，早识趣地远远躲开了去。杨玉环要把身上的道服脱掉，玄宗不让，他愿意看着她这身打扮。他觉得杨玉环穿着一身道袍，自有一种说不出的超凡脱俗的气质，凡间美女他看得多了，面对这样一个道家仙女，他亢奋无比。

　　第二天，皇上就另派了几个年轻宫女来太真观，那几个宫女还会吹拉弹唱，好给杨玉环解闷。

　　皇上碍于俗礼，不能时时陪伴在她身边，这未免有点美中不足。但这种没有男人时刻陪在身边的日子，杨玉环过了几天就烦了，她向皇上表示不满。

　　玄宗现在对杨玉环的宠爱一天胜过一天，这是以前任何一个女人也没有过的，就连武惠妃也比不上。武惠妃因为自小生长在宫廷，还顾忌到一点礼节，加之隐有野心，不能彻底地纵容放开，和杨玉环相比，自然少了一点天真的情趣。杨玉环一来没有心机，二来一言一行皆是人情的自然流露，这样正对应了已步入老年的玄宗对青春的向往，对她宠爱也就不在话下了。玄宗见杨玉环在太真观这样不开心，决定再携她去骊山游玩。

　　正月里的长安比十月的长安要冷得多，但骊山有温泉，气温变化不是太大，别处已是树木萧条，此处却郁郁葱葱，雾气缭绕。此次两人上山，与前几次不同，现在，他们的关系又进了一层，虽然还不能公开，但至少来往已经没有障碍，不用顾及寿王和别的皇族中人了。

　　杨玉环此次也不用住寿王在骊山的别院了，她就住在武惠妃以前住的骊阳宫里。骊阳宫前面就是"骊阳凝碧"的牌坊，杨玉环曾在那里策马飞驰。

　　杨玉环不愿住在骊阳宫中，武惠妃虽然已经过世，但在心里，杨玉环对她还很尊重，一直把她当作长辈看待。她不愿意在武惠妃曾和皇上睡过的床上寻欢作乐，她觉得那样是对武惠妃的不敬。虽然她住在骊阳宫，但坚决不住武惠妃曾经住过的房间。

　　好在玄宗理解她的心意，他对杨玉环说，要在"骊阳凝碧"附近为她建造一座宫殿。他说："玉环，你还记得我第一次见你的情景吗？"

　　虽然在那次之前，玄宗曾见过杨玉环，比如在寿王的婚礼时接受过他们夫妻的朝拜，但在心里，玄宗一直把在"骊阳凝碧"见到杨玉环当作第一次的相见，因为正是在那次，玄宗的心被杨玉环偷走了。

　　"我怎么不记得？那时，你和武惠妃在一起，我一个人骑马游玩到此，私闯禁地。"

　　"现在想来，你那时的情影宛在眼前。你一身短装，英姿勃发中又透出一股少女的妩媚。在此之前，可没有人敢如此放肆。"

　　"噢，原来那时你就对我不怀好意了。"

"不是不怀好意，是被你吸引。"

杨玉环粉面含春，不再多言。她觉得不宜在此多谈风情之事，因为她心里总觉得有点对不住武惠妃。

"上天待朕总算不薄，也许它垂怜朕就要失去武惠妃，所以就把你送到朕的面前。朕一定要好好对待你。"

在随后的日子里，玄宗和杨玉环尽情嬉戏，陶醉在欢乐中。杨玉环被温泉水一泡，更加娇艳无比，妩媚动人。玄宗皇帝被她感染，身上也迸发出年轻人的活力来。他们在一起，没有一点年龄上的差距，仿佛比同龄人还要融洽。

新的环境让杨玉环忘了烦忧，也忘了寿王。她沉湎在享乐之中，白天与皇上骑马游历骊山各处名胜，晚上则拖住皇帝不肯睡觉，真正是流连忘返。

好日子没过多久，玄宗就要回长安了，原因是正月十五的元宵节就要到了，玄宗要回去主持一些仪式。杨玉环不放他回去。

玄宗在杨玉环半嗔半喜中几乎就要留下来了，但高力士说，礼不可废，现在天下太平，这样的盛世，做皇帝的应该在元宵节上主持欢乐的典礼。再说，皇上与杨玉环厮守的日子多着呢，何必只图一时欢乐而招致朝臣的非议呢？玄宗觉得有理，决定下山回长安。

长安城是全年宵禁的，唯有元宵节是个例外，放假三天，普天同庆。长安城中处处张灯结彩，看上去仿佛是一片灯火的海洋。太真观前也竖起了一个大的灯牌坊，这是玄宗特地嘱咐宫里人办的，他怕杨玉环太过寂寞。

面对着偌大一个灯牌坊，杨玉环还是觉得寂寞难耐。玄宗皇帝在节日期间有许多仪式需要主持，忙得不亦乐乎，根本没有空来太真观陪她。寂寞中她又想到了寿王。往年，每当元宵节，她都会与寿王两人并骑徜徉在长安城中观灯，凡是看到他们夫妻的人，无不羡慕他们这对神仙眷侣。但现在，她一人守在太真观中，空对闪烁不定的灯火，想寿王也是独坐灯下想着她吧。

安静下来，她才能好好地对这些天来的事梳理一番。自从离开寿王与皇上在一起后，欢乐是有的，甚至可以说比在寿王府时还多，皇上为了讨好她，真是竭尽所能地变着花样让她高兴。在欢乐中，她忘了寿王，忘了以前的她。但不管怎么说，与寿王到底有着五年的夫妇生活，想忘记一时又如何忘得干净呢？不过她承认，寿王的影子似乎已经越来越淡了。

百无聊赖中，杨玉环想到要回家去看看，她与父亲和哥哥已经太久没有见面了。一想到回家，杨玉环心里又有点惴惴不安，因为她离开寿王入宫当道士，事前一点也没有征求父亲的意见，也不知他是同意还是反对。她有种预感，父亲对这事是不会赞同的。但这也是没有办法的事，她又何尝同意过呢，只是身不由己啊，须知宫门深似海啊。

　　杨玉环没有和皇上商量，带着两个贴身使女，悄悄地回到了家里。母亲见到她自然欢喜万分，拉着她的手问长问短，更关心的是问她为什么放着好好的寿王妃不做，要去当什么女道士，这不是给自己找罪受吗？杨玉环只能劝慰母亲，说她当女道士没有受罪。但母亲不信，说着说着还抹起了眼泪。

　　父亲外出应酬不在家，哥哥杨鉴和嫂子承荣郡主在家。哥哥高兴地对杨玉环说他已经不再是校书郎了，现在在礼部当舍人。飞扬的神采掩饰不住内心的高兴，因为他的官升得太快了，由九品小官骤然升到六品，这出乎他的期盼。他认为这一定是妹妹从中出了力，至于如何出的力，他可一点不知道。他也问到了妹妹当道士的事，杨玉环自然不会告诉他真相。好几次，杨鉴张嘴想讲什么，但又都压下没有说。其实因为玄宗皇帝的性情放纵，加之杨玉环的不知掩饰，她与皇上的事私下里已经传得沸沸扬扬了，杨鉴自然听闻，想开口问问妹妹，但又觉不妥，到底没有张口。他觉得这事让承荣郡主去问比较好些，女人谈这事总比男人来得妥当。

　　当杨玉环与嫂子承荣郡主相对时，承荣郡主果然问起了这事："玉环，都说你入道是为了替窦太后荐福，是真的吗？"

　　"是这样的。"

　　"那又为什么住在宫里呢？要知道在宫中建一座道观，这也太招眼了。"

　　"这是皇上的意思，说是更好地表达了他对母亲的思念。"

　　"玉环，外面有一些谣传，不知你听到没有？"

　　"什么谣传？"杨玉环虽然这样问，但心里已经明白都是些什么谣传了。

　　"就是说你离开寿王入道，可以离皇宫近些。"承荣郡主本想说可以靠近皇上一些，但她知道这样说不敬，就改口说离皇宫近些。她想，玉环是能听出其中含义的。

　　杨玉环自然明白这话的内在含义，她知道承荣郡主说得一点没错，但她不好回话，只能沉默以对。在这种沉默中，承荣郡主也就明白了一切，那些谣传都是真的。

　　"父亲对这事怎么看？"杨玉环岔开话题。

　　"父亲看上去对你当道士一事并不赞成，但他心里有什么话并不跟别人说，别的事，想必他也不知道。"

　　别的事，杨玉环明白就是那些谣言。如果父亲知道事情的真相，他又会怎么想呢？啊，按他的性格，绝不会接受她一身事父子两人的事，他才不会管你是皇帝还是王爷呢。或许他还会做出什么出格的事。什么出格的事呢？也许他会上疏痛斥，甚至撞柱死谏也讲不定。唉，不读书不行，书读多了也不行，父亲常常以儒生自许，他会抱着那些死教条不放的。

　　杨玉环心里乱糟糟的，感到幸亏父亲不在家，如果碰上了，他问起这事，自己又如何回答呢？想到这里，她匆匆拜别母亲和哥嫂回宫了。

回到宫中，正值玉真公主来访。杨玉环一见玉真公主就说："公主，你害得我好苦，让我当了女道士，你也不来看我，让我一个人整天冷清清地待在这里，想出去玩都不行。"

玉真公主笑着说："不是我不想来，只怕皇上在此，我来了不好。"

"现在你倒怕皇上了，以前不都是你把我往皇上面前带的吗？"

听杨玉环这么一说，玉真公主脸上一阵发烧，甚是羞愧。杨玉环见玉真公主不自在的神情，知道话讲重了，就岔开话题说："元宵节，公主都到哪里玩的呀？"

"哪有时间玩啊，尽接待那些善男信女呢。恰逢太平盛世，那些王妃贵妇都来观里进香许愿，我忙都忙不过来呢。不过听说外面很好玩，比往年更加热闹非凡。"

听玉真公主说近几天接待了不少王公贵族，杨玉环就问道："公主，是不是外面有不少关于我和皇上的传言？"

"什么传言？"玉真公主睁着一双疑惑的眼睛望着杨玉环。

"就是关于我和皇上的。"

"你和皇上的？不会吧？"

"你真的没有听说吗？"

玉真公主其实是听明白了，但是她不想伤害杨玉环，所以她说："没有。你与皇上又有什么传言呢？"

但杨玉环从玉真公主躲闪的眼神中已经看了出来，外面确如承荣郡主所说，流传着关于她与皇上的流言，这让她苦恼。她说："怎么会这样呢？这是我以前没有想到的。"

玉真公主沉默了一会儿，劝说道："这都是那些长舌妇无事生非，你为我和皇上的母亲窦太后荐福而入道，她们竟敢胡言乱语，要是让皇上知道了，定会重重治她们罪的。"

"可你也知道，不是这样的啊。这于我的名声有损，让我以后怎么再外出见人呢？"或许从小受的儒家教育终究在杨玉环身上留有一点影子，她还有点在乎自己的名声。

玉真公主听了不免暗笑，她想，你入了宫门，除了整天伴着皇上，你还能到哪里去？别人见了你巴结还来不及呢，还敢对你心存鄙视？她宽慰杨玉环说："那些无聊的话，你去管它作什么，闲言碎语不要太放在心上。"

玉真公主坐了一会儿，起身告辞了。见杨玉环当了女道士后生活过得很开心，想必皇兄是很宠爱她的，虽然她关于名声什么的发了一通牢骚，但玉真公主想，要不了多久，她也就忘记了，杨玉环是孩子般性格，什么事都不会在她心里过夜的。

晚上，玄宗终于得空来到了太真观。一进来，杨玉环就把他的脖子钩住了，问他这两天都在忙些什么，怎么一点也见不到他的踪影。玄宗把杨玉环抱在怀里，他说："身为皇帝，也要做一些身不由己的事，一些仪式必须亲临，以显隆重。"随即问她这两天都是如何度过的。

杨玉环说自己回了一趟家。玄宗说宫闱局已经和他说过了。如果没有他的批准，杨玉环其实是出不了宫门的，这一点杨玉环却不知道。玄宗也是想到这两天因为太忙，没时间陪她，所以让她回家玩玩也好。他问她家里父母可好。杨玉环说没有见到父亲，不过见不到也好，免得问起她的事，她不好回答。心直口快的杨玉环把外面关于她的流言讲给玄宗听了。

玄宗听了很是恼火，他想，什么人这样大胆，敢讲他的闲话。他本待不理，但杨玉环似乎很重视，说她这样待在宫中，被别人说来说去，父亲的面上总不好看。她要皇上想个法子，尽量平息别人的闲言碎语才好。

玄宗当初万不得已想到这个办法，把杨玉环从寿王身边夺过来，明眼人自然一下就能看出其中的奥妙。从心里说，这也不是一个好办法，但除此之外也没有更好的方法了，只求能从表面上糊弄过去。试想本来好好的夫妻，年纪轻轻的，怎么会突然提出牺牲自己的幸福去为窦太后荐福呢？还把道观建在宫中，而寿王妃又是一个美貌的女子。这不能不让人疑惑，加之二人不检点，终于弄得沸沸扬扬了。

玄宗说："玉环，你不要多想，我会想个法子让人们去掉疑惑的。"

"什么办法？"

"我一时还没想到，但你放心，我会消除掉别人的疑心的。"

听了皇上的话，杨玉环脸上绽出笑容，她又赖着玄宗说："你把我一个人闷在太真观里，我要你今晚一定陪我去外面看看。"

这可是个难题，现在已是深夜，就算不是深夜，他一个皇帝，身旁伴着一个美貌的道姑在城中瞎逛，又成何体统？

杨玉环似乎看出了他的心思，她说："我只是在皇宫的城墙上随便向外面看看，又不是真要到街道上与民同乐。再说你当真让我披着道袍去呀，反正你宫中嫔妃多，我随便冒充一个，又不会有人认出我。"

听杨玉环这么一说，玄宗答应了。他们二人来到大明宫的城墙上，登高向外望去。杨玉环看到长安城中一片灯山火海，城中主要的大街两旁都悬挂着灯，望去宛如蜿蜒而去的长龙。大街上百姓熙来攘往，间或有小孩提着灯笼在人群中穿来绕去，有人围着灯在猜谜，有的则在观赏。还有舞龙的队伍在街上行走，一路鼓声震天，翻滚盘绕。每一处王公府院里，都是通明一片。远望东西两市，更是灯海一片，那里是通宵营业的。杨玉环和玄宗在城墙上，边走边看。正如玉真公主所说，今年的元宵节比哪一年的元宵节都热闹。

杨玉环对玄宗说："皇上，我们到街上走走去。"

玄宗笑着说："你这是得陇望蜀，本来讲好只到城墙上看看，现在又想与民同乐了。现已是深夜，不能去，就是白天，我也不能去。"

"啊，你不知道，只有你置身到人群中，才能感受到另一份欢乐，那份欢乐是高高在上的人享受不到的。"

"这么说，你享受过？"

"当然，以前与寿王都是到大街上去观灯的，自家的灯都是给别人看的。"冒失的杨玉环待话出口后，才知不妥，连忙住了嘴。

玄宗倒无所谓，他说："我有时也想抛开身边这些人，穿上普通的衣服，像一个百姓一样到人群中走走。我想，那是很有意思的。"

"是啊，那时，你手里提着一盏灯，快乐地追逐着舞龙的队伍，身边尽是欢笑的脸，不分男女老幼都对你笑着，街头飘着小吃的香味，偶尔去尝上一点，真是说不出的快乐。"

"啊，不能再说了，我都快要被你说动心了。这样吧，我们虽不能置身民间，但可以乘着步辇沿城墙巡行。"

杨玉环拍手称快。

不一会儿，一辆步辇推到，她与玄宗两人上辇，沿皇城城墙上面宽阔的城道巡看起来。从高看去，真是步步是景，与下面自有不同之处。两人手指平日熟悉之所，更觉繁华不同往日。看了一会儿，杨玉环照顾到皇上毕竟上了年纪，经不得风寒，就提出早点下城。

晚上，玄宗留宿太真观。虽然他白天忙了一天，晚上又陪着杨玉环看了灯，但他依然没有倦意，显得兴致勃勃。他笑着对杨玉环说："玉环，你说我这个皇帝当得如何？"

"自然是明君英皇。"杨玉环虽然知道皇上心里想听什么，但她对政治不甚了解，只能这样说。

玄宗呵呵笑着，带着自得的神情对杨玉环说："朕通读过史书，历史上从来还没有过像现在这样的盛世，就连汉代的文景时代也不如此时，更不要说近代了。现在，大唐王朝威仪天下，四方拜服，国内物品丰富，米一斗不过二百钱，绢匹也很便宜，天下富足安康，路不拾遗。想哪位皇帝能做到我这一点？这都是我常年操劳的结果。我虽不能时时与民同乐，但给百姓带来富足，让他们衣食无忧，这就是我最大的快乐啊。"

看着玄宗扬扬自得的神情，聪明灵巧的杨玉环连忙拜服于地，学着大臣的样子口呼："吾皇万岁万岁万万岁！"

玄宗被杨玉环这个乖巧的举动逗笑了，他也做了做样子，说："下跪何人？从何而来？"

"臣妾杨氏，常年住在月宫，今天被世间繁华吸引，故下凡一看。"

"所见何感？"

"世间繁华胜过月宫，臣妾有愿相求。"

"快快讲来。"

"臣妾想求明君赐留人间，不再回到广寒宫去。"

"好吧，你就留在我的皇宫吧。想那广寒宫，远在天宇，琼楼寒阁，又有什么好待的？"

"谢皇上。"

两人大笑。笑声中，玄宗皇帝和杨玉环相拥在一起。

第二天，玄宗把杨玉环告诉他的话讲给高力士听，说外面竟然传出这样的谣言，说杨玉环自度女道士是假，目的是更能靠近他，随时可以被他临幸。虽说事实就是这样，但玄宗到底是一国之君，怎么能任由这种话出现呢？这不是明说他好道是假，为窦太后荐福是假，目的是要满足一己私欲吗？玄宗把这些话讲给高力士听，要他想出个主意，平息这些谣言。

高力士想了半天，说："大家，别人之所以这样想，我看主要是因为太真法师把道观建在了宫里，这在以前是没有的。连太上皇最宠爱的玉真公主与金仙公主两位出家后，道观都是建在皇宫外的。"

"太真观当然要建在宫中了，如果建在外面，谣言岂不飞上天了？"

"如果太真法师只是一位平常女子也还罢了，但她美貌出众，别人难免会往那事上猜。我看要想消除别人的猜疑只有一个方法。"

"什么方法？快说。"

"就是加大道教的宣传，显得皇上是真心信道的，就是因为皇上信道心诚，才会把太真法师的道观建在宫中。"

"哼，办法好倒是好，就是如何才能显示我是信道的呢？"

"这不难，要想显示信道，无非制造一两个神迹，那些愚男蠢妇就会深信不疑了。"

"制造神迹？"

"对。佛道二教不是最注重这个吗？我们正好可以利用这个便利条件，造它两个神迹，昭示上天也被皇上的诚心所打动，显迹来彰扬皇上的所作所为。"

"好，好主意。将军不愧是跟了朕几十年的人，能为朕分忧解难。"

随后玄宗与高力士合计应该如何制造神迹。高力士说要弄就要弄个大的，好把那些善男信女们唬住。道教的始祖不是老子吗，我们就在他身上下功夫。于是他给玄宗出了个主意。

这天早朝，满朝文武位列两旁，政事议罢，玄宗说："众位爱卿，昨晚我做了个梦，梦见了道教始祖老子。他对我说，因为我信道心诚，极想见我一面，但他身列仙班，不好亲下凡尘。不过在长安城南埋有他的雕像，不知是真是假。"

众大臣见皇上这样说，就是假的也要去挖挖看。一挖不得了，竟真的挖出了一尊雕像。看面目丹眼细长，天庭饱满，头绾发髻，道袍披肩，手拿如意，真是一派仙风道骨，栩栩如生。这下可轰动了京师长安，引得无数善男信女前往围观，焚香膜拜。

其实，这是高力士与玄宗早就定好的计策。早在一个月前，高力士就悄悄派人在城南某地把这尊雕像埋下了。所谓的仙风道骨，不过都是那些愚夫蠢妇的迷信。他们这下认为当今皇上不仅是真心信道，而且诚心还感动了天上的元始天尊，因为不能亲自来给皇上看一看，就把自己的雕像降在人世间，也算满足了皇上的心愿。

人们奔走相告，一传十，十传百，一时间，长安城无人不知从城南挖出了道教始祖神像。

最后，神像被移到了皇宫中的太真观。但看到神像的到底是少数，那些没有看到的深以为憾，并表示想一睹神像的容颜。后来，玄宗下令，让吴道子按神像的容貌画出无数张图，分置全国各州道观。并下了道《玄宗皇帝临降制》，说"真容得见，虽福在皇家，但应普天同庆，由朝廷出资，共同欢宴"。

因为神像被移到了太真观，那些王妃贵妇就通过多种努力拥进宫来，到太真观杨玉环处来一睹神像的真容。

这下太真观可热闹了，一拨人还没走，另一拨人已经又来了，使得本来冷冷清清的太真观忽然成了皇宫中最热闹的地方。

来了人杨玉环就要接待，最让她头疼的是，还要穿着道服，如果真遇到那些信道的人，还要拉着她不放，要与她探讨一番道教玄理，这简直太让她受罪了。

好不容易挨了几天，她终于受不住了，她对玄宗说："皇上，求求你把这尊神像移走吧，我实在弄不明白我与它又有什么关系。每天来那么多人，累也把我累死了。"

玄宗笑着说："我这样做是有苦心的。"

"什么苦心？"

于是，玄宗就把他与高力士想的方法告诉了杨玉环。杨玉环听了笑得花枝乱颤，她说："这个高力士，竟能想出这么个好办法，这不是欺骗天下人吗？"

"这可都是为了你啊。"玄宗笑着说。

"为了我，也不能这样累我。那些王妃们都想来看一看神像，我为了装样子，还得穿那身讨厌的道袍。你明天就把神像移走吧。"

"如果移走，不就显不出我的诚心了吗？这一番心血岂不白费了？"

"那有什么关系？你先移到皇宫外的道观中，待人都看过了，再移进来也行啊。"

"那你看移到哪里去呢？"

"我看，就移到玉真观去，让玉真公主也受受罪。"杨玉环笑着说。

玄宗也笑了，为杨玉环的调皮。他喜欢看到杨玉环在他宠爱下的这种率性的调皮。但最后，他没有听从杨玉环的话，他说："这还不好办，我告诉宫闹局，不要让旁人进宫不就行了吗？要看就去看那些出自吴道子之手的画像就是了。"

果然，第二天，再也没有王妃和贵妇进宫来。杨玉环把道袍抛弃一边，懒散地躺在树荫下闲度着时光。

到了午后，玄宗皇帝来了。来时杨玉环正在树荫下倦慵地做着梦。他用手势制止了要喊醒杨玉环的使女，静静地坐在熟睡的杨玉环身旁。

从树丛中洒下的细碎阳光照在杨玉环娇嫩的脸上，让她看上去显得分外艳丽。明艳的脸庞，就像开在树荫里的一朵鲜花。玄宗忍不住在她脸上亲吻了一下。杨玉环并没有被他吻醒，于是玄宗皇帝找到一片树叶，童心大发地在她脸上蹭来蹭去。睡梦中的杨玉环只觉得脸上一阵酥痒，随即睁开了眼。她看是玄宗在用树叶逗她，于是从他手中夺过树叶，也在他脸上蹭了几下。

与玄宗皇帝在一起久了，杨玉环常有这种做女儿才有的放肆，这些小动作也勾起了玄宗心中暖暖的父爱。在心里，他有时真觉得杨玉环就是他的女儿。

闹了一阵，玄宗对杨玉环说："玉环，我告诉你一件好笑的事。"

杨玉环问什么好笑的事。玄宗对她说，今天上朝，竟然有一个人上奏说，他看到了道教始祖。

"这有什么稀奇的，这一阵子，谁没有见过他？我天天见呢。"

"不是这么说，他说他见到了老子真人。"

"真的？"

"他是这么说的。他说他在某时某地，亲眼见到了元始天尊，还说始祖仍然骑着那头青牛，说得和真的似的，由不得你不信。"

"好得很，谁让你说老子托梦给你了，现在人家就说见到老子了。"

玄宗笑笑，说："这也是朕不得已而为之的，没想到马上就有人响应了。"

"世上当真有什么神仙吗？我才不信呢。那些大臣不过是想讨皇上的欢喜而已。其实他是在欺骗皇上，皇上你真的相信他的话吗？这样的人，皇上应该治他的罪。因为他讲的不是真话。"

"我为什么要治他的罪？我不仅不治他的罪，还要封他官，赏他厚禄。"

"什么？你这不是鼓励大臣们都来欺骗你吗？"

"你不懂，这就叫政治。既然我要让全国百姓信道教，为什么就不能让别人说他亲眼见到老子呢？"

"这人也太大胆了，你说想见老子一面，老子才给你见了一雕像，他可好，竟比皇上还有面子，见到了老子？"

"他这样说也是提着脑袋赌博，一旦赌赢了就是高官厚禄，赌输了就是掉脑袋的事。"

"看样子，这次他赌赢了。"

"放心，我会找一个借口再让他输的。"玄宗诡秘地笑笑。

"你既然这样推崇道教始祖，为什么不封他个大官呢？"

"他是神仙，我怎么封他呢？再说，还有哪个官能比神仙大呢？"

"我看啊，你就封他个皇帝的称号吧，反正他也是你李家人。"

"啊，好主意。这个我怎么就没想到呢？以前也有皇帝封他一些尊号，但从没有哪个皇帝封过他为皇帝，我就开开这个先河。我封他为什么皇帝呢？"

"他的封号一定要与你有点关系，不然后来的人又怎么知道是你封他的呢？"

"对，对，言之有理。"

"我看你也不要多想了，就取一个'玄'字和你年号中的一个'元'字，合为'玄元'不是很好吗？"

"玉环，你真是聪敏，想到了这样好的一个封号。好，我就封道教始祖老子为'玄元皇帝'。"

玄宗一来有点迁就、讨好杨玉环的意思，二来也未尝没有杨玉环所说的让后来人由这个称号想到他的虚荣。

于是，第二天，玄宗就下敕，正式封道教始祖老子为"玄元皇帝"。虽然都是皇帝，但两个皇帝互不相干，就如《道德经》中所说，老死不相往来。一生主张清静无为的老子，想不到多年之后被他宗族中的一个叫李隆基的子孙封为皇帝，地下的老子不知会有何感想，只怕唯有苦笑而已。

皇帝这样一推崇，全国的信道活动立即风起云涌，连绵不绝。首先就是建道观，从长安到洛阳，再到诸州府，几乎每地都置一座玄元皇帝观。长安的玄元观称太清宫，洛阳的玄元皇帝观称太微宫，别的州府的玄元皇帝观称紫极宫。整日里，数不尽的善男信女在这些道观里出入不绝。

其实玄宗在全国这样大兴道教，是有他个人的目的的，并不是单纯地为了掩盖他把杨玉环召入宫中的事实。第一是政治上的需要，为了更好地统治。其次，随着年龄越来越大，死期的越来越临近，玄宗像所有老年人一样怕起死来。特别是在遇到杨玉环后，他身上的活力再次被唤醒，更想生命永存，长命百岁。听说道教中有一派道士，叫神仙术士，他们精通神仙幻术，炼丹服食，可以长生不老。其实这没有什么稀奇，玄宗以前的皇帝都有过他这种想长命百岁的心愿，也像他一样对那些炼丹术士抱有过幻想，但最后都失败了。秦始皇、汉武帝都是一代霸主英皇，老的时候也都四处搜集所谓的仙丹吞服，后来还不是一命归天？但老年人怕死的心态，也让早年英明的玄宗皇帝糊涂起来，他寄希望于那些炼丹术士为他炼的仙丹，想以此来达到长生不老的目的。

既然皇帝有这个心思，那些打着隐士招牌，实则要走终南捷径的人，马上趋附而来。他们争相夸耀自己已经炼出了可保长命百岁的仙丹，有的大如鹅卵，有的红若朱丹，有的芳香扑鼻，形色各异。玄宗来者不拒，一概赐以厚禄。这样更刺激了那些趋炎附势之人，他们或相约结帮，或单枪匹马而来，一时间宫廷内走动的都是身披道服鹤氅、手拿如意拂尘之辈。

不知是心理作用还是那些仙丹真的是灵丹妙药，反正玄宗皇帝觉得服了那些术士进献的金丹后，真的有了身轻体健、年轻了许多的感觉。

玄宗皇帝掀起的这场崇道活动波及全国，使得全国各地的道观香火日盛，道士的队伍越来越壮大。那些真真假假的所谓隐士，打着神仙术士的幌子也都出来招摇撞骗，博取虚名实利。

朝中大臣为了博取皇上的欢心，更是不遗余力地表现出一副信道的样子。就连宰相李林甫的女儿都出家当了女道士。当然这不是他女儿的本愿，是李林甫逼着女儿这样做的，他以牺牲女儿的幸福来表现他对皇上的忠心。

这一天，承荣郡主到宫中来看望杨玉环。杨玉环正一个人待在太真观觉得烦闷，一听说嫂子来看她，立即就要迎出门去。但侍候她的宫女提醒她，这样出去似乎不大好，应该穿上法衣，要知道她现在的身份是太真法师。

杨玉环觉得麻烦死了，但也没有办法，只好穿上难看又累赘的道士服去迎接嫂子。因此，承荣郡主看到的是正式的道家排场，杨玉环也装腔作势了一番，后来，她们才慢慢地谈到家事。

承荣郡主这次来看杨玉环，是来向她报告一些家事的。她告诉杨玉环，父亲还在努力地做着他那个小京官，他似乎还为自己的能力不够而抱愧，日夜查找资料，准备写一部大书，让别人对他刮目相看。哥哥做着礼部舍人，很能胜任，因为她的关系，许多人都来巴结他，他与同僚们的关系也很好。同时，承荣郡主还告诉杨玉环，她的远在蜀地的三个姐姐也都有了消息。

听承荣郡主说三个姐姐从蜀地传来了消息，杨玉环迫不及待地让她快说。承荣郡主告诉杨玉环，她三姐的丈夫正生着大病，似乎很难康复，大姐和二姐都还好。她们听说了她在京师的消息，都说不久就来长安看望她，姐妹们的团圆指日可待。同时，远在弘农的二叔杨玄珪不知靠了什么关系，也当了官，并且还来到了京师。本来被留在洛阳看房宅的杨恬也来到了父亲身边。

听到这些，杨玉环心中百感交集。父母去世得早，自己自小就被叔父带到东都洛阳，虽说叔父对自己就像亲生女儿一样，但在心里，因为血缘关系，她始终认为她与三个姐姐更亲一些，她们到底是自己在世间最亲的人了。这些年来，她的命运发生了一些意想不到的变化，让她很少有时间想起她们，因为路远阻隔，更是音讯全无，但只有她知道，在梦中，她不知多少次回到蜀中，回到童年与三个姐姐相嬉相游的地方。她常常在心中问道：她们现在还好吗？特别是三姐，她俩之间的关系要更近一层，这就更让她想念。现在听说她的丈夫得了重病，她为三姐难受，心中希望她的丈夫能快快好起来。

承荣郡主一走，杨玉环就把道服脱了下来，扔在一边。法衣虽轻，但自始至终，杨玉环都觉得身上像压了一块大石头，难受到了极点。她是一点都不能忍受束缚的，于是走到廊下有些树荫的地方乘凉，恰在这时，玄宗来了。

杨玉环一见玄宗的面，就向他抱怨，说以后她再也不穿那该死的道袍了，再也不愿装着道士的模样去见人了。

玄宗笑着说："好，好，你要不见就不见吧。"

玄宗之所以这样匆匆赶来看望杨玉环，是因为他听说杨玉环的家人入宫来请见，他想听听杨玉环的家人都和她说了什么。杨玉环告诉他是嫂子承荣郡主来说了一些家事，她特别兴奋地提到，她的三个姐姐就要来长安了。

玄宗自此才知道杨玉环还有三个姐姐，他好奇地问道："你还有三个姐姐，怎么从来没有听你提过？"

"皇上，你忘了，我不是给你说过吗？我现在的父亲其实是我的三叔。我小时候父母就去世了。我是在蜀中出生的，我的三个姐姐都留在了蜀中，她们都是我的亲姐姐。"

这样一说，玄宗才恍然大悟，说："不知她们长得是不是像你一样美貌出众。"

杨玉环说："我的三个姐姐个个长得比我漂亮，特别是三姐，更是貌如天仙，只可惜她的丈夫不长寿，听说得了重病。我就要见到三个姐姐了。不知她们这些年都是怎么过的。"

"你的亲属都有哪些人？你把他们的名字写下来吧。"

"我也不太清楚，反正不少吧。写他们的名字干什么？"

"我要升他们的官啊。"

"升他们的官，为什么要升他们的官？"杨玉环满脸的不解。

"因为等到我们的名分公开以后，你的家人都要有相应的官职啊。"玄宗看着杨玉环满脸天真的样子说。他很喜欢她这种对政治的不关心，甚至不在乎自家家族成员职位升迁的心态。他想，不玩弄权术、不对政治感兴趣的女子才是最可爱的女子。

杨玉环轻轻"噢"了一声。她说："要升，你就升父亲的官吧，别人的你就不要升了。"

玄宗问她为什么说这话。杨玉环说因为她当女道士没有与父亲商量，他肯定不高兴的，假如知道了她与皇上的关系，他会更生气，因为他一直是以儒生自诩的。杨玉环想，把父亲的官职升一下，也许他碍于这个，就不会太过气恼了。

玄宗说："儒生的头脑都有些僵，不容易开窍，道理也讲不进去。不过，他们也有许多优点，朝廷需要他们这样的人。"

玄宗把这事托付给高力士去办，要他不着痕迹地升杨玄璬的官。高力士不引人注意地把杨玄璬连升了两级。当他把结果报告给玄宗时，玄宗还是嫌升得太慢了，官职还是太低，他要高力士再升。

高力士从来没有见过玄宗对哪一个外戚的官职升迁这样关心过。在他的印象里，玄宗对外戚官职的升迁一直是小心翼翼的，甚至是防范的，因为他深知外戚干政会带来不好的结果，但这次似乎是个例外。

高力士自然明白，这都是皇上太过宠爱杨玉环的缘故。他想提醒皇上注意，凡事都要有个限度，过了可就不好了。但想了想，他又把话咽了回去。一来是皇上对杨玉环真的动了感情。二来，他也看到，杨玉环的家人是儒生，一心只读圣贤书，对权力不感兴趣，就是升他们的官，他们也不会兴风作浪，权欲熏心的。

高力士想了想，杨玄璬在国子监，再升的话，他就要当国子监祭酒了，而论资历和声望，他都不够，只好把他跨部门升迁。他想把杨玄璬擢升为太常少卿，官职一下升了三级，但因为仍属儒臣担任的官职，别人也不会说太多的闲话。当然这件事需要徐徐图之。

眼看着又到了金秋十月，玄宗再次携着杨玉环到骊山温泉宫游玩。这次他们更加无所顾忌，尽情玩乐。玄宗也有青春再现的感受，他真的觉得和杨玉环在一起，身上有用不完的活力。他回想自己的一生，三十岁以前都是与各种政敌进行血与剑的争斗。三十岁以后权力在握，不敢有一丝一毫的懈怠，他把唐朝治理得蒸蒸日上，一天强似一天，虽然其间也有过不如意的事，但比起他的祖父和父亲的时代，不知要强多少倍。都说三十年是一世，到了今年，开元二十九年（741年)，已经正好三十年了。玄宗决定从明年开始要改年号，把他的皇业推进到第二个盛世中去。

在决定改年号的同时，玄宗还想把杨玉环与他的名分公开。他想封杨玉环为贵妃，好让喜事成双，把皇业和爱情都往更深处推进。

高力士听说了，便劝阻玄宗不要这样做。高力士说，现在杨玉环在后宫的地位已经相当于贵妃，少的只是那个虚名，如果现在非要把她封为贵妃的话，万一她的父亲杨玄璬认死理，上一道奏疏，反而弄得事情难以收场。

玄宗同意了高力士的话，暂不封杨玉环为贵妃。但他与杨玉环从骊山回来后，再也不让杨玉环住在大明宫的太真观了，而是住到他的兴庆宫来。

玄宗把暂不能封杨玉环为贵妃的事跟她说了，杨玉环说如果这会惹得父亲不高兴，那就不要封的好。玄宗听了很高兴，更加宠爱她了。

就在这年的十一月，玄宗的大哥宁王李宪去世了，他是玄宗留于世间的最后一位兄弟，玄宗很悲伤。

玄宗特下诏书说："天下，兄之天下也，兄固让于我，为唐太伯，常名不足以处之。"诏书写得很哀婉。除此之外，玄宗还追封宁王李宪为"让皇帝"。对这个称呼，宁王的儿子上表，表示不敢当此帝号，但玄宗不许，坚持要把"让皇帝"的尊号给宁王。在出服那天，玄宗特地把他说的那段话写下来放在宁王的灵前，亲自写上"隆基曰"。

对于大哥的去世，玄宗是真心伤悲。他在随后的一段时间里，远离歌舞，同时也少了欢娱。他与杨玉环在一起时，往往沉溺在一片悲痛中。他告诉杨玉环，本来皇帝应该是宁王来当的，但宁王认为自己德行不够，威望不高，对大唐的功劳没有他高，就把皇帝让给他来当了。历史上不知有多少人为了当皇帝，不惜兄弟残杀，甚至六亲不认。但宁王却主动让出皇位，可见他是多么仁慈，多么不计较个人的得失。周朝开初时期，有个周公，他本来是可以当上皇帝的，但他尽力辅佐幼主，自己始终没有当皇帝的念头，从而千古留名，宁王的高风亮节也不低于周公啊。

听玄宗这样一讲，杨玉环心里对这位逝去的宁王也平添了敬仰之情，再加上寿王小时候就是被送到宁王府，由宁王妃养大的，基于这层关系，杨玉环更加敬佩宁王一家了。

宁王的去世，似乎预示着一个时代的过去，新的时代就要来临了。

新年来到了，长安城笼罩在一片喜庆的气氛之中。杨玉环想到去年此时，她还与寿王相对而泣，今年已经欢笑满脸，沉湎在皇上的怀抱里了。这是她的薄情寡义吗？当然不能这样讲，她只是一个弱女子，根本不能左右自己的命运。她的一切完全是男人强加给她的，去年她以为离开寿王很悲痛，今年如果让她离开皇上再到寿王身边去，她会吗？还好，现实没有让她做出这样的选择。只是随着时间的流逝，寿王在她的心底越来越淡，越来越远了，这固然与她的天真，没有心机有关，但这也是不得已的事。在这种情景中，应该庆幸她天生的性格，庆幸她能轻易地忘记过去，不被过去所缠绕。如果她一味沉湎在与寿王的感情中不能自拔，在皇上面前终日以泪洗面，忧郁异常，她还能博得皇上的欢心吗？她还能保全自己吗？

正月初一，是大唐皇帝李隆基在位的第二世代开始的日子，他在兴庆宫勤政楼接受百官的朝拜，宣布改换年号，并且大赦天下。

玄宗在勤政楼接受百官的朝贺，杨玉环却在花萼楼偷看皇上接受朝贺的场景，觉得热闹非凡。

杨玉环还看到长安百姓扶老携幼，在新年里都希望一睹大唐皇帝的风采。他们黑压压地挤满了大街，仰面观看，不时地发出一阵阵欢呼声。看到这种场景，杨玉环想到小时候自己在洛阳时，也是这样挤在人群中想看到皇上的真容的，但那次她没有如愿。谁能想到若干年后，她已经是皇上最宠爱的人了，她想什么时候看就什么时候看，要看多久就看多久，再没有人来阻碍她了。

当玄宗接受过百官的朝拜来到花萼楼时，杨玉环也安排了一次像模像样的朝拜，她让侍候她的宫女模仿朝仪唱礼。她恭恭敬敬地屈身向上，拜服道："愿吾皇陛下万岁万岁万万岁，愿吾皇第二世代比第一世代更加昌盛……"

玄宗笑着把她扶起来说："爱卿请起。"

看着杨玉环可爱的模样，玄宗心想，但愿上天再让我多活三十年，能与眼前的这个女子一起过三十年，创造皇业的第二个鼎盛时代。

玄宗笑盈盈地对杨玉环说："玉环，今天本来准备封你为贵妃，好让我们的关系也有一个新的开始，但你的父亲不知从哪里听到风声，向国子监递上了请致，说有病要辞职。"

杨玉环一听父亲生病了，忙要回家去看看。玄宗劝阻她说："我估计你父亲生病是假，这一点，我已经派人去查看了。他一定是觉得因为你和我的关系，不好意思待在长安为职。你也不要太过慌张，此时你要是回家，反而不妥，反正我已经叫李林甫留中不批了，他一时半会儿也辞不了职。"

杨玉环问道："什么叫留中啊？"

"留中，就是把呈上来的表文，不批复不作答，只留在案头，是一种拖延的方法。"玄宗解释说。

杨玉环听到父亲为了她的事这样做，有些闷闷不乐。玄宗宽慰她说："你放心，我会安排好你父亲的事的。实在不行，我就放他到洛阳去担任一个闲职，离得远了，他也就会心平气和了。"

听玄宗这样一说，杨玉环想想也只能如此了。她实在不敢想象父亲见到她时的样子，一定会暴跳如雷吧。

杨玄璬前一阵子在高力士的过问下，连升了两级，这让他产生了疑窦。还有近来宰相李林甫的一个宴会，也请了他去赴宴，这也让他不知所措。因为去参加宴会的都是朝中大臣，而他不过是一个普通的京官，绝对没有资格去的，就连他的国子监祭酒都没有被邀请，他凭什么被邀请呢？他虽然去了，但身在那群大臣中，感觉极不舒服，有的大臣和他说说话，有的大臣背过身去，似乎根本没看到他这个人。那些大臣本都是朝中一品、二品大官，王公贵族，他们以前连他的名字都没有听说过，又怎么会来搭理他呢？

在这种宴会上，杨玄璬感到的只是耻辱。面对接二连三的事，他想来想去，只有一个答案，那就是女儿的缘故。女儿当女道士，事先没有和家里人打一声招呼，虽然嫁出去的女儿管不着，但总要讲一声的吧。后来他就听到了那些风言风语，说女儿杨玉环入道其实是为了脱离寿王，与皇上在一起。开始他听到这种言语，气怒难平，不是对女儿的气怒，而是对说这种话的人的气怒，认为他们是在捏造谣言，是无中生有地中伤他的女儿。但随着女儿一次次地随皇上上骊山，还有他们二人间的无所顾忌，杨玉环与皇上间的关系终于弄得世人皆知，再也无法隐瞒了。

直到此时，杨玄璬真正伤心气馁了。其实，一开始他的心中就有这种预感，只是不愿面对，不愿承认。在心里，他一直告诉自己，这不是真的，这不是真的。但现实把他的一厢情愿打碎了，原来他拼命抓在手里的一棵草再也不能作为攀缘的支撑，他从高处落入了深渊。

由不承认到彻底失望，这往往是读书人容易犯的两个极端。现在，杨玄璬知道再自我欺骗已经没有意义了，他就走到了另一个极端，就是比别人更多地谴责自己、唾骂自己。他谴责和唾骂自己没有对女儿进行完美的家教，以致她做出有悖伦理的事来。常话说，子不教，父之过，杨玄璬认为杨玉环做出这种伤风败俗的事，他是有着不可推卸的责任的。即便别人对这事已不再多谈，他在心里却始终没有原谅自己。

由此他想到自己的连升两级，他觉得别人都在背后对他说三道四，说他靠了裙带关系，不是靠自己的真本事，他恨不能上奏把职务降到原来的职位。虽然以后他又接到了一些宴会的请柬，但他再也没有勇气去赴宴了，那仅有的一次成了他心中耻辱的标志。他想，丢一次人还不够吗？

心灵的自责没有随日子的过去而消淡，反而越来越重。杨玄璬是一个自省心很重的人，多年深受儒家的教导，让他有着很深的道德感。这些天来，他格外消瘦，寝食不安，最后终于想出一个方法来逃避，那就是谎称身有疾病想退休回洛阳去，回到自己原先的家乡，这样，眼不见心为净，也许要好些吧。唉，命运真是捉弄人，想当初，他千方百计地想进京为官，现在，好不容易达到了愿望，儿子也做了京官，前途还很看好，但却这样不开心，又要回到洛阳去。

可他没有想到的是，他的奏本竟被宰相留中了。他着急焦虑，竟真的生起病来。

新的纪元开始，一切都要是新的，为此，玄宗把朝中大臣的职称都变了，还把地方上的称呼也变了，东都、北都都改称京，州改称郡，刺史又恢复太守旧名。对于杨玉环，除了她自己讲的"娘子"外，别人都称她为"太真妃"，这也算是一个新称呼吧。其实她的地位已经与贵妃无异了。

玄宗大赏群臣，其中最荣耀的当属高力士。高力士侍奉皇上多年，忠心耿耿，皇上已经把他封为宦官最高职了。但这次，借着新纪元的开始，玄宗又封高力士为冠军大将军、右监门卫大将军、渤海郡公。高力士感激涕零，更加忠心了。

杨玉环见了高力士的面，口称"阿翁"，向他道喜。高力士含笑应答。

一切都变了，一切都是新的，但有一件大事还没有落定，就是年号。

玄宗自从做了皇帝以来，曾用过两个年号，一个是先天，只用了两年，第二个就是开元，用了三十年，给他带来了辉煌盛世。第三个应该取什么年号呢？他苦思冥想。

年号不是随便起的，一来它要有特别的意义，二来它的好坏与是否坐稳皇位也有着关系，起码在人们的印象中是这样的。

为了定一个吉利的年号，玄宗想了又想，一会儿想用这个，一会儿又想用那个，但最后都觉得不甚妥当。

正在这时，陈王府参军田同秀上奏说，有一天，他在丹凤门的时候，仰望空中，竟然见到了玄元皇帝。玄元皇帝对他说，他在出函谷关时，曾把一道灵符藏在尹喜故宅，去了应该能找到。

大家都知道，玄元皇帝就是老子，他得道后，骑着一头青牛西去。路过函谷关时，关令尹喜说："你就要隐去了，能不能为我著书，写下你的言语思想，也好让它们流传下去呢？"于是，老子著书《道德经》，分上下两篇，共五千余字，后出函谷关不知所终。现在人们看到的《道德经》，相传就是老子为尹喜所写的书。因为有此一段典故，田同秀这样一说，似乎也不是胡说八道。

其实这完全是一派胡言，老子骑青牛西去，因关令尹喜所求才写《道德经》完全是后人的杜撰，老子在空中对田同秀说他把灵符埋在尹喜故宅也是胡编乱造。试想老子既一心归隐，他还想着什么灵符干吗？他又凭什么要把这个秘密告诉你田同秀？

原来，这是太子李玙和陈王商量出的一个要讨玄宗欢心的主意。在玄宗这股崇道的潮流中，各地大小官员不遗余力地卖力讨好，督造玄元皇帝观，伪造吉符灵宝。宰相李林甫更是卖力，竟把自己的亲生女儿都推入了道门，他这样做只是为了向玄宗皇帝表示他的信道之心。

太子李玙和李林甫向来不和，暗中较劲。他看到李林甫出此一招，博得皇上欢心，对他更加另眼相看，心中一边在痛骂李林甫假仁假义的同时，一边也是心急如焚，为自己想不到博得父皇高兴的法子而着急。虽然现在他已经是太子了，但如果能得到父皇的欢心，不是更能巩固他的太子之位吗？

这天，陈王来访。陈王与太子关系很好，他们常常无话不谈。聊着聊着，太子就把心中的烦恼告诉了陈王。陈王听了，说，这有什么难的？既然他李林甫能虚情假意地表现忠心，我们难道就不能也来个瞒天过海？

"瞒天过海？"太子不明白地望着陈王。

"对，瞒天过海。"陈王胸有成竹地说，"我们要弄就弄个大的，不要像李林甫那样就会在自家人身上打主意，越大人家越不敢怀疑。"

随后，陈王就给太子出了一个主意。他们事先在函谷关尹喜台旁不为人知地埋下一个灵符，然后派人去告诉皇帝说是老子离开函谷关时所留。本来，陈王是要太子自己本人去告诉皇帝的，这样也好让皇上更加喜欢太子。但太子到底是一个凡事三思的人。他想，反正现在自己已经是太子了，所做的一切都是要巩固太子地位，这事好是好，但若弄得不好，让皇上知道了真相，岂是闹着玩的？搞不好把太子的位置都弄没了。

于是，他想这事还是自己不出面的好。陈王最后没有办法，就叫自己府上的参军田同秀做了见到玄元皇帝的人。他们想，这事若失败，皇上砍田同秀的头，他们也显出是被冤枉的样子，谅皇上也不会追究；如果皇上相信，那么必封田同秀大官，朝中岂不又多了一个自己的人？

陈王回去和田同秀一讲，田同秀本也是一个野心勃勃的人，他想如果一直在陈王府当差，虽然能混个肚饱身暖，但终究不会有出头的机会，倒不如冒险一试，失败了固然是落个欺君之罪，身首分家，但万一皇上信以为真，岂不是一步登天，自此青云直上，仕途有望？想到这里，他就同意了陈王的安排，给皇上上了一道奏疏，谎称他在丹凤门的空中看到了玄元皇帝，并对他说了把灵符埋在尹喜台边的事。

玄宗皇帝听闻了这事，也没有细加推敲，立马派人赶到函谷关尹喜台边，围着尹喜台掘地三尺。既然田同秀要让灵符被人挖到，自然不会埋得太深，但也没有埋得太浅，不然就不像离现在有一千多年的样子了。总之，没费多少周折，玄宗派去的人就挖到了灵符。

玄宗皇帝看着手中那块已经经历了一千多年的灵符，想到它曾经在玄元皇帝的手里待过，激动得不得了，他一高兴就封了田同秀一个大官。

陈王见目的达到，立即迎势而上，上表说："函谷宝符，潜应年号，先天不违，请于尊号加'天宝'字。"

玄宗听了，嘴里一边念着"天宝"，一边点头。他认为以"天宝"二字为年号，很合心意。不是吗，灵符在此时显现，难道不是上天降下的宝物吗？这也预示着他的统治将秉承天意，会继续维持太平盛世，建立前无古人的大唐王朝。于是，就决定以"天宝"为年号，作为他第二个三十年统治的标志。

其实陈王这样做，是怕日后此事暴露，皇上追查下来，他脱不了干系。他想，要是皇上以"天宝"为年号，就是日后他知道了这场骗局，也不会再追查下去，如果那样，这不就预示着自己的统治不稳固，自己拆自己的台吗？谁也不会那样做的吧。

玄宗这么一封田同秀，可不得了了，引得那些钻营拍马之徒个个眼馋心热，懊悔自己怎么就没有想到用这个方法博取高官厚禄。

其中有个叫崔以清的在清河当小官的人特别后悔，他想，什么灵符，明眼人一眼就能看出这是个骗人的花招，偏偏皇上就信了，唉，偏偏让这小子撞着了好运道。但他随即一想，这何尝不是一个可以借以再用的计策呢？既然皇上信了一次，保不准也会信第二次的。也是他官迷心窍，为了当大官，什么也不管了。

说干就干，他也事先偷偷地在武城紫微山埋下一个藏符，再给皇上上一道奏疏说，他曾在天津桥北见到了玄元皇帝，玄元皇帝对他说，曾遗有一块藏符在武城紫微山。

紫微山是有名的道教名山。崔以清这样说，似乎也有点根据。只是他脑子太笨，原封不动地照用了田同秀的方法，也是玄元皇帝对他说，怎样怎样。看样子，玄元皇帝真的很感谢人世的皇帝对他的推崇。想不到的是，玄宗见了这道奏疏，立即派人去武城紫微山挖掘，真如崔以清所说，一挖就挖个准，果然挖到了一个藏符。玄宗照样升了崔以清的官。

这样一搞，朝中大臣不免心有微词，心想，这怎么可能呢？早不现，晚不现，偏偏这时候都出现了。

大家心里疑惑，心想，等着吧，还不定又有什么出现呢？但皇上既然这么做了，疑惑只能搁在心里，谁敢说出来呢？

但到底有一个人敢出来说话了，他就是宰相李林甫。

李林甫出来说话，倒不是出于揭露真相，以正视听，他是另有目的。原来，经过这几年的排除异己，他已独揽朝中大权，可以说后来当官的，或想向上爬的，都投帖拜在他的门下。不得到他的赏识，根本没有仕途的升迁，要想仕途一帆风顺，更是难上加难。近来田同秀和崔以清的官运亨通竟然绕过他这道门槛，这岂不叫他恼火？再说，那个田同秀是出自陈王门下，陈王是与太子一党的，哪个不知他李林甫与太子是不和的？田同秀既是太子一党，当了大官还不与他作对吗？

因此，他要拆穿他们的鬼把戏，揭露他们欺君罔上的大罪。但他知道光凭口说，不仅不能让皇上相信，说不定还会惹得皇上不高兴，说他诋毁神明，诽谤圣上。李林甫为官多年，此中的厉害他是知道的，因此他一定要拿到真凭实据才会面奏皇上，拆穿他们的假话。

为此，李林甫表面上不动声色，暗地里派人去查田同秀与崔以清的底细。他想，凭你做得多么隐秘，总会留下一点蛛丝马迹。果然，还真让他查到了崔以清作假的证据。李林甫立刻上奏皇上，希望玄宗借此重责崔以清，并连带着核查一下田同秀。但令他想不到的是，皇上只是把崔以清流放了事。

这可不对啊，说起来，崔以清犯的是欺君之罪，是要灭族的，皇上怎么只是把他流放就算了呢？这岂不太便宜他了吗？

同时，李林甫还看到皇上根本就没有继续追查田同秀的意思。这太让李林甫摸不着头脑了，但他没有再坚持，他想，这也给那些人一个警示，不通过他的门下，是别想仕途通达的。

别看李林甫贵为宰相，一人之下，万人之上，他也整日提心吊胆，心事重重。为什么呢？因为他回顾了一下在他以前的那些宰相，他发现，不论做得好的做得坏的，有政绩的还是没有政绩的，每隔三年，皇上就要把他们调任，就是说在他之前，从没有一个宰相是当了三年以上的。他想，这一定是皇上为了控制权力不致旁落，使得相权不至过重，威胁到皇权。他从开元二十五年（737年）真正为相，算来已经有五年了，这是从来没有过的，为此，他时刻担心，说不定哪天，皇上就把他这个宰相给调任了。

李林甫思前想后，觉得有两个方法可以防止这个结果的出现，让他一直把宰相当下去。什么办法呢？其一就是不时地揣摩皇上的心意，按皇上的心意办事，不管是黑的白的，只要皇上满意，就要办得让皇上开心。为此，他极力结交皇上身边的人，使得皇上的一举一动都以最快的速度传递到他的耳中，好让他明白皇上的所思所想，秉承皇上的心意办事，什么事都办得让皇上舒舒服服，对他满意之至，觉得凡事离不开他。李林甫也看到，随着年岁的增长，皇上也越来越沉浸在享乐之中，对朝中大事再也不像早年那样，凡事亲躬，意气风发了，也乐于把朝中之事交给他来办。只要凡事办得让皇上放心，让他看到即便他不用劳心烦神，大唐王朝依然是蒸蒸日上，四海晏平，他又为什么还要换相呢？他不仅不会换相，还会为找到一个得力能干的宰相而高兴，乐得整天啥事也不问，一切朝政托付于宰相，自己听歌赏舞。

这一步棋李林甫果然没有走错。玄宗随着年龄越来越大，身上的那种英武之气再也见不到了，越来越沉湎于歌舞中了，特别是得到杨玉环后，他的享乐生活更是有增无减。

但玄宗到底不是昏君，他这样做还是有着自己的理由的。他想的是，经过自己这些年来的努力经营，大唐王朝国力日盛，四方拜服，一切都走上了正轨，自己也该歇歇了。只要宰相李林甫按着自己制定的制度去认真办事，国力只会越来越强，那些烦琐的朝中小事就让李林甫代他操劳吧。玄宗认为他可以歇歇了。

有一天，他对高力士说："我已有近十年没有出过长安了，天下太平无事，我想高居皇位而不再打理朝政，把政事全都交给李林甫处理，怎么样？"

高力士一听，心里为李家社稷着想，觉得不妥，说："天子巡行视察，管理政事，是自古以来的制度，而且天下大权是不可以托给旁人的。旁人的威势权力一旦形成，谁又敢有异议呢？"

高力士说得完全正确，他说权力乃控制天下的枢纽，怎么可能轻易交给旁人呢？万一旁人用它来树立自己的势力，岂不难以控制，自己给自己找麻烦吗？

但此时的玄宗一心只想着享乐，再不愿殚精竭虑地为朝政烦神了，他听了高力士的话，深为不快。

高力士一见玄宗的脸色，忙跪下叩头谢罪说："臣狂疾，发妄言，罪当死。"

这就是高力士做奴才的信条，凡事依主子的心意说话。他深知凡事委托宰相李林甫是不妥的，所以一力向皇上进谏，但皇上如果不听，他立即停口，并说自己乱说。他才不去做什么凡事拼死进谏的忠臣耿直之人呢。

玄宗见高力士这样做，很是高兴。他把高力士搀扶起来说："不要这样惶恐，我们只是随便说说。"随即赐宴，表示他心里并没把这当回事。

李林甫用的第二个保住相位的办法就是极力打击、毁谤皇上亲近的人，特别是那些有可能入相，对他的相位造成威胁的人。

但心里阴暗的李林甫不是当面去诋毁那些人，因为那样做的话，太明目张胆，即使把政敌搞倒，如果弄得不好，他也就失去了皇上的欢心。他采取的是迂回策略，是在得知皇上对哪个人感兴趣时，先去结交其人，在他面前花言巧语，说得天花乱坠，让此人觉得他是个好人，处处帮衬着他，为他着想，背地里呢，却另搞一套，用尽千般手段、万般机巧，让皇上对他疏远，甚至厌恶。

比如有一次玄宗皇帝在勤政楼常乐，看到从楼下经过的卢绚，不禁为他的风标清姿所折服，目送其远去，对左右赞叹他的蕴藉风华。李林甫得知后，生怕玄宗因折服于卢绚的清秀风姿而召问政事，从而危及他的相位，就想把卢绚调离京都。但他不是到皇上面前去说卢绚的坏话，而是悄悄地对卢绚的弟子说："皇上对你们的尊君很看好，现今正好南方缺少人才，想把你们的尊君调去。如果你们的尊君嫌远不愿去的话，可以上奏自请到东都任职还来得及。"不用说，卢绚和他的弟子们都很感激李林甫，就赶紧上书皇上自请到东都去任职。李林甫就是用这种手段，不知不觉间就把一个潜在的政敌给打发了。由于做得神不知鬼不觉，政敌不仅不怨恨他，还很感激他。

还有一个例子最能说明李林甫这种两面三刀欺骗人的伎俩。

严挺之自从被他陷害贬到外地为官后，一直没有回京的可能。但严挺之到底是一位能干的刚直不阿的大臣，曾给玄宗留下深刻的印象。有一天，玄宗问左右严挺之在哪里。

听到这话的李林甫吓了一跳，想当初严挺之是张九龄一伙，对他睬都不睬，是他大大的政敌，有问相的可能。他好不容易才把严挺之和张九龄扳倒，现在皇上竟当着众大臣的面问起严挺之，那是什么意思，难道仅仅是怀念故臣吗？是不是其中含有对他这个宰相的不满？不管怎么说，他是不会让严挺之回到皇上的面前，更不会再让他得到皇上的重用。

但用什么方法既能让皇上得到严挺之的消息，又让他不能得到重用呢？想来想去，李林甫终于想出了一个办法。

李林甫把严挺之的弟弟严损之召来说："皇上很想见你的哥哥，现在，你的哥哥如果上一道奏疏，称他得了风疾，要回京治病，皇上一定会同意的。"

此时，严挺之在绛州当刺史，严损之知道哥哥一直是想回京的，听到李林甫告诉他的这个消息，一面对他感激万分，一面派人通知了哥哥。严挺之接到弟弟的通报后，果然就上了一道奏疏，称自己得了风疾，希望能回京医治。

奏疏自然是先送达李林甫处。李林甫接到严挺之的上书后，就跑到玄宗跟前说："挺之得风疾，宜且授以散秩，使便医药。"

玄宗感叹良久，当即出于爱惜老臣之心，连绛州刺史也不让严挺之干了，授予他一个闲散之职，让他到东京安心养"病"去了。

自始至终，玄宗和严挺之都不知李林甫从中所弄的玄虚。这就是老谋深算的李林甫打击政敌的手段，凡是才能和声望、功业有超过自己而为皇上所看重的人，势位将要逼近他、对他的相位造成威胁的人，李林甫必百计而除之，特别是对那些文学之士。也因为他不是靠科举而升官的，心里对读书人又妒又恨，轻视至极。

玄宗自从当皇帝以来，日夜操劳，才营造出一个赫赫大唐王朝，屈指算来也有三十多年了。现在他认为一切都上了轨道，下面的大臣只要循规蹈矩地按着他处理事情的方法去做就可以了，他也可以歇歇了。

玄宗认为自己有这种心理一点也不值得非议，他贵为世上最有权力和威势的人，也应该享受一点人世间的欢乐。

他纵观历史，就连汉朝最受后人称道的"文景之治"也不能与他的统治相比。英雄无敌的曾祖唐太宗，固然在创建大唐时立下了汗马功劳，在随后的统治中也政绩卓然，但说起四海的富足与疆域的辽阔，那还是不能与他相比的。现在的大唐王朝真正可说得上衣食无忧，路不拾遗，古人所称道的上古遗风在他的治理下得到了实现，疆域也达到了祖先从未涉足的地方，北起荒漠，南至丛林，都有大唐官吏的身影和将士的英姿。

玄宗为他拥有强盛的王朝而骄傲，他觉得强盛国家的一切都应是不同的，都是领先于别国的，包括歌舞宴乐。

现在，杨玉环与玄宗在一起，开初那阵欢乐的狂潮过去后，他们又想起了曾引起他们无比兴趣和热情的歌舞来。那段寄予了玄宗无数心血的《霓裳羽衣曲》，现在他们已经有时间对之精心揣摩，共同探讨了。

首先，玄宗把杨玉环从公孙大娘那里学来的剑器舞编入了其中。为了增加看点，他除了让杨玉环一人独舞外，还让宫女数百人，分列两队，排成两阵于掖庭中，以霞帔锦被为旗帜，手里都拿着特制的小木剑，外面裹以锦缎，再令小太监在旁击鼓鸣金以作进退。鼓声响，则众女互相攻击，不到鸣金不收"兵"。由于阵容庞大，众女又身着艳丽服饰，看上去犹如蝴蝶穿梭，虽剑光闪闪，却不闻兵戈相击之声，有舞蹈之美，又有行伍之威。真是娇柔与英武相映，云鬓与剑影相照，别有风韵。玄宗直看得哈哈大笑，杨玉环也拍手叫好。

突然，玄宗蹙紧了眉头，沉默不语起来。杨玉环看了问道："皇上，怎么突然不高兴起来了？"

玄宗说："玉环，我突然想到了歌舞中的一个环节，如果这个环节不能得到很好弥补的话，势必会造成整部歌舞的失败，这部歌舞只能沦为庸俗的、一般的歌舞。"

杨玉环一听也睁大了双眼，问道："是哪个环节？"

"就是所要吟唱的歌词啊。"玄宗说，"开始我只想着音律和舞蹈，把它完全给忘了，一部好的歌舞怎能没有华章出众的歌词呢？如果只采用那些平日常听的庸词俗调，那又有什么意思呢？"

杨玉环听玄宗这么一说，也觉得有道理。他们先前都把这一节给忽略了，现在想来，看似不重要的一环，其实是万万不可少的，不仅不可少，还得浓墨重彩地涂上一笔。可这华美的词章从何而来呢？

玄宗懂音律，他可以编演舞曲，杨玉环懂舞蹈，她可以编排舞蹈，但所要吟唱的歌词，除非来自有大手笔的才子，但一时又到哪里去寻觅呢？

杨玉环说："皇上，我看也不用着急，你手下有着那么多才华横溢的文学侍从，还有翰林学士什么的，他们不是个个都会吟诗作词吗？让他们来写，还怕没有佳句绝唱吗？"

玄宗说："他们固然都有才学，但他们主要是给朕起草文书的，就是有才情，时间久了也被消磨得没有了。如果真要他们写上一段脱俗的诗词，恐怕他们早就没有那种能力了。"

"那也讲不定，灵感的迸发有时是不能靠人意预测的，为什么不试试呢？这样吧，皇上，把他们都唤来，就把曲子的几个片段演给他们看，再让他们每个人都赋诗一首，或写词一阕，说不定会有优秀的篇章出现。"

玄宗一听，也觉得这个主意不错，就说好吧。他答应按杨玉环的方法试试。

"噢，对了，你不说我倒忘了，那个诗人王维也许能写出好的句子来。"玄宗拍着自己的脑袋说。

"啊，我知道，就是那个给自己取名叫王摩诘的诗人，他的山水诗写得可好了。我特别喜欢他作的诗。"

"对，他早年写过一些很有名的山水诗，诗写得很美。听说他中年以后一直对佛教比较感兴趣，还给自己取了个佛教中的名字，叫摩诘。我大力提倡道教，他偏偏跑去信佛，你说他这不是有意和我唱对台戏吗？对了，他早年还和太平公主过往比较亲密，这也是我不喜欢他的一个原因。做官就做官，又干吗非要表现得自己鄙视功名利禄，装出一副清高超脱样子？仿佛他的志向是要当一个隐士。如果这样，你递一个辞呈好了，看我是批是不批。我最讨厌这种表里不一的人了。"

"听说诗人孟浩然也是这样被皇上见怪的，是吗？"

"可不是。本来我在没见到孟浩然这个诗人时，心里对他是充满好感的。他作的诗着实让人爱读，都写得不错的。哪知后来他和王维一起参加了宫廷里的一次宴会，他的模样却让我大大失望。"

"从他的诗来看，他是一位喜欢过田园生活的人啊，似乎对功名不是太在乎。不知他什么地方得罪了皇上？"

"可不是吗，他的诗写得一派田园风光，哪知根本不是这么一回事。这些人个个都认为自己有经天纬地之才，有着通晓古今的能力，仿佛他们一出来治理国家，国家定会太平无事，定会蒸蒸日上，四海晏平。他们之所以没有得到重用，都是当今君王的错，都是君王没有慧眼，不能识得他们这些明珠。尤其是那次，我在王维处遇见孟浩然，他听说我来了，吓得忙不迭地钻到了床下……"

"咦，他为什么一听到你来了，就钻到床下？"杨玉环满脸不解地问道。

听到这话，玄宗笑了，脸上也带着一丝自得，说："你以为人人都像你，见着我就像没看到一样？"

"哎呀，那我下次见着你也钻进床下好了。"

玄宗把杨玉环搂在怀里，继续说："我进到屋里，听王维说孟浩然也在，就请他出来相见。看见孟浩然从床下爬出来，我要不是顾着皇帝的尊严，真要大笑起来。我当即请他把他的诗吟一首给我听听。哎，他倒好，那么多诗他不吟，单单只吟了一首《岁暮归南山》。"

"《岁暮归南山》是一首什么诗？我好像没有听过。"

"诗是这样的：北阙休上书，南山归敝庐。不才明主弃，多病故人疏。白发催年老，青阳逼岁除。永怀愁不寐，松月夜窗虚。你听，这是首什么诗？诗中分明是说我是个偏听偏信之人，没有慧眼识珠的才能。他作为一个有能力没有得到重用的人，只好归隐南山，与风月为伴。这不是冤枉我吗？因为我从来也没有听说过孟浩然有要从政的想法，更没有接到他的什么上书，怎谈得上'不才明主弃'呢？听他吟诗过后，我当即不悦，说：'卿不求仕，我也未厌卿，为何拿此语诬我？'说完，也不等他回话，拂袖而去。这种自以为清高的人就让他自我感觉良好去吧。我是知道这种人是万万不可重用的。所以对这些文人学士，我往往是敬而远之的，平日与他们交往也不是很密切。既然你提出让他们聚在一起，观看歌舞即席赋诗，就听你的，过两天我就把他们唤来就是。不过，我对他们是否能写出好的诗句并不抱什么希望，因为他们好像离了忧国忧民就才思枯竭了，写出的诗句还不如梨园教师爷。"

过了两天，玄宗把在长安的诗人学子都请了来，王维也应邀而来，当然也包括那些文学侍从。他大摆酒宴，招待他们，还请他们观看了几段歌舞，条件就是要他们针对舞曲写出易唱动听的诗句来。

杨玉环亲自出场领舞，她的舞姿把那些文人看得如痴如醉，连面前的酒都忘了喝。他们眼睛睁得大大的，似乎要把杨玉环吞下去一样。

看完杨玉环的领舞，他们好像听到命令似的，个个都忙不迭地拿起手中的笔，把艳俗的辞藻堆砌在面前洁白的纸上。只见他们笔走龙蛇，似乎个个灵感迸发，不可抑制，有的还一气连写了好几首。更有的一边写一边偷看坐在玄宗旁边的杨玉环，好像杨玉环的脸上写着字似的。

没过多久，大家都抒写完毕。玄宗让大家即席朗读。于是个个都声情并茂地朗读起来。玄宗在上面听了几首后，不由得紧皱眉头，因为他听出诗中除了把杨玉环比作芙蓉或梨花外，就是把她比喻成仙子，都是日常比较庸艳的比喻，没有新意。听了几首后，他再也没有耐心听下去了，但又不能离席而去，或让他们停止。他期盼着王维能写出惊人之作。

轮到王维了，只见他缓缓站起，整理衣袖，从容地拿起眼前的诗稿，并不高声，而是声音低缓地念了起来。诗只有一首，写得也不是很好，甚至还比不上那些艳俗的赞扬。原来王维心中根本就没有打算要赞扬杨玉环，不仅不赞扬，并且诗中还隐隐露出希望君王远离歌舞，不要只图享乐的意思。严格地说，这是一首劝诫诗，劝告皇帝不要太过沉溺声色，诗中还提到了历史上因纵情享乐而误国的大有人在。

玄宗听了王维的诗，心中很不高兴。他想：这个老头子又在冒酸气了，你不愿附和大家也就算了，为什么又要表现得与众不同呢？处处显示你忧国忧民的心情，表示你爱国的忠心，只要一有写诗的机会就不忘在其中表现一下，让外人看了，好赞赏你的气节，赞叹你的忧民意识。其实你一样庸俗，只不过是披着一件忠君爱国外衣的庸俗。我怎么就不能享乐了？我不也是人吗？我享乐就必然会误国吗？我看不一定吧，三十多年来，大唐王朝在我的治理下，太平盛世是有目共睹的，谁能说我误国了？倒是你王维，口口声声说担忧百姓的疾苦，表白自己的超脱与淡泊，可是你却在终南山的辋川盖了一幢别院，极尽奢华。如果你真的要归隐，又为什么要给自己盖一幢大别院呢？可见你归隐可以，但不能受苦受累。原来你要的只是归隐的名，并不是它的实质，说得不好听点，不过是换了一个享乐的地方罢了。你自己尚且如此，还要作诗来劝我，我看你还是算了吧。

王维之后，余下之人的诗作都泛泛无奇，平庸至极，听得玄宗只想打哈欠。最后好不容易结束了，他匆匆说了几句表面赞扬的话，就起身和杨玉环离开了宴席。

回到后宫，玄宗对杨玉环说："这些文人学子，连一首像样的诗也作不出来，真是没用。"

杨玉环说："这也不怪他们，事先没有一点酝酿，要想让他们在短时间内作出好诗，也真有点难为他们。"

"什么难为他们？我看他们根本就是没有才能。他们太让朕失望了。"

"皇上，你不要太过失望，这次集会的仅是长安的文人和学子，想全国之内，难道还找不出一两个真正有才能的人来吗？你要是听说谁比较有名，就把他征来，我就不信写不出出色的诗章来。"

"对，玉环，还是你想得好，想我大唐王朝，幅员广阔，什么人才不具备？京城长安不过只是一个地方罢了，他们不行并不代表整个国家就没有人了。全国还有什么知名的人，问问秘书监贺知章就会知道了，他本人也是一个出色的诗人。"

"走，我们去问他去。"

玄宗笑笑，说："玉环，你总是这么性急。我要见一个人，应该是他来，而不是我去。"

杨玉环笑着低下了头，说："是，我忘了你是高高在上的皇帝了。"

"正好前几天从会稽来了一个叫吴筠的道士，我接见过，觉得他谈吐不凡，到时也把他唤来。如果有什么大诗人，他也应当知晓的。"

　　这天，秘书监贺知章和道士吴筠应召而来。玄宗特地赐宴招待。待酒过一巡后，玄宗说："贺爱卿，前两天我把长安的文人学子都召集在一起，让他们观看歌舞并即兴赋诗，听说你那天身体有恙，没能前来，想来现在已经无碍了吧？"

　　贺知章连忙站起来，向皇帝表示感谢，一面禀告说身体已经康复，一面说他没能赴会观看歌舞，实是遗憾，并询问皇帝得到了什么佳作。

　　"什么佳作啊，都是些应景之作，平庸至极。朕真怀疑平日看到的那些诗作是否出自他们之手。哎，贺爱卿，你说，偌大个京都长安就找不出一个才高八斗之人？"

　　"这……"贺知章不知如何回答才好。如果说没有吧，长安城中明明有王维等一批比较著名的诗人；如果说有吧，他们却没有当场作出令皇上满意的诗来。其实，诗人的灵感不是说来就来的，一时吟不出好诗并不代表平日就写不出好诗，但这个道理是不能和皇上说的。

　　"吴道长，你从会稽来，可曾听闻有大诗人散隐在民间的？"

　　"贫道从会稽千里迢迢来长安，沿途不止一次地听到众人在极力盛赞一个人的诗名。"

　　"噢，是谁？"

　　"他就是蜀中奇才，被人称作诗仙的李白。"

　　"啊，我知道，李白！兴庆宫就有他的诗集，我看过的。"杨玉环兴冲冲地说。

　　"怎么，太真妃也喜欢此人的诗作？"

　　杨玉环笑着说："我也就是随手翻翻，看到他的诗写得蛮有意思的，不免多看了两眼。"

　　"是什么诗把你吸引了？念出来给我们听听。"

　　"别的诗都很长，我没有记住，记得有一首诗叫《静夜思》，虽然只有四句，也平淡无奇，但读来让人顿起思乡之愁，特别打动人心，我倒是记住了。"说着，杨玉环为大家吟出了这首《静夜思》，"床前明月光，疑是地上霜。举头望明月，低头思故乡。"

　　"'举头望明月，低头思故乡'，写得太好了，朴实无华，又贴近人情。"玄宗不禁赞叹起来。

　　"皇上还不知道吧，这位大诗人李白与我们的贺大人还是好朋友呢。"

　　"噢，是这样吗，贺爱卿？我怎么从来没有听你提到过此人呢？"

　　"回皇上，几年前，李白来过长安，臣就是在那时与他相识的。他性喜游览河山，不愿久居一地，所以没有被皇上召见。吴道师讲得一点都没错，李白人称世间奇才，才高八斗，诗风飘逸洒脱，一般人难以望其项背。"

　　"皇上有所不知，当年李白来长安时，与当时八个人最是意气相投。他们常常相聚在一起，饮酒吟诗，被人们称作'饮中八仙'，贺大人也是八仙之一。"吴筠这样对皇上说。

"是吗？都是哪八个人啊？"玄宗被勾起了兴致，问道。

"回皇上，都是好事者随口说着玩的，当不得真。八人有现在守制中的汝阳王，下来是现任左相的李适之大人，再下来是崔宗之、苏晋、李白、张旭、焦遂和我了。当时，大家聚在一起，只是喝喝酒，作些应景诗作。"贺知章故意轻描淡写地说道。因为他知道不管怎么说，这是放纵的行为，他本人已经上了岁数，在仕途上不指望再向上攀升了，但对汝阳王和左相李适之来说恐怕会有些影响。

"那一定有些佳作，不妨吟来听听。"皇上一点都没有怪罪他们这种放纵的行为，似乎还被他们这种完全是性情相近的聚会所吸引。

"我们才力不逮，没有作出什么好诗来，倒是李白有一首《将进酒》，足以显示他的风神俊朗和洒脱不羁。我给皇上念一念。"

贺知章说着，就把这首《将进酒》念了出来：

君不见黄河之水天上来，奔流到海不复回？
君不见高堂明镜悲白发，朝如青丝暮成雪？
人生得意须尽欢，莫使金樽空对月。
天生我材必有用，千金散尽还复来。
烹羊宰牛且为乐，会须一饮三百杯。
岑夫子，丹丘生，将进酒，杯莫停。
与君歌一曲，请君为我倾耳听。
钟鼓馔玉不足贵，但愿长醉不复醒。
古来圣贤皆寂寞，唯有饮者留其名。
陈王昔时宴平乐，斗酒十千恣欢谑。
主人何为言少钱？径须沽取对君酌。
五花马，千金裘，
呼儿将出换美酒，与尔同销万古愁。

一曲《将进酒》直听得玄宗如饮美酒，如醉如痴。他拍案赞道："好一个'人生得意须尽欢'！好一个'与尔同销万古愁'！来，来，我们也但愿手中杯莫停，只愿长醉不复醒。"

贺知章与吴筠举起面前的酒杯，一饮而尽。

随后，吴筠说："皇上，李白诗中所写的'五花马，千金裘，呼儿将出换美酒，与尔同销万古愁'，那是何等豪迈，令人神往，殊不知，我们的贺大人就是这样的人啊。想当年，贺大人有一次请李白饮酒，身上没有带钱，就随手解下所佩带的金龟充当酒钱，与李白正可谓意气相投，性情相近。"

"啊，贺大人，你那个小金龟当了多少钱，够不够你和李白喝酒的？"杨玉环听了吴筠的话，天真地询问道。

"回太真妃，那是一次尴尬的事。那次外出饮酒，我以为李白身上带了钱，他以为我身上带了钱，结果心里只想着饮酒，最后只能以小金龟抵押酒资。所值当然大过酒资，后来，我与李白又去喝了几次，才算把小金龟所抵的酒资喝过来。"

听到这里，杨玉环不禁笑了起来，心里对那位还没见过面的李白有了好感，觉得他一定是个很可爱的人。

玄宗又问道："李白这样有才，难道他没有中举应试，想着入仕？或者去考了却没有上榜？那样的话，可真是考官的无能了。"

贺知章道："这倒不能怨监考官，据我所知，李白从来没有应试过。"

"噢，什么原因呢？难道他不想做官吗？"

"这一点我不清楚，但我知道李白是一个生性洒脱之人，他不愿意长久地待在一个地方。这是否与他不愿应试也有点关系呢？"

"话虽这样说，但到底还是让我失去了一位贤才。这样吧，就是朕说的，像李白这样出众的贤才人士，众大臣都可推荐，让他们不必通过应试就可入仕。朕要不拘一格地录用人才，使得野无遗贤。"

"这真是天下贤士的幸运，这是明君的所为啊。"贺知章不失时机地拍了玄宗皇帝一下马屁。

"贺爱卿，朕命你立刻起草一份文书，征召李白入京，在诏书中务必把朕的心意表达清楚。"

"臣遵旨。"

就这样，皇帝在召见了贺知章和吴筠道士后，征召李白的事没过多久就传遍了长安，人们都好奇与欣喜地期待着这位大诗人的到来。

【第八回】

送荔枝呕心沥血，计樗蒲弄巧展才

当京城长安大街小巷都在传颂着李白的诗名时，这位被称为诗仙的大诗人在干什么呢？此时的李白已经有四十二岁了，他刚从外地游玩回来，正在南陵的乡下与老婆孩子在一起过日子。

李白的出生地不是中原，是在安西都护府的碎叶城，那里文人聚集，所以从小李白身上就有着宽广的胸襟和驰骋四方的欲望。由于家族中有人通商，他还懂得吐蕃文。待年长后，他就挟剑入川，后顺江而下，一路诗文出川，沿途看遍山河美景，留下许多名作佳篇。也许是才高八斗的缘故，李白从小就有着远大的抱负，想有机会一展雄才伟略，实现治国安邦的理想。只可惜无人识才，或是他太过狷介，不愿与宵小同流合污。

几年前，他曾抱着满腔的期待与热情来到京都长安，希望在这个全国政治经济文化的中心地被人赏识，把他向明皇推荐，给他一个施展抱负的机会，但他失望了。不过也不是全没收获，他结交了贺知章、李适之、张旭这些文友。

也许是贺知章年龄比李白要大，或许又是贺知章在官场中摸爬滚打的时间久了的缘故，他心中明白，李白的满腔抱负还有着幼稚的一面。作为诗人，李白才高八斗，但如果为官，他还远没有毕业。贺知章作为一个骨子里是文人的官员，深知文人的性情在官场中是混不开的，要想谋得一官半职，必须舍弃文人身上的某些东西，而文人一旦失去那些品质，他也就不是文人了。就是因为这些，贺知章从心里并不是特别赞成李白入京，他想，以李白的清高与狷傲，或许更应该生活于江湖，这样无拘无束，更能让他的诗情得到充分淋漓的表达。如果李白入京，为了在仕途发展，必然要收敛诗人的光芒，那是贺知章不愿看到的；如果他继续保有诗人的气质，自然也会碰个头破血流，说不定还有无妄之灾。

对李白，玄宗更多的是体现一种他广揽名士的胸襟。当然，看过李白的诗后，他也是佩服李白的才学的。但在玄宗的心底，他有着一种看法，就是文采越出众的人，越不能让他担任高官，不然，对他的才学与国家都是会有伤害的。这与李白心中所祈愿的大相径庭，而他还在抱着一腔幻想呢。

玄宗自然没有忘记最初要召李白入京的目的，就是让他为《霓裳羽衣曲》赋写新词。

日子过得很快，转眼间到了天宝二年（743年）的春天。经过一冬的蛰伏，人的精神又都恢复了。杨玉环又和玄宗提起了他们念念不忘的歌舞来，经过二人的不断钻研，《霓裳羽衣曲》已经大体完成，这中间不能不说杨玉环付出了许多努力。原来，她自从入宫后，整日与玄宗游乐，梨园弟子她已经大多相熟，内班的乐伎中有不少杰出的人才。玄宗不在时，她就与他们在一起，学歌、学舞、拨弄各种乐器。她的悟性极好，精力充沛，一点就通，而且常常发挥开去，与她自己擅长的舞蹈相结合，通常能创造出令人意想不到的新颖舞姿来。

在《霓裳羽衣曲》这出歌舞中，既有朴素简单的个人独舞、独唱、独奏的场面，也有成百人群舞的华丽场面，这是玄宗所喜欢的。整部歌舞演奏下来，要乐工几十人，舞者达二百多人，可谓规模空前，无出其右。

在舞蹈方面，杨玉环更是进行了精心的编排。这除了出于她的爱好外，还得力于她发现了一个出色的舞伴，这个舞伴名叫谢阿蛮。

谢阿蛮对舞蹈表演也确实有她的一套。她长年卖艺于江湖，对各地的舞蹈种类均有涉猎，加之她有着常人不可企及的柔软腰身，常常能在舞蹈上与杨玉环找到共同语言，对杨玉环编创《霓裳羽衣曲》中的舞蹈起到很大作用，有时，她也直接参与进去。鉴于此，杨玉环在舞蹈动作中也编排了一段适宜她的独舞，主要以花样的繁复和舞姿的灵活多变为主，不求精神上的美感，但求视觉上的好看。

待《霓裳羽衣曲》大体编排完毕后，玄宗与杨玉环就想正式试演一次，一来看看整体上还有什么地方不流畅，二来让大诗人李白看了，写出好的歌词来。

这是一个夜色绚丽的时刻，为了有精力做晚上的表演，杨玉环与玄宗在下午都足足地睡了一觉，醒来后，两人稍微进食。随后，杨玉环作晚妆打扮，她还调皮地为玄宗梳理打扮了一番，选了一件颜色比较光鲜的衣服让他穿上。

当暮色还没有完全消失时，一切已安排就绪。明亮的宫灯照耀着道路和殿角。最好的乐工与唱师都来了，琵琶国手贺怀智，乐工马仙期、张野狐，宫廷乐师中唱得最好的李龟年，名震天下的大诗人李白也已经随侍在旁。

在一阵由简入繁的鼓声中，歌舞的序幕拉开了。天边的云霞还没有散尽，霞光铺泻在半明半暗的天空，一队身披轻纱的舞女首先出场表演，她们好似一队仙女临尘下凡，又似天界云间，一下就把人们带入了半仙半幻的境地。随着霞光的散尽，天色暗了下来，短暂的静场后，突然一位纤巧的舞女急骤地狂舞着入场，不用说，这一定是谢阿蛮了。

只见她纤腰如弱柳，身柔似无骨，一会儿把腿绕到前颈和胸前，一会儿把腰弯到双胯之间，更让人赞叹的是，她竟能在花枝间来往飞渡。原来，谢阿蛮白天时，早在花丛间绑了一条细绳子，在夜色笼罩中，谁也不会看到它。当她突然跃起在那条绳子上跳跃前行，并不断做出花样时，人们当真以为她身轻如燕，能凭借着花枝的起伏而跳舞呢，于是无不发出赞叹之声。最后，她飞跃而下，从侍女手中分别拿来两杯酒，献在杨玉环和皇上面前。

杨玉环看了拍手叫好，玄宗也是心醉神迷。在这种气氛的刺激下，杨玉环不再要别人相邀，她主动地下到场中舞起来，此时，也正好该到她领舞的那一节了。但见杨玉环的舞姿与谢阿蛮的不同，如果说谢阿蛮的舞姿以灵巧取胜的话，那么杨玉环的舞姿给人一种雍容华贵的感觉。她的慢舞如梨花绽于枝头，又如秋菊静夜吐芳，让人有心胸为之洁白之感；她的快舞似瑞雪飘洒，银河下泻，又让人心神为之灵动。在华灯的映照下，在丝竹声乐的流淌中，美艳超群的杨玉环看上去绰约如仙子，缥缈似嫦娥，直看得人如痴如醉，不知身在何处了。

李白虽游历过许多地方，但如这般豪华奢侈的场面还从未见过。他被这绚丽的场景所吸引，所陶醉，从而诗兴勃发。特别是杨玉环那超尘脱俗的舞姿与美艳，更让他神游天外。诗情在胸中涌动，妙句在脑海游荡，但他总觉得少了点什么，不能像以往那样挥毫成篇。

玄宗见了李白的神态，知道他诗兴将发，早命人把印有皇家徽号的金花笺递到了他的面前，再让人于一旁笔墨侍候。

李白此时却陷入焦躁不宁中，明明头脑中有一些将要成形的诗句，等他就要把它们凝于笔端时，它们却一个个从他的脑子里溜走，这在以前是从未有过的，这怎能让他不着急呢？

突然，他明白了，此时此景，对他来说，少的只有一样东西，那就是酒。往日，每逢作诗，他必饮酒，每饮必醉，每醉必有佳句。可今天，因为是在皇上面前，他不敢太过放肆，几乎没怎么饮酒，这才诗情受阻，才思凝滞，故不能一挥而就。

玄宗见李白几次拈笔欲书，但最后都又把笔放了下来，不知何故，于是他把目光投向贺知章，想问问这是什么原因。

其实李白的举动没有逃过贺知章的眼睛，作为老朋友，他了解李白此时的心情，那就是没有酒来催发他的诗兴，没有酒对他的迷醉也就没有诗情的飘逸。于是，他趋步向前，对玄宗禀告了李白写诗必须醉的特性。

玄宗听了，想这有何难？既然李白要喝了酒才能写出好诗，那就让他喝吧，我后宫别的没有，好酒还是有的，何不早说？于是，立即有人捧上一瓶好酒到了李白的桌前。李白看到突然捧到他案前的酒，心里有些纳闷，他向皇上看了看，皇上冲他笑着点了点头。他再看看贺知章，贺知章向他做了一个饮酒的姿势。于是，李白明白了，他不再客气，立即把瓶中的美酒倒入杯中，一饮而尽。

几杯酒下肚，李白醉眼惺忪，目光变得虚幻起来。此时，从他的眼中望去，一切实际场景都似换了一个模样，场中的杨玉环是缥缈于月宫的嫦娥，那明亮的灯光就是月光，那婆娑的花枝就是琼树玉瓣。诗情在胸中涌荡，酒打开了他的才思，一阵清风从身旁荡起，他觉得自己身轻如燕，已可乘风归去。于是，他抓起笔来，饱蘸墨汁，在金花笺上笔走龙蛇，那些诗句几乎不是他脑子中想出来，而是从清风中、从云端间、从月光中自然而然地流淌出来的。

饮了酒的李白快速写出了几首诗。

诗写得酣畅淋漓，又清雅有致，果如其名。墨迹未干的三首诗当即呈于玄宗面前。玄宗看了后拍案叫绝，他立马让李龟年配曲歌唱。李龟年果然也是行家里手，没过一会儿，就为这几首诗谱了很般配的曲子，并由他亲自歌唱。

只见李龟年手执檀板，两边分站着四男四女，他们是要叠和每首诗的最后一句的。每当李龟年清亮的嗓子唱出一首诗时，就让人有如浴月宫清辉之感，而四男四女最后一句的迭唱，更有云涌之势。

诗是那样轻灵，歌是那样高妙，让人久听不厌。玄宗喝了一大杯酒，让李龟年再唱，而他亲自吹玉笛为之伴奏。

歌舞因为李白的这几首诗达到了高潮，人们一遍又一遍地玩赏着其中的妙句，留恋不去。这是欢乐的时分，繁华陪衬，及时行乐，每个人都醉了。歌舞直到深夜才散。

自此后，诗仙李白的诗名更大了，京城长安大街小巷都在传唱他的诗作，而他也诗情迸发，一发不可收拾。每当皇上有大型宴乐时把他喊去，他都有好的诗句问世，一时间他的诗成了人人能歌的热门歌词。

能经常地侍宴，又常常能看到皇上，并得到皇上的垂青，李白以为自己青云直上的时日马上就会来到，实现心中理想不再是远不可及的事。因此，他意气风发，骄狂自矜，傲世群才，大有舍我其谁的感觉。但李白不知，因为他的太过特殊，已经有人在妒忌他了，对他的命运的打击也就不可避免了。

李白身上更多的是诗人的气质，他以为世道人心都如他希望的一样，唯才是举，唯贤是任。其实他不知还有那么一些人，他们本身无才，或冒充有才，不过是想在官场中捞取高官厚禄，牟取个人的前程罢了，他们也许因为自身的脆弱与利益，往往结帮成派，互通声气，排斥异己，他们敌视有才之士。这种情景在长安的诗人圈里也是一样。

长安文人圈里，也照样有那么一些才智平庸之人，或因家族缘故，或因裙带关系，形成一个小团体。主持翰林院的中书舍人张洎和他的兄弟以及一些当朝有权势的官员为一伙，为李白的文才所击伤，暗自嫉妒不已。

但李白并不买他们的账，他看不起他们懦弱畏缩的样子，喜欢与以贺知章等为首的讲究自然气度和正直的文人在一起，与他们饮酒吟诗，互抒胸臆。贺知章虽与李白一样看不起那伙文人，但为李白的前途着想，他曾劝李白有意识地去接近他们，但被李白拒绝了，他说："安能摧眉折腰事权贵，使我不得开心颜？"

在对李白妒恨的人中属高力士对他最看不顺眼了。这是为何呢？按理说，高力士不是文人，只有文人才相轻啊，高力士厌恨李白是另有隐情。因为李白看不起高力士，从不把高力士当一回事，这让在宫中一直得宠的高将军怎么受得了呢？要知道，有时连皇上还对他礼让三分呢，而李白，一介布衣，竟不把他放在眼里。

让高力士对李白反感的还有一个原因，就是自从李白一来，宫中原本很好的秩序都乱了，这让他大为恼火。

要知道，高力士作为宫中宦官的头头，凡事以稳定无事为上策，而李白被皇上赏识以后，皇上显然增加了宴乐的次数，每宴必请李白到场赋诗，以增雅兴。那个李白也不知身上有着什么魔力，每次都能把宴会的气氛推向高潮，让皇上流连忘返，甚至忘了休息。这对上了年岁的皇上的身体是不好的，为此，高力士从心里反感李白，认为他早一天离开京城长安，对大家来说都是好事。

高力士为了早日把李白从皇上身边弄走，最好让他离开长安，开始动起了脑筋。

好像凡事都有感应似的，高力士还没在李白身上找到碴儿，李白已经戏弄起高力士来了。

原来这天吐蕃使者持书来朝。吐蕃的来书自然是用吐蕃文写成的，按理，对这种不是用汉文写成的文书，会有专门的部门翻译和整理，然后再呈给皇上。但今天不知怎的，玄宗突然心血来潮，要让李白看一看吐蕃的来书，因为玄宗曾听李白说过，他是懂得吐蕃文的。这当然纯粹是为了好玩。

此时的李白在哪里呢？他不在皇上的身边，也不在文人中谈诗论词，他正混迹于街头，看罢斗鸡走狗后，在街头一家酒肆沽酒痛饮呢。听说皇上要宣李白来读此书，高力士立即主动请缨去找李白。

这事本来用不着劳动他高将军的大驾，但对李白的行踪了如指掌的高力士一定要亲自去寻找他。高力士知道李白一定会在街头痛饮，烂醉如泥，他怕别人去了拖不回来李白，他去了说什么也要把李白弄来，就是抬也要把李白抬回来，让李白在皇上面前出出丑，丢丢人。

果不其然，高力士在街头找到了李白。看着李白烂醉在地扶都扶不起来的样子，闻着他嘴里喷出的冲天酒气，高力士暗暗欢喜，心想，李白，看你这神志不清的样子，怎么去认那些文字。想到这里，他挥手让跟去的小太监把李白架起来，向宫中走去。

到了宫中，皇上一看酒气熏天的李白，眉头不禁皱了皱。李白总算还认得皇上，他趴在地上给玄宗磕了个头，告罪自己不该喝这么多酒。

玄宗不仅不见怪李白的无礼，相反，似乎还很欣赏他这种洒脱不羁的神态，他让李白不要多礼，并赐座。如果说平日李白脑子里还有点尊卑礼节的话，喝了酒的李白脑子里彻底就没有了这些。他大大咧咧地躺坐在椅子上，醉醺醺地说："我还没有喝好，还要喝。"

玄宗说："李爱卿，酒有的是，不怕你喝不够。朕听说你懂吐蕃文，这次吐蕃进书，朕想请你来看看，并酌句代笔回书一封。"

"这有何难。臣遵旨就是。"但李白光说不动，他已醉得起不了身了。

看到这种光景，高力士暗暗得意，心想：李白，看你丢丑的时候到了，说不定，皇上会办你个不敬之罪，那你就有的瞧了。但高力士高兴得太早了，原来皇上看李白醉得连站都站不起来，就传旨让他脱去靴子坐在榻上。听到这话的李白，却把脚伸到了高力士的面前，虽然他没有讲话，但意思很明白，是想让高力士替他脱靴子。

高力士大怒，他想：你李白真是醉得不知东南西北了，竟让我替你脱起靴子来，你是个什么东西。高力士不禁对他怒目而视。

但看到这一幕的玄宗，却不禁哈哈大笑起来，他为李白的猖狂而心仪折服，又为高力士的窘迫与含怒而感到好笑。或许是为了更加好笑和出彩，玄宗竟笑着说："力士，你就为李翰林脱一下靴子吧。"

听了皇上这话，高力士嘴里不禁喃喃道："这个，可是……"他为难起来，但他到底不敢违逆圣旨，看着李白高高翘起的脚，他不得不弯下腰去。

高力士捋起袖子，用力把李白左脚上的靴子脱了下来。李白的靴子上也不知沾了什么东西，一股难闻的味道直冲鼻端。当高力士再去脱李白右脚上的靴子时，也许是李白故意想戏弄他一下，不知用了什么方法，靴子在脚上就是脱不下来。高力士一再地用劲，但那靴子就像长在李白的脚上一样，只是随着脚在伸缩，就是脱不下来。高力士连急带气，已是满头大汗。他这样大的年龄，却要受面前这个窝囊气，平日皇上对他礼遇有加，对他讲话都比对别人客气三分，今天不知怎么了，似乎有意要看他的笑话，让他丢人。

玄宗看着他进退两难的窘迫样子，只是哈哈大笑，并不出言替他解围。

高力士好不容易把李白右脚上的靴子也脱了下来，累得几乎要瘫在地上。皇上也笑得差不多了，命李白赶快把那份吐蕃来书念给他听听。

醉眼惺忪的李白接过太监递过的来书，见上面写满了吐蕃文。这难不倒他，那一个个吐蕃文在不认识的人眼里犹如蝌蚪，而在他眼里却句意清晰。于是，他大声地把内容念了出来。

玄宗听李白念完后，从身旁唤出一人，问他李白念得是否正确。那人忙禀报道："回禀皇上，李翰林念得一点不差，不仅不差，而且还翻译得文采斐然，超出众人。"

原来玄宗怕李白不认识吐蕃文，给他一通胡说，早预备下了通译局的官员在此，以辨正误。听了这话，玄宗含笑点头，说："李爱卿，你对吐蕃文这样熟悉，就马上替朕写一封回信吧，只是也要用吐蕃文写，方显得我大唐人才济济，让他不敢小觑。"

李白也不推辞，他跌跌撞撞地站起来，穿上皇上让人拿来的一双新靴子，来到铺着纸墨的案前。只见他稍一凝神，立即笔走龙蛇，一封回复吐蕃的正式文书，瞬间一气呵成。看李白的书法，乍看不成章法，但细瞧却如云涌浪起，气势磅礴，纵横交合，气度不凡。当时写草书最好的要数张旭了，人称之为"草圣"，但看李白的这篇醉书，似乎也可称之为"醉圣"了。

李白直到从宫中出来，似乎都没有醒来。

在今天这场李白醉酒答书的活动中，玄宗是高兴的，杨玉环也是高兴的，因为他们从中得到了欢乐。而李白说不上什么高兴与否，他沉醉在酒乡，对身外一切都了无知觉。只有一个人是痛苦的，是愤恨的，他就是高力士。他觉得今天他就像一个小丑一样被李白耍了。

高力士咽不下这口气，他一定要报复李白，以洗脱靴之耻。可是找个什么办法呢？

高力士自然想到了杨玉环，因为现在皇上与太真妃正情投意合，一日不见如隔三秋，让太真妃在皇上耳边吹吹风，这比自己说上一百句都要有用。可是太真妃现在对李白也是青眼有加，很赏识他的才华，游玩和宴乐时总让人先把李白喊来。高力士实在不明白，那个李白有什么才华，不就是在皇上高兴的时候，即兴吟两句凑趣的诗吗，那就叫有才华了？

"汉宫飞燕？"高力士嘴里喃喃道。

忽然，他似乎醒悟了，心想：汉宫飞燕，那不是赵飞燕吗？她是汉朝成帝的皇后，听说是个不检点的女人。啊，李白，你好大的胆子，竟然拿赵飞燕来比太真妃。哈哈，这真是辛苦半天无所得，得来却未费工夫。李白，活该你倒霉，瞧我不好好在太真妃面前替你"美言"两句，让你吃不了兜着走。

高力士连忙来到杨玉环的面前，瞅准时机对杨玉环说："太真妃，老奴心里有一事，不知当说不当说？"

"阿翁，有什么事，你不妨明言，又不是外人。"

"是这样的，那个李白太过恃才傲物……"

"啊，阿翁，今天皇上不过是和你开了个玩笑，你不要怪罪李白。"一想到白天的情景，杨玉环还禁不住想笑。

"回太真妃，皇上无论对奴才怎么样，奴才也不敢心有怨言，奴才想讲的是另外一件事。"

"噢，什么事？"

"太真妃一定记得李白为你写的诗吧，现在这几首诗已经传遍京城长安了。"

"我记得，怎么啦？这三首诗写得太好了，李白不愧是个大诗人。"

"太真妃，恕奴才大胆，奴才从这三首诗中看出了李白的险恶用心，他居心叵测，诗中明是赞美太真妃，实是贬损你。"

"什么？你是说李白在诗中讽刺我？我怎么没看出来？"

"那是太真妃心地太过仁慈，没有留心。太真妃一定记得诗中有这么一句：'借问汉宫谁得似，可怜飞燕倚新妆。'"

"有，怎么啦？"

"太真妃还不知道诗中所讲的飞燕是谁吧？她可是汉成帝时的皇后，历史上大大有名的大美人。"

"李白用历史上出名的大美人来比喻我，没什么不好啊！"

"不好。那赵飞燕皇后虽是历史上出名的大美人，但名声并不好，听说与一个名叫燕赤风的男人有染。太真妃，李白用这样一个名声有污点的人来比喻你，是不是他另有所指，暗藏祸心呢？还有，那赵飞燕身轻如燕，听说能在人托着的水晶盘子上跳舞，而太真妃你却身材丰腴，李白这样说，是不是在讽刺你太过……啊，请恕奴才无礼。"

听了高力士这番话，杨玉环不再作声，显然高力士的话打动了她的心。高力士说的什么身体的胖瘦倒无所谓，让杨玉环在意的是他的前半部分话，就是李白把自己和名声不好的赵飞燕扯到了一起。

别看杨玉环平时一副没有心机的样子，其实在心里她对名声还是挺在乎的。因为她先嫁寿王，再随皇上，即使别人不说，她想起来心里也总觉得有一丝不妥。这也是她怕见父亲的原因。

也许是杨玉环心里太过敏感的原因，听了高力士的一番胡扯，她竟信以为真，心里对李白恨恨不已。

高力士见达到了目的，就不再言语。他心中暗自得意，心想：李白，你得罪了我没关系，你得罪了太真妃就有你瞧的了。你这个穷酸文人，从哪里来的还是滚回哪里去吧。

其实，李白所作的诗本意是赞扬杨玉环的美貌的，就是说赵飞燕算是出名的美人了，但她还得倚仗新妆，哪里及得眼前花容月貌般的太真妃，不需脂粉，已是天姿国色。他根本没有讽刺杨玉环的意思。不想，被高力士一曲解完全变了味，这是他万万想不到的。不过，高力士的这一番曲解倒像是诠释了杨玉环以后的命运，那就是她也如赵飞燕一般，最后落得个自尽身亡的境况，并且是在高力士的眼皮底下，这是当时两个人谁也想不到的。

　　自此，杨玉环对李白不喜，由原来的敬佩变为厌恨，以后，她与皇上游宴赏玩时，再也不要李白这个大诗人在旁赋诗写词了。时间久了，皇上对李白的感情也有了隔阂与疏远，因为最初的新鲜劲已经过去，李白再有诗才，也不能天天有轰动的诗篇。

　　李白是个聪明人，他从皇上对他日渐疏远的态度上，明白自己也已经到了离开京师的时候了，于是他上表请还。皇上也没有挽留，准许李白还山，还赐予了黄金，礼仪也很隆重。这是最后做做礼遇贤士的姿态。

　　"君王虽爱蛾眉好，无奈宫中妒杀人。"曾满怀理想入京的李白，在京城没有待满三年，就怀着惆怅与失落离开了这块繁华地，去中原大地完成历史赋予他的一个大诗人的命运了。

　　而玄宗皇帝与太真妃杨玉环注定也只能完成属于他们自己的政治命运，他们的相遇，就像历史夜空中两条光线偶然相触，倏然又分开了。

　　被称为诗仙的李白刚离开京城长安，杨玉环的三个姐姐就从巴蜀赶来了。她们分别是崔氏夫人、柳氏夫人、裴氏夫人。原来她们虽远在巴蜀，但杨玉环在京中的一切她们都听说了，她们为自己家族中出了这样一个人而高兴。

　　李白作的那些与杨玉环有关的诗已经唱遍天下，从巴蜀来京的一路上，她们几乎是听着歌到达的。

　　到了京师，她们没有投亲靠友，而是自己拿钱投宿馆驿。因为她们都很有钱，特别是裴氏夫人，出嫁的夫家是经商的，在巴蜀地区是个大大的商贾。她嫁过去没有几年，体弱多病的丈夫就一命呜呼了。更可喜的是她的丈夫是独子，没人来与她分家产，加之她善于经营，钱财每天源源不断地流进她的腰包。大姐、二姐也是当地富户，此次来京，她们带足了钱财，一来看看分别多年的四妹玉环，二来也要好好玩耍、游览一下。

　　她们姐妹三人先去拜访了三叔杨玄璬和杨鉴。杨玄璬前一阵子被杨玉环入宫一事气得生了一场病，但皇上亲自派来御医诊治，他觉得自己的病再不好转，难免有忤旨的罪名，就强迫自己起床，慢慢地病也好了一些，但还没有好得彻底。好在皇上关照在先，他已经很少到衙门处理公务了。

　　杨玄璬看到大哥的三个女儿，心中又是欣慰又是伤感。记得上次他去蜀中接杨玉环时，都已出嫁，年龄都不是很大，现在也是人妇人母了，而变化最大的当属被自己领回来的杨玉环。他不知道如何在三个姐姐面前提起杨玉环，向她们述说杨玉环前后两次的婚姻。

不过，她们倒很关心她们的四妹，一点也不为自己的四妹先嫁了寿王，又嫁了皇上而难为情，反而很喜悦的样子，不停地向杨鉴打听杨玉环的事。

当听了杨鉴的一些介绍后，裴氏夫人竟说："啊，小妹真是幸运，竟能得到皇上的宠爱。"

听到这话的杨玄璬心里郁闷着，讲不出话来。

三个姐姐到了长安，消息由玉真公主带给杨玉环。

杨玉环一听三个姐姐同时来到了长安，心里喜欢得不得了，想立即就见到她们。但玉真公主对她说，这要内侍省来安排，有一定手续的。杨玉环只能干等着。

好在，她没有等得太久。没过多少日子，她的三个姐姐就把省亲的帖子投到了内侍省，由内侍省安排她们入宫的时间。

姐妹四人一见面，不知是喜是悲，虽然有宫中使女在旁，但她们还是"执手相看泪眼"，互道别后音信。

三个姐姐看到分别多年的四妹杨玉环，现在已经不再是小时见到的模样，长得真可谓艳丽无比，真如李白诗中所赞，倾国倾城，名花带露，她们看了心里说不出的欢喜。三姐裴氏夫人很快就从伤感中解脱出来，拉着杨玉环的手让她带着去皇宫各处走走看看，说要开开眼界。

杨玉环告诉她皇宫很大，整个看过来，恐怕要三天时间。

"那我就先看看沉香亭吧，李白的诗中一再提到它。"

杨玉环把向北的一面窗子打开，指着荷塘边的一个亭子说："那就是沉香亭，只是已经过了牡丹花开的时候，不然四周开满牡丹，那才叫好看呢。当初建这个亭子就是为了欣赏牡丹的。"

"我看也很普通嘛，看来文人作品中的东西都带着幻想与夸张的，还是不要亲眼看到实物的好。"

看到三个姐姐如此高兴，杨玉环也很欢喜。她知道三姐现今已经成了寡妇，想多少安慰她一下，说："三姐，三姐夫这么早就过世了，也够你伤心的。"

不想，裴氏夫人一点也不难受，她说："那个病鬼，早点死了倒好，免得日日看了碍眼。"

听到这话，杨玉环心里有些错愕，而她的另两个姐姐却笑看着三妹。杨玉环知道她们一定有些事瞒着她，但她们不说，她也不好多问。

原来，裴氏夫人虽然死了丈夫，但生活上并不检点，风骚得很，身边并不缺少男人。这是杨玉环不知道的。

正在她们姐妹相叙别来之情时，皇上来到了，但听说杨玉环家里来了人正在接待，就没有进来。

裴氏夫人一听皇上就在屋外，便急不可待地说："啊，玉环，皇上应该说是我们的妹夫了吧，那我们就都是他的大姨子了，他应该见见我们啊。"

杨玉环听了这话笑了，她说："我与皇上的名分还没定呢。"

"什么还没定？我听她们都喊你太真妃，太真妃难道不是名分吗？"

"太真妃只是暂时的称呼，不是一种册封。不过，我也不在乎这个，有时想想，没有正式册封也好，有些事可以绕过去。"

杨玉环说这话的意思是，她一旦正式册封，父亲就要受封，而他对自己的入宫一直是不赞成的。还有就是寿王，不册封也可回避与他的关系，如果册封，她岂不就变成了他的长辈？

但三姐不这样认为，她说："怎么可以这样呢？皇上要是真喜欢你，一定要给你个正式名号的。我看呀，就加封你为皇后算了，反正现在后宫又没有皇后。"

杨玉环为三姐的直率而好笑，她说："后宫没有皇后已经几十年了，皇上怎么会为了我重立皇后呢？好了，我们不谈这个了。"

"为什么不能重立皇后？以前有过的，现在就不能有了？不行，你把皇上喊进来，我来和他说说。"其实裴氏夫人是想见见皇上，这不过是她找的借口。

大姐和二姐也表示了这个意思，想见见皇上。看了三个姐姐的神态，杨玉环就让人去请皇上来见见她的家人，不过她再三告诫三姐，不要在皇上面前提什么册封的事。三姐伸了伸舌头说："你自己不想要册封，我又干吗替你开口？"

玄宗很快就赶了过来。杨玉环把她的三个姐姐向皇上逐一介绍。也许是一母所生吧，玄宗看到杨玉环的三个姐姐个个长得不错，大姐和二姐显得端庄，而那个三姐裴氏夫人容貌竟也美得出众，虽说赶不上杨玉环，但自有她的动人之处。她们一个个向皇上行礼。裴氏夫人向玄宗行礼时，还调皮地抬起头来向他眨了眨眼。

玄宗一生与无数个女人打交道，一看就知道裴氏夫人是个轻佻活泼的女人，虽然她是杨玉环的三姐，但似乎比小妹还要活泼些。他笑嘻嘻地说："玉环的姐姐我还是第一次见，我们亲戚间太生分了，要常走动为好。"

"这不能怪我们啊，陛下，我们住在遥远的巴蜀，好不容易才来一趟，哪能说见面就见面呢？"

"噢，你们才从巴蜀来的？那馆舍都安排好了吗？要不要我让人去安排？"玄宗对玉环的家人很是关心。

"不用了，谢谢皇上，臣妾一切都安排好了。"

"刚才我进来时，你们在说什么呢？"

"没说什么，我们正在谈论玉环的身份。"心直口快的裴氏夫人说道。

"三姐，不可放肆！"杨玉环连忙阻止三姐的话，但皇上已经听到了。

"什么身份？"玄宗问道。

"就是玉环在宫中应得的地位。这有什么不能说的？皇上，我说这些，你不会治我的罪吧？"裴氏夫人不理会杨玉环的劝阻。

"噢，你们是要替玉环向我讨封来了，是不是？讲起来这也怪我，早就应该给玉环一个名分了。"

"皇上，不是的，我不在乎的。"杨玉环怕皇上有所误解，忙辩解道。

玄宗摆了摆手，不让杨玉环再说下去。他知道杨玉环不是那种对名分计较的人，但不能因为杨玉环自己不在乎就不给她啊。在这一点上，他自己是有愧的。

其实玄宗并不是不想对杨玉环有所封赏，而是由于别的原因耽搁了。首先，杨玉环是以替窦太后荐福为名而离开寿王当女道士的，但是现在宫廷内外都已经知道这是个假象，杨玉环实际已成了皇上的妃子。如果时间相隔太近，难免会让人心理上受不了，表面的礼仪还是要维持的。再次就是杨玉环的家人对此可能不会接受，明白地说，就是杨玉环的父亲杨玄璬有可能不接受。虽然皇权高于一切，但一个固执的儒生如果搬出孝来，也是说不过他的。杨玉环当女道士已经气得他生了一场病，还要辞官不做，如果再嫁给前夫的父亲，这在他看来是乱伦的事，说什么他也是接受不了的，还不知道会做出什么来呢。

正是如此，玄宗才迟迟没有给杨玉环一个正式的册封。好在杨玉环是个没有野心的人，她对名分从没在乎过，不像当年武惠妃，还想着让皇上封她为皇后。不过以杨玉环现在在宫中的地位来说，其受宠的程度与尊荣，与皇后已没有什么区别了，实际上后宫中已经无人可在其上了。就因为这点，对她的称呼才显得有些困难，最后迫不得已，只好称她为太真妃，而她自己则自称"娘子"，一点没有在乎的意思。

今天听了裴氏夫人的话，玄宗也觉得她问得不是全没道理。但他不好把其中的原因说给她们听，就笑着说："你想我给玉环一个什么册封呢？"

"我当然希望你册封得越高越好了，我巴不得你封她为皇后呢。"直率的裴氏夫人说道。

"三姐，你越说越没谱了，这里可是皇宫。"杨玉环怪三姐讲话太没尊卑高下，只一味随口乱讲。

"怎么，我讲得不对吗？哪个女人不想有个正式的名分？再说你有了高的封号，我们也可以沾沾光，或许能得个封号呢。"

听到这里，玄宗哈哈大笑，说："原来你为玉环着想是假，是想自己讨封。这还不简单吗？你们都会得到封号的。"

"陛下，我们得不得封号不要紧，主要还是玉环，她是我们的小妹，我们都关心她。"大姐崔氏夫人说。

"其实我不是不想给玉环一个册封，只是其中另有隐情，比如你们的叔父就很不喜欢。"

"你是说三叔吧，他就是这样一个人，书读多了却不明白道理。我们好不容易来到长安，本想好好游玩一番，哪知他不给我们指点路径，还告诫我们不要到处乱跑，说什么妇道人家最好不要抛头露面，免得多惹是非。特别是对我，几乎就不让我出门。"

"他为什么对你特别严厉呢？"皇上问道。

"因为我死了丈夫，是个小寡妇啊。"

"三姐，在皇上面前讲话要注意分寸，不要口无遮拦。"杨玉环为三姐讲话太过放肆向皇上道歉。

"没什么，没什么。我还不知道她已经没了丈夫。这从她的表情上一点都看不出来啊。"不知怎的，听到眼前这个如花似玉的三姐是个小寡妇，玄宗的心里就有着一丝喜悦。

"三叔为人比较严谨，凡事都按儒家教导，不免古板无趣，但他到底是一家之长，还是要照顾到他的尊严的。"二姐柳氏夫人说。

"我看呀，就对玉环进行了正式册封，他又能怎么着，难道他还敢不听陛下的？到时，皇上你再封他一个大大的官，他一定会很高兴的，说不定，还嫌封得太迟了呢。"率真的性格让裴氏夫人看上去有点可爱，不觉间就让皇上喜欢起她来。

"好，就听你们的，过几天我就给玉环册封。"

虽然杨玉环的三个姐姐与皇上是第一次见面，但他们相处得很融洽，言谈甚欢。特别是那个三姐裴氏夫人，既不惧怕皇上，也不拘束礼节，一味地与皇上调笑胡闹，反而很得皇上的好感。

皇上在宫中设小宴招待杨玉环的三个姐姐，地点就在沉香亭畔。宴席间，裴氏夫人非要为皇上表演李白的诗，并说，由于一路上赶来，各个地方的唱腔都有不同，她的肚子里存了好几种版本。这引起了玄宗的兴致，他要裴氏夫人把她会的不同版本都表演一下。

于是，裴氏夫人把她一路上或听或看的不同版本的诗都亲自表演了一番。在表演过程中，她有时嗓音纯美地唱"名花倾国两相欢，长得君王带笑看"，加之稍显轻佻的舞姿，也让人能领略到美感。有时，她故意把嗓子捏起来，发出尖细的声音，那时听她唱的不免有毛骨悚然感觉。此时，她又故意做出笨拙的舞姿，让人一看就知道这是乡村中编排的戏。

她的一连串演出逗得玄宗乐个不停，他说："这些个样式，一定是你临时想出来的。"

裴氏夫人不承认，她说："陛下，你还不知道吧，从巴蜀到京城，无处不在传唱李白的诗，上到达官贵人，下到戏耍艺人。我看到的还是少的呢。"

玄宗不说信也不说不信，反正全国上下都在传唱歌赞杨玉环的诗，这让他很高兴。

最后，杨玉环的三个姐姐都兴高采烈地离开了皇宫，因为她们一来看到了多年没见的四妹，看到她无人可及的奢华宫廷生活和尊贵的地位；二来还拜见了皇上，并得到了皇上赐宴招待，许诺要给她们封赏。

当晚，玄宗与杨玉环单独在一起时，玄宗问道："玉环，今天你三姐讲得不是没有道理，我应该给你一个正式的名分了。你想我册封你什么呢？"

"哎呀，三郎，三姐是个胡乱讲话的人，你千万不要把她的话当真。"

"我不觉得她在胡讲啊，我觉得她讲得蛮有道理的。我和你在一起已经四年了，总不能老让你当女道士吧。"

听玄宗这样一说，杨玉环才想起自己现在的身份还是太真法师，因为她太久没有穿过法衣了，她几乎忘记了自己的真实身份。

"三郎，你知道，我是真的不在乎这些的，只要我们能天天在一起，管它什么名分呢。再说，我当了女道士父亲不高兴，害得我现在都不敢见他，如果你再公开与我的关系，他不活活气死才怪。我不想为了一个封号而对不起他。不管怎么说，他把我抚养长大，我欠他的养育之恩。"

听杨玉环这样说，玄宗就不好强行按自己的意愿办事。这本是好事一桩，假如杨玄璬真的以之为耻的话，那么他不仅不会要皇家给他的封号，还要做出以死进谏的顽固之事，岂不弄巧成拙？而册封杨玉环，按照礼仪规定，必定是要加封她的父亲的。

"这事不必忙在一时，总会有办法的。"玄宗也只好暂把此事放一放。

但恰在此时，杨玄璬又病了，这次病来得十分凶猛，再也不似前一次还带有三分假装。

消息传到宫中，玄宗派了最好的御医去为他诊治。御医回来禀告说，杨博士的病很严重，有一些无法解释的症状。听了御医的禀告，玄宗没敢把真实情况告诉杨玉环，免得她担心。

也许是杨玄璬感觉到自己的病可能有性命之忧，所以他就再次上表提出病退。照样，李林甫把杨玄璬的奏章上报到玄宗这里。这种情况下，玄宗就不好不批了，他准予杨玄璬因病暂时离职，养病期间俸禄照发。

获得批准离任的杨玄璬准备到洛阳去养病，不管怎么说，他在洛阳待的时间比长安长，主要的朋友与熟人都在洛阳，回到那里，会舒畅一些。人生真是一个圈，想当初在洛阳为官时，一心想上调为京官。等到了京城长安为官，在别人眼里似乎荣耀了，但内心却寂寞得多了。多年朋友相隔两地，经年的同僚无缘相聚，等到人老了，悲世伤怀，心中总觉得有一根线被故乡牵引着，想着要回到老家去，回到那保存着自己的青春和壮年的记忆的洛阳去。那里是自己成长的地方，最好还是埋葬自己的地方。杨玄璬就是抱着这样的心情回到故都洛阳的。他看着早年他所熟悉的城墙与街道，不由得一阵伤感，他像游子一样滴下两滴浑浊的老泪。古老的城门像父亲敞开的胸怀，等着他的归来。

或许杨玄璬真的沉疴难愈，或许是他感叹身世，触景伤怀，回到洛阳后，他的病竟一天天加重起来，暑天还没过完，竟过世了。

消息传到长安，杨玉环万分伤心。但高力士用委婉的语气告诉她，她不可表现得太过伤心，更不可在皇上面前流泪，因为她地位特殊，而且还有着更大的使命，就是以身娱君，个人的伤痛与事君比起来都是微不足道的。

这反而更增加了杨玉环的痛苦，因为她是个急性子的人，心里藏不住事，包括痛苦。如果让她放声痛哭一场，精神上的悲痛得到释放，心里反而会平静。现在暗示她要忍着自己的悲伤不可表露，就像把她释放悲痛的阀门拧紧了，那她除了原有的那份伤悲外，又多了一份人为的压力。

好在玄宗很理解她，知道她心里因为二度丧父有着无限的伤悲，于是主动放弃了一些大型歌舞的表演，没有大规模的行乐，甚至连房事也少了。在接下来的一个月里，玄宗倒是反过来时时陪伴杨玉环，陪她说话和散步，像一个慈父一样对她表示着关怀与照顾。

对这一切，杨玉环是心怀感激的，在玄宗的这种细心关怀下，她心头的伤悲在慢慢减少，直至平复。这段时间里，杨玉环也被皇上对她表现出的真挚情感所感动。

有一天，她和皇上在御花园里散步，当想到皇上这些天来对她无微不至的关怀时，情不自禁地把头靠在皇上的肩上，流下了热泪。她动情地说："三郎，感谢你这些天来对我的照顾。唉，我怎么说呢？我真觉得我承受不起，愧对你的情意……你对我太好了！"

"玉环，不要这样说，我们应该互相照顾的。"玄宗拍着杨玉环的手背说。

"三郎，开始你让我来到你的身旁，我还有些恨你的。哪知与你在一起后，才知道你是这样好的一个人，我过得那样愉快，现在我反而又担心我们不能长久在一起了。"这是杨玉环的真心话，只是以前从不敢讲，今天她说了出来。

"不会的，我们再不会分开的，我们会直到永远。"

"皇上，三郎。"杨玉环眼中的热泪又流了下来，同时又喊出了皇上的乳名，这是至情的真切流露。玄宗也感动了，他知道至此为止，这个女人已经完全属于他了，他有一种说不出的激动。

"我知道，玉环，一切都不要说了。我当时把你夺过来，也是没有办法啊。

我实在不能没有你呀。你不知道，我当时像少年一样发狂，日夜想念着你，心里、眼里都是你。你让我有什么办法呢？我知道你与他之间很好……"

杨玉环伸出手把玄宗的嘴捂上了，她不要皇上讲出那个人来。她说："人真是奇怪，以前我以为对一个人的感情是不会变的，但现在我不这样认为了。如果要我讲真话，我要说，三郎，其实你的魅力比他大。我感觉不仅是我，任何一个女人都会不自觉地被你吸引的。"

"是不是因为我是皇帝的原因呢？"玄宗笑嘻嘻地问道。任何一个男子都是喜欢被女人说成有魅力的，贵为皇帝的玄宗也不例外。

"我也讲不清，但起码不全是。你的身上有一种威慑别人的力量，让人不知不觉间就会臣服于你，听你的安排，这就是男子气概吧。"

听杨玉环这样说，玄宗得意地笑了。这显然在夸他是个男子汉。虽然他不稀罕这样的赞语，但这话从自己喜欢的女子嘴里讲出来，还是很受用的。

这场对话，加深了杨玉环与玄宗之间的感情，在他们的关系史上掀起了新的一页。这是他们爱情的升华，是一场平等的对话。在这场对话中，玄宗不把自己当作拥有无上权力的皇帝，杨玉环也不把自己当作屈居于人下的姜妃，他们在彼此的眼里，只是自己爱着的人和爱自己的人。

杨玄璬的去世为册封杨玉环移去了最后一道障碍，玄宗开始紧锣密鼓地为册封杨玉环布置起来。首先是要给杨玉环一个什么封号。

若是按玄宗的心意，他恨不能把后妃中最高的封号给杨玉环，最高的封号那就是皇后了，但这遭到了高力士的反对。

高力士说："大家，你不设皇后已经几十年了，不管怎样，现在你已经六十岁了，再立皇后，是不是显得太过招眼，太出人意料？你不是不知道，大抵为皇后者，不仅德容兼备，并且最好与皇上共经患难，而且娘家地位要高，这样，她才能具有母仪天下的风范，才能统率后宫，不让人讲闲话。太真妃德容俱佳，只是太年轻，皇上贸然立为皇后，有被别人讥为贪图美色之嫌，且她的娘家既不是皇亲国戚，也不是高官显贵，恐不能令人信服。还望皇上三思。"

这番话只有高力士敢讲，但讲得不无道理。玄宗听罢，沉思良久，说："将军所言极是，但我要立玉环为皇后还有着更深一层的含义。"

高力士默默不语，表示他在专心静听。

"不管怎么说，我现今已经六十岁啦，而玉环才二十过半。人寿有限，我怕等我百年之后，留下玉环一人孤零零地在世上，难免会受到别人欺负。假如我册封她为皇后，那她就是天下之母，谅旁人也不敢对她怎样。"

玄宗讲出这番话来，让高力士沉默良久。他没有想到皇上会想那么远，对杨玉环的感情会这样深，想到自己百年之后，还要对杨玉环负责，他怕在他死后，有人对杨玉环不好，那么谁会对杨玉环不好呢？谁敢对杨玉环不好呢？那只有后来的皇帝，不出意外的话，也就是现在的太子。太子可是自己的儿子，皇上在心里却疏远自己的儿子，亲近杨玉环。这让高力士深深感动，他在心里也对皇上与杨玉环之间的感情重新审视起来。

以前，他总认为皇上是贪图杨玉环的美色，杨玉环也是以声色娱君，他们之间的感情，高力士自始至终都是参与的。在这之前，皇上对别的女人不也是这样吗？最后还不是把她们从心里都忘掉了？这次似乎有点不同，杨玉环不同于以前的任何一个女子，她是那样深深地进入了皇上的心中，把皇上一颗心捕获了。

对皇上与杨玉环的关系重新有了认识的高力士又说："大家，除了皇后的尊号，别的封号你都可以册封给太真妃的。"

玄宗抬头看了看高力士，说："皇后以下，那就是贵妃最尊了。"

"册封太真妃为贵妃，我想是可以的。"高力士这样说。

就这样，玄宗经过与高力士商量后，决定正式册封杨玉环为贵妃。

当玄宗兴冲冲地把这个消息告诉杨玉环时，杨玉环却表现得十分淡漠。她说："三郎，贵妃是干什么的？"

也难怪杨玉环会问出这么幼稚的问题，因为在她脑子里除了知道皇后是天下之母外，对后宫嫔妃的复杂称呼，她是一概不明白。再说，她入宫以来，也没有见过什么贵妃，所见到的不是什么才人，就是什么美人，她实在不知贵妃属于什么品级。

玄宗就给她解释说，贵妃是仅次于皇后的称号，现在后宫没有皇后，她就是最大的官了，后宫所有的嫔妃都归她统领。一听这话，杨玉环高兴了，她说："哎呀，原来贵妃是这样大的一个官，她们全要听我的，好，太好了。不过，我也懒得管她们，我只想管你。"

玄宗呵呵大笑，说："我准备在我生日那天，颁布对你的册封，这样会更有意义。"

那是没有多久的事了，相隔只有半个月。但在正式册封杨玉环为贵妃前，玄宗必须还要做一件事，那就是为寿王选一个王妃。

玄宗皇帝为什么要这样做呢？因为杨玉环是他从儿子寿王的身旁强夺过来的，现在他要在名分上确立与杨玉环的关系，就要先把杨玉环在寿王身边的那个空填起来，这无论是从伦理上还是从掩盖真实情况上来说都是需要的。

玄宗为寿王选的王妃是韦氏，也是高门之女，家庭显赫，其祖父是齐州刺史，从祖父曾任太仆少卿，上祖父更是有名，是历任武皇、中宗时期的宰相韦巨源。此次去寿王府颁布《册寿王韦妃文》的依然是大臣陈希烈。这已经是他第二次去寿王府颁布册寿王妃的诏书了，记得十年前，他颁布的叫《册寿王杨妃文》，现在只不过把文中的"杨"变为了"韦"。陈希烈是个唯唯诺诺，做事没有主见的人，对杨玉环的事他虽然明白，但绝不会多言声张，所以颇得玄宗的喜爱，让他两次充当颁布使，虽然滑稽，但却保险。

寿王自从失去杨玉环后，开始一两年可谓神情恍惚，茶饭不思。他不能接受这样的现实，虽然父皇给他派来一个侧妃魏来馨，但他对她并不宠爱。他让府中的一切保持杨玉环离去时的原样，每天看着府中的一草一木，廊柱居室间似乎都有着杨玉环的身影。他就这样整天沉迷在往日的时光中，不愿面对现实的无奈与痛苦。随着时光的流逝，寿王心中的伤痛也在慢慢平复，他知道杨玉环是一去不复返了，妹妹咸宜公主和他说的什么假如他再当上太子，当有与杨玉环再团圆之日，他也觉得一点希望都没有了。同时，他的心中还隐隐有着一丝担忧，那就是担心父皇为了消除杨玉环以前的身份和来历，会把他除掉。

这不是没有可能的事，像前不久发生的"三王"事件，虽然他们都是父皇的亲儿子，但只是听凭母妃的一句话，就把他们都杀掉了。现在，父皇为了自己的享乐与声誉，绝不会顾惜到骨肉之情的。每每想到这里，寿王不免心惊肉跳。心中惕然的他哪里还想着去听咸宜公主的安排，去积极外出活动，结交有权官员，去让杨玉环做内援，极力牟取太子之位。相反，他表现得更加小心谨慎，处处收敛光芒，做出一副孝顺恭敬的态度，以让父皇放心。特别是在从小抚养过他的宁王大伯父去世时，他更是悲情流露，披麻戴孝，以报乳养之恩，让父皇看到他恭顺的一面，从而对他放松戒备，只有如此苟且偷生，方无性命之虞。

现在，皇上再次给寿王送来一个王妃，这让寿王的一颗时刻吊着的心放了下来。这说明父皇对他还是关照的，虽夺去了他的王妃，但在道义上还有着某种理亏，这也算是对他的补偿了。

天宝四载（745年）——从天宝三年（744年）开始，把年改为载，自此以后，年号统称为天宝几载，而不是天宝几年——八月初六，是玄宗皇帝的生日。千秋节刚过，皇上便正式宣布"太真妃"为"贵妃"，统领后宫。

因为杨玉环以前是寿王妃，所以册妃并未有庄严的典礼，但有一项盛大的宫内欢宴。这样入宫多年身份不明的杨玉环，终于正了名，为六宫之主。

杨玉环被册封为贵妃，接下来就要对她的家人进行册封了。杨玄璬虽然故去了，按理应该追赠，但这次在诏命中，却把杨玉环的父亲又恢复成了杨玄琰，追赠他为兵部尚书。这样做是为何呢？因为在当初册封杨玉环为寿王妃时，敕文中曾提到杨玉环为杨玄璬之女，为了让人彻底忘掉这一段往事，玄宗又把杨玉环的身世复原了。杨玉环的母亲被追赠为凉国夫人。唯一健在的长辈叔父杨玄珪被封为光禄卿，从三品。玄宗既把杨玉环的身世还原，那么哥哥杨鉴也就变成了堂哥，由中书舍人变为侍御史，因为娶了承荣郡主，循例晋为驸马都尉，从五品下。还有一个堂弟杨恬，官封殿中少监。

　　册封贵妃的典礼过后，宫中上下，见着杨玉环不再称呼"太真妃"了，而改称"贵妃"。愁苦怨日长，欢乐嫌时短。千秋节刚过，眼见着八月十五中秋节又来到了。在中秋节这晚，玄宗决定在宫中举行一个家宴，招待杨玉环的家人。

　　堂哥杨鉴到洛阳赴丧未回，叔父杨玄珪刚好外出公干，来赴宴的杨玉环的三个姐姐做了代表。因为有了第一次相见时的融洽，再次见面，三位夫人已不再陌生。特别是裴氏夫人，她活泼而不拘礼，听到的都是她的笑声。

　　宴席被安排在兴庆宫的龙池之畔。所谓的龙池原来是兴庆坊中间的一块凹地，日久天长，雨水所积，形成了一个大水塘。兴庆坊改为兴庆宫后，玄宗就把这个大水塘疏浚深挖，周围都建起亭台楼阁，中间再广植白莲，成了皇宫内宴乐赏景的中心场所。玄宗常偕杨玉环一同泛舟其上，夏采莲藕，秋摘菱角，因为贪图凉爽，还在龙池中筑有一座水殿，常与她昼寝于水殿中。

　　皓月当空，菊花盛开，这是杨玉环被册封为贵妃后第一次与家里人相见。三个姐姐对小妹能得到如此的荣耀从心里感到高兴。她们想，在杨氏家族中，女子最风光的当属她了。特别是三姐裴氏夫人，在入席前，非要在内殿中让杨玉环穿上贵妃的朱服让她看一看。

　　宴会上，杨玉环的三个姐姐竟公然向玄宗讨起赏来。裴氏夫人说："皇上，你有点偏心。"

　　玄宗说："此话从何而来？"

　　裴氏夫人说："你对杨家所有的人都有封赏，唯独对我们三姐妹没有赏赐，这不是偏心是什么？难道我们不是杨家人吗？"

　　"啊，这个……"

　　其实玄宗在对杨玉环的娘家人进行封赏时，是想到她的三个姐姐的，但一般对女子的封赏都依附于丈夫，而她们的丈夫不仅不是杨家人，就连他们是干什么的也不知道。对裴氏夫人的封赏更是为难，她连丈夫也死了，怎么封呢？玄宗曾就这事和杨玉环商量过，杨玉环说可以等一等，还说，等三姐再嫁时封她也不迟。不想，他们想等等，三个姐姐却嫌迟了，竟张嘴要起封赏来。

　　对于讨封这种事，玄宗显然也是见多识广，处变不惊。他不慌不忙地问道："噢？不知你们都想得到什么封赏呢？"

　　"对皇上赐予的封号，我们只会感到光荣，不会嫌其大小的。"大姐崔氏夫人卖巧地说。

　　"好，我这就加封你们。大姨封为韩国夫人，二姨封为秦国夫人……"

　　三姐妹真是越听越高兴，想不到皇上真是大方，不开口则罢，一开口就是以"国夫人"相送。三姐裴氏夫人想，大姐得的是韩国夫人，二姐得的是秦国夫人，我会得到一个什么夫人呢？皇上对我最有好感，一定会封我一个更大国夫人，哼，最好是唐国夫人，啊，不对，四妹身为贵妃就是唐国夫人啊。正在她这样胡乱猜想时，玄宗开口了："三姨为虢国夫人。"

虢国？这是什么国家，我怎么没有听说？哼，我没听说的一定是个小国。于是，裴氏夫人不干了，她嘟着个嘴，不高兴地说："皇上，你封她们都是那么大的国夫人，唯独对我小气，封我一个什么虢国夫人。虢国在哪里，我怎么一次也没听说过？"

听到这话，玄宗几乎要笑了出来。本来他封杨玉环的三个姐姐的称呼，都是虚名，没有什么意思的，也是他一时胡诌出来的，想不到裴氏夫人还把它当了真，竟嫌弃她的虢国不大。于是他骗她说："谁说没有虢国了？它在周朝是个很大的诸侯国，是个比秦、韩、赵、魏都大的诸侯国。"

周朝是有个虢国不假，但要说它比秦、韩、赵、魏都大就有些言过其实了。但不明历史的裴氏夫人听皇上这么一说，还当真以为虢国是个很大的诸侯国呢，于是欢天喜地接受了封号。

自此，杨玉环的三个姐姐都有了正式的封号，崔氏夫人叫韩国夫人，柳氏夫人叫秦国夫人，裴氏夫人叫虢国夫人。玄宗不仅赐给她们封号，还赐予她们宅府。虢国夫人仗着她手里有钱，不要皇上赐给她的府宅，但她不好当面推辞，就堂而皇之地说："皇上，府库钱财无不是百姓膏脂，我等无功怎好受禄？承蒙皇上眷顾，赐予府宅，但一旦进入，怎能心安？依臣妾之见，不如皇上准旨让臣妾自己挑选一处满意的宅院，出资自购，一来节省了皇家钱财，二来也让臣妾觅得满意居处，何乐而不为呢？"

玄宗一听要给他省钱，他乐得送个顺水人情，就答应道："好，好，你们就在长安随意挑选购买自己满意的府宅吧。"

杨玉环当上了贵妃，玄宗对杨氏一门大加封赏，但还是遗漏了一人，此人就是后来发迹当上宰相，权倾天下的杨国忠，只是此时，他还不叫杨国忠，他叫杨钊。推恩杨门之所以没有他，是因为他是杨玉环三代之外的亲属，作为从祖兄，关系太过疏远。推恩也是有限的。

这位从祖兄杨钊在杨玉环小时候居于蜀中时，曾去过一次，还和杨玉环姐妹们见过面。他从小就不肯读书，行为放荡不检，喜欢饮酒赌博，在家乡待不下去了，跑到杨玉环的父亲那里，准备躲一躲。哪知，恶习不改，他背着杨玄琰赌博，还借着杨玄琰的名义在外面借钱，事发后，就偷偷跑掉了。

杨钊跑到关中，谋得一个扶风尉的小吏之职，但很不得志，干不下去。此时，他听说杨玄琰已死，就又想到蜀中来碰碰运气。当杨钊再次来到蜀中时，杨玉环已经去洛阳了。

　　此时杨玉环的大姐、二姐相继出嫁，三姐也刚刚完婚。杨钊因为与她们祖上的关系，常常去她们的夫家拜访，一来可以让她们照顾他，二来也可从她们手里骗些钱来，因为她们的夫家都是很有钱的。跑到蜀中的杨钊什么本事也没有，只好当兵。当兵是没有前程的，想要靠军功一步步升迁当官是很难的，他看到这点，也不当兵了。

　　啥事也不干的杨钊整天混迹于赌场酒肆，做些见机行事的事，从中谋得一点小钱度日。时日一久，他养成了精明机灵的特性。正是他这点遇事灵活、反应快的特性，让当地的一个叫鲜于仲通的富豪看中了，就把他拢于府下，让他做做跑腿的事，时常给他一些接济，日子勉强能过得下去。

　　这期间，杨钊娶了一个蜀中倡优做老婆，生了几个儿子，生活困苦，常常吃了上顿没有下顿。但不知他从哪里来的那么大活力，生活穷困潦倒无以度日的他，身上竟蕴藏着许多的情欲，他竟趁着常去拜访杨玉环三姐的机会，与之勾搭成奸。

　　从杨玉环的容貌上不难推断出她三姐的长相，必定也是颇有姿色，到了花月之年，更是容颜艳丽。只可惜她所嫁的丈夫却自小有着病根，身体羸弱，不能满足她如火的情欲。

　　兰兰正当青春年少，对情欲的渴望十分强烈，她整日闲居在家，却满脸的憔悴落寞。这一点自然瞒不过常在风月场所走动的杨钊，他垂涎于兰兰的美色，开始动用一切手段和言语来勾引她。

　　按理说，杨钊比兰兰大了十几岁，相貌也不出众，说什么兰兰也不会看上他的。但深居简出的兰兰平日很少能接触到其他的男人，而杨钊在勾引女人方面确实有着不一般的手段，两人开始只是眉目传情，慢慢地就勾搭到一起去了。能得到兰兰这样美貌的女子，让杨钊欣喜若狂。

　　两人由最初的小心谨慎到后来的放荡不羁，行踪终被兰兰的丈夫觉察。一天，两人正在欢娱，恰被兰兰的丈夫进来撞见，他气得用手指着这对奸夫淫妇讲不出话来。眼见自己的奸情败露，兰兰索性一不做，二不休，不是有所收敛，而是公然与杨钊来往起来。

　　兰兰的丈夫本来身体不好，见她如此，连气带病，自此一命呜呼。去了这个障碍，他们二人更加没了顾虑，来往更加亲密。直到兰兰随大姐、二姐来京，二人才断了来往。

　　临去京城前，杨钊对兰兰说："心肝，听说你们的四妹颇得当今圣上宠爱，你这一去如果得了荣华富贵，可不要忘了我啊。"

　　兰兰用手指点着她的相好说："放心，忘不了你的。如果我到了京城，真如你所说，得了荣华富贵，我立即派人抬着八人大轿来接你。"

事情却正如杨钊所料，杨氏三姐妹一到京师，即因杨玉环的缘故被皇上接见，恰逢杨玉环被册封为贵妃，恩及杨门，她们先后成了京城新贵，真可谓荣华富贵唾手而得。但青云直上的兰兰，此时却把杨钊给忘了。来到长安的她，见着了大世面，天天见到那么多的豪华场面和达官贵人，忙着应酬和欢宴，哪里还会记得远在巴蜀的那个其貌不扬的杨钊？

杨钊还在天天盼望着他的兰兰抬着八人大轿来接他呢，日也盼，夜也盼，望穿巴山蜀水，就是不见从京师来接他的人。此时，他已经知道杨玉环被册封为贵妃了，那么不用说，她的三个姐姐肯定也得着了富贵，为何兰兰还不来接他呢？最后，他想到了，可能原因只有一个，那就是兰兰把他给忘了。一想到这里，杨钊满腔的热情瞬间化为冰冻。这不是没有可能的事，想他杨钊又有什么可让兰兰记住的地方呢？

想到这里，杨钊为之沮丧，他不再日日站在路口向着京城张望，但又心有不甘，心想，杨玉环被封贵妃，她的家人都升了官，得了好处，我为什么什么也没得到？我也是她的亲属啊。不行，我一定要抓住这个机会，谋得个一官半职，不然，这辈子就完了，整日在这种穷困潦倒的情境中挣扎，何日才是个尽头啊？

正在他这样想时，也是天缘巧合，剑南节度使章仇兼琼听说出生于蜀地的杨玉环被当今皇上宠爱，已被册封为贵妃，认为这给了他一个攀附的机会，他要好好利用故土关系来讨好这位贵妃，如果她能在皇上面前替他美言几句，那么不愁自己官运不亨通。但想法很好，做起来却很难，总不能派个人带着大批礼物到京，对贵妃说，你是巴蜀出来的，我现在是巴蜀的地方官，我们多亲近亲近，这也不行啊。章仇兼琼与鲜于仲通认识，这天，鲜于仲通到章仇兼琼府上做客。见章仇兼琼神情黯然，鲜于仲通忙问他心有何事。章仇兼琼说："我现在被皇上所看重，委以剑南节度使重任，但苦于没有内援，时间久了，必为李林甫所构陷，仕途断送。听说新近被皇上宠爱的杨贵妃，原是出生在蜀地，要是我能攀上她，与之相结，我就无患了。"

"节度大人所想极是，那事不宜迟，快快去做才是。"

"唉，我想来想去，苦于无人从中搭桥，空有心愿不能成行。君向有文采，才智过人，不如劳君为我跑一趟吧。"

听到这里，鲜于仲通摇手道："君待我甚厚，按理，仲通粉身碎骨难以为报，但仲通蜀人，从未去过京城，恐坏公事。"

"这样讲，我又要丢失一个结交内援的机会。常言说朝中有人好做官，现在李林甫搬权弄术，哪个外任之官不心中惕惕？若结识了朝中之人，即使帮不上什么忙，但早一点知道信息也是好的。"

正在章仇兼琼为难之时，鲜于仲通想到了杨钊，他说："节度大人不须苦闷，我倒想起一人，可为大人效劳，去京一走。"

"噢，此是何人？"

"说起来，此人还是杨氏一门中人，名叫杨钊，是杨贵妃的从祖兄。听他说，杨贵妃小时候，他还带着她玩耍过。此人现今穷苦潦倒在蜀，我见其精明灵活，常常接济他一二，他倒是个办事之人。"

听了杨钊与杨家的关系，章仇兼琼大喜，心想，这简直就是上天特意安排了这个人在我身边的。于是，他当即在府上大摆酒宴款待杨钊，俨然杨钊已经成了接通自己与杨氏一族的桥梁。听了章仇兼琼的心里话后，杨钊当即笑歪了嘴，心想，哪里去找这样好的事？我正要寻找机会去京，苦于没有钱财和路费，这下好了，有人把钱财捧到面前，还恳求我上京，好，再好没有了。他即刻表示乐于为节度使效劳。杨钊这哪是为别人效劳，他是为自己打算呢。

章仇兼琼当即准备大宗礼物和精美的蜀物，任命杨钊为"推官"，以贡献"春绨"为名，让他带着这些礼物进京为他打点。而精明的杨钊想得更多，他想，章仇兼琼让我代他送礼，这是没有问题的，京城就是再富，试想哪个还嫌钱扎手？我不仅会把他的礼物全部送出，还可以趁此机会为我捞取个官职。问题是要送一件打动杨贵妃的礼物却不容易。这是可以想到的，身为贵妃的杨玉环，天下的奇珍异宝毕集于皇宫，她什么没有看到过？要想送一件礼物引起她的好奇，实在不好办。

杨钊想啊想啊，伤透了脑筋，就是没有想出来。这天，杨钊来到街市上散步，看着货物布满街道两旁，他还在想着送什么礼物给杨贵妃。当走到街角处，他一抬头看到了挂满枝头的荔枝，心里一动，心想有了。原来他想到了杨玉环小时候爱吃荔枝的事来了，他想：我为什么不给她带些荔枝去呢？她小时候爱吃，长大必定也爱，只是不知道长安有没有荔枝。听说长安天气寒冷，荔枝难以成活，最好是这样。不过，就是长安有也没有关系，我千里迢迢地给她送荔枝，说明我心里还记得她小时候的趣事，这是千里送鹅毛，礼轻情义重。

想得倒挺好，但接下来遇到一个无法解决的问题。荔枝是一种比较娇贵的水果，"一日色变，二日香变，三日味变，四五日外香味尽去矣"。就是说，荔枝保存一天它的肉的颜色就会变，两天它特有的清香就没了，三天后再吃它就没有了那种清凉滋润的味道，四天五天什么也别谈了。这可怎么办呢？不要说一个月，就是把两三天后的荔枝进献给杨贵妃，没有了它特有的味道，引不起她的欢心，那又有什么意思呢？

这个问题可把杨钊难住了，他曾想用冰块来保鲜，但也不行，一来此时正是夏季，沿途到哪里去弄那么多冰块来？二来冰块冰的荔枝送到京师还有鲜味吗？杨钊对此表示怀疑。

最后，杨钊还是从植树的仆役那里得到了启发。原来每年春季时，负责植树的仆役都会把早已种在苗圃里的小树苗连根带土挖起，移栽到有钱人家的庭院中，因为小树苗的根部连着土，移栽后才不会死。想到这里，杨钊高兴万分，他想，对啊，为何不把一棵荔枝树连根带土挖出，一起运到京城呢？那样，只要荔枝树不死，荔枝永远都是新鲜的。

杨钊为自己想到这个好主意兴奋不已，他当即带人找到几棵长势茂盛的荔枝树，拣上面果实还没有熟透，大致会在一个月后成熟的带土挖了出来，然后再用绢布把它们包裹着，抬到早已准备好的几口大缸里，先养上几天，观察一下再说，如果出现萎靡不振，叶枯果落的，当即换下。章仇兼琼听说了这件事，当即派人再添上几口大缸，不用说，所需费用不用杨钊掏一个钱。

待一切准备停当后，杨钊也不耽搁，当即辞别众人，妻儿全都不带，向京城进发。礼物和蜀货装了好几车，更别致的是紧跟在后的几辆大车，上面全都置放着一口大缸，大缸上长着一棵荔枝树，走动起来，荔枝树迎风招展，如一小片在移动的树林。

杨钊骑马走在荔枝树旁，一有风吹草动，当即喝令人员停下。风大了不走，下雨不走。在旁人看来，这几棵荔枝树就是这位杨推官的命根子，不，比命根子还宝贵万分。

从蜀地到京城长安本要走一个月的路，估计他们要走上一个半月，好在杨钊并不很急，他知道有些急事更需要慢慢地来做。他想，我都等了三十多年，又何必忙于一时呢？

杨钊是在十月初秋时，由巴蜀来到长安的，一路上可说是风餐露宿，吃了许多苦。但说也奇怪，那几棵荔枝树反倒郁郁葱葱，长势很好，到了长安，也正是果熟蒂落的时候。

杨钊先找了一处馆驿住了下来，把一切安顿好后，他带着大量精美的蜀货，首先去找了杨氏诸姐妹。这是他一路上早想好的。他想他第一次来长安，人生地不熟，唯一认识的人就属杨氏诸姐妹了。虽然兰兰自从来到长安后，一直没有与他联系，可能早把他给忘了，但除了找她还能去找谁呢？他思来想去，还是硬着头皮去找了兰兰。她也许会对他不理不睬，甚至将他扫地出门，但他总要去试一试，运气有时就是这么碰出来的。

没费什么周折，很容易就打听到了杨氏诸姐妹的住宅。这让杨钊吃惊，想不到她们才来京城没多长时间，就已满城皆知。一路问过去，竟无人不知道虢国夫人。

这天，正是虢国夫人巨宅重新扩建后竣工的日子。虢国夫人一早来到新建的房屋里，她看到新建的房馆宽敞明亮，高大巍然，心中很是高兴。但家财万贯的虢国夫人，心中对新府的满意一点都没有表现在脸上，相反，她对待在一边等着领工钱的工匠们说："你们建的厅堂，不知结实不结实？"

"结实，结实。我们都仔仔细细地查过了，无一处缝隙。给夫人建府，我们就是长了两个脑袋也不敢怠慢。"

"噢，是吗？那我可要仔细查看一下。"

"应当的，应当的，夫人请验收吧。"

"好，来人啊，对新建的殿堂进行验收。不过，我丑话讲在前边，如果发现有一处缝隙，不要说我做事无情，工钱一文没有。"

虢国夫人话音刚落，只见从她身后站出几个仆人来，他们手里都捧着盒子。听了虢国夫人的话，他们把盒子打开，盒子里盛的竟是一些蝼蚁和蜥蜴。那些蝼蚁和蜥蜴爬出盒子，立即向厅堂的各处快速爬去。

"这里是一百只蝼蚁和一百只蜥蜴，我把它们放进殿堂中，如果殿堂中没有缝隙的话，那么它们就无缝可钻，等一会儿，我捉住它们还应是一百只。如果少了一只，就说明屋中还有缝隙，我就一文工钱也不给了。"虢国夫人从容地说。

见了这个阵势，那些工匠心中立刻明白了，这是想赖工钱啊。厅堂中就是再没有缝隙，哪有一百只蝼蚁和一百只蜥蜴放进去还不走失一只的道理？稍有一点小缝，它们也会钻进去找不到。自己拼死拼活干了这么久，工期限制得又这么紧，好不容易如期完工，只等着拿到这笔工钱回家，老婆孩子正等着工钱买米呢。这下可好，白干了一场。

工匠们马上跪在地上，求虢国夫人高抬贵手，可怜可怜他们，把工钱给了他们。见了这个情景，虢国夫人反倒吃惊地说："噫，你们这是干什么？我又不是想赖你们的工钱，等会儿捉齐它们，工钱如数奉上。"

蝼蚁和蜥蜴自然不能捉齐，眼见工钱无望，工匠们退而求其次，想让虢国夫人少给一点。但虢国夫人铁了心要赖这笔工钱，嫌他们聒噪个不停，让奴仆们乱棒打出。就这样，辛苦了两个月的工匠们除了每人身上被打了几棍外，什么也没得到。

在一旁看到这个阵势的杨钊，早已震惊得一句话也说不出来，他没有想到短短一年不见，兰兰竟有着这样的威势。自从他进府和兰兰见面，兰兰对他一直都爱理不理的。这让他想到，可能这个小妹妹已经移情别恋，把他忘记了。今天，他说不定也会像那些工匠一样，自讨没趣的。

但出乎杨钊的意外，当虢国夫人把那帮工匠撵跑，再屏退下人后，马上斜起媚眼看着杨钊说："你个该死的，还站在那里干什么？"

杨钊听了这淫荡的语气，看着那再熟悉不过的媚眼，心里一荡，但他拿不准杨妍对他的态度，便恭敬地说："虢国夫人。"

"什么虢国夫人，人家愿意听你以前怎么喊奴家的。"

以前，杨钊在情浓火红时，都是喊她小兰兰，于是他试着轻声喊了一声："小兰兰。"

虢国夫人清脆地应了一声。杨钊放心了，这才明白兰兰并没有忘记他。于是，他走到她的身边，把她搂在怀里说："小兰兰，你怎么一到京城，什么消息也不传到蜀中？我还以为你把我给忘了呢。"

虢国夫人说："不是人家不愿传消息给你，而是到京师后，又是见四妹，又是结交那些权贵，整日忙得人都快散架了，实在没有时间。不过，人家没递消息给你，你这不也赶来了吗？哎，对了，你来京城做什么来了？"

于是，杨钊把他此趟进京的目的给虢国夫人讲了，乘机拿出一张礼单，上面写着送给她的礼物。虢国夫人一看礼单上写了那么多精美的蜀货，不免诧异地问道："钊哥，你从哪里弄来这么多礼物？你发财了？"

"哪是我的东西，都是剑南节度使章仇兼琼的。他想寻找内援，备了大批礼物托我来京送人。我乐得做个顺水人情，不送白不送。"

虢国夫人高兴地收下了杨钊送给她的礼物。杨钊乘机说："小兰兰，你到京城，一来就是一年，真让我想死了。我这次来，除了替章仇兼琼送礼外，还有一个心愿，就是不再回蜀中了，留在你的身旁，永远陪伴你。"

虢国夫人听了这番情话，心中甜蜜万分，说："这有何难？现在四妹被册封为贵妃，正被皇上宠爱。哪天，我带你去见见贵妃，让她求皇上赏你个一官半职，留在京城为官，那样，我们不就天天在一起了吗？"

这正中杨钊的下怀，他喜不自胜。当下，两人一番缠绵。分别一年后的两个人，此番重逢后，更觉情浓意蜜，感情增进了一分。

虢国夫人说到做到，没过几天，她就找准机会，带杨钊到宫中去见杨贵妃。

杨玉环对这位名叫杨钊的从祖兄印象已经很淡了，她只是在小时候见过他，但隔了这么多年，人事变迁又这样大，谁还会记得幼时认识的一位远房亲戚呢？唯一让她有印象的也许就是他曾给她买过不少荔枝吃。想起那些荔枝，杨玉环嘴里直流口水。自从离开巴蜀后，先到洛阳再到长安，就不曾吃过荔枝，一想起荔枝那特有的酸酸甜甜的味道，她就口齿生津，心驰神往。所以当三姐要引见杨钊时，杨玉环抱着无所谓的态度答应了。

当到了入宫晋见杨贵妃的这天，杨钊什么礼物都没带，只是手中捧了一只描着彩色图案的篮子。

虢国夫人见了不免奇怪地问他篮子里盛的是什么。杨钊回答说是荔枝。

"荔枝？长安城哪里来的荔枝？"

杨钊告诉她，这不是长安城的荔枝，是他从蜀中带来的。虢国夫人就更奇怪了，巴蜀到京师，路途何止千里，荔枝又是极易变质的水果，哪能保鲜到长安而不坏的？杨钊这才把他如何保持荔枝新鲜的秘诀告诉了虢国夫人。虢国夫人听了不免夸他想得周全。她说："我敢说，贵妃见了这篮荔枝肯定欢喜得不得了。前两天，她还告诉我说，她想吃家乡的荔枝呢。"

听了这话，杨钊暗中得意，心想自己这番苦心终是没有白费，手中把篮子抱得越发紧了。

到了宫中，杨玉环接见了他们。对于这个多年没见的从祖兄，她也表现不出太多的热情来。不过，见了他特地带来的荔枝，她脸上露出欣喜的神情，当即就从篮子里取出一个大荔枝来。

杨玉环没有忙着品尝荔枝，而是先把它细细端详，看它壳如红缯，叶如冬青，正是她从小爱吃的家乡荔枝。轻轻剥开来，膜如紫绢，瓤肉洁白如雪，浆液如酪，一股甘酸清香扑鼻而来。杨玉环放在鼻端，深深嗅了一下，清香透人心脾，放入嘴中，那股久违了的酸酸甜甜的味道顺着喉咙直沁入胸间。她一口气吃了十几个，方才罢手。

品尝过后，杨玉环问起荔枝是从何而来。虢国夫人这才把它的来历一一道来，其中不免添油加醋，把杨钊很是夸了一通，说他一直记得贵妃小时候爱吃荔枝，此趟进京说什么也要带上一点家乡的荔枝让她尝尝，他绞尽脑汁，想出了运载荔枝树的方法，这才把荔枝带到了长安。杨玉环听三姐这样一说，果然大受感动，对杨钊的好感不免大增。

虢国夫人这才把杨钊此趟来京的目的讲了出来，她让杨玉环在皇上面前讲一讲，授予杨钊一官半职，让他留在京城为官。

杨玉环说："我很少向皇上说这类话，恐怕皇上不一定听。"

虢国夫人说："你试试嘛，不试怎么知道呢？说起来，杨钊也是我们杨家人嘛。"

没有办法，杨玉环只得在皇上面前提起了杨钊。由于皇上对杨钊不熟悉，也因他是贵妃三代以外的亲戚，关系疏远，就封了他一个金吾兵曹参军。

杨钊就这样当了一个小小的金吾兵曹参军，不再回蜀，留在了京城。他官当得虽小，但他借着章仇兼琼送给他的大批货物，靠着虢国夫人的引见，乘机结交了不少达官权贵。不用说，那几棵荔枝树，他更是着意保管，已从缸中移栽入土，一俟有熟透的荔枝便立即摘下送去宫中。没过一阵子，树上的荔枝采摘已空。杨钊原本期待来年再让它们开花结果，不想，到了长安的荔枝树不知是水土不服，还是别的原因，竟渐渐叶枯凋零，最后都死了，这不能不说是他的一个遗憾。

也许是天天与豪门权贵打交道的缘故，杨钊渐渐不满于自己金吾兵曹参军的身份，他想，这样哪一天才是出头之日呢？于是，他又请求虢国夫人，让她想想办法，把自己的职位往上升升。虢国夫人只好再去找杨玉环。

杨玉环没有办法，只好安排杨钊去见皇上一次。

在见杨钊之前，玄宗先把他的简历略略翻了翻，看到他只不过是一个节度使临时派到京城的推官，本欲不见，不过看在他是贵妃从祖兄的面子上，还是见了。再说，杨玉环已经向他讲过了，不见也不好。

玄宗在接见杨钊时，随便问了问巴蜀的事。哪知，杨钊早已料到，在此之前，他找全了有关巴蜀的资料，什么人口多少、粮食产量、赋税、边情，他全部强记在心中。当皇上问他这些时，平日从不读书的他，竟张口即来，对答如流。

玄宗原不过是随便问问，可是，经此一问，却发现面前这个杨钊竟是博闻多识，对巴蜀间事相当熟悉、了解。这些年来，玄宗耽于享乐，不如初期对什么事都亲自过问。现在，他把政事委托于李林甫，对各地的情况难免生疏了，杨钊的回答，让他又直接了解了王朝情况。巴蜀地区是大唐王朝的西南重镇，与南诏相接，民族特别多，一直是玄宗特别关心的地方。近些年来，西北与东北倒是常常与周边开仗，而西南一直相安无事，这让他在放心的同时，又不免忽略。今天，有一个直接从那里来的人，当面向他谈到一些真实的情况，他觉得早年的雄心似乎又恢复了。不知不觉间，他和杨钊谈了许多。

世事真是不可预料，坐在皇上身旁的杨钊想到几个月前，自己还是一个穷困潦倒的浪荡儿，想不到短短时间，他竟能和当今圣上坐在一起谈话，这是以前想也不敢想的事。和皇上坐在一起的杨钊虽然诚惶诚恐，但心里始终保持着一份清醒，那就是万事不用慌，听清皇上的话，据实对答。因此，杨钊虽是第一次见皇上，但他并不显得慌乱，也不唯唯诺诺，自有一份镇定和从容，这份冷静也博得了玄宗的好感。

正当玄宗与杨钊谈得很起劲时，内侍进来禀报说，到了玩樗蒲游戏的时候了。玄宗既不愿失去玩樗蒲游戏的欢乐，又想继续和杨钊谈话，就让杨钊跟着一起去看看。

所谓的樗蒲游戏其实是一种宫廷赌博，计数很繁，参加的人多以玩乐为主，没有人愿意去弄懂那么繁复的计数。杨钊的资格不够参加游戏，但他也没闲着，他很快搞懂了计数规矩，替他们计数，竟然又快又准确。这博得了皇上的另眼相看。

玄宗是一个爱惜人才的人，如果说杨钊开始谈到的那些巴蜀间事引起了他的兴趣的话，那么杨钊在樗蒲计数中显示的才华，着实让他感到吃惊。

杨钊离开后，玄宗对杨玉环说："玉环，我看你的那位从祖兄不简单，他是有些才华的。"

"怎么，你与他只交谈了一次，就这样认为？他有才华，你应该升升他的官才是。"

"是的，他头脑灵活，思路明快，这对于理财是很好的，我想调他到户部去。这样，他的才华才会更好的发挥。"

果然，没过多久，杨钊由金吾兵曹参军调入户部当了度支判官。

眼见季节已进入冬季，玄宗和杨玉环又到骊山温泉去避寒。此次待很久，一来杨玉环被册封为贵妃，玄宗认为应该好好玩乐一下；二来，天下太平，玄宗把一切政事都托付于宰相李林甫，他乐得享乐清闲。

杨钊来京虽然只有大半年的时间，由于他的善于钻营，加上杨氏诸姐妹卖力地为他奔走，短短时间竟官运亨通，大有飞黄腾达之势。

春风得意的杨钊没有忘本，他还记得章仇兼琼派他到京为他活动的事，于是，他请托杨氏姐妹代为奔走。

有大批礼物做后盾，杨氏姐妹乐得做这件事，她们把一包包蜀货打着章仇兼琼的名义送出，还从中赚了个人情。

礼物没有白送，没过多久，章仇兼琼调任为户部尚书。

由边将调任京官，章仇兼琼喜不自胜。他知道这一切都是怎么来的，因此，上任第一天，他谁也没去拜，却独独来拜访杨钊。

在章仇兼琼看来，杨钊可以说今非昔比，再不是先前那个穷苦潦倒的浪荡儿了。抛开那些官职不说，他现在可是堂堂国舅啊。

虽说是远了点的国舅，但不管怎么说，这是皇上都承认的事。更让章仇兼琼吃惊的是，杨钊来京时间不长，却与那些达官权贵混得很熟，看样子，要想以后在京城混下去，还要指望他呢。

一番客套后，二人分宾主坐下。

杨钊为章仇兼琼才上任就先来拜访他，感到受宠若惊。试想，一年前，自己想见眼前这位节度使大人都不可能，现在，他虽升了官，却第一个要来拜访我，真是世事难料啊。

交谈中，杨钊把长安各朝臣间的关系大略向章仇兼琼说了说，告诉他，哪些人是得罪不起的，哪些人又是不能深交的。

章仇兼琼感激地一一铭记在心。

最后，杨钊问起他那位蜀中的恩公鲜于仲通。章仇兼琼告诉他，鲜于仲通很好，听了他在朝中的发展，很是为他高兴，已经把他的妻儿老小一并接入府中，天天侍奉着呢。

鲜于仲通天天引颈张望京城，希望能多得一点杨国舅的消息。

杨钊知道鲜于仲通日夜张望的是什么，不是他升官发财的消息，而是杨钊要给他谋划到的官职。

这点，杨钊早已想到，但他才在长安站稳脚跟，凡事须慢慢来。他是不会忘记这位恩公的。

时间过得真快，转眼间又到了吃荔枝的季节。别的事，杨玉环没有记住，但去年吃到荔枝的事，她倒牢牢记住了。一想到吃荔枝，杨玉环又把杨钊喊进宫里，问他今年怎么到现在还不把荔枝送来。

一听这话，杨钊脑门子上都是汗，心想：怎么着，吃上瘾了。去年，我是想尽办法，费尽周折，千里迢迢从蜀中移栽几棵荔枝树来，才让你吃上荔枝的。今年，我一直在京城，让我到哪里去为你找荔枝？随即说道："该不是贵妃为了吃到荔枝，再派我去蜀中为贵妃移树吧？那样的话，我就得不偿失了。真是得也荔枝，败也荔枝。"

听杨钊这样一说，杨玉环也笑了，她早知道要想在长安吃到荔枝是不可能的，但馋性大发，不能自抑，把杨钊喊来，也不指望他真能变出荔枝来。

杨钊离开了，但杨玉环一想到荔枝那特有的甘酸味道，就禁不住流下口水来，什么也不想吃了。

玄宗见杨玉环近来胃口不好，就问她是不是身上不舒服。杨玉环如实说了，她胃口不好，是因为吃不到荔枝。

"荔枝只有巴蜀和岭南才有，长安哪来荔枝呢？"

"不，去年我在长安就吃到了。"

"噢，去年吃到过？"

于是，杨玉环把杨钊去年从蜀中移栽荔枝树来长安的事对玄宗说了。玄宗听了哈哈大笑，说："杨钊真是个聪明人。我没有说错吧，你们杨家属他最有才干了。"

"移几棵树就算有才干了，那种植树苗的仆役岂不都成了有才干之人？"

"这不同，这不同的。"

"唉，只可惜他不能再回蜀中为我移几棵荔枝树来了。"

"这有何难，难道移几棵荔枝非要他才行吗？我这就让人去办，保管爱妃一个月后吃上新鲜的荔枝。"

说做就做，第二天，玄宗就用驿站快马传书，让蜀中长官按杨钊那种方法，不断地移栽荔枝树来京。果然，一个月后，第一批荔枝摆在了杨玉环的面前。

看着摆在面前的新鲜的荔枝，杨玉环嘴里生津，拈起一枚，剥去红壳，露出洁白的果肉，放入嘴里，含之良久，仔细品味那久违了的甘甜味道。

杨玉环只想着每天能吃上几枚新鲜甘甜的荔枝，全然不知这些荔枝来得不易，不知为此要用多少民力财力。

有时，她到骊山避暑，运到长安的荔枝为了再运到骊山，摘下后，用驿站快马一站站地传递而去，不明真相的人，还以为那些快跑的驿马在传递什么十万火急的军情呢。

所以，后来杜牧有一首诗专门描写了这个情景：

长安回望绣成堆，山顶千门次第开。
一骑红尘妃子笑，无人知是荔枝来。

玄宗为了能博取杨玉环的高兴，不要说荔枝，就是远在天边的星星，他也会摘下来给她的。

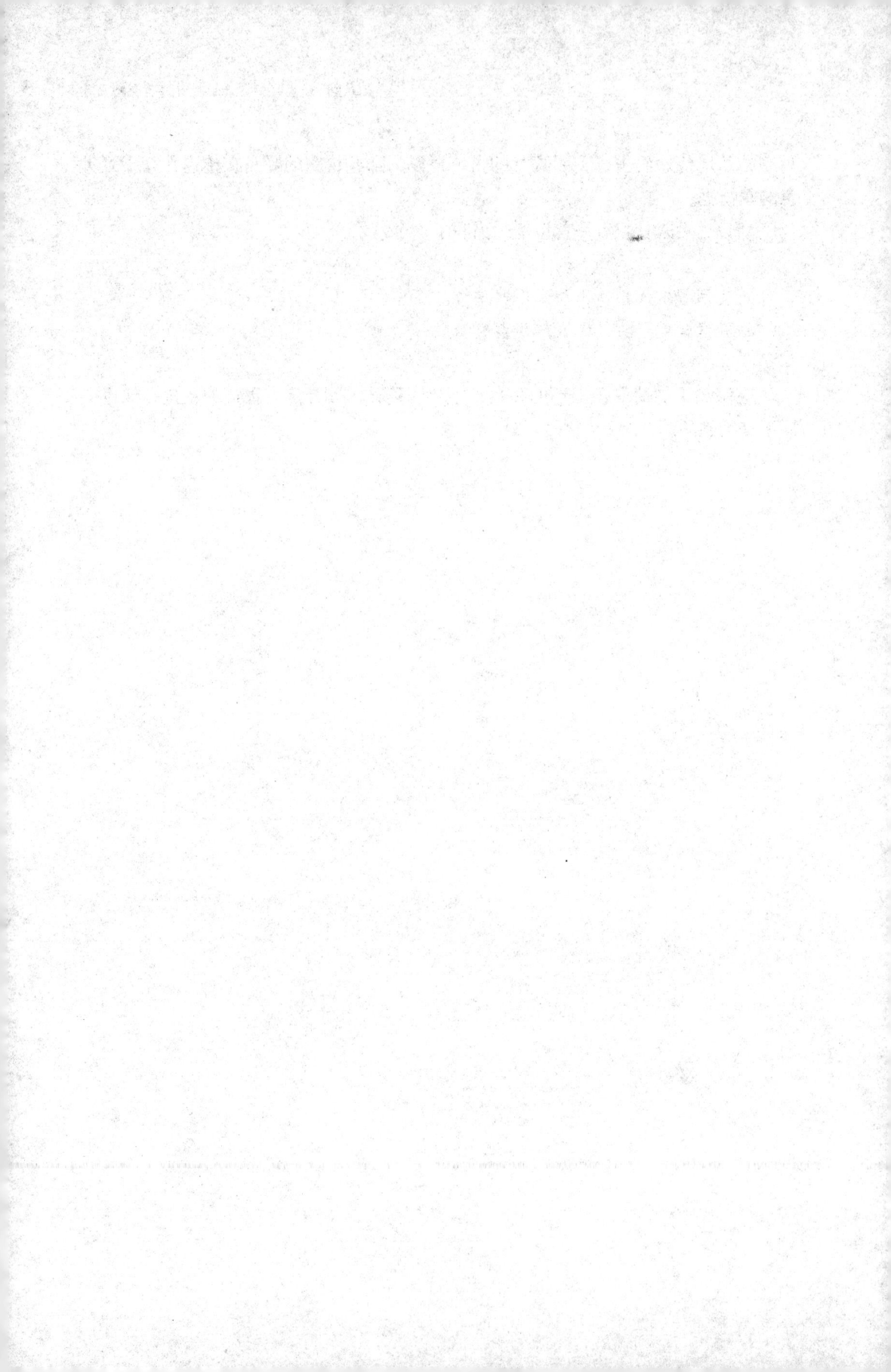

天生丽质

刘芳芳◎著

杨贵妃

（下册）

中国铁道出版社有限公司

CHINA RAILWAY PUBLISHING HOUSE CO., LTD.

【第九回】

逆龙麟玉环辞宫，思凤仪玄宗开禁

梅妃是在武惠妃过世后，杨玉环还未得宠时，由高力士在福建觅得的一个进献给玄宗的美人。当初，由于梅妃对宫廷生活不熟悉，还坚持她少女时的性格，没能很快地改变脾性来迎合皇上，结果被皇上厌弃，最后迁居上阳东宫居住。经过这些年的磨砺和见闻，现在的她已经幡然醒悟，痛感自己当年的幼稚和不懂事，错失了被皇上宠幸的最好时机。现在，她看到杨玉环得宠后的风光，更是悔恨交加，不愿就这样老死皇宫。于是，她谋划着再次靠近皇上，重获他的宠爱。

上阳东宫地处偏僻，就是给那些遭贬的嫔妃居住的，除了几个侍候她的宫女，一天也难得有几个人来。刚开始的时候，梅妃很是满意，一天下来，画上几笔梅花图，写上几首梅花诗，聊以度日，倒也自娱自乐，不觉寂寞。但随着天长日久，她到底是个正当青春年少的女子，身上的情欲已被皇上撩拨了起来，这种寂寞清静的日子，过一天两天可以，如果长年累月地过下去，又有哪个少女能受得了？慢慢地，她的心里空落起来，神情间落寞难耐，整日画画写诗终不能聊解肉体和精神的需要，她变得烦躁难安了。

侍候梅妃的几个宫女都是上了年岁的老宫女，她们与她也没有过多的交流，更不要说谈诗论画了。当梅妃问起她们的身世时，心中不免吃惊。原来她们入宫都有许多年了，也是在她这个年龄就离别家人来到宫中，几十年里，竟一步也没离开过皇宫，家人的消息也是音讯皆无。梅妃问她们，皇上可曾记得她们。她们竟都笑了起来。她们说："你以为人人都像你那样有福，能被皇上临幸？告诉你吧，我们入宫这些年，连见着皇上的面也屈指可数。"

听了她们的话，梅妃暗暗吃惊，原来她们入宫这么些年，连皇上的面也没见着几次，那她们这些年来都是怎么度过的？

"你都看到了，不就是这样度过的吗？"

"就这样？"

"就这样！"

如果说开始梅妃还是微有吃惊的话，那么她现在就是震惊了。这怎么可能呢？太让人不可思议了。几十年如一日，整天就是抹抹桌子，打扫打扫殿堂，日出而作，日落而息。一个人的青春年华，全部的美貌容颜，就在这种单调无味的劳作中一天天消殒殆尽，看着皱纹慢慢爬满自己的额头与眼角，华发顿生，步履蹒跚。太可怕了，太不可想象了。

梅妃从她们的身上突然看到了自己的未来，想到若干年后，自己也会变成这样，老态龙钟，不堪回首。

用不着想象，这是肯定的事，这从她们回答的语气和神态中已经可以看出，她们已经把她当作了这样的人。虽然她们年龄上有大小，但处境是一样的，结局也必是一样。梅妃看到，这些老宫女对人生与命运没有一点希望与奢求，也没有一点生的乐趣，她们的生活只是每天机械地往嘴里塞一些食物，只等着某一天死神把她们接走。死，对别人来说是可怕，但对这些感受不到生的乐趣的人来说，死与生又有什么分别呢？或许比生更让她们向往，可以摆脱这种单调乏味的生活。许多人不死，也许只是怕牵连到家人的缘故，不过或许家人已经把她们忘记了吧。

看到这些，梅妃再也无法静下心来了。她还年轻，身上还有着激情与活力，她不能想象自己会走那些老宫女的路。于是她辗转反侧，夜不能寐。此时，她真正为自己当初的不懂事而痛悔起来。她收起了清高心性，她要为改变自己的人生之路而重新思索。

但她的出路只有一个，那就是重得皇上的欢心。在深似大海的皇宫，她没有第二个选择。在一切围绕着皇上旋转的宫廷中，每一个人的命运都和皇上挂钩，皇上对你好，你就风光八面；皇上冷落你，你再有能耐也是白搭，只能寂寞地过日子。

但能不能重获皇上的欢心呢？对这一点，梅妃心里没有把握，但不管怎么样，她要试一试。她已经没有退路了。是的，如果不能重获皇上的欢心，不能过上丰富多彩的生活，无疑就是等死。

一般来说，一个被皇上冷落的妃子，再想获得皇上的宠爱是很难的，以前从来没有过。但没有先例，并不代表没有可能，梅妃决心从头来过。

她在心里仔细查点了一下她与皇上间的感情，认为她与皇上之间还是有感情的，这给了她决定做此事的信心。当初，她与皇上诗文唱和，也曾有过一段感情融洽、形影不离的岁月。皇上欣赏她的文采与画技，为她着迷过。她想，皇上是不会彻底把她忘记的。

但时过境迁，现在皇上因为有了新宠，一定对她淡漠了，她该如何唤起皇上对她的记忆呢？总不能一个人跑到皇上面前去陈述自己悔恨的心情吧，一来，宫中的嫔妃不许乱窜；二来，她觉得这样反而不好，不会达到预想的目的。为此，她苦思冥想。

境遇真能改变一个人啊。当初，梅妃心高气傲，连皇上也不巴结，现在却挖空心思地想如何引起皇上的注意。她无意间又想到了高力士。

她只能想到高力士，是高力士把她从福建带到京师的，是高力士把她从贫贱中挑选出来，推到显赫的地位，再让她饱受寂寞的。一句话，是高力士改变了她的命运。高力士也可以说是她在京城唯一的亲人，虽然这个亲人有点牵强，但除了高力士以外，她还能想到谁呢？

于是，她让宫女去请高力士来。但高力士不来。

陪伴皇上几十年，当着内侍省头儿的高力士知道梅妃为什么来请他。他什么事没遇过，什么人没见过，梅妃请他，除了让他帮助她靠近皇上外，还能有什么事？

高力士猜得一点也没错，他不想蹚这浑水，给自己找麻烦。他对梅妃的相请，一而再、再而三地回避。

梅妃见高力士不理睬她，心中又急又恼，但她没有泄气，她就像一个溺水的人一样，手中紧紧抓着这根救命稻草。她知道她不能放手，只有拼命抓着它，才有可能得救。在多次派宫女相请不见回音后，有一天，她亲自去找高力士了。

高力士一见梅妃亲自前来，唬得连忙站起，告罪不已，说近来事务太忙，实在不能分身到上阳东宫去，望梅妃见谅。不管怎么说，梅妃是皇上曾宠幸过的妃子，现在虽失宠，但封号还在，场面上的尊卑还是要讲的。

梅妃显得并不见怪的样子，她笑着对高力士说："阿翁，好久不见你了，我只是想请你去叙叙旧，讲讲话，想不到大驾难请。"

"啊，不敢，不敢，是奴才不识抬举，劳梅妃久望。"高力士嘴里虽这样说，但神态间没有一点得罪了人的惶恐。

梅妃觉得内侍省高力士办事的官署不是谈话的场所，就说："阿翁，如果哪天有空，请到上阳东宫一坐，陪我讲讲话，可好？"

"奴才一定去，一定去。"

"莫要让我久盼啊。"

"不敢，不敢。"

此话一讲，高力士知道，上阳东宫，他是一定要去的了。几天后，高力士偷偷到了上阳东宫。为什么说偷偷呢？因为上阳东宫住的多是遭皇上冷落的妃子，他作为皇上面前最红的宦官，平日很少来，因为怕惹麻烦，他不想引起别人的注意。

到了梅妃的住处，梅妃没有和高力士讲上两句话，竟抽泣起来，这让高力士始料不及。开始，梅妃并不想这样，但不知怎么的，讲着讲着，她的眼泪竟流了下来。按理这是不应该的，不管怎么说她是主子，而高力士是奴才，但此主子不是彼主子，此奴才也不是普通奴才。梅妃在谈话中，突然想到当年自己就是随着眼前这人来到京师长安的，现在亲人都远在天边，她情不自禁就把高力士当作了亲近之人，心中的委屈让眼泪不自觉就流淌了出来。

随着眼泪的流下，梅妃埋藏在心底多日的委屈、怨尤就如同找到了一个宣泄口，一发不可收拾地奔涌而出。当然，她不会直接讲出，只说她这么些日子都见不到皇上，心里想念皇上，只想见见他。

梅妃说着，又抱出了一摞画稿给高力士看。高力士看到画稿上全是皇上的画像，有站着的，有躺着的，有戴帽的，有束发的，足足有几十张，张张神采不同。此外还有梅妃自己的画像，而她的像都画得比较小，边上留下一大块空白。梅妃说，那是留给皇上的，还没有画上去。

听了梅妃的话，看了她的画稿，再看着梅妃流泪不止的样子，高力士的心也软了。不管怎么说，梅妃是他从遥远的福建带到长安的，在心里，他对她有着一份特殊的情感。他没有子女，不知怎么的，从梅妃对他充满信任的倾诉中，高力士感到一种父辈的责任。

高力士明白梅妃内心迫切的需求，被皇上冷落的日子不好过，特别是对一个年轻的妃子来说，而她曾经是得过皇上宠幸的。

"阿翁，你一定要帮我满足这个心愿啊。"

看着潸然泪下的梅妃，高力士不忍心拒绝她的请求，但他实在没有把握能满足她的这个请求。因为现在皇上对杨玉环的宠爱是他以前从来没有见过的，如果皇上依然心无所定，他还好努力，现在，一切都难说了。最后，他只能说尽力而为。

送走了高力士，梅妃所能做的只有静静等待消息。她不知道高力士将会带给她什么消息，如果高力士带给她的是不好的消息，就是说皇上对她已经不再感兴趣，那么，她真的不知道将怎样度过以后的漫长岁月，也不知道有没有勇气等着时间的刻刀在她的脸上划下一道道岁月的印痕。她希望等到的不是这个消息，她甚至幻想着，哪怕皇上把她遣送出宫呢，也算给了她一条生路，但那是她的梦想。皇上曾宠幸过的女人，除了死神外谁也不敢接纳的。

从梅妃那里回来的高力士，心里并不轻松。他本来是想去走个过场，回来就忘掉的，但梅妃的悲伤深深地打动了他，让他有种推卸不掉的重负。他想，如果有机会，可以在皇上面前帮她提一提，至于皇上对她有没有兴趣，那就看她的造化了。

这天，高力士和玄宗在一起，正好有外蕃进贡了一包珍珠。那些珍珠个个大如猫眼，晶莹圆润。玄宗当即让人送给杨玉环一些。高力士看了心想，此时不讲更待何时？于是，他近前奏道："皇上，您还记得吗？梅妃也是很喜欢珍珠的。"

听到这话，玄宗默然不语。他知道，正如高力士所说，梅所佩戴的饰品，不是用金银铸就，而是用珍珠做成的。就在高力士深为自己言语唐突，惹得皇上不高兴而自责时，玄宗说："那就也送几颗给梅妃吧。"

于是，高力士释然了。他看到效果已经达到，先在心中引起了皇上对梅妃的追忆，一切还要慢慢地来，他不再开口了。

当高力士把那几颗珍珠送给梅妃时，梅妃竟激动得捧着珍珠哭了起来。以前皇上给过她太多的赏赐，她都没有放在心上，这次面对着几颗珍珠，她竟不能自持。从中她看出了皇上对她往昔的情义，虽是小小几颗珍珠，说明皇上对她还没有彻底忘记，心底还有着对她的眷顾，这怎么不令她感动呢？

但梅妃要的绝不仅仅是几颗珍珠，她要的是皇上的心，要的是皇上对她的宠幸。于是，她提笔和泪写下了一首诗："柳叶双眉久不描，残妆和泪污红绡。长门自是无梳洗，何必珍珠慰寂寥？"梅妃在这首诗里把她想念皇上，寂寞深宫难度日的心情描述得淋漓尽致。诗的最后说，如果你不召我，何必用珍珠来安慰我呢？诗写好后，梅妃央求高力士转交给皇上。

高力士本待不接，但当他看着梅妃那容颜憔悴的样子时，于心不忍，就伸手接了。他想：这又何苦呢？当初给你机会，你不好好把握，现在，皇上已觅得杨贵妃，你又来争宠。我看成功的可能性不是很大。

当高力士把梅妃写的诗交给玄宗时，玄宗拿在手上，翻来覆去地读了好几遍，然后，他把诗放在一边，向高力士询问起梅妃来。

高力士看到皇上被梅妃诗中的真情打动，趁机向玄宗传达了梅妃对他的殷殷问候之意，并说梅妃每天在上阳东宫以泪洗面，天天盼着皇上能临幸她。说到这里，高力士灵机一动，说梅妃天天都画皇上的画像。

"噢，她不是喜欢画梅的吗，怎么画起朕的画像来了？"

"是这样的，梅妃说，她天天都想见皇上，但每每不能如愿，就把心中的想念借丹青描绘在画纸上，也算减轻心中的一分相思。"

"是这样吗？"

"奴才不敢胡说，皇上去看了就知道了。"高力士想，梅妃画皇上像是有的，但是不是天天画就不知道了，想皇上也不会问起。

听了高力士的话，玄宗的心被打动了。玄宗虽贵为天子，但他却是皇帝中少见的多情种子。不错，梅妃最终没有得到他的宠爱，但作为一个多情皇帝，他对曾寄托过他真诚感情的人，心中都存有一份怀念。当过去曾爱过的人再来企求他的感情时，那扇已经尘封的情感之门，不知不觉间又被打开了。于是，他让高力士安排一下，他要与梅妃见次面。

为什么玄宗皇帝要见一个妃子，还特意嘱托高力士安排呢？因为这中间牵扯到了杨贵妃。

现在玄宗与杨玉环是夜夜欢娱，日日笙歌，天天形影不离，如果玄宗突然哪天晚上不陪着杨玉环，未免会引起她的怀疑。这倒不是怕她，哪有做皇帝的会怕一个妃子的？这正是玄宗太爱杨玉环的表现。

高力士自然明白玄宗的这种心情，不待皇上细说，便已经知道如何安排了。他首先把皇上的这番心意传达给梅妃，好让她有所准备。

梅妃听了高力士的话，心中百感交集，以致不能自持，只等着皇上召幸的这一天。她没有等太久，这一天就来到了。当高力士对她说，今晚皇上将临幸她时，她的泪水竟不觉地流了下来。

这天将到掌灯时分，高力士对杨玉环说，皇上今夜将有紧急国家大事要处理，晚了就安寝于翠仙楼，不能与她共寝了，让她一个人安睡，不用等皇上了。随即高力士又赶赴上阳东宫，对梅妃说，皇上今夜将在翠仙楼召幸她，让她快做准备，一等天黑就来传她。

当夜幕垂下，高力士来到上阳东宫时，看到梅妃竟还没梳洗打扮好，不禁心中着急，不知她是何用意。其实不是梅妃不想打扮，而是她内心太过激动，简直不知道如何打扮才好。她从下午开始就在为如何着装而忙碌，一会儿把这件衣服拿出来试试，一会儿把那件衣服穿上比比，一会儿想梳个垂马髻，一会儿想梳个高髻，越想打扮得美丽，越不知如何打扮才好，直到高力士来，她都没有最后装扮好自己。最后，她终于选定一件翠绿色的裙子，问高力士，皇上看了会不会满意。高力士看看时间已经不早，哪还有心思顾及这些小节，胡乱应到皇上就喜欢绿色。梅妃这才放下心来。

于是，梅妃跟着高力士一路向翠仙楼而去。此时，夜色已浓，高力士却并不掌灯，仅靠星光引路。梅妃不禁问道："阿翁，为何不掌灯而行？"

高力士答道："掌灯恐惊旁人，多有不便。"

梅妃还准备问恐惊何人，但见高力士不愿多谈，就不再多问，低着头细看脚下的路，碎步向前走去。

此时的梅妃，内心激荡，非言辞所能表达。她走在透着模糊微光的宫中小径上，想到自己的人生轨迹就如这条小路，虽然黯淡，但总算透出一点希望，或明或暗地照亮了前途，不再是漆黑一片。此一去，或许就是自己的命运彻底改变的前奏。她想到，如果自己的命运改变了，能再恢复到以前尊荣的地位，一定不再要小性子只想着自己了，一定要把皇上侍候得好好的，以巩固她的地位，让皇上一时三刻都离不开自己。同时，她还要好好报答眼前的高力士，要不是他，自己永远没有出头之日。

就在她这样想着时，已到了翠仙楼前。高力士揭帘让梅妃进入，他在外侍候。

再见皇上的面，梅妃几疑在梦中。她未语泪先流，一头扑在玄宗的怀抱中，久久不愿抬起头来。玄宗也把梅妃紧紧抱着，梅妃的一切举动都表露出对他的无限依恋和这些时日来对他的想念，让他又是感动又是伤感。

良久，梅妃才把头从皇上的怀抱中抬起来，脸带泪痕地叫了一声"皇上"。

这是真情的流露，这是真心的呼唤，这是对过去所作所为的自责。听到这声呼唤，那些过去的情义也在玄宗心底复苏，他情不自禁地把梅妃抱住了，说："梅妃，这些日子，你过得好吗？"

梅妃的眼泪几乎又要流下来，她低咽地说："我很好，有劳皇上挂念。"

"这些日子，我太过繁忙，没有召见你，你不怪我吧？"这当然是假话，但玄宗除了这样说，又能怎样说呢？

"我不怪皇上，我只怪自己，怪自己没能更好地侍候好皇上。"

"听力士说，你在上阳东宫，天天都要画一幅朕的画像，你都是如何画的呀？"

听玄宗这样一说，梅妃想，我画皇上的像借以度日消磨时间，这事是有的，但也不至于天天画啊。但她是个聪明人，听皇上这么说，知道高力士在皇上面前把她夸大了。"妾妃天天想念皇上不得，只好靠画像以解心中的思念。开初尚可随意画出，但时间久了，不免笔滞，妾妃就多想以前与皇上在一起时，皇上对妾妃的百般好处。这样一想，妾妃就感到皇上就像站在面前一样，呼吸可闻，音容笑貌无不可辨。此时，笔顺心意，往往一气呵成，立就一画，每日如此，从不间断。因此，虽然妾妃很久没有见到皇上，但在心里，妾妃天天都是和皇上见面的。"

这一段话，比什么都能打动皇上的心。他想到自己因为被梅妃在众王面前扫了脸面，从而对她冷落，想不到她竟对自己如此痴心挂念，也算难能可贵了。

这一夜，两人絮絮叨叨，互道别来之情。梅妃既有意奉承皇上，再不像以前只顾自己的性情行事，她拿出浑身解数，对皇上加倍侍候。

玄宗开始听了高力士的话，心中只是被梅妃的一片痴情所感动，只想例行召幸她一下就完了。不想再见梅妃，但见她玉颜不改，性情已经有所改变，再加上听了她一番半真半假的话，一时心醉神迷，竟不能割舍。同时，召幸梅妃还让玄宗感到了新鲜与刺激。

久别胜新婚的玄宗与梅妃重温旧梦，互诉衷肠，度过了一个销魂之夜。

就在玄宗与梅妃沉浸在温柔乡里，重续前盟时，杨玉环却在辗转反侧，夜不能寐。这是为什么呢？难道她离开玄宗一夜就不行了？不是的，原来梅妃与皇上偷偷幽会的事她已知道了。

梅妃与玄宗重温旧梦的事做得如此隐秘，又是高力士一手操办，如何会让杨玉环得知呢？难道是高力士去禀报的不成？高力士才不会做这种对不起皇上的事呢，再说，他又为什么要搬起石头砸自己的脚呢？这完全是一个叫玉琪的才人从中捣的鬼。

玉琪才人本姓李，她原本是一个小官吏的女儿，靠有几分才貌被选进宫来。没入宫时，她自以为生得美貌，天下无双，把谁也不放在眼里。进宫后，她看到比她漂亮的女子大有人在，她淹没在众多美女中一点也不出色。即使如此，她靠着多方钻营，竟然得到过皇上的几次临幸。由于皇上已经年老，自然也没有留下一子半女，她只能被封为才人。

自此后，她就再也没有得到晋封，贵妃什么的，她是再也指望不上了。本来，后宫像她这样的女子有成千上万，谁也没有当回事，像她这样能被封为才人，手下使着两个宫女就已经是不错的了。哪知李才人是个嫉妒心特别重的女人，她把自己没有得到皇上进一步宠幸归罪于那些得到皇上宠爱的女人，先是武惠妃，再是梅妃，后是杨玉环。皇上每宠爱一个女人，她就在心里对那个女人每天都要诅咒上千遍，天天盼着她最好得病死去。武惠妃去世后，她比谁都快活，认为那是她每天对她诅咒的结果。等到梅妃入宫后，她又诅咒起她来，直到梅妃失宠。这五年来，她又把诅咒的矛头对准了杨贵妃。就这样，她一天天活在锥心的嫉妒里，脾气也出奇坏。

她没有一个知心的朋友，倒霉的是侍候她的两个宫女，李才人把因嫉妒产生的怨气全撒在了她们的头上。

虽然没有一个人愿意与她做朋友，但她就像一只小老鼠一样，日夜睁着一双警惕的小眼睛注视着宫廷中的一切。所以说，对宫廷里的事，没有一个人比她更清楚的了。自然，今夜梅妃偷偷与皇上幽会的事都被她看在眼里。

女人多多少少都有一点嫉妒心，这是情理之中的，但李才人是个例外，她是那种宁可让嫉妒把自己毁掉也不愿从心里铲除它的女人。这样的人见不得别人有一点比她好的地方，对自己得不到的东西，她宁可毁掉也不让别人得到。看到梅妃将再次得到皇上的宠爱，她在卧室内坐卧不宁，痛恨全世界都对不起她，恨不能一把火把整个皇宫都烧掉才好。不，她得不到的东西，别人也别想得到。徘徊之中，她突然想到一条阻止梅妃再次讨好皇上的计策，那就是去向杨贵妃告密。

嫉妒的人既愚蠢又聪明，愚蠢的是她愿意生活在嫉妒的阴影中，做些吃力不讨好的事，聪明的是她往往比别人多长了一点心眼，能发现别人忽略的东西。比如，李才人看到梅妃黑夜里跟着高力士向翠仙楼走去，黑灯瞎火却不掌灯，她凭着女人的直觉，觉得其中有戏，其中一定隐藏着不可告人的事情，那会是什么呢？

李才人想到皇上五年来，几乎每夜都是与杨贵妃宿于正宫，再也没有召幸过哪位妃子。而梅妃居住于上阳东宫，要是皇上真正有意召幸她的话，可以到上阳东宫去，也可以到别处寝宫，为什么偏偏要到那么偏僻的翠仙楼呢？去了也就去了，为什么弄得这般神秘呢，莫非想隐瞒什么人不成？

这样一想，李才人最后终于明白，皇上召幸梅妃是背着杨贵妃的，他不想让杨贵妃知道。明白了这点，李才人很高兴，她虽然不明白皇上召幸一个妃子为什么要背着杨贵妃，但她知道其中一定有文章可做。

想不明白的李才人决定把这一情况告诉杨贵妃。其实她这样做又有什么好处呢？可以说对她一点好处都没有，但一个嫉妒心特重的人，是不能看到别人比她更好的。

虽然已是深夜，李才人还是大着胆子带着侍候她的宫女向杨贵妃的寝宫走去。嫉妒让她不愿等到天亮，也许她知道，这个消息越早让杨贵妃知道，越会有热闹可看。她这样做，简直是在拿自己的性命开玩笑，不要说半夜去打扰贵妃安寝有可能被治罪，就是在深夜中闲逛也是不可以的。但对一个妒火中烧的人来说，凶险又算得了什么呢？

李才人自然不敢掌灯而行，她在微弱的星光下就像一只小蜥蜴，神不知鬼不觉地滑向了杨玉环的寝宫，一路上竟然没有遇到值勤的卫兵。当她来到杨玉环寝宫外时，才遇到在宫外值勤的宫女。她对她们说，她想向贵妃禀报一件事。

宫女进去向贵妃禀报，征得杨玉环同意后让李才人进入宫内。

今晚凑巧的是杨玉环也还没有睡下，没有玄宗陪伴在旁，她竟难以入睡。她一会儿翻翻诗集，一会儿托腮凝思，心想当皇上真是辛苦，夜深了还要处理政事。就在这时，宫女进来说李才人有事要禀告。

杨玉环并不认识什么李才人，后宫有这么多嫔妃，她记住的只有地位比较高的几个。不过，她向来对嫔妃们有好脾气，所以接见了李才人，不知李才人有什么事要向自己说。

李才人小心翼翼地进来，还未开口脸上已经堆满了巴结的笑容。对杨玉环，她平日在心里不知道咒骂过多少次，不过见了杨玉环的面，她又比任何一个人都卑躬屈膝。李才人屈了屈身说："李才人给贵妃行礼。"

杨玉环看了李才人的面容，隐约有些面熟。她让人把将李才人扶起，问她有什么事要对自己说。

李才人说："我哪有什么事要禀告，心里想找贵妃谈谈话，只是这样编的一个借口罢了。"

杨玉环听了，也只当李才人是来随便聊天的，正好皇上不在，她正感寂寞呢。她把李才人拉到床上坐下。

她们东拉西扯了一会儿，李才人嘴里说个不停，心里却在想如何把话题扯到皇上与梅妃的身上去。正在此时，她听到杨贵妃说："今晚你来得正好，皇上夜里要处理政事，夜宿翠仙楼，不能来了，我正一个人无聊着呢，你来陪我讲讲话也好。唉，皇上年事已高，这么晚了，还要为国家大事操心。"

"噢，是这样，怪不得刚才我看到高力士向翠仙楼走去呢。我当时纳闷，翠仙楼地处偏僻，平日高将军很少去的，怎么晚上了还到那里去呢？"

"他是去侍候皇上的，这个力士，侍候皇上都成瘾了。"杨玉环说到这里不禁咯咯地笑了起来，因为她想到一件令她不好意思的事来。

原来杨玉环最初入宫时，夜里与皇上颠鸾倒凤，行鱼水之欢，当第二天醒来时，竟发现在她的正殿之外，还摆了一张小床。她不解地问皇上，这张小床是干什么用的。皇上对她说，这张小床是高力士睡的。原来高力士为了随时随地侍候皇上，夜里舍不得离开半步。他既不回家，也不回宫中他的寝室，只在皇上就寝的宫外安放一张小床，保护皇上。杨玉环听皇上这样一说，不禁满腮绯红，她想，自己夜里与皇上的一些放纵岂不全让高力士听在耳中了？这，这可太让她难为情了。但皇上并不以为然，他说，力士这样做也不是一天两天了，自从他陪伴在自己身边就这样了，再说，他一个太监，让他听到了也没有什么。话是这样说，但自从知道有这么回事后，杨玉环每次与皇上行云布雨时，免不了心中别扭。她曾让皇上把高力士撵走，但皇上说："力士在侧，我寝则安。"

李才人见时机已到，就说："可是我看见高将军身后还跟了一人，是个女的。"

"什么人？"

"他们没有掌灯，我没有看得太清楚，好像是梅妃。"

"梅妃？哪个梅妃？"

"噢，贵妃，你还不知道梅妃这个人吧。她可是在你前面进宫的，曾靠着她的狐媚得到过皇上的欢心，后来不知怎么的得罪了皇上，迁居在上阳东宫。自从你进宫后，大家都看到你贤惠温和，待人亲切，上上下下无不对你交口称赞，但只有那个梅妃对你冷言冷语。她说你的话，哎呀，我都说不出口。"

"她都说我什么了？"

"她说你仗着三分姿色，一味地狐媚皇上，将皇上一人独占，让后宫别的嫔妃都没有了被临幸的机会。她还对你的身材评三评四，挑剔说你胖，说你肥，皇上宠爱你，真是看走了眼。哎呀，还有更难听的，我都说不出口了。"

这些话并不是梅妃所说，而是李才人每天在心里念叨无数遍的，因此，此时讲出，一点弯都不打，顺口就淌了出来。

听到这话，杨玉环气得脸色通红，呼吸渐粗，胸脯一起一伏。但她强压着怒火，问道："这个贱人还说我什么了？"

"她，她还说……我可不敢说。"

"你快快讲来。"

看把杨贵妃的火被激得差不多了，李才人这才说："梅妃还说贵妃你以前是寿王之妃，现在又侍候皇上，一点礼义廉耻都没有。"

"她真是这么说的吗？"

"禀告贵妃，我不敢造谣生事，这确实是梅妃说的，贵妃若不信可以问问别人，听到这话的不止我一个人。"

"气死我了。这个贱人，我一没惹着她，二没碰着她，她竟没来由地暗地里诽谤我，瞧我不好好治治她。"

杨玉环被李才人的这番话气得手脚发抖，再也无心安坐下去。她一会儿站起来急促地在屋内走来走去，一会儿坐在床上呼呼直喘粗气。李才人见目的已经达到，就不再多坐，辞别贵妃回到自己的寝室，一路上都在偷偷地诡笑。

这个李才人真是好大的胆子，杨贵妃只要在皇上面前把此话一讲，皇上再去诘问梅妃，三方一对证，一下就会查清是李才人在无事造谣。对这种在宫廷之中搬弄是非的嫔妃，无论哪个王朝都是痛恨的，轻则废黜出宫，重则处死。但嫉妒心太重的李才人，为了毁灭对手，宣泄心中的一点妒火，什么都不顾忌了。

李才人走后，杨玉环再没有心思睡觉了，她被李才人的那番话气得愤恨填膺。那番话像针一样刺中了杨玉环的要害。旁人说她胖，说她狐媚，她心中倒也还好受，唯独对说她先侍寿王，再侍候皇上，一点礼义廉耻都没有的话，心中有说不出的恼怒。她原来在心中对这方面就敏感，自己也觉得在礼仪方面有所欠缺，不然，为什么怕见父亲呢？但自己觉得是一回事，别人说出来又是另一回事。她对梅妃这样公开讥讽她，感到气愤难咽。

要是以往，杨玉环早已把这番话讲给玄宗听，让皇上狠狠地惩治梅妃了，但今天不行，今天皇上正和梅妃在一起。杨玉环想到这里，突然有点明白梅妃为什么会这样放肆大胆了，原来梅妃是仗着有皇上在背后为她撑腰。

一想到皇上此时正和梅妃在翠仙楼卿卿我我，杨玉环心里就像有一只虫子在咬噬着，她变得烦躁不宁，郁闷不堪。其实杨玉环自己不明白，这也是嫉妒心在作祟。

与李才人的嫉妒不同的是，杨玉环的嫉妒属于爱情的嫉妒，就是说是爱情排他性的一种反应。这些年来，她与玄宗建立了真正的爱情，彼此互不分离，心中除了对方再不多想。现在，玄宗突然抛下她去与另一个女人行欢，虽然他是皇上，有这个特权，但对于爱情来说，他是个背叛者，是个不忠者。这个行为太让杨玉环伤心难受了。

不知不觉已是三更时分，单调的打更声在寂静的夜里回荡，在杨玉环听来，平添一份凄清。她突然有种被世人抛弃的感觉，孤单与伤悲让她想到寿王，如果她还是寿王妃的话，寿王是绝不会对她这样的，她的泪水在不知不觉间流了下来。她也试图用理智来说服自己：皇上拥有三宫六院，偶然临幸一下别的嫔妃也属正常，但她在感情上却始终不能接受。

杨玉环这样想着，几乎一夜都没合眼，只在快到天亮时才稍稍打了一个盹，身上的衣服也不曾脱下。这一夜，是那样难挨，那样漫长，是她入宫以来最难度过的一晚。而李才人这夜却从梦中笑醒了好几次。

天亮了，侍候她的宫女进来看到杨贵妃散乱的头发和红肿的双眼，吃了一惊，但也不敢相问，只是默默地在一旁做事。杨玉环问道："皇上回来了吗？"

宫女摇了摇头。杨玉环心中那股压了一夜的妒火突然不可抑制地喷发而出，她大叫道："他还和那个贱人在一起吗？"

宫女睁着一双惊恐的眼睛，只是摇头，表示对什么都不知道。杨玉环猛然站起身来，也不梳洗打扮，对宫女说："到翠仙楼去！"

杨玉环气冲冲地向翠仙楼赶去，满脸怒气，疾步如飞。她像失去了理智一般，全然不顾此举会给她带来什么后果。她到翠仙楼干什么呢？见到皇上她又能说些什么呢？难道她有权力命令皇上做什么吗？但此时杨玉环心里已经没有这些顾忌了。

这是一个再普通不过的早晨，太阳如往常一样照着大地。但就在这个早晨，许多宫女看到杨贵妃一改平日温柔贤惠的模样，脸不洗发不梳，大步流星、目不斜视地向翠仙楼赶去。

杨玉环一路冲到翠仙楼。高力士刚刚起床，他一看到杨玉环急冲冲的样子，大吃一惊，知道不妙，连忙喊了一声："贵妃。"

杨玉环没有像往日一样对高力士笑脸相向，她只是用鼻子冷哼了一声，然后不停步地就向内闯去。

高力士一看这阵势，赶忙高声喊道："贵妃驾到。"意在通知皇上。

经过一夜缱绻，正拥着梅妃熟睡的玄宗，一听到"贵妃驾到"这四个字，直唬得从床上跳了起来。他连忙抓起一件衣服披在身上，看看又放下了，原来他匆忙中拿到了梅妃的衣服。披好衣服后，他看到醒来的梅妃正睁着一双疑惑不解的大眼睛看着他，玄宗连忙说："贵妃来了。"

"贵妃？贵妃来了就来了呗，皇上为何如此着急？"

"哎呀，你不知道。算了，朕现在也不给你解释了。你，你可怎么办呢？"玄宗急得直跺脚，要是让杨玉环看到了梅妃，可让他如何解释呢？眼见着杨玉环就要进屋，要从正门出去已经来不及。哎，对了，翠仙楼不是有夹幕间吗？可以让梅妃先到那里躲一躲。

想到这里，不及多说，也顾不得让梅妃穿衣服了，玄宗立即让小太监用被子把梅妃一裹，先抱到夹幕间躲避起来再说。夹幕间本是用来防范刺客，万不得已时躲避危险的，想不到此时派上了这个用场。待草草弄妥后，玄宗又倒头装睡起来。

说时迟，那时快，杨玉环三步并作两步地赶了进来。进到屋里，杨玉环首先向床上看去，但她并没发现梅妃，她看到偌大一张床上只有皇上一人。虽然床上只有皇上一人，但被褥凌乱，两枕并放，床前也并排放着一男一女两双鞋子。

玄宗装作刚刚从梦中醒来的样子，伸了个懒腰问道："玉环，这么早，有事吗？"

他没有听到杨玉环的回答，抬起头来，见杨玉环气势汹汹，眼睛瞧着床前，顺着她的目光望去，就看到了床前的那双女式鞋子。他不禁脸上一红，深怪自己一时疏忽，匆忙中没有顾及这个。但杨玉环不说，他也不点破。

"昨晚，力士禀告说，皇上要连夜处理国政，不知是否属实？"良久，杨玉环待气顺了顺，才说出这样一句话来。

"啊，是的。昨晚，朕批改各地批文到很晚。"

到这种地步，杨玉环见皇上还在对她装痴卖傻，隐瞒实情，不禁怒气勃发，她大声说："可是我听说，昨晚皇上把梅妃喊来侍寝，可有此事？"

"断无此事，朕昨晚一直一人独自安寝，哪来的嫔妃侍寝？再说了，梅妃已经被朕迁居上阳东宫，怎会来到翠仙楼呢？"

"如果陛下一人安寝，房中何来此物？"说着，杨玉环一指床前的女鞋。

玄宗讪然答不出话来。

看了周遭这番情景，杨玉环断定梅妃一定没有出门，肯定被皇上藏在屋内何处。于是，她说："太阳已经这么高了，陛下还不上朝，众大臣一定都说是我在狐媚圣上，嫔妃可担当不了这个罪名。陛下这就可去见朝臣，嫔妃就在此处等候皇上散朝。"

这怎么可以呢？如果我听了她的话，一走出此屋，她一搜查，事情还不全都暴露了？玄宗心想万万不可。于是，他说："今天身上不舒服，不能上朝。"

"我看不是身上有疾不能上朝，而是心中有事，不能离开此地吧。"杨玉环讥讽道。

听了这句话，玄宗心中不禁动了气，被杨玉环一再用言语挤兑，他觉得颜面有损，于是呵斥道："放肆，成何体统！"

杨玉环本来心中有气，被皇上这么一呵斥，更加觉得委屈，气直向脑门冲去。她不管三七二十一了，喊道："我不成体统？皇上沉迷女色，荒误国政，这又是成何体统？"

玄宗听了杨玉环的话后，真正动了气，这么多年来，还从来没有人敢在他面前这么讲过话。他哼了一声，沉声道："岂有此理，从来没有一个妃子敢在我面前这样讲话。"

"怎么，我讲也讲了，你治我罪啊？"杨玉环一点也没看出皇上已经气得身子打战，脸色阴沉得可怕。或者说她看到了，但一点没在意。

玄宗一把将手边茶几上的一杯茶拂落在地，大吼一声："反了！"

茶杯落地，发出一声脆响，但这声脆响没有把杨玉环从怒火中震醒，她依然没有意识到，她面对的是皇上，是世间有着至高权力的人。她还以为自己面对的是一个爱她而被她所爱的人，她对自己爱着的人发发火是理所当然的。于是，在皇上的吼声里，她不但不退缩和缄默，反而很是气盛地说："你有气不要毁坏东西，你要是认为我有罪，治我罪好了。"

听到这句话，玄宗几乎要气疯了。他再也按捺不住自己，大喊道："好，我就治你的罪。来人啊，贵妃忤旨，立即放还本家！"

两名内侍马上从门外跨进屋来，他们虽听到了皇上的话，但仍愕然地望着皇上。

"贵妃忤旨，立即放还本家！"玄宗又一次大喊道。

内侍这次是真正听清了皇上的话，他们不敢怠慢，依照体制对杨玉环说："贵妃谢恩。"

杨玉环根本不听内侍那一套，心想，他都将我放还本家了，我还对他谢什么恩？他无情，我无义，走就走。她抬腿向门外走去。

玄宗与杨玉环两人都在气头上，谁也没有意识到此举的含义。把贵妃放还本家，就是遣送回娘家，从某一方面说就是把她休了，用现在话说，就是离婚。

一切都无可挽回，杨玉环满脸怒气地出了翠仙楼。内侍已经在院子中备好了车子，杨玉环也不换衣，一步就跨进车子，甚至嘴里还催促御者快走。

一直站在外面听了全过程的高力士，知道此时说什么都晚了。他没有想到事情会搞到这个地步。如果讲起来，他也是有责任的，要不是他替梅妃传信，再次让皇上临幸她，哪会有这些事？但他也是看梅妃可怜，于心不忍才这样做的。再说，杨贵妃也太不像话了，她竟敢以那样的口气对皇上说话。在听的过程中，他几次都被她的话所震吓。

内侍也被这件事搞蒙了，一时间，后宫上下都知道了这件事。将贵妃放还本家？这是从未有过的。妃子犯了错，轻则打入冷宫，重则逼令自杀，哪还有放还本家之说？放还本家后，她怎么办呢？是再婚还是空守？搞不懂。

再说了，杨贵妃的本家是哪里？在京城她的亲戚有三个姐姐、驸马都尉杨鉴、一个堂弟杨恬，还有一个从祖兄杨钊，哪个算是她的本家呢？按亲疏关系来说，三个姐姐是她的本家，但哪有女的是主家的呢？看样子还是要送到驸马都尉杨鉴府上。

车子启动了，在一片寂静中行驶。宫女们都默默地看着它，仿佛又看到了一个妃子凄苦的命运。她们按以往的经验，知道杨贵妃此一去是再也不会入宫了，不管她先前多么受皇上宠爱，以后她的命运还不如一个普通的宫女。

车子在内侍的驾驭下，直向驸马都尉杨鉴的府邸驶去。

杨玉环离去后，玄宗仍然气恨恨地坐在翠仙楼里。他被杨玉环给气昏了，呼呼地喘着气，虽是清晨，身上却有一层薄汗。他想都是自己把她给惯坏了，才弄得这样不可收拾。

气恼中，玄宗还没有忘记被他藏入夹幕间的梅妃。他让侍立在旁的小太监赶忙把梅妃从夹幕间抱出来，可小太监却说梅妃已经被他从夹幕间的暗道送走了。小太监本是好意，他看到皇上与贵妃吵得不可开交，就暗自主张把梅妃偷偷地转移了。哪里想到此时玄宗正在气头上，他满肚子的气正无处发泄，一听小太监不待他吩咐，私自就把梅妃送走了，不禁大怒。他大喊道："来人哪，把这个奴才拉出去，乱杖打死。"

几个内侍闻言纷纷拥进来，把小太监拖了出去。可怜小太监临死还不明白自己为什么会死，他一路高喊"冤枉"，最后命归黄泉。

这也是上天的安排。如果小太监没有把梅妃从暗道送走，梅妃此时奉召，趁着皇上心中烦躁，对杨玉环极度不满的时候，大献殷勤，岂不极易得到皇上的欢心？那么杨玉环是真的要被逐出宫廷了，那历史恐怕就要改写了。

杨玉环被玄宗遣送回娘家后，怒气并不稍见消解。在此事件中，她一直认为自己是没有错的，是皇上对不起她在先，她发火在后。

哥哥杨鉴和承荣郡主在得知妹妹杨玉环忤旨被皇上放还本家的消息后，心中大吃一惊，心想，听说妹妹一直都得到皇上宠爱，怎么突然被放还本家了呢？这可是一件大事，弄不好，他们都可能被牵连，不仅官做不了，就是命能不能保住，也很难说。他们诚惶诚恐地接待了随之而来的内侍，准备从内侍嘴里打听到一点消息，但内侍也不明白。

这边，承荣郡主在内室接待了杨玉环。杨玉环虽说满肚子的气，但这气只是对着皇上的，在别人面前，她却不想表露。这其实是一种爱情心理，就是不愿把属于两人的秘密公开给第三者知道，包括吵嘴和怄气。她看到嫂子承荣郡主进来，竟笑着说："嫂子，你看我又可以回家了。"

承荣郡主苦笑了一下，心想，恐怕这个家不是那么好回的。她直截了当地问道："玉环，到底怎么回事？怎么被皇上放还了？"

"怎么回事？我要知道就好了。皇上没来由地发脾气，就把我放还了。放还就放还了，我还能赖在宫里不出来？"杨玉环用轻松的口吻说。

这是她在强词夺理，是她跑到翠仙楼大吵大闹一通，才惹得皇上发脾气把她放还的，现在她倒打一耙，反说皇上在乱发脾气。

听了杨玉环的话，承荣郡主不再多问，但她知道皇上就是胡乱发脾气，也是有个原因的。她只有陪着杨玉环坐着，因为她不能以指责皇上的不是来宽慰杨玉环。

杨玉环被放还本家的消息，一时间传遍杨门，在京的杨氏诸人都听闻了这件事，他们惊惶恐惧，奔走密谈，无不惴惴不安。杨钊听了这件事后，心中更是吃惊不小。他想，自己能有今天，全靠了这位小堂妹，因为有这份椒房之亲，他才有现在的风光，不但身兼数职，并且仕途看好，还攀上了权相李林甫。人家愿意和他交往，也是看在贵妃的面子上，如果贵妃没了，他也就别指望在京城混了。想到这里，他快马赶到虢国夫人府上。

说快马也就两步路，原来为了便于与虢国夫人来往，他就在虢国夫人的府宅边起了一座宅院，与虢国夫人府紧密相连，两府间有便门相通，他时常进入虢国夫人府上，与她鬼混。

虢国夫人正准备去见杨玉环，她看到杨钊，说："你看玉环真是不懂事，怎么会得罪了皇上呢？"

杨钊问虢国夫人是否知道事情的前因后果。虢国夫人也不清楚，但她说："不管何种原因，能得罪皇上吗？玉环做事有时太过没有分寸，我以前都说过她，这次终于出事了。"

杨钊作为一个男子，比她们想的都要多。他对虢国夫人说："事情已经发生了，多说也没有用，还是想想如何应付吧。"

"应付，怎么应付？皇上把玉环放还，就是说不要她了，还怎么应付？"

"不应付也要应付，我们都是靠着贵妃才有今天的，如果贵妃不再被皇上宠爱，我们都要被加罪，不要说荣华富贵，就连性命也保不住。"

　　听杨钊这么一说，虢国夫人也吓出了一身冷汗，知道杨钊绝不是在危言耸听。"那，那应该怎么办呢？"

　　"首先要弄明白事情的原委，看有没有弥补的可能。我们杨氏一门，前程和富贵全都维系于贵妃一人，一荣俱荣，一损俱损，大家一定要齐心协力，争取化险为夷，共渡难关。"

　　于是，两人并骑向杨鉴府上而来。到了驸马府，他们看到在京的杨氏族人基本上都到齐了，男的在外面商议如何面对这件突如其来的事，女眷则在内室安慰杨玉环。杨钊留在外面，虢国夫人进到内室。大家看到她进来，知道她与杨玉环关系不一般，都退了出来，让她陪杨玉环说说话。

　　待众人退出后，虢国夫人问道："玉环，到底是怎么回事？"

　　从早上到现在，已经有太多的人问她这个问题了，但杨玉环都没有回答，不仅没有回答，还以轻松的口气表示并不把它当一回事。众人看到她这种态度，心里干着急，还真的以为她不识好歹，不知道此事将会累及杨氏众人。

　　当三姐问她这个问题后，因为杨玉环与三姐的关系比较好，她就把其中的原委说了，在讲述的过程中，还夹带着对皇上的不满。直到现在，杨玉环都还认为是皇上对不住她，不是她对不住皇上。

　　听了杨玉环的话后，虢国夫人也为杨玉环的任性而担忧，她说："玉环，这就是你的不是了，皇上三宫六院，偶尔临幸一下别的妃子完全是正常的，你为什么发那样大的火啊？"

　　"他要是临幸别的妃子倒还罢了，可他偏偏临幸那个梅妃。梅妃那个贱人，背地里不但嘲弄我胖，还讥讽我的身份，岂不叫人着恼？"

　　其实杨玉环这是在自欺欺人，她不承认她是出于爱情的嫉妒，要是皇上临幸别的妃子，她一样会闹得不可收拾。

　　待虢国夫人从内室出来后，她把事情的起因给大家说了。大家嘴上虽不说，但心里一直责怪杨玉环做事鲁莽，不识大体。最后，还是杨钊首先镇静下来，想出一个对策，对事情进行弥补。他说："这样看来，贵妃确实有错。如果让她上表认错，我想，皇上也许会原谅她的，说不定事情会另有转机。"

　　听他这样一说，众人心里又燃起一线希望，就催促虢国夫人快去劝说贵妃，让她赶快自写一封上表书，向皇上认错道歉。

　　虢国夫人只好把这个意思向杨玉环说，想不到杨玉环竟不愿写。她说："上表书认错？我为什么要写？我又有什么错？我不写！"

　　虢国夫人只好劝慰道："玉环，你不要这么任性。你应该想到，在这事里，你是有错的。你不为自己着想，也要为杨家人着想，须知，他们都可能因为你的原因而受到牵连。"

"这与他们又有什么相干？"杨玉环不解地问道。

听了杨玉环的话，要不是虢国夫人了解这位小妹，还真的以为她在装傻。但她知道杨玉环就是这样的人，对有些事天真得让人吃惊。于是，她耐心地说道："你想，杨家都因为你的尊荣而被封官，现在你被放还了，他们的官还能当下去吗？不仅当不下去，恐怕皇上一生气会加罪他们的。"

虢国夫人把杨钊对她说的那番话原封不动地说给杨玉环听。

"怎么会这样？这是我和皇上之间的事，与他们并无关系啊。不，我不写。"

"你看这样行不行，我们写好了，以你的名义递上去。"虢国夫人见实在劝不动杨玉环，只好退而求其次。

"不，我不写，我也不让你们写。"

这就让虢国夫人为难了，也让大家为难了。杨家的人都聚在杨鉴府上，愁眉苦脸，等着宫中传出新的旨意，也许新的旨意传来的时候，就是他们大祸临头的时候。

经过一上午的折腾，此时的杨玉环又饿又累，加之昨夜几乎没睡觉，她的眼皮沉重得就要抬不起来。但面对端到眼前的食物，她又一点胃口都没有，更让她绝望的是家人对她的态度。

早上，她被皇上放还归家，那是爱情对她的背叛。她那颗受到爱情伤害的心本指望到了家里，能得到亲情给她的一丝呵护与关怀，哪里想到，家里人关心的都是他们自己的命运，对她满腹的委屈一点也不关心，还指责她任性冒犯皇上，一点也不多为她想想，还没有等她那颗受伤害的心稍稍平复一些，竟逼着她上表认错。她又错在哪里？她又为何认错？亲情的背叛再一次伤害了她。她寒心了，觉得天地之大，竟没有她的容身之地。

她借口要休息，让别人都出了内室。当她们的身影刚在门口消失时，她的泪水不可遏制地夺眶而出。自从早上和皇上生气，被放还归家，直到现在，她一直都没流泪。不是她不想流泪，而是她在别人面前强挺着，表示自己对此事的不在意。这是她要强的天性在作祟，要按她的本意，她早就想大哭一场了。当她看了家人对她的态度后，她再也控制不住自己的情感，暗自饮泣起来。

泪水如小溪一般从她的脸上不断滚落，她把手巾都擦湿了，还是控制不住泪水的滑落。慢慢地，随着泪水的涌流，杨玉环才觉得心里好受了一些，郁闷随着泪水得到了释放，不知不觉间，困意袭上身来，她衣不解带地躺在床上就睡着了。

睡梦中的杨玉环又回到了宫中，她在花丛间戏蝶摘花。宫中的牡丹开得还是那样艳丽，一朵胜似一朵，花映着她的粉脸，她就是花丛中那最娇艳的一朵。她终于捉到一只粉蝶，用手捏着拿给皇上看，但皇上沉着脸并不理会她，而是一转身拂袖而去。她愣住了，不知道如何得罪了皇上，惹得皇上不高兴。她手捏着粉蝶不知是放还是继续拿着。就在她不知所措时，突然闯进来几个武士，他们手拿长戟，如狼似虎地把她夹着就走。她朝着皇上的背影大喊，但皇上连头也不回。

在喊声中，杨玉环被人摇醒。她睁开眼一看，虢国夫人就在她的身旁，她一把抱着三姐，放声大哭。

就在杨玉环无限伤心的时候，身处宫中的玄宗心里也不好受。他早上被杨玉环那样一闹，气急之下，说出"贵妃忤旨，放还归家"的话，实非他本意，但话说出后，又不可能收回。待杨玉环真的被送出宫后，他就像丢了魂似的，坐卧不宁。但为了维护君主的自尊，他还是强忍着说："嗯，没有她，我也一样生活。"

此时的高力士到哪里去了呢？看到皇上正满肚子气，他可不想去触这个霉头，早躲得远远的了。他不见皇上的面，并不代表他不关注事态的发展，他不停地让小太监把皇上的动静报告给他。

快到中午了，皇上还没有要用膳的意思，于是一个不知好歹的小太监跑上前去，跪请皇上用膳。

玄宗听了大怒，呵斥道："朕饿了自会叫你们摆膳，用得着你这样一再打扰吗？真是不知好歹的奴才，脑子也不知长到哪儿去了，看样子不打不开窍。拖下去，重责四十大板。"

这已经是第二个倒霉的太监了，下面还不知该谁倒霉呢。别的内侍都提心吊胆，战战兢兢，唯恐一不小心，自己的小命就玩完了。

下午，玄宗稍稍吃了一点点心后，为了表示他并不把贵妃出宫放在心上，还命令乐教坊表演了一出歌舞。但他这是在强颜欢笑，没有杨玉环在身边，他根本无心欣赏歌舞，还没有等表演完，就挥挥手，让她们退了下去。

到了晚上，玄宗也无心再召别的妃子来侍寝。他一人独卧寝殿，以手支头，神思恍惚。杨玉环在家人面前强要面子，不让内心痛苦的情感表露出来，而他，却要在宫女内侍面前控制自己心中的伤心，强行摆出皇帝的威严。要是他真的不把贵妃出宫当回事，又为何动辄生怒，杀了一个太监，又重责了一个太监呢？杨玉环已经出宫，他完全可以放心大胆地再召梅妃或别的妃子来侍寝，但他没有，一点这方面的心思也没有。他觉得没有杨玉环在身边的日子，哪怕只有一天，他也过得寡然无味。

夜的黑幕完全落了下来，因为皇上不高兴，宫中没有任何喧哗，大家走路都小心翼翼，唯恐弄出声响。

玄宗仍然没有睡，他一会儿在室内徘徊，一会儿坐于床前。这在以前是没有过的，自武惠妃去世后，他从没有表现得像这样失魂落魄，他有点恨自己太过儿女情长了。于是他强迫自己不要再去想贵妃，但杨玉环的音容笑貌，一颦一笑，可爱娇羞、妩媚动人的模样就如挥之不去的影子。

独卧衾被的玄宗，此时更体会出没有杨玉环在身边的寂寞与孤独。想平日此时，二人相依相拥，谈不完的话，诉不完的情，而年轻顽皮的她，总能不断给他惊喜，让他身上迸发出活力与朝气。他们谈歌论舞，切磋各自对音乐的领悟与看法，互相交流对艺术的心得，最后达到灵与肉的结合，那是何等令人销魂。他由衷感谢天赐给他这样一位既知他心意又美貌如仙的女人。

既然躲不开，那就想吧。玄宗决定面对自己真实的感情。

当玄宗一旦面对自己对杨玉环的感情时，他首先感到的竟也是委屈。他想：玉环，你难道不明白我对你的心意吗？你难道没看出来，我与你之间，不是普通的皇帝与妃子间的关系吗？当初，你还是寿王妃时，我就为你心醉神迷，为你夜不能寐，想方设法要把你从寿王身边夺过来。但我怕伤害到你，并没有用强，而是放下皇帝的尊严，一步一步，慢慢去靠近你，用情感来俘虏你，用尽心机，终于把你弄到身边。

自此后，我与你琴瑟合奏，彼此难分。想我堂堂一国之君，五年来竟只要一个女人相陪，这若传出去，只怕无人相信。是的，我宠你，爱你，有你一人在我身旁，心已足矣。在我眼里，你有着看不完的娇美，说不尽的风情，每天都能让我有惊喜发现。我和你在一起就浑身充满活力，充满朝气，仿佛又回到了年轻的时候。这除了你的美丽外，最吸引我的是你身上的那股气质，与众不同的高雅举止。一个女人再美丽又怎能把天下所有女子的美集于一身呢？须知，美本身就是千差万别的。

但千不该，万不该，玉环，你不应该把我对你的这种宠爱当作权力，变得不可理喻，不讲道理。不错，我是临幸了梅妃，但须知，她是在你之前进宫的，我也曾宠爱过她。听了高力士的禀报，我感动于她对我的一片念念不忘之情，临幸她也算是对她的一种补偿。再说，我不想因为此事对你造成伤害，并没有弄得满宫皆知，而是小心谨慎地瞒着你和众人。我让高力士先对你说我要连夜处理国政，又让他黑灯瞎火地把梅妃带到偏僻的翠仙楼。我本想就一夜，一夜后，我就会回到你的身旁。我是皇上啊，临幸一个妃子竟像做贼一样，这传出去，是多么有损我的颜面啊。

可是你连一夜也等不及，也不知从哪儿得知了此事，竟 大早就闯了进来，劈头盖脸地就是一通火。我自知理亏，本想大事化小，可你却不依不饶，气势汹汹，在内侍面前一点也不给我面子，直弄得我也发了火。那时，只要你稍微退后一步，我又何至于讲出把你放还的话来。那时，我也被气坏了，这么些年来，谁敢如你那样对我讲话？向来都是我对别人发脾气，今天向我发脾气，几十年来，你可算是第一人。

这都是我这几年来对你太过宠爱的结果，不仅让你不遵从宫廷礼仪，就连起码的分寸也没有了。要是换了别人，我早让人拉出去杖毙了。我放还你归家，按理说，就是不要你了，那么，以后，我与你就不会再有见面的机会了。唉，你会怎么办呢？

如果我不降罪于你，那你还年轻，肯定还会再嫁人，就是不嫁人，天长日久，难免有情事。你会再找什么样的男子呢？啊，你也有可能再回到寿王身旁去。

这样一想，玄宗心中像被蜂针刺了一下，隐隐作痛起来。他难以想象杨玉环还会投入另一个男子的怀抱，哪怕想象也不行。

玄宗又后悔把杨玉环放还归家了，如果当时只是把她降罪留于宫中，那一切都还有余地，只要她认个错，他就会宽宥她，原谅她，一切都可弥补。但现在是把她放还归家，就是休了她，这可如何是好呢？

玄宗越想越是烦躁，他听着更鼓相交，不觉间已到深夜。当他回想全天事情的经过时，自然有对杨玉环的责怪和放还她归家的后悔，但不知怎的，其中还夹杂着一丝甜蜜，这让他感到奇怪与不可理解。

其实这也好解释。从爱情角度讲，嫉妒是爱情的一部分，有爱情必有嫉妒，反过来说，有嫉妒，才说明心中深爱着一个人。当杨玉环一大早怒气冲冲地赶到翠仙楼向玄宗发火时，完全是出于爱情的嫉妒。当时玄宗没有感觉到，事后想起来，当时，杨玉环发不梳、妆不化，可以看出，她是一夜没有睡好，说明她整夜都在想着他，肯定是在又气又妒中度过的。嫉妒正是因为心中想着他。

玄宗想到杨玉环会因为自己偶然临幸了一个妃子，而气愤得一夜不睡觉，想到她对自己如此牵挂，不禁大为感动。在此之前，他心中有时会冒出这样的想法：杨玉环顺服自己也许是出于对皇权的敬畏，表面上顺从他，心里却没有他。通过这件事，他看清楚了，杨玉环心里不仅有他，而且对他的感情还那样深。虽然他是皇帝，但他也是一个老年人，面对美貌的女人，他内心深处是又爱又怕，一面贪图她的美丽，一面又怕她嫌弃他的年老，身体给了他，情感却在外飘移。现在，玄宗高兴了，因为他感到杨玉环对他的爱超过了他的奢望。

玄宗这样想着，又是沮丧又是欢喜，在迷迷糊糊中睡着了。

与此同时，杨玉环也睡得不安稳，她也在思念着玄宗。下午，三个姐姐都进来劝她以家族为重，最好写表向皇上认错。她为她们只想到自己却不为她着想而气恼，倔强得不听她们的话。晚上，她稍稍吃了一点东西，只是一小碗粥。当夜深人静时，她的情绪平静了下来，她也慢慢梳理了一遍自己的感情。

虽然她到现在也不认为自己有错，但隐约中觉得自己做得有点过分了，伤害了皇上的自尊和威严，但她也为皇上不明白她内心真实的情感而委屈。她想，自己也不愿成为一个泼妇，但怎么就成了呢？这不都是源自对皇上的爱吗？正是有爱，她才想独占皇上的情感，也才想独占他的身体，而他辜负了她的爱，竟然做出临幸别的妃子的事，这不是对她的感情的背叛吗？可见平日的甜言蜜语都是靠不住的。

杨玉环的内心是矛盾的，有时她把玄宗想象为一个皇帝，想象他是一个至高无上的君主，那么他有权临幸任何一个妃子，而她也只是他的众多妃子中的一个。但理智不能代替感情，她如果这样想了，理智上可以接受，但感情上就疏远了玄宗。有时，她又把他想象为她的丈夫，他们真心相爱，应该忠贞不贰，除了他，她从没考虑过别的男人，就连以前相爱的寿王也真正从心里除去了。他呢，也应该是这样，除了她，不应再有他爱，可他没做到。如果他真心爱她，他是应该宽容她发火的。

同时，家人的话不能不对她有所影响，虽然她表面上并不接受她们的劝告。她们虽然自私了些，但说得不无道理，如果她真的被皇上永远放还，势必殃及家人。这是她不愿意看到的。她表面强硬，不按她们说的那样上表认错，但内心以为这不失为一种方法。如果她这样做的话，不是表示她真的认错了，而是说明她多为家人着想。但放还只有一天，就急匆匆地上表认错，而且是违心地，她说什么也做不到，她在感情上还转不过这个弯来。

难熬的一夜终于过去了。第二天，玄宗感到自己的心境平静了一些，但对杨玉环的思念并未稍减。他用了早膳后，随便到宫内各处走了走，但无论他走到哪里，见到的都是杨玉环以往流连于其间的身姿，或娇嗔，或嬉笑，或轻舞，或静如处子的娴雅风姿。他回到了内室，此时，高力士正赶来侍候。

一见到高力士，玄宗轻斥道："力士，我还以为你自此失踪了呢。"

高力士也是听说皇上的脾气变好，才赶过来的，他可不想在皇上脾气暴躁时来自讨没趣。听了玄宗的话，他笑着故作轻松地说："老奴昨天在内侍省处理一些事，听说皇上大振乾纲，天威莫测，未奉召唤，不敢入觐。"

听高力士如此一说，玄宗也憋不住笑了笑，他说："好了，什么大振乾纲，不过是贵妃无理取闹，朕惩治了她一下。"

这是事情发生后，玄宗第一次提到贵妃，但出乎他意料的是，提到时，他并没显得大动肝火。高力士静静地听着，不敢插嘴。他发现，杨玉环离开皇上只一夜，皇上的脸上已显出了老态。

"贵妃太不像话了，弄得朕差点下不了台。嗯，是谁让她如此放肆的？"

高力士心想：除了你，还有谁？要不是你对她如此宠爱，给她天大的胆，她也不敢这样。但他可不敢这样说，嘴里委婉地说："陛下有时对她的宠纵，确实超过了一般人……"

"嗯，宠她，她也要懂规矩。"

善于察言观色的高力士，见玄宗提到贵妃时，虽然语气中在指责，但也充分流露出了对她的想念，知道皇上并不是真的要对贵妃永远放还，心中还想着要把她召进宫来。只是贵妃也太不懂事，放还都一天半了，也不见半点动静，起码上个表认个错，也好让皇上有个台阶下。

玄宗看到高力士，也以为是杨玉环上表认错了，高力士来向他禀报的，那样他也就借坡下驴，收回成命，让她回宫了。但他等了半天也不见高力士提这事，知道杨玉环并没上表，他心想她还真倔强啊。

高力士不愧久在宫中走动，一下就揣摩到了玄宗的心意，他想：贵妃不给皇上这个台阶，那就由我来给皇上找个台阶吧。于是，高力士说："陛下，老奴听说贵妃被放还时，是只身出宫的。"

"噢，我还不知道她被送到哪里去了。"

"听说贵妃出宫后，到了驸马都尉杨鉴的府上。"

"怎么她没到虢国夫人的府上？"

高力士没有回答这个问题，只是说："听说贵妃到了杨都尉府上，每天只是以泪洗面，不吃不喝，忙坏了家人。"

杨玉环到杨府上的事，高力士是通过他派去的宫女与内侍得知的，但也不像他讲的那样严重。他这样说，是想打动皇上的心，引起他对杨玉环的同情。

果然听了高力士的话，玄宗心里不好受，但他不好表露什么。看着时机成熟，高力士又说："陛下以前放出宫人时，曾准许她们携带自己的衣饰，并赐钱帛，是否对贵妃也可以这样呢？"

玄宗自然听出了高力士这番话后的深意，他故作轻描淡写地说："随你，就把她的东西送去吧。"

高力士刚要转身去办，玄宗又说："力士，等一会儿陪朕吃饭吧。"

从皇上的语气中，高力士已经知道事情不是那么严重了，他想，贵妃再入宫的事只是迟早的问题。

于是，高力士把属于杨玉环的衣饰满满地装了几大车，派内侍送到杨鉴府上，并且又随便派去了几个宫女侍候杨玉环。

当装满贵妃衣饰的车子到达杨府时，杨家众人内心欢呼不已，他们脸上都像久阴的天，终于透出了阳光般的欢笑。他们知道事情至此已经有了好的转机，不然皇上为什么还要如此关心贵妃呢？以往，像这种情况，随之而来的不是赐予，而是一纸降罪圣旨。

那些衣饰被送到杨玉环面前时，她的心里稍稍温暖了些，从中，她看出了皇上对她的情意，但她故作一副漫不经心的样子。

虢国夫人又对杨玉环进行规劝，说皇上已经退了一步，给了她一个台阶，也算给足了面子，此时上表认错，正是顺水推舟，既不勉强，也在情理之中。但杨玉环并不听她的，直急得虢国夫人像热锅上的蚂蚁，她生怕这个机会稍纵即逝，担心杨玉环的倔强会最终惹恼皇上，降罪杨门。

这边，高力士陪着玄宗在用餐。这可以说是杨玉环离去后，玄宗的第一次用餐。面对着满桌的珍馐佳肴，玄宗却无心举箸。平时，都是杨玉环陪着用餐，有时高力士也在旁，今天，只有高力士在旁，气氛有些不同。玄宗只吃了两口，就放下了筷子，对高力士说："御膳房的人实在不像话，贵妃不在，他们做菜也不用心了，味道比平日差多了，难道只有贵妃才能吃出菜的好坏吗？岂有此理。"

听了皇上的话，高力士差点笑了出来，觉得这种小孩子的话皇上竟也说得出来。他强忍住笑，说："陛下，那就把今天的菜给贵妃品尝一下，让她评评是不是御膳房的人在偷懒。如果是真的，老奴一定要好好惩治他们。"

玄宗明白高力士的用心，他心里既想把杨玉环召回来，又要维持他当皇帝的面子，有些事不能做得太露，如果他提出赐宴给贵妃，那不是表示他向贵妃屈服了吗？他可不愿公开表示认输。多亏了高力士这个善知人意的老奴，有些事离了他还真的不行。于是，他说："随你，你愿送就送吧。"

得了皇上这句话，高力士匆匆扒了两口饭，出来赶到御膳房，让他们赶快重做一些饭菜，说是让贵妃品尝饭菜，以评优劣。那只是个借口，难道当真只是把皇上吃过的饭菜送去？自然是重新做了。

待一切备妥，高力士让内侍张韬光给贵妃送去。张韬光已是相当有地位的内侍了，派他去，也是为了显示隆重。本来高力士是想亲自去的，见了杨玉环，把皇上的心意当面告诉她，让她上表认错，也给皇上一个台阶下。但他的地位特殊，不好直接去。临行前，高力士把张韬光叫到跟前，吩咐他无论如何要暗示贵妃上表谢罪和悔罪。这场风波也到了该收场的时候了。

皇上的赐宴让杨氏一门的心彻底放了下来，他们欢呼雀跃，为事情这么快就有了圆满的结局而庆幸。虽然风波还没有完全结束，但可以想见，贵妃回宫只是时间问题了。

家人都向杨玉环道贺，但她脸上一点也没有喜悦的表情。不过她的心里得到了极大的满足，皇上半天时间先后两次派人送衣送食，这是多么大的尊荣啊，以前这在哪个妃子身上也没出现过。

在家人面前，杨玉环还想要要面子，她满不在乎地对张韬光说："我知道了，你回去替我谢谢高公公。"

张韬光仰着个头，还想听听贵妃有什么话说，但他等了一会儿，发现贵妃再也没什么表示了。他想：不行啊，临来时，高翁叮嘱过我，一定要让贵妃上表认错，只凭她这几句话，我怎么回去向高翁交差呢？再说，贵妃这两句话只是要我谢谢高翁，只字没有提到皇上啊。

于是，张韬光说："贵妃，高公公指示，贵妃对皇上，似乎也应表示一下感谢，最好是以表文的方式。"

这话讲得就很明白了，如果贵妃上表谢宴，那么绝不至于只是提到宴席，必会自陈其错，哪怕只是走走形式呢，作用也就起到了。

但杨玉环像没有听明白张韬光的话一样，只是淡淡地说："我知道了。你歇歇吧。"

这样，张韬光就不好再说什么了，只好退了下去，带着人回宫向高力士复命了。

这边可急坏了杨门中人，他们不知道杨玉环到底要干什么，明明有个台阶给她下，她就是不抬脚。其实杨玉环的心里已经动了认错的念头，只是她天生的叛逆性格，别人越让她做的事，她越不愿去做，哪怕那事是她想做的。她只想把上表的时间往后推推而已。

她这样一想不要紧，直把家人急得团团转，劝说的话已经讲了不少，大家再不知道如何劝了。还是杨钊有办法，他似乎对杨玉环的脾气有所了解，他给众人出了一个主意。

没过一会儿，虢国夫人进到内室见杨玉环，对她说："玉环，我想我们过不了多久就要离开京城了。"

"离开京城？为什么？"

"你想，你得罪了皇上，那是要灭族的事，即使皇上开恩，我们还能享有荣华富贵吗？与其等着让皇上来降罪，不如我们主动自贬的好。杨鉴和杨恬，还有二叔父都在写辞职状了，写好后就上递朝廷。我想，过不了几日就会批下来。我们都商量好了，离开京城后，都回到老家弘农去。你怎么办呢？是跟我们走，还是继续留下来？"

一听这话，杨玉环心中急了，她大喊道："不可以，谁让他们写辞职状的？"

"不写不行呢？你得罪了皇上，皇上已经表示了回心转意，又是送衣又是赐宴，已然对你表示了道歉，而你依然固执己见，不肯低头。这样下去，皇上即使再好的脾气也会控制不住的，一定会降罪杨门。与其这样，还不如赶在他没有降罪之前离开京城，或许还能保住性命……"

"谁说我不上表认错了？"

"但你迟迟没有此意，连高力士的话也听不进去。"

"我只是想推一推罢了，谁让你们那么逼迫人的？既然你们那么着急，我马上写就是了。"

听了这话，虢国夫人心里终于松了一口气，同时也暗暗发笑，大赞杨钊的精明，出了个好点子。

原来是杨钊见杨玉环软硬不吃，性格倔强得不得了，就想出了这个以退为进的办法。这一招果然灵验，杨玉环一下中计，说出了心里话。

皇上的两次纡尊降贵，让杨玉环心情大好，她不再烦闷哭泣，也不再愁眉紧锁。她把皇上赐来的御宴摆上，喊来杨门女眷，一起开怀大吃起来。反正她讲过要上表认错，她们心无多虑，也都兴高采烈地陪吃陪喝起来。

吃饱喝足，她把嘴一抹，要写呈给皇上的表文。听她这样一说，虢国夫人连忙递上早已准备好的笔墨。提起饱蘸墨汁的狼毫笔，杨玉环心中感慨万千，一时不知从何说起，半晌，也不见她落下笔来。原来，杨玉环对歌舞向有天赋，对文章诗词却极少问津。看到这种情景，深为了解妹妹的虢国夫人凑上前去，说："玉环，你连日感伤，情阻于胸，文思凝滞，不如让杨钊代笔草就，你依意成表，以达上意如何？"

杨玉环一听，正中下怀，免去了她的劳烦，反正你们吵着闹着要上表，就由你们去写好了。

小小表文对处理惯了批文的杨钊来说，自是小事一桩。他稍加思索，一挥而就，然后再由虢国夫人拿给杨玉环。杨玉环照葫芦画瓢，把原文照抄一遍，再由随侍的内侍传进宫去。此时已是天黑时分。

张韬光回宫后，径直到高力士那里禀报，说贵妃不愿上表请罪。高力士听了心中暗自焦急，心想，贵妃也太过任性，皇上已经两次降节纡尊，给足了贵妃面子，贵妃怎么这样不知好歹？现在正是皇上心绪平稳的时候，要是皇上一旦情绪恶化，认真怪罪下来，那时就是上表也迟了。

想到这里，高力士就想亲自出宫去规劝杨玉环。正在他要起身时，内侍传来了贵妃的表文。看着表文，高力士长长地舒了一口气。

高力士不敢怠慢，饭也顾不得吃，连忙赶至皇上面前，把贵妃的表文呈上。路上，他听到了宵禁的鼓声。

表文不长，无外乎一些道歉认错的话，说什么庸妃智识浅陋，心胸狭隘，冒忤圣上，希宽恩以待。捧着表文，玄宗心里也得到了一定的满足。贵妃终于向他认错，给了他一个台阶，那么下一步就是要把她迎回宫了。

高力士看时机差不多了，就启奏道："皇上，贵妃既已知道自己错了，那就把她迎回宫吧。"

玄宗不置可否地嗯了一声，似乎心里并没想到这个问题。

高力士知道，这是玄宗在维持皇上的威严，如果他一开口，玄宗就应允的话，那也太没面子了。高力士心中暗暗好笑，他真的觉得皇上与杨玉环在一起久了，不仅身体变年轻了，连心理也变年轻了。

于是，高力士再奏道："陛下，贵妃忤旨出宫，所知人少，应早日迎回宫中，以免闲言顿起，有损皇家威严。"

听了高力士这番话，玄宗才开口说："就依你所言。"

高力士想：嘿，搞了半天是我想着贵妃早日回宫，敢情你是被迫勉强的。但这话他可不敢说出口。看着一场宫廷风波就这样平息，身为知内侍省事的他也十分高兴。随着年龄的增长，他只想过平静的日子，多一事不如少一事。

"那明天奴才就把贵妃迎进宫来。"

"你看着办吧。"

于是就这样定下了，高力士准备明天把贵妃迎进宫。

当玄宗用过晚饭，一人独处寝殿时，他突然备感寂寞。他看着在寂静中燃烧的宫灯和明烛，有一种人到暮年的凄凉。没有了杨玉环那青春朝气的气息存在，偌大个内殿显得空落落的，甚至阴惨惨的。他试图说服自己，明天杨玉环就会回宫，再怎么难耐也只有一晚了。但不知怎么的，他一想到又要独自一人度过漫漫长夜，心里竟有着无法排遣的烦躁。

玄宗神思恍惚，焦躁不安。他想：我身为一国之尊，竟要一人独守空房。对，为什么不能把杨玉环连夜召回呢？虽然他知道现在已经宵禁，但皇上又有什么事办不到呢？

于是，他连忙宣高力士来，让高力士连夜把贵妃迎进宫来侍寝。

"什么？这时候迎回贵妃？"高力士一时没有反应过来。他想，刚才皇上还在拿腔拿调，态度漠然，怎么这时又突然急了起来？

"对，就是这时候。你讲得对，此事不宜外传，知道的人越少越好，本来也没什么事，还是赶紧迎进宫来的好。"

"可是已经宵禁了啊。"

"宵禁不是对皇帝的。你传我诏命，开宫门和安兴坊栅门，调禁军，你亲自迎回贵妃。"

"老奴奉诏。"

因为有皇上的诏命，宫殿门和安兴门先后开启。高力士调动了一百多名禁军，按步骑分列两侧，此外，还有游骑往来报讯。此阵势把掌管禁军的龙武大将军陈玄礼也惊动了，因为宵禁是极严格的事，非军国大事，不得开启宫殿门和各坊之门。他不知道今夜发生了什么大事，以致宫门大开，游骑穿梭，还有左监门大将军高力士亲自压阵。

陈玄礼一身戎装地来到高力士面前，急忙询问发生了什么事。高力士只是朝他摆了摆手，简略地把事情说了。陈玄礼听了几乎有点不相信自己的耳朵，仅仅是为了迎接贵妃，不但夜开禁门，而且动用了这个阵势。他不禁摇了摇头。

不要说陈玄礼不明白，就是高力士也觉得这样做实在有点过火了。他入宫这么多年，服侍了几个皇帝，还从没见过哪个皇上为着这事夜间开启宫门的。

出了安兴坊，缓缓穿过安兴街，宫廷车仗一路灯火通明地向驸马都尉杨鉴的府上行去。

杨鉴的宅邸在崇仁坊，又需再开崇仁坊的坊门。此时，杨鉴府上府门大开，先期而至的内侍已经把圣旨传达，杨府满门欢声雷动。左邻右舍不知道发生了什么大事，杨府这般热闹，只见门口烛光映天，灯火通明，待一打听，才知原来皇上深夜专迎贵妃进宫。他们闻说后无不对杨府有着如此荣耀嫉羡三分。

杨玉环也没安睡，心里想着玄宗，辗转反侧，只是睡不着。听到宫中派车来接她回宫，她一骨碌从床上爬起来，披着衣服就向外走，迎面看到高力士正走进来。

这是自出事以后，杨玉环第一次见到皇上亲近的人，她情不自禁地喊了一声："阿翁。"

因为有旁人在侧，高力士一本正经地把皇上的诏命传达了。随即，杨玉环进屋穿好衣服，然后跟着高力士向府外的车驾走去。

虢国夫人只把杨玉环送到车上，她千叮咛万嘱咐，告诫妹妹不要再耍小孩子脾气，切不可再任性胡来，要曲意事君。随着车驾启动并缓缓而行，走出崇仁坊门不久栅门关闭。杨氏一族在夜色中向着皇宫遥拜，那是在向皇上行礼。回到府内的杨家人，人人没有睡意，两天来的焦虑一旦消释得这样迅速快捷，他们有点难以自持。宫使夜来，迎接被贬的贵妃，这在哪朝哪代也没有出现过，原本令人提心吊胆的事，结果演变成一桩荣耀的事。他们决定今夜不再关门，门外高举灯火，要让所有的人都知道这件前所未有的事。门内大摆酒宴，尽情庆贺。

宫车行进在寂静无声的街道上。杨玉环从车窗间望出去，透过灯火，她看到两旁房屋的暗影，一百多人的步骑悄无声息。她抬头向夜空看去，什么也看不清。她想马上就要与皇上见面了，但见了皇上她会说些什么呢？

经过这场风波，她觉得在心里与皇上的感情生疏了，如何能够再像以往那样无拘无束？她可能一时做不到。如果让她像表文中所写的那样认错的话，她也难以开口。那些话本来就不是她写的，就是现在，她的心里也没有认错的念头，要认错，她觉得应该是皇上向她认错才对。那就谢恩吧，这可能是所有仪式中都不可少的，不管皇上对你做了什么，你都要谢恩。

记得皇上在翠仙楼逐她出宫时，旁边的内侍还让她谢恩呢。可她谢什么恩啊，感谢皇上又把她接回宫了？本来就是他逐她出宫的，现在接她回来，理所当然，谢什么谢？

杨玉环在车中这样想着，不一会儿便到了宫中。因为正式颁布了诏命，因此要有一个仪式。但玄宗不愿搞得那么复杂，就在内殿举行了一个小小的仪式，参加的人也不是很多。

按理，杨玉环应该穿上礼服，细步低头走至皇上面前跪拜谢恩。但杨玉环只穿了便服，也不是细步低头，而是就那么直通通地闯了进来。等到内侍喊出让贵妃跪拜谢恩时，她已经到了皇上的面前。

杨玉环抬起头来，与玄宗四目相对，一时间，心中爱恨交加，更多的是委屈与冤枉。路上想的情景一概抛弃，心中的情感战胜了一切，什么仪式，什么旁人都不在了，都虚化了。她一头扑在玄宗皇帝的怀里，嘴里叫了一声"皇上"，随即放声大哭起来。

这是至情的泪，这是至性的泪，它像汹涌的潮水把杨玉环淹没了，使得她就像一个孩子一样呜呜地哭了出来。她哭她这几天来受的委屈，哭皇上辜负了她的爱，哭在她需要宽慰时，亲情对她的漠视。她觉得所有的人都在欺负她，她无助，最后还是皇上的怀抱接纳了她。

玄宗看到杨玉环双眼红肿，衣裳不整，仿佛看到这两天来她所受的苦，怜爱之情油然而生。他把杨玉环紧紧地抱在怀里，一时间也是百感交集。

杨玉环还在皇上的怀抱里呜呜而哭。这种孩子式无所顾忌的感情发泄，打动了玄宗。

在皇族中，因为权力斗争的残酷，不要说夫妻之间，就是亲人之间也甚少亲近，但这并不表示他们没有感情，每个人心中的父性与母性，是天生的，是无论如何都消除不去的，只是由于外部原因被深藏于心。而杨玉环这种孩子式的无助而又无限依恋的哭泣，把玄宗心中深藏的爱给唤醒了。他轻微而颤抖地抚摩着杨玉环的后背，禁不住也是热泪盈眶。

玄宗已经有多长时间没有流过泪，他自己也记不清了。按理说，他身为天下至尊的皇帝，应该是无比坚强、无比坚毅的，但这一刻，他也流泪了。这是情感至真的流露，是与一个女人情感上的交融。泪水让他的心滋润，也让他既伤感又幸福，他也变得脆弱了，他呜咽地叫着："玉环！"

杨玉环依然把头深深地埋在玄宗的怀里尽情地哭着。

玄宗不想让他的哭态呈现在内侍面前，他挥了挥手，表示仪式结束。他把杨玉环扶起来，说："玉环，不要哭了，我们到里面去。"

杨玉环收住哭声，但还在抽泣，双肩随着抽泣一耸一耸的。她与玄宗相互扶持着向后面走去。

看着他们两人相互扶持的背影，高力士心有所动。以前他虽知道皇上与贵妃的感情不一般，但今天似乎才明白他们的关系已经超出了他的想象。他看到杨玉环如孩子一样倒在皇上的怀里，而皇上也尽显老态，伴依着杨玉环，他们相携而行，此情此景让他感动不已。同时，他还发现，玄宗在杨玉环面前把自己还原成了一个男人，一个上了岁数的老男人，这是至真的表现。以前，玄宗在别的妃子面前还多多少少维持着一个皇帝的威严，这有助于保持他与妃子间的距离，让她们敬畏，同时也拉远了心与心的距离。现在，皇上彻底放弃了这种做派，他不再保持那些假模假样的派头了，因为这样，他的老态与脆弱一展无余。

一场风波就这样消弭于无痕，结局是皆大欢喜。

进入内殿的玄宗与杨玉环，挥手让宫女也退出。此时此刻，玄宗只愿与杨玉环待在一起，有外人在旁会阻碍他们之间的感情交流。玄宗先坐下，看着杨玉环泪眼婆娑，还有凌乱的云鬓，不禁笑了起来。

笑声打破了他们心中仅有的一点隔阂。这是真情的笑，是从心底发出的笑，纯净而宽容。听了玄宗的笑，杨玉环也破涕为笑了。可是，笑声未落，她嘴一咧又哭了出来。她觉得这两天所有的委屈不应就这样轻易地消除，她还要多多地从皇上那里得到宽慰。

看着杨玉环的哭相，玄宗在感动之余又觉得好笑，她那种孩童般的情感宣泄，让他产生一种想保护她的冲动。他一把把杨玉环搂在怀里，轻轻地为她擦去脸上的泪水，说："好了，好了，你看眼泪把衣服都弄湿了。"

杨玉环这才收住眼泪，嘴里说："都是你欺负人，我哭，你还笑。"

"怎么是我欺负你了？你做得也过火了嘛。"

"什么，我做得过火？你……"

"好了，好了，算我欺负你了，我给你道歉。"

这不像是一个皇帝在说话了，就像两个小夫妻平常吵嘴后的温存，软语相加，情感回升。此时，玄宗早已忘了他的皇帝身份，他像做错事的丈夫，又像宠爱着女儿的父亲。

重逢的激动，哭泣，紧紧拥抱，在温暖的内殿，他们情感交融。虽然分别只有短短的两天，但他们却有着长久的感觉，互相倾诉着分别后的心情。

他们都饿了，稍微吃了一些小食，随后沐浴，接下来是美妙的夜晚。

杨玉环与玄宗言归于好，感情更胜以前，只是可怜了梅妃。

自从被小太监从夹幕间的暗道私送至上阳东宫，梅妃一面为再次被皇上临幸而欢愉，一面又为贵妃势盛而忧心。一夜欢娱，她觉得她已经再次引起了皇上对自己的兴趣，假以时日，不愁不能得到皇上的宠爱。但今非昔比，现在出现了杨贵妃与她争宠，这让她忧虑，不知能否把杨贵妃比下去。在翠仙楼上，她已经看到了杨贵妃气势汹汹的模样。她没有想到的是，连皇上对杨贵妃都心怀三分，听到杨贵妃即将到来，竟不敢把自己留在床上。看来以后要想争过杨贵妃，绝不是一件简单的事。

后来，当她听说皇上把杨贵妃放还出宫，梅妃的心里别提多高兴了，心想真是天助我也，正愁斗不过杨贵妃，这下好了，上天为我除去了一个情敌。同时，她私心以为，皇上放还贵妃出宫，与她再次得到皇上宠幸有关。如果真是这样，她再次蒙召就是不远的事了，说不定，当晚就会蒙召。

事情确实与梅妃有关，但感情却与她无关。玄宗在放还杨玉环出宫的第一晚，焦躁不宁，一直想念着贵妃，心里根本没有掠过梅妃的影子。而梅妃还盛装以待呢。

后来，仅仅隔了两天，杨贵妃就回宫了，而且还是夜间开了禁门，破例迎入。这样一来，此事不仅不是杨贵妃的耻辱，反是杨贵妃的荣耀了。

杨贵妃的回宫让梅妃失望至极，喜悦如竹篮里的水，全漏光了。但她并不灰心，希望再找到时机，让皇上临幸她。她相信只要能靠近皇上，她一定能拢住皇上的心。

但皇上没有再给她这个机会，一段日子过去了，梅妃始终没等来皇上要召她的旨意。看来，皇上是把她给忘记了。

梅妃不甘心，如果就这样退出的话，那说明她彻底失去了再一次改变生活的可能，她就会和那些老宫女一样，等着岁月消磨掉大好的青春和美丽的容颜，在寂寞中老去。不，那是可怕的，连想想都是可怕的。她不能让自己的青春荒芜，她一定要改变现状。

思来想去，梅妃决定利用自己的优势来博取皇上的欢心。她的优势是什么呢？那就是作画填词。

梅妃要把她的处境与落寞的心境，主要是对皇上的思念写成一篇文章，呈递给皇上看，以情打动皇上。为此，她模仿司马相如的《子虚》《上林》两赋，殚精竭虑，巧构精思，写成了一篇《楼东赋》：

> 玉鉴尘生，凤奁香殄。懒蝉鬓之巧梳，闲缕衣之轻练。若寂寞于蕙宫，但凝思乎兰殿。信摽落之梅花，隔长门而不见。况乃花心飏恨，柳眼弄愁。暖风习习，春鸟啾啾。楼上黄昏兮，听凤吹而回音。碧云日暮兮，对素月而凝眸。温

泉不到，忆拾翠之旧游。长门深闭，嗟青鸾之信修。忆太液清波，水光荡浮。笙歌赏晏，陪从宸旒。奏舞鸾之妙曲，乘画鹢之仙舟。君情缱绻，深叙绸缪。誓山海而常在，似日月而无休。奈何嫉色庸庸，妒气冲冲，夺我之爱幸，斥我乎幽宫。思旧欢之莫得，想梦著乎朦胧。度花朝与月夕，羞懒怕对春风。欲相如之奏赋，奈世才之不工。属悉吟之未尽，已响动乎疏钟。空长叹而掩袂，踌躇步于楼东。

此赋写得文采斐然，情真意切，既有对往昔的怀念，又有对现今寂寞生活的无奈，遣词用句，无不恰到好处，赋中隐约露出对贵妃的不满，但丝毫没有对皇上的怨尤。

《楼东赋》写成后，梅妃想尽早递到皇上手里，让皇上明了她的一片情意。但让谁递呢？她自然想到了高力士。

催促几次后，高力士才来到上阳东宫。他对梅妃求他的事，感到很为难。上次他安排梅妃和皇上在翠仙楼幽会，哪知惹出那么大的事来，事后想起，他心有余悸，暗自庆幸皇上没有责怪他。这次，他怎敢再生波澜，为梅妃奔走引线呢？说什么他也不会做了。

梅妃见高力士始终不答应为她递赋，心中焦急，还以为高力士是乘机索求贿赂，于是进到内室，倾尽她的积蓄，估量也有千金，捧到高力士的面前。

高力士自然不会收她的钱财，只是说他真的很为难，然后不顾梅妃的悲泣，转身离去了。

高力士不愿为梅妃递赋，旁人自然更不敢。连一篇赋都递不到皇上手里，要想亲近皇上，那就更无从谈起。杨贵妃已经回到皇上身边，两人正情浓意切，皇上心里更不会想到她。自此后，梅妃容颜日见消损，越发清瘦了。

有一天，她登楼观望，见远处有驿马疾奔而来，不知道发生了什么事，别人告诉她说，这是为贵妃专门送荔枝的驿马，因为贵妃喜爱吃荔枝，就用驿马传送，几乎每天如此，从不间断。听了此话，梅妃心中更添伤悲。杨贵妃的荣耀，对比着她的凄凉，让她悲哀不已。她悲咽泣下，伤感万分，心想，就是自己得宠时，又何曾享受过如此的荣耀呢？

自此之后，她收起了那份想再得到皇上宠爱的心思，感世伤怀，不作他想，只把满腔愁思欲念，化作丹青泼洒在画纸上。她每天都要画许多画，让自己沉浸于艺术创作的意境中，借此忘掉心中的悲苦与寂寞。

她本来就有艺术天赋，再加上刻苦钻研，不久画技大增，她的山水人物画更是精妙绝伦。由于她生活于宫廷，人物大多以宫女和仕女为主，写实味很重，山水以意象为主，意境高远。日子久了，她的画慢慢传出宫廷，流入民间，得到士大夫和民众的赞赏和喜爱。由于她作画从不署名，所以现在我们能看到的那些唐代比较有名的画卷，说不定有的就出自她手呢。

后来安史之乱发生，玄宗和杨玉环弃京西奔，在马嵬坡，杨玉环香消玉殒，玄宗奔逃至蜀。再后来太子收复两京，迎皇上东归，再回长安。那时，玄宗把皇权交给太子，自己当上了太上皇。晚景凄凉，身旁无人相陪，他又想起梅妃。不知兵火之后，她流落到了何处。于是，他让人搜寻，如有寻得者，赏钱百万，官封三品。但久访不得，消息全无。玄宗又让画工按他的记忆作画一幅，画作得很好，把梅妃画得活灵活现，宛如真人一样，但玄宗凝望画卷，知其终是画中人而已。悲悼之下，玄宗题诗于画卷上："忆昔娇妃在紫宸，铅华不御得天真。霜绡虽似当时态，争奈娇波不顾人。"读之让人泪下。玄宗又让人按照画中人像刻石像一尊，立于殿内，日夕相望，聊解心中伤悲。

【第十回】

杨钊冤狱动酷法，玄宗改政封边关

出宫风波平息后，表面上看，玄宗对杨玉环的宠爱又增进了一层，其实他们内心还有着没有消除的隔阂，这是风波的后遗症，随着时间的推移，才会慢慢消除。

玄宗为了庆贺贵妃回宫，举行了盛大歌舞，并对杨氏一门给予了丰厚的赏赐，特别是对杨玉环的三个姐姐，更是不吝钱财。

杨钊的官职又得到了一些升迁，多兼了两个职。玄宗对贵妃的这个宗亲有着很深的印象，不时让内侍把他的政绩上报给自己。玄宗对杨钊的办事能力很赞赏，见他虽身兼数职，但从不马虎，事事处理得体，办事快捷，这让他吃惊。这样的人，玄宗已经很久没有见过了。这种人正是他现在最需要的，能帮他理财，能帮他处理事务，他就可以放心轻松地享乐了。

他把这话对杨玉环说了："玉环，你们家族不简单啊，女的个个美貌，男的精明能干。杨钊是个很有本事的人。他是个人才。"

以前杨玉环对杨钊并不熟，通过这次出宫，和他接触过几次后，感觉他确如皇上所说，是个头脑清楚、做事明快的人。就拿他为杨玉环剖析出宫后可能给杨家造成的后果，以及劝她如何挽回的话中，她就能感觉到他是一个可以在官场走动的人，这一点与她的哥哥杨鉴正好相反。但不知怎么的，杨玉环对这位从祖兄并不是很喜欢，而且一和他在一起，她的心里总有不舒服的感觉，身上原本属于自己的一些性格也不好表现出来。但皇上这样说他，她也不好说什么，不管怎么说，他也算是杨家人。

随后，玄宗携杨玉环一起上骊山温泉宫，一去一个多月，两人的感情完全得到弥补，而且更胜往昔。

玄宗皇帝更加顺着杨玉环，她也恢复了任性，有时，她还会叽里咕噜地谴责皇上的薄情，有时，她还当着众人的面戏称皇上为"薄情三郎"。

玄宗并不气恼，他一笑了之。他知道这是情爱的一部分，在与贵妃的相处中，因为有她的这种小任性和小放肆，平添了许多情趣。

后宫风波才定，大臣间争斗又起。

原来，一直与太子为敌的李林甫和太子之间已经有过一次较量。这次较量中，李林甫打击了皇甫唯明和韦坚，削弱了太子的势力，但没有撼动太子之位，这让他耿耿于怀，时刻寻找机会再给予太子打击。这次事件后，太子的势力受到了很大的损失，皇甫唯明和韦坚的被贬，无疑就像剪除了太子的左膀右臂，他做事更加小心翼翼，不给李林甫留下把柄。

尽管太子小心谨慎，但他能管得住他的亲戚吗？

他的那些正妃、侧妃、良娣的娘家人，他们难道也会小心翼翼吗？上次不就是太子妃韦氏娘家人出的事吗？

这不，越是怕事，事就越来。这次事情出在太子良娣的娘家人身上。

太子的良娣是赞善大夫杜有邻的女儿，杜良娣的姐姐嫁给左骁卫兵曹柳绩为妻。柳绩生性疏狂，不拘小节，喜爱结交豪杰俊士，这就不免会与一些不法之徒来往。柳绩与淄川太守裴敦相交，关系不一般。裴敦又把柳绩推荐给北海太守李邕认识，李邕于是和柳绩相来往，友情日增。

柳绩与妻子关系不好，继而与妻子的娘家关系也交恶。他想陷害妻子娘家的人，就在外面造谣说，他的岳丈杜有邻私自藏有图谶方面的书，并且常常在家暗使巫术，想让太子早点登上大宝，好让自己的女儿当上皇后，言语中还有一些对皇上十分不敬的话。

柳绩散播这些谣言的本意是想引起别人的注意，最好引起监察御史的注意，那样，他们就会去查杜有邻是否在搞些阴谋诡计。只要御史留意上了杜有邻，那就有杜有邻的好看了，没事也让他脱层皮。

虽然柳绩是在造谣，但似乎也并不全是无中生有，可能杜有邻确实搞过一些巫术活动。

因为柳绩的交际面广，他的话慢慢就被许多人知道了，当然也就传进了李林甫的耳朵里。

老谋深算的李林甫立刻从中嗅出了对他有用的东西，他看到这些谣言牵连到了太子，就在想，如何用这些谣言发动对太子的再一次打击。

于是，李林甫就让京兆士曹吉温去查这件事。李林甫的心事，吉温早就揣摩透了，对于李林甫让他查访此案的目的，他心里是一清二楚。

果然没过几天，吉温就把这件事情搞清楚了，首谋是柳绩无疑，其他一些人都有暗中传播的罪名，也构成了诽谤皇帝罪。至于杜有邻是否私藏图谶，经查也确实有那么回事。

听了吉温的汇报，李林甫暗暗冷笑，他想，我才不管你什么翁婿间的矛盾呢，既然你们都跟太子沾亲带故，那就休怪我无情了，严惩你们就是间接打击太子。太子良娣的娘家有不敬言辞，从某方面说，太子也脱不了干系。

于是，杜有邻、柳绩等被全部逮捕入狱，一番审查后，全部杖杀，尸体堆在大理寺，不准收尸，妻子和儿子全部流放岭南。

柳绩是死有余辜，本想陷害别人，最后搬起石头砸了自己的脚，而杜有邻与王曾等受的却是池鱼之灾。

事情并没有到此为止，李林甫又让监察御史罗希适到北海把太守李邕逮来处死。李邕是当时名士，才艺出众。当时卢藏用曾劝告他说："你的才能就像干将、莫邪两把名剑一样，无人可以与你争锋，但你太过刚强，应该注意收敛锋芒，这样才能躲避灾难。"

但李邕听不进去，依然恃才傲物，结果落得如此下场。

郴郡太守王琚曾经因受贿被贬为江华司马。他素来豪华奢侈，与李邕交好，因为被贬外地太久，不能回到京师，心中充满怨言，认为他不能回到京师全是权相李林甫从中弄鬼，私下与友人谈起，对李林甫多有不敬。李林甫趁机也把他一道除去。

此事件波及面广，弄得朝臣人人自危，连上朝时腿都打战。他们心里惶惧，不知道自己早上出门，晚上是不是还能回来。

太子见杜良娣的娘家出了这样的事，再也坐不住了。为了免遭非议，也为了表明自己的清白，他把杜良娣驱逐出东宫，贬为庶人。庶人，就是平民百姓。想想太子良娣，本是官宦小姐，选入东宫，如果一切顺利的话，太子登位，她被封为皇妃当在情理之中，可权力争斗让她的命运发生了改变，一下从天上掉到了地上。但像她这种命运陡变的人，人们早就见惯不怪了。

一不做，二不休，为了彻底铲除掉太子一伙的羽翼，李林甫对那些已经被外贬的官员也不放过。

他让监察御史罗希适一路前去，借考查他们的政绩名声为由，把那些流贬的官员全部清除干净。

罗希适是李林甫的女婿张博济的堂外舅，靠着这不远不近的亲属关系，也走红了。按辈分算，他低吉温一辈，但他们却是一对好搭档，吉温是酷吏，他比吉温有过之而无不及，青出于蓝而胜于蓝。

名为考查，实为寻找清除那些官员的借口。罗希适一路南下，所到之处，无有生者。之前被贬的皇甫唯明和韦坚自然是不得活了，自青州到岭南，被罗希适杀死的迁谪官员，不计其数。当他的排马牒到宜春时，被贬为宜春太守的李适之自忖难逃此关，忧惧之下，喝药自杀了。到了江华，王琚喝毒药没死，听到罗希适已经到了，又上吊自杀。

罗希适到了安陆，准备也杀死被贬在此地为官的裴宽。胆小怕死的裴宽为了活命，听说罗希适要来，早几天就在路边搭了个棚子，一见罗希适，不等他下马，连忙趴在路边不停地磕起头来，直把头磕破，血流满脸。见此情景，罗希适才饶了他一命，没有下马，径直往下一处而去。

经过这样一番扫荡，那些与李林甫作对而被流贬在外地的大臣，基本上都被罗希适清除了。

自此后，李林甫的威势更盛，他要让敢于和他作对的大臣们看到，和他作对的下场只有死路一条。

就在朝廷间暗波涌动，人人自危的时候，内宫里却是一派莺歌燕舞，歌舞杂耍每天层出不穷。

在玄宗的引导下，宫廷乐教坊的高级乐师的地位得到前所未有的提高。每次歌舞演奏时，玄宗把乐师分成两部分，水平高的，让他们坐在上位；水平低的，让他们站在下面，这样就在无形中刺激了乐师们人人努力争上游的心性。过一段时间还进行考评，坐在上面的如果不努力，想吃老本不求上进，就让他下来；如果下面的乐师水平有提高，就让他坐到上面去。

宫廷有名的乐师中除了琵琶高手贺怀智、马仙期之外，李氏三兄弟也大大出名。李氏三兄弟就是李龟年、李彭年、李鹤年。除了李彭年善舞外，李龟年与李鹤年都善歌。他们都受到皇上的特别宠爱，封赏隆厚。他们在京城起宅，其豪奢的规模不亚于公侯之家。

玄宗待乐工甚厚，乐工投桃报李，也对玄宗忠贞不贰。

当安史之乱爆发时，那些乐工纷纷逃离宫廷，或隐匿在山林之中，或混迹于贩夫走卒之间，不愿为安禄山奏乐娱情。

安禄山占据两京后，睹物思昔，想到当年他来京时所见到的盛况，也想学玄宗享乐，就派人把流散于民间的宫廷乐工全都搜索来，让他们像以前一样为他演奏。场所还是在宫中，太液池还是那样碧绿，殿宇还是那般巍峨，但主人已经更换，再不是击节赏乐的大唐皇帝，而是大腹便便的胡贼乱臣。此情此景，怎不让乐工悲愤填膺，相对泣下？但慑于群贼露刃以胁，乐工们不敢高声痛哭。

其中有一个乐工雷海清，再也控制不住心中的悲愤，他把手中的乐器猛掷于地，面向西方痛哭。因为玄宗皇帝已经逃跑到蜀，蜀在长安的西方。安禄山大怒，把雷海清绑缚在戏马殿，肢解示众。听说这件事的人，无不伤痛。当时大诗人王维也被叛贼拘押在菩提寺，听了这件事，当即提笔写下一首诗：

万户伤心生野烟，百官何日更朝天。

秋槐叶落空宫里，凝碧池头奏管弦。

正是玄宗皇帝对歌舞的爱好和欣赏，对乐师舞伎的丰厚赏赐，使得后来的梨园弟子都把他奉为祖师爷。

这也是玄宗皇帝没有想到的，可谓失了江山，赢得清名。

玄宗的兴致往往很高，在歌舞中也出手打鼓。摸准皇上这个脾气的大臣，当有要事面奏时，如果遇到皇上在打鼓，他们会先在外面听上一阵。如果听到的鼓声欢快有力，说明皇上心情愉快，他们会立刻把要讲的事呈报上去；如果听到鼓声沉郁有杀气，他们宁肯推迟一天面奏，也不去碰钉子。结果，弄得满朝大臣个个都去学习乐理。

舞伎的身份，也与以往大不相同了。宫廷中天天有歌舞，三日一小舞，五日一大舞，动辄上百人。舞坊人数增加，比任何一个朝代人数都多。

舞蹈的分工也越来越细，有专门舞中原舞的，有专门舞胡旋舞的，有专门舞新罗舞的，不一而足，其中最有名的当属舞女谢阿蛮了。

这个身姿无比柔软的谢阿蛮，与贵妃有着不一般的关系。她虽身属舞坊，但舞坊的官却很少管她，她是唯一一个可以在宫内乱窜的人。她知道皇上喜欢纵情欢娱，一味享乐，就想着心思编排各种歌舞。有着多年行走江湖四海漂泊的阅历的她，编排的歌舞虽没有宫廷的华丽与雍容，却自有一股民间的野性与活泼、新鲜与刺激，很受皇上的欢迎。

舞蹈的编排有杨玉环、谢阿蛮这样的高手，可谓花样迭出，每次各有不同。但让玄宗不满意的是，每次伴唱的歌词都是一些俗词庸调。自从上次李白来京写了十几首好词外，此后再也没有人能写出那样明朗动人的好词了，总不能天天唱"名花倾国两相欢，长得君王带笑看"吧。

杨玉环见这种情况，劝慰玄宗说："三郎，既然你嫌歌词没有新意，你的大唐王朝又不缺这方面的人才，为什么不召那些有名望的诗人来京？即使每人写一首，也足够每次歌舞用了。"

玄宗一想，这果然是个好办法，但他想，一首好词是可遇不可求的，而且怎么可能人人都有李白那样横溢的才华？不管如何说，试一试总是可以的。

于是，玄宗皇帝下令天下之人只要有一技之长的都可来京，殿试后，只要可用，就留京听用。

宰相李林甫听到皇上准备下这道诏命，心想，此事不妙，如果那些草野之士借殿试之机，把他搬权弄术、陷害大臣的事面呈皇上，即使皇上不去追究，自己也难免会失去皇上的信任。这种事万万不能让皇上做。

最后李林甫终于想到了一个办法来阻止皇上下这道诏命。他对皇上说："天下有那么多自认为身负才艺的人，如果听了皇上的诏命，一起赶赴京师，皇上又怎么能一一接见殿试呢？如果不能，难免会引起他们的不满，继而会口出不敬言辞，这岂不是事与愿违？再说，那些人中多卑贱愚聩之人，讲话没有礼节，不知尊卑长幼，恐怕俚言俗语有污圣听。"

听了李林甫这番话，玄宗还真以为他是为自己着想，心想，还是宰相想得周到。他问李林甫："爱卿，依你之见，此事当如何处理呢？"

李林甫说："圣上的心意是好的，就是不让圣贤遗落在野，希望他们都能出来为国出力。不如先让各地的郡县长官精加试练，确实有才能卓著的，把名单上报省府，再让有关部门审查，择取名实相符的人再上报圣上。那时，再请陛下亲自殿试，定能选到满意的人才。"

玄宗一听，认为这确实是条好计策，既免得自己花费过多的精力，又达到了目的，就依了李林甫的话。

殊不知，李林甫才没有那么好心呢，他这样做，完全是为自己着想。试想，选什么样的人，全在他的掌握中，那还不是他说了算，他能选不听他的话，和他有宿怨的人吗？

即便这样，李林甫还不放心，他把那些郡县上报的名士艺人，在用诗、赋、论进行测试时，不让一人过关。结果皇上下诏求士，竟然一个也没求到。

李林甫不因此脸红，竟还上表庆贺，说什么"野无遗贤"。就是说民间已经没有一个贤士，有本事的人都被网罗在朝。

玄宗的心思已经全放在歌舞享乐方面，对这种明目张胆的欺骗，竟会相信。他看了李林甫上贺的表文，呵呵大笑，心中得意，以为自己真是一位前所未有的明君，有本事的人都竞相来朝，为他服务出力。不然，怎么他真心求贤竟会一个也求不到呢？

如果玄宗还有一份清醒的话，他就会冷静地想一想，王朝之大，疆域之广，都是前朝所未有的，民众千千万，岂能没有一二才智出众之士？所谓"野无遗贤"，一定是有人从中捣鬼，要是按他早年的英明，一定会追查到底，清本溯源。但他老了，再无早年的雄心壮志，或者他隐隐也能感觉到其中有诈，但不愿深究。

人到老年，玄宗不得不考虑这个问题：留存世间的日子不多了，有些事还是不要太过认真的好。

李林甫的"野无遗贤"纯粹是在欺瞒皇卜，什么民间已经没有一个有才智之人了，就在这次应试中，就有大诗人杜甫在内。

杜甫是与李白齐名的大诗人，但他没有李白的运气，能够诗名闻于皇上。他一生都奔走于豪门贵宦之间，希望他们推荐、提拔他一下。他看尽了权贵冷眼，受尽了欺凌。这次他本想靠着真实本领一举应试，哪想李林甫早有打算，一概封杀，害得杜甫只能继续低三下四地寄托在权门显贵门下。

皇帝奢侈糜烂的生活也影响到了大臣，特别是那些皇子皇孙。玄宗对这些皇子皇孙给养极厚，他们吃用不愁，都竞相仿效宫中做派。有一个申王为了摆阔，以龙檀木雕成一个举烛童子，再在童子身上披上绿衣袍，系上锦带，每次宴席，让它执烛旁立，虽是木人，但别有情趣，被人呼为"烛奴"。申王如在外喝醉了，就命使女将锦缎结成一个花兜子，他仰卧其中，让使女抬着回宅，别人看了都称之为"醉舆"。每当风雪苦寒的冬季，他不是多穿衣服御寒，而是让使女光着身子团坐在他的身侧，用她们的体温为他御寒，还自呼为"奴围"。

眼看着到了天宝六载（747年）三月，三月里有两个比较重要的节日，一是寒食节，一是清明节。

对于耽于享乐的玄宗皇帝来说，节日就是他铺陈歌舞场面的借口，但寒食节有点不一样。

寒食节又称"冷节"。为什么称"冷节"呢？因为这天有禁火的习俗，因而也称"禁烟节"，节日期间只能吃凉东西，不准举火。到了这天，官府执行禁火甚严。每到此节，村社的里正小吏便用鸡毛翎到各家灶灰中去扫掠，如果毛翎变焦了，就要治罪。

当然这只是针对平民百姓，那些豪门权贵经皇帝特许，在寒食节的晚上即可燃火。

寒食节除了禁火外，又诞生了一个新的节目，就是"钻木取火"。既然不准生火，那就学伏羲帝来个取火吧。

到了这一天，大唐宫廷都要举行取火仪式，内园官小儿在殿前钻火，先得上进者，赐绢三匹、金碗一口。随后就举行隆重的赐火仪式，把新的火种赐给群臣，以示皇恩浩荡。

今年，玄宗不仅要举行盛大的钻火仪式，还别出心裁地自己取火。到了这天，杨玉环的三个姐姐和一些皇亲国戚都来了，他们都想分到皇上采到的新火。

所谓钻木取火，并不是真的要在木头上钻，而是用火石火镰重新打出火来。玄宗当然没费多少工夫就打出了新火。

新火打出来了，问题是新火都要赏赐给谁呢？能得到皇上亲手钻出的新火，那该是多么大的荣幸啊。

今年的新火，玄宗皇帝只把它们赏赐给了杨玉环的家人，也就是杨氏三姐妹和杨鉴、杨恬，还有杨钊。别的皇亲国戚只有羡慕的份。

传送火种的内侍，一人着黄衣领头，骑高头大马，后面跟着衣着鲜艳的侍从，一路前呼后拥，招摇过市，绕城巡行，最后才分到杨氏诸人门前。

长安城中万人空巷，大家争睹这一盛事，莫不为杨家的恩宠咋舌。有个诗人看了这种情景，写道：

> 朱骑传红烛，天厨赐近臣。
> 火随黄道见，烟绕白榆新。
> 荣耀分他日，恩光共此辰。

杨氏一门得到皇上赐予的新火，倍感荣耀。他们用柳条接得内侍传来的新火，插在门前，终夜不息，以炫耀于人。

后来人们争相仿效，相沿成俗。以后，每逢寒食、清明便在家门前插杨柳枝条的风俗，就是从这里来的。

赐火过后，玄宗在宫中举行了盛大的歌舞宴乐，有斗鸡、拔河、打球，不一而足。正在玩得高兴之时，玄宗发现杨玉环不在了，他问身边的宫女。宫女说贵妃有些不舒服，一个人到后花园去了。

听了此话，玄宗连忙到后花园找杨玉环，远远地就看见她一个人坐在秋千架上沉思，这是天性快乐无忧的她从来没有过的。玄宗以手示意宫女不要出声，他蹑手蹑脚地走到她身后，猛地一摇秋千架，把杨玉环吓了一大跳。待看清是皇上后，她嗔怪道："三郎，你吓了我一大跳。"

玄宗说："前面那么多好玩的，你为什么一个人躲在这里发愁啊？"

"我没有发愁，我只是累了，想歇歇罢了。"

"好了，不要骗我了，你有心事，难道我还看不出来吗？"

原来杨玉环近来听到这样一个传言，说她杨氏一家显贵，连从祖兄杨钊都被封了那么多官衔，但作为她的堂哥哥的杨鉴却没有什么特别的赏赐，驸马都尉的称号，凡是驸马都可享受，不是官衔。于是有人猜疑，说贵妃与她娘家哥哥关系不谐。

其实杨鉴并不是杨玉环的亲哥哥，只是她的堂哥，但她小时候就归了三叔门下，对她身世不明了的人，自然就认为杨鉴是她的亲哥哥了。

杨玉环是个没有心机的人，听了这话，心想，是啊，杨鉴虽是她的堂哥，但他们从小生活在一起，在心里，他可算是她最亲的人，现在她被封为贵妃，怎可对他没有封赏呢？

可她又不知道如何向皇上开口，因此犯难。见皇上动问，她就一五一十地把心里话讲了出来。

玄宗听了，哈哈一笑，说："这有何难？封他一个官就是了。我也正有此心。"

杨玉环听了这话，心中块垒尽消，她说："三郎，你对我太好了。"

玄宗说："这也是惯例，一般皇后、贵妃的家人都要加官晋爵的。我又怎么能太过委屈了这位大舅子呢？"说着，玄宗为杨玉环荡起了秋千。

正是桃红柳绿的时节，后花园百花盛开，景色宜人。玄宗为杨玉环推着秋千架，看着她忽高忽低的身影，觉得她就是一只翩翩飞舞的花蝴蝶。

没过几天，杨鉴与承荣郡主入宫拜见杨玉环，这是内侍省做出的安排。

现在，他们之间的辈分都乱了，按娘家关系，杨玉环应该称呼承荣郡主为嫂子；但如果按夫家关系，承荣郡主反倒要叫她一声婶婶。但她们把这一切都免去了，彼此都称呼对方的封号。

见了面，杨玉环直截了当地把外面的传闻对哥哥杨鉴说了，并告诉哥哥，皇上不久就会下诏，升他的官。

令杨玉环始料不及的是，杨鉴竟然不愿升官。他说他考虑过了，以他的才能在现在的职位上做得很好，不适宜再上调，因为他的才能有限。

杨玉环没有想到哥哥是这个态度，她暗地里思忖，是不是父亲去世时，对他有所交代，让他不要借着她的宠爱去谋取官职？

其实杨玄璬去世时，倒没有留下这样的遗命，只是杨鉴书读得多了，身上也难免有一点迂腐气。不错，他以前是曾意气风发，想在仕途上有所突进。但一进入官场，他才发现，官场与他以前所想的截然不同，其中的人事倾轧与钩心斗角是他所不能做到的。

由此，他产生了隐退的念头。他想到外地为官，最好到一个山清水秀的地方，怡情养性，其乐融融，远离世俗尘念。他把心里所想的告诉了妹妹。

天真的杨玉环认为这不失为一个好主意，哥哥既然想过一种他想过的生活，她为什么不成全他呢？

其实，杨鉴之所以提出想到外地去，还与杨氏一门近来越发骄奢有关。随着杨玉环越来越得宠爱，皇上对杨氏一门的封赏也越来越厚，杨门诸人都有点飘飘然，不知身处何方了。权势显赫，难免招人嫉恨，他们的一些作为连他都有点看不下去了。他担心，他们再这样无所节制骄横下去，早晚会有血光之灾。书上不是写着吗，"万物满则溢"，什么叫"满则溢"？做过头了，就会走下坡路，月圆则亏。

趁哥哥与承荣郡主来宫的机会，杨玉环带着他们到处走动了一下，好让别人看到，他们兄妹之间并无隔阂，外面所传都是谣言。

待哥哥离开后，杨玉环把他的请求告诉了皇上。玄宗一听，惊异地问道："玉环，这是你的真心话吗？"

"是啊，怎么，三郎，有什么不对吗？"

"唉，你不知道，多少外地的官吏都想着入京为官，你却偏偏让你的哥哥到外地当官，这相当于外放啊。"

"外放？怎么是外放呢？是同等的官衔啊。"

"即使是同等的官衔，京官无形中就比外地的大了三级。这其中的微妙，你不懂，你哥哥应该懂得呀，他如何会提出这样的要求呢？"

听皇上这样一说，杨玉环心里也迷糊了，她想再问哥哥一下。

但杨鉴告诉妹妹，到外地任官是他的心愿，他唯一的要求就是到一处风景秀丽的地方，当一个闲散的官员。

了解哥哥的杨玉环知道哥哥是可能提出这样的要求的。于是，她把哥哥想到外地当官的话再次说给皇上听。

玄宗没有办法，就把杨鉴外放到湖州任刺史。湖州在江南，自然风景秀美。杨鉴高高兴兴地上任去了，丝毫不把这当作外放。

满朝官员对杨鉴的做法都感到不理解，杨钊更是骂他鼠目寸光，没有出息。他想，如果杨鉴不是如此懦弱，而是精于钻营，那么，与他联手，要不了多久，朝廷中还不是他们杨家说了算，呼风唤雨，一手遮天！同时，他还看到，留下的那个杨恬也是无用之辈，看样子，杨家一门以后就要看他的了。不过，他一定要紧紧抓住贵妃这条线，还有虢国夫人这个相好，一来，她可以随时加强他与贵妃间的联系；二来，现在虢国夫人在某些方面权势熏天，交游广阔，能给他带来许多意想不到的好处。

就像人越老越发贪恋生命一样，掌握相权达十年之久的李林甫，对权力的渴望比任何一个人都大。他像一只猎狗一样，时刻警惕着，嗅着对他的相位可能造成威胁的人，如果从谁的身上嗅出了异样的气味，他就会扑上去咬死他。李适之被他咬死了，皇甫唯明和韦坚被他咬死了，杨慎矜被他咬死了，下一个他又要咬谁呢？这次，他把目光对准了王忠嗣。

皇甫唯明被贬后，原来是朔方和河东节度使的王忠嗣就兼领了陇右和河西的节度使。这样，王忠嗣就是四镇节度使，控制万里，天下劲兵重镇，皆在他的掌握之中。而王忠嗣又是一位很会打仗的将军，可以说攻无不克，战无不胜。随着功名越来越盛，他大有入朝为相的可能。

这不是李林甫的臆想，唐朝一直都是选有军功的边将入朝为相的。只是近十年来，相位一直被李林甫占据，玄宗皇帝又耽于享乐，认为老是换相，政务交换频繁，不利于事务的处理，主要是会妨碍他的享乐，才没有这样去做。皇上没有这样做，并不代表没有这种可能，如果哪一天，皇上幡然醒悟，以为相权最好不要长期委于一人，那么他就会从边将中选一人来替换李林甫。在李林甫看来，要想彻底打消掉皇上的这个念头，就要把那些有可能入相的边将都铲除掉，让皇上想换也无从换起。

而且王忠嗣一直与太子关系密切，太子一旦登基，王忠嗣必会得到更大的重用，他李林甫到那时是要权没权，要兵没兵，还不成了别人手里的面团，人家想怎么捏就怎么捏？不行，必须趁现在太子羽翼未丰，就把王忠嗣给拉下马。

一旦决定要把王忠嗣拉下马，李林甫才觉得王忠嗣是一个很不好对付的人。王忠嗣不比皇甫唯明和韦坚、杨慎矜之流，李林甫动动小手指，不费吹灰之力就把他们扳倒了。王忠嗣是什么人？他是军功卓著、威震四方的四镇节度使，手中有雄兵几十万，麾下有无数对他忠心耿耿的良将，连皇上都对他青睐有加。

想到这些，李林甫有些丧气，觉得在皇甫唯明被贬官时，不应该把河西与陇右的节度使职位也给王忠嗣，这样一来就增大了他的势力。但李林甫是一个权欲极重的人，为了权力的巩固，他有着极强的韧性与耐心，没有机会，他会创造机会，创造不出，他会静静地等待，直到寻到对方的疏漏与缺点，然后就是雷霆一击，把对方置于死地。

现在对王忠嗣，他只有等待。

正如李林甫所说，王忠嗣可不是一般的人物，他父亲是一位将军，早年战死在疆场。作为烈士的后代，他被皇上特许抚养在后宫，从小就与太子一起长大，玩耍嬉闹，和太子是总角之友。

更难能可贵的是，他从小就对兵书战策有兴趣，没事的时候就捧着本兵书读，熟谙兵法韬略。玄宗曾与他交谈过，认为他"应对纵横，皆出意表"，日后必成名将。

果然被玄宗皇帝说中，成人后的王忠嗣到边庭军队服役，没过多久，就屡立军功，被封为将军一职，后来分立十大节度使，他又被委任为最重要的朔方节度使。现在，他已经是四镇节度使，这是别的边将望尘莫及的。

王忠嗣很会带兵打仗，这倒没有什么稀奇的，哪个边庭大将都会带兵打仗，让人自叹不如的是他还爱惜将士，使得手下大到将军小到普通士卒，都愿为他卖命。同时，他镇守边疆，处理事情时不图眼前利益，而是从长远着想，对巩固边塞也起到了很好的作用。

王忠嗣年轻的时候，曾以勇力自负，双臂能拉开重弓，但做了统领一方的节度使后，反而持重安边，不再盲目崇耀武力。他常说："现在是太平岁月，只是体恤、训练士卒就可以了，为什么要不爱惜他们的性命，驱使他们拼命流血来博取个人的名声呢？"

他早年能拉开的重弓被收藏在皮囊中，表示不用。他不鼓励动武扬威，但并不代表武备松弛。他知道边关之地，时刻都会有战争袭来，因此他天天亲自督促训练士卒，不让他们有思想上的松懈。

久而久之，士卒都有思战之心，跃跃欲试。王忠嗣见到这种情况，知道士气已被鼓动。平时他总是多派间谍秘密窥探敌方的动静，如果发现对方有了可乘之机，才率军出击，往往一击必中，大胜而归。所以他不出战则罢，一出战，就战无不胜。

敌方都知道他是一位厉害的对手，轻易不敢与他作战，只要听说是他带兵来战，往往不战就退兵败走了。

王忠嗣还在边庭开设马市，以高价收买马匹。这样一来，诸胡看到有钱可赚，纷纷把马拉到这里来卖。王忠嗣都买了下来，使得敌方战马减少，而唐军则兵强马壮，与吐蕃相战于青海、积石时，无不取得胜利，又讨伐吐谷浑于墨离军，俘虏其全军而归，威名震于四海。

在多年的戎马生涯中，王忠嗣练就了一双识人的慧眼，在他手下凡是有才能，能打仗会领兵的人，不管是什么人，都会得到重用，比较突出的有哥舒翰和李光弼两人。

哥舒翰是突厥族突骑施哥舒部人，王忠嗣看他很会用兵，就提升他为大斗军副使。

有一次王忠嗣派哥舒翰和另一名将佐同去攻打吐蕃。那位将佐自认为与哥舒翰官衔属于同一级别，还轻视哥舒翰，倨傲无礼。哥舒翰当众把他责打了一番，最后斩首示众，军中将士见了，无不惊悚。

哥舒翰积累军功一直做到陇右节度副使。每年边庭到了收麦子的时候，吐蕃军就大举入侵，乘机把成熟的麦子收走，好像这些麦子都是为他们种的。时间长了，大家似乎也把这些麦子真的当成了吐蕃人的。哥舒翰见这种情景，就在当年麦子成熟的时候，预先在吐蕃兵必经之地的两侧埋伏下重兵，等吐蕃兵再来收麦时，全军出击，把他们的后路断掉，两边夹攻，结果没有让一个敌人逃脱。自此以后，吐蕃兵再也不敢来了。

李光弼是契丹酋长李楷洛之子，也以勇猛为王忠嗣所重，被提升为河西兵马使充赤水军使。他在以后平叛安史之乱中立下了汗马功劳。

身为四镇节度使的王忠嗣一心只想持重安边，并不擅长揣摩帝王心理。他正一步步地走向他政治生命的边缘，自己却浑然不知。

玄宗早年雄心勃勃，锐意拓边封疆，想当汉武帝式的君王，大唐王朝的声势威名在他的手上张扬到极点。

为此，他四边交战，和回纥打，和突厥打，和契丹打，和吐蕃打。别的王朝在他强劲的攻势下，或拜服，或求和，都七零八落，不能与之相抗衡了，但唯独吐蕃，在松赞干布和他的子孙的苦心经营下，渐趋强盛，渐渐有了与大唐相抗衡的意思。双方几十年来一直战战和和没有停止过。打败吐蕃可以说一直是玄宗皇帝的心愿。

大唐与吐蕃相争的地方主要有两个：一是小勃律，一是石堡城。

避开大唐在河西陇右的强大兵力，从大唐力量薄弱的西边突入安西四镇，是吐蕃在高宗、武则天女皇时期就采取过的一种战略。

小勃律是由南部高原地区进入西域的唯一通道，因而勃律也就成为唐与吐蕃争夺的一个焦点。

开元前后，吐蕃常来围困勃律，并对勃律王说："我不是想占领你们的土地，而是想借你们的通道去攻打唐朝四镇。"

勃律王在权衡再三后，终于在两者之间选择了大唐。当吐蕃来围困他时，他派人向大唐求救。当时安西都护张嵩也认识到了勃律的重要地位，说："勃律，是大唐的西边门户，勃律要是被吐蕃占领的话，那么大唐就像少了西边的一道屏障，西域都会被吐蕃占领。"

于是，张嵩派副使张思礼率领马步兵四千人，日夜兼程，前往救援。赶到的唐军与勃律军一起大败吐蕃军队。自此以后，吐蕃不敢轻易来犯，西陲得以安定了一段时期。

石堡城位于青海湟中、共和之间，是吐蕃从青海以南地区进入河湟地区的必经之道，开元前即为吐蕃所占据。吐蕃在这里因山筑城，据险而立，储存粮械，石堡城是其侵扰河西陇右的前哨基地。

开元十五年（727年），吐蕃攻陷瓜州，玄宗命萧嵩主持河西、陇右军事，进行反击。开元十七年（729年），信安王率众攻破了石堡城，终于拔掉了这个时刻威胁着西北边陲的钉子。吐蕃见借以进攻的屏障和基地已经失去，不作他想，只好与大唐和好，签订条约，并在赤岭树碑定界，相约两方和好，无相侵掠。

此路不通，急欲向外扩张的吐蕃只能再走前边那条路，就是占领勃律，打通到西域的路。

现在统领吐蕃的是松赞干布的后代赞普，他比他的祖宗更有办法，也更有野心。他不信他的大军会被大唐压制在高原寒冷地带。他想要带着他的百姓冲向温暖的平原。

吐蕃兵再一次兵临勃律城下，如上一次一样，勃律王向大唐求救，但大唐这时无力出兵相助，只是警告吐蕃，让其罢兵。

在大唐没有出兵的情况下，吐蕃终于占领了勃律所有的土地。他们欣喜若狂，庆贺奏响了西进的序曲。

玄宗皇帝非常气愤，决定要给吐蕃一点颜色看看。他要在东线战场上给吐蕃一次重创。

自从双方缔结和好条约后，东线一直呈现出一派牧歌欢唱的情景。当时大唐的守将是崔希逸，蕃将是乞力徐。由于长期的和平，他们两位倒成了好朋友。崔希逸对乞力徐说："两国既和好，何须壁垒森严，既妨碍农人耕种，又浪费人力。不如共同撤防，合为一家。"

吐蕃将领乞力徐也有此意，但他担心地对崔希逸说："足下为人忠厚，说的都是肺腑之言，只恐朝廷间未必互相信任，一旦有人乘我不备，发动袭击，那将后悔莫及。"

心地敦厚的崔希逸连连说不会不会，于是对方放心了。为了表示诚意，双方杀白狗为盟，共同撤防。

但好景不长，玄宗要在东线打击吐蕃，以报他们占领勃律之恨。他派特使到东线，让崔希逸乘对方空虚，发动袭击。崔希逸听了这道敕命，如五雷轰顶，他说什么也不相信皇上会让他突然出兵，这样，他岂不成了一个背信弃义的小人了吗？最后，在道义与圣旨之间，崔希逸痛苦地选择了后者。

自己的军队在毫无准备的情形下迅速被击溃，乞力徐只身逃脱。唐军乘胜追击，连连获胜。

吐蕃在开元二十九年（741年）十二月，再次攻陷石堡城，控制了青海的大部分地区，对大唐的军事行动又推进到河西走廊，恢复到开元十年（722年）间的局面。

吐蕃再次占据石堡城后，倾全部之力来精心构筑它。他们深知它就是远征大唐的跳板，失去十二年后，它再次落入吐蕃人的手里，他们再也不想轻易失去它了。

后来，唐朝虽然多次攻打它，但都没有成功。这成了玄宗皇帝的一块心病。

现在，玄宗虽然没有了早年的雄心壮志，但他不能容忍这样一个极具威胁的钉子安稳地插在自家的门口。

就在前年，天宝四载（745年），他还命当时的陇右节度使皇甫唯明攻打石堡城，结果连副将都战死了，还是没有攻陷石堡城。为了增强皇甫唯明攻打石堡城的力量，玄宗又任命他兼任河西节度使。皇甫唯明尚未到任，即被李林甫陷害。现在，王忠嗣一身而兼四镇节度使，他就有义务来替皇上收复石堡城。

对于皇上的心思，王忠嗣不是不清楚。他曾对石堡城的地理位置进行了详细的研究，看到石堡城不过是孤悬于沙漠地带的城池，毫无占领的必要，得到它不能成为制伏吐蕃的屏障，不得它也无害于国。

同时，他看到，此城背山而建，吐蕃重兵驻扎，有险可依，不牺牲上万士兵，很难占领它。为了一座得之无用的小城，用上万士兵的生命来换取自己的功名，王忠嗣不愿意。

王忠嗣不愿意，但皇上着急万分。他才上任，皇上就下诏问他来了。要是热衷于功名的人一眼就能看出皇上此刻的心意，也巴不得有这么一个建功立业的机会，什么士兵性命，哪还顾得了那么多？常言说"一将功成万骨枯"，太过顾惜士兵性命的将帅，还能博取骄人的功名吗？

王忠嗣不知是真的没有看出皇上的心意，还是装聋作哑，他老实地给皇上上了一道奏疏，上面写道："石堡险固，吐蕃举全力而守之，若屯兵坚城之下，必死者数万，然后事可图也。臣恐所得不如所失，请休兵秣马，观衅而取之，计之上者。"

在这道奏疏中，王忠嗣也没有说不去取石堡城，他客观地分析了一下石堡城的险要防守后，认为现在去取它，势必会死伤太多兵将，只有以静制动，待以时日，等待他们出现内讧，再乘机攻占，这才是上上之计。

王忠嗣分析得十分在理，可惜的是玄宗等不及了，他想现在就攻占石堡城，拔掉这个门前钉，所以他对王忠嗣的这道奏疏一点也不满意。

玄宗很是纳闷，这个王忠嗣，他的父亲王海宾就是在与吐蕃作战中阵亡的，按理说他应该对吐蕃有着刻骨仇恨才对，可恰恰相反，看他的奏疏，似乎一点也不想与吐蕃开战。

王忠嗣不善揣摩圣意，惹得皇上不高兴还不知道。他不善揣摩圣意，却自有巴结圣上的人。将军董延光看到这种情景，请缨带兵攻取石堡城。

玄宗对他的军事才能有点不放心。董延光情急之下立下军令状，要在一定时日之内攻取石堡城，如未攻取，甘当军法处置。听了这话，玄宗才让他带兵出征，同时让王忠嗣分兵助他。

王忠嗣看到这种情况，认为牺牲这么多人的性命去夺取一座孤城，实在不值，因此他并不是很积极，虽有皇上的圣命，但他并不尽遣部属以供董延光驱使，也不以重金赏赐冒死进攻者，对一些军事行动也不是很配合。董延光看到这种情景，心中深深恼恨王忠嗣。

手下大将李光弼见了，为主帅王忠嗣担心，他劝告王忠嗣说："将军，你太爱惜士卒了，这样岂不是要坏董延光将军的事情？"

王忠嗣也直陈其心，他说："我本来就不赞成他去攻打石堡城，这本不是他分内的事，他却偏想捞取功名，不顾上万人的性命。我最恨这种人了。"

"可这是圣上的旨意，将军这样做，董将军必将不能攻克石堡城，建功不成，他日必归罪于将军，将军这又是何苦呢？再说将军府库充实，又何必在乎一点缎帛钱财呢？拿出一点作为赏赐，以激励将士的进取，也好堵塞谗言。"

"将军好意，我心领了，但我王某人做事自有分寸。想那孤城，得之无用，却要献出数万男儿的性命，我心不忍。如果皇上就此事责怪的话，那就责怪我一人好了。想来不过是把我贬职流放，即使这样，我也不会用数万人的鲜血来换取功名。李将军，谢谢你的好意，这是我不可更改的决心，你就不要再说了。"

听了这话，李光弼深受感动。王忠嗣宁可舍弃自己如花似锦的前程也不愿牺牲将士性命的高风亮节，把李光弼打动了。这是一个真正为帅者的风范，爱护将士如手足，视功名为敝屣。

李光弼说："我是担心将军被小人谗言所伤，才不得不说。今见将军行古人之事，胸襟宽广，是我等不如啊。"

没有王忠嗣倾力相助，董延光果然到了他许诺的日期也没有把石堡城攻下来。败仗之后，他不是伤悼惨死将士，抚恤其家属，而是一心想着如何开脱罪责，自然而然地，他想到了王忠嗣在此役中的拖延和消极。于是他给皇上上了一道奏本，把王忠嗣的表现添油加醋地讲述了一番。

玄宗看了董延光的奏本，心中大怒：这个王忠嗣竟敢阻挠军计！他也不去追究董延光当初立下军令状的事了，而是想着如何给这个胆敢忤旨的王忠嗣治罪。

对朝廷的丝毫举动都不放过的李林甫，看到这种情景，认为扳倒王忠嗣的机会来了。他让济阳别驾魏林诬告王忠嗣，说王忠嗣在担任河东节度使时曾经说过这样的话："早年与忠王同养宫中，因此我更尊奉太子。"这话什么意思呢？就是要拥兵以尊奉太子为皇帝。

李林甫不愧是摸透皇上脾气的人，他知道什么话皇上爱听，什么话，皇上听了一定会跳起来。

他让魏林说的话，玄宗听了就会跳起来。因为他深深知道，玄宗当了快四十年的皇帝，还似没有当够一样，一点没有让位的意思。虽然选好了太子，但太子仅仅只是一个摆设，什么时候让位，你就等着吧。现在太子不急，反倒有人急了。这岂不正触着皇上的心病吗？

听了魏林的诬告，玄宗果然恼怒异常。好个王忠嗣，因为幼年把你养于宫中，你和太子是好朋友，就要尊奉太子了。你尊奉太子，那眼中还有我吗？怪不得我让你协助董延光攻取石堡城，你不尽力呢，你眼中已经没有我了。

他是越想越气，立即宣召王忠嗣入朝，交由御史台、刑部和大理寺官员组成的三司推审。

其实王忠嗣根本就没说过那句话，虽然他和太子是总角之友，关系不一般，但他作为一名边将，是不愿参与任何宫廷斗争的。不错，太子如果当上了皇帝，凭着他与太子的友谊，他将更会得到重用。既然太子做皇帝是迟早的事，太子不急，他又为什么急呢？

但玄宗皇帝可不这样想，他从自身的经历知道，任何想登上皇位的人，要想成功，必要借助武将的援助。他不就是借助禁军的帮助才消灭了韦后和太平公主吗？前车之鉴，他不能不留心。

而王忠嗣虽身陷大牢，但他想身正不怕影子斜，没做亏心事，不怕夜半鬼敲门。自己没有说过的话，别人栽赃也是白搭，皇上顶多治他一个阻挠军计罪而已，还能把他怎么样？

王忠嗣想错了，虽然这次审理他的是三司，但三司中都是李林甫的人。李林甫是一心要置他于死地的。特别是那个叫杨钊的侍御史，更是深深领会了权相李林甫的意图，要不遗余力地替他卖命，即便王忠嗣不承认也要让他低头认罪。

栽赃是要有证据的，这一点让想为李林甫卖力的人为难。王忠嗣可不比杨慎矜，杨慎矜就居住在长安，与他交往的人也与李林甫认识，关系错综复杂，给他栽赃容易得很。王忠嗣一直在外领兵打仗，和他在一起的都是他统领的将士，那些将士多年敬服于他，没有一个人会背叛他。你说他说过"我欲尊奉太子"，此话有谁听到了？

王忠嗣被押在大牢中，一审再审也没有审出个头绪来，他给你一个死不承认。对他又不能上大刑。常言说刑不上大夫，王忠嗣是一员大将，自然不能胡乱把什么刑具往他身上使。

王忠嗣显然也明白这个道理，一问三不知。他想，难道会把我关在牢里一辈子？但他也知道，他是不可能再回去当四镇节度使了，不要说四镇，一镇也当不上了。皇上既对他起疑，怎么会再让他手握重兵呢？君臣有时从某一方面说也是朋友，朋友间有了猜疑，就没有办法弥补了，最后只会让他当一闲职了事。

想到这里，王忠嗣为自己就要离开热爱的军队而难过。他从小就对行兵打仗有兴趣，他也仿佛就是为此而生的，离开军队，他还能做什么呢？如果闻不到硝烟，看不见将士冲锋陷阵时的矫健身姿，那他的余生又如何度过呢？一提起那些可亲可敬，与他同甘共苦的将士，他的眼睛润湿了。他们都是多么勇敢无畏的人啊，与他们饮酒啖肉的情形难道真的一去不复返了吗？

"功名只向马上取，真是英雄一丈夫。"王忠嗣喜欢这句诗，这是一位叫岑参的诗人写的，是他帐下的一位幕僚。

你看，连弱不禁风的读书人来到塞外边疆后，都豪情满怀，渴望杀敌博取功名，何况他这个雄霸一方的节度使呢？

王忠嗣一想到那些瑰丽壮美的边塞风光，心中就不禁为之神往。虽然他在边疆驰骋多年，但他最看不厌的就是大漠长河、孤烟落日。而现在只能：别了，壮美的边塞。别了，金戈铁马的岁月。这一切都只能在梦中出现了。

李林甫对审讯王忠嗣的结果很不满意，他想这样下去，王忠嗣还不知道什么时候能定罪呢。难道王忠嗣一辈子不说，就这样拖一辈子不成？怕只怕皇上要是有一天幡然醒悟，那就坏事了。还有，就是此时边疆最好不能发生战事，要是一打起仗来，皇上就会想到王忠嗣善于用兵，说不定还会把他派上前线。

这天，李林甫把杨钊找来，装作漫不经心地问道："杨御史，王忠嗣一案审理得怎么样了啊？"

杨钊连忙答道："回禀宰相，这几天都是大理寺和刑部的官员在审理，我一直被别的事牵绊着，还没有正式参与进来。"

"噢，听说进展不大。"

"听他们说，王忠嗣死不承认说过那些忤君谋逆的话，他们又拿不出证据，事情有点僵住了。"

"我跟你们说，王忠嗣是一条老狐狸，他苦心经营北庭多年，手下几乎都是他的心腹，谁人会在此时站出来作证呢？再说，如有不听话的，也早把他除掉了，还留到今天让你们去调查？"

"是是是，宰相言之有理。王忠嗣既有此心，计谋一定很深，布置也当周密，不花大力气是找不出他谋立太子的证据的。"

"我看要想找一个人站出来指证他也不容易，再说也花费时间。不如另想别途。"

"宰相之意？"

"我也没什么主意，这是你们御史台的事。我只是想让你们快点了结此案，不宜久拖才是。"

从李林甫那里出来后，杨钊心中小鼓直打。李林甫显然不满意这种按部就班的审讯，他要的是早日把王忠嗣打倒，除掉这个威胁到他相位的人。杨钊想啊想啊，如何才能让王忠嗣开口认罪呢？

经过几天苦思冥想，杨钊终于想出了一个好办法。

这天晚上，王忠嗣正睡眼惺忪，突然灯烛通明，狱卒高举火把进来把他推醒，说要半夜过堂。

王忠嗣心中纳闷，白天不是过过堂了吗，怎么又半夜过堂？我又不是什么可疑人物，难道还急于从我嘴里套取消息不成？我在边疆只有抓住对方间谍时才会半夜突审，想不到京师也来这套。

狱卒告诉他，白天是大理寺审理，现在是杨大人要审讯他。

"杨大人？哪个杨大人？"

"你连杨大人都不知道，真是孤陋寡闻。告诉你吧，杨大人就是贵妃的堂兄，身兼数职的杨钊杨大人。侍御史也是他的一个身份，你的案子他也要参与审理的。"

听狱卒这样一讲，王忠嗣知道这位杨大人是谁了。他是孤陋寡闻了些，在边陲多年，于朝中大臣的变迁他甚少听说，不过也隐约知道有这么个人，是靠着贵妃的关系走红得势的。

王忠嗣非常看不起这种靠着椒房关系骤升的人，他们有什么本事？要不是靠着裙带关系，他们哪能得到官职？他连正眼也不会看他们一眼，他们怎能与他手下那些出生入死的将士相比，那些将士的官职都是拼了性命冒死挣来的。

到了大堂，王忠嗣抬起头来。他看到虎威堂上正面坐着一位官员，衣饰鲜艳，脸沉似水，倒也有几分威严，只是一双眼睛透射出几分精明。这人朝他瞄上一眼，并不开口，挥手让人把他拉到一旁站着。原来这位杨大人连夜突审的除了王忠嗣还有别的人，看来这位杨大人确实够忙的。

一阵镣铐响后，一个贪赃枉法的小官被提了上来。只见那名小官一进来就磕头如捣蒜，乞求饶命。

杨钊把惊堂木一拍，喊道："你个小贪官，还不快把你贪了多少两银子如实招来，皇恩浩荡，也许可从轻处罚。"

听了这话，那名小官不住口地说，绝无此事，他是受人诬告，他为官清廉，从未拿过别人一文钱。

"你没收过别人一文钱，这样看来，你倒是大大的清官了。我看不给你上刑，你是不会开口的。来人啊，大刑侍候。"

随着这一声喊，各种刑具都摆了上来。看到这些上面沾着血斑人肉的刑具，那名贪官只吓得浑身发抖，但他还是嘴硬，死不松口。见他还是这般刁蛮，杨钊高喊一声"打"。

随即小贪官被按倒在地，身上的衣服被扒下，大板子一五一十地打起来。瞬间，堂上只听到板子打肉的啪啪声，还有小贪官的呼痛惨叫声。不一会儿，小贪官就被打昏了过去。

高坐于上的杨钊，竟似不见，让人端来凉水泼在他头上。

在凉水的刺激之下，小贪官醒了过来，他哼哼着，连爬起来的劲也没有了。杨钊说："你招是不招？"

小贪官好像知道嘴一松小命就没有了似的，咬着牙说："回大人，小人委实没有收取别人钱财。"

站在一旁的王忠嗣看了，心中也不禁佩服这名小贪官的勇气与毅力，心想，他被打成这样，还说没有，看样子十之八九是被冤枉的。

但杨钊好似没有听到这句话，他这次连惊堂木也不拍了，只是头也不抬地说："好，很好。"

那个小贪官尚未听明白这句话的意思，几个如狼似虎的皂役赶上前来，把他的双手双脚并拢绑好，然后把他的头颈和脚使劲向后扳去，直把他勒得青筋暴起，面呈猪肝色，泪水鼻涕流了满面，直到双眼眨白的时候才松下来，让他喘上一口气后，再向后勒去。如是者再三，等最后一次再把他放下来时，那个小贪官已经瘫软在地，昏死过去。

等小贪官再醒过来时，杨钊问道："你招是不招？"

小贪官这次再也不敢说不招了，他看了看放在一旁的纸与笔，哆哆嗦嗦地爬过去，拿起笔写了起来。

不一会儿，纸就写满了，皂役双手捧到杨钊面前。杨钊看后点了点头，就命人把犯人打入大牢。

审过此案后，还是没有要审理王忠嗣的意思，又一个犯人被带了上来。这个犯人所犯的罪是私通番邦。

王忠嗣听了暗暗纳闷，心想，这种人在我们边庭比较多，想不到中原腹地，朝廷之中也有这种人。这种人最是可恶，为了贪图小利忘却大义，把一些朝廷秘密告知敌邦。且看这位杨大人如何审理此案。

那名犯人一被带进来就连喊冤枉，他扑通跪在杨钊面前，高喊道："大人，小人冤枉啊！"

"噢，你冤枉？你有什么冤枉的？"

"小人没有私通番邦。"

"那你怎么会与番邦之人交往，还与他们关系密切？有人告发，他们往你的家中送了许多钱财，可有此事？"

"大人，我与番邦之人有来往，是有那么回事，但他们都是做生意的人，我与他们只是货物钱财上的来往，绝没有一点有关国家事务的交往啊。"

"大胆，你个刁民，还敢狡辩，明明有人看到你与番邦之人交谊深厚，证据确凿，还敢抵赖。我看不给你点颜色看看，你是死不开口了。来人，拖下去，先鞭打三十。"

随后就是一阵惨叫声。那些皂役一看就是经常用刑的人，鞭子打得又准又凶，全是往犯人身上肉嫩的地方招呼。鞭梢响着呼哨，一鞭下去，犯人身上就鼓起一道血痕。三十鞭打下来，犯人身上已经皮开肉绽，体无完肤了。

打完后，把犯人往地上一放，杨钊这才把惊堂木一拍，喝问道："还不速速把你与番邦私通的事招来，免再受苦！"

那个犯人用手支着身子，声音微弱地说："回大人，小人着实冤枉，不曾与番邦相通。我做的都是正当生意，不敢欺瞒大人。"

此时，连站立一旁的王忠嗣也看出来，这个犯人其实是被冤枉的。他只是与番邦人做点生意，这也是朝廷许可之事，也许有人暗中嫉妒他生意做得好，就诬告他私通番邦。这位杨大人不问青红皂白，一味滥用重刑，别的证据又拿不出来，真是丝毫没有道理。由此，王忠嗣也怀疑开始那个贪官是不是真的受了贿赂，也许他是屈打成招的。

杨钊见犯人不招，又是用刑。这次拿上来的是一段绳子和两个像球一样的东西，皂役把像球一样的东西摆放在犯人的脑袋两侧，随后一边一人，扯动绳子。随着绳子的收缩，两个像球的东西向内挤压犯人的脑袋。

犯人开始还能忍受，慢慢地，他的头被挤得越来越偏，眼睛和嘴越来越向前突出，脸整个都变形了。他的双腿不住地乱踢，喉咙间发出嘶嘶的声音。最后他的双脚一阵狂蹬后，身子猛地如被抽去筋一样不动了。他再一次昏死了过去。

等到用凉水把他泼醒，犯人再也不喊冤枉了，他主动拿起笔，招认起"罪行"来。只是他不知道如何写，写一句看一眼旁边站着的人，在旁人的提醒下，他终于写好了罪状。

现在，王忠嗣终于明白这位杨大人审案的手段了，就是屈打成招。重刑之下，招也得招，不招也得招。刚才两个人的遭遇再明白不过了，他们被带进来时都是全身完好，出去时体无完肤。

这是什么审案？这就是御史？王忠嗣的心冷了。

两案审过，杨钊这才不紧不慢地把王忠嗣带过来，眼也不抬地问道："你就是王忠嗣吗？你知道你所犯的罪吗？"

口气和问前两个犯人一样，没有因为他是威震一方的大将军而稍带客气。

这真是龙在浅滩被虾戏，虎落平阳遭犬欺。要在平时，王忠嗣对这种小人连看都不会看一眼，想不到如今竟落得这般下场。大丈夫死则死矣，怎可在小人手里受怨气？罢了，罢了，被小人折磨，不如一切顺着他们的心意，这样起码落得个身体完好，免得小人讪笑。

想到这里，正直无私的王忠嗣并不回答杨钊的话，他只是抬起头来向上冷冷地瞧了对方一眼。

见王忠嗣如此倨傲，杨钊倒也不慌不忙，他阴声怪气地说："王忠嗣，前两个犯人的样子你都看到了，在我面前休想隐瞒罪行。你是自己招呢，还是先尝过刑具再招？随你挑。"

王忠嗣见这位杨大人完全一副小人的嘴脸，不屑与他多加交谈，冷冷地说："拿笔来。"

待皂役捧过笔和纸来，王忠嗣坐在案前，心中又是悲愤又是伤感：悲愤的是自己是何等有气概的一个英雄，威名显赫于边陲，令敌酋闻风丧胆，如今竟折于一个小人之手，性命与尊严操于宵小，大丈夫宁死勿辱；伤感的是此笔一落，就是滔滔江水也难洗净身上的冤屈，这盆脏水就算被人泼定了。

一生的荣耀、一世的威名全都付之东流。过去那些峥嵘岁月，出生入死才博来的那些声名，那些流逝了的热血和青春、豪情与梦想，全都被否定了。这又怎能不让他伤感呢？

唉，还想这些干什么呢？皇上既然听信谗言，不分皂白，重用小人，我还抱怨这些干什么呢？

于是，王忠嗣牙一咬，违心地承认了他们强加给他的罪责。一段时间审讯下来，他也知道他们想要的是什么了，顺着他们的心意写就是了。

只见他文不加点，援笔立就，好像真有那么回事似的。不一会儿，一份认罪状就摆在了杨钊的面前。

杨钊看着王忠嗣的认罪状，几乎不相信自己的眼睛。今天，他不过上演了一场戏，就是在提审王忠嗣之前，先拿两个无足轻重的囚犯开刀，施以重刑，恐吓王忠嗣一下。其实就是王忠嗣不招，他又怎么会对王忠嗣施加那样重的刑罚呢？

对这条计策，杨钊心中本来抱着试试看的态度，并不指望能成功，想不到效果出乎他的意料，竟一下就把王忠嗣吓住了。他看了王忠嗣写好的认罪状，上面不仅全部承认了所要加给他的罪责，还自行添加了不少，看来，这个王忠嗣着实被吓住了。嗯，什么四镇节度使，威震北庭，我看胆小如鼠，连我都不如，就凭这样的人，还指望他去冲锋陷阵？

杨钊把王忠嗣的认罪状送交李林甫看。李林甫欣喜万分，他没有想到杨钊一出场就手到擒来，让一直不开口的王忠嗣乖乖低头认罪。他不免把杨钊着实夸奖了一番，让他快把王忠嗣的认罪书呈给皇上。

玄宗接到王忠嗣的认罪书也是大吃一惊，想不到真如魏林所奏，王忠嗣怀有二心，打算拥兵逼他退位，欲立太子登基。原本他在心里只是气恼王忠嗣阻挠军计，不出全力攻打石堡城，对魏林所说还信疑参半，看了王忠嗣的认罪状，方才相信他确有私心。如果他只是阻挠军计，看在他建立那么多功勋，长年戍边的份上，也许只是将他贬官了事，但他既有这等事，按理就要斩首示众。

王忠嗣认罪的事立即传遍朝廷，自然也传到了他所统领的四镇。他的那些老部下说什么也不相信主帅会有此不忠之心。别人不了解，他们对主帅可是最了解的，想他多年来，一心戍边，操心的只是如何防敌安边，极少关心朝中之事，怎说得上拥兵迫帝之事？让他们不能理解的是，主帅王忠嗣竟承认了这些罪状。虽然如此，哥舒翰和李光弼等还是不相信。他们决定进京面见圣上，替他们的恩公陈清冤屈。

此时，哥舒翰已经升任西平太守，并担任陇右节度使，连皇上都知道他是一位能带兵打仗的胡人。出于笼络胡人将领的需要，他让哥舒翰来朝面君。

哥舒翰决定趁此机会，面奏皇上，为王忠嗣辩白。临行前，有人劝他要多带黄金钱财，好疏通权贵，营救恩公也方便些。但哥舒翰说："如果天地间还有公道存在的话，那么王公必不会冤死；如果天地间道义无存，就是再多的钱财，又怎么能挽回王公的性命呢？"

最后他不听众人的话，只是带着几个随从，背着一个简单的行装就出发了。

到了京师后，哥舒翰很想去牢中看望王忠嗣，但想到这样做反而不好，就强忍住思念，打消了探监的念头。

此时，王忠嗣一案已经在京师传得沸沸扬扬。哥舒翰听了听，人们大抵都在指责王忠嗣心怀谋逆，辜负了皇上的宠信。

哥舒翰恨不能拦住大街上的每一个人，跟他们说，王公并不是那样的人，他是一位忠厚仁义的人，爱护部下就像爱护自己的亲人，如果他这样的人也怀谋逆之心的话，那天下就再没有可信之人了。但群情汹汹，一口难阻。

正在哥舒翰为搭救王忠嗣而无从着手时，皇上传旨让他晋见。哥舒翰想，一定要趁此机会在皇上面前替王忠嗣辩白，救得恩公性命。

玄宗皇帝接见哥舒翰，只是一种仪式，表示对他的看重，并不商谈什么重要的事，也无别的大臣在侧。这正合哥舒翰的心意。在闲谈过几句后，玄宗先把话题转到了王忠嗣身上。玄宗说："哥舒翰，你到京城后也听说王忠嗣的事了吧？他太让朕失望了。"

听了此话，哥舒翰连忙说："陛下，据我所知，王忠嗣并不是那样的人啊。"

"是啊，我以前也这么认为，一直把他当作心腹看待，还委以重任，哪知他竟敢以兵要挟我。真是伤透了朕的心。"

哥舒翰大着胆子说："陛下，请恕臣子有一言相告。"

"但说无妨。"

"陛下，王忠嗣为将守边多年，臣下跟他也有不少年了，是他把臣下一手提拔上来的。据臣下看来，王忠嗣对皇上一直忠心耿耿，从无二心，至于什么拥兵尊尚太子，不仅臣下没有听说，就是许多跟随他多年的老部下，也从未听闻。这是对他的诬陷，还望皇上明察。"

听了这话，玄宗把眉头皱了皱，心想，连王忠嗣自己都承认了，还说什么别人对他的诬陷，我曾派人到牢中去看过，王忠嗣一身完好，也不存在屈打成招的事。想到这里，他对哥舒翰说："此事是王忠嗣亲笔所写，怎能说是别人陷害？哥舒翰，你就不要多说了。"

但哥舒翰怎么能轻易罢手？他说："陛下，王公所受确是诬陷，我愿意用自己的官爵来抵王公的罪责。"

听了这话，玄宗心里有点不高兴了：这个哥舒翰一味替王忠嗣辩护，难道就不怕我怪罪你与他同谋吗？还说要拿你的官爵来抵王忠嗣的罪，官爵是皇家所封，不是给你用来换什么东西的。

想到这里，他面露不悦，站起来向后走去。

　　看到皇上不讲话，一言不发地就向后走去。稍懂世情的人都知道此事不宜再提，但身为胡人的哥舒翰，有着胡人的直率与鲁莽，他看到搭救恩公王忠嗣的机会稍纵即逝，此时再不进言，就再也没有进言的时机了。他立刻站起来，趴在地上磕起头来，一边磕一边随着皇上向后去。

　　玄宗皇帝正要向后去，听到身后不断传来通通的声音，回头一看，哥舒翰趴在自己的身后，一步一个响头地跟着。

　　玄宗连忙伸手说："爱卿，此是为着哪般？"

　　"陛下，王公实是被人陷害，哥舒翰不能看着他被人冤枉致死，还望陛下明断，也不致寒了边塞万千将士的心。他们日夜引颈张望，以待王公平安。"哥舒翰说着，又趴下磕了几个响头，脑门已经磕破，脸上鲜血和着泪水纵流。

　　看了这番情景，玄宗心中大为感动，他说："王忠嗣纵是受人诬陷，但他不尽力攻打石堡城，阻挠圣旨可是千真万确之事，这又怎讲？"

　　"陛下只要洗脱王公冤屈，臣下回去后，立即全力攻打石堡城，旬日而下。如不下，臣愿领罪。"

　　听了哥舒翰这番话，玄宗说："这样吧，王忠嗣的案子我亲自再审一下，是不是被人陷害，到时自会水落石出。你不要忘了你今天说过的话就好。"

　　皇上既说了这样的话，哥舒翰就从地上爬起来。玄宗让人递上纱巾给他擦去脸上的血和泪。

　　不知怎么的，这么一闹腾，玄宗一点也没有怪罪哥舒翰冲撞之罪，反而有些喜欢哥舒翰这种直率的性格。他想，连这样质朴的人都冒死陈说王忠嗣无罪，看样子王忠嗣确实是被人冤枉了。即使他被人冤枉，也不能放他回北庭了。他在北庭这么些年，看样子已经深获人心，连哥舒翰这样的人都死心塌地追随他，他要是登高一呼，后果不可想象。

　　其实在心里，玄宗也不希望王忠嗣的那些罪名成立，那样势必牵连到太子，如果继续追查下去的话，甚至有可能易储。玄宗老了，他不想再平地起风波，他的心里已经不能再承受一次亲情的打击了。

　　皇上亲自审理王忠嗣一案。玄宗虽然年老，但敏锐还在，没费多少周折，他就弄明白了真相。正如哥舒翰所说，王忠嗣是被人冤枉的。虽然如此，玄宗还是治了他阻挠军计罪，贬为汉阳太守。

　　王忠嗣要想重回边疆，此生是无望了。

　　这已是不幸中的大幸。王忠嗣自从写下认罪状后，心中就不抱任何求生的指望了，想不到最后是以贬官收场。当然，他也知道这全是哥舒翰的赤胆相求，才留住了他的性命。

　　哥舒翰就要离开长安回陇西之时，也是王忠嗣要离开长安到汉阳去的时候，两人在灞桥驿亭，折柳作别。

经过此番折磨，王忠嗣显得意气消沉。饮酒时，他数次眼望西北，那是舍不得远在千里之外，曾与他同甘共苦的将士。边疆的一草一木、碧血黄沙都融到他的血液中了，听不到马嘶与号角，他还能入梦吗？

哥舒翰从老上司的眼神中看出的尽是萧瑟与落寞，一个英雄暮年的景象，他也不胜伤悲。

临别时，王忠嗣叮嘱哥舒翰，让他带兵打仗时一定要体恤将士，不要用他们的血来染红自己的锦袍，须知他们的家中也有妻儿老小，也在企盼着他们的归来。

哥舒翰只有默默点头，心想，老上司啊，你就是因为太过爱惜将士才得罪了皇上，结果弄得自己丢官不说，差点连性命也保不住。你知道不知道，你之所以能保住这条命，就是因为我在皇上面前许诺，要攻克石堡城交换来的。现在我与你作别，回去之后就要发动对石堡城的进攻。攻取石堡城不死伤一万士卒拿它不下，因此，你这条命，从某一方面说，是用一万名士兵的命换来的。

想到这里，哥舒翰苦笑一下，表示把老上司的话记在了心里。

从老上司王忠嗣的遭遇中，哥舒翰意识到，一个边将心里不能只有军事，还要有政治，他要时刻注视朝廷中的动向，摸准它的风向，不可逆势而动。同时，他心里也记住了两个人，一个是李林甫，一个是杨钊，他们是差点置恩公于死地的人。他记住他们，哪一天他们落到他的手里，他决不会放过他们。

哥舒翰回到边庭后，一刻不敢怠慢，立即点起精锐部队进攻石堡城。他带领陇右、河西及突厥阿布思兵，还有朔方、河东兵，共六万三千人，进攻石堡城。

一场惨烈的战事开始了。

石堡城三面都是悬崖绝壁，只有一条小路可通其上。吐蕃军在上面储藏了许多粮食和滚木巨石，只要每天派几百人守住山前要道，就能阻止唐兵的进攻，真是一夫当关，万夫莫开。

哥舒翰不管这些，每日他都亲自督促将士冲锋陷阵，让他们冒着巨石箭矢攀缘而上。几番冲击，都不能成功。哥舒翰暴跳如雷，他把裨将高秀岩、张守瑜召来，怒斥他们胆小怕死，要把他们斩首。两位裨将请求给他们三天时间，三天后，如不能攻下石堡城再斩首不迟。哥舒翰依了他们所请。

高秀岩和张守瑜身先士卒，三天后果然攻占了石堡城，但也确如王忠嗣所说，死伤唐军达万人以上。

数万唐军付出巨大代价，石堡城上终于插上了大唐王朝的旗帜。看着死尸狼藉的战场，哥舒翰心中没有一点喜悦之情，他想到老上司临别时叮嘱他的话，心中凄然。以后，哥舒翰牢记王忠嗣的话，体恤将士，深得将士拥戴，与敌交战，将士往往为之所用，从而建立了莫大的功勋。

攻克石堡城的消息传到长安，玄宗高兴万分，他终于了却了一桩心事。随后安西大将高仙芝远征小勃律，赶跑了吐蕃驻军，撤换了傀儡，改小勃律元名为归仁，确立了大唐王朝在西北的统治地位。

王忠嗣被贬官之后，边庭将要派什么样的节度使，这是人们关心的一个问题。

李林甫看到如果派汉人为节度使的话，日久天长，他们难免势力增大，那岂不是又增加了一个对他的相位有威胁的潜在对手？他再不会干这种蠢事了。那么总要派节度使的呀。哎，对了，何不任用胡人呢？这些胡人因为读书少，没有汉人这么多花花肠子，又不认识朝中大臣，也就无从拉帮结派，他们只会打仗，不懂政治，这岂不正合了我的心意？

好是好，但有一个问题横在李林甫面前，就是唐太宗曾定下一个规矩，不准胡人为大将，做做副将可以，不能当统领一方的军事长官。这样做，是怕胡人手中权力过大，怀有二心后，背叛朝廷。

这个规矩的制定在当时是必须的，因为彼时环境复杂，边境未稳，经常有叛逃到对方的将领，君臣之间信任很少。

现在不同了，现在大唐王朝威名远播，四边小邦臣服脚下，年年来朝，岁岁进贡，不论汉人还是胡人都对唐朝忠心耿耿，就是让他们当了节度使，也不会出现叛逃的事。因为他们的部落多数已经并入大唐版图，大唐就是他们的家国，他们又能叛逃到哪里去呢？

李林甫是这样想的，但他不是皇帝，真正实施任命的，还是皇帝。

此时，玄宗皇帝也在考虑这个问题。皇甫唯明和王忠嗣的先后被贬，让年老的玄宗伤透了心。他要好好考虑一下边庭节度使的派遣了。

这天，玄宗让人把宰相李林甫找来，想就此事与他好好商量一下。

李林甫听到皇上召见，忙不迭地换了朝服见驾。

一路上，他迅速将近来所有比较重要的事情都想了一遍。李林甫是个小心谨慎的人，正因为这样，他才在腥风血雨般的朝廷稳稳地做了十九年宰相而毫发未损。在人才济济、如履薄冰的朝廷，要想立稳脚跟非常不易，然而李林甫就像一条独特的鱼，始终优哉游哉地游动在玄宗的身侧，非但没有遭到任何大的变故，还在政敌的暗箭中悠然独行，始终屹立不倒。

他因不断受到玄宗的重用而节节攀升，就连张九龄这样的宰相，也不如他。在朝中，李林甫遍插耳目，关系盘根错节，只要有一丁点的风吹草动，早有巴结李林甫的人暗中报递过来。就连高力士，也因为在玄宗面前说了李林甫的坏话差点失去皇上的宠信。

李林甫想不到皇上今天会问什么话，他迅速将所有能想起的事情过了一遍，以免皇上问起的时候无言以对。

他穿过长满连理树与并蒂莲的走廊，与身边交错而过的官员淡淡地打着招呼。他远远地看见玄宗在庭廊前的身影，便急忙向玄宗走去，在离玄宗不远处早早伏下身去，对着玄宗的背影道："臣李林甫叩请圣安！"

玄宗听到李林甫的声音，转过身来。

李林甫看见玄宗的脸上有着很久都没有见到过的凝重与忧戚，不知道皇上遇到了什么烦心事。

玄宗抬了一下手，示意李林甫起身，并道："林甫，坐吧！"

话音未落，早有太监端了一张椅子摆在李林甫面前。李林甫谢了恩，侧身坐下。为相这么多年，他从来没有一天淡忘过自己的地位。他觉得，皇帝是天，他只是一棵小树，天可以随时让这棵小树隐而无形或是就此折断，所以他从来不在玄宗面前喜形于色，而是将自己的内心遮得严严实实。他认为，君就是君，臣就是臣，千万不能颠倒了这种次序。皇帝高兴的时候，为臣的要保持警惕；皇帝愤怒的时候，为臣的内心不要恐惧。要时时刻刻揣摩圣上的用意。皇上说风你就不能跟着说风，皇上说雨的时候，也别顺着皇上说雨的好处，不能一味附和，以免皇上觉得你这人太无趣，太无个性，只知道趋炎附势，那么官位可能就不长了。

李林甫的那双小眼睛迅速在皇上的脸上逡巡了一下。他的眼睛虽小，但精光蓄聚，谁要是被他的眼睛看一眼，心思十有八九都会被看穿。所以李林甫的手下官员们都很怕李林甫的眼睛，就连骄横一世的安禄山，后来也非常惧怕李林甫。因为李林甫的眼光似乎能看见别人的内心深处，内心深处有什么猫腻都逃不过李林甫的那双毒眼。他的这双阴冷的眼睛，使很多人不寒而栗，但在玄宗面前，他始终温顺得像一只小猫，目光柔和，低眉顺目。

玄宗的表情淡淡的，看不出将有什么阳光普照的预兆，也看不出有什么雷霆将至的迹象。李林甫判断，皇上问的事情也许不会太大。

李林甫稳了稳神，对玄宗道："不知皇上急召臣入宫是为了何事？"

玄宗听了李林甫的话，并不马上答话，过了一会儿，才道："李爱卿近来似瘦了，想是为朝廷的事务所累吧。"

李林甫一听，立马站起身恭敬地对玄宗道："谢皇上挂念，林甫不胜惶恐。林甫一身骨架大不过如此，但为了大唐的社稷，自信还能应付。"又对玄宗道，"皇上待臣恩重如山，为臣即使粉身碎骨也难以回报。下面地方的奏折，多是多了些，而且为臣的身体也有些衰老。但为臣多累一分，皇上就能少一点担心。为臣每每奏事，想到这些，心里就觉得幸福，反而不累了。"

玄宗听了李林甫的一席话十分高兴，于是便唤来太监赐给李林甫人参诸物。

李林甫忙又跪下谢了恩。

李林甫细细揣摩玄宗之意，似乎应该还有其他事情，玄宗叫他来总不是光为了送人参给他吧。正想着，不等玄宗再问，又对玄宗道："皇上，你是不是有什么心事啊？"

玄宗叹口气道："还是李相知道朕的心意啊。"

李林甫一惊，道："皇上忧心忡忡，这是为臣没有尽到一个做臣子的本分啊，为臣惶惶不安啊。"说毕就要下跪。玄宗用手虚扶了一下，对李林甫道："朕是为大唐的江山忧虑啊！"

李林甫道："皇上何出此言呢？目前边疆和国内事务都是井井有条的啊，皇上还有什么值得忧虑的呢？"

玄宗道："高枕才能无忧啊。"

李林甫听玄宗如此说，不敢接话。他在心里迅速盘算一下，不知皇上此话何意，于是望着玄宗默不作声。

玄宗此时也正瞧着李林甫，四目相接，看到李林甫一副诚惶诚恐的样子，玄宗也叹了一口气。

听到玄宗的话，李林甫心想，谁不知道你皇上有了个杨贵妃以后，乐得不知怎么才好，今天怎会说出高枕无忧的话呢？

李林甫转念一想，前几天似乎递给皇上一个奏折，讲的是大唐边镇之事，玄宗既出此言，是不是暗示这事呢？他心里把握不定，又不能开口说话，便小心地对玄宗道："圣上忧虑的是边疆国土的安危吗？"

他话头一起，玄宗又仔细瞧了李林甫一眼，算是认了。

李林甫很会察言观色，见自己猜对了，接下来便说："据臣所知，除了偶有吐蕃偷袭骚扰边境进行一些抢掠之外，边境基本上都是极为平静的。"

继而李林甫又道："而且为臣一直将边境的安危当作朝廷的第一要务来办，从不敢有丝毫懈怠，皇上如果忧虑起边境，那是为臣工作没有做到了。"说完便要谢罪。

玄宗道："李爱卿不必自责。朕不是为了这事。"

"那……"李林甫看着玄宗。

玄宗道："现在在东西北的节度使都是非常忠于朝廷的，朕也知道。朕知道这些节度使没白拿着优厚的俸禄。朕谅他们也不敢。"

玄宗来回踱步，又道："朕只是想，四年一换的制度是不是应该改一改了。"

改一改？怎么改？

李林甫听到皇上这话，心里怦怦直跳，觉得这与自己心中所想的事有点不谋而合。但他一时不明白皇上真实的心意，他等着皇上继续开口，再做打算。

李林甫身子忽然一低："为臣该死。为臣也曾考虑到这些，但恐皇上另有圣意，不敢妄自揣度。"

玄宗一笑，道："你何罪之有呢？你没有罪，只是朕近来突然想到了这些事情而已。"

皇上说近来，那一定与王忠嗣一案有关了，是王忠嗣让皇上有了这些想法的。

玄宗继续说："为了边庭需要，朕把天下分为十区，军队分派给十个节度使。这本是朕对他们的信任，但没有想到，有些人辜负了朕的信任，背着朕做出一些不应该做的事。他们，唉，太让朕失望了……"

李林甫的心思像高速的车轮迅速旋转了一会儿，他凑近玄宗身旁说："为臣想好一策，只是为臣才学疏浅，没有皇上那样的深谋远虑。"

玄宗听李林甫如此说，便道："说来无妨。"

李林甫受到玄宗鼓励，定了定神，道："臣以为边境节度使手中的权力是大了一点，只是为臣素来想到臣子们对大唐的忠心，不敢乱讲。今天皇上说出来，为臣也将近来思考的这些问题说给皇上听。"

玄宗凝思待听。

李林甫说："臣以为胡人能用。"

此言一出，玄宗一惊，定定地瞧着李林甫。

玄宗道："你既出此言，说来听听也无妨。为何能用胡人？"

李林甫道："为臣如果说错了话，请圣上裁夺。"

玄宗道："你大胆说吧，朕不怪罪你就是了。"

李林甫道："胡人善战，向来以骁勇著称，尤其骑兵很厉害。而且胡人远处边关，在中原没有复杂的社会关系，他们即使结势，也会孤立无援，成不了大气候。如果朝廷用了胡人为将，平时对胡将的所作所为明察暗访，那么谅他们也不敢拥兵自重，这样大唐的战斗力就会得到增强，边境也没有什么值得忧虑了。现在用胡将，姑且顺其自然，在顺其自然的基础上加以节制。如果真正到了势力非常强大之时，皇上下诏换将便是了。"

顿了顿，李林甫又接着说："汉人书读得多，性格难免懦弱，不适宜带兵打仗，不如就地派那些在部队任职多年，立有军功的胡人为帅，以夷制夷。那些胡人既会打仗，不顾性命，又对敌方地形熟悉，利于行军。这样做，岂不两全其美？"

玄宗听后，仔细一分析，觉得有理，于是大喜。

"还是林甫知道朕的心意啊。"玄宗赞道。

李林甫听到玄宗这样夸他，心里不免喜滋滋的。李林甫提议用胡将，表面上对玄宗说边境可以无虑，而且可以扼制和削弱一些汉将手中的权力，使他们互相牵制、相互警惕。其实，玄宗不知道，李林甫对他抛出的这道计策，早已经过深谋远虑，另有自己的打算，但他不可能将这番私心告诉皇上。

玄宗又问李林甫："李卿以为胡将之中，谁可重用呢？"

李林甫装作想了一下，然后对玄宗道："臣以为安思顺、安禄山、哥舒翰、李光弼等皆可用，因为他们英勇善战，而且对朝廷也相当忠心。"

李林甫向皇上抛出这几个胡将，其实早就在心里想好了。他本待不说哥舒翰，但哥舒翰才受到皇上召见，方才得到皇上宠信，不说不好，他才违背心意地把哥舒翰的名字加了上去。

玄宗听了这几个人的名字，默然不语，其实他在心里早已经想好了，他们也都在他的考虑之列。

玄宗听到安禄山的名字，心里觉得熟稔。他记得自己好像听过这个名字，对李林甫道："朕好像听过安禄山的名字。"

李林甫对皇上道："皇上好记性！那安禄山正是多年前被皇上亲自赦免的一个军官。皇上当时没有杀他，他后来感激皇上的恩典，对自己的职责十分尽心，上阵打仗勇猛异常，目前已是一个著名的大将军了。"

听到李林甫如此一说，玄宗立即想起来确有此事。

玄宗听了李林甫的话，认为此计甚好，就采纳了。他认为这样一来，朝中政事依靠李林甫，边防军事依靠那些忠心耿耿的胡人节度使，他可以高枕无忧，尽情与贵妃享乐了。

在此以前，为了防备胡人三心二意，朝廷从来不允许胡人做当地的最高军事长官，胡人的军功再卓著，也只能升到副节度使，还是要受汉人的节制。如才略过人的阿史那杜尔、契必何力等，功勋再大，也只能为副。

现在不同了，有了这道敕命，那些有军功的胡人纷纷升为了正职。哥舒翰当了陇右节度使，李光弼当了河东节度使，王思礼当了河西节度使，安禄山当了平卢、范阳节度使，高句丽人高仙芝当了安西节度使。

李林甫和玄宗各自打着自己的小算盘，出于各自的需要破了祖宗定下的规矩，允许胡人为节度使，殊不知，这也给自己埋下了隐患。

固然，那些胡人熟悉边廷，懂得胡语，有利于行军打仗，但好的一面也可能转化为不好的一面。那些胡人身为节度使，上马管军，下马管民，权力极大，又远离朝廷，长年不调防，难免养成尾大不掉之势。日久天长，他们各自形成自己的一个势力地盘，忘却朝廷大利，苦心经营自己的小圈子，最后拥兵一方，渐渐不听朝廷召唤，成为称霸一方的不是诸侯的诸侯。

后来，安禄山造反就是因为他当了两镇节度使后，权力渐大，蓄意扩充兵力，等到时机差不多了，就公然对抗起朝廷来。那时，李林甫已经去世，没有尝到他的这条计策带来的后果。玄宗皇帝依然健在，还做着皇帝，却饱尝了由此带来的恶果，被安禄山逼得逃离长安，失去了心爱的杨贵妃不说，还一路狼狈地逃到蜀中才算安下心来。

不管怎么说，李林甫又扳倒了一个政敌，消除了一个与他争夺相位的潜在对手。他的宰相之位又稳如泰山了。

在此次审讯王忠嗣一案中，杨钊的表现令李林甫十分满意。他认为杨钊已经彻底归顺于他，投桃报李，他也时时给予这位国舅照顾，杨钊的兼使就更多了，他的地位也日渐升高。

李林甫屡兴大狱，把政敌一个个全都消灭，朝中无人不出于他的门下。有时皇上不早朝，满朝文武就到李林甫府前听政，而左相陈希烈天天坐在宰相公署，却无一人前去奏事。

李林甫的儿子看到这种情况，有些担心，指着一位役夫对父亲说："大人久处钧轴，怨仇满天下，一朝祸至，欲为此，得乎？"

李林甫说："势已如此，将若之何！"

以前，宰相都选有德之士担任，处事讲究以德服人，不以威势服人，如外出担任保卫警戒也只是几人，多不过一二十人，百姓看到了也不用刻意回避。

而今李林甫做了宰相，因为他结怨仇家太多，那些被他陷害的官员，难免会高价寻找刺客来找他报仇。为了安全，他一旦出门，身边都是百骑围绕。他还让金吾执事先赶到他所经过的街道，把闲杂人员通通赶出，谓之静街，前驱在数百步外，连王公权卿都要避让。

他的府宅也建造得一层又一层，其中又是夹壁又是暗道，重关复壁，不可胜数，墙中塞板，如防大敌。晚上睡觉就弄得更玄乎了，一晚上要换好几个地方，没有一个人弄得清他到底是在哪间房子里安睡，就连他的家人，也不甚清楚。

这都是他这些年造孽太多的缘故，屡兴大狱打倒了不少政敌，那些对他的相位有威胁的人，不是被排挤出朝廷，就是被诬陷致死。表面看，他风光无限，权倾朝野，一手遮天，但谁能想到，他一天到晚过的竟是这种提心吊胆的日子，连一个普通百姓也不如。他心里时刻绷着一根弦，怕仇家找上门来，风声鹤唳，草木皆兵，神情惶惧到了极点。

看来，做什么事都是有代价的，冥冥中自有报应。

【第十一回】

凶将军民间索琴，安禄山宴前献舞

玄宗任命了一批胡人为节度使后，为了笼络他们，让他们为唐廷效命，就象征性地召见了他们中的一两个，也让他们把此看作一种荣誉。哥舒翰已被召见过了，那剩下的应该是谁呢？

玄宗皇帝的目光对准了范阳、平卢节度使安禄山。

玄宗之所以想到安禄山，是因为近来，那边捷报频传，安禄山连连打了好几个胜仗，把宿敌契丹打得丢盔弃甲。玄宗听了觉得扬眉吐气，心中畅快不已。于是，玄宗皇帝传旨让这位功臣入朝晋见，算是对他的一种特殊嘉奖。

安禄山不是普通的人，他虽身为胡人，但心计与谋略都超出常人。他从一个普通的士兵爬到节度使的位置，如果没有一定才能，是很难成功的。

安禄山是一个有野心的人，虽然当了节度使，但为了巩固他的地位，他把眼光瞄向了朝廷。通过多年爬升之途，他知道，朝中有人好做官。作为一个边将，就是再卖命杀敌，如果朝中没有一个大臣为他撑腰，他的官也做不长久，更别说向上升了。因此，他在苦心经营范阳、平卢之时，还不忘结交朝中大臣。

结交大臣，安禄山也不是随便结交的，他知道一定要攀交到有权力、有地位、能帮他在皇上面前讲上话的大臣。朝中能帮他在皇上面前讲上话的大臣，莫过于宰相李林甫了。现在，天下谁不知李相爷权势熏天，朝中就他说了算啊，要结交就要结交他这样的人。为此，安禄山每年都给李林甫送去大批财物，并且自称后生晚辈。

李林甫对这样一个主动示好的胡将，心中自有他的如意小算盘。他是这样想的，虽然他在朝中一手遮天，但手握兵权的边将却无一人是他的心腹，这让他时刻忐忑不安。他之所以不遗余力地打击皇甫唯明和王忠嗣这样的手中有兵权的边将，就是怕他们用手中的兵力与太子遥相呼应。如果他们真那样做的话，他将非常被动，因为他手中无兵。所以，在打击他们的同时，他也在物色能为自己所用的边将。安禄山的主动来投，正合他的心意。

李林甫御人多年，自有一套控制别人的方法。首先将这个为其所用的人的底细查得一清二楚，不仅掌握他现在的情况，还要明了他的历史，只有这样，才能从心理上达到控制他的目的。

对安禄山，他也是这样。

安禄山是营州柳城的混血胡人。父亲是康姓胡人，母亲阿史德氏，是突厥巫师，以占卜为业。因其母是在轧荦山祭神后生下安禄山的，故取名"轧荦山"。轧荦山是突厥人崇拜的战神象征。轧荦山从未用过康姓，自小便孤儿寡母地在突厥部落中游荡，后来其母又嫁给突厥人安波注的兄弟安延偃。

开元初，安延偃部落破散，突厥将军安道买的儿子安孝节和安波注的儿子安思顺、安文贞带着轧荦山逃至岚州。安孝节的弟弟安贞节在岚州担任别驾的官职，收留了他们。那时轧荦山年仅十余岁，遂与安孝节、安贞节和安思顺并为兄弟，冒姓安氏，改名禄山。

安禄山长大后，据说是个非常残忍、善于揣摩人意和足智多谋的人。因他很小的时候便在多民族聚居的地区混迹，因而会说九种蕃语。同样与安禄山一起逃出来的还有一个史思明，与他是最好的朋友，两人出生仅相差一天，因此，安禄山称史思明为兄。两人长大后，情谊甚笃，都是当地诸蕃互市牙郎，而且非常善于打仗，都以骁勇著称。

安禄山与李林甫因各有所需，便勾结在一起。李林甫得空就在玄宗面前替安禄山美言几句。

就在前几天，李林甫府上来了一位客人。这个客人是安禄山派来的亲信。李林甫接待了这位来自范阳的客人。客人并无别的事，只是给宰相李林甫送礼来了。

礼物是一个看上去无比珍贵的红木匣子。来客走后，李林甫因为好奇，决定打开匣子看看到底是个什么样的礼物。当李林甫将层层丝绒揭开来，看到匣子里的物件后，他不由得眼睛发亮。原来是一张古琴，古琴躺在匣子里发出冷冷的光泽，似已躺了千年。李林甫见过无数珍宝，但他不知道安禄山竟会将这张如此名贵的古琴送给他，安禄山是从哪儿弄到的呢？

这张古琴也是安禄山无意之中得到的。他本是武人，生平最不爱侍弄的就是这些琴弦乐器，但他见琴的主人把它保管得这样精致，一定是大有来头，于是就把它收入府中，随即又把它当作礼物送给了李林甫。

李林甫只是个靠投机钻营混入朝廷的佞臣，没有过人的才学，对古琴也不会有太大的兴趣。但在宫中走动久了，在玄宗的身边侍奉久了，他知道玄宗是个喜欢音乐的风流皇帝。关于这张琴，玄宗曾经在一次宴会中私下与李林甫谈起过，好像说是秦国一个叫高渐离的人凝集了毕生精力才制作成功的，只是在世间乍现后就不见了影踪。

李林甫仍然记得当时玄宗说起这张古琴时，语气中充满着无比神往之情，他说："朕要是有一天能将它找到该多好啊。"

而此时，这张令玄宗无比神往的古琴就躺在他面前。李林甫一阵激动，他在瞬间就想好了对这张琴的处置。没过几天，长安一个著名的琴师被李林甫邀进了府内。李林甫拿不准这张琴到底是不是传说的那张古琴，所以他请了长安最著名的琴师来辨别。当李林甫搬出匣子，打开丝绒布幕的时候，他看见琴师的眼睛发出光泽，因此他知道，安禄山送给他的这张古琴，正是玄宗找了许多年而一直没有找到的琴。

琴师离开李府后，内心充满了幸福迷醉的幻觉，他没想到自己在有生之年，还可以亲手触摸到祖师在他年幼时就向他提到过的这张名琴。

李林甫不是一个爱好音乐的人。在不爱好音乐的人眼中，一件好的乐器永远是没有价值的，但有的人能从别人眼中发现它的价值，并善于应用。无疑，李林甫就是这样的人。

乐师的迷醉，让李林甫确信，这把古琴的价值还要远远大过他的想象。

这天，玄宗正与杨玉环倚在床榻上共同研究他新作的一支曲子。对于玄宗来说，杨玉环既是他的爱妃，也是他的寄托，他们共同的爱好促使玄宗认为生命中的每一天都值得深入讨论。此时，玄宗与杨玉环因为一个音调在那支曲子里应用的高低而争论起来。杨玉环坚持说此处用软一些的音较好，能为下面曲子的曲折婉转做好铺垫，而玄宗认为此处应该以高音结束，以便更好地表现曲子所要表达的意境。正当两人争得激烈的时候，玄宗看见高力士喜滋滋地从外面走了进来。

高力士一见玄宗，便说："皇上，奴才给您道喜。"

玄宗觉得奇怪，他对高力士说："力士，什么喜事啊？"

高力士答道："李相爷告诉奴才说，皇上一直想要的一件东西被他找着了。今儿要让皇上高兴高兴。"说罢，将携带的一只匣子呈给皇上。

玄宗觉得有些奇怪，于是便命人打开高力士呈上的匣子。匣子打开时，只见满屋似有金光闪了一下。玄宗来了兴致，于是走近前去，想探个究竟，结果他看到了一张琴，一张古琴。

这正是那天安禄山差使自己的幕僚送给李林甫的礼物。那天琴师走后，李林甫左思右想，他认为与其让这张琴成为家藏的宝物，还不如送给玄宗。因为玄宗是个爱乐如命的皇帝，而且他目前最宠爱的杨玉环是个中翘楚，甚至比一些所谓的高手更加出色，因为她是绝色的女人，而一个绝色女人具有的才能会因为她的美貌而被放大。李林甫心想：在这个世界上，玄宗富甲天下，因为天下就是他一个人的，玄宗什么也不缺，他心中想的东西才是他所缺少的。而这张琴的突然出现又给李林甫一个讨好玄宗的机会。虽然这张名琴的出现，对玄宗的生活不会有根本的影响，但肯定会有一些意想不到的变化。李林甫又不是不知道玄宗不太操琴弹奏，但是杨玉环爱琴，这张琴与其说是送给玄宗，还不如说是送给杨玉环。送给杨玉环其实就是送给玄宗，他们太了解彼此对音乐的感悟了，以至于在后宫表现出令人惊讶般的沉醉。无论什么人看到了，都认为他们之间那种和谐的样子是天造地设的，如同一头美丽的秀发插上了一支同样美丽的簪子。

李林甫同玄宗在一起那么多年，他知道玄宗的内心除了君臣，除了荣华，除了美女，也还有一些更重要的东西。李林甫从来都是个体察入微的人，也是个善于讨好玄宗的人，他不会让自己忽略掉这些。

玄宗看到这张琴，欢喜异常。他也马上忘了跟杨玉环的争论，因为他立即想到了这张琴的故事，以及这张琴的来历。

"爱妃，你过来看看。"玄宗对杨玉环招手。

杨玉环也觉得奇怪，什么东西会让一个皇帝如此高兴呢？杨玉环走上前去，低头也朝那匣子一看，与玄宗的反应不同的是，杨玉环立马"啊"的一声就叫了起来。

"果然是真正的稀罕物！这张琴是怎样得来的？"她忍不住问高力士。

高力士道："是李相爷从民间千辛万苦地觅了来送给皇上的，李相爷说皇上看到了一定会欢喜的。"

其实高力士不用问，他就从玄宗和杨玉环的表情中看出来了，这张琴，李林甫是送对了。他心里不由得生出一阵难言的嫉妒，因为在讨好玄宗和杨玉环的举措上，他与李林甫总是半斤对八两，有时候他能赢，但有时候却是李林甫赢。臣子与臣子之间，对玄宗来说，其实也就是奴才与奴才之间，但奴才与奴才之间，也有高低之分啊。但高力士将这些统统压在心底，他又问贵妃："难道贵妃娘娘也极欢喜吗？"

贵妃瞥了高力士一眼："如是世间凡物，那也没什么稀奇，但如果是凡间神物，那就会不一样了。"

高力士问："怎么会不一样呢？"

贵妃又说："凡爱美之人，总希望得到佳人；凡爱乐之人，幸福也许就是一张好琴。"说完，她又似无意地斜了玄宗一眼，又接着说，"我如此，皇上也是如此。"

玄宗面带微笑，笑而不答。

　　看到玄宗和杨玉环都非常高兴，高力士觉得机会来了，他认为这是一个比较好的让皇上跟贵妃娘娘都高兴的机会。

　　高力士说："臣怎么认为这是一张普通的琴啊。"

　　奴才的可爱之处就在于有时候故作憨态，让主人高兴地显示其过人的才智。

　　果然，玄宗不待杨玉环回答便抢先说道："力士，你眼前的东西是一件神物啊。"

　　高力士赶紧表示不懂，眼中的疑惑夸张地显露出来。

　　杨玉环道："我幼年时跟一个琴师学琴，曾听到他谈起过这张琴。"于是便将这张琴的来历娓娓道来。

　　原来这张琴，乃是始皇帝手下的一个著名乐师——唤作高渐离的臣子所制，那高渐离是个奇才，精通音律。始皇帝曾命高渐离制出秦国的国歌，但高渐离对雄浑的曲子并不喜欢，他喜欢一些怪异的音律，他所奏出的曲子，能吸引天下的百鸟围在他的身边。高渐离深爱始皇帝的女儿栎阳公主，因为栎阳公主也极喜欢音乐，他们因乐而生爱。可是高渐离毕竟只是一个乐师，始皇帝当然不会答应他娶栎阳公主。高渐离伤心欲绝，每日沉浸在琴声当中，回忆他与栎阳公主在一起时的美好时光。

　　后来有一天，高渐离不辞而别，四处远游。他说欲制天下第一好琴送给栎阳公主，那琴必定是天下无双的好琴。高渐离遍游全国，足迹踏遍千山万水。后来听说他在遥远的海南岛觅得一棵千年木棉，要用千年木棉做琴身。其实大多数懂得古琴发音原理的人都知道，一把琴的制作，用桐木为最好。但高渐离卓尔不群，反其道而行之，他认为木棉才是天下包容音乐最佳的材料。高渐离取得木棉后，开始制作琴身。他每日必到深山之中采集树林中的雾气凝聚出来的水，再和鹿角灰混合而成漆料，琴弦是用上等的精钢拉拔而成。高渐离用了整整十年才制成此琴，可是他没有来得及赶上亲手送给栎阳公主，就患疾去世。始皇帝派三千童子到海南岛寻找长生不老药的时候，在一个深山里发现了早已死去的高渐离的枯骨，费尽周折将琴带回秦国。那时栎阳公主已经华发早生了，她得到此琴后，见物思人，整日以泪洗面。传说那眼泪不经意地滴到琴弦上后，浸润了高渐离身上的灵气的精钢，竟然发出了天籁，此音穿过皇宫的上空，似与那星辰一道闪烁在银河之间。栎阳公主死后，这张琴也随其入葬。每逢夜晚，栎阳公主的坟头都似有美丽的音乐传出。

　　高力士听得入迷，又问贵妃说："奴才孤陋寡闻得很，可是奴才又要请教娘娘，如此名贵的琴身上怎么似有断纹呢？"

　　贵妃笑道："你不弹琴当然不知断纹为何意了。凡天下琴师，必以琴身无断纹为憾事。"

　　高力士原本只想讨好贵妃，没想到不但开了眼，而且饱了一顿耳福，又听得贵妃讲了一大串关于琴身断纹的说法。

　　贵妃说："断纹是判别琴质高低的一个显著的标志。"

　　高力士表示不解。贵妃嫣然一笑，命人打来水，净了手，又焚了炷香，然后极其小心地把琴从匣子里拿出来，对高力士说："阿翁看仔细了。"

　　高力士凑过来一看，却看到古琴底部也布满了奇怪的断纹，有的似飞龙穿云，有的似腾云驾雾，有的又似鹿角。

　　高力士道："怎么断纹有那么多啊？"

　　贵妃说："你又不懂了，断纹越多，琴越名贵。一张好琴，要从四个方面判断，这四个方面就是材、质、音、形。"继而又说，"你看这琴身，因为岁月久远，又因木棉遇气纳气，琴身才会显得暗红。"

　　高力士表示看到了，又听杨玉环说："这红棉是海南深山中的神物，表面看上去很柔软，实则坚硬无比。

　　"琴身不能用过于细密或过于松软的木材制作，否则音色散发不开。声音是琴的灵魂，所以需要借助稳定而透气的琴材作为共鸣，发声才能浑厚激越。因此，琴材要轻、松、脆、滑，谓之'四善'。"

　　高力士听到这里，不由得对贵妃佩服得五体投地。高力士不晓音律，自然不懂得这些，所以听杨玉环说起这些，油然神往，只恨没有学琴乐之理。

　　他心下道：难怪玄宗对贵妃娘娘迷得如醉如痴，敢情两个都是以乐为宝啊。看来这张琴，李宰相是献对了。

　　只听贵妃又说："桐木甚至古杉木，年代久远，木性稳定，不会开裂变形，制成斫琴最好。漆灰厚薄和细密的程度，关系着琴面是否吸声和耐震，对琴音优劣至关重要。漆灰过密，则琴声不佳；过松，则琴不耐震。而此琴采集深山中由雾所凝的水汽加以调拌而成，所以气是活的。古琴都用鹿角灰调拌灰漆。鹿角灰是用鹿角烧成的白色粉末，透气性好。漆面磨过以后，点点鹿角灰藏藏露露，闪闪烁烁，十分耐看。有的古琴灰漆调拌金屑、铜屑，磨出的肌理更为悦目。古琴系为扣弦的轸子，常常用玉石或象牙制作，琴面上的琴徽往往用蚌壳乃至金、银镶嵌。因此，每张古琴都是一件漆制艺术品。"

　　杨玉环说到这里，已有些累了，但因为兴奋，脸腮绯红。众人见了，都在心里艳羡贵妃天生尤物，且又满肚子才学。再看皇上，得意之情溢于言表。他看到身边的宦官与宫女都被玉环的一番言谈弄得目瞪口呆，心中不免得意非常，见玉环说得兴起，便命人端茶过来与杨玉环喝了。

　　那杨玉环轻啜了口茶，顿觉甘甜异常，因为说了很多话，心胸也觉得十分通透。其实杨玉环并不是卖弄学问之人，只是人人都有自己的兴趣爱好，既然说到了，话就显得特别多而已。平时，杨玉环是绝不会说这么多话的，可是既然开了话匣子，她就决定好好讲一讲这张古琴。

稍息片刻，杨玉环接着讲道："古琴历经风尘，漆面即形成裂碎纹，岁月愈久，断纹愈多，发声也更为清越。因此，古琴鉴赏不以断纹为残缺，而以琴有断纹为名贵。断纹有许多讲究。'梅花断'断纹呈圆形，攒簇如梅花头，被评为'非千余载不能有'。灰漆较厚而年代久远，则产生'蛇腹断'，断纹横截琴面，间隔半寸至一寸，节节相似，有'大蛇腹断''小蛇腹断'。出现蛇腹断的往往是古琴中的好琴，所以有'千金难买蛇腹断'的说法。'流水断'形似蛇腹断而纹不平行，近似波纹。灰漆薄而坚固，则产生'牛毛断'，断纹纤细、密集而均匀。

"此外，还有龟纹断、荷叶断、冰裂断、乱丝断等。断纹的形状和疏密，由木质、木纹、漆质、灰漆以及收缩与老化程度等多种因素决定。漆琴的制作不同于漆器。漆器胎骨用布糊裹，漆琴却不用布。但一般琴面所涂灰漆厚于琴背，是因琴面受震大于琴背的缘故。所以，一琴之上可能出现几种断纹。古琴琴身具有漆面断纹已成为名贵的标志，后世有用胶绷、火烤等方法造出假断纹，以假乱真，但终究不是真品。

"你们看这琴身，梅花断、蛇腹断、牛毛断都在其上，而且每种断纹仔细品味都能品出其形，这就实属难得了。"

杨玉环说完，突然发觉大家都睁着眼睛看着她，四处不闻一声，方知众人都已听得呆了。她以手掩口，一抹腮红爬上脸颊，觉得今儿话似乎比以前多了些，想到这里便有些不好意思地低下头来。玄宗面带春风，一双眼睛看着玉环，似喝了酒般沉醉。

高力士今天所闻，都是新鲜至极的话语，不由得愈加觉得杨玉环之所以得到玄宗的宠幸，其实确是才学所至，而不是光凭那容貌的娇美。贵妃对琴的一番见解，比起宫里太常寺中的那些侍乐之人，好像还更高明一些。他对杨贵妃的尊敬又多了几分，心上这样想着，嘴里就说了出来：

"世人都知贵妃娘娘天生丽质，有倾国倾城之貌，哪里知道贵妃还有世人所不知道的学识呢。如果世人知道了，都会说贵妃娘娘与皇上那可是郎才女貌，正所谓相得益彰，天造地设啊！"

这几句马屁拍得有点过了，试想皇上都六十多岁了，而玉环才二十多岁，还谈得上什么相当呢？但杨玉环和玄宗听了，却觉得十分受用。玄宗不禁哈哈笑道："好了，力士，你就不要瞎夸了，再夸就有点谀君了。"

高力士乘着高兴，对杨玉环说："贵妃，既有神琴，何不抚上一曲？也让我等开开眼界，饱饱耳福。"

众内侍听了一齐叫好。杨玉环也是兴之所至，当下不再推却，命人续燃一炷檀香。等到檀香入鼻，众人都凝神屏气，她纤纤如葱的玉指才从宽大的袖子里伸出来，轻盈地落在琴弦上。刹那间如一泓泉水，清澈淙淙的琴声便响在耳边。既有温润如玉、高山流水之感，又似高耸入云的山峰上的薄雾，仿佛溪水在春天来临之前的解冻之声由四处传来。众人都觉得好像有一种乍凉还暖的东西从头上忽地一下浇落下来，整个心上、身上，从左至右，从右至左，都被安抚得舒泰无比，顿觉人世间的喧嚣都离得极远，再也没有了烦恼、苦忧。

贵妃的琴声停了好一会儿，众人才知曲已终了。曲已终而情未了，曲音还似萦绕在大殿之间，一时间，众人都呆住了。等反应过来，众人才为杨玉环的琴艺所折服，齐声叫好。

只有那玄宗听得真切，知道贵妃所抚之曲，乃是她的得意之作——《凉州曲》，他愈加体会到此曲中蕴藏着的一份情意。

众人还傻站在那儿等着余下的故事，却见高力士慢慢对他们招手，一时间明白此时他们应该从玄宗与贵妃身边消失了，于是都悄悄退出门外。

玄宗看到身边除了杨玉环一人之外，再无外人之时，一时间明白了众人成人之美的心思。杨玉环立即红了脸。玄宗当然知道贵妃想起了什么，他朗然一笑，道："贵妃娘娘此时想起了什么啊？"

杨玉环听到玄宗如此调侃，害羞地顺势倚到玄宗的身上。

此时，窗外的连理树已结了很多细小的花蕊了。

此时，远在范阳的安禄山，在昏昏欲睡的瞬间，耳边仿佛突然听到隐隐的天籁之音，那音律似早就存于远古的神奇之中。安禄山爬起来，命人四处寻找何人在弹琴。众人都十分惊诧，回报安禄山说府上并无一人弹琴。安禄山觉得十分奇怪，对众人说："你们难道没有听到耳边似有一阵仙乐在飘荡吗？"

众人都说没有听到。

但安禄山确实是听到了这阵仙乐，是那样清晰、那样动听，音质却又是那样熟悉。他突然想起来了，那是前一段时间他派人送给李宰相的古琴发出来的。他不知道，远在长安的古琴发出的音乐怎么会传到他的耳中，也不知道是谁在抚琴。但冥冥中，他有种预感，那就是乐声昭示了他将有个光明的前程。他立足在院子里听着那仙乐一阵一阵在他的耳边飘来飘去，整个身心都似沐浴在一片空灵之中。众人见老爷这副憨态，都在想，听说老爷最近心情十分好，而且还听说老爷会升迁，是不是这喜讯使老爷高兴得有些糊涂了呢？这样想着，他们也与安禄山一道站在院子里，脸上装出一副如醉如痴的表情，好让老爷高兴。

得到古琴的第二天，玄宗把李林甫召进宫来，对他的献琴当面表示感谢。

这有点出乎李林甫的意料，在此之前，他给皇上进献过多少奇珍异玩，但皇上都是淡淡地接受了。他揣摩皇上的心意，又为皇上做过多少不好言明的事，皇上也未像今天这样开颜，想不到一张古琴竟让皇上如此高兴，竟在宫中摆宴单独请他。这怎不让他奇怪？

酒过三巡后，玄宗先是把李林甫好好夸赞了一番，然后又把古琴好好夸了一番，最后问李林甫是如何得到这把古琴的。

这个问题把李林甫问愣了，因为他只顾得意，事先竟没有想到皇上会问这个问题。他在暗暗懊悔之余，只好把这把琴的来由如实讲给皇上听，但他隐瞒了是安禄山送给他的礼物，只说是安禄山进献给皇上的。

"噢，安禄山除了会统兵打仗外，还有如此雅兴，替朕寻找到这把好琴。看来，安禄山很为朕着想啊。"

"是的，臣听说安禄山节度使对皇上一片忠心。只要皇上喜好的，他都竭尽所能地办到。"李林甫乘机也卖个人情，不辜负平日收了安禄山那么多的礼物。

"李爱卿，安禄山既是一个勇猛刚强的武人，又难得有如此雅量，朕倒很想见一见他。"

"我听说安禄山节度使也早想进京面见圣上，叩拜圣恩。这都是皇上的英明之举，让胡人当上节度使，才使得他们有机会为您效忠啊。"

玄宗被李林甫这两句话捧得晕乎乎的。于是下诏，让安禄山进京面圣。

安禄山接诏后，心中兴奋异常，想不到短短时间内，好运不断，先是荣升为范阳、平卢两镇节度使，外兼柳城太守，押两番、渤海、黑水四经略使，现在，皇上又下诏让他进京面圣。如果说前一个是实际权力的扩充，那么后一个就是无比的荣耀。并不是随便哪一个人都有这种荣耀的，这说明他已经被皇上所注意、所喜欢、所宠爱。那以后的路只会越走越宽广。

此次进京再不同于若干年前的那次进京了。那次他被押在囚车里，一路颠簸焦渴，士卒打骂，命运难测，还不知道是不是能保住性命。这次，却是高头骏马，衣着鲜艳，前呼后拥，气派非凡。

长安的秋天，硕果累累，街市鼎沸，一片升平景象，其繁荣自然不是范阳边庭所能比的。这些年来，安禄山变了，京城长安也变了。安禄山变富态了，长安也变得更繁华了。不过，上次来，安禄山也没有心情看景。此次就不同了，他是进京面圣，心情自然轻松。安禄山入得京师，立即就向吏部递交了奏章，余下的就是等待皇上的召见了。

闲逛之余，安禄山便在长安城内溜达起来。中原的一切都使安禄山感到十分新奇。一日，安禄山身着便服，带着几个随从在街上随便行走。路过一个测字摊时，觉得十分有趣。因为安禄山的母亲曾是一个巫师，安禄山从小耳濡目染，便也对这等迷信之事有几分相信。他先是站在测字先生的旁边看了一会儿，听其所言，似乎不算是高手，于是便又朝前走去。到一家酒楼要了一壶酒、几样小菜，之后便倚在窗前看着街下的行人，样子十分舒适，他对中原的好感与羡慕又多了几分。

正喝得起劲时，忽听一位女子的声音在耳边响起。安禄山回头看去，见一个拉琴女子身边伴着一位老者，老者似乎眼睛已瞎，视物不见，目光空洞。

只听那女子道："大人想听曲子吗？"

安禄山说："我不太懂这些，你如果高兴，就拣两支自己拿手的曲子唱吧。"

女子与老者点头称是，于是便立在一旁唱起来。女子的唱腔委实不错，曲折之处不失婉转，清越之处又似林中鸟鸣啁啾。

一曲唱罢，安禄山便对二人道："这支曲子叫什么名字，竟这般好听？"

女子答道："刚才小女子唱的那支曲子，其实是出于宫中的。"

安禄山一听出自宫中，顿时来了精神，想到平日里听到皇上是大唐最爱音乐的一个皇帝，心想必是玄宗所制的曲子。他心里想着，便说了出来："听说当今圣上通晓音律，莫非是皇上的作品吗？"

女子见这人憨厚得可爱，不由得笑出声来，说道："你果然不知道长安的音乐，小女子刚才唱的这支曲子，其实不是皇上作的曲子。"

"那是谁人所作？"

女子说："其实这支曲子叫作《凉州曲》，是当今圣上最宠爱的贵妃娘娘所作。"

安禄山听了，颇觉意外，问道："当真是贵妃娘娘作的？"

女子点头称是。

安禄山大奇，顿时心生佩服。怪不得平时老听人说，自从这唐玄宗得了贵妃娘娘，整日伴着贵妃娘娘，连朝都懒得上。这一对琴瑟相偕的恩爱之人想必是天造地设的一双了。想着想着，竟为之神往，不知此次进京，是否能见到这位美貌无比的贵妃。

女子见安禄山又露出憨态，便又对安禄山道："大人还想听哪支曲子，小女子都可以唱的，只是希望大人不要见笑才好。"

安禄山知道自己不是爱好风雅之人，对音律更是不通，与这些情调高雅的曲子相比，他还是爱听那军鼓之声，觉得昂扬振奋，可是这些，又怎么能跟她说呢？便讪然对女子笑道："我不懂这些，既然如此，还将刚才那支《凉州曲》再唱一遍听听吧。"

安禄山说完，老者操起琴来。随着叮叮淙淙的琴声响起，女子又将刚才唱过的《凉州曲》唱了一遍。安禄山仔细听着，发现确实是一支好曲，曲子虽然遍布欢乐，但在某些不易察觉之处，他竟能从中听出一丝哀怨。曲子让安禄山为之神往。

听着听着，安禄山突然呆住了，他内心轰的一声响了一下。他依稀记起有一天好像也在哪个地方听过这首曲子，可是到底在什么地方听到的，他却一点儿也想不起来。

安禄山听女子唱完，从锦袋里掏出一锭银子交与女子。女子惊道："大人给得多了。"安禄山手一挥道："听你唱歌，真是享受，银子算得了什么呢！"

听安禄山如此一说，女子与老者才知今儿交了大运，遇着真正的贵人了，于是千恩万谢，临走时还问大人贵姓。安禄山也不计较，对女子说了一个"安"字，便起身离去。

终于到了皇上要接见安禄山的日子了。这一天，他早早来到宫外等候。在宫门外，别的官员们见安禄山肥硕无比，块头魁梧，心中都暗暗称奇，但也不知安禄山什么来头，暗地里笑他的体形。安禄山也不管，见那些官员里面并无熟悉之人，也不搭讪。

到了时辰，宫门悄然洞开，出来一个面色苍白、毫无表情的宦官，众人都噤了声。只见宦官细着嗓子高声对官员们说道："宣范阳、平卢节度使安禄山见驾！"安禄山赶紧应了，便跟着宦官一道入宫。众人听到此人便是安禄山，都道人不可貌相。

安禄山随着宦官在宫中四处穿行。太监在前面走，安禄山紧紧跟着，生怕掉了队，因为他眼中的这座皇宫，简直如同迷宫一般。虽然安禄山也是见过大世面的人，到了这座宫殿里，却也是眼花缭乱，心里暗暗称赞皇上的奢华和皇宫的气派。

须臾，宦官将安禄山领到一座金碧辉煌的大殿前，不一会儿，皇上便宣安禄山进殿。安禄山赶紧拍拍衣服袖子，其实这是新做的朝服，哪里又能脏了，这只是对皇帝的敬畏之心使然罢了。安禄山想到很多年前曾见过玄宗一面，那时他还是一个罪臣。玄宗免掉他的死罪后，他无数次在心里感谢玄宗皇帝对他的宽容。这么多年过去了，虽然时常接到圣上对他的赐封，但是对于玄宗的面容，安禄山心里竟然也是一团模糊了。

安禄山走上台阶，进入殿门，不敢抬头，眼角余光远远瞥见有一人端坐在一座宽大的椅子上面，心想这便是当今圣上了。殿内静寂无声，沉默如山一样朝安禄山压过来。安禄山在这种气氛当中愈加紧张起来，似乎能够听到自己的心跳与呼吸，但此时，已容不得他再想什么。他走上前去，对着殿内正中高高在上的那团暗影深深伏下身去，口中高呼："臣安禄山叩见皇上，愿吾皇万岁万岁万万岁。"

玄宗眼见一人低首朝他而来，因为光线的关系，看得不很真切，却见这人不像多年前看到的那个高大魁梧、英姿飒爽的将军，倒像一个发了横财的豪绅。看到安禄山肉团一样伏在地上的样子，玄宗心里不由得有一点失望。

"安爱卿平身。"

安禄山谢过恩，双手垂立在一旁，等着玄宗问话。

玄宗照例还是问一些安禄山能够对答的军中之事。对于这些事情，安禄山再也熟悉不过，于是原原本本、条理清晰地奏与玄宗听了。玄宗听着，觉得这安禄山奏事条理清晰，口齿伶俐清楚，而且神态极为从容，失望的感觉便淡了一点。

接着，他又问道："安爱卿吃过了吗？"

安禄山原本以为玄宗又要问出什么话来，正在心里仔细琢磨，没想到玄宗会问他这个，一时急道："回皇上的话，臣昨日高兴，吃得饱了些。今日知道圣上要见我，心里一高兴，连准备的早餐也忘了吃。"

玄宗哂然一笑，顿觉这安禄山直爽、淳朴得可爱，自己本是随口一问，他却是认真一答，便命人给安禄山赐食。不一会儿，宦官端了一些早点呈与安禄山。安禄山也不称谢，三下五除二地将那些东西全吞下了肚。玄宗在龙椅上看着好笑，便道："饱了吗？"

安禄山答道："谢皇上，臣已经饱了。"模样甚是憨厚老实。

对话中间，安禄山已经抬起头来。他看到皇上脸色红润，不像是六十多岁的老人，精神很好，特别是那双眼睛，慈和中又透出一股威严，让人不敢仰视。

玄宗已经多年没有在宫中看到这种说话做事都由心而生的人了，他当下便高兴起来，道："你刚才说你昨天非常高兴，是什么事让你这么高兴？"

安禄山于是将昨日在酒楼上面听《凉州曲》的事原原本本地说了出来。

玄宗一听民间居然这么喜欢杨贵妃作的《凉州曲》，不由得龙心大悦。他心里高兴，不免话就多了一些，问安禄山一路来京，路上可曾遇到什么奇异之事，讲来听听。

安禄山似乎不假思索就讲了一个奇事，说他来京时，营州正逢虫害，蝗虫几乎都要把禾苗吃光了。他见了这种情景，忧心如焚，焚香祝天说：若是臣居心不正，事君不忠，愿意让虫食臣心，而不要让虫食禾苗，侵害到百姓。如果不是这样，那么希望神祇把虫驱散吧。祝祷刚完，即刻有群鸟从北方飞来，把遍地蝗虫吃得精光。他还说，此事确凿，当地史官记有此事。

这本是献媚拍马屁的话，但安禄山神情间丝毫没有那种谄媚的表情，好像真有其事似的，又像他真的很愚呆，仿佛他根本就不知道这是拍马屁的话。这一点把玄宗给蒙住了，他心里暗暗夸赞安禄山对自己的忠心。

其实外愚内精的安禄山要的就是这种效果。他的目的达到了。

此次召见甚欢，玄宗赏给了安禄山许多礼物。安禄山谢过皇上，然后从怀里掏出一物捧在手上对玄宗说："臣有一物要献给皇上。"

安禄山手持的是他母亲送给他的家传之物，是来自波斯的一块稀世之玉。他自小便将它保存着，时刻贴身而戴，从来没有丢弃过，足见对它的珍爱。

玄宗很奇怪，便问何故。安禄山此时想起了自己的母亲，眼圈突然一红，便对玄宗道："多年前，臣打了败仗，臣当时犯的是死罪，然而皇上没有杀我，赦免了我的死罪。回到平卢后，我的母亲对我说：'你的这条命是皇上给的，以后无论如何，都要记着这份皇恩。'当时臣是罪臣，对于皇上的不杀之恩自然十分感谢，当年便想将这块家传之玉献给皇上，可又想，皇上富甲天下，岂会稀罕一块古玉？于是便一直放在心里。今儿见到皇上，臣忽然想起旧事，不能自持，看到皇上这么谦和平易，臣便斗胆拿出这块玉，想在今日了却这份心愿。"说着将那波斯之玉举过头顶，自己的眼泪却不争气地滴到地上。

玄宗在龙椅上看得真切，心里十分感动，安禄山的话又将玄宗的思绪拉到对往昔的怀念之中。玄宗心想：难得安禄山还记得这些，也难得他还是个孝子。于是，便命人接了，又对安禄山安慰几句，这才让他退下。

安禄山谢过圣上，揩干眼泪，随太监出了宫门。他没想到今日见到皇上这么动情，他觉得人人害怕的皇上其实十分亲切，正是因为有了这种亲切感，所以安禄山才将平时心里想的话毫无拘束地对玄宗说了。而玄宗居然没有怪罪他，反而好像对他颇有好感似的，还叫他明天再入宫去。

几天后，皇上又召见了安禄山。不过，与上次不同的是，此次召见是在兴庆宫的勤政楼，召他赴一个小小的宴会。这又有点特别恩宠的意思。

安禄山这天精心打扮一番，重新换过一套鲜艳的衣裳，浑身收拾得清清爽爽。但再怎么收拾，那个硕大的肚子却无法缩小一寸，这让他懊丧不已。不知怎么搞的，他身为一个带兵打仗的武将，常年也在马上驰骋，却长了一个常人不及的大腹。这个大腹不是一般大，如果不用带子往上紧紧兜着，任其下垂，它会垂到膝盖以下，连走路都不方便。平日骑马，他把大腹往马鞍上一搭，别人看了都以为他是整个人趴在马鞍上。

听说今天这个宴会，皇上最宠爱的杨贵妃也会参加，安禄山不知怎么的，硬是把他的大腹又往上勒了勒。

入得宫来，面见过皇上后，安禄山就坐到专为他准备的短桌前，盘腿而坐。他看到，参加宴会的人并不多，除了几个大臣外，还有三个美貌如花的女人。她们打扮得花团锦簇，香飘十里。他不知道，她们就是贵妃娘娘的三个姐姐。

李林甫也在座。安禄山与他只是点了点头，算是打了招呼。

安禄山坐定后，这才抬起眼向上看去。忽然，他的眼睛一亮，原来他看到皇上的身边坐着一个美貌无比的女子。她并排和皇上坐在一起，欢笑娇艳，神情妩媚，风情不可名状。

安禄山想，她定是杨贵妃无疑了。因此，他不免偷偷多看了两眼。他看到杨贵妃正如传言所说的那样，貌美如花，娇艳逼人。她坐在那里，就像一轮明月光彩照人，浑身散发出一股柔和的光芒，让你的目光又想看她，又不敢看她。身为节度使的安禄山，家中美妾自也不少，但他觉得她们与杨贵妃相比，都成了敝帚尘土。他几次想把目光从她身上移走，但又不由自主地回到她的身上，没看几眼，又低下头去，仿佛是被她身上的那道光芒灼痛了眼睛。他第一次知道，真正的美是让人不敢看的。

而此时，杨玉环也在看着安禄山，她想看看寻找到那张名贵古琴的到底是个什么样的人。她看到安禄山虽身穿艳服，但脸色黝黑，华丽的衣裳掩盖不住他一副粗人的相貌。特别是他的肚子，奇大无比，坐在那里，肚子就像一堆肉摊在面前。她实在难以想象，就是这样一个粗俗之人，却有着爱琴的雅兴。看到这里，她掩口一笑。

玄宗问她笑什么，杨玉环用手指了指安禄山的肚子，玄宗也笑了。他竟然问道："安爱卿，你真是大腹便便啊，不知肚子里都装着什么？"

这不像皇帝问的话，简直就是邻翁之间的玩笑。安禄山已经注意到杨贵妃开始对他的肚子指指点点，正在难为情时，忽听皇上有此一问，他连忙站起来，答道："回陛下，别的东西没有，只有一颗忠心罢了。"

这话答得好，回得妙，引得皇上哈哈大笑。安禄山也为自己这样机巧的回答而得意。玄宗连连说："好好，一颗忠心。来，朕赏你一杯酒。"

安禄山接过酒，一饮而尽。

随后小型宴乐开始了。只见一队宫女盛装而入，随乐起舞，倩姿翩翩，悦人耳目。久居塞外的安禄山何曾见过这样雍容华贵的场景，当时就瞧呆了。在他眼里，这些宫女都是那么漂亮美貌，舞姿之轻曼，歌喉之婉转，是他从未见过、听到的。旁边的虢国夫人看安禄山那副痴呆入迷的样子，不禁暗自好笑。她悄悄告诉他，这是皇上亲自编排的歌舞，名字叫《霓裳羽衣曲》。

听说是皇上亲自编排的歌舞，安禄山看得更投入了，不等曲终，竟扬起两个大手掌啪啪地拍了起来，一边拍还一边叫道："好看，好看，太好看了。这简直就是月宫中的仙女在跳舞。"

安禄山的这个举动虽有点无礼，但他这句话正夸到了皇上的心坎上。玄宗想：连这个粗人都能领略到此舞中的神韵，从中看到我编排此舞时心中所想，可见《霓裳羽衣曲》的确不错。他不觉龙颜大悦，笑着问道："安爱卿，你也懂得舞蹈吗？"

安禄山连忙站起来说："回陛下，臣是一介武夫，对舞蹈一窍不通，只是刚才看了这段舞蹈，觉得像是身在仙境中一般，那些宫女又像是一只只仙鹤在飞一样。臣孤陋寡闻，让陛下见笑了。"

安禄山可不是孤陋寡闻，他听虢国夫人说，此舞是皇上所创，又叫什么《霓裳羽衣曲》，想必是跟仙境飞鹤有关的吧，因此，他才有此一说。

玄宗听了，果然大为高兴。这番话如果由一个精通歌舞的人说出来，他还可能认为是奉承，但由粗人安禄山嘴里讲来，效果就不同了，说明此舞确实展现了自己心中所想表达的仙境。

歌舞刚罢，突然，安禄山听到一阵泠泠的琴声。琴声入耳，安禄山全身一震，此曲是那样熟悉，原来正是他未入京时，在范阳空中听到的琴声，也是在长安酒肆中听到的琴声，正是《凉州曲》的琴声。他循着琴声望去，只见杨贵妃端坐在一张古琴前，凝神静思，玉手轻抚，悦耳的琴声正是她弹奏出来的。

此情此景，让安禄山心驰神往，为之心醉。琴声悠扬，佳丽可人，玉指纤纤，如拨心弦。他陶醉了。他也看到，杨贵妃所弹的琴正是他献给李林甫的古琴，此琴如何到了宫中？他满腹疑窦。

一曲抚罢，安禄山还没有醒过来。他听到杨贵妃说："安将军，请问你这张古琴是如何得来的？"

如何得来的？安禄山也在心里这样问自己。他像突然忘了这张古琴还与他有关，他猛摇了一下脑袋，才想起，这张古琴是从别人手里抢来的。但他可不敢这样说。他满脸懵懂地站起来，似乎还在问自己：这张琴是如何来的？安禄山暗咬了自己的舌头一下，让自己彻底醒过来，急切中胡编道："啊，是这样的。有一天晚上，臣睡不着觉，在范阳城中信步闲逛，当逛到一处破败的宅院时，忽听到从里面传来一阵若有若无的琴声。于是臣大着胆子进去，就看到这张古琴。可是，让臣疑惑的是，当时周围并没有人在，哪里传出的琴声呢？"

"啊，当时一定是个月圆之夜，是不是？"杨玉环这样叫道。

"哎，对对对，当时正是月圆之夜，月光正照在这张琴上。"其实哪是什么月圆之夜，根本就没有这回事。但安禄山见杨贵妃这样说，心想，这必与月亮有关，就顺着讲了。

"这就对了，听说，只要月光照在这张琴上面，就会自行发出琴声。果然是这样。"

"啊，原来是这样。当时臣并不知晓，还吓了一跳，以为是什么狐仙呢。最后想，此琴无人自奏，一定有些名堂，就把它抱了回去。常言说宝刀赠壮士，名琴赠美人，这张琴献给贵妃，也是物得其所啊。"

从来没听说过什么"宝刀赠壮士，名琴赠美人"这话，但这话经安禄山这样一胡诌，杨玉环听了甚觉入耳，不禁笑了起来。

也许是遇到了安禄山这个外表忠厚愚痴的人，几句话一逗，宴会的气氛热烈又高涨，出现了从未有过的热闹。杨玉环还下场跳了一段慢舞。

杨玉环的美貌令安禄山垂涎，杨玉环的舞姿更让他神不守舍。在安禄山的眼里，杨玉环简直不是在跳舞，而是在云中漫步，在花间徜徉，说不出的风情万种，道不完的风韵神采。他看得目也直了，眼也花了。在他眼里，杨玉环稍显丰腴的身体一点也不累赘，却是那样轻盈活泼，扭身转腰，宛如行云流水，云舒水泻。随着杨玉环的起起落落，安禄山只觉得自己心里有一根线被她牵着，也随之上上下下，说不出的舒服畅快。直到杨玉环收势回座，他还久久盯着场中，还在回味着她的倩影美姿。

"安爱卿，你觉得贵妃舞得如何？"

皇上的一句话，把安禄山从梦中惊醒，他"啊"了一声才似醒来，忙不迭地夸道："美，美，太美了。臣今天真是大开眼界。贵妃前世一定是天上仙女，不然哪能跳得这样好。"

这席话又引起一片笑声。要是放着别人绝不敢这样讲话，而且皇上非怪罪不可。但安禄山不同，他是胡人，在玄宗的心目中，他远离中原，礼仪疏忽，似乎就应该这样讲话才对。其人虽然粗俗，但直率坦诚，别有一股让人喜欢的味道。

笑声还未落，安禄山又说道："陛下，看了贵妃的舞姿，臣也请舞一曲，为陛下和贵妃添乐。"

"噢，安爱卿也会跳舞吗？你会跳什么舞？"

"臣请为陛下和贵妃娘娘跳一曲胡旋舞。"

安禄山这话才一出口，众人的笑声更大了。大家没有想到他会自请跳胡旋舞。胡旋舞从来要求舞者轻盈灵巧，好快速旋转。他这样一个大胖子，肚子又这样大，要是跳起胡旋舞来，不知是个什么样子。

杨玉环笑得花枝乱颤，她作为一个胡旋舞高手，实在难以想象安禄山若是跳起此舞来，会滑稽到何种程度。

"好好，安爱卿就请下场表演吧。"

安禄山站起来，把腰间的皮带又紧了紧，好让大肚子往上提提。皇上命乐师奏一段旋律快的乐曲。只见安禄山走到场内，先是轻抬手臂，缓伸两足，从慢拍开始入舞。

看了安禄山开头两个动作，杨玉环心里有了点兴趣。原来她从他这几个不经意的动作中看出安禄山是有舞蹈功底的，这两下动作，不仅暗合音乐节拍，而且还有着经常跳舞的娴熟。唯一不协调的是他过大的肚子，他一动起来，不像是他一个人在舞，而像是抱着一个大圆球在舞。这让她忍俊不禁。

随着音乐节拍的加快，安禄山也快速旋转起来。开始大家还能看到他转动的身影，慢慢地，他的身影越来越快，越来越模糊，最后就像一只陀螺在场中旋转，他的头和脸，包括那个大肚子全都看不到了。

安禄山毕竟有着胡人的血统，善舞胡旋仿佛是他与生俱来的天赋。看他的舞姿，正如一首诗所描述的：

心应弦，手应鼓。
弦鼓一声双袖举，
回雪飘摇转蓬舞。
左旋右转不知疲，
千匝万周无已时。
人间物类无可比，
奔车轮缓旋风迟。

大家全都站了起来。杨玉环作为行家，更能看出其中的名堂。她发现安禄山已经尽得胡旋舞精髓，不仅舞得快，而且还与音乐节拍丝丝入扣，在步伐与节奏上随着音乐而做着微小的调动，不是明眼人根本就看不出来。在外人看来，此时的安禄山已成一团灰影。只有杨玉环看得出，安禄山在舞动中，他的手臂和双足同时在做着花样的变动，这就是外人看到的灰影忽大忽小的原因。

一曲舞罢，安禄山凝立在场中，气不喘心不跳，神采飞扬，只是脸上稍见红色。全场响起掌声，其中尤以杨玉环的最响。她以前以为自己的胡旋舞独一无二，无人可出其右，今天看来，安禄山的胡旋舞比她的还好。她不禁问道："安将军，你的胡旋舞从哪里学来的？"

"回贵妃娘娘，臣没有跟谁学过。我们那里人人都跳，臣见得多了，不免模仿着跳几下。跳得不好，让贵妃娘娘和陛下见笑了。"

范阳作为边廷，与胡人接触得多，会跳胡旋舞的人多，这话不假，但要说人人会跳，而且人人跳得好，这话不实。安禄山对胡旋舞痴迷过，他觉得此舞与那些靡靡之乐的慢舞不同，它能强身健体，显出男儿风采。就是在范阳，他也可算是此中高手。

"好，你跳得太出色了。安爱卿还不知道吧，贵妃也是此中高手呢。"

"啊，那我真是班门弄斧了，还请贵妃娘娘多加指点。"

"安将军不须客气，你的胡旋舞可比我跳得好多了，有空还要请你多加指点呢。"杨玉环真心地说。

"岂敢，贵妃娘娘跳得一定比臣好，只是要夸奖臣才这样说的。"

"你们各有千秋，安爱卿有安爱卿的高明处，贵妃也有贵妃的妙处，各有不同吧。"最后，玄宗这样说道。

正在这时，忽见一人远远走来，那人身材颀长，但神情萎靡，看上去就像一天没吃饭的样子。众人认出那是太子李亨，都纷纷起身迎接。

李亨对众人点一点头，算是知道了。他对着玄宗道："孩儿叩见父皇和贵妃娘娘。"

玄宗应了，对他说："有些日子没见你了，做些什么呢？"

李亨答道："孩儿这几天读曹丕的诗呢。"

李亨说的是实话，玄宗是知道的。其实李亨不说，玄宗也知道李亨在做什么。虽然他年岁已经增大，可是对这个太子李亨他还是有所防范的。玄宗在李亨身边安插了耳目，目的就是防止李亨觊觎皇权。

李亨在众大臣面前逡巡了一下，发现在座的，竟然有个从未谋面的生人。刚才诸大臣向他行礼之时，李亨就注意到这个大臣毫无反应，既不向他打招呼，也不对他行礼，不免多看了他两眼。从他的装束来看，似乎是个将军。

安禄山从未见过太子，刚才见众人都向他行礼，不知他是什么来头，就坐着没动。待听到他与皇上间的对答，才知道他就是东宫太子，不免大吃一惊，想要行礼，已经来不及了。于是，他索性坐着不动，同时肚子里那颗心也像在跳胡旋舞一样，急速旋转起来，要旋出一个能弥补的方法。

正思量着，只听左右随从对安禄山喝道："你见了太子怎么还不下拜？"

安禄山正沉浸在自己的心事里，冷不丁听到别人这样说，像不知道出了什么事一样，抬起头来，看到众大臣一齐向他瞅着。他的脸上显出一片困惑的神情。

安禄山见了太子不拜，这是非常严重的失礼行为，这种事情在宫里还没有发生过，所以当内侍发出呵斥时，大家都紧张地瞧着看上去傻傻憨憨的安禄山，想看他怎么应对。

安禄山道："是跟我说话吗？"

此言一出，众人都叹安禄山傻得可以，在这样的情况下，还可以问出这种话，也不知道这安禄山是真傻还是装傻。

内侍道："你见了太子殿下应该下跪行礼才是，为什么坐着不动？"

安禄山仿佛突然回过神来一样，看看太子，又转头看看玄宗。

玄宗正饶有兴趣地等着安禄山答话。

安禄山于是问玄宗："陛下，这殿下是什么官啊？"

玄宗说："殿下就是皇太子。"

安禄山听玄宗如此说，仍然不解，又问玄宗："我不知道宫中的礼仪，也不知道宫中官员的大小，请问皇太子是个什么官？"

听到这句话，那些本来绷着脸的人，都露出了笑容：世上还有这样笨的人，连皇太子是什么样的人都不知道。

于是，玄宗又给他解释："皇太子就是以后的皇帝，我百年之后，他会继承我的帝位啊。"

安禄山听到这里，脸上露出恍然大悟的神情。但他并不害怕，而是说道："愚臣只知道有皇上，不知有皇太子，我罪该万死，请皇上降罪！"说完又转向李亨，"殿下不要见怪，我从小就生长在边关，对宫里的礼节不清楚，请原谅我的不敬。"

安禄山说罢，做出万不得已很不情愿的样子给太子施了一礼。他一边拜一边说："太子千万不要怪罪臣的无知，禄山向来十分愚钝，请太子恕罪。"

太子李亨这才知道，面前这个大腹便便之人，就是早有所闻的东北两镇节度使安禄山。他不知安禄山此番话是真是假，但见他对自己神态甚是倨傲，心中有点恼怒，又不好多说，只得说："安将军太客气了。"

玄宗看到这种情景，莞尔一笑。安禄山的一席话让他龙心窃喜，认为是他对自己太过忠心所致。

宴会结束的时候，皇上对与会群臣都给予了赏赐，给安禄山的赏赐特别丰厚。安禄山当即上前跪倒，高声谢恩。

从宫中回来后，安禄山感到皇上对他的喜爱又增进了一层。他心中得意，嘴里不禁哼上了小调。

千秋节就要到了，玄宗想好好庆祝一下。现在他是越来越耽于享乐了，常常在宫中举行各种各样的歌舞活动。那些歌舞名目繁多，花样翻新，给感官带来了颇多的刺激。他觉得当皇帝这么多年来，在他英明的治理下，大唐王朝的国威日见显赫，扬威海内，百姓富足，天下太平，这是历史上任何一位皇帝都不能相比的。他曾有意识地把他的王朝和历史上最威赫的汉武帝时相比较，他发现他治理下的大唐已超过了最强盛时的汉朝，人口增多了，府库富足了，丝绸之路贯通中西，把大唐的威名传播四方。

玄宗既然有此心意，下人自然领会。离千秋节还有一段时间，长安上下就忙开了。

说话间就到了八月初六，千秋节到了。这天一大早，玄宗先在正殿接受了百官的朝拜，随后就放假三天，普天同庆。

下朝归来的玄宗，才换好衣服，杨玉环便进来盛装跪拜道："祝皇上千秋万代，万岁万岁万万岁！"

玄宗笑着说："免礼，给赏。"

杨玉环站起来用手在脸上刮刮，羞羞皇上，随后搀着玄宗说："我们快到那边去吧，今天终于可以看到三姐和谢阿蛮她们两位弄的玄虚了。"

当玄宗和杨玉环来到沉香亭畔时，一切都安排妥当了。众乐工和宫女一起拜伏在地，恭贺皇上生日。皇上赏赐一番后，歌舞就正式开始了。

不用说，今天的歌舞都令人耳目一新，乐师和舞伎都使出浑身解数，奏新曲，跳新舞。但皇上的兴致似乎并没有放在歌舞上，他在期待着虢国夫人和谢阿蛮为他准备的节目。但这两位迟迟没有露面，也不知她们在搞什么名堂。

不是她们故意在搞什么名堂，而是出了意外。原来不知怎么的，虢国夫人竟没有来。谢阿蛮和驯马师已经在外面等了很久，马匹也都排列成队，就等着虢国夫人来到后一起入场表演了，可她却连个人影也不见，这个节目需要她首先出场亮相。这可急坏了谢阿蛮。

玄宗皇帝和杨玉环左等右等，就是不见虢国夫人和谢阿蛮出场，不觉诧异。他们相互看了看，都不知她们在搞什么鬼。

原来，在这个重要日子里，虢国夫人却睡过了头。她一觉醒来，发现太阳已经升到屋檐了，不禁一阵心慌，心想：早不睡懒觉，迟不睡懒觉，偏偏今天睡了个懒觉，这可如何是好呢？都怪昨晚在马场待得太晚了。她想着，连忙爬起来，已经来不及化妆打扮了，只匆匆净了脸，既没画眉也没施粉，就骑马向皇宫赶去。

谢阿蛮已经等得焦躁不安了，她派人去催虢国夫人，看到底是怎么回事。派去的人回来说，虢国夫人起来迟了，马上就到。谢阿蛮又让宫女把原因转告杨玉环。杨玉环把她们迟迟不上场的原因告诉了玄宗。

玄宗听说虢国夫人还没离府，那么就算她骑马而来，到宫门处下马，离内廷还有不近的一段路。他心里只想早点看到她们的节目，就传旨，如果虢国夫人骑马，就让她一直骑进来好了。

这是特许，在皇宫中是不能骑马的，只能乘步辇，但今天是个喜庆的日子，破例一次也无所谓。

虢国夫人果然骑马而来。她来到皇宫前，正准备下马，早已在此等待的小黄门告诉她，不用下马，皇上特旨，可以一直骑进去。

有了圣旨，虢国夫人也不客气，骑着马径直冲进皇宫来。不一会儿，她就赶到了皇上的面前。

玄宗看到没有化妆的虢国夫人，别有一番妩媚，淡妆素裹，如出水芙蓉，就连牵马的小黄门也长得清秀无比，与虢国夫人一配，真是一幅美妙图卷。也许是一路急奔的原因，虢国夫人粉脸红润，薄汗浸鬓，虽没化妆，却别有一股清媚与明艳的风韵。参与歌舞的也有宫廷诗人，当场写了这样赞美她的诗句：

却嫌脂粉污颜色，淡扫蛾眉朝至尊。

她一跳下马，便即跪拜在地，先恭祝皇上生日快乐。玄宗笑吟吟地说："夫人，我们都在等着看你的节目呢，你却好意思在家睡懒觉。"

虢国夫人说："好节目就要留着最后出场。陛下，臣妾这就为您做表演。"说着，虢国夫人从怀里掏出号角，放在嘴边呜呜地吹起来。

随着号角声起，早已列队等在外面的舞马全部排着队昂着头，迈着阔步走进场中来。

那些舞马装饰得光彩夺目：身上披着五彩的衣饰，头顶上都挽着一条彩带，在脑门前坠着一个彩球。有的身上披着红黄相间的锦缎，有的身上垂着流苏，按披挂衣饰颜色的不同分成几队，进场后，各自站在一处。

表演开始了。虢国夫人向上做了一个手势，随即一阵清越的笛音传出，各种颜色的马匹一起左右晃动起脚步来。它们不是如人们常看到的那样前后踢踏，而是按着音乐的节拍把腿抬得高高的。它们的头都抬得一样高，腰部也上下起伏，随着细腿的一抬一落，牵动身上的铃铛发出悦耳的声音。精彩的表演立刻博得了全场喝彩。

虢国夫人把号角放在嘴边再一吹，群马立即停止，原地踏步，像训练有素的士兵一样一起向中前靠拢。待分队站定后，只听得一阵琴声响起，随着琴声，那些靠拢着的马全都踏着节拍横着向两边拉开。这真是见所未见，马向来只能向前冲，顶多向后退，哪曾见过横着走路的。但这些舞马不仅会横着走路，还走得就像跳舞一样，更难得的是每匹马之间的间隔排得非常整齐，就像有人用尺子量好一样。

那些舞马摇头晃脑，憨态可掬，舞步轻盈，在场上的一番表演，直把皇上和杨玉环以及众宫女看得如醉如痴，连喝彩都忘了。

玄宗看见虢国夫人仪态万千，姿容美艳，指挥舞马，宛如指挥千军万马，不禁怦然心动。他别过脸来看了看身旁的杨玉环，觉得她们姐妹俩别有风韵，各有各的出众之处。杨玉环丰腴圆润，姿容艳浓，而虢国夫人清秀亮丽，也有一种吸引人的魅力。

杨玉环不知道玄宗此时心中所想，见他瞅着自己，就说："三郎，你对虢国夫人为你准备的这个节目还满意吗？"

"唔，满意，太满意了。哎，不是说她与谢阿蛮一起准备的吗？怎么到现在不见那个刁钻精怪小人儿的影子？"

　　杨玉环也在暗暗纳闷，但她说："她到现在没有出场，一定另有安排，我们等着好了。"

　　此时场上的舞马又在变幻新的花样了，但见虢国夫人号角一吹，舞马或以同色一组，或以别色马混杂，变幻组合着不同的阵势。场中一时间显得五彩缤纷，繁杂而不乱。只听铃响不断，却不闻马鸣。

　　谢阿蛮到现在没出场，确实另有安排。待马匹表演告一段落后，马儿们分站在两旁。随着一阵急促的鼓声响起，一匹高头大马从场外直冲而入，马上坐着一人，脸上戴着一个大面具。马直驰到皇上面前才被勒住，马上之人先向皇上拜寿祝福。

　　"这是谁？"玄宗不禁向杨玉环问道。

　　杨玉环也茫然地摇摇头，不知虢国夫人又在搞什么名堂。

　　一阵音乐响起，舞马立刻围成一个大圆圈，把刚才的一人一马围在中间。舞马一边走一边舞动，动作整齐健美。中间戴面具的人却在马上表演起了杂耍，只见她或倒立于马背之上，或弹起在空中翻个跟头后再稳稳地落在马背之上。如果说开始还不知道此人是谁的话，那么从这一系列动作中可以肯定她是谢阿蛮无疑了。

　　玄宗和杨玉环对视一眼，笑了。他们为这两个人想出这么多新奇花样而赞叹。

　　随后，谢阿蛮催动身下马绕圈快奔，同时自己在马上做出些惊险的动作。只见她忽高忽低，忽上忽下，轻盈自如，在别人眼中险不可及的动作，对她来说竟是那样熟稔。许多人都不自觉地站了起来，把心提到嗓子眼儿，为她捏了一把汗。

　　等一切表演完毕后，最后舞马排成队站在玄宗和杨玉环面前。随着虢国夫人的一声号角，它们全都半跪下前腿，点着头向皇上和贵妃行起礼来。这下可乐坏了玄宗和贵妃，他们接受人的跪拜太多了，但接受马的跪拜却是第一次。玄宗笑呵呵地准备说"免礼"，但一想面对的是马，它们也听不懂，就把将出口的话收住了。他把头转向杨玉环道："玉环，她们这样费神，你看我应该赏她们一点什么好呢？"

　　这倒也是，钱财对谢阿蛮也许还有一点诱惑，但对虢国夫人来说，她只愁钱花不出去，不愁短缺的时候，连杨玉环也不知她的钱财是从哪里来的。杨玉环笑着说："我看她们一个是寡妇，一个是未出嫁的人，你就赏给她们一人一个男子算了。"

　　这固然是玩笑话，最后还是赏赐了银子。虢国夫人把她得到的那部分全都转赏给了驯马师和众乐工。驯马师哪里见过这么多钱，高兴得嘴都合不拢了，恐怕他也不去驯马卖艺，捧着这些钱回家乡享福去了。

这些舞马就另辟一处饲养，专为在宴会上表演。它们也算是马中得宠者，日日食精粮，饮甘泉，再不用驮人载物了。但马的命运永远是与人连在一起的，现在是太平时日，它们就如马中贵族，过着锦衣玉食的好日子，一等战乱来，凄苦的命运也就开始了。到了安史之乱时，这些舞马不再供宴乐之用，全都被拉上战场，以供冲锋陷阵之用。但它们养尊处优惯了，已经忘了最初的本事，奔跑不速，驮物不重，个个受尽了马弁的鞭打。有几匹后来落到安禄山军中将官的手里，有一次和唐军作战，打了胜仗，叛军作歌庆祝。那些舞马听到歌乐，以为又是让它们跳舞呢，就摇头摆尾地跳了起来。这一下，让不明就里的马弁大吃一惊，不知这些马都中了什么邪，挥鞭就打。受了鞭打的舞马还以为它们是因为跳得不好才被打的，跳得越发欢了。马弁见这些马丝毫没有停下来的意思，反而继续做出一些怪异的动作，真正是气恼至极：平日上阵打仗不行，今天耍什么马来疯？马弁下手更狠了，直打得它们鲜血直流，皮开肉绽，最后竟活活把这几匹舞马打死了。

马尚如此，人何以堪？今天风光无限的虢国夫人后来不也是身首异处，落得个死无葬身之地吗？

马舞的大场面之后，又是奏乐和赐宴。淡扫蛾眉的虢国夫人已经换过衣服再次来到皇上面前。皇上由衷地夸赞她表演精彩，并对她连日来的辛劳表示谢意。虢国夫人满不在乎地说："只要皇上高兴，辛劳一点是值得的。"

坐在玄宗近旁的虢国夫人，也许是刚刚才运动过的原因，身上热气逼人，散发出一股股的香气。玄宗闻了知道那是由外蕃进贡的龙涎香。香气中，玄宗还闻到夹杂其间的女子体香，这让他迷醉和眩晕。他微微侧目，看了虢国夫人一眼，发现虢国夫人秀发高耸，云鬟如墨，映衬着洁白的肌肤，风韵别致。正在他入迷地看着时，虢国夫人正好回转头来，与他的目光相对。玄宗的目光突然有点慌乱，不禁别过脸去，倒是虢国夫人无所谓地抿嘴一笑。

看过舞马表演后，玄宗有点累了。他到底是个上了岁数的老人。于是先行从宴会中退出，他需要休息。杨玉环见玄宗累了，也不再看了，就陪着他到飞霜殿休息。

脱下鞋袜，玄宗躺在床上休息，不一会儿就小睡了过去。

就在此时，虢国夫人进来说安禄山要来为皇上祝寿。杨玉环用手示意她说话声小点，不要把皇上吵醒了。就在她们两姐妹叽叽咕咕说悄悄话时，玄宗醒了，他问是谁在讲话。

杨玉环见把玄宗吵醒了，就说是虢国夫人进来说安禄山要进宫来特地为皇上拜寿。玄宗听了，笑着说："难得他有这个心，我们这就出去吧。"

杨玉环还为他担心，说："三郎，若是累了就不要出去了，身体要紧啊。隔天再接待他也一样。"

小睡了一会儿，玄宗自觉精神有所恢复，就说："不碍事的，安禄山身为东北两镇的节度使，负有重命，第一次来朝，我应对他看重一点，也好收拢他的心。这样我才可高枕无忧啊。"

玄宗和杨玉环从飞霜殿出来，远远地就见到安禄山手里托着东西恭敬地站在那里。杨玉环想，这个胡人，到底要给皇上献什么礼？不仅亲手托着，上面还用布遮盖得严严实实。

一见皇上和贵妃出来，安禄山连忙把手里托的东西放在一边，趴在地上磕头，恭祝皇上万寿。皇上伸手让他免礼。安禄山一从地上爬起来就把那个放在一边的东西又托在了手上，说："陛下，臣有一件小小的礼物想送给皇上和贵妃。"

安禄山说着，把礼物外面罩着的那层布揭去，原来是一个鸟笼，里面有一只通身雪白的鹦鹉在蹿上蹿下，煞是可爱。那正是高尚从范阳千里迢迢送来的"雪衣女"。"雪衣女"一见面前的两个人，主人又日夜训练它喊话，它立即叫道："吾皇万岁、贵妃娘娘，貌美如花。"

哎呀，这一下，可把杨玉环乐坏了。平日没少有人奉承过她的容貌，但这话从一只鸟嘴里传出，她惊喜得无法言表。她不禁走上前去，从安禄山手里接过笼子。鹦鹉叫得更欢了，"贵妃娘娘，貌美如花"不绝于耳，直到安禄山做了一个手势，它才停口。

杨玉环忍不住问道："安将军，你是从哪里弄来这只鸟的？鹦鹉我也见过不少，但像这只这般通身雪白的，我还从来没有见过呢。"

"回贵妃娘娘，这只鹦鹉是臣特地从范阳带来的，是臣一次外出打猎时得到的。"

杨玉环一下就爱上了这只鹦鹉，对玄宗说："皇上，安将军这么辛苦寻觅来这只珍贵的鸟，还不快快赏赐他。"

"只要皇上和娘娘高兴，臣辛苦一点是应该的。臣不敢要赏赐。"

玄宗见杨玉环高兴，心中自然也开心，他赏赐了安禄山。安禄山再次拜谢，嘴里喊道："谢皇上和贵妃娘娘。"

"谢皇上和贵妃娘娘。"鹦鹉也连忙叫道。

这一下，把众人都逗乐了。玄宗说："安爱卿，你随我们到前面去参加宴会吧。"

原来，中午玄宗要在后宫摆一个小小的家宴，招待杨玉环的娘家人。

安禄山随着皇上和杨贵妃来到宴会上。参加宴会的有杨玉环的三个姐姐，外加杨恬和杨钊。

宴会中间，玄宗看到安禄山与杨家诸人坐在一起，心中忽然想：以现在的情景来看，玉环的家人会在朝中越来越有地位，特别是那个杨钊，身兼数职，样样做得都出色，看样子前程不可估量，连入相的可能都是有的，以后朝廷间的事情还要指望他多操心。外边呢，自然要指望这些胡人节度使。为了朝廷的安稳和发展，为什么不让他们结成异性兄弟呢？这样也让他们的关系更近一步，以团结一致地为大唐做事。想到这里，他就先附在杨玉环的耳边，把这意思说了。

杨玉环对其中的利害关系哪里想得明白，听皇上这样说，觉得也未尝不可，就说："随你好了，你觉得怎样好就怎样办吧。"

于是，玄宗就让安禄山与杨恬和杨钊结成了异性兄弟。按年龄叙起来，安禄山最大，当了他们两人的大哥。

虢国夫人一听皇上让安禄山和杨恬、杨钊结了兄弟，就说："噫，皇上偏心，结拜兄弟为什么不把我们算上？"

"怎么，你们也想结拜吗？从来没听说女人也结拜的。"

"过去没有，今天就不能有了吗？安将军既和杨家人结拜了，难道我们不是杨家人吗？"

"好好，你问问安爱卿，他愿意不愿意和你结拜。"

"愿意，愿意。"安禄山忙不迭地说。

本来就是一场虚假的戏，安禄山为了讨皇上和杨玉环高兴，与三个国夫人结拜又不是什么大不了的事。

既然结拜，按年龄来说，三个国夫人应该叫安禄山为兄才对，但虢国夫人连这点小亏也不能吃，她说："结拜可以，但我们要为大。"

听了这话，皇上和杨玉环都忍不住笑了起来。玄宗说："你本来就最小，怎么可以为大呢？"

"我不管，我就要为大。"

杨玉环也劝说道："三姐，既结拜就要按规矩来，谁大谁小，年龄在那摆着，怎么能乱排呢？"

杨玉环的这声"三姐"，让安禄山再也不敢当虢国夫人的兄长了，他连忙说："虢国夫人如不嫌弃，就当我的姐姐又有何妨呢？"

虢国夫人一听，眉开眼笑，说："你们看，不是我要当的，是他主动让的，那我就不客气了。"

看着她这副耍赖的样子，皇上和杨玉环都摇摇头，拿她实在没有办法。于是，安禄山上前，依次恭恭敬敬地对三位国夫人行礼，嘴里喊着大姐、二姐、三姐。

安禄山行礼完毕后，向杨玉环看了一眼，心想：这样说来，贵妃娘娘岂不就是我的四姐了，那皇上不就是我的姐夫了吗？啊，那我也成了皇亲国戚了。但他知道，这一切都是假的，闹着玩的，哪能当真？不过，皇上让他和杨氏诸人结拜，还是让他高兴，因为他来京时间虽不长，但已经看出杨氏一门正在得宠，成为长安新贵。他和他们攀上了亲，以后他们说什么也会对他照顾一二，那么，他在朝中也算是有人了。至于李林甫嘛，那是万不得已硬往上凑的，交情到底隔着一层。这下好了，有了这些异性兄弟和姐姐的照应，他也不用低三下四地求李林甫了。

宴席散后，玄宗和杨玉环回到寝殿。忙碌了一天，玄宗真的有点累了，他也有点兴奋，为了自己的生日。杨玉环担心他的身体，服侍他早点休息，但玄宗拉着她的手说："玉环，今天是朕的六十五岁生日，朕又是高兴又有些伤感。"

杨玉环忙说："三郎，今天应该高兴才对啊，什么事让你伤感了？"

"我高兴的是有你在身边相陪，但我到底上了岁数了，只怕不能与你相伴永久。"

听了这话，杨玉环忙伸手把玄宗的嘴捂上了，说："三郎，我不许你说这种话，听着多不吉利。我们会永远在一起的。"

玄宗说："玉环，我虽然舍不得你，但这是规律啊，人总是有那么一天的。虽然我有无人可比的权力，但却不能延长自己的寿命。"

"不，三郎，你会长命百岁的，张果老不是活了一百多岁了吗？他能，你也能。"

听了这话，玄宗微微一笑，不作声了。他把杨玉环轻轻搂在怀中，心里有对这个女人的无比怜惜。

安禄山从宫中回到馆舍，心中喜悦无比。他把今天给皇上献鸟，皇上一高兴，让他与杨氏诸人结拜的事讲给幕僚高尚听了。高尚也为主子高兴，但他说："将军，其中有一点不妥的地方。"

"什么地方不妥了？"安禄山对这位幕僚的智谋向来是佩服的，他说不妥，定是有不妥的地方。

"皇上让将军和三位国夫人结拜，虽然将军为了博得贵妃高兴，屈尊认她们为长，但你有没有想到她们现在都是皇上面前的红人，现在长安城中谁不对她们避让三舍？"

"这好啊，她们越有权，对我越有利呀。"

"可她们是皇上的大姨子啊，你认她们为姊，岂不是和皇上是同辈之人？要知道，你和皇上是君臣关系啊。"

经高尚这样一说，安禄山才觉得不妥，开始自己还为此得意呢。

"皇上嘴上不说，但他岂能乐意让一个臣子与自己平辈？所以，这对将军来说绝对不是好事啊。"

"那，那按你的意思，应该如何呢？"

"让我想想，总有一个补救的办法吧。"

过了一会儿，高尚终于想出一个方法。他对安禄山说："将军，你看这样可好，皇上既让你与三位国夫人结拜，想解除也不可能了，不如哪天进宫，你自请为贵妃的义儿吧。"

"这，这怎么可以呢？我已经和她的兄弟结拜为异性兄弟了啊。"

"将军，你要为自己的前途着想，那些结拜都当不得真的，如果你真认了贵妃为母，那才是天大的收获呢。只怕皇上还不认你这个义儿呢。"

听高尚这样一说，安禄山心动了。他想，是啊，如果真当了皇上和贵妃的义儿，那才是找到了最大的靠山，他再也不用担心了，多少人想当还当不上呢。

没过几天，皇上果然再召安禄山入宫。于是，安禄山乘机提出了这个要求。

这简直是在胡闹了，他和杨氏诸人刚刚结拜，就又要自请为贵妃的义儿，岂不是乱了辈分？这让他又如何称呼他那些结拜兄弟和三位姐姐呢？但安禄山振振有词地说了两个理由：第一，这在胡地是可以的。他是胡人，可以不遵从汉人的礼法。第二，他自小丧失了父母，一想到皇上对他的宠爱，就感激涕零，恨不能把一颗心掏出来给皇上看看，自然就把皇上当了父亲，把贵妃当了母亲。他说着说着，还挤出了两滴眼泪。

这两条理由看似很充足，实际上经不起推敲。胡人和汉人比，虽不是很一样，但也不可能不分辈分。至于安禄山说他的父母在他小时候就没了，也是在骗皇上。他的父亲倒是早早就没了，而他的母亲是一直健在的，前不久才去世。

但玄宗被安禄山这一番充满虚情假意的话所打动，也就以他是胡人，不必太以汉礼拘束为由，准许了他的请求。

听皇上准许了，安禄山立刻正冠束带，退后两步，用胡礼向杨玉环行起大礼来。只见他四肢着地，伏在地上，再蜷起身子双手合十，恭恭敬敬地磕起头来，头碰地的声音砰砰作响，可见用力不小。

杨玉环开始听说这么一个健硕高大的人要认她为母，心中惊异，正待要推，皇上已经准许了，安禄山随即就是跪拜行礼。她的脸上露出无可奈何的神情，不知如何对待这位义儿。

玄宗见安禄山先去叩拜杨玉环，不先来参拜自己，心中早已诧异，又见他起来后，还是没有要拜自己的意思，不禁问道："噫，怎么只叩拜义母，不拜义父啊？"

安禄山好似早知皇上有此一问，他不慌不忙地说："臣本胡人，今天得逢双亲，自然要按胡俗行礼。胡俗，是先拜见母亲再拜见父亲的。"说着，安禄山抢前一步，跪拜道，"儿臣叩见父皇。"但这次不再用胡礼，而是用朝礼。

安禄山的一番歪理和两种跪拜方式把玄宗逗笑了，他欣赏安禄山的风趣和憨直，一点不以为忤。于是，玄宗命宫廷摆宴，庆贺贵妃收了义儿。

宴会空隙间，杨玉环不无怨言地对玄宗说："这是在搞什么鬼？前天才和他们结拜为兄弟，今天又要认我为义母，辈分岂不乱套了？你竟然还准许。"

玄宗笑着说："玉环，你不知道，他是胡人，本就不懂礼节。让他认你为义母，是为了笼络他的心，让他更为朝廷卖命。因此，你一定要做出高兴的样子，不要冷了他的心才好。"

"要命的事，为我弄这样一个义子，他比我大多了。"

宴会中间，虢国夫人乘机对安禄山说："安将军，我如何称呼你呢？是继续叫你弟弟好呢，还是叫你一声侄儿？"

安禄山倒是一本正经地说："你当然叫我弟弟了，我们不是结拜过的吗？"

噫，这个安禄山竟一点亏也不吃。虢国夫人也不和他多讲，恐怕这又是他的胡俗了。反正只要是大家不懂的，就是他们的胡俗，难道胡人就不是人，没有一点礼义廉耻了？想到这里，虢国夫人就想让安禄山出出丑，拿他开开玩笑，反正是让皇上开心。

过了一会儿，虢国夫人把安禄山偷偷喊出来，问道："安将军，贵妃认了你当义儿，给你什么赏赐了吗？"

"没有。"安禄山老实地答道。

"这怎么可以呢？这是要给钱的呀。这样吧，安将军，我来替你向贵妃讨一笔钱。"虢国夫人说。

"这，这行吗？"

"行。这样也会让皇上高兴的。"

一听说皇上会高兴，安禄山也就不再多问，让虢国夫人去做了。不一会儿，虢国夫人带着八个健壮的内侍来了，手里还捧着一匹锦缎。安禄山不知她要干什么，就问道："夫人，你这是……"

"在我们巴蜀有一项典礼，孩子初生落地时，用锦兜兜着转一圈，可以乞讨到赏钱。你是贵妃的义儿，这个赏钱还能少吗？"

安禄山只好由她做去。虢国夫人就用那匹锦缎把安禄山裹了个严严实实，只露出一颗硕大的脑袋在外面，然后让那八个健硕的壮汉用上舆抬着，向里面走去，她则在旁边大声喊："来，来，讨洗儿钱了。"

这真是一个哄闹的场面，八个壮汉抬着安禄山，在喧闹的鼓乐声中前行，虢国夫人在旁高唱贵妃洗儿，乞赏赐。

在巴蜀，锦兜裹儿出见宾客称为"洗儿"，洗儿乞赏是表示贱而纳福。

来做客的人大多没有带钱，而虢国夫人又故意命人抬着安禄山出入于客人丛里，特别是那些妇女群中。于是，所有与宴的女子们只有取下一件饰物为赠。有的妇女在往兜里放饰物时，还伸手在安禄山的头上摸了一下，逗得在上面坐着的玄宗和杨玉环忍俊不禁。

当最后把安禄山抬到玄宗面前时，皇上一高兴，赏十万钱给贵妃洗儿。安禄山再次像小丑一样被虢国夫人抬着到处乞讨赏钱。高力士见闹得实在有失体统，就暗示虢国夫人可以结束了，随后，安禄山捧着他得到的赏钱告退。

安禄山退出后，许多人也退了，只有三十来人留下。皇帝忽然兴致大发，说："我来表演击鼓。"

玄宗很久没有表演击鼓了，今天难得这样好的兴致。别的出名的乐工在旁伴奏。一通鼓罢，玄宗顺手取下贺怀智的平顶帽子，走到杨玉环的面前说："阿瞒乐工，乞贵妃和夫人赏赐。"杨玉环笑倒了，她不知该如何对待玄宗灵感闪动的举止，倒是虢国夫人扬眉说："好，皇上鼓技出众，赏钱三十万。"

"三姐，你又在胡闹。刚才抬了个如牛的安禄山当婴儿，皇上才给了十万钱，你这一开口就是三十万，你哪来那么多钱？"

"玉环，你不用替我担心，这钱我还是能拿得出来的。"于是，她再一次提高声音说，"赏钱三十万给乐工皇上。"

玄宗转而把这三十万赏给了众乐工，大家欢声雷动。这真是欢乐的时刻，让人流连忘返。

自此后，安禄山得到皇上特殊的恩宠。玄宗每次在兴庆宫欢宴时，百官群臣列坐楼下，唯独让安禄山坐在楼上皇帝御座的东间，那里摆了金鸡障，用以隔开与外间的相连。但玄宗这样做，似还嫌不够，还让人把金鸡障卷起，让别人看到安禄山与皇上同坐的情景。

文武百官看到此情此景，无不为安禄山受皇上如此宠遇而嫉妒和羡慕。就连太子也觉得父皇对安禄山的宠爱有点过头了，他乘机劝告皇上说："父皇，自古正殿没有臣子坐的地方，这样宠幸他，只怕会纵容起他的骄慢之心，反辜负了父皇对他的一片心意。"

玄宗听了说："吾儿，这你不用担心。我看此胡人有异相，必有过人之能。我给予他特殊恩宠，是要拢住他的心，让他一心一意为朕做事。"

太子见父皇这样说，也是无可奈何，但心里隐隐担忧，觉得其中似有不妥。本能告诉他，安禄山不是一个愚笨痴直之人，他即使不是图谋不轨，起码也是另有所图，但他所图的是什么呢？太子讲不出。

被皇上恩宠的安禄山，立刻成了长安贵族们争相结交的对象。玄宗听说了这件事，为了进一步表示对他的宠爱，特地赐给他一块金牌，让他系在手臂上。以后在酒宴上，凡是有人用大杯子灌酒的时候，安禄山便亮出他的御赐金牌，称"准敕断酒"。

在离京回范阳之前，安禄山特地去拜访了李林甫。不过，此时的李林甫在他的心里再也不像以前那样重要了。以前他巴结李林甫，是想让李林甫在皇上面前多讲讲他的好话；现在，他直接巴结上了皇上，成了新宠，许多人还来巴结他呢。想到这里，安禄山的脸上不免显出几分倨傲，对有些人爱理不理起来。

前恭后倨，安禄山态度的变化，李林甫全看在了眼里。他在心里冷哼了一声，并想：这个胡种，来京几天，被皇上宠爱了一点，就不知身价几何，不把别人放在眼里了。要不是对你有所利用，只凭我一句话，就让你丢官去位。哼，我不杀杀你的威风，你岂不更加嚣张？你这些装呆作傻的举动，糊弄别人可以，还想糊弄我？我对你早就一清二楚，你越是装呆，越是说明你心中有鬼，在掩盖图谋。安禄山，你的野心不小啊。

其实，李林甫压根瞧不起安禄山，不仅瞧不起安禄山，所有的胡将他都瞧不起。他认为他们出身寒微，好勇少文，在朝廷中没有根基，不过是一些驯服了的粗人，用他们，不过是让他们看家护院罢了。

这一天，李林甫听到安禄山来拜，他眉头一皱，心中想好一个计策。他让家人去把御史大夫王鉷喊来。随后，他满脸欢笑地出府迎接安禄山。

二人见面，先是一番各怀心思的寒暄。他们互相打量，互相琢磨。在安禄山看来，李林甫这个干瘦小老头，瘦得脸上只有一双眼睛在转动，哪里来的威严能把满朝文武都震住？一定是误传。李林甫呢，看到安禄山神情傲慢，不可一世的样子，心想：你这个胡胖子，仗着得了几天圣恩，尾巴就有点翘，不把别人放在眼里，可见你还嫩了点。我要是不把你的气焰打下去，也枉当了这么多年宰相。

两人正在寒暄，家人来报，说："御史王鉷大人求见，请相爷示下。"

"让他进来吧。"李林甫漫不经心地说。

王鉷，安禄山是知道的，在朝廷中除了李林甫外，不论从官位还是从声望上来说，王鉷都是无人可比的。此人身兼二十余职，权势之大，朝野瞩目。听说他掌管御史台，想要谁的命就要谁的命。今天有幸在此见到，一定要和他多套套近乎，笼络笼络与他的关系。想到这里，他站了起来，准备迎接。

但安禄山看到，李林甫还是坐着不动，一点也没有要迎接的样子，心中不免纳闷。他想，怎么御史大夫来，连迎接都不迎接，架子也太大了吧？见李林甫不动，他只好又坐了下来。

没过一会儿，王铁低着头进了客厅，一进来，他慌忙跪倒行礼，口中称道："下官王铁，参拜相爷。"神情间充满了谦卑。

"大人请起，坐下说话。"李林甫并不还礼，只是稍微点了点头，干瘦的脸上也不见一丝笑容。

"相爷面前，小人哪里敢坐？小人站着就行了。"

李林甫也不去管他，开口说："御史大人，前一阵那个案子进行得怎样了？"

"相爷明察，数日前相爷吩咐查询的那桩案子，事涉两位三品官并一镇节度使，下官不敢稍有怠慢，正在努力查找证据。待查明后，再请相爷定夺。"

"唉，查找证据？如果一辈子查找不到，难道一辈子不定他们的罪了吗？就凭那几份举报奏本，我看就可以定他们的罪了。"

"是是是，相爷所说极是。下官糊涂，不明就里，这就去办理。"

王铁诚惶诚恐，头上早已渗出汗来，小心翼翼地退了出去。

这一切都让安禄山看在了眼里，他吃惊不小，心想，王铁也是一品朝官，皇上面前的红人，如果不是今天亲眼所见，哪里能想到他在宰相面前竟这样卑躬屈膝，唯宰相之命是从。而且他知道自己在身旁，不仅连一点掩饰都没有，甚至连与他打招呼的勇气都没有。看样子，这个李林甫确实不可小瞧。

想到这里，安禄山抬眼向李林甫细瞧，只见他的脸色还是那样平静，不露喜怒哀乐。但此时，这种脸色在安禄山瞧来，却自有一股威严，显得高深莫测。安禄山想到此前自己神态倨傲，没把李林甫放在眼里，一定得罪了他，不禁心中惴惴，有些忙乱，立即变得恭敬了。

安禄山的变化丝毫没有逃脱李林甫的眼睛，他暗暗冷笑，心想这才是牛刀小试，等一会儿再给你一点颜色瞧瞧，好让你知道本相爷的厉害。

于是，李林甫装作无意地把话题引向了范阳。安禄山忽然想：对，不如趁此机会，试探一下这个老儿对我范阳是如何看待的，对我这个人又是如何看待的。于是他对李林甫说："禄山一介粗鲁武夫，蒙圣上恩典，相爷提携，得领两镇军事，平日只怕有负圣恩，还望相爷指点一二。"

听了这话，李林甫干咳两声，说道："安将军言重了。安将军之所以得到重用，一是圣上恩典，二是安将军打仗勇猛，治军有方，我可不敢揽功己有。安将军过誉了。"

"相爷对安某的提携之意，禄山不敢稍忘，还请相爷指点一二。"

"既是这样，承蒙圣上眷顾，老夫身处宰相之位，自当知天下事，否则何以尽职？范阳离京虽远，我也不能稍息，承公相请，我有三言赠公，望公斟酌，不到之处，还望指示。"

"不敢，盼相爷明示。"

李林甫盯住安禄山的眼睛，一字一句道："一言，公常常无端挑起边界之争，屠杀无辜，掠夺财物，邀功请赏，违了朝廷法度，早有人告到老夫这里。老夫知公出身行伍，不易得有今日，故不忍参奏治罪，此事须稍节制。"

安禄山乍听此言，心中大吃一惊。本来他还以为李林甫不过说两句激励或告诫的场面话罢了，哪知他一出口就讲到了点子上。"挑起边界之争，屠杀无辜，掠夺财物，邀功请赏，违了朝廷法度"，这是安禄山常做的事，他仗着大唐国威，仗着自己手下兵强马壮，经常掳掠敌方。有一次，他以邀请对方来做客为名，把敌方来人全都杀掉，还上表说他出兵打了个胜仗。这事，他以为做得神不知鬼不觉，哪知宰相心里早明白得如一本账似的。安禄山不禁脸上火辣辣的，再也坐不住了。他欲待申辩，但李林甫用手阻止了他，示意他听完剩下的话。

"二言，朝中官员使者，有去范阳者，公或有馈赠，这本不足怪，只是赠之过多，近于贿赂，难免遭人谤议，望公谨慎。"

听了这番话，安禄山头上冒出汗来。李林甫说得一点都没错。朝中但有使臣到范阳，安禄山无不厚礼相赠，指望他们在皇上面前替他讲好话。不要说主使有礼，就连小小的一个跟班，他都大给财物，从上到下，没有一人不说他的好话，久而久之，朝中人都把到范阳当作一条发财之道。李林甫这样讲算是给了他面子，说他只是馈赠，不是贿赂，其实这与贿赂又有什么区别呢？每次那些使臣拿了他的礼物，喜滋滋地回京时，安禄山都要在心里臭骂他们一番，心想，要不是指望他们在皇上面前说说自己的好话，他才懒得理他们呢。要是这些人在他手下当官，他早一刀把他们杀了，要这些贪得无厌的人干什么？哪知，他送礼背后的目的，早被李林甫瞧得一清二楚。安禄山心想，早知道宰相这样明白，以往不给他送那么多礼就好了。

"第三言，"李林甫继续说道，"公为人忠厚，言语有趣，有人言公有伪，公心中自明，留意便是。老夫三言，公以为如何？"

最后这几句话，安禄山觉得自己身上的衣服都被扒光了，仿佛赤身裸体地站在李林甫面前，几天来的得意一扫而光。他知道，这几天来，他在皇上面前的装呆弄傻，其背后的目的，全被李林甫洞悉。有人说他有伪？没人，这是李林甫给他一个台阶下，让他不要把所有的人都当作傻子。

三言听完，安禄山背上早已被汗水浸透。他手足无措地呆坐在那里，摇头不是，点头不是，只觉五脏六腑全被李林甫看得一清二楚。李林甫见安禄山呆若木鸡的神情，知道自己的话已经起到了作用，像三支利箭一样射中了安禄山的心坎。他呷了口茶，恢复了和善的笑脸，亲切地对安禄山说："老夫视公如同手足，故胸中有言，一吐为快，绝无为难节度使之意。望公三思。"

这是李林甫惯用的招法，先打后拉，先施以威严再给予小惠。果然，安禄山听了李林甫这番话，心中稍稍定神，抬手抹了一把汗，说："承蒙相爷明察，禄山实无此心，但听公一言，心下怀恩，以后做事定三思而后为之。"

从李林甫府中出来，安禄山的脑子总算清醒了。这几天来，他一度沉浸于自己导演的一场戏中，还以为别人都被他这出戏迷惑了。今天他才知道，起码还有一个人是冷眼旁观的，识破了他这出戏的用意，这怎不让他如芒在背？

安禄山来长安近一个月后，终于要回范阳了。他带着皇上给他的赏赐，带着皇上和贵妃的"义儿"这顶帽子，带着无限的恩宠和荣耀，当然，还有一丝惴惴不安和惶惧，离开了繁华的京都，回他的范阳老巢去了。

【第十二回】

杨国舅仗权为恶，贵妃姊恃色媚君

安禄山离朝了，回到范阳后，立即把小儿子安庆明打发来了京城。杨玉环听说安庆明到了京城，就让玄宗封了他一个京官，并娶了公孙大娘，留在了京城长安。

经过上一次出宫风波，玄宗与杨玉环的感情得到一次升华，他们的情感更加深了，这也算是玄宗晚年的一大慰藉。人到老年，不免渐有萧瑟之意，感叹时光无情地流逝，感叹青春无可挽回。玄宗也不例外，但让他庆幸的是，因为有了杨玉环这样可人的美女，他的青春活力似乎并未衰减。

没事的时候，玄宗喜欢与高力士谈谈陈年往事，勾引出他无限感慨。以前追随他的那些人，有的亡故不在人世了，有的零落漂泊不知所终，只有高力士这个老奴日日陪伴在他的身旁，风风雨雨几十年，没有片刻的远离。高力士除了超于旁人的忠心外，更多的是那份旁人无法比的善解人意。早年的功勋就不提了，只说为他撮合杨玉环这件事，功劳就不小。于是，玄宗决定打破祖宗定下的规矩，又破格升了高力士的官。

玄宗在高力士原有的职位上又加封他为骠骑大将军，齐国公，官职一品。这是本朝从未有过的，可谓开了先河。玄宗这样做，出于多年来与高力士之间的友谊，最主要的是高力士性情内敛，时刻陪侍皇上，虽掌内侍省，但从不播弄权术，既不替朝官揣摩圣意，也不在皇上面前对朝臣妄加评论，臧否好恶，一心只替皇上和社稷着想。但就像一切坏事都是从好事开始一样，有了这个先例，后来的皇帝也就常常把贴身得宠的宦官封为高官。宦官一时权倾朝野，内蔽圣意，外欺朝臣，结交朝官，拉帮结派。先祖定下的不许宦官参政的规矩就这样彻底坏掉了。

高力士是小时候被别人从岭南骗到长安，净了身后献给宫中的。他父亲是被朝廷贬到岭南的官吏，死得早，他从小又与母亲和哥哥、妹妹离散了。他在得势后，派人去岭南寻母，竟然母子团聚。他把母亲和哥哥、妹妹接到长安，也算阖家团圆了。但高力士并不借着自己的权势对家人有特殊的照顾，他只是让哥哥和妹夫得到了一个官位不高的京官，能供奉家人就可以了。

这一切好事的来临，让高力士感到是上天对他的垂顾。到了晚年，他把世情看得越透，越觉得命运不可抗争，越有一种如佛教所说的世转轮回的因缘在其中，所以，他信佛了。早年，玄宗皇帝对佛教很是反感，垂青道教。但现在在如何对待佛教这个问题上，皇上的态度也不是那么硬了。出于巩固皇朝考虑，他对待佛教的态度也软化了，还亲自接受了佛教对他的灌顶礼。有鉴于斯，高力士信佛也不算违背皇上的心意。

这次加官晋爵后，高力士突然心血来潮，要在长安建一座大寺庙，一来表示他信佛的诚心，二来他要为母亲荐福。同时，他的心中还有一个不为外人所知的心愿，那就是为那些在宫廷斗争中被杀的亡灵超度，希望他们早日投胎转世。那些被杀的人，虽然都与皇位的争夺有关，但谁能说其中没有他出的力呢？佛祖要求信徒对自身的罪孽忏悔，高力士是想真心忏悔。

高力士建的这座寺庙在太极宫的东面，来庭坊内，名叫宝寿寺。宝寿寺规模宏大，金碧辉煌，分前殿、正殿、后殿三部分，另有一处花园与之相连。寺庙建成之前，高力士想，长安寺庙不计其数，他再建寺庙一定要显得与众不同，不仅规模上要壮观，在布局结构上也一定要别出心裁，要有自己的特色。为此，他几乎把自己多年的积蓄都拿了出来，但还是远远不够。正在他为难之时，有一个官员对他说：“高翁，何不向其他官员先借一些呢？”

“建寺款项所需巨大，又有哪个官员能拿得出来呢？再说，就是有哪个能拿得出来，我又拿什么去还他呢？”

“高翁，这你就多虑了，靠你的人缘，只要你开口，谁不争着把钱借给你？这一点你就不用操心了。等寺庙建好后，你可以随喜化缘嘛。”

“随喜化缘？什么叫随喜化缘？”

“随喜化缘，就是来寺里的香客可以随意布施，你就可以拿着香客们的香火钱和化缘来的钱还账了啊。”

“这样不好吧？”

“怎么不好呢？要知道你本来建寺也是为了香客们，现在拿他们的钱还建寺的款项，那是理所当然之事，谁也不会议论的。”

听这位官员一说，高力士心头豁然开朗，觉得不失为一条好计策，就决定按他说的办。

许多朝官听说高力士要借钱建寺，正如那位官员所讲的那样，个个削尖脑袋要借钱给他，生怕巴结晚了。钱款到位，宝寿寺很快就建好了。

高力士借钱建寺的事，自然也让玄宗知道了。皇上对这位老奴有如此虔诚之心，大为赞赏。他对高力士说："将军，听说你建寺的钱款不够，让朕从府库里先支一点给你吧。"

高力士一听赶紧说："大家，建寺的钱已经另有别人暂借给我了，不劳皇上挂心。"

玄宗见这个忙没帮上，就说："将军，你要建的寺，寺名取好了吗？"

正好这几天，高力士心里在想着如何为寺庙取一个好名字呢，听皇上这么一问，连忙说："大家，名字倒是想了几个，都不满意。大家，不如您给取一个吧。"

听高力士这样一说，玄宗也不客气，就脱口而出道："你看就叫宝寿寺如何？"

高力士听了，在嘴里轻轻念叨了两声"宝寿宝寿"，随后拍手道："太好了，奴才想了半天，怎么就没想到这样好的名字呢？"

于是，高力士所建的寺名就被御赐为"宝寿寺"了。玄宗不仅取了名，还亲自蘸墨写了寺名。

宝寿寺建成后，因为有皇上的亲笔题名，一时间，名声在外，引得无数善男信女赶来烧香拜佛。宝寿寺开光这天，更是热闹非凡。

这天，高力士邀请了朝中的文武百官，众官员几乎无一不在，齐往宝寿寺。有些趋炎附势之徒，就是高力士不喊，也早早就来了。

在高力士的率领下，文武百官经由前殿步入正殿。正殿中供奉着贴金的佛像，众人礼拜以后，将钱投入功德箱。须臾，功德箱就满了，小和尚立即抬了空的箱子出来。开光这一天，仅功德箱就装满了十几只。

但真正让文武百官们掏钱的还在后面呢。

从正殿步入后殿，这里安放着镇寺之宝——一只特大的铜钟。铜钟有两人高，要四个人手拉手才能围得过来。铜钟铸造精美，其重量在京城堪称第一。

众人见了这只特大的铜钟，都赞不绝口，叹为观止。撞钟的木槌上还挂着红布，于是，围观的文武大臣个个摩拳擦掌，都想撞一下钟，为家人亲友祈求福寿。但等他们再走近些，看到钟旁放着一个功德箱，上面写着：

撞钟一次，施钱十万。
随喜化缘，功德无量。

天啊，这是什么钟，撞一下要十万功德钱，难道是金钟？就是金钟也没有撞一下给十万的道理。大臣们犹豫了，他们望着高力士。

高力士像什么也没看见一样，眯缝着双眼，只等着大臣们上去撞钟了。于是，大臣们明白了，这是高力士在借此筹钱啊。算了，今天既来此，不撞也不行了，还是撞吧，只是撞一下就行了，多撞也撞不起啊。

但你撞不起，有撞得起的，那些刻意想巴结高力士的大臣，有的不是撞一下，而是抱起钟槌，哐哐哐地连撞了十几下。洪亮的钟声在高力士听来犹如钱潮涌动。就连宰相李林甫也拖着衰老的身躯来撞了几下钟。这下，高力士得到的化缘钱，不仅把他为建寺借的钱全还上了，还多出不少，他把余下的钱全给了寺里。

当天，宝寿寺撞钟的事轰动了京城长安，就连深居皇宫的玄宗和杨玉环也听说了。下午，当高力士回宫时，杨玉环看到他，老远就喊道：“看，我们的化缘和尚高力士来了。”

高力士笑着说：“贵妃这是拿老奴取笑了。”

“阿翁，这样大的事，你也不和我们说一声，我和皇上也好去撞一撞你那宝寿寺的大铜钟啊。”

高力士一听，有点吃惊。不管怎样，杨贵妃如果能移贵体光临宝寿寺的话，无疑会提高宝寿寺的声望，更加能吸引京城香客，但他担心，皇上是否会让杨贵妃抛头露面。

不想，玄宗不仅赞同杨玉环去宝寿寺，还兴致大发地说要和她一起去。这也难怪，皇上和杨玉环两人已经很久没有到皇宫外走动了，他们也很想融入百姓中去，体察民情，与民同乐。玄宗还说，到时一定得把三位国夫人都喊上，外带玉真公主等别的皇亲国戚，一起去祈福禳灾。

到了这天，杨玉环和玄宗来到宝寿寺，看到此寺果然气派不凡，香火鼎盛，大有能与长安第一寺慈恩寺相媲美的气派。走进正殿，杨玉环恭恭敬敬地向端坐在莲花座上的佛祖行了礼。到了后殿，他们看到了那个大铜钟，没等杨玉环和玄宗有所动作，虢国夫人就已经跑到大钟前，抱着钟就撞，边撞边说一会儿就把钱送来。最后，玄宗和杨玉环也上前撞了几下。玄宗说：“朕也不能例外，也是要给钱的。”

高力士连忙摆手道：“皇上，这岂不折杀奴才了？”

“这不是钱财的事，这是心诚不诚的事。力士，你就不要多说了。”

当杨玉环抱起钟槌撞向大铜钟时，震耳的钟声悠然绵长。她想到高力士建这座寺其中有为母亲祈福禳灾的目的，这让她想到自己的亲生父母。想到这里，杨玉环备感愧疚，眼睛不禁有点湿润，抱起钟槌使劲撞去。洪亮的钟声在她听来，就像父母的指责，让她稍感安慰。

玄宗见杨玉环抱着钟槌猛撞，有点情绪激动的样子，不知道她发生了什么事，就走上前去，对她说："玉环，好了，你撞了不少下了。"

杨玉环这才罢手，但在接下来的时间里，她都怔怔的，有些发呆。

最后，玄宗和杨玉环也对高力士赏赐了一些钱财，算是对他建宝寿寺的捐助。

自从杨钊感念恩德，把章仇兼琼从蜀中弄到京城为官后，他留下的剑南节度使之位曾一度空缺，杨钊无时不在想着一个恩人，那就是鲜于仲通。这次玄宗下旨让西南最高长官加固贵妃父母墓园，杨钊乘机推荐鲜于仲通当上了剑南节度使。鲜于仲通本来只是当地一个豪绅，外挂一个虚职，哪知推荐了一个杨钊就让他当上了威风八面的朝廷大员，这怎不让他惊喜异常？但他深知这一切是如何来的，于是，逢年过节，他总是大车小车地把蜀物往京城杨钊府上送去。而虢国夫人也利用这种关系，做京城与蜀中的生意。因此，在皇亲国戚中，她是最有钱的一个。在别人看来，她的钱就像流水一样不停花出，人们却全不知道她的钱是如何来的。

转眼间，已到了天宝八载（749年），杨钊受皇上恩宠日隆，无人可比。此时的杨钊再不是五年前穷困潦倒、投亲靠友的那个浪荡儿了。短短五年来，他靠着贵妃从祖兄这层关系，在官场行走，从小小的金吾曹卫士到侍御史，身兼十五个官职，却又做得面面出色，让皇上刮目相看。这是任何一个人都想象不到的。一般是他在哪一方面做得出色，皇上就调升他的官职，但原来的职位还保存。虽然从职位上说，侍御史最大，但杨钊知道最能出政绩、最能讨得皇上欢心的还是度支郎这个职位。

为什么这样说呢？因为杨钊看到皇上天天只图享乐，歌舞宴乐不断，场面铺陈盛大，一有宴乐就必有大笔赏赐，外加对皇亲国戚的赏赐、对朝臣的赏赐、对边将的赏赐，天长日久，就是天下再富足，也经不住这样浪费，府库再充实，也经不住这样往外搬。有些奢侈之处说出来都会把人的舌头吓得缩不回去，比如光为杨玉环织绸衣的宫女就有七百多人，这些人的吃穿住，外加工钱，都由皇家负责，这是一笔多么大的开销啊。皇上不管这些，他要的就是好看，要的就是能表现他大唐威仪的盛大场景，至于撑起盛大场面的钱财从哪里来，他不管。这是管钱财官的事，他只管花那些钱财。

杨钊明白皇上想钱又不便明言的心思，他看到以往凡是得到皇上重用的官吏，比如杨慎矜都是从为皇家敛财开始踏上仕途的，于是他百般聚敛钱财，以迎合皇上的心意。比如各州府都有货物贡献来京，其中一些货物受到挤压后难免会损坏。以前，只要件数够了，就算了，但杨钊一改过去这种做法，规定只要发现货物中有损坏的，就让他们把损坏的货全带回去，然后把那些货物按价向他们收钱。这样做，无疑就是把他们带来的货再卖给他们，这可不是一笔小数目，立即就为府库增加了一大笔收入。

有一天，玄宗皇帝带领群臣参观左府库，看到仓实库满，粮食和货物堆积如山，大为得意，以为天下州县殷富，莫过于此时，于是越发视金帛如粪土，赏赐无度。当然，他也没有忘记为他敛财的杨钊，赏了他紫衣金鱼。

杨钊身兼十五份官职，在朝臣中的地位仅次于李林甫和王铦，是皇上眼前炙手可热的第三大红人。为了继续讨得皇上欢心，杨钊还嫌自己的名字不好，说什么"钊"字不吉利，有凶灾，"钊"是金和刀组成的，带着一股杀气，希望皇上给他改名。

玄宗听了一乐，心想，这个国舅还蛮忠心的，怕名字中的"钊"冲撞了皇朝，不利于敛钱，索性连名也不要了。好吧，难得他一片忠心，那就叫他国忠吧。于是杨钊正式改名为杨国忠。名字虽然有点俗气，但因为是皇上御笔所封，就有了别样的意味。国忠国忠，那就是对国尽忠，连皇上都这样说，还有谁敢不承认？

名字是改了，但杨国忠心里还有一事放不下，那就是他的出身。别人不知道，他对自己的身世可一直隐讳得很，因为他是张易之和张昌宗的外甥。提起二张，年龄稍大点的人哪个不知，谁个不晓？那可以说是臭名昭著的两个男人。他们曾当过武则天女皇的面首，秽乱宫廷不说，还想夺权参政，梦想着依靠女皇对他们的宠信当上皇帝。结果在宰相张柬之的带领下，发动了"五王政变"，逼迫女皇下台，传位于中宗皇帝，二张也被诛杀。一提起他们，人们想到的就是淫秽和恶心。

但不管别人对二张如何不屑和痛恨，他们到底是杨国忠的舅舅。常言说，见舅如见娘，甥舅的关系往往在血缘上更亲近一层。随着官职越升越高，杨国忠的这段家族史迟早会被旁人得知，如果别人知道他就是臭名昭著的张易之的外甥，那别人会如何说他呢？也许还会有人在皇上面前进谗言，让皇上防备这种与张易之有血缘关系的人吧。如果这样，自己几年的努力岂不都白费了？

事情已经过去了这么多年，朝中记着张易之的已经没有几个人。再说张易之那时只是仗着是女皇的面首，做了一些淫秽宫廷的事，并没有像来俊臣等酷吏，做下许多冤狱，害死了数不清的人，真正是在历史上留下了骂名。既然这样，为什么不能替舅舅翻案呢？

杨国忠随着自己的官职越升越高，竟升起了给舅舅翻案的想法。他觉得这也是光宗耀祖的一种方法。说做就做，他首先把几十年前的史料都翻了出来查看，看能否从中找到一点有利于舅舅的证据。别说，还真让他找到了一个有利于舅舅的事情。

什么事情呢？原来张易之曾对则天女皇说过，要迎请睿宗登基为皇。哎呀，这可是一个大大有利于舅舅的证据。试想，当时女皇一手遮天，皇位还不定是还给李家还是传给武家，而作为得宠的面首张易之，竟斗胆说出迎请睿宗登基，这是多么大的忠心啊。就是把天下还给李家，还不知是让中宗当皇帝还是让睿宗当皇帝，而张易之却舍兄而取弟，无疑这对当今皇上玄宗是有利的。如果女皇真的听了张易之的话，不是让中宗当皇帝，而是直接传位于睿宗，哪里会有后来的韦氏乱政，宫廷流血政变？可见张易之当时还是独具慧眼，明察世事的。

杨国忠找到这条史料后，在皇上心情好时，立即上报皇上。当然他不会说自己是张易之的亲外甥，而是说他某一天翻史时，看到有这样一条史料，觉得张易之其实不是一个乱臣逆子，而是一个真心实意为皇朝着想的人。他被张柬之等五王杀死，实是冤枉了他。

玄宗看了杨国忠递给他的这条史料，沉吟了一番，说："依爱卿之意，应该如何处理呢？"

"皇上，常言说赏忠惩恶，别人都说张易之是个只知讨好女皇不知羞耻的面首，我看他的言行，反倒很有大是大非的觉悟。特别是在对皇储的选择上，不仅一点也不赞成拥武，并且立刻就想到要立睿宗皇帝。如果女皇当时听了他的话，哪里会有后来一系列的变故。说不定，那时他就看到了皇上的英明，是重振李家江山的砥柱呢。"

玄宗被杨国忠这样一说，身子有点飘飘然的感觉，但他故作严肃地说："杨爱卿不要奉承我了。那时，我与二张也没见过面，谈不上什么早识英明。不过你说的他曾拥戴李家，而不是武家，这确实是可嘉奖的。这事容我考虑一下，再给你答复。"

没过几天，玄宗找来杨国忠，告诉杨国忠，他决定给张易之平反，把加在张易之身上的罪名统统洗雪，并且还要恢复张易之生前的官爵。杨国忠一听，那个高兴啊，心头的一大块阴云散去了，以后他再也不怕别人问他的身世了。皇上不仅为张易之平了反，恢复了张易之以前的官爵，还把张易之的一个儿子，也就是杨国忠的表弟封了官。

其实玄宗为张易之平反，其中还有着自己的私心，那就是张易之曾是女皇的面首，被那些迂腐的儒家学士所轻视。他为张易之平反，就是表达了他对祖母的生活方式的一种肯定，从而堵住别人对他的非议，也就是不要对他与曾为寿王妃的杨玉环的关系进行非议。

杨国忠的官职在不断地增多，舅舅在历史上的恶名也得到了洗刷，按道理他应该心满意足才是，但恰恰相反，他的心里更不平衡了。因为随着他的官越做越大，他的政治野心也在极速膨胀，他竟然想当宰相了。

这真是人心不足蛇吞象。不过也难怪杨国忠会这样想，因为李林甫到底年龄大了，他总有一天会从相位上退下来。杨国忠再官迷心窍，他也不会蠢到去和李林甫斗，把李林甫从相位上掀翻。他可是看到过那些与李林甫争斗者的下场的，他们不是被贬，就是被杀，没有一个有好下场。那么，他想当上宰相，唯一的可能就是等李林甫从相位上退下来。这也等不了多少年了，李林甫都那样老了，他还能干多久呢？但问题是，李林甫要是退下来，他杨国忠是否就能当上宰相？以现在的形势看，他当不上。因为比他更有资格的还有一个人，那就是王铁。

杨国忠本来与王铁关系是很好的，他一来京时，就是在王铁手下做官。因为贵妃的原因，王铁对他也一直不错，直到现在，他在官职上还低王铁半级。但一想到王铁有可能会阻止他当宰相，杨国忠心里对王铁的感情便全化为乌有，他开始想把王铁扳倒了。

此时的王铁除了是户部侍郎兼御史大夫外，还是京兆尹，领二十余职，权宠日盛，是朝中仅次于宰相李林甫的人，就连李林甫对他都稍有畏避，更不要说旁人了。王铁府宅旁边就是他办公的使院，书案上要他批示的告文堆积得像小山一样，有时一件事要等上几个月才能得到他的批示，而皇上给他的赏赐却不绝于门。

王铁势大，他身为朝廷大臣，自然有所收敛，但他的家人就不是这样了，他们依仗着他的势力飞扬跋扈，到处招惹是非。王铁的儿子王准是卫尉少卿，李林甫的儿子李岫是将作监，二人一起供奉禁中。王准并不因为李岫的父亲是当朝宰相就巴结他，相反，还多次侮辱他，李岫每遇到王准都礼让三分。李林甫知道此事后，反劝说儿子李岫避让王准，不要多惹是非，可见王铁之势大。其实李林甫心中也很不高兴，但王铁对他言听计从，凡事唯他马首是瞻，他又到哪里去找这样一个如此听话的大臣呢？权衡得失，他还是让儿子不要与王准争锋，小不忍而乱大谋。

王准气焰嚣张，以为他老子是京兆尹，在京城可谓一手遮天，谁人敢来管他？就连一些皇亲贵戚他也不放在眼里。他还与市井之徒交往，整日带领他们招摇过市，干些横行不法之事。他曾带领这些无赖之徒路过驸马都尉王繇府前，王繇竟望尘而拜。王准却根本不买他的账，不仅不买他的账，还挟弹射王繇。弹子射中王繇的帽子，把帽子上的玉簪都射断了，王准却嬉笑着离去。

那些无赖之徒对他说驸马王繇娶的永穆公主，姿容艳丽，美貌非凡，这勾起了他的垂涎之心，于是他借故到王繇府上做客。做客中间，他一定要王繇请出永穆公主来相陪。王繇没有办法，只得请出永穆公主。王准一看，果如别人所说，永穆公主长得明艳不可名状，他看得口水直淌，连酒也不喝了。

王准的丑态，王鉷都看在了眼里。他心中按捺下怒火，让永穆公主为王准斟满一杯酒后，退到后堂去了。王准离去后，有的人对王鉷说："王准鼠辈，不过是倚仗着他父亲的威势，何以嚣张若此？永穆公主是皇上的爱女，却让她亲自为王准斟酒，这事要是让皇上知道了，可不太好听，恐怕还会怪罪你的。"

王鉷说："皇上要是听到了这件事，虽然发怒，但不会有什么危害。至于七郎，那是万万得罪不起的。这是有关生死的事，不敢敷衍。"

七郎是王准的小名。由此可见，王鉷的威势有多大。

如果王鉷的家人中只有王准这么一个狂夫，也就罢了，问题是王鉷的弟弟王悍也是这样一个人。他虽只是一个户部郎中，但也结党营私，极力培植势力。与王准不同的是，他把手伸向了军队，也就是驻防京城的禁军。他刻意与禁军中的一些中级军官结交，还倚仗王鉷是京兆尹，包庇一些非法组织。随着他们势力的大增，京城长安渐渐成了他们的天下。他们横冲直撞，目无王法，而且狂妄无知，以为凭着手中的势力，整个长安都在他们的掌握之中。

这件事自然瞒不过朝廷的耳目，作为掌管禁军的高力士对此更是格外留心，他表面不动声色，其实对王悍等人的活动早已了如指掌。高力士把他们的活动收集起来，向玄宗做了汇报。玄宗一看，这还了得，竟然有人想染指我的防卫军队。于是立即把京兆尹王鉷喊来，问他这是怎么一回事。

王鉷听皇上这样一问，背上顿时汗如雨下，如果回答说有，不好，说没有这回事，也不好。说没有，那些证据摆在那里，岂容他否认？若是说有，那他身为京兆尹，平日都干什么去了？连眼皮底下发生了这样的事都不知道，往轻了说是失职，往重了说呢，也许其中也有他一份。再说，领头的竟是他的弟弟，他更脱不了这种干系。

从皇宫出来的王鉷，一边用手抹着额上的汗，一边在心里责怪他们：王准和王悍这两个畜生，平日就有不少人在我面前嘀咕，说你们正路不走，专门结交一些不法之徒，干些违法乱纪的事。我只当是一些小事，哪知你们竟把手伸向禁军，笼络一些中级军官，你们到底想干什么？难道不知道这是在天子脚下吗？天子脚下岂能容你们这样胡作非为？现在好了，皇上让我来查办此事，你们说，我应该如何查办？按理，我应该把你们绳之以法，推上刑场，但偏偏是你们，这又如何让我下得了手呢？如果不这样做，皇上面前我又如何交差呢？皇上明知你们是我的亲人，还让我查办此事，那是对我极大的信任，我怎么能徇情枉法呢？还有，那个杨国忠近来颇得皇上恩宠，虽然他的职位不如我，但我从他那双小眼里看到了他的野心。他全然忘记当初我提拔他时的恩情了，他是想依靠椒房之亲取代我。

哼，我知道他为什么这样做，因为李林甫年龄大了，宰相没有几天当头了，他退下来后，皇上必然会在我和他之间选一个。但由于我的资历比他老，官位比他高，皇上选我的可能性比较大，他为了能当上宰相，就想方设法找我的毛病，一心一意要扳倒我，扫除我这个阻碍他入相的人。

这个忘恩负义的小人，他忘了这么些年来我对他的帮助了。想当初他才从蜀中来时，就在我手下做小官，我当户部长官，他是度支郎；我当御史大夫，他是侍御史。如果不是我大力支持他，他能做出什么政绩来？现在好了，养虎为患，他竟想恩将仇报，见我再不是先前那毕恭毕敬的样子了，而是一副鼻孔朝天的傲慢神态。但他仗着掖庭之亲，我一时也拿他无法，只希望静心等待，寻找到他的缝隙，在皇上面前参他一本。可恨的是王准和王悍这两个畜生，全然不明白官场的争斗，在此时竟给我捅出这样一件事。这事要是让杨国忠那个奸邪的小人知道了，他还不趁机在皇上面前煽风点火，净编排我的不是？那我岂不是把把柄往人家手里送？

想到这些，王锳心里一肚子气。他一回府，就叫人把王准和王悍找来，狠狠训斥了一顿，骂他们不识好歹，净在外面招惹是非，现在弄得皇上震怒，让他来查办此事，让他们说说，应该如何查办，把他们送交御史台去？

王悍还嘴上不服："哥，其实我们这样做也是另有目的。"

"什么目的？我看你们整天除了斗鸡走狗外，就没干过什么正事。"

"哥，现在你是朝中数一数二的大臣，如果不出意外，宰相一职迟早是你的，但谁敢保证中途会不出意外呢？我看那个什么杨国舅就是一个绊脚石。为了防患于未然，我是故意去结交那些禁军中的军官，万一有事，也可有个照应，给敌手一个威慑。"

"什么？你们真是这样想的吗？"

"是的，父亲。"王准也在旁应和道。

"反了！"王锳大叫道，"皇上跟我说时，我还信疑参半，心里只当你们臭味相投，在一起胡闹。现在看来，你们果然如皇上所说，心有图谋。你们想给敌手一个威慑，是要给什么敌手一个威慑？皇上会允许你们这股势力存在吗？你们真是不想要脑袋了。"

"我们只想对那些敢于和哥哥你作对的敌手一个威慑，并没说要反叛皇上。"

"敢于和我作对？那皇上要是和我作对呢，你们也给皇上威慑？你们真是天真到了极点，竟想在天子脚下拥有势力。好了，我也不和你们多说了，你们每人写一张罪状上来，不要提你们有什么目的了，只说你们与禁军中的军官交往，连带与那些无赖之徒的来往，只是自己的行为不检，以势压人。拣那些无关痛痒的违法乱纪的事再附带上两件，然后痛陈悔恨。我在皇上面前替你们大事化小，小事化了，你们以后就不要再与他们来往了。噢，对了，你们再开一张与之来往的那些京城地痞无赖子弟的名单，我把他们收监，统统杀了算了，给百姓也有个交代。你们只想着按自己的想法做事，不知仕途的险恶。那个杨国忠整日像一条狗一样到处嗅，生怕找不到弹劾我的借口，这下好了，你们主动送上门去了。以后做事要克制自己，不要只凭自己的好恶。准儿，我听说你在外面多有不法之事，连皇亲国戚也不放在眼里，可有此事？"

"那都是旁人胡乱编排，哪有此事？"

"没有就好，你小心就是。"

王悍和王准从王铣屋里出来时，一改他们毕恭毕敬的神态，互望了一眼。他们从彼此的眼神中看到了对方心里所想。王悍说："你父亲是官越大，胆子越小。皇上只是问了他一下，就把他吓成这样。"

王准也说："我们这样做其实还不是为他？我们为他结交禁军中的军官，培植势力，让人越发不敢动他。等李林甫退下后，谁也别想与他争相位，但他却不理解。"

"我看这事不能听你父亲的。"

"那应该如何办呢？"

"这事如果听了你父亲的，他把我们的罪状往皇上面前一递，轻的处罚，我们也会丢官被贬，重的话，说不定会被砍头。我们只有破釜沉舟，最后一搏。"

"最后一搏？如何一搏？"

"我们把平日结交的那些龙武军官，外带你网罗的市井少年集合起来，带领他们起来抗拒，只有这样才会有活路。"

"这，这不是造反吗？"

"这怎么是造反呢？我们又不是要杀皇上，我们要把那些与你父亲有仇的大臣除掉，像杨国忠、陈希烈，如果顺手的话，索性连李林甫也除去算了，让你父亲早点被封为大丞相。"

"就凭我们这些人能与禁军对抗吗？该不会是以卵击石吧？"

"你真是太小看自己了，我早就想到会有这么一天，所以才极力结交禁军中的军官。我曾用言语试探过他们，他们都对自己的处境不满，表示愿意与我共同举事。我们要在对方没有准备的情况下，突然发难，首先杀死禁军大将军，控制住禁军，那么一切还不都是我们说了算？"

听叔叔这样一说，王准信心倍增，立即赶去召集他手下的那些地痞流氓。王悍也连忙去找禁军中早已结交好的中级军官。

王悍与王准的行动被杨国忠的情报人员打听得一清二楚。杨国忠一听他们要造反，心里又惊慌又激动，心想：好呀，王铣，你的弟弟和儿子竟做出这样大逆不道的事来，也活该你倒霉，我看你还怎么与我斗。这下，你跳到黄河也洗不清了。杨国忠听说他们已经在城西南集合，心想，如果他赶在别人前面去把他们灭了，那岂不是首功一件？想到这里，他把杨府的家人和奴仆都召集起来，让他们拿上武器，跟着他向皇城西南冲去。他还唯恐人手不够，又到虢国夫人府上借调了不少家人。他带着由几百家人组成的队伍兴冲冲地向城西南赶去，心想：就凭那些乌合之众，我去了还不是手到擒来？

杨国忠一赶到城西南，就与王焊和王准那帮人打了起来。哪知，他们一点也不像杨国忠想的那样不堪一击，而是勇猛异常。一来那些市井少年平时就动脚抡拳惯了，打架杀人对他们来说再熟悉不过了，那些龙武士兵就更不用说了。不一会儿，他们就把杨国忠带去的家人打得落花流水，一个个倒伏于地。

杨国忠一看自己带去的人根本就不是对方的敌手，虽然人数上差不多，但一阵打杀下来，自己这边就剩下一百多人了，而对方还有二百多。看情势，他不仅灭不了对方，还可能会让对方灭了自己。

一想到自己有可能命丧此地，杨国忠不免有些后悔。他想：我干吗贪这个首功呢？不如禀告皇上，带着龙武军来，那还不是秋风扫落叶一样，三下五除二就把他们灭掉了？现在好了，不仅灭不掉他们，弄得连自己的性命也危险了。

随着身旁的家人一个个倒下，杨国忠的心也越来越寒。他抬起头来，看到如血的夕阳正高悬在城墙的上方，心里不免想：可叹我杨国忠今日竟会命丧此处，如锦的前程就这样葬送了。

正在他绝望之时，突然身后犹如刮过一阵旋风，冲过来一队人马。杨国忠定睛一看，原来是高力士带着一大队龙武骑兵来了。他顿时放下一颗心来，心想：好险，如果高力士来迟一步，我的这条小命就不在了。

原来几乎就在杨国忠得到情报的同时，皇上也得到了报告。玄宗一听是叛乱，惊得一下从龙座上站了起来，这是他几十年都没有听到的事了。他急忙问道："叛乱？哪个叛乱？"

"是王焊和王准带领的一些禁军和市井流氓。"

玄宗大惊，忙令高力士率兵前去剿杀。

当高力士赶到城西南的时候，正是杨国忠万分危急的时刻。杨国忠一见高力士，高声叫道："高将军，反贼在此，请将军援助。"

高力士说："请杨大人退后，待我来收拾这些大胆逆贼。"说着，一挥手，四百龙武骑兵就像虎狼一样冲了上去，风卷残云般把剩下的叛贼收拾了。退下的杨国忠暗叫一声"好险"，不停地用手擦拭额头的汗。

这场叛乱就像儿戏一样，很快就平息了。长安市区并没受到什么惊扰，有的人甚至都不知道有这么一回事，打仗也只在皇城西南角，谈不上有什么损失。但这场叛乱给皇上带来了震怒，他不能允许在他的眼皮底下有这样的事发生，更何况参与者还是当朝大臣的亲属。

当王铱得知他的弟弟和儿子竟铤而走险地要去反叛皇帝时，就知道他的政治生涯到头了，不论他是否参与其中，都难辞其咎。现在对他来说，不是能不能保住官帽的问题，而是如何保住脑袋的问题。

果然，玄宗即刻让人把王铱收押在监。王铱知道如果不赶紧到皇上面前替自己申辩的话，那么过不了几天，他的脑袋就要搬家。于是，他连忙打点周围的人，让人帮他通告皇上，让他到皇上面前诉说缘由。王铱担任御史大夫多年，大理寺、御史台、刑部他都有不少熟人，于是就有人把他的话传到了皇上面前。

玄宗怒火稍稍平息下来后，想到他对待王铱不薄，为什么他会叛乱呢？是不是其中另有隐情？当听到王铱要申辩的话后，就给了王铱一个机会。不过不是让王铱来向他申诉，而是让王铱去向杨国忠申诉。

王铱一听皇上让他去向杨国忠申诉，知道自己再无生路了。杨国忠是自己的死敌，他会听自己的申诉吗？他恨不得自己早点死了才甘心。王铱想：这下，杨国忠这个阴险小人得意了，再没人能挡着他入相了。但你不要笑得太早，以我的经验，像你这样善耍手腕的人物，最后都没有什么好下场。我不过早走一步，要不了几年，你就会来了。

果然如王铱所料，杨国忠硬把王悍和王准造反的事推到王铱身上，说他是背后主谋，还说王铱早就有二心，还曾找术士来给他看相，说他有帝王之相，事后怕泄密，就杀人灭口，把术士给杀了。

至于杨国忠所说，确实是有这么回事，但与杨国忠说的有很大的出入。此事不是王铱而是王悍做的。有一次王悍听说一个叫任海川的术士很会给人看相，就强行把他喊来，让他给自己看相。任海川知道王悍做的一些横行不法的事，为了脱身，就胡编着说他有贵人之相。但王悍听了这话似乎还不满足，逼着问道："那我有王者之相吗？"

任海川一听这句大逆不道的话，吓得脸都白了，他哪敢再出声。从王悍府上出来后，任海川越想越怕，就逃到外地躲藏了起来。后来王铱听说了这件事，责怪弟弟口无遮拦，这种可能招致满门抄斩的话也能胡说？为了不让这事泄露出去，他千方百计搜寻到任海川，随便找了个借口，把他杀掉了。不知怎的，这事让王府司马韦会知道了，韦会是定安公主的儿子，也算皇亲国戚，他就把这事偷偷告诉了王銲。王铱又找了个借口把韦会收监，缢杀了，吓得王銲再不敢多言。直到发生了这事后，他一看报复王家的机会来了，就把此事告诉了杨国忠。

王铣知道再辩白也是没用的了，杨国忠送呈皇上的状子上必会写满他的罪行。这样的事他也干过，今天落到他的头上，也算是报应。

玄宗看了杨国忠呈给他的状子，上面清楚地写着王铣大逆不道的罪状，不禁勃然大怒，心想：好你个王铣，朕待你不薄，想不到你竟有此贼子之心，早就在算计朕了。朕本待留你一条性命，看来你是自取灭亡。但玄宗终算顾及一点王铣的体面，就允许王铣自尽，家属流放。

王铣被杀，最高兴的莫过于杨国忠了，他仿佛看到自己向着宰相的宝座又迈进了一步。王铣死了，他的官职会转给谁呢？在王铣兼领的二十多个官职中，其中最吸引人的是京兆尹和御史大夫两个官衔，杨国忠心里原指望能得到一个就是万幸了，哪知皇上把这两个大官帽都给了他。不仅如此，王铣兼领的二十多个官职，一大半都转到了杨国忠的头上。

杨国忠这个高兴啊，觉得那个险没有白冒，一定是皇上知道他第一个冒着性命危险去与叛贼作战才这样嘉奖他的。

现在好了，杨国忠成了朝中第二号人物，是仅次于李林甫的大臣。随着权势的增大，杨国忠不免也有些骄横，甚至有些不把李林甫放在眼里了，认为他将老矣，相位坐不了几天。但一向精明的杨国忠被权势冲昏了头脑，他应该知道李林甫是怎样的一个人。李林甫是不会允许身边有一个与他作对的人存在的，更不会允许对他的相位造成威胁的人存在的。李林甫从杨国忠的身上闻到了对他不利的气味。再说，王铣一向与李林甫交好，杨国忠打击王铣，从某一方面说，就是打击了他李林甫。

在王铣被拘押在监时，李林甫曾想法要保王铣一命，但在杨国忠的干预下，没有成功，这也是李林甫痛恨杨国忠的地方。但杨国忠对李林甫竟然一点也没有提防，还以为他对自己依然如前呢。

步步高升的杨国忠，满身喜气，整日和虢国夫人待在一起。他透过微醺的酒气，仿佛看到自己已经坐在宰相的宝座上了。多少次，他从梦中笑醒，梦见他穿着宰相的官服，接受百官的贺拜。所有的新朋旧友，眼里都露出羡慕的神情，脸上挂着巴结的谄笑。

转眼间又到了深秋，千秋节过了没有一个月，重阳节又到了。重阳节向来也是一个受到重视的节日，这天，官宦人家必带着酒肴到野外登高远眺，并相约三五知己一起宴游，赏菊畅志。

重阳节的由来是这样的：在汉魏时代，那些有操守，不愿与当权者同流合污的贤士文人，为了避祸，纷纷到山林中避世做隐士。后来的人赞赏他们这种高尚的情操，就把登高演变为一种健身娱乐活动。这种活动连皇帝都参加，一到重阳节，皇帝带着文武百官或到慈恩寺，或到大雁塔，或到渭水边上的临渭亭，举行登高宴会。近来，玄宗因为千秋节离重阳节太近，反把它忽略了。

今年，玄宗忽然心血来潮，在千秋节过后，又要隆重地欢庆重阳节。但他心里踌躇着，不知是去登慈恩寺或大雁塔，还是到渭水边的临渭亭去。最后，还是虢国夫人替他拿了主意，她说："皇上，那些地方都有人去过，没什么新意，我们要玩就要玩出个新花样来。"

"噢，依你说如何才有新花样？"

"那天，我们哪里也不去，就在宫里，举行一次赏花饮酒诗会，把那些文人学士都请来，看哪一个能作出好诗。作出好诗者可饮好酒，作不出者罚酒。"

玄宗一听大赞甚妙，就听从了虢国夫人的安排，吩咐人就按她所说的布置。到了重阳节这天，玄宗就在沉香亭畔摆开了宴席，有些皇亲国戚，外加一些颇负名望的文人学士都在受邀之列。

亭畔的牡丹已经凋谢，万朵菊花正争奇斗艳，清香浮动。玄宗携杨玉环高坐其上，把虢国夫人事先讲好的规矩给大家说了。他拿起面前的一瓶琥珀色的酒说："众人看清，这瓶酒是西域名酒，叫葡萄酒，今天谁独占诗魁，朕就把这瓶酒赏赐给他。"

听皇上这样一说，众人眼睛都是一亮。西域有一种名酒，是用当地特产葡萄酿成的，酒质醇香，入口酸中带甜，色质与中原酒大是不同。对这种酒大家都只是听闻，从没见过，但它的大名早已通过王翰的那首《凉州词》传遍京城："葡萄美酒夜光杯，欲饮琵琶马上催。醉卧沙场君莫笑，古来征战几人回。"

为了喝葡萄美酒，连性命都交给敌方了，可见葡萄美酒的魅力。

众人听了轰然叫好，待纸笔发下后，个个蹙眉凝思，构思佳作。为了得到皇上面前的瓶中佳酿，连虢国夫人都要了纸与笔。玄宗说："夫人，你也作诗吗？朕怎么从来没有听说过？"

"哼，不许瞧不起人，我今天就作出一首好诗，把皇上那瓶好酒赢过来。"

"三姐，赢不过来也没事的，三郎府库中还藏有不少呢。"杨玉环在一旁说。

"不，我要靠自己的真本事赢酒喝，那样喝起来才过瘾。"

看着要强的虢国夫人，玄宗眼里露出赞许的神情，说："好，如果夫人真赢得了这瓶酒，那朕就拿出朕的宝杯来亲自为你斟酒。"

"这是皇上亲口说的，可不许反悔哟。"

"一言为定。"

于是，虢国夫人拿着纸和笔到一旁作诗去了。没过一会儿，那些文人学士都把诗作了出来。皇上让他们就在自己的座位上大声地念出来，以供大家评断。首先站起来的是一位宫廷诗人，只听他摇头晃脑地念道：

帝里重阳节，香园万乘来。

却邪萸入佩，献寿菊传杯。

塔类承天诵，门疑待佛开。

睿词悬日月，长得仰昭回。

　　这首诗写得一般，只博得了几下稀疏的掌声。随后又是一位叫杜甫的诗人站了起来。杜甫是长安比较有名气的诗人，但一直穷困潦倒，郁郁不得志。他作的这首诗名叫《九日》，只听他念道：

重阳独酌杯中酒，抱病起登江上台。

竹叶于人既无分，菊花从此不须开。

殊方日落玄猿哭，旧国霜前白雁来。

弟妹萧条各何在，干戈衰谢两相催！

　　这是一首感怀伤世，有点发牢骚的诗，本不宜在这种盛宴上吟诵，但杜甫想到自己半生奔波于权贵之门，遭受数不尽的白眼冷遇，空有满腹才情却不被人赏识。此次在皇帝面前，他不惜冒着得罪皇上的风险，直抒自己的胸臆。好在皇上并不介意，还给他鼓了一下掌。

　　后来也有一些皇亲国戚纷纷站起来念诗，但少有佳作，皇上面前的那瓶酒还摆在他的面前。这时，老诗人王维也把诗作好了。皇上顾及他年老，让他坐着念诗就可以了。王维的这首诗名叫《九月九日忆山东兄弟》，只听王维念道：

独在异乡为异客，每逢佳节倍思亲。

遥知兄弟登高处，遍插茱萸少一人。

　　诗一念完，全场没有动静，不是王维的诗作得太差，而是作得太好。诗中明白浅显的忧伤和思念把大家都打动了。诗并无华丽的辞藻和出奇的想象，只是叙述了重阳节的一项活动，但就是这项活动牵动了作者的思乡之情，从而引起了大家的共鸣。

　　过了好一会儿，掌声才响起，经久不息。所有的诗里，数这首诗作得最好，若不出意外，皇上面前的那瓶葡萄酒定是赏给王维了。就在玄宗举起葡萄酒瓶准备赏赐给王维时，虢国夫人站起来说："慢，我还没有念诗呢，怎么就能说他的诗第一呢？"

　　玄宗又把手中的酒瓶放下，说："那么，夫人就请念诗吧。"

"我还没作好呢。"

"那你什么时候能作好呢？"

"皇上这样看着人家，人家的才思发挥不出来。我要到后面构思去。"虢国夫人说着，身子一扭到后面去了。

其实虢国夫人会作什么诗，她到后面不过是想找人帮她作诗。虢国夫人到了后面，也不管是谁，见着一个太监就一把拽住，让他为她作一首与重阳节有关的诗。太监双手乱摆，说："夫人，我不会作诗啊。"

"不会？那谁会？"

太监向另外一个太监一指说："他会。"

于是虢国夫人硬逼着另一个太监赶快为她写诗。那个太监平时可能也喜欢胡诌两句顺口溜，于是稍微沉吟了一下，就提笔为她写下了一首诗。虢国夫人也不细看，拿起太监为她写的诗就跑到前边，说："我的诗写好了。"

"啊，虢国夫人的大作来了，那就请你给我们念念吧。"

虢国夫人清了清嗓子，高声念了起来："秋风秋起时，重阳风俗日。天下承平久，何待是重阳。"

这哪里是诗，分明是四句顺口溜，既不押韵，而且短短几句中，"重阳"还无意义地重复两次。但就是这样的几句顺口溜竟博得了玄宗的喝彩。大家一看皇上都拍巴掌了，连忙也鼓起掌来。

一向善于拍马的王维立即近前说："陛下，我看此次诗会，非虢国夫人这首《重阳》诗属第一不可。葡萄美酒，我等只有垂涎的份了。"

玄宗知道王维这是故意要让自己和贵妃高兴，看今天的诗作，本来王维应该是第一的，但既然他这样说，也不好扫了他的面子。于是玄宗就把葡萄酒举了起来，对虢国夫人说："夫人，你技压群芳，夺得诗魁。来，朕这就把美酒赏赐与你。"

但虢国夫人并不上前接酒，她说："皇上，刚才你是如何说的？如果我赢了，你就要亲自给我斟酒，还要拿出你的宝贝酒杯。"

要是换了别人，跪下谢恩还来不及呢，哪敢和皇上讲这番话？但虢国夫人仗着皇上对她的恩宠，胆子超出常人，揪着皇上说过的话不依不饶。

玄宗也是一时高兴，忙命内府官员把他珍藏在府库中的酒杯取出来，他真的要给虢国夫人斟酒。

不一会儿，内府官员手捧酒盏而来。众人看到，揭去盖罩的酒盏个个造型别致，与平常看到的有所不同。玄宗也有意在众人面前卖弄他珍藏的这些酒盏，于是乘机一一指着那些酒盏给大家看，什么海川螺、金蕉叶、醉高伶、玉蟾儿、玻璃七宝杯……不一而足。虢国夫人说："皇上，这些酒杯除了外形好看一点，名字好听一点，也没有什么特别的地方，还值得这样珍藏？"

"呵呵，它们的妙处还大着呢。"

"有什么妙处？"

玄宗也不答话，提起酒瓶，向一个酒杯中倒去。他一边倒，一边说："这只酒杯名叫'蓬莱盏'，你仔细看清了。"

大家看到那只名叫"蓬莱盏"的酒杯，上面雕刻有蓬莱三岛的图案，精美绝伦，除此之外，别无特色。但等酒注满后，奇迹出现了。只见蓬莱三岛上隐隐有仙女在舞蹈，仙女的身影慢慢变得清晰，甚至连一举手一投足都看得清清楚楚。她们一会儿凌空飞舞，一会儿翩跹弄月，从酒杯的不同方向看，能够看到不同的场景。大家眼睛都看直了，实难相信眼前看到的一切。玄宗把酒杯往虢国夫人面前一送，说："夫人，请满饮此杯。"

虢国夫人正看得出神，突然听到皇上让她喝下这杯酒，不禁有点担心。这只酒杯如此古怪，该不会有什么不对的地方吧。玄宗仿佛看透了她的心思，嘲笑着说："怎么，不敢喝了？"

被皇上这样一激，虢国夫人的傲气又上来了，她说："有什么不敢喝的？"说着，接过酒杯，一饮而尽。

酒一入口，虢国夫人只觉得芳香透腑，口颊清爽。她吧嗒吧嗒嘴巴，回味葡萄美酒的滋味，只觉得是她从没尝过的甘甜，其中又夹杂着一股酸酸的味道。此时，她再看杯中，再也没有仙女了，只剩下一滴琥珀色的葡萄酒在杯底滚动，犹如一颗红宝石镶嵌在杯中。

还没等虢国夫人从美酒的滋味中醒过来，玄宗又拿起一个酒杯，说："夫人再看看这个酒杯有何妙处。"

虢国夫人看到玄宗手里的酒杯，颜色发青，上面绘有乱纹，乱纹如丝般缠绕在一起，杯壁薄如纸，杯足上镂雕有三个小金字："自暖杯"。

"自暖杯，它为什么叫自暖杯？"

玄宗也不搭话，拿起酒瓶往自暖杯中慢慢注入葡萄酒。待注满后，并不交给虢国夫人，而是把它摆放在桌上。过了没多久，大家忽然看到酒中冒出小气泡来，随之滚如沸汤，温温然有热气上升，就像一锅沸水。大家这才明白它为什么叫自暖杯，原来它能自动给酒加热。但它下面既不加火，自身又没热度，如何能令酒滚如沸汤呢？这是一个难解的谜。随着热气的四散，酒香飘逸开来，瞬间弥漫整个场地，闻之让人流涎。

玄宗把杯子举到虢国夫人面前，抬手示意让她饮了此杯酒。虢国夫人迟疑地接过来，生怕烫了手。说也奇怪，看似滚如沸汤的酒，端在手里一点也不烫手，只是有点温和。她先用嘴唇沾沾，酒也不烫，这才一饮而尽。

　　两杯酒下肚的虢国夫人，脸上露出两团酡红，眼光滋润，闪着明亮的光彩，显得娇媚无比。玄宗与虢国夫人站得很近，不觉瞧得有点呆了。他接过虢国夫人手中的酒杯，往里面倒满酒，仰头喝了一杯。

　　这个场景许多人都看到了，不觉有点惊愕。这是失礼的，皇帝怎可以和一个国夫人同用一个酒杯喝酒呢？这太有失堂堂帝王的尊严了。但玄宗皇帝做得那样自然，好似根本就没想到这是一件大不了的事。于是众人也只当没看到一样。但坐在一旁的杨玉环看了心里总觉得有点不对头，到底是哪里不对头，她又说不上来，但心情却随之低落了。她甚至觉得三姐今天有点太过放肆。但她什么也没说。

　　玄宗又把余下的酒杯一一介绍给大家看，每介绍一种，就亲自斟酒，再端到虢国夫人面前请她饮下。渐渐地，虢国夫人醉了，她粉脸含春，神态举止没有了拘束。杨玉环及时劝止她说："三姐，不要喝了，难道你想把一瓶酒都喝下去吗？"

　　听了这话，虢国夫人摸了摸自己的脸，脸烫得烧手。她口齿不清地说："贵妃，玉环，我今天就要把这瓶酒都喝光，美酒不能浪费啊。"

　　但杨玉环不准虢国夫人再喝了，她让玄宗把剩下的酒赏赐给了众人。此时的虢国夫人已经醉得神志不清了。杨玉环让宫女扶虢国夫人到后面休息，等她酒醒之后再让她离开。

　　虢国夫人离开后，玄宗把剩下的葡萄酒分赏给众人。大家端着这听闻已久的美酒，不舍得一口喝光，大多一口一口地抿在嘴里，细细品尝，慢慢下咽，再闭上双眼，悠悠回味很久才舒出一口气，显出陶醉无比的样子。

　　坐了一会儿，玄宗内急，要去方便。待他转过两道回廊，走到一处花丛旁时，看到刚才扶着虢国夫人的两个宫女站在一边闲聊。见到他，宫女们连忙垂首站立。他问道："不是让你们去侍候虢国夫人的吗？怎么在这里闲聊？"

　　"禀皇上，虢国夫人走到这里，再不愿回后面休息，只说心里烧得难受，非要到那边的树荫下躺一会儿，奴婢们怎么劝说都不行。"

　　"噢，是这样。她在哪里？"

　　"就在那边。"

　　玄宗顺着宫女手指的方向，看到不远处的树荫下露出一块鲜艳的衣角，估计是虢国夫人，就朝两个宫女摆摆手，向虢国夫人走去。

　　待走到虢国夫人身旁，玄宗看到她躺在开满花的树荫下，胸脯一起一伏，均匀地喘息着，已经睡着了。明亮的阳光透过树间的缝隙照在虢国夫人的脸上，散发出灿烂的光彩。也许真是喝多了，虢国夫人睡姿慵懒，别有风情。

　　看着仰面而睡的虢国夫人，玄宗突然怦怦心跳，为她的艳丽所吸引。作为杨玉环三姐的虢国夫人，一直都有着不同于妹妹的另一种的美丽。杨玉环雍容华贵，丰腴圆润，而虢国夫人轻佻灵动，如精灵一般飘逸。由于她一向淡扫蛾眉，身上有一种轻浮女人挑逗的风韵，这种风韵往往是最让男人动心的。有时，看着风韵十足的虢国夫人，玄宗不是没有动过心，但这种心思往往是转眼就过，因为他的身旁有杨玉环，在他心中，杨玉环是无人可以替代的，而他对虢国夫人的心动只是肉欲方面的。有时他会想，如果能把那么一个可人的女人抱在怀里亲热一下就好了，但只是想想，人不在眼前，欲望也就不会存在。

但今天有点不同，虢国夫人以这种张扬的姿势呈现在他的面前，加上双方都喝了酒，常言说酒为色媒人，玄宗心动了，他极想把虢国夫人搂在怀里亲热一下。不过，玄宗还能把持住自己，他细细端详着虢国夫人，只想领略一下她的静态美。

玄宗发现虢国夫人云鬟松散，斜在一边，身下也不垫东西，就那样玉山倾倒般地睡在地上。她眼睛合拢，脸似百合，晕红一片，浑身散出一股酒香。再一细看，竟发现她的头上停着一只蝴蝶，原来蝴蝶误把她当成一朵盛开的花了。不过，在此时的玄宗看来，虢国夫人比花还要美上百倍。他上前伸手把蝴蝶赶跑，蹲下身来，更近地端详虢国夫人，越发觉得她美不胜收。他突然觉得情欲在心中升腾，不禁伸出手去抚摩虢国夫人的脸颊。

玄宗见醒来的虢国夫人搂着他不放，心里大乐，这真是偷情的正遇着等着的，一拍即合。二人亲吻了一番后，玄宗这才放下虢国夫人回到前面。虽然他们谁也没说一句话，但知道对方都渴望得到自己，只是今天不适宜欢会。

玄宗回到前边后，杨玉环问他怎么去了这么久。玄宗脸上不禁一红，讪讪地说不出话。其实他根本还没去方便呢。

自从发生了重阳节的那一幕，玄宗皇帝心中就对虢国夫人念念不忘，渴望早日见到她，能与她幽会偷欢。但皇宫中人多眼杂，太不方便。再说虢国夫人来皇宫时，杨玉环一般都陪伴在旁，两人眉目传情都要小心着，更不要说单独在一起了。

虢国夫人以前在皇上面前表现的轻佻只是她的本性使然，并没想刻意去勾引皇上，不管怎么说，皇上是四妹的，是玉环的，再说，他也已经年老了，身上哪还有太多的精力呢。但重阳节那天在树荫下，她发现皇上对她竟有着一分贪慕，这是她以前没有想到的。当时，她喝多了酒，朦胧中情欲不受理智的约束。当她感到一个男人把她紧紧搂在怀里时，她有的只是朦胧的满足与陶醉。待看清是皇上后，她心里也只是微微惊诧，并没有感到过多的震惊。等回到府上，她把这件事仔细想了想，隐隐感到其中似有不妥。她这样做，无疑是会给玉环带来伤害的，这是她不愿意的。

再者，她也看得很清楚，皇上和她当时都喝了一些酒，都有点任着性子来，酒醒后，皇上会怎么想呢？当然，酒醉时的表现都是平日心底的所想，但他到底是皇上啊，后宫那么多嫔妃都期盼着得到他的临幸，他对女人也应该是随便的，那么，他对她的态度是不是也是随便的呢？如果那样，可就是他酒后的一时冲动了。

思前想后，虢国夫人心里拿不定皇上对她的感情到底有几分是真，几分是假。但她的心里隐隐地又期盼着要与皇上发生一点纠缠，不为别的，就为他是皇上。不管他多老了，不管他是四妹心爱的男人，单凭他是威仪天下的皇帝，手中有着无人可比的权力这点，就足以把她深深吸引了。试想，哪个女人不想与天下最有权力的男人发生一点关系呢？这是女人天生的虚荣心。

这天，虢国夫人再次进宫，她想看看皇上对她的感情到底只是一时的酒后冲动呢，还是她确实让他动了心。如果皇上对她的神态又恢复到以往，那她也就装作什么也没发生一样；如果他真的想得到她，那她也就投怀送抱。她想，她是能看出皇上对她的心思的。

哪知道虢国夫人与玄宗一见面，就从玄宗那双色眯眯的渴望的眼神里洞悉了一切。她知道，皇上确实是被自己迷住了，他那天不仅仅是酒后的冲动，而是垂涎她的美色的表现。看到这些，她又是欢喜又是惶惑，但欢喜还是占得多。

玄宗与虢国夫人，一个是你心中有情，一个是我心中有意，但苦于贵妃在旁，因心里的欲望受阻而备受煎熬。杨玉环万万没有想到自己的三姐会勾引她的男人，看到玄宗因为虢国夫人的到来而增加了兴致还心中高兴呢。

但二人是绝不会只满足于眉目传情的。

现在，虢国夫人来皇宫的机会比以前多了，因为皇上有过命令，她是唯一一个可以在皇宫骑马直入的人。但每次来，她都不能单独与皇上待在一起，杨玉环总是陪伴在旁。这天，虢国夫人又来了，今天她来得很巧，杨玉环正在午睡。玄宗正闭目养神。虢国夫人确实打动了他的心。只是因为他了解杨玉环对他感情专一，所以他的心中一直为对虢国夫人的欲念是否要表露出来而矛盾不已。如果这事再让杨玉环知道了，她会怎么样呢？会像上次一样雷霆大发，不依不饶？还是会因为临幸的是她的三姐而睁一只眼闭一只眼？一切不得而知。但玄宗有着同所有男人一样的心理，就是梦想让欲望得到满足而又能保守秘密。他想，只要他和虢国夫人秘密幽会，瞒住杨玉环是可能的。只要杨玉环不知道，那么即使别人知道了也是没有事的。

正在玄宗这样想着的时候，鼻子里突然闻到一阵幽香。这种幽香不是一般宫女身上所有的，这幽香让他感到熟悉和兴奋。他睁开眼，看到了虢国夫人正笑吟吟地站在门前望着他。

当玄宗看到虢国夫人只是一人时，他的心立刻振奋起来。他站起身来，快步走到她身旁，一把抓住她的手，说："夫人，你怎么一个人来了？"

"怎么，不欢迎我一个人来啊？那我就把贵妃一道喊来。"

"啊，不。夫人，朕不是那个意思。"

虢国夫人自然知道玄宗不是那个意思，她抿着嘴笑笑，轻移莲步迈进屋来。玄宗挥挥手，让内侍都到外面去。看到屋内只剩下两人时，虢国夫人说："皇上，您不要太辛苦了，要多注意休息啊。"

"不行啊，国务繁多，哪像你们想的那样轻松，有些事急等着要处理的。"

"那也不能把身体累着了。皇上，您知道吗？近来，我听到别的嫔妃对您可有些怨言。"

"噢，什么怨言？"

"她们说您心里只有贵妃一个人，把她们都视作尘土，连她们的屋门都不靠近一步。"

玄宗嘿嘿笑了两声，说："朕年老了，身边有一个贵妃就可以了。"

"皇上，您年老了吗？我看您还壮得很呢，壮得就像……嘻！"

"像什么？"

"臣妾不敢说。"

"直说无妨，朕不会介意的。"

"壮得像牛！一头大公牛。"

这句话把玄宗逗乐了，他走到虢国夫人身后，一把将她抱在怀里，附在她耳边说："你可想吃牛肉？"

被玄宗抱着的虢国夫人一声轻呼，随即软了下来，她只觉得皇上的两只手臂坚强有力，紧紧箍着她的腰，让她心跳如擂鼓。

正在两人情不自禁的时候，突然听到门外传来一声"贵妃娘娘驾到"，唬得两人连忙放开，各自整理起自己的衣裳来。原来，杨玉环一觉醒来，宫女告诉她虢国夫人来了，见她在睡觉，就到别处去了。杨玉环一路打听，知道三姐到勤政楼去了，就一路寻来。

看到杨玉环，虢国夫人和玄宗的神色都有些不自然，他们脸色讪讪地招呼着她。虢国夫人红着脸说："玉环，我刚才到你那里去，见你在午睡，就到皇上这里来坐坐。"

杨玉环见三姐的脸色莫名其妙地发红，并没往深处想，只是说："是啊，每天，我都要小睡一会儿的，你来了把我喊醒就是了。对了，我来之前，你们在谈论什么呢？"

"啊，我们在谈论，谈论……"

"我们正在谈论冬天来了，应该上华清宫去了。"虢国夫人见玄宗期期艾艾地说不上来，就替他说道。

"对，今年我们可以提前上骊山，也可以多住些时日。"

杨玉环一听他们说要提前上骊山，马上也来了劲头，她正为整天待在宫里烦闷，于是立刻附和着说："好啊，这两天，我也正准备说这事呢。"

事情就这样掩盖过去了。虢国夫人和玄宗都暗舒了一口气。看着杨玉环那天真无邪的样子，虢国夫人感到的是庆幸。玄宗感到的却是一丝愧疚，杨玉环这样信任他，他却背着她做对不起她的事。

这样也好，皇宫人杂，到了骊山，众多的亭台楼阁掩映在茂密的苍松翠柏之间，这为幽会提供了隐秘的场所。

十月中旬的时候，玄宗和杨玉环上骊山避寒，随行的除了三位国夫人之外，还有别的一些皇亲国戚。三位国夫人都已经在骊山盖了自己的山庄。骊山经过三次大规模的扩建，秀丽的山峦上布列着数不清的亭台楼阁，其中著名的有长生殿、老君殿、朝元阁等。加之许多朝臣也在此各建邸舍，使得土地亩值千金，环宫沿山，"植松柏遍满岩谷，望之郁然"，一个新的花园型皇宫出现了。

但玄宗和虢国夫人到了骊山依然没有找到时机幽会，这让他们心痒难熬。虢国夫人与玄宗的眉目传情，自以为做得隐秘，哪知却被另一个女人看了出来，她就是谢阿蛮。这个昔日闯荡江湖的风尘女子，什么风情没有见识过，她从虢国夫人与皇上二人的神态上一眼就看出了真相。刁钻古怪的她于是取笑起虢国夫人来。

"夫人，这几天，我看你脸上总是喜气洋洋的，一定有什么喜事吧？"

"胡说，我又有什么喜事？"

"我听说，寡妇带笑，房门不牢。不知是不是这样？"

"小鬼，不要在我面前胡说八道。瞧我不惩罚你。"

"难道不是吗？总是和一个男人眉来眼去，还把别人全当成了傻子。"

虢国夫人听谢阿蛮这样一说，知道她把一切都看去了，就假装追着她打，说："不许胡说，谁和他眉来眼去了？"

谢阿蛮一边跑一边叫道："啊，不好了，杀人灭口了，救命啊！"

闹了一阵，两个女人坐了下来。不知怎的，有时，虢国夫人愿意把心里的话说给谢阿蛮听，这次也是一样，她把心里话讲了出来。要是别人肯定难为情，以为这种偷情的事知道的人越少越好，但虢国夫人和谢阿蛮身上有着相同的地方，就是只顾自己的享乐，至于道德和伦理，她们是不放在心上的。果然，谢阿蛮听了反而羡慕起虢国夫人来，说她竟讨得了皇上的欢心，真是不简单。

随即，虢国夫人又叹了一口气说："这有什么用呢？他一直被玉环紧紧看着，我们一直不能单独在一起。"

谢阿蛮说："他是皇上，怎么会被贵妃看住？"

"你忘了上次出宫风波了，就是玉环太过吃醋造成的，所以他现在变得胆小了。这有点让人生气。"

"这还不简单？让我来想个办法，成全你们。"

"什么方法？好妹妹，我知道你一向机灵的，快给我想个方法。"

没过几天，谢阿蛮想出了一个方法，就是用酒把杨玉环灌醉。

这天是冬至节，谢阿蛮和虢国夫人别有用心地怂恿玄宗举办一个小型宴会。事前，她们商量好要把杨玉环灌醉。于是在宴会上，她们二人不停地向杨玉环敬酒。杨玉环几杯酒下肚，果然头有些晕，醺醺然说："阿蛮，你喝过多少杯酒了？为什么老是找题目让我饮酒？"

谢阿蛮说："贵妃娘娘，我也没少喝啊，你看我不又喝了一杯吗？"说着，一仰头把一杯酒喝干了。

杨玉环不得已又喝了一杯酒。这杯酒喝下后，杨玉环真的醉了。她靠在垫子上，不能支持。玄宗不知道虢国夫人和谢阿蛮今晚怎么了，为什么只是一味劝杨玉环多喝酒。但在这期间，虢国夫人不停地向他眨眼，意思是让他不要劝阻。他不知道她们在玩什么花样，就没有过多制止。

玄宗坐在杨玉环身边，看到她的内衣已经汗湿，怕她着凉，轻轻地以巾为她揩拭颈项。杨玉环合着眼睛，声音含混不清地说："三郎，我的心跳得快，天地都在旋转。"

"哦，你等等，朕让他们给你做醒酒汤来。"

杨玉环紧紧捏着玄宗的手，嘴里喘着气说："我好久没有饮过这样多的酒了，今天真的不行了，先给我一枚酸果吧。"

虢国夫人在一旁看着杨玉环与玄宗间的亲密神态，听着他们充满情爱的细语，心里突然有些惘然，一时间不知自己这样做是对是错，甚至还有点伤心。她也是有着几个情夫的人，但没有一个如皇上对四妹那样真心实意。她伤心，为自己不曾被爱，为自己找不到一个真正爱着的人而伤心。她想，难道是因为自己的轻浮吗？

杨玉环嘴里含着酸果，徐徐站直了，让宫女扶着，向寝宫走去。玄宗担心她，也随着她进去了。进到里面，玄宗扶着杨玉环和衣躺下，他知道此时若让她多动，她一定会呕吐出来。

外面，谢阿蛮用手臂捅捅虢国夫人说："夫人，好事就是今晚了。"

虢国夫人忽然若有所思地说："阿蛮，我看就算了吧。"

"夫人，这可是个好时机，要把握啊。不行，我进去把皇上替换出来。"说着，谢阿蛮跑了进去。

跑到里面的谢阿蛮看到杨玉环已经酣然熟睡，皇上正坐在一旁。一看到她，玄宗说："你看你们俩把贵妃灌得醉成什么样子，朕一定要重重罚你们，也要让你们大醉一场。"

谢阿蛮吐吐舌头，把小手伸到玄宗面前说："我知道错了，您打手吧。是虢国夫人和我商量好的，要使贵妃醉一次。"

"虢国夫人？你们为什么要商量这事？"

"因为，因为只有贵妃醉了，虢国夫人才能和皇上您在一起啊。"谢阿蛮哧哧地笑着说。

听谢阿蛮这样一说，玄宗才知道她们为什么要灌醉杨玉环。他轻轻地在她手上打了一下，说："小东西！"

谢阿蛮吐吐舌头说："皇上，她正在外面等着呢，还不快去。"

看着皇上迟疑不决的样子，谢阿蛮又说："没事的，这里有我照顾着，您放心地去吧。"

其实玄宗倒不是不放心杨玉环，反正有宫女侍候着呢。他只是觉得在杨玉环醉成这样的时候，他跑去和虢国夫人幽会偷欢，感到有点对不起杨玉环。但他也知道这个机会稍纵即逝，最后，还是欲望占了上风，他叮嘱了谢阿蛮一番，快步向外走去。

虢国夫人正在外面火热地等着玄宗呢，一见他出来，两人心照不宣地笑了笑。继而，玄宗命罢宴，和她一起向另一处亭阁走去。

缠绵过后，玄宗却并不留虢国夫人过夜，他不愿整夜都陪伴着她，他要回到杨玉环的身边去。虢国夫人试图挽留他，但玄宗不同意。这让虢国夫人心中怅然，甚至觉得委屈。她想，皇上只是把她当作满足情欲的一个普通女子，在他心里，她与杨玉环是不能比的。

这次偷情过后，玄宗与虢国夫人越发放肆了，他们利用杨玉环的信任和疏忽，又偷偷幽会了几次。杨玉环一点也不知道，但宫中已经有不少人知晓这件事，人们都瞒着杨玉环。如果他们一直就这样隐秘的话，关系是可以维持下去的，但常言说世上没有不透风的墙，时间久了，杨玉环还是有了觉察。

事情还是出在虢国夫人身上，原来随着她与玄宗关系的亲密，她越来越不满足只是偷偷摸摸地与皇上来往了，她竟妄想着要玄宗给她一个正式的名分。但这是不可能的。玄宗在封杨玉环为贵妃时，曾正式对众人说以后不会再册封嫔妃了。不错，他是从这个与众不同的女人身上又短暂地获得了活力，可他对女人是有分寸的。虢国夫人是个寡妇，他听说她身旁还有着别的情人，他——堂堂的皇帝，又怎么会与几个男人分享一个女人呢？

一天，虢国夫人在幽会中问他："皇上，我不能总是这样与你偷偷摸摸的啊，你要给我一个名分。"

玄宗说："朕不是已经给了你名分了吗？"

"你给了我名分？什么名分？"

"虢国夫人啊。"

虢国夫人知道皇上这是在避重就轻，很不高兴地说："我知道你为什么不敢给我名分了，你是怕她。"

虢国夫人话中的"她"，自然是指杨玉环。玄宗不搭话。说真的，这中间是有杨玉环的原因，但不是怕，是爱。玄宗不愿伤害杨玉环。如果杨玉环知道他与她的三姐在偷情，还把她正式封为嫔妃的话，杨玉环是不会高兴的。而他，也只想与虢国夫人保持这种情人的关系。

虢国夫人见玄宗没有册封她为嫔妃的意思，左思右想，终于想出了一个方法，就是在杨玉环面前把她与皇上的关系表现出来，给她造成一种木已成舟的感觉，让她被动接受现实，从而达到自己进宫的目的。至于这样对杨玉环会造成什么伤害，她就不管了。

于是，虢国夫人越来越放肆，就是在杨玉环的面前，她也全然不顾地与玄宗调起情来。这样一来，杨玉环就是再木讷，也有所察觉了。

转眼间到了岁除，这天，玄宗决定在华清宫举行一场傩戏。傩戏是驱鬼神的戏，参加的人都要戴上面具，用奇形怪状的动作舞动。虢国夫人和谢阿蛮也参加了。谢阿蛮戴的是一个钟馗的狰狞面具。自从吴道子为武惠妃画过钟馗像后，短短时间内，钟馗已经成了老百姓喜爱的门神了，傩戏上常有人戴着他的面具出场。虢国夫人呢，戴的是一个小鬼面具，她要与谢阿蛮表演钟馗捉鬼的故事。

虢国夫人先上场，表现出一个小鬼得意非凡的样子，随后扮演钟馗的谢阿蛮大摇大摆地上场了。两人玩起了一个在捉一个在逃的游戏来。但虢国夫人不是只在场中逃，她竟跑到了观赏的人群中绕来绕去，还跑到玄宗和杨玉环的身旁。当谢阿蛮就要捉住虢国夫人时，她躲无可躲，竟一下坐到了玄宗的怀里，而玄宗乘势一把将她抱得紧紧的，嘴里还说："逮住了，逮住了。"谢阿蛮乘势上前按住了虢国夫人，三人滚作一团。

这一切都让杨玉环看在了眼里，她为三姐这样没有体统而气恼，更让她气结的是皇上的表现。她从三姐的这个举动中，感觉到玄宗与三姐之间一定发生了一些事。于是，不等看完戏，她借口累了，就早早离开了。

回到寝殿的杨玉环心里无法平静，她听着前面传来的一阵阵欢声笑语，觉得像有一团麻堵在胸口，坐卧不宁。等了一会儿，玄宗也没进来，不仅没有进来，从前面还传来了一阵鼓声。杨玉环听了出来，那鼓声正是皇上击出的。

鼓声欢快，击打有力。杨玉环是懂得音乐的，她从鼓声中听出皇上的心情是愉快兴奋的，是振奋勇猛的，就像他第一次在她面前演奏一样。她只觉得心里有一团火在烧，她努力平息自己，但又觉得那团火烧得她口干舌燥，喘息不匀。无奈之下，她又来到了前面。

到了前面的杨玉环没有走到场中光亮的地方，她站在廊檐的阴影里，看到玄宗在火焰的照耀下，眼中闪着灼热的光彩，双手挥动鼓槌，鼓声铿锵有力。再看场中，虢国夫人已经除去了小鬼面具，正妖娆地跳着舞。她媚眼飞扬，身姿轻浮，正和皇上眉目传情呢。

这一晚，玄宗没有回到寝殿来陪伴杨玉环。他让内侍告诉杨玉环，说京城传来一道奏章，他需要连夜处理。

杨玉环知道这全是借口，今夜，皇上一定是和虢国夫人在一起。杨玉环整夜在床上辗转反侧，不能成眠。她万万没有想到，皇上会和三姐搞到一起去。

开始杨玉环企图说服自己，三姐只是天生一副妖娆色相，风流是她的本性，自己没有亲眼看到，不要捕风捉影。但女人的直觉告诉她，三姐与皇上间一定有了关系。

他们是什么时候搞到一起的呢？杨玉环心里思索着这个问题。是在骊山，还是在宫里就有了苗头？杨玉环想到在重阳节时，皇上拿起虢国夫人用过的酒杯，不自觉地斟满酒一饮而尽的样子，想到在勤政楼看到他们不自然的表情。这说明，他们在未到骊山时就有了蠢蠢欲动的心思。

那又是谁主动的呢？杨玉环想一定是三姐。她对这个三姐也太了解了，记得二姐曾跟她说过，三姐在蜀中的时候就与杨国忠有染，来京后，又找了几个情人。三姐也曾经对她说过如何勾引一个皇孙的。如果虢国夫人看中一个男子，她一定会把他弄到手的。那么，皇上又有什么能打动她的呢？他老了，年老的人就是保养得再好，又如何与年轻英俊的后生相比呢？那她一定是贪图他的权力。把皇帝俘虏了，这总是一个女人的光荣。

想到这些，杨玉环真是妒火攻心，翻来覆去难以入睡。她独守空房，仿佛听到了三姐与皇上间的话语。她真想像上次一样，跑到他们过夜的地方，把三姐揪出来。但这次，她变得理智了，知道这样做不好，会适得其反。

上次，她一时冲动，跑到翠仙楼让皇上难堪得下不了台，惹出一场风波，事后虽然得到弥补，但她有些后悔，有些后怕。假如皇上事后不召她回宫，那么她的命运又将如何呢？恐怕不会好吧。

空想了一会儿，有时理智也会占据心中。杨玉环想，玄宗贵为一国之尊，有了别的女人，这也在情理之中。不要说皇帝了，就是大臣，不还有个三妻六妾吗？再说皇上喜欢的是她的三姐，三姐又是个寡妇，姐妹俩侍候一个男人，这不是更好吗？这总比让另一个女人来与她争宠好吧。那就默许他们之间的关系吧。但不管她如何想，理智最后还是代替不了感情。她总觉得自己把一颗心都交给了皇上，而皇上又去亲近别的女人，这是对她的真挚感情的背叛，是对她的伤害。

直到天快亮时，杨玉环才朦朦胧胧地小睡了一会儿。她刚一合眼，就做起了梦。梦中，皇上和虢国夫人相拥相依，在花间散步，两人神情亲密，谈笑风生。她上去一把将皇上拉住，问他为什么不到她这里来。虢国夫人却又把皇上从她怀里拉了过去，一边拉一边说："皇上现在喜欢的是我，不是你，你以后少来纠缠皇上。"她拼命用手拽着皇上的衣袖说："是这样吗？不是的！三郎，你为什么不说话？""哼，现在他是我的三郎了。""不是的，不是的！三郎，三郎！"

正在杨玉环这样喊时，玄宗进来了。他听到杨玉环嘴里不断地叫着"三郎"，不知她梦见了什么，忙走上前去，推醒她说："玉环，玉环，你梦见什么了？快醒来。"

从梦中醒来的杨玉环看到玄宗正在她的眼前，便一下扑到他的怀里，嘤嘤地哭了起来，一边哭一边说："三郎，不要离开我。"

玄宗用手轻轻扶着杨玉环的肩头，说："玉环，朕什么时候说离开你了？你看，我们不是好好地在一起吗？"

"不，朕有种预感，我们会分开。"

"不会的，我的身体还很强壮。"玄宗误会了杨玉环话中的意思，以为她是在为他的身体担心。

"不是的，我感觉会有另外一种力量把我们分开。"

"另一种力量？什么力量？"

"或者，别人。"

"别人？谁？好了，玉环，你不要胡思乱想了。我们会永远在一起的。"

玄宗昨晚是与虢国夫人在一起的，只是天一亮他又回到了杨玉环身边。听了杨玉环这番没头没脑的话，他心里隐隐感到她对自己与虢国夫人之间的关系有了觉察，于是就掩饰道："玉环，看你的脸色不好，是不是昨晚没睡好？"

"三郎，我们回去吧，我不想再在骊山待了。"

"既然你在骊山感到不舒服，那我们就回去吧，反正这次住的时间也太长了。"

杨玉环想的是骊山环境宽松，玄宗总能找到时机与虢国夫人幽会，如果回到宫里，他们就不会这样便利了。

于是在骊山住了九十五天后，于正月末，皇上和杨玉环回到了长安。一到长安，杨玉环就减少了三个姐姐入宫的次数，希望以此杜绝三姐与她的三郎间的幽会。有时，虢国夫人偶尔来宫，杨玉环也自始至终相伴在旁，让虢国夫人没有单独与皇上在一起的机会。

但虢国夫人可不是一个随便就会被难住的女人，你不给她机会，她会创造机会，再加上又有谢阿蛮在中间穿针引线。这不，机会又来了。

原来杨玉环自打从骊山回到宫里，为了阻止三姐与皇上间的来往，想得太多，操心太重，竟生起病来。也不是什么大病，就是感到身体不适，全身乏力，打不起精神。杨玉环从小到大，也许是因为热爱舞蹈的原因，常年运动，很少生病，就连头疼脑热也很少有，这次实是妒心太重，自己和自己生气，气出了病。这下，虢国夫人又找到了借口，她要进宫来探视贵妃。

当玄宗告诉杨玉环，虢国夫人要来探视她时，杨玉环像是被蜂儿蜇了一样，连忙说："我不要她来探视，谁说我生病了？我身体好得很。"

"玉环，你这是怎么啦？虢国夫人是你的三姐，你生病了，她来探视你，也是情理之中的事。再说，韩国夫人和秦国夫人也一起来，她们都很长时间没有见到你了。"

听说大姐和二姐也一同来，杨玉环才勉强同意，不过她说："她们来坐一会儿就可以了，我又没真的生病。"

"就依你的安排就是了。"

第二天，三位国夫人来看望杨玉环。杨玉环发现三姐今天打扮得分外惹眼，也不是淡扫蛾眉了，而是浓妆艳抹，盛装以陈。她不知道来看她，三姐为什么要这样化妆打扮。她不想和三姐讲话。

韩国夫人和秦国夫人一见杨玉环就嘘寒问暖，以为她真的生了什么大病。韩国夫人还对杨玉环说，她已经请了一位名医来，准备带进宫为她看病，还问杨玉环有没有听说过这位名医的名字。

"什么名医？"

"名医叫周广，是从吴地来京的。"

关于这位名医周广的神奇传说很多，人们把他的医技说得神乎其神，说他观人颜色谈笑，便知其受疾浅深，言之精详，不待诊候。据说有一次他到一位豪族家做客，看到那家侍立在廊下的一个仆人，说他腹中有蛟龙，第二日当产下，但他也不能活了。主人大奇，就把那个仆人招来询问近来身体可有什么不适的地方。仆人说前一阵子他外出时，路过一处荒岭，当时他口干舌燥，困乏口渴难耐，就趴在路旁的小沟旁喝了几口水。谁知水一下肚，就觉得腹中像有一个坚硬的石头坠着，一直到现在，也不知道是什么原因。听了这话，周广让人取来硝石和雄黄，放水煮了让那位仆人喝下去。没过一会儿，从仆人的嘴里吐出一物。那个东西就像一只小虫子，长仅数寸，其大如指，细看身上还有鳞甲，一动一动的。把它放在水里，俄顷暴长数尺，看上去就像人们常说的龙，只是比较小罢了。周广忙用苦酒浇在它身上，它又收缩如故，变回到原来的模样。

　　大姐刚讲罢，二姐又为杨玉环讲了关于名医周广的另一件神奇事。不知不觉间杨玉环被她们讲的事吸引了，感觉胸口也不是那么郁闷了。她整天深居后宫，她们每次一来，总能给她说一些外面新鲜的事，让她开心，给她解闷，从心里，她是希望她们常来的。

　　这样讲了一会儿，杨玉环突然一抬头，发现三姐虢国夫人不在了，她问道："三姐呢？"

　　"啊，她说去方便一下，马上就来。"

　　但过了很久，虢国夫人都没有回来。杨玉环心里无法平静了。她想到虢国夫人有可能去找皇上幽会了。这种想法让她再也无法安宁地听两位姐姐说故事了。于是，她借口方便，让两位姐姐等着，便走了出来。

　　从寝殿出来的杨玉环，问站在门口的宫女，是否看到虢国夫人了。宫女用手向前边一处宫殿一指。杨玉环看到，那里是勤政楼，正是皇上白天办公的地方。她快步向勤政楼走去，快到门口时，守在外面的内侍刚要高声通报，她用手制止了他们。她问道："皇上在吗？"

　　"禀贵妃娘娘，皇上和虢国夫人在里面。"

　　杨玉环迈进第一道门槛，碎步走过天井，让她纳闷的是后殿的门前没有内侍，而且殿门是关着的。杨玉环想，难道皇上和虢国夫人不在这里？就在她疑惑时，她听到从紧闭的门里传出轻微的说话声。

　　杨玉环蹑手蹑脚地靠近门前，把耳朵贴在门上，这样，她听到了屋内皇上和虢国夫人的调笑声。

　　"皇上，我这几天没进宫，你想不想我？"

　　"朕怎么不想你呢？你这样有魅力，哪个男人都会想你的。"

　　"你另有佳人陪，怎么会想我呢？"

　　"你是说玉环啊，她很好，你也不错。你们姐妹各有各的风韵。"

　　"既然这样，你为什么不也封我一个贵妃，让我也住到宫里呢？"

　　"你为什么非要住到宫里呢？像你这样能在宫里来去自由，与住在宫里又有什么两样呢？"

　　"不，人家要一个名分嘛。"

　　"朕当时封玉环为贵妃时，曾答应她以后不再册封嫔妃了。"

　　"就不能为我破破例吗？哪怕封我一个才人？"

　　"朕说了，这是不能的事。"

……

"皇上，我不想喊你皇上了。"

"喊我什么？"

"也喊你三郎。"

杨玉环听到此处，不由得怒火攻心，她一步迈进了屋中。只见三姐正用手臂搂着玄宗，二人正深吻在一起。见杨玉环进来，虢国夫人和玄宗急忙分开，两人脸上都讪讪的，说不出话来。虢国夫人乘机跑了出去。玄宗咳了咳，说："玉环，你听朕说。"

"我不要听你说。我只知道君不像君，臣不像臣。她让你封她为贵妃，你为什么不答应啊？你可以把我废黜了，我不稀罕这个名分。"

被杨玉环这样连续地抢白，玄宗心里慢慢有了怒气，他恼羞成怒地说："我什么时候说过要把你废黜了？"

"哼，只怕现在不废，迟早也是废了，晚废不如早废。快快把我放逐娘家的好，免得看到这些见不得人的事。"

正在气头上的杨玉环讲出话来也不知轻重，这深深激怒了玄宗。他大喊道："反了，反了，真是岂有此理，还从来没有哪个嫔妃敢这样对朕讲话。"

"是啊，她们不敢，但我讲了，你把我放逐好了。你不是放逐过一次了吗？我虽没有了父母，但还有哥哥，娘家还有人。"

这句话无疑是火上浇油，玄宗终于按捺不住，大叫道："来人，把贵妃放逐出宫。"

听了这句话，不待内侍走进来，杨玉环扭头就向外走去，一边走一边气哼哼地说："放逐就放逐，吓唬谁啊？"

出了勤政楼，杨玉环也不再回寝殿，好像有了上一次的经验，她已经熟门熟路了。她直接上了一辆车辇，对御者说："出宫。"

御者愕然，不知怎么回事。

这时，一个内侍从里面奔了出来，对御者耳语了几句。御者这才抖动马的缰绳，于是，车辇缓缓启动了。还没到宫门，韩国夫人和秦国夫人把车子拦住了，她们上车问杨玉环这是怎么回事。

杨玉环怒气未息地说："你们不都看到了吗？我又被皇上放逐出宫了。"

她们不约而同地问道："这到底是怎么回事啊？你倒是告诉我们，好不好？"

"怎么回事？你们去问问她就知道了。"

她们不再吱声了，以为杨玉环说的那个"她"是指皇上呢。她们又怎么可以去问皇上呢，只好一路无言地陪着杨玉环出宫。

坐在车辇上的杨玉环，随着车子的晃动，心里一片恍惚，不知此次放逐出宫迎接她的又是什么命运。她这时只想一个人放声地大哭一场，把心中的委屈尽情地发泄出来。她觉得天地虽大，能容纳她的只有这个小小的车厢，所有的人都把她抛弃了。她想，如果就这样坐着车子，永远摇摆下去就好了。什么事都不再去想，什么人都离她远远的。

上次被放逐出宫，到的是杨鉴府上，现在杨鉴已经到湖州做官去了，那杨玉环应该到哪里去呢？二位国夫人都让杨玉环到她们府上去。但杨玉环不愿意，她说："我哪也不想去，你们就当我死了算了。"

这当然是气话。最后，二位国夫人决定把杨玉环送到杨国忠府上去。如果按亲属的关系，杨恬比杨国忠还亲一些，但杨恬虽是驸马都尉，却毫无本事，为人也不精明善谋，怎比得上杨国忠这些年的得意？她们送杨玉环到杨国忠府上，就是看他有什么好办法来渡过这次难关。

【第十三回】

绝食水玉环求死，赐御宴玄宗续情

杨国忠听说贵妃再一次因忤旨被放逐出宫，惊吓得手足无措。他实在想不到皇上与贵妃之间又发生了什么事。前几天不还好好的吗？也没听说皇上冷落贵妃，怎么说放逐就放逐了呢？

杨国忠这样想，当然不是为杨玉环着想，主要是为自己考虑。

他好不容易扳掉了王铁这个阻碍他入相的人，满心期待着在不久的将来好登上相位。这下好了，贵妃一被放逐，他的美梦成了泡影，不要说入相了，就连要保住现在的官衔都成问题。

杨玉环一被送到杨国忠府上，杨国忠便特地把府上最好的房间腾出来安置她，并多派了使女侍候她。他一再告诫那些使女既不要过多干扰贵妃，也不要离她太远。

因为杨国忠知道，杨玉环现在正是心烦意乱的时候，她不希望看到闲杂人等在眼前乱晃。最好让她一个人静静地待着，让心情平复一下，同时又要随时看顾着她，怕她万一做出什么糊涂事来，那样，他就是有十个脑袋也保不住的。

待一切安置妥当后，杨国忠这才把韩国夫人和秦国夫人叫到前边，询问她们事情的经过。

二位国夫人也是一问三不知，只是告诉他，她们三姐妹去宫里探望贵妃，本来好好的，杨玉环只是出去了一趟，不知怎么就被皇上放逐了，等她们得知消息，杨玉环已经在车上了。

"虢国夫人呢？"

"噫，对啊，怎么一直没有看见她呢？"经杨国忠这样一问，二位国夫人才像猛然醒悟一样，也不觉问道。

"虢国夫人是刚刚不见的，还是早就离开你们了？"

"她啊，她一进宫里没和玉环说上两句话就跑开了，后来一直就没看到她，玉环出宫时也没遇到她，真不知她都在忙些什么。"

听她们这样一说，杨国忠心里有数了，他说："我看这事一定与她有关。"

"谁？你说三妹吗？怎么会与她有关呢？这是玉环与皇上之间的事啊。"

"具体情况我不太了解，但我敢肯定，这事与虢国夫人有牵连。唉，这可怎么办呢？上次闹出那么大的风波，最后万幸没有出大事，这次又来了。玉环也真是的，为什么总是要顶撞皇上呢？"

"事情没有闹明白，不要一味指责玉环。玉环也不是胡搅蛮缠的人啊。这样吧，我们一起到后面看看她去，顺便问问她是怎么回事。刚才在车上，我们问了，可她就是不说。"

三人到了后面，看到杨玉环的房门已经关上了，使女站在门外。杨国忠问使女："贵妃呢？"

"贵妃说她要一个人待着，把我们都支到外面了。"

"啊，糊涂！"

杨国忠突然有种不祥之感，赶快让韩国夫人打开房门。

房门一打开，他们看到杨玉环已经倒在床上睡着了，这才放心地舒出一口气，又轻轻地掩上门退了出来。

杨国忠叮嘱使女，一定要寸步不离贵妃，哪怕她像现在这样在睡觉，也要不时地从门缝、窗棂间看着她。

使女拼命地点着头，表示听清了。

回到前边，杨国忠让两位国夫人在府上坐着，他要出去一下。秦国夫人问他到哪里去。杨国忠说要找宫里的人打听一下到底是怎么回事，看能不能像上次一样有挽回的余地。

出得府来的杨国忠，其实并没有走远，他一拐弯就进了隔壁虢国夫人的府上。由于常来，他没有等仆人通报就直接进到了后堂。

一到后堂，他就看到虢国夫人一个人呆呆地坐在那里出神，看到杨国忠就像没看到一样，依旧神情木然。

杨国忠咳嗽了一声，说："夫人，贵妃被放逐出宫的事你知道了吧？"

"啊！"不知是杨国忠的声音还是这个消息吓了虢国夫人一跳，但随即她又平静下来，说，"噢，知道了。"

"听说今天夫人也进宫了，一定知道贵妃为什么被放逐了。"

"我不知道。"

"是不知道，还是不愿说？"

虢国夫人看了杨国忠一眼，说："这事能怨我吗？我不过只是和皇上调笑了几句，她就醋意大发，和皇上吵了起来，弄到这种地步。"

"仅仅是调笑两句？"

虢国夫人知道什么也瞒不过杨国忠，就一五一十地把事情讲了出来。最后，她还替自己辩解道："这能怪我吗？是他喜欢我啊。"

听到虢国夫人和皇上勾搭到一起，杨国忠心里微微有些醋意，但此时不是谈这个的时候。他说："不怪你怪谁？玉环是什么样的人，你又不是不知道，上次出宫不就是因为皇上临幸梅妃造成的吗？这次，你竟做出这种事。天下那么多男人，你选哪个不好，偏偏要和她争。"

"我没有和她争，是皇上先对我表达爱意的。"

"好了，现在不谈这个了。你看现在如何是好吧。"

"如何是好，我怎么能知道？"

"你不知道，我倒知道。"

"噢，你知道什么？"

"我知道我们的荣华富贵就要到头了。贵妃被放逐，杨氏一家谁都脱不了干系，说不好还有性命之忧。"

"有那么严重吗？"

"你也不想想，我们杨氏一门能有今天，不全仗了玉环的得宠？一旦她失去了皇上的恩宠，皇上就会迁怒于杨家，不要说重用，现在得到的都将会失去。"

"可是上次她被放逐，不是又被召回宫里了吗？"

"上次是侥幸，此次我看凶多吉少。都是你惹的祸。你以为皇上是真的喜欢你吗？你以为你在皇上的心里能取代玉环吗？"

听到这话，虢国夫人不吱声了。

其实，不用杨国忠说，她也知道，在皇上心里，她自己又怎么能与玉环相比呢？皇上喜欢玉环是真心的，对她，只是出于情欲的需求，就是与她在一起时，皇上也不掩饰这点。

"那该怎么办呢？事情已经发生，再说这些也没用了。"

"你现在暂时不要露面，特别是不要在玉环面前露面，免得刺激她。我到外面奔走一下，看有什么办法可以挽回。这对于我们杨氏一门来说是场劫难，如果渡过了，就大吉大利；如果渡不过，就听天由命吧。"说着，杨国忠出了虢国夫人的府宅。

杨国忠的一席话像一记重锤击打在虢国夫人的心上。

杨玉环在勤政楼发现她与皇上间的私情后，她匆匆跑了出来，还没等她离宫，就听到玉环被皇上放逐的消息，她自然知道这与自己有关。回到府上，她心中茫然一片，不知道该如何面对这突如其来的变故。在感到有点对不起玉环的同时，心里还有一点窃喜，以为皇上这样做是出于对她的喜爱，皇上为了自己连最心爱的女人也得罪了，她心里幻想着，说不定皇上在放逐了玉环后会把她召进宫去。但杨国忠的一番话把她的这种幻想打得粉碎。现在她静下心来一想，现实正如杨国忠所说，他们一家的荣华富贵全都维系在玉环一人身上，她倒了，他们也什么都失去了。自己是什么？只不过是供皇上一时玩乐的女人，这种女人后宫多的是，皇上能看上自己，多半还可能是由于玉环的缘故。

这样一想，虢国夫人心中仅存的一点甜蜜也荡然无存了。她开始后悔，甚至后怕。

她想，我为什么要去玩火呢？但这也不全怪我啊，常言说一个巴掌拍不响，要不是皇上先示情于我，我又怎么会主动投怀送抱？不过，话说回来，难道我真的没有取悦皇上的心意吗？虢国夫人就这样一会儿自责，一会儿懊丧，情绪不稳，朦朦胧胧中睡去了。

而杨玉环已经睡了一觉，身上有了精神。睁开眼的一瞬间，她仿佛不明白自己怎么会置身在陌生的环境里，待意识浮上脑际，伤心不可遏止地袭上心来。她禁不住放声痛哭起来。

在这件事里，杨玉环觉得委屈和无辜，她认为皇上所做的一切，是对他们爱情的背叛。她把一腔热情和情感都投注在他身上，而他就是这样一而再、再而三地伤她的心。当她撞见他的"好事"时，他不是向她道歉和认错，竟凭借手中的权力把她放逐出宫，哪还有一点平日对她的怜惜和尊重？

她借以依托和眷恋的竟是一个负心人，这对她的心理打击太大了。她越想越伤心，泪水如泄洪般奔涌而出。

一直在前厅坐着的韩国夫人和秦国夫人已经从杨国忠那儿得知了事情的真相，心里也在埋怨三妹的胡来。一个是三妹，一个是四妹，都是自己的亲人，她们委实不知该责怪哪一个，但从大局考虑，她们觉得三妹做得不对。哪个男人你不好勾引，为什么偏偏去勾引皇上？你又想从皇上那里得到什么呢？你还有什么得不到的呢？你这样做，是在把杨家往死路上逼啊。

她们一听到杨玉环的哭声，连忙来到她的身边，劝慰她。

杨玉环不听她们的劝慰，一个挚爱的人的背叛，让她感到天下的人都对不起她。不是吗？伤害她的都是她的亲人。

两个姐姐倒是很会劝人，她们把令妹妹伤心的那个人说得体无完肤，一无是处，让伤心的人在这种众口一词的指责中得一种到心理上的满足，慢慢地把愤恨与不满释放掉。

当然，她们是不敢说皇上的，她们说的只能是虢国夫人。一个说虢国夫人忘恩负义，一个说虢国夫人妖媚惑人。最后劝杨玉环不要与她一般见识。

在这种劝慰中，杨玉环的情绪慢慢平复下来，好像心中的怒气真的随着两位姐姐的劝说消散了。

但她嘴上却说："你们不要说了，三姐没有什么不对的地方，让我伤心的是另一个人，我恨死他了。"

听了这话，两位夫人面面相觑，不敢搭话。她们当然知道杨玉环话中的"另一个人"是谁，但她们又怎敢说皇上的不是呢？哪怕是在背地里。

"可是，玉环，你被放逐出宫，这可怎么好呢？"

"什么怎么好？我不回去就是了。"

没有处世经验的杨玉环以为皇上把她放逐出宫，和世间一个男子把他的妻子休了一样简单，两人之间再没有瓜葛，再没有牵连，她也可以再嫁。她哪里知道皇上休掉的嫔妃又有哪个敢娶？皇家为了脸面，是不会让被放逐的嫔妃再嫁的，同时为了杜绝她与别的男子有瓜葛，往往会把她处死。

见杨玉环这样认识不清，韩国夫人准备把其中的利害讲给她听。但秦国夫人用眼色制止了她，秦国夫人怕因此更加刺激杨玉环，想等她彻底平静的时候再慢慢告诉她。

闹腾了半天，杨玉环又累又乏，但当饭菜端到她面前时，她却连半口也吃不下去。最后在两位姐姐的劝告下，才扒了两口。

杨玉环心情郁闷，伤心悲痛，在皇宫里的玄宗心情也好不到哪里去。他一气之下说出了放逐贵妃的话，待杨玉环走后，他的心一下子就空落起来。

皇上的心要是一空落，就会发脾气，皇上要是发脾气，那可就不是摔摔碗拍拍桌子的事了。他首先加罪在勤政楼外值班的内侍，怪他们在贵妃来时不加通报，没有让他事先把虢国夫人藏起来。

内侍辩解说是贵妃让他们不要通报的，但玄宗根本不听他们的申辩，喝令拉出去，乱棍打死。

打死了两个内侍，玄宗的怒气依旧未消，气哼哼地说："哼，真是岂有此理，没有她，朕照样过得很好。"

高力士自然得到了通报，他心中暗暗吃惊，怎么一会儿不在皇上面前，竟闹出这样大的事来？贵妃也真是的，太恃宠而骄了，皇上不就亲近了一下虢国夫人吗？就要这样大的脾气，也怪不得要被放逐出宫。唉，上次放逐，好不容易才让皇上改变心意，把她迎接回来，这次，还不知会是什么样呢。高力士暗暗担心，当听说两个内侍被乱棍打死后，他更加忧愁起来。

这个时候，高力士知道最好不要到皇上跟前去，躲得越远越好，免得自触霉头。但他身为内侍省的头头，怎么可以在这时候不露面呢？而且让手下的人遭殃，他也于心不忍。

当高力士来到玄宗面前时，玄宗抬起头望了望他，对他说："将军，这半天怎么见不到你的踪影？你到哪里去了？"

"皇上，奴才刚才正在公署处理一些事，没有马上赶过来。"

"前一阵那件事处理得怎么样了？"

"不知皇上问的是哪一件。"

"就是有两个内侍偷偷跑出宫去的那件事。"

"那件事，奴才正在取证，似乎不是如别人所说，可能其中有诬陷。"

"什么诬陷？如果没有这事，别人又怎么会说？难道他不怕掉脑袋吗？既然有人告发，肯定是有这回事了。那两个内侍还留着他们干什么？乱棍打死算了。"

"一切听皇上裁决。"

高力士看到玄宗脸色严峻，全没了平日待他的随和，心里不禁嘀嘀直打小鼓。皇上见了他，一点不谈贵妃被放逐的事，而是和他说起了公事，张嘴就是一股杀气，又打死两个内侍。看样子，皇上现在是在拿内侍出气。

高力士垂手肃立一旁，等待着玄宗另外的吩咐，但玄宗挥挥手说："你退下吧，有事我再喊你。"

高力士退下后，玄宗又陷入寂寞与恼怒之中。他想，不管她，先吃饭再说。但他像杨玉环一样，面对丰盛的饭菜，却半点胃口也没有。

与杨玉环相比较，玄宗的苦恼更大些，因为杨玉环还有亲人相陪，有她们的劝解与宽慰，而他呢，能和他说说心里话，对他进行宽慰的人一个也没有。对某人进行宽慰，首先要在地位上和他平等，即使有差距也不能差太远，而能和皇帝平起平坐的，普天下再也找不到了。

玄宗心里也对贵妃这次被放逐出宫细想过。在气头上，他想的是再也不召杨玉环回宫了，他再也忍受不了她的醋劲了。虽然他宠她爱她，但如果一颗心老是让她一个人霸占着，他又怎会觉得心甘？这太有失一个皇帝的威严了。

不过想是这样想，随着时间的推移，身边没有杨玉环，玄宗只觉得空虚无聊，做什么事都提不起精神。

他强撑着，嘴里讲着没有她也能过下去的话，从这里走到那里，他却不能停下来，如果一停下来，寂寞就如阴冷的夜兜上心来，让他孤独，让他感到渺小与无助。

他不停地审批奏折，想让忙碌充满空闲的时间。他变得从未有过的勤快起来。但那些奏折看了全让他烦心，上面讲的全是些陈芝麻烂谷子的小事，都是不值得上报审批的琐碎事，他不知道下面的这些官员为什么要把这些不值一谈的小事罗列上奏。

他笔不加点，快速地在奏折上写着批文，一会儿工夫就批了一大堆奏折。只是他不知道，他的那些批文里都带着怒气，有犯罪的，不管查没查实，要严惩；

有贪贿的，不管有没有证据，要革职查办。那些批文要是在平时，他是写不出来的，但他现在不管，他只想做一件事，至于做的是什么事，他已不在乎了。

不知不觉间夜晚来临了，玄宗一个人躺在寝殿里，回想起杨玉环在身旁的那些日子，心中涌起一个老年人才有的悲凉与孤单，四周明烛高烧，但娇语不闻。

同往常一样，睡在外间的高力士留心着皇上的一举一动，他不时地听到皇上的唉声叹气。

夜很深了，高力士知道皇上还没有就寝。他走了进来，轻声说："大家，是不是要一个嫔妃来侍寝？"

玄宗看了看高力士，没有吱声。

于是，高力士立马去挑选了一个嫔妃。被挑选到的嫔妃心里既紧张又惊喜，想不到自己会如此幸运，在皇上专宠贵妃这些年的日子里，别的嫔妃都绝了要被皇上临幸的希望，今晚竟降临在了她的身上。她屏息静气，简直不知道如何面对这突如其来的幸福了。

被选的嫔妃不能说不美，她身材高挑，皮肤细白，在烛光下望去，光彩照人。当高力士把她带到玄宗面前时，玄宗似乎正在沉思着什么，一抬头看到他们，像不明白似的望着高力士。

高力士说："皇上，快快就寝吧。"

玄宗这才明白让高力士去找嫔妃的事，他嘴里"唔唔"地应着，随后把目光移向高力士带来的嫔妃，他看到嫔妃机械地向他拜着。他突然觉得这一切很没劲，他向高力士挥挥手说："今晚，朕不要人陪。"

于是，满怀希望的嫔妃又被高力士带了下去。幸福的失落让她感到委屈，走在路上，她的泪水就滑落了下来。但她只能无声地哭泣。

送走嫔妃的高力士，躺在外间的小床上，竖着耳朵听着室内的动静。他希望皇上能把他喊进去，和他说说心里话，如果那样的话，他就能开导开导皇上，从他的只言片语中捕捉到皇上内心真正的意图，然后不动声色地去部署。比如皇上还想让贵妃再次回宫，而碍于脸面不便下旨，他会做得让皇上满意的，就像上次一样。但皇上一直没有喊他。

已经是贵妃被放逐出宫的第二天了。

杨氏所有在京城的家人齐聚杨国忠府上，像上次一样，他们如热锅上的蚂蚁，惶惶不知所措，以为是大难临头了。虽然有上一次被召回宫的幸事，但他们实难相信还会有第二次的好运。

他们聚在一起商议，谋求化险为夷的办法，但实在想不出什么好办法来。因为一切都还要等皇宫里传来的圣旨而定，或许赐贵妃自尽，那等着他们的不是被流放就是被查办。也许会像上一次将贵妃召回宫，这是他们每个人心头的希望，但没有一个人说出来，意外的事情怎么可能两次降临呢？

最急的莫过于杨国忠了，他像热锅上的蚂蚁一样在屋里踱来踱去。他比杨家任何一个人都清楚贵妃被放逐对他们的影响，特别是对他的影响。

事情已经发生，杨国忠知道急也没有用，他一定要尽量想出一个办法，顺利渡过难关。他让自己冷静下来，不时询问杨玉环的状况，让韩国夫人和秦国夫人须臾不离地陪着她，开导她。

杨玉环反像处于台风中心似的，一点也不着急。

两位姐姐与她在一起，反比她更频繁地唉声叹气。杨玉环不解地问她们："姐姐，你们怎么老是叹气？被放逐的又不是你们。"

两位国夫人互相看了一眼，说："玉环，你是真不明白还是假不明白？"

杨玉环说："我不明白什么？"

韩国夫人说："玉环，杨家靠你而显贵，你一被放逐，我们也就大难临头了。"

"放逐又有什么？上次我被放逐，不是又回宫了吗？"

"玉环，上次是上次，那是例外，事情总不能都有好的结局。"

"那如果我不回宫呢，那我会怎么办？你们会怎么办？"

"那只有一条路：死。你会死，我们也会死。"

"死？他会让我死？"

"除了死别无出路。你想，皇上曾宠幸的贵妃，被放逐出宫，如果让她留在民间，那皇家的威严和脸面何在？"

听到这话，杨玉环茫然了，她真的不知道等待她的会是这样的结果。她突然气冲冲地说："那我不等他来赐我死，我自己死呢，会不会要好些？会不会我死了，你们就可以不死？"

"玉环，不要说傻话……"

"你们回答我，是不是你们就可以不死？"

"那样的话，皇上也许会放过杨家，但玉环，一切都是不可预料的，我们还是静观事情的发展吧。"

但杨玉环已经听不进去了，她突然在心里下了这样的决心，要用自己的死来解救杨家。同时，她这样想时，心里还带有一点快意，好像要和谁赌气似的。和谁赌气呢？她说不明白，她只觉得如果自己死了，一定有一个人会伤心，会对他造成打击。这是她心中想要达到的目的。这个人，除了皇上还会是谁呢？

但如何去死呢？

现在杨玉环心里想的竟是这样一个问题，她突然觉得这是一件难做的事。

　　自缢！杨玉环想到的只有这样一个方法，但她马上否定了，因为两位姐姐好像早已看透了她的心思，时刻也不离开她，还有那些使女，要想背着她们做出这事，在杨玉环看来，实在没有指望。那就不吃饭，活活饿死。她们可以阻止她做别的事，但阻止不了她不吃饭。她这样想时，脸上露出了微笑。

　　两位姐姐看到杨玉环一会儿蹙眉，一会儿微笑，不知她心里想到了什么，但看到她在这种情况下还能笑得出来，不免摇头叹息。

　　当中午杨玉环拒绝吃饭时，大家才知道她心里所想，原来她是要绝食。这又吓了杨家诸人一大跳，他们脆弱的神经再也经不住她这样折腾了。于是他们轮番上阵劝她，但她执意不听，一口饭也不吃，只是在口渴时喝一点水。

　　杨国忠更急了，他把这理解为杨玉环伤心过度，或是在和皇上赌气。他亲自跑到后堂来劝杨玉环。

　　"贵妃，你为什么不吃饭呢？要是皇上知道了，一定会怪我们对你照顾不周的。"

　　"不会的，皇上不会怪罪你们的，这是我自己的事。"

　　"贵妃，你即使不为别人着想，也要为你的三个姐姐想想啊。你这样做，她们会有性命之忧的。"

　　"我正是为她们着想，才这样做的啊。好了，你不要多说了，我自有主张。"

　　杨国忠想，你有什么主张啊？你这是在把我们往火坑里推。你要是绝食而死，皇上肯定会把满腔怒火撒在我们头上，那样谁也别想逃掉。面对这样的事，他一筹莫展，再没有了平日的精明与能干。

　　杨玉环没吃午饭，晚饭时她也没动筷子。到晚上临睡觉前，她已经饥火烧心，浑身无力，为了抑制饥火，她只有拼命喝水。一夜无话。

　　第二天醒来，她虽依然觉得浑身乏力，但肚子似乎已不是那么饿了，也许已经饿过了头，反没有了感觉。

　　饿了一天一夜的杨玉环，此时心里再也没有了初时的冲动和任性，如果她早知道绝食这么难受，说什么她也不会这样做。但问题是现在她已经这样做了，不坚持的话，她会觉得很丢脸。随着口中酸水不停地冒出，肚子时隐时现地疼痛，她悲哀地想：我就这样死了吗？

　　死，对杨玉环来说太遥远了，仿佛这只是与别人有关的事，想不到现在一下子就来到了她的身旁，让她避无可避，直面相逢。

　　她感到可怕与无奈，本能地不去想它，但那个念头又怎么可能一挥而去呢？她突然想到，要是死了，她美丽的容颜、她的亲人、她一切的一切都将消失，世界会从她眼里消失，她会从这个世间消失，这是可怕的，不可思议的。当然还有那个他。

一想到皇上，杨玉环心里又泛起一股因爱而生的怨恨：你不是只顾自己快乐吗？你不是喜欢我的美丽吗？你不是离开我就不能过吗？那么让你快乐吧，一切都不存在了，你喜爱的美丽再也不能出现在你面前了。这怪谁呢？怪你，都是你一手造成的。你痛苦吧，你后悔吧。迟了，一切都迟了。

想到这些，杨玉环心里隐隐有一丝快意，觉得这样就报复了负情的玄宗，但是一想到此后再也见不到皇上，她不禁又痛哭起来。

杨玉环绝食的消息在中午时终于传进宫去。高力士先得到消息，心中暗自吃惊。虽然他现在还不知道皇上到底如何处置贵妃，但他跟了玄宗几十年，对他的心思掌握得一清二楚。他知道，皇上还是舍不得贵妃的，只是一时还在气头上罢了，等气消了，说不定就又会把贵妃接回宫。所以，当他听说贵妃绝食的消息后，不敢怠慢，连忙赶去向玄宗报告。

贵妃离宫已是第三天了，玄宗的心也平静了些。三天来，没有杨玉环陪着他，他失魂落魄，吃饭不香，睡觉不宁，半夜里几次醒来，看着身旁空落落的一块地方，只觉得夜晚分外寒冷。

玄宗老了，老人的睡眠是少的，老人最容易怀旧和伤感。夜半更深时，别人都已沉入香甜的梦乡中，谁又能想到天下最有权势的皇帝竟躺在床上，独自难眠呢？

玄宗想到了他英姿勃发的青年时期，那时他英武倔强，热情冲动。有一次，他在官属的拥扶下，到朝堂拜见祖母则天女皇，车骑严整，十分威风。

当时担任宫中禁卫的金吾将军武懿宗，是女皇伯父武士逸的孙子，他看到玄宗车驾严整，就让他除去车驾，再入宫见女皇。

玄宗当即责骂道："吾家朝堂，干汝何事？敢迫吾骑从！"那时他就有了复兴李唐的意识。

后来他为了李唐江山，与韦氏斗，与太平公主斗，腥风血雨，几番搏斗，终于江山在握，皇位坐稳。不知不觉间，岁月染白了他的双鬓，早年的激情一去不复返。

在感情世界里，他一开始宠爱武惠妃，但武惠妃喜欢弄权，这是他不喜欢的地方。武惠妃去世后，他突然感到苍老与无力。武氏集团没有把他打倒，韦氏和太平公主没有把他击垮，而时光却把他打倒了。

时光犹如一把小刀，它不急不慢地每天在他的额头刻上一道，日积月累，终于把他磨蚀得容颜憔悴。

再有权力的人也无法与时间作战，荣华富贵转瞬即逝。他心境悲凉，消沉委顿。但上天终于眷顾了他，给他送来了杨玉环。是她重新唤起了他身上的活力与热情，是她让他青春焕发，打败了时间这个对手。刘备得到诸葛亮时，曾说他就像得到一件宝贝一样，他得到杨玉环时也有这种感觉。不同的是，刘备是想让诸葛亮帮他打江山，与天下诸侯逐鹿中原。他却再不想与谁角逐天下了，他只想让疲惫的身心得到一个休憩的港湾。

他一点也不隐瞒心中的喜悦，无数次对人说："朕得玉环，如得至宝。"什么叫至宝？就是再没有比她更好的宝贝了。

但如今这个至宝竟一次次地惹他烦心。他不知道，既是至宝，她就有比别人脆弱的地方，比别的东西易碎的地方，至宝是要人呵护的。她在给他带来旁人难以带来的欢愉的同时，也需要他付出更多的感情加以维护。夜深人静时，身为大唐皇帝的玄宗在反省。他想：难道我真的做错了吗？

我只不过是亲近了一下虢国夫人，她用得着这样醋劲大发吗？要知道，我是皇帝啊，皇帝亲近别的女人不是天经地义的事情吗？玄宗心里这样对自己说，但他总觉得这个理由不是那么有说服力。

他反过来想了一下，如果杨玉环与别的男子有来往，那他会怎么办呢？不用说，会赐她死。为什么呢？除了皇权不可侵犯外，更多的是不能容许她的背叛。反过来不也一样吗？杨玉环不宽恕他亲近别的女人，正是因为爱他太深，心里想把他全部占有，不容许别的女人染指。

这样一想，玄宗心里反有一种甜蜜蜜的感觉，觉得杨玉环的醋劲，在此时想来，都有着可爱的魅力。在她之前，谁敢这样做？弄不好，那是要掉脑袋的。但杨玉环这样做了，难道她不爱惜自己的生命吗？不，她爱生命，但她更要爱情。

玄宗想，算了吧，过几天再把她接回来吧。但愿她接受这次教训，下次不要动不动就醋劲大发，让他下不了台就行。

当高力士来想和玄宗说，杨玉环已经绝食快一天了时，玄宗正摆上午饭准备吃饭。他一见高力士，就说："来，力士，你来得正好，陪我用膳。"

高力士看到玄宗经过一天一夜，已经脸色霁和，估计心中怒气已消，但见他不问贵妃的消息，也不好先开口，就先坐下来陪皇上吃饭。其实玄宗是想从高力士嘴里听到杨玉环出宫后的情况。

"力士，近来外面可有什么事啊？"

"没什么事。"

"真的没什么事吗？"

"近来大臣都在议论贵妃忤旨出宫的事。"

"他们都说了些什么呀？"

"他们倒没说什么，只是刚才我得报，贵妃那边出了点事……"

"玉环？她那边出什么事了？"

"跟去的内侍回来说，贵妃在绝食……"

"什么？她在绝食？糊涂！"

玄宗正在盛汤，听到高力士的话，汤匙突然从他手里滑落，溅起的汤洒了他一身。玄宗没去揩身上的汤，连忙问道："她怎么会这样呢？多长时间了？"

"听说已经有一天了。"

"一天了？你们为何不早来禀报？"

"奴才也是刚刚得报，立即就来了。"

"嗯，她真是糊涂。绝食，绝食，亏她想得出来。"玄宗站起来，不停地走来走去。

高力士从皇上的忙乱中，看出皇上心里还是想念贵妃的。他心里有了谱，急忙说："皇上，我有一个办法可以让贵妃不再绝食。"

"什么办法？快说！"

"如果皇上还像上次一样赐贵妃御膳，贵妃当不会违旨绝食。"

这倒是个好方法。皇上赐膳，就是下皇旨让你吃饭，你再不吃，就是抗旨。谅天下人谁也不敢不吃皇上赐给的饭。

这样做，无疑又是皇上再向贵妃低头。但玄宗已经顾不了那么多了，他连忙对高力士说："就按你说的办，快去赐宴。"

高力士饭也不吃了，立即站起身。玄宗把他喊住，指着他面前的几个菜说："把这几盘菜带去，贵妃最爱吃这几个菜了。"

此时，杨国忠府上已经乱成一片了。贵妃绝食这是他们谁也想不到的事，还绝了这么长时间，无论谁来劝她，她都紧闭嘴唇，就是不沾饭菜。

慌乱中，杨国忠突然想到了虢国夫人，想让虢国夫人来劝劝杨玉环。

按理说，此时虢国夫人最好不要在杨玉环面前露面才好，但绝望之下，杨国忠再也想不出什么办法了。他想，杨玉环此时心中最恨的莫过于三姐了，如果让虢国夫人来向她当面认错，再陈以大义，说不定杨玉环就会开口吃饭。

"让我去见玉环？我不去。"虢国夫人一听杨国忠让她去见杨玉环，一口拒绝。

自从杨玉环被放逐出宫，三天来，虢国夫人一个人躲在自己府上，始终没有到玉环面前去。她知道杨玉环恨她，不想见她，如果去的话，还不知是什么后果呢。这个小妹，别人不了解，她可是再熟悉不过了。别看玉环平时性情温顺，待人随和，一旦发起火较起真来，谁也别想劝回头。她的脾气恐怕是四姐妹中最倔强、最暴烈的了。她可不愿去自讨没趣。

"不去也得去。这不是为你一个人着想，是为了整个杨家。如果玉环真有个三长两短，杨家一个也躲不掉，统统别想活。"

听杨国忠这样一说，虢国夫人沉默了，她不是不知道其中的利害所在。她说："不是我不去，我去了又有什么用呢？玉环会听我的话吗？要知道她这时正恨着我呢。"

"不管那么多了，总要试一试才知道。你去了一定要把错都揽到自己身上，无论玉环如何说你，你都不许争辩。"

"可我并没有错啊。"

"还说没有错，这一切不都是你造成的吗？好了，现在不谈这个了。"

被杨国忠这样一说，虢国夫人只感到委屈。她想，到头来，一切都怪到她的头上来了。别人冤枉她也就算了，你杨国忠也来指责我，你以为你当了大官就了不起了是吗？哼，要不是我，你能有这今天？

但想是这样想，虢国夫人还是乖乖地跟着杨国忠去见杨玉环。

杨玉环一天没吃东西了，只觉得身上一点力气也没有，眼睛也昏花难睁。她只感到眼前有人影一晃，睁开眼时，就看到了三姐虢国夫人。看到她，杨玉环心里只是稍稍惊异了一下，随即又把眼闭上了。

虢国夫人在没见杨玉环时，想着小妹会如何对待她，骂她？打她？喝令把她赶出府去？但她独独没有想到杨玉环只是冷眼看了她一下，就把眼闭上了，好像她是一个让杨玉环不齿的人。

这深深伤了虢国夫人的心，同时也让她手足无措。虢国夫人看到一天没吃饭的杨玉环面容憔悴，斜靠在床上，就像随时要散架一样，心中不禁涌上一股怜惜之情。她走上前去，轻轻地喊道："玉环。"

杨玉环并没把眼睁开。说真的，几天来，她心里想到了这，想到了那，就是没有想到虢国夫人。

为什么？因为她怨恨三姐。是三姐故弄风骚勾引了皇上，是三姐造成了这一切。三姐是罪魁祸首，三姐是她的情敌。杨玉环想：三姐来干什么？来看我狼狈的样子吗？来宽慰我吗？得了吧，收起虚假的眼泪吧，我不会原谅你的。

虢国夫人见杨玉环始终不睁眼，就坐在她的身旁，自顾自地说起来。她说："玉环，我知道你恨我。唉，我要是知道会有这些事，我也不会胡来的，现在连我自己都恨自己了。"

杨玉环恨恨地想：噢，有这些事你不胡来，没有这些事的话，你还是要胡来了？你胡来还是有理的了？那你胡来吧，亏你还知道恨自己。她越发把眼睛闭得紧了。

"玉环，你恨我不要紧，你不能这样对待自己啊。这样，大家心里多难受啊，他们都为你着急。"

杨玉环心里想：我怎么对待自己是我自己的事，与你无关。也许这正是你乐意看到的吧。哼，你就不要猫哭耗子假慈悲了。

"玉环，你恨我不要紧，你知道不知道你这样一做，把杨家的人都牵连进去了。你万一有个三长两短，皇上是不会饶过杨家人的，他们又如何是好呢？他们因你而显，也会因你而亡。"

杨玉环此刻在想：噢，弄了半天，你们还是为了自己，生怕我死了会牵连到你们。你们太让我寒心了。我之所以绝食，不就是为了想减轻皇上会给你们的处罚吗？你们太自私了，哪里会顾及我的感受。

"玉环，你还记得我们的父母吗？"

听虢国夫人提到已故的父母，杨玉环心里微微一动。

"母亲去世得早，父亲临去世时，把大姐、二姐、我和你拉到床前，叮嘱我们姐妹四个一定要互相关照，不要受别人的欺负，特别让我们三个姐姐照顾好你。你那时才十岁，后来随着三叔去了洛阳。临走时，我怕你一个人到了洛阳想家，也要跟着去，我牵着三叔的衣角不放，你拼命拉着我的手，哭着不走。你走后，大姐、二姐和我整天都想你，每当听到有人从洛阳来，不管认不认识，都向他们打听，希望从他们嘴里听到一点有关你的消息。听说你嫁了皇上最宠爱的寿王，我们三姐妹高兴了一晚上。我们聚在一起，还摆了一次家宴，特地为你祝福。那一晚，大姐、二姐和我都喝醉了。我们真替你高兴。再后来，听说你又到了皇上身旁，我们再也不能在蜀中待了，我们太想你了，就结伴来了京城。玉环，我们四姐妹好不容易团聚在一起，应该欢喜才是啊。"

听着三姐述说往事，杨玉环的眼睛润湿了，泪水不知不觉流了下来。三姐讲得对啊，想她们四姐妹，父母过世得早，她们本应该互相扶持、互相体贴才对。从小她随叔父来到洛阳，与她们音信断绝，其实她心中无时无刻不在想念着她们。前几年她们一齐来到长安，她心中有着说不出的高兴，心中原先总有的那份孤独感不在了。这几年来，她们走动频繁，亲密无间，越发让她感受到亲情的温暖，在心里，她又怎么割舍得下她们呢？

"玉环，你还记得那次我和你一起半夜去偷看裴家的事吗？那天我牵着你的小手在黑夜里乱闯，回来被父亲狠狠骂了一顿。还有我们经常一起到街市上去玩，看走江湖的人打拳卖艺，谢阿蛮就是我们那时认识的。我们累了就坐在人家卖零食的门口不走，直到他们送给我们一点吃的才离开，你还记得吗？这一切都像是昨天才发生的一样。我真想再回到那时候，牵着你的小手，一起到街上逛去。"

虢国夫人的这些话，引起了杨玉环心里对过去美好岁月的怀念。是啊，那时的她们是多么幸福啊。虽然啥事也不懂，但心里也没有烦恼，有的只是对明天的幻想，有的只是玩耍和快乐。

虢国夫人提起这些，也是自然而然的。她见杨玉环对她不理不睬，想到多年的姐妹深情，想到玉环再固执绝食的话，她们姐妹就可能再也见不到了，不禁悲从中来，越讲越伤心，泪水从脸颊上滑落，也想不到用手去擦一擦。

"如果早知道来京会有这些事，会惹得你不高兴，我说什么也不会来的，哪怕每天对着长安的方向看看，也就心愿满足了。我看我还是回去吧，就让大姐、二姐留在长安好了。可是，玉环，我想你啊。"

虢国夫人这番饱含真情的话彻底把杨玉环感动了，感情如水一样淹没了她。她睁开双眼，声音呜咽地喊了一声："三姐！"

"玉环！"

姐妹俩抱头痛哭在一起。

这是伤痛的泪，这是姐妹深情的泪，这也是温暖和解的泪。不知什么时候，大姐和二姐也走了进来，四姐妹都哭了。

泪水的畅流把杨玉环几日间郁结在心的烦恼都冲刷走了。哭过后，她也不想绝食了，当她这样想时，饥饿就如难以抵御的猛兽扑上身来。正在这时，宫中赐的御宴也送来了，她就更没有理由绝食了。

赐宴，这对杨家来说真是莫大的喜讯，这说明皇上还没有忘记贵妃，还念着旧情。至于会不会如上次一样把贵妃召进宫，还不能最后肯定，但可以肯定的是，这场灾祸有可能会很快消弭。

御宴是由高力士亲自送来的。

杨玉环一见到高力士，自然又引动了她的伤悲。她像对一个长辈一样，用哭声诉说着她的委屈与伤感。

待情绪稳定后，她说："阿翁，皇上还好吗？"

有杨家的人在旁，高力士不好多说，只是说皇上一切都好，让她无须挂怀。

等高力士来到前厅时，杨国忠从侧面询问了贵妃离宫后皇上的表现，看皇上是否有把贵妃召回宫的意图，并想让高力士从中帮忙。

高力士自然知道杨国忠的心意。他委婉地告诉杨国忠，皇上现在的气已经平了，是否会像上次一样召贵妃回宫还很难说。

同时，高力士暗示杨国忠，最好找到一个大臣在皇上面前讲一下，为贵妃回宫找个理由，这样也算给皇上一个台阶。不然皇上自行下旨召贵妃回宫，太让他没有尊严了。

杨国忠领会高力士话中的含义。杨玉环的第二次出宫不同第一次，第一次只有极少数人知道，也就一天一夜的时间，此次闹得比较大，大臣们都知道了，这几天都在谈论这件事，不知道皇上要如何处置贵妃。既然事情闹大了，就不能像上次一样草草接回宫就算了，总要有个堂而皇之的理由。高力士说找一个大臣公开地在皇上面前讲一个让贵妃回宫的理由，也就是要给皇上一个台阶下。这样在史书上也好记述。

按理说，以杨国忠现在的地位，再也找不到比他更能在皇上面前讲上话的人了。但他是杨玉环的从祖兄，是杨家人，这个话就不能由他来讲了。

他左思右想，找哪个大臣到皇上面前说话呢？杨国忠想的是，首先这个官一定要够得上级别，在皇上面前能说上话，皇上听了他的话，觉得不是很失身份。同时，这个大臣又得是平日皇上看着顺眼的。如果皇上看着不顺眼，不仅不听他的话，反会弄巧成拙。

他想啊想啊，终于想起一个人来，那就是吉温。

现在的吉温再不是以前的那个吉温了，由于他善于钻营，极力讨好李林甫，在审理皇甫唯明和韦坚、杨慎矜以及王忠嗣的案子中善于揣摩李林甫的心意，使用酷刑，办了几件皇上十分欣赏的事，已经渐渐得到皇上重用了。他现在已经官至御史中丞，是一位能在皇上面前说上话的人了。而皇上也不断地升吉温的官，对他日加重用。

杨国忠立即备车来到吉温的府上。

吉温一看来的是皇上面前的红人杨国忠，哪敢怠慢，立即迎接入府。所谓无事不登三宝殿，只是吉温不知杨国忠来找他有什么事。

杨国忠也不和他绕弯子，直奔主题，说："吉大人，有一事想必你已经知道了，那就是贵妃被放逐出宫的事。"

吉温点头表示知晓这件事，他想杨国忠来找他一定与贵妃被放逐的事有关。

果然，杨国忠接着说："听内侍说，贵妃只是一时和皇上闹了个小别扭，气头上的皇上就放逐贵妃出宫。中午，宫中的高将军送皇上赐给贵妃的御宴来我府上。他对我说，皇上已经有意要召贵妃回宫。但他告诉我，最好找一个大臣在皇上面前主动提及此事，也好让皇上有个台阶下。吉大人，我想，能在皇上面前讲上话的，除了你再无别人了。"

吉温终于听明白了，原来杨国忠此来是要他去跟皇上说，让皇上把已经放逐出宫的贵妃召回去。

听了这话，吉温的脑子迅速地转了起来。他想，贵妃被放逐出宫可说是一件大事，一般情况下是很少能再回宫的，但听说好像几年前贵妃也被放逐过，最后还是被召回了。可见奇迹有一就有二，此次皇上再把贵妃召回宫，不是没有可能的事。再说，一直都听说贵妃与皇上间的关系很好，怎么会突然放逐呢？也许正像杨国忠说的，皇上与贵妃只是一时斗气，事情过了气也消了，皇上也许又思念起了贵妃。杨国忠说高力士还送皇上赐的御宴给贵妃，如果皇上还生贵妃气的话，怎么会赏赐御宴呢？

本来吉温是一心巴结李林甫的，是唯李林甫马首是瞻的。近来，他也听说杨国忠与李林甫交恶，但善于见风使舵的吉温看到杨国忠正越来越被皇上看重。据他估算，不出两年，杨国忠就会代替李林甫为相，如果他在这件事上帮了杨国忠的忙，那么杨国忠以后一定会帮衬他、提携他的，那对他的仕途可是大有好处。

要知道，这可不是一个小忙。吉温看得很清楚，贵妃如果不能回宫，他杨国忠的前程也就完了，也不要谈什么入相了。他若在这件事上帮了杨国忠的忙，杨国忠以后青云直上，也不会忘了他吉温。至于李林甫会不会怪罪他，他就顾不了那么多了，反正李林甫年岁够大了，宰相也没有几年当的了，而他还年轻，还要为自己的前程考虑。

想到这里，吉温连忙对杨国忠说："杨大人既然看得起在下，吉温愿尽微薄之力，劝说皇上尽早召回贵妃。"

杨国忠见吉温答应得这样爽快，也很高兴。他说："吉大人，此事不管成与不成，盛情当容后报。"

吉温想：如果此事不成，你连自己都保不住了，还报我个什么。我也当被李林甫见疑，前程也就完了。但人生不就是赌博吗？这个宝我就押在你杨国忠身上了。想是这样想，嘴上还是要客气一下，他说："杨大人言重了，下官能为杨大人出力办事，也是乐意至极。"

这二人此前曾共过事，彼此都很了解，都知道对方是怎样的一个人，那就是变化无常，为达到目的不择手段。因此，他们嘴上说的是一套，心里想的又是一套。

杨国忠说："吉大人，此事宜早不宜迟，应尽快办才好。同时，我看此事不宜在朝会上提出。因为这到底是属于宫内的事。"

"那依杨大人，应该如何呢？"

"我已经打通宫中人，吉大人最好到宫中单独面见皇上陈说此事。"

"好，就听杨大人的安排。"

杨国忠走后，吉温心想，杨国忠把这件事托付给我，我当如何对皇上说呢？他在府内徘徊良久，终于想出了一个方法。

第二天，早朝散后，杨国忠给吉温使了个眼色。吉温心领神会，故意走在后面。当别的大臣都走尽时，杨国忠向站在殿角的一位内侍说道："公公，吉温有事要面奏皇上，你带他去吧。"

那个内侍点了点头，向吉温说："吉大人这边请。"

吉温跟着内侍绕廊穿柱，不一会儿来到了后宫。内侍让吉温稍等，待禀报过皇上后，他对吉温说："吉大人，皇上在里面等你。"

吉温一见玄宗，跪下行过礼后，玄宗问他有何事禀报。吉温说："启禀皇上，臣近来觉得有一事不妥。"

吉温身为御史中丞是可以讲这话的，因为若看到朝廷中或皇上做事有什么违背礼仪的，御史是要谏奏的。这是御史的职责之一。

"吉爱卿说的是哪件事啊？"

"就是贵妃被放逐出宫的事。"

"噢，此事有何不妥之处？"

"皇上，现在后宫没有再立皇后，贵妃既受封为六宫之首，尊荣是平常嫔妃所不能相比的，现在忤旨被放逐在外，与皇家礼仪相悖。妇人智识不远，有忤圣情，然贵妃久承恩顾，就是加以处罚的话，又何惜宫中一席之地！"

这番话是吉温想了一夜才想好的。表面看，他好像在敦促皇上赶快惩治贵妃，说她知识浅陋，结果得罪了皇帝，接着又故意说，贵妃既然得罪了圣上，要是治罪的话，为什么要把她放逐在外呢？就在宫里治她罪算了，宫里又不是少这样一块地方。如果杀戮在外，岂不忍辱于外，贻笑大方吗？

这段话的本意其实是要皇上把贵妃接回宫。

玄宗自然听明白了吉温话中的意思，他默然不语，好似在深思吉温刚才讲的话。其实，他心里对吉温的话受用极了，只嫌吉温讲得不早，讲得不多。

玄宗看到殿中除了他与吉温外，还有史官，知道这一切都被史官记了下来，也就是说后人翻史时，是知道他召贵妃回宫不是出于他的旨意，而是听从了大臣的谏言，也免得自己落个沉溺女色的名声。

于是，他说："吉爱卿所言有理，容朕三思而定。"

其实还要想什么呀，他恨不得马上就派人把贵妃接回宫。但玄宗为了脸面，不得不这样说，他总不能说："好，吉爱卿讲得太对了，朕也正想把贵妃召回来呢。"那这场戏就白做了。

吉温见目的已经达到，就向皇上告退了。

吉温走后，玄宗已经在想如何把杨玉环接回宫了。

昨天他乍一听说杨玉环在绝食，心中无比痛惜。等高力士赐膳回来说贵妃已经领旨吃饭了，他才稍稍放心。

他心中有着无数的话想问高力士，比如他想问杨玉环是瘦了还是胖了，问杨玉环吃了多少饭。但最后他什么也没问，他想纵有千言万语也不如见她一面。

不觉间，上午已经快过去了，离吃午饭还差一段时间，但玄宗已经等不及了。他让御膳房快备膳，并让张韬光再送御膳给贵妃。

这边，杨国忠还在朝堂外等着吉温呢，一看到吉温从后宫出来，他连忙迎上去。还没开口，他已经从吉温的脸上看到了他想听到的话。果然，吉温把经过一说，杨国忠大为振奋。

回到府上的杨国忠把事情和虢国夫人等商量了，认为杨玉环会像上次一样被召回宫，但问题是皇上会什么时候召呢？

事情在没到最后之前，谁也不能妄说。但虢国夫人却突然说，她有一个办法能让皇上马上把杨玉环召回宫去。

"噢，什么办法？"大家迫不及待地问道。

虢国夫人诡秘地笑笑说："不能告诉你们，说了就不灵了。"

她来到后堂杨玉环的屋内，对杨玉环说："玉环，我想借你身上一样东西用用。"

"什么东西？"

"一束头发。"说着，虢国夫人从背后拿出一把剪子，乘其不备，在杨玉环头上剪下一缕头发来。

"三姐，你干什么？剪下我一大把头发，弄得我难看死了。"杨玉环惊讶地叫着，一边用手护着头，生怕虢国夫人再来剪。

"我要用它感化皇上。"虢国夫人扬着手中那缕头发说，"我要把它进献给皇上，再配以一封书信，让皇上也急急。"

"一封书信？什么信？"

"你听着，是这样的：臣妾罪当死，陛下幸不杀而归之。今当永离掖庭，金玉珍玩，皆陛下所赐，不足为献，唯发者，父母所与，敢以荐诚！"

"什么呀，三姐，你这不是说我要与皇上永诀吗？我并没有此意啊。"

"我的傻贵妃，谁要你与皇上永诀了？"

"可你说的就是这个意思嘛。"

"那是吓唬皇上的。皇上见了这封书信啊，我敢保证，他会立马就把你接进宫去。"

"你又在胡闹了。"

但杨玉环并没有太过阻止虢国夫人的所作所为，她心中甚至暗暗赞赏三姐这样做。这次杨玉环与第一次出宫时有了心理上的差别，上一次她完全凭着意气用事，对于回不回宫她并没太多放在心上，这主要是从她个人的角度来想的。但随着年岁的增加、杨家势力的扩大、亲属的增多，她越来越多地考虑到她的亲人，想到如果自己一意孤行的话，势必会给亲人带来痛苦和打击。

因此，现在她也想着能回宫，一来她可以重新得到爱她的人，二来也让家族避免了灭顶之灾。

前两天的绝食，她也是出于拯救家人的目的。

虢国夫人把杨玉环的一束头发仔细地包好，再拿过笔和纸来，让她写一封书信。

"三姐，我并不会写什么书信。"

"一定要写，我来念，你来写。臣妾罪当死，陛下幸不杀而归之……"

没有办法，杨玉环把虢国夫人念的话一句一句地写在了纸上。写好后，虢国夫人把它和头发放在了一起。

正在这时，传来了张韬光送御膳的话。虢国夫人朝着杨玉环笑笑说："正愁没有人带进宫里呢，他来得正好。"

杨玉环见了张韬光，立即泪水涟涟，掩泣谢恩。

张韬光记得贵妃第一次被放逐，他来赐膳时，她只是脸色平静地谢了恩，此外什么表示也没有，看不出有什么内疚，这次却哭得梨花带雨，看来她是真的伤心了。

当张韬光要离开时，虢国夫人把那个盛着贵妃头发和书信的布袋递到了他手里，让他交给皇上。

张韬光回宫复旨。皇上仔细地询问了杨玉环的状况，甚至连她穿的什么衣服都问到了。张韬光一一回复，最后拿出了那个布袋。

当玄宗一看到杨玉环的那缕青丝时，大吃了一惊，再把书信抽出来，展开读道：

> 臣妾罪当死，陛下幸不杀而归之。今当永离掖庭，金玉珍玩，皆陛下所赐，不足为献，唯发者，父母所与，敢以荐诚！

读完后，玄宗大惊失色。常言说，身体发肤皆受之于父母，不敢毁伤，否则便是对父母的不孝。杨玉环割下一缕头发给他，那意思再明了不过了，她是不想活了，这是在与他永诀啊。古人向来有割发代首的规矩，曹操有一次因为骑的马耍脾气，践踏了百姓的麦田，违反了制定的军令，就割发代首。杨玉环这是在学古人，用一缕头发明示心意，她不想存活世间了。那封书信上写的就是这个意思。

玉环，你可不能做蠢事啊。朕已经原谅了你，就要把你召回宫呢。你要是离去了，朕可怎么办呢？想到这里，玄宗再不敢怠慢，立即召见高力士，让他赶紧备车舆接杨玉环回来。

"皇上，总要有个仪式吧？"

但玄宗已经等不了那么多了，他向高力士催促道："力士，快去把贵妃接回宫来，越快越好。"

高力士不明白皇上为何这样急。玄宗把杨玉环的那缕头发和书信递给高力士，说："力士，你看，玉环这是要干什么啊？真是糊涂。"

高力士一看之下，也是惊得心怦怦直跳。他不敢迟疑，立即亲自带人到杨国忠府上去接贵妃。

一路催赶，来到杨国忠府上，杨玉环当然还是好好地待着。高力士说明了来意，杨府上下一片欢腾。

虢国夫人一路小碎步走向后堂，对杨玉环说："玉环，怎么样，还是我那招灵吧。皇上这就派高力士来接你了。"

不知怎么的，杨玉环听到这个消息，并没有表现出太多的欢喜，她的心头像落下一块石头一样长长地舒了一口气。

她想，杨家终于不会因为她而遭难了。至于她的心情，她也不像上次出宫再回宫那样，表现得大喜大悲了。

杨玉环稍微收拾了一下就登上了宫中御车。杨家人都送到府门外，向着皇宫的方向遥拜，那又是在对皇上感恩。

这对杨家来说真是莫大的荣耀。被放逐出宫的嫔妃再被召回宫，这在历朝历代都是没有过的，但在杨家竟还出现了两次，这怎能不让杨家个个觉得面上有光呢？这说明了杨家得到的恩宠是别的权贵无法比的，贵妃得到的宠幸也是别的嫔妃无法望其项背的。

自从高力士一离宫，玄宗就在翘首以盼了。

他在宫中坐卧不宁，暗暗担心，生怕空车去再空车回，他又如何能承受这样的打击呢？他的晚年将如何度过呢？他心头曾掠过高力士去晚了，杨玉环有了不测，杨府上下一片慌乱的场景。想到这里，禁不住心惊肉跳，他努力让自己镇定下来，不要胡思乱想，并极力把这种不好的念头从脑中除掉。但不知怎么搞的，隐隐的不安总是袭上心来。

高力士去了才一会儿，玄宗就已经觉得很漫长了。他派人去打听情况，同时也从后宫赶到前殿，好早点知道事情的结果。

不一会儿，派去打听情况的内侍来报，高将军迎接贵妃回来了。听到这话，玄宗心里的一块石头才落下地来。他在感到轻松的同时，又感到有些乏力。他到底年老了，情绪的太过悲喜已让他受不住。短短半日间，他由忧到急，由悲到喜，他已有些承受不住这样的反复变化。

接杨玉环的车驾终于回宫了。玄宗看到宫女揭开了车帘，杨玉环那张皎白圆润的脸从车中显露出来，他的心中悲喜交加。

杨玉环看到玄宗，几天来所受的委屈与伤痛一起涌上心来。她急走数步，一头扑在玄宗的怀里，放声大哭起来。

虽然杨玉环已经三十多岁了，但她的哭声就像孩子一样不加掩饰，她尽情宣泄着心中的情感。

玄宗在杨玉环这种直白的哭声的感染下，眼睛也润湿了。他轻抚着杨玉环的后背，说："玉环，不要哭了。你不是又回到我的身边来了吗？"

高力士体会到玄宗此时的心情，他挥挥手，命内侍和宫女都避开。他也悄悄地不告而退，好让皇上和贵妃一叙别来之情。

玄宗的这句话，引得杨玉环更加痛哭不止。她放肆地哭着，眼泪把玄宗胸前的衣服都弄湿了。

好不容易，杨玉环才止住哭声，和玄宗相扶着向后走去。

一到寝殿，玄宗就把杨玉环搂在怀里，说："让朕抱抱，听说你绝食了一天，朕看瘦了没有。"

一听这话，杨玉环又扑在玄宗怀里哭开了，她的委屈可真不小。

玄宗又察看她的头发，看她剪的是哪一边的头发。待看清剪的是左边一缕头发时，说："玉环，你这样做把朕吓坏了。平日你对自己的头发最是爱惜了，想不到这次竟剪下这样一大把头发来。"

杨玉环脸上带着泪水说："都是你让我受的委屈。"想到这个主意是虢国夫人出的，虽然达到了目的，把皇上吓得够呛，但一想到这中间带有欺骗的意思，她就有些不好意思起来，想向皇上讨回那束头发。

玄宗不愿把那缕头发交给杨玉环，他说："朕要好好保存着，一看到它，朕就会想起你对朕的感情。它也是我俩之间的见证啊。"

两次放还，两次再召回宫，这对杨玉环来说真是恩宠无人可比。回到宫中的杨玉环，经此一番折腾后，性情也有所改变。首先，她进行了反省，这对她来说实在难能可贵。

毋庸置疑，两次放还的原因都是一样的，那就是杨玉环的嫉妒心太重，想要霸占皇上一人的感情，不许他恩宠别的嫔妃，就连偶尔的临幸她也不允许。风波平定后的杨玉环为了不蹈前辙，痛苦地要自己接受这样一个现实，那就是以后皇上如果再临幸别的嫔妃时，她必须睁一只眼闭一只眼，装作啥也不知的样子。她甚至想到，要把三姐虢国夫人推荐给皇上，让他把她也召进宫来。姐妹同时入宫伴君，这在历史上是屡见不鲜的事。

为了庆祝杨玉环回宫，玄宗对杨家有功之人进行了赏赐，尤其对杨国忠和韩国夫人、秦国夫人赏赐最大，赐钱巨万。而对虢国夫人，玄宗为了避嫌，只字未提。杨玉环说："怎么赏赐中没有虢国夫人啊？"

玄宗还以为杨玉环是为了取笑他而故意这样说的，脸上不禁讪讪地有些发热，并不接口。

杨玉环却不依不饶地说："三郎，我觉得应该也给虢国夫人赏赐。她在我出宫时，尽力安慰我，减轻了我的苦恼。"

玄宗看杨玉环不像开玩笑，也没有要取笑他的意思，心里十分纳闷，心想，怎么回事，玉环何时肚量变得这样宽广了，不仅不吃三姐的醋，还要我赏赐她？

但他还是认为杨玉环这是在考验他，就说："随你的便，你要给她赏赐就给，朕听你的。"接着又补了一句，"玉环，以后你的三个姐姐入宫也要按规矩来，不能太自由了。"

"为什么？她们有什么冒犯皇上的地方吗？"

玄宗讲这话，本意是想限制三位国夫人进宫的次数，说到底还是要避嫌，因为他私自在心里已经决定和虢国夫人断绝来往，不再惹杨玉环生气了。但他哪里知道，杨玉环竟要让虢国夫人来伴君呢。

"三郎，你就让她们像以往那样入宫吧，她们主要是来看我的呀。再说，我想，三姐也不会胡闹了。"

这是风波之后，两人之间第一次提到虢国夫人。杨玉环继续说："三郎，你是不是觉得我太过自私了，总是想霸占你全部的感情？"

"玉环，不是这样的。人有时候难免会感情出轨，但在朕心里，你永远都是无人可以替代的。"

对皇上这种直抒胸臆的表白，杨玉环感到陶醉，但她说的也是真心话，她真的是想让三姐和皇上来往而不阻止了。她说："三郎，以后你爱如何做就如何做吧，你是皇上，我又怎么能限制你呢？"

玄宗笑而不答。他想：你的醋劲那样大，以后我还是老老实实的吧，免得再闹出什么风波。再说我的年岁这样大了，就是想折腾也是心有余而力不足。

经过此次风波，杨玉环与玄宗的感情又上了一个台阶，他们都更加珍惜彼此间的感情了。这倒不是说比过去更加狂热了，而是激情过后的依恋，甚至一举手一投足都能感受到对方的情意。

为了祝贺杨玉环回宫，宫内举行了一个小型歌舞宴会，杨家诸人都在宴请之列。玄宗本来不欲请虢国夫人的，但杨玉环执意要请。

宴会上，虢国夫人再与皇上见面，两人不免都有些尴尬。但虢国夫人收起了她以往的张狂，变得从未有过的文静与腼腆。倒是杨玉环一再催促她饮酒，并对她说，宴会后让她留下，有事要和她商量。

经此一番折腾，虢国夫人已比较清醒地认识她与皇上间的来往了。她看到了皇上与杨玉环有着真挚的感情，看到由于自己的失控对他们二人造成的伤害，现在她再也不想着入宫了，再也不想得到皇上的恩宠了。她想以自己现在的威势，还要皇上的恩宠干什么？入宫又有什么好处？平白多了一份约束，还不如这样做一位有钱有势的国夫人自由。如果真的入宫了，她还真舍不下那些情夫呢。皇上年老了，她是不会满意的，同时为了不再伤害杨玉环，她也决定断绝与皇上间的来往。

在宴会快要结束时，杨玉环让虢国夫人到太极殿里等她，说有事相商。待虢国夫人去后，杨玉环也退去了，只是她不是去太极殿，而是去了寝宫。临去时，她让宫女告诉皇上，说她在太极殿等皇上。

宫女把杨玉环的话告诉了玄宗。玄宗心头有些纳闷，有什么话，玉环不在这里对我说，非要在太极殿对我说？于是，他向太极殿而去。

到了太极殿，玄宗见到的自然不是杨玉环，而是虢国夫人。

他们二人一见面，都微微一怔，不知道对方何以会在此出现，但随即就明白了杨玉环的心意。

一想到这是杨玉环的安排，他们反而有些不好意思起来。

不知怎么的，现在玄宗见到虢国夫人，再也没有了以往的冲动。以往他的冲动和热情全在于偷情的快乐，现在已经不存在偷情了，杨玉环把一切都为他们安排得好好的，他们反而没有了欢乐。

那一晚，玄宗只是和虢国夫人简单地说了一会儿话，就离开了她，他突然在心里对眼前的这个女人有一种寡然无味的感觉。

杨玉环一个人回到寝室，她虽然安排了皇上和虢国夫人的幽会，显得肚量宽容，但内心却痛苦无比。

她觉得心中像有一条小蛇在噬咬着，想到自己爱着的男人现在怀里正搂着另一个女人，她不禁伤心地落下泪来。她支走了身边所有的宫女，准备就这样坐着度过这一夜。

正在杨玉环伤心悲痛时，玄宗却走了进来。一看到玄宗，杨玉环几疑是在梦里。她以为是自己看错了，再揉了揉眼睛一看，没错，是皇上。

于是，她一跃而起，一下扑在玄宗的怀里，又是欢喜又是伤心，泪水止不住地流了下来。

玄宗用手轻轻抚摩着杨玉环的头发，嘴里说："玉环，你真傻，朕不是对你说了吗？朕的心里只有你。"

杨玉环带着哭腔说："可我，可我……"

"好了，不要多说了，朕已经让虢国夫人出宫了。下次再不会出现这种事了，你要相信朕啊。"

"三郎！"杨玉环把玄宗搂得更紧了。

自此后，杨玉环与玄宗互相信任，互相呵护，心无所猜，再也没有出现因临幸别的女人而发生矛盾与不愉快了。

玄宗也因为宠幸杨玉环而对杨家的恩宠超出常人。而杨氏家人又是善于利用权势的人，除了杨国忠把这种恩宠用于谋取仕途外，别的人都显露于外在的排场上，让人看了觉得飞扬跋扈，虽羡慕得很，但暗中妒恨的也不少。不管他们得到的恩宠多大，他们到底来长安不久，是新贵，根不深，叶不茂，那些权贵世家、皇亲国戚们看着他们就有些不顺眼，总想找个机会折辱他们一下。

这年上元节，长安有灯会，为了普天同庆，朝廷取消宵禁，晚上百姓和达官贵人都可以上街赏灯。

杨氏诸人都出来了。三位国夫人为了显示排场，结伴而游，车骑相拥，前后长达半里，所过之处，极其招摇。游人大多不再看灯，都把目光投注在她们显赫的排场上。

只见在众多驱赶闲人的家奴中缓慢行驶着三辆装饰华丽的游车，车帘卷起，中间露出三张娇艳无比的脸庞，她们左盼右顾，赛过路旁任何一盏彩灯。

车上坐着的正是杨玉环的三位姐姐。虢国夫人有意卖弄，一会儿让两个姐姐看这个灯，一会儿让两个姐姐看那个灯，引得众人都把目光投向了她。她知道自己的美丽，知道自己的妖冶，她要的就是这样的风光，这样的八面玲珑。

正在她们看得得意时，突然车驾不走了，前面还传来一阵喧哗声。三位国夫人不知发生了什么事，正在疑惑间，一位家奴从前面跑来，说："禀告夫人，前面遇到了一位公主的车驾，两家车骑挤到了一起。"

"哪位公主？让她们让路。"

"不知是哪位公主，只是车上有公主的徽饰。"

"打听清楚了再来说话。"

家奴又跑去了。虢国夫人想：什么公主这样了不起，遇到我们的车骑也不让让路？要知道就连皇上面前最得宠的玉真公主，见了我们都要起身相迎，我们不坐，她都不敢坐。

这时，她们听到前面的吵闹声更大了。那位家奴又跑了回来，告诉她们，前面遇到的是广宁公主和她的丈夫程昌裔。

按理，三位国夫人应该让道，因为对方是皇亲。但不知是皇亲太多了，还是三位国夫人真的权势太盛，她们想：什么皇亲？我们还是国戚呢。她们告诉家奴，让公主让道。家奴平日在她们的带领下，都骄横惯了，得了这句话，如得圣旨，立即飞一般赶到前面。

她们不让路，广宁公主更不会让路了。公主是皇亲，车骑上也装有徽饰，向来都是别人给她让路，断没有公主给他人让路的道理。

广宁公主一听对方是贵妃的三个姐姐，不知怎么的，心里顿时涌起一股怒气。她对丈夫程昌裔说："看把她们猖狂的，今天我非杀杀她们的威风不可。"

她对仆人说："让前面的车骑让路。"

这下好了，两家都不想让路，车骑相对，道路为之阻塞，百姓知道事情原委后，都不去看灯，围拢过来看这场热闹。只见双方家奴都在呵斥对方让路，声音越来越大，最后双方竟挥鞭打了起来。

三位国夫人这边带的家奴多，人数上占了优势，他们把公主的仆人打得狼狈逃窜。广宁公主听着前面传来的嘈杂声，正要问问发生了什么事，对方家奴将自家奴仆已追打着到了她的车驾旁。

广宁公主一看自家奴仆被打得四处逃窜，而对方家奴还在挥鞭追打，气得浑身发抖，正要张口斥责，对方的家奴突然拥到车旁，把她的车向路旁推去，竟要强行清道。

驸马都尉程昌裔连忙拉着公主从车中跳出，大声喝止。但对方的家奴显然打红了眼，只顾挥鞭乱打，连公主与驸马也不认。

这种情况下，公主与驸马难免也被鞭梢打了两下，吓得坐在地上。再看她们的车子，已经被推到路旁，撞在路边的树上。要不是他们及早从车中跳出，还不知会发生什么事。再看公主带来的仆人，许多人都被打伤了。

待把公主的车驾推到一旁，三位国夫人的车骑才威风地驶了过去。被家奴搀扶起来，站在路边的广宁公主看着她们这种不可一世的样子，又气又恨又委屈。她的眼里都是泪水，觉得这下自己的丑丢大了。

不是吗？在长安最繁华的大街上，堂堂的公主，千金之躯，竟被对方的家奴打坐在地，其狼狈状万人争睹，只恐怕马上就会传遍京城的大街小巷，这个脸丢得可是太大了。

果然，这事很快就传开了，众人都拭目以待，看皇上如何处理这件事。一边是得势的国戚，一边是皇亲。要是一般权贵冲撞了公主，那想也不用想，定要治罪，人们也不会心存悬念，但此次不同，那可是皇上最宠爱的贵妃的三个亲姐姐啊。

这事自然也立刻传到杨国忠的耳里。他听了大吃一惊，暗自担忧。他可是知道得罪公主那是非同小可的事，心想，这三个国夫人真是胡闹，一定不知道其中的厉害。皇上要是较起真来，降罪杨家，不仅她们要被流放，就是他，也难免受到牵连，不要说仕途，恐怕连现在的乌纱帽也难保住。

他连忙赶到杨恬家，要杨恬明天一上朝就上请罪书，这样，或许还可能有挽回的余地。

杨国忠为什么不自己亲自上书呢？从官职上讲，他是可以上书的，但从亲属上来讲，杨恬与三位国夫人是堂姐弟，更亲些，由他上书，理由更充足些。杨恬自然也听到了三位国夫人冲撞广宁公主的事，也在愁绪满怀，正在不知所措的时候，听了杨国忠的话，立即写了一封请罪书，预备明早天一亮就上交皇上。

杨国忠觉得这样还不保险，他便又来到虢国夫人府上，让她设法转告杨玉环，让她在皇上面前多讲讲好话，一定要把这场灾祸消弭于无形。

虢国夫人一点儿也没把这事放在心里，她说："钊哥，至于那么大惊小怪吗？不就冲撞了一下公主？"虽然杨国忠已经改名了，但虢国夫人依然保留着以前对他的昵称。

"糊涂！"杨国忠脸色严峻地说，"冲撞了公主，这可是要治大罪的。你赶快对玉环妹妹说，一定要抢在广宁公主入宫自诉前，让她在皇上面前讲讲好话。"

"现在就去吗？"

"现在。反正这三天长安没有宵禁。"

"可这时候入宫，也不一定能见着玉环啊，她一定是和皇上在一起的。"

虢国夫人讲得也有道理。杨国忠只好让她明天一早就入宫，把事情办妥。

见杨国忠这样慌张，虢国夫人也不安起来，有些后悔太贸然做事了。

第二天，天刚亮，一切都按杨国忠所说的进行。

这边杨恬在早朝上向皇上递了请罪书；那边，虢国夫人入宫找杨玉环，让她在皇上面前替她们讲好话。

杨玉环一听三个姐姐闹出这样的事来，心里又急又气。她对虢国夫人说："你们也太大胆了，竟敢冲撞公主？你们知不知道，皇上在公主中最喜欢的就是广宁公主了，常常给她赏赐，这次皇上一定会降罪你们。"

虢国夫人说："玉环，我们也知错了，你要是不到皇上面前说说好话，皇上把我们都流放了，那我们姐妹也见不着面了。"

"我才不管呢，谁让你们这样飞扬跋扈的，不给你们吃点苦头，不知以后还会闹出什么事来呢。"

杨玉环嘴上是这么说，其实她心里已经答应了虢国夫人，但皇上若是不听她的，她也没有办法。

送走虢国夫人后，皇上下早朝已经很久了。杨玉环连忙去找皇上。玄宗在早朝上已经接到杨恬送上的请罪书，刚回到后宫，听说广宁公主进宫了，就去接见了她。

广宁公主自然免不了对她的父皇一顿哭诉，诉说三位国夫人如何骄横，不仅不把她与驸马放在眼里，还纵容家奴行凶。

由于玄宗接到杨恬的请罪书在前，观念上已经先入为主，便以为错在公主那边，他的心中早已想好了处置这件事的方法。

玄宗处置此事的方法令大臣们大吃一惊，因为他不仅没有惩罚贵妃的三个姐姐，还把广宁公主的丈夫，也就是驸马都尉程昌裔免了官。相对应三位国夫人的惩处几乎没有，只是把她们的家奴杀了一个。广宁公主的一番哭诉换来的竟是这个结果，她哭哭啼啼地离开了。

还没有见着皇上，杨玉环就已经听到这个处置结果了。她在长舒一口气之余，又觉得皇上对自己的三个姐姐太宽容了，对广宁公主有些不公。

她本意是想劝说皇上对三个姐姐降罪不要太重，这样一来，她觉得应该劝皇上对她们小示惩处一下才好。

玄宗听了杨玉环的话，却不愿改变既定的处理结果。他笑笑说："程昌裔本来不会做官，朕借此停他的职，没什么的。再说，街道那么宽阔，哪会有争路的事？中间一定有其他原因。已过去的事，不要再提了。"

"可是，三郎，我担心三位姐姐会滥用你对她们的宠信，这样会助长她们的骄傲。这次不稍加惩戒，下次还不定做出什么事来呢。"

"不会的，玉环，她们是你的姐姐，不会做出什么出格的事的。"

"三郎，我担心的就是这个啊。"

杨玉环心里明白，皇上之所以这样处理这件事，宁肯委屈公主也不愿对她的三个姐姐稍加惩处，正是因为宠爱她，爱屋及乌。

她想到自从二度回宫后，皇上对她的宠爱更甚从前，确实可以说两人行同辇，止同室，宴专席，寝同房，夜专夜，整日没有丝毫的分离，更不用说去临幸别的嫔妃了。这让她感动和幸福，心里充满了甜蜜。想到这里，她轻轻依偎在玄宗的怀里，动情地喊道："三郎。"

正如杨玉环所想，玄宗对这件事的处理，其中蕴含着对她的宠爱。他因为宠爱杨玉环而不愿加罪她的三个姐姐，宁肯委屈公主。

自从杨玉环再回到宫里后，玄宗知道他再也离不开贵妃了。她是他的至宝，她是他晚年唯一的依托，说是他生命中的太阳一点也不为过。此时，他们两人间的感情，已经超越了身份，他放下了皇上的威势，也放弃了皇上的特权，在感情上与她是平等的，他要求她专一，她也要求他忠贞；同时也超越了年龄，他对她的迷恋不是贪图她的美色，而是心灵的应和，她对他的依赖也不是对皇权无奈的屈服，而是出于真心的尊敬和爱。

时光荏苒，转眼间又到了盛夏时节。六月一日，玄宗为杨玉环举行了一场盛大的生日宴会。

在京的贵妇几乎都进宫祝贺，其中也有寿王妃韦氏。看到韦妃，杨玉环想问一问寿王近来的状况，但人多嘴杂，她没有机会靠近韦妃。同时，她发现韦妃好像有意与她疏远，始终离她在一段距离之外。

自从杨玉环拒绝咸宜公主帮助寿王谋立太子之后，咸宜公主就很少入宫了，别人似乎也有意不在她面前提起寿王的消息。但曾为寿王妃的杨玉环，在心里对寿王还是暗暗留意的，她到底与他有着五年的恩爱，很想知道他现在生活得如何。

有时，在夜深人静的时候，杨玉环会回想起那段已逝的日子。她在觉得命运捉弄人的同时，也在喟然长叹，心里对过去的那段日子模糊不清，似乎那不是她曾走过的日子，而是另一个女人的过去。如果说开始她还不能忘记寿王的话，那么时过境迁，她现在心里只有皇上一人了。

感情是可以随着时间变化的，皇上对她如此宠爱，让她心生感激，投桃报李，她也不能辜负皇上的一片心意。她唯有祝愿寿王也平安地生活下去，不要有什么灾祸就好。有时，她也想，如果皇上在百年之后，她当如何呢？记得她入宫时，寿王曾对她说，在皇上百年之后，她再回到他的身边。现在，她不做这样指望了，就是皇上百年之后，她也不会再回到寿王的身旁，她已经背叛了寿王，再不能背叛皇上了。如果真那样，她成了一个什么样的女人了，不就成了一个不知廉耻让人唾骂的娼妇了吗？

如果不出意外，她会死在皇上之后。那时，皇上不在了，留下她一个人岂不凄凉异常？漫漫长夜无人相伴，歌舞虽好，无人共赏，那样的日子又让她如何熬呢？不管那么多了，快乐一天是一天吧。

作为寿王妃的韦氏，她对寿王是最了解的，她知道丈夫的心里还没忘记杨玉环。寿王是那种痴情专一的男子，这种人对感情的付出是执着的。但他又是懦弱的，没有勇气抗争，只能沉溺于自伤自怜之中。韦氏与他成婚这么多年，知道他的感情一直没有给她。她觉得不公，只能暗暗饮泣，并由此在心里对杨玉环产生一种暗暗的恨意。这是属于女人间的嫉妒，也正是她有意不靠近贵妃的原因。而这一切，杨玉环一点都不知道。

七月里有一个节日，就是乞巧节，在七月初七。为了热闹，这天，玄宗在宫中举行了许多游玩节目，其中有乞巧果子、进七孔细针、明星酒、拜月等。

杨玉环对进七孔细针特别感兴趣。进七孔细针就是用七根针一一穿过一匹绢上的一个小洞，针上穿着不同的细线，如果针全部穿过小洞，那就表示心中的愿望一定会实现。

她玩了许多次都不能穿过，最后还是在玄宗的帮助下才得以完成。她看着穿着七种颜色线的针挂在洞口，象征着团圆美满，便拍着手跳了起来。

玄宗说：“玉环，你的心愿可以实现了。你能告诉朕你的心愿吗？”

杨玉环调皮地说：“不告诉你。”

晚上，宫内举行了一个大型宴会，地点就在太液池旁。太液池里莲叶田田，沁人心脾的荷香随风荡漾，闻之欲醉。夏虫唧啾之声，更增夜的静谧、温柔。看天上，繁星如织，其中最引人瞩目的当属织女和牵牛两星。

关于牛郎织女的传说，无人不知，无人不晓。传说中，这一天就是他们一年中相会的日子，这一天，天下的喜鹊都飞到天上为他们搭鹊桥去了。

宴会高潮迭起，古怪精钻的谢阿蛮，每每有新招引人注目。她采来许多荷叶，用绢纱把带刺的叶柄缠绕起来，引领一队舞女，让她们每人手擎一片荷叶，秀发上分嵌着片片的荷花瓣，而她的头顶上缀了一整朵荷花，跳起了荷叶舞。这倒别具一格，另有风味。

在一张张硕大的荷叶的映衬下，舞女明媚的脸庞宛如夜色中盛开的荷花，散发出明亮的光彩。

这是欢乐的一夜，歌舞不断，高潮不断。杨玉环兴致极高，她在谢阿蛮和虢国夫人的怂恿下，也喝了不少酒。

玄宗怕那两个女人又把杨玉环灌醉了，就劝阻了她们。

最后，玄宗见杨玉环已有醉态，就搀扶着她向寝宫走去。

玄宗和杨玉环的寝宫在长生殿。杨玉环醺醺然地依靠在玄宗的肩膀上，浑身绵软无力。他们来到了长生殿，杨玉环却并不想马上安歇，她和玄宗两人搀扶着来到殿后的平台上。

宫女与内侍似乎也知道此时皇上只想与贵妃单独待在一起，都知趣地离开了。杨玉环把头靠在玄宗的臂弯里，心里既兴奋又恬静。玄宗也搂着她，两人依偎着，默默地享受着这难得的清静与幸福。

自从两次风波后，玄宗与杨玉环的感情得到进一步升华，二人心里都明白，彼此都再也离不开对方了。今夜是他们敞开心扉的时候。

过了一会儿，杨玉环突然睁开眼睛，抬起头来说："三郎，我来宫里已经有多少年了？"

"让朕来算算。"说着，玄宗扳起指头煞有介事地算了起来，随后说，"玉环，你进宫已经有十二年了。"

"啊，已经有那么久了吗？我怎么觉得像才认识你似的？"

这不是杨玉环一个人的感受，玄宗也觉得对她的认识才刚刚开始。他把心中的感受对杨玉环说了。两人都笑了起来。

这不奇怪，些许的小波折竟让他们感受到了爱情的常新，只有常新的爱情才会是永恒的、弥久的，也才是新鲜的。

"三郎，前几天我看到韦妃了，她脸色阴郁，似乎日子过得并不好。"

"哪个韦妃？"

"就是寿王妃啊。三郎，我提到他，你不生气吧？"

玄宗不知道杨玉环今晚为什么要在他面前提到寿王，他静静地听她说下去。

在此之前，寿王在他俩之间是一个忌讳的名字，虽然他们心中都曾想过他，但都避免在对方面前提及。玄宗知道杨玉环心中曾有过一段时期不能忘怀寿王，但现在不知她是如何想的。

"韦妃嫁给寿王也有一段时间了，从她脸上看出，她过得并不幸福。三郎，我希望这不是因为我的缘故。"

"这与你没有关系。玉环，你多操心了。"

"三郎，说心里话，我以前乍一离开寿王时，心里还有点怨你呢，但现在……"

"现在如何？"

"现在我在心里彻底忘记他了，现在，我的心里只有你。"

听着杨玉环这发自内心的话，玄宗有所感动。他知道，杨玉环今晚在他面前主动提到寿王，那就说明她真的把他忘记了，不然她是不会这样说的。他把杨玉环紧紧地搂在怀里，用无言的拥抱表达了他的感谢。

"不过，我还是希望寿王能过上幸福日子，就像我们一样。"

"他们会的。"

两人相拥了一会儿。杨玉环从玄宗的怀抱里挣脱出来，说："三郎，你还记得我们初次相会时的情景吗？"

"怎么不记得？那是在玉真公主的玉真观里。那次，你跳了舞，我还击了鼓。"

其实在此之前，杨玉环作为寿王妃已经多次在节日时拜见过玄宗，但那都是例行仪式，大多是和皇子皇孙们挤在一起，算不得正式相见。在他们心目中，初次相见应该是在玉真观那次。

"时间过得真快。三郎，我再为你跳段舞吧。"

"哈，刚才在前面，谢阿蛮让你跳你不跳，现在倒想跳了。"

"刚才人太多，我不想跳。现在，我只想跳给你一人看。"

于是，星辉下，杨玉环轻撩衣裙，单独为玄宗跳起舞来。

玄宗看到虽然已经过去了多年，但杨玉环的身体只是稍显丰腴了一点，别的并无大的变化，她还是那样轻盈美丽，还是那样明媚娇艳。

玄宗还看到，杨玉环跳的也还是十年前她在玉真观跳的那段舞。这让玄宗怦然心动。他没有想到杨玉环是这样一个细心体贴的人，竟把与他在一起的点点滴滴都融入了记忆中。

看着杨玉环在星光下的曼舞妙姿，玄宗仿佛又回到了十年前的玉真观。那日天气晴朗，阳光暖暖地从天窗中照射进来。他怀着一颗少年的心欣赏着杨玉环的舞姿，目光迷离，感情激荡。

杨玉环舞罢，玄宗走上前，递上汗巾，说："玉环，当年朕看你跳罢此舞，见你额上浸有微汗，真想赶上前为你轻拭汗水，但没敢去做。现在，朕的心愿终于得到了满足，能为你擦汗了。"

杨玉环倒在玄宗的怀里，任玄宗为她轻轻擦拭额头上的汗水。玄宗说："只是朕不能为你擂鼓了。"

当年，杨玉环跳舞，玄宗也曾擂鼓，故有此一说。

杨玉环说："还是不擂的好，不然让她们听到了，一起都跑到这里来了，又要闹腾一番。"

身处良辰美景之中，两人互诉衷情。杨玉环说："三郎，你刚才不是问我心中许的什么愿吗？"

"是啊，你不告诉朕。"

"我许下的愿是，愿我们生生世世都在一起。"

这句至情流露的话深深打动了玄宗，他也对杨玉环说："玉环，今天，朕对着天上的牛郎、织女星也来许个愿。"

"好啊，我想听听你许的愿。"

玄宗双手合十，向天喃喃祈祷："今世夫妻，来世夫妻。"

一个皇帝对一个妃子能讲出这个话，恐怕自古少有。但玄宗讲了，讲得那样自然、那样真切。

杨玉环陶醉在爱情中，和玄宗紧紧搂抱在一起。她抬头望着天上的牛郎、织女二星说："三郎，我真可怜他们，他们一年才能相聚一次，哪比得我和你，天天都能在一起。"

"他们虽然一年相聚一次，但天地无寿，积少成多，他们相聚的次数只会比我们多，不会比我们少。"

"三郎，你要为我珍重啊！"

台下是蟋蟀的鸣唱，前面隐约传来歌声，恍如远离的尘间世俗。杨玉环与玄宗紧紧相拥，感受着爱情的幸福。

【第十四回】

慕贵妃将军失礼，贪大统番王不臣

杨国忠自从排挤掉挡在他前面的王铁以后，日渐受到皇上的重用，身上的兼职已达二十多个。他也渐渐变得野心勃勃起来，甚至不想等到李林甫死后才接替相位，已有了早日取代李林甫之意。

对于杨国忠的野心，老谋深算的李林甫一目了然。他心中暗自悔恨，没有想到一手提拔的人，最后成了一条要咬自己的狗。他对杨国忠针对他所做的事，表面不动声色，内心却在策划如何把杨国忠打倒。不过他也知道，这次与以往不同，且不说杨国忠有着椒房之亲，是贵妃的从祖兄，是国舅，就说他的办事能力，李林甫也是很佩服的。杨国忠身兼那么多职位，件件事办得让人刮目相看，政绩显著，这不能不引起皇上的注意。李林甫知道，要想扳倒杨国忠，必须抓住他的一个致命弱点，一击必杀，不然就会有打虎不成反被虎咬的危险。在没找到这个致命弱点之前，他不想打草惊蛇。因此，虽然现在杨国忠对李林甫阳奉阴违，但李林甫对他依然是笑脸相迎，装作毫不在意。

这招果然迷惑了杨国忠，他以为李林甫形将老矣，已无可畏之处，越发不放在心上。御史中丞吉温自从上次帮了杨国忠的忙后，看到贵妃已经回宫，杨家声势复振，觉得自己把宝押对了。他本来也是依靠李林甫起家的，但现在，他看到杨国忠有可能取代李林甫成为日后的新宰相，就背叛了李林甫投靠到杨国忠这边来了。杨国忠的心思，吉温一清二楚，他知道杨国忠一心想早点当上宰相，于是就投其所好，替他谋划取代李林甫的方法：先是要一步步剪除他的心腹，打击他的势力，最后剩下他孤家寡人，也就容易对付了。

杨国忠对吉温的投靠自然异常欢迎，这增加了他对抗李林甫的势力。这天，吉温得到一个好消息，赶忙来告诉杨国忠。

"吉大人，何事来得这样匆忙啊？"

"啊，杨大人，这可是一个好事啊。现在我已打听清楚，御史中丞宋浑坐赃巨万，罪该万死。"

"宋浑？那不是你的同僚吗？"

"是啊，就因为是同僚，我才会知道他的情况。想不到他平日一副清高的样子，竟然是一个贪得无厌的硕鼠。杨大人，我的手中证据确凿，你赶快上报皇上，把他绳之以法。"

"吉大人，既然你掌握了他的确凿证据，为何不自己上报皇上呢？"

"杨大人一向栽培在下，在下无以投报，只愿把这个功劳让给大人。"

杨国忠笑笑，没有说话，对吉温这样做很是满意。

原来这个宋浑是李林甫的心腹，他一向唯李林甫马首是瞻，李林甫要是看谁不顺眼，他马上就在皇上面前奏那人一本，那个人不是被流放就是被贬官。吉温也知道杨国忠对这个人恨之入骨，因此极力收集他的罪证，功夫不负有心人，终于让吉温抓到了他的把柄。

第二天，杨国忠找到一个单独面见皇上的机会，趁机把这个消息告诉了皇上。玄宗一听大怒，立即就降旨把宋浑流放到潮阳郡。等到李林甫得知消息后，已经不能相救了。

李林甫知道这是杨国忠从中捣鬼，心中恨恨不已，心想：好你个杨国忠，不要得意得太早，终有一天让你落到我的手里，看我怎么整治你。

整倒了宋浑，杨国忠又除去了一个对手，心里高兴异常。他想，要取代李林甫，除了自己在朝廷中的努力外，最好还要有外将的呼应。那应该结交哪位边将呢？

哥舒翰现在已经是手握兵权的节度使了，但他原是王忠嗣的部下，自己在审判王忠嗣时，为了讨好李林甫曾使用了一些卑鄙手段，这一点王忠嗣一定会和哥舒翰说的，哥舒翰也肯定恨我，与之结交的希望不大。

安禄山是新近得宠的东北两重镇节度使，手下精兵强将甚多，但听说他与李林甫来往甚密。虽然皇上让我杨家诸人与他结拜为异姓兄弟，但从他那双桀骜的眼睛里看得出来，他并不把我们杨家当一回事，好像结拜是一件有辱他身份的事，常常对我不理不睬，很是嚣张。对这种不识时务的家伙，与其折节低就，不如冷眼相待。不知李林甫这条老狐狸又是如何把他笼络住的。这二人一定私下相商，一个在朝中独揽朝权，一个在外持兵自重，互为呼应。

其实李林甫和安禄山交好是真，但没有如杨国忠所猜测的那样，沆瀣一气，狼狈为奸。相反，安禄山心中对李林甫忌惮无比，就是在冬天见了也常常汗透内衣，股肱战栗，惧怕至极。李林甫倒是个能镇服住安禄山的人，如果没有李林甫的话，说不定安禄山会提早造反也未可知。

既然西北和东北最有兵权的两个节度使都指望不上，杨国忠不能不想到别的节度使。一想到别的节度使，他自然会想到剑南节度使鲜于仲通。对于这位恩公，杨国忠对他的报答可谓丰厚，把他由一个豪绅提拔到统领一方的节度使。鲜于仲通对杨国忠感恩戴德，现在，杨国忠已经是他的恩公了。他每年都从蜀地源源不断地往京城运送大批蜀物，分送给杨氏诸人。杨国忠之所以一开始没有想到鲜于仲通，是因为剑南节度使虽名列十大节度使之位，但兵力太少，不如西北和东北的边将那样重要。这是因为西南与大唐接壤的历代南诏统治者臣服大唐，两方交好，很久不兴兵事了。与之相应，大唐在剑南的驻兵也就很少了。

但没事，难道就不能生出一点事来吗？如果生出点事来，让两方交兵，那样剑南必定会像西北和东北一样受到朝廷重视，那样节度使的权力就会增大，对他杨国忠来说岂不是增加了一个大大的外援？

想到这里，杨国忠立即修书一封，快马加鞭送达鲜于仲通的手里，告诉他，无论如何要在剑南惹出一点事来。鲜于仲通接到这封信，一时没反应过来，他想，这是怎么了，太平无事不好吗？干吗非要惹出一点事来？但他想既是杨国忠提出来的，那自有一番道理。当下也不多想，即按信中指示的去做。

"下关风，上关雪，洱海月"，大理的风花雪月，如仙境，如幻境，能使人忘却尘世。就在这片风景如画的土地上，开元时并立着六诏。六诏即六个部落。其中的蒙舍诏地处南端，故称南诏。南诏最强，已具发展雏形。南诏的蒙皮逻阁生逢其时，继位之初就获得了发展的好机会。唐廷出于牵制吐蕃的需要，笼络他，并把他封为台登郡王。

台登郡王没有辜负玄宗皇帝的期望，牵制吐蕃有多少力就出多少力。但他的力没有白出，他借着唐廷之力，用武力兼并了其他五诏，继而征服了更大地区。玄宗对他刮目相看，赐名蒙归义，加封为云南王。

云南王比南诏王大，也要有排场和首府，于是他于开元二十七年（739年）迁进了新建的首府太和城，接受各部落酋长的拜见。他这种威势只对酋长们起作用，官员们却对其嗤之以鼻，不予理睬。因为他们的地盘是借助唐廷之力打下的，所谓的云南王只不过是唐廷的一个附属王，离了唐廷，他什么也不是。任何一个官员一到云南就盛气凌人，独断专行，根本不容云南王说个"不"字。这让蒙归义感到反感和愤怒，但他为了得到唐廷的资助，只能忍气吞声，装若无其事，并一直忍到命归黄泉。

年老的云南王蒙归义死后，他的儿子蒙阁罗凤登位。蒙阁罗凤本想继续贯彻父亲的对唐政策，然而形势的变化已不允许他这样做了，因为不法官员对南诏的欺凌已经到了肆无忌惮的地步，这激起了南诏人的反抗。

在南诏一座城里发现了五口盐井，因而聚集了大批煮盐者。南诏一直缺少盐，他们把盐叫作盐巴，往往要从很远的地方贩运而来，发现盐井让他们惊喜异常。哪知唐使何履光竟带兵入城，宣布盐井为国家所有，私人不得开采。盐民的生路被断绝，无从谋生，同时南诏政权的盐税被剥夺，上下怨愤，民情汹涌。

此时云南太守张虔陀不仅不想法平息南诏民愤，还推波助澜，火上浇油。别看他的名字起得像个清心寡欲的君子，实则是个卑鄙无耻的小人。他向南诏官员敲诈勒索不算，还让他们的妻妾来满足他的淫欲。这也太让南诏官员们忍受不了了，他们的自尊心受到了前所未有的折辱，于是一起上告到云南王蒙阁罗凤那里。云南王听着自己官员的哭诉，心里备感难受。他一面宽慰他们，一面亲自到张虔陀那里劝说，希望张虔陀能有所收敛。哪知张虔陀一点不听，还把云南王辱骂了一通，并捏造罪名给玄宗打小报告，说南诏不听唐廷调度，有造反之意。

蒙阁罗凤一忍再忍，但已经忍无可忍了。如果继续忍下去，最后的结果只能是众叛亲离，甚至连自己的妻妾都要送给张虔陀蹂躏。最后，他铤而走险，出兵围攻太守府，杀死了张虔陀，随势攻下了三十二个土著部落州。

真是盼什么事，什么事就来了，当这个消息传到鲜于仲通那里时，他不是愁绪不展，相反，却是欢喜无比。他当即点起六万大军前往进剿。

万般无奈之下做出杀死官员举动的蒙阁罗凤自知惹下大祸，当他听说唐军前来围剿时，连忙派使前去请罪，愿意归还所获之物，并说，现在吐蕃大军压境，如不许他，他将归命吐蕃，则南诏非唐所有了。这本来是蒙阁罗凤万不得已说出的话，但所说也是实情。南诏北与大唐接壤，西与吐蕃相连，夹在两方之间，一直是大唐对付吐蕃的屏障，所以历来皇帝交结南诏的用意也在于此。但鲜于仲通不明白其中的利害所在，只顾个人利益，哪里想到那么多。他不仅拒绝了南诏的请求，还扣压使者，恃势向太和城进逼。

蒙阁罗凤万般无奈之下，只好与大唐开战。但他提心吊胆，心中畏惧唐兵。在蒙阁罗凤的印象中，唐兵神勇异常，攻无不克，战无不胜，以他区区南诏，怎是朝廷大军的对手？与他莫名畏惧心理相反的却是手下将士的冲天士气，那些底层的官兵，历来受欺凌，早憋了一肚子的怨气，听说和唐军开战，个个踊跃，人人争先，一定要打败唐军，出出心中这口气。看着士气高涨的将士，蒙阁罗凤心中稍感欣慰，仿佛看到了一线希望。他进行战争总动员，把能上战场的青壮年悉数派上阵，在泸州与唐军摆开了阵势。

与南诏同仇敌忾相反，鲜于仲通率领的唐军却显得松松垮垮，毫无斗志。他们这些人向来欺负人欺负惯了，总认为南诏懦弱，哪里是他们的对手，他们一去，还不是秋风扫落叶，把南诏兵打得落花流水？他们大多想的不是去打仗，而是去劫掠一番。

蒙阁罗凤充分利用了唐军这种轻敌的心理，先是派出小股部队与唐军接战，而把主力布置在一处险要的山谷两旁，待小股人马把唐军诱入山谷中，再聚而歼之。果然，唐军刚与小股南诏兵接战，就打得对方丢盔弃甲，落荒而逃。他们一点也没有疑心，鼓噪而进，争先恐后地追赶上来。因为在他们的印象里，南诏兵就是这么不堪一击。待唐军主力全部进入山谷，只听到一声冲天炮响，无数的南诏兵从四面的山头上杀出，居高临下，滚石擂木一起向唐军砸去。

山谷已成了困住唐军的口袋。此时唐军才明白，南诏兵并不是像他们想象的那样不堪一击，而是极有计谋，早早安排下陷阱等着他们呢。鲜于仲通，这个从未打过仗的节度使，一见陷入这样被动的局面，手足无措，连忙寻找出口，想快点逃出。但南诏兵四面围住山谷，强攻猛打。唐军犹如一头困兽，毫无施展手脚的地方，一时间阵脚大乱，人人争相逃命，自相踩踏，死者不计其数。

最后，鲜于仲通好不容易才逃出山谷，跑回蜀中，一清点身旁人数，只有寥寥数骑，六万兵马，整个都扔在了南诏。本指望带领雄兵踏平南诏的，这下可好，全军覆没，这可让他如何向皇上交代啊？鲜于仲通越想越怕，最后他实在没有办法可以遮掩，只好单身进京领罪，要以死谢罪。

这边打了胜仗的蒙阁罗凤也没有丝毫的得意。他在将佐的簇拥下巡视战场，看到六万唐军横尸疆场，知道他再也不能得到唐廷的原谅了，大错已经酿下，历代祖先极力维护的与大唐的交好关系也在他手里断送了。但这能怨他吗？这不都是被他们逼的吗？不是我不仁，而是你不义。蒙阁罗凤让部下把战死的唐军一一收敛埋葬。

吐蕃听说南诏与大唐开战，并把唐军打得落花流水，心里高兴万分，便乘机笼络。他们马上送去一颗大金印，封蒙阁罗凤为"赞普钟"，号曰"东帝"。"钟"吐蕃语为弟，"赞普钟"即为吐蕃皇帝的弟弟。吐蕃给南诏的封号可比大唐给的高得多了。即使如此，蒙阁罗凤心里并不欢喜，他心里维系牵念的还是旧时之情，对大唐还心存一线希望。他让人在接壤的地方立一块碑，把此次战役的来龙去脉雕刻在上面，表白自己叛唐实出于万不得已，并对部下说："我世世事唐，受其封赏，后世容复归唐，当指碑以示唐使者，知吾之叛非本心也。"其良苦用心可见一斑。

南诏王一番苦心是不能为玄宗所知悉的，他不知道大唐的皇帝正日日沉溺于歌舞享乐之中，外事都委于朝臣。

鲜于仲通只身入京，只道此番面见皇上，定将性命不保。他来到京城，没见皇上前，先来见过杨国忠。杨国忠一见到委顿狼狈的鲜于仲通大吃一惊，不知道他不好好在蜀中待着，跑到长安来干什么。他们也有好几年没有见面了，以前杨国忠见鲜于仲通总是毕恭毕敬，丝毫不敢冲撞这个衣食父母，现在不同了，他由依附者变成了恩公，鲜于仲通反而恭顺听命了。鲜于仲通把他与南诏交战的败绩说给杨国忠听了。杨国忠听了不以为然，说："胜败乃兵家常事，不值得这样挂怀，只是这次伤亡了多少兵卒啊？"

"回大人，伤亡了六万。"

"什么，六万？你一共带了多少兵去？"

"六万。"

杨国忠听了这话不吱声了。他心想，你个鲜于仲通真够可以的，带了六万兵，竟伤亡六万兵，亏你还能跑得回来。

见杨国忠久久不吱声，鲜于仲通说："我也知道此战有损朝廷声威，我这就面君领罪，引颈就戮。只是辜负了杨大人的栽培，有负厚望。恩情只能下辈子再报了。"

见杨国忠还是不吱声，鲜于仲通说声："杨大人，告辞了。"

"什么？你到哪里去？"杨国忠像才从梦中醒来一样。

"我这就去面君，领受皇上的惩处。"

"谁让你去面见皇上了？你面见皇上，还能保住你这条命吗？"

"那，那依杨大人之见当如何呢？"

"你速回剑南，加急送一份请功表来。"

"什么，请功表？"

"是的，要赶快。"

"可这明明是一场败仗啊。"

"败仗？我说是胜仗。谁敢说不是胜仗？此仗只有你知我知，京城中又有何人得知真相？你送一份请功表来，然后就说南诏背叛大唐，已经臣事吐蕃了。你前往平叛，小有斩获。我再从两京和河南等地募兵充实前军，再前往征讨，如果打了胜仗，岂不两全其美，谁还追究前事？"

听杨国忠这样一说，鲜于仲通心中信疑参半。信的是他说的确是一妙计，等从中原招来募兵，再与南诏作战，只要小心谨慎，打败南诏不是不可能的事；疑的是打了这样一个败仗，损失六万将士，只凭他在皇上面前一句话，就能掩盖过去吗？这样不仅不会降罪，还会得到封赏？但鲜于仲通见杨国忠信誓旦旦的样子，不好多问。再说，此时只有听信杨国忠的话了，如果他真的到皇上面前禀告真相，无疑，他的脑袋就保不住了。

杨国忠这样舍命保鲜于仲通，自然有在故人面前炫耀权力的意思，但也是想让剑南成为他可靠的外援。鲜于仲通听了杨国忠的话，不敢在京多留，匆匆杜撰了一封请功表后，留与杨国忠，让他呈交皇上，即日就赶回了蜀中。

第二天，杨国忠就把鲜于仲通伪造的请功表面呈皇上，说南诏被吐蕃的厚礼所打动，叛唐依附了吐蕃。剑南节度使亲自率兵征讨，斩获南诏兵无数，但因所辖兵力有限，不能乘胜追击，特请皇上招募两京和河南的青壮年入伍，充实前军，痛击南诏，征讨逆虏。不明就里的玄宗看了这份所谓请功表，听信了杨国忠的一面之词，他心中大怒，心想，我大唐对待你南诏并不薄，何以信义全无，反叛助敌？于是就把征募兵士的事全权委托给杨国忠去做，让他务必讨平逆贼，保障皇朝南面的屏障。

可怜南诏王蒙阁罗凤还在太和城日思夜想，期盼大唐使者明白事实真相，明了他一片向唐忠心，赦免他抗拒唐军的罪行，把南诏重新纳入版图呢。

鲜于仲通赶回剑南，心中惶惧不安，不知杨国忠是否能把他的小命保住。没过几天，京城使者赶到，带着大批礼物前来犒军。这下他才安心，知道杨国忠确有通天本事，这样大的一件事都能替他瞒住。但经此一役，他倒学乖了，知道这个剑南节度使不是那么好干的，京城有杨国忠这样的人在弄权，搞不好哪一天自己的小命就莫名其妙地送掉了，与其这样，不如还是回去做有钱的豪绅自在舒服些。这样一想，等过了一段时间，他上表说南诏数度侵边，他没有统兵之才，愿让出剑南节度使之位，同时怕杨国忠见疑，就在表中说杨国忠对剑南熟悉，请他遥领剑南节度使之职。皇上批准，让杨国忠当了剑南节度使，但并不去剑南，而是在京兼领，反正他兼领的职务太多，多一个节度使也不是什么大不了的事。至于鲜于仲通，依然掌管剑南的实际事务。鲜于仲通想，只要脱去这顶帽子，以后降罪也降不到我头上，做一个无名有实的节度使又何妨？

与南诏的那场交战，使剑南的兵力损失殆尽，急需补充兵源。杨国忠在两京和河南招募青壮年，准备开赴云南，与南诏王再决高下。但人们听说云南多瘴疠，中原的人不适应，到了那里，还没交战，往往十个就死了八九。听得人心惊肉跳，都不敢前往报名入伍，这下弄得杨国忠招募不到兵卒。

杨国忠见招募不到兵士，就遣御史分道捕人，只要在路上看到青壮年，不管是谁，全都抓住，给他戴上木枷押送军所。过去有个制度，百姓中只要有功绩的，不管是战功还是别的功绩，都可以免除征役。但现在杨国忠也不管那么多了，他一概征召，弄得全国一片兵荒马乱，到处是妻离子散、父母送别场景。

好不容易从中原招募到了几万士兵，赶赴剑南，加上剑南的剩余军力，又有了八万之众。在鲜于仲通的率领下，再次向南诏进攻。

南诏王蒙阁罗凤虽臣事吐蕃，但并不想成为吐蕃攻打大唐的马前卒。虽然吐蕃几次催促，他尚念故情，一直按兵不动，本想与大唐相安无事，没有想到他不去攻打大唐，大唐竟来攻打他了。万般无奈之下，他只得奋起迎战。南诏兵士仗着熟悉地形，避免与大唐军队正面接触，而是充分利用地形，与他们打游击战。表面看唐军攻占了一些城池，南诏军在节节败退，但从伤亡人数上来看，唐军的损失远在敌方之上。还有，从中原来的唐军，不适应南方潮湿闷热的天气，加上瘴气弥漫，虚脱中毒而死的也不少。最后他们虽得到了一些土地，但却付出了惨重的代价。

打了几个小胜仗，让鲜于仲通高兴非凡，他立刻把俘获的敌兵押向京师表功。杨国忠看了，马上又在鲜于仲通的表功书上加上几笔，说俘获的敌兵太多，因路途遥远不能全部献阙于圣前，只选了这些来献捷。玄宗看了这份夸大其词的表功书，竟信以为真，心中满意至极，下旨从府库中运送大量物品犒劳前线将士。

但这种假象只能欺瞒皇上，造成的苦果却要鲜于仲通来尝。南诏并没有被他打得抱头鼠窜，相反，他们常常搅得他寝食难安，疲于奔命。在随后的日子里，南诏兵采取偷袭、小股围歼等多种战术，把大唐军队一块块蚕食，眼见着八万军队所剩无几了。

这种情况下，鲜于仲通再次向杨国忠求救。杨国忠也没有办法，只好让鲜于仲通后撤，保存实力再说。同时，他再次上奏朝廷，说南诏在吐蕃的支持下，起兵六十万，数度寇边，希望能再招募兵士。

西南与南诏打仗的真实战况自然也被李林甫知道了，他心里暗暗揣摩，如何利用这个情况来达到打击杨国忠的目的。他突然心中一亮，想出一条计策来。

李林甫想：你杨国忠不是遥领剑南节度使吗？现在西南边疆有危，战事吃紧，你这个真正领兵的节度使却待在京城里，与真正的战场相隔千里，有你这样的节度使吗？对，我要上奏皇上，让杨国忠亲临剑南，领兵与南诏作战，把他排挤出朝廷。这个理由是多么好啊，堂而皇之又不会遭人非议。杨国忠，你不是很能干吗？身兼数职，样样做得都不差，皇上夸你，大臣巴结你。小到管理粮仓的官，大到御史大夫、京兆尹，都有你的政绩，你还嫌不够，竟让鲜于仲通上表，遥领一个节度使，让你内有朝权，外有兵权。好，这下你知道了吧，兼职太多也会成为你的绊脚索。等我上奏皇上，把你派到剑南，只要你出了朝廷，你要想回来可就比登天还难了。起码我在朝中一天，你就别想回来，那时，你在外，我在内，怎么整治你还不是我说了算？

但李林甫是有计谋的，他不会贸然上表让皇上派遣杨国忠去剑南。现在朝臣都知道他与杨国忠交恶，可能皇上也有所风闻，由他提出，难免会落得个排挤政敌的嫌疑。同时李林甫感到皇上现在对他似乎有所疏远，这又要归罪于杨国忠那个家伙。原来杨国忠为了早日把李林甫从相位拉下来，他有意抓住王锇一案不放，并想方设法把此案和李林甫牵扯上，想让皇上产生这样一个印象，那就是李林甫对此案是事先得知而没有采取应对之策的。这样一来，就算皇上不加追究，起码他也落个失察之责。果然，皇上看了那些奏折，心里疏远了李林甫。

李林甫通过关系，找到几个蜀中官吏，许以好处，让他们卜表请求皇卜派杨国忠进蜀，统兵与南诏作战。等到蜀中的奏章送到皇上手里，李林甫又乘机向皇上提出应该听从蜀人请求，派遣杨国忠入蜀。

李林甫的这条计谋可谓用心良苦，他的奏本刚一递到皇上手里，杨国忠就知道了。杨国忠大吃一惊，没有想到老谋深算的李林甫竟会想出这样一条对付他的计策。在此之前，他还春风得意，以为李林甫在与他的争斗中一直落于下风呢。杨国忠是知道其中厉害的，如果皇上真的听了李林甫的话，把他派去剑南，那他远离了京师，也就远离了权力斗争的中心，以后必事事处于下风，受李林甫牵制。再说，出去容易回来难，李林甫一定会千方百计阻止他回京，不要说得到相位，恐怕连小命能不能保住也很难了。

情急之下，杨国忠一筹莫展，在府中徘徊。虽然皇上还没有最后决定他是去是留，但依情势来看，皇上派他去剑南的可能性极大。万般无奈之下，杨国忠觉得只有一个办法，那就是进宫找杨玉环，让她帮他在皇上面前讲讲好话，不要把他外派到剑南去。

事不宜迟，杨国忠连忙进宫，找到杨玉环，把心中之事告诉了她。杨玉环听后，说："国忠，你是不是太多心了，李林甫对你不是一直都很不错的吗？他怎么会陷害你呢？"

杨国忠见杨玉环对朝廷间的事一点也不清楚，着急地说："玉环，那都是表面现象。李林甫以前对我是不错，那也是看在你的面子上，但现在不同了。"

"现在又怎么不同了，我不还在宫中吗？"

"玉环，你听我说，现在我对他的相位造成了威胁，他就想除去我。李林甫对凡是威胁到他相位的人，必欲除之而后快的。杨慎矜是这样，王忠嗣也是这样。我与他共事这么多年，我是了解他的。"

"可是皇上现在很器重你，常在我面前夸你能干，也许他不会听李林甫的话的。你也不用这样担心。"

"如果那样，最好不过了，但我担心皇上会被李林甫说动。因为李林甫这次是一定要达到目的。我想在皇上没有决定之前，你最好在皇上面前帮我讲讲话，不要把我派到剑南去。我从没带过兵打过仗，去了又有什么用呢？"

"可我从来对政事都是不关心的啊，突然去和皇上讲，皇上会听我的吗？再说，派不派你去，皇上一定有他的想法。"

"玉环，你一定要和皇上讲，不然我就完了。我完了，杨家在京的势力必将受到打击，表面看这是我一个人的事，但实际这是整个杨家的事啊。"

听杨国忠这样一说，杨玉环也察觉出事情的严重性来，她答应杨国忠帮他在皇上面前讲讲话，争取不让皇上把他派到剑南去。杨国忠催促她尽早去说，并一再强调此事耽搁不起。

杨国忠一离开，杨玉环就去找皇上。内侍说皇上正在高力士公廨处，杨玉环听了，就向那里走去。

玄宗先接到蜀中官吏的奏章，请求遥领剑南的节度使杨国忠来领兵作战，再接到李林甫的奏折，他心中一时委决不下，就来找高力士商议。在玄宗的心里，高力士一直是个懂兵法的人，当年曾协助他发动玄武门政变，剿灭韦后和安乐公主，出力不少，因此遇到兵事，他都会来找高力士相商。

"力士，你看蜀人请求国忠入蜀，林甫也这样说，我是否要把国忠派去呢？"

"大家，我看可以把他派去。"

"为什么？"

"南诏一直与朝廷关系甚洽，自从鲜于仲通任剑南节度使统领西南以来，两方关系才出现交恶。这说明，鲜于仲通不善于做边疆将官，后统兵作战，虽得到一些土地，但折损兵将太多，得不偿失。在这种情况下，最好把鲜于仲通另调他用。而作为剑南真正的节度使杨国忠，于法于理上，都责无旁贷，应该亲自到剑南，整饬部队，重新制定对待南诏的政策。"

"你说得很有道理，但我担心，杨国忠从未带过兵，他到了剑南就一定能扭转形势吗？"

"这一点，大家您尽可放心，让他去不是再让他带兵去与南诏打仗，而是让他搞好与南诏的关系，我看杨国忠在这一点上倒是很有天赋的。让他重新结好南诏，把南诏从吐蕃的身旁拉过来，再为大唐所用。"

"可是，我还有一重担心，就是国忠身兼数职，每天都要处理许多事情，他这一去剑南，那些事再找谁去处理呢？"

"可以先让副职代替，等杨国忠处理好西南边务，再召进京，中间应该不会有什么事的。"

"只好这样了。"

玄宗和高力士正在这样说着时，杨玉环迈步进来，她笑着说："你们在商量什么呢？气氛那么紧张。"

"玉环，朕刚才小睡了一会儿，醒来到力士这里叙叙旧。怎么你找到这里来了？国忠走了吗？"

原来，玄宗睡醒后，本想找杨玉环的，但听宫女说杨国忠正和贵妃在一起，估计是说他去剑南的事，就没有打扰，径自到高力士这里来了。

杨玉环没有想到杨国忠来找她，皇上已经知道了，就说："是啊，国忠走了。他是想让我……"说着，杨玉环看到高力士在旁，不便说杨国忠托付的事，就改口道，"嗯，这是我们的私事，我不说了。三郎，我们回自己房里去。"说着，就去搀扶玄宗。

他们在一起这么些年了，杨玉环始终保持少女的顽皮和娇羞，全然不像个三十多岁的妇人。高力士看着这一切，笑着说："那老奴就不多送了，免得贵妃不好意思说。"

"力士，你不要生气。国忠说这个话只能说给皇上一个人听，所以要避着你。"毫无心机的杨玉环把一切都讲了出来。

高力士说："不敢，不敢。"

回到寝宫，杨玉环迫不及待地问道："三郎，难道你真的要派国忠去剑南吗？"

玄宗不答杨玉环的话，反问她这话是不是杨国忠告诉她的。杨玉环说："国忠今天来对我说，皇上要派他去剑南领兵打仗。他说，他未带过兵，去了岂不误事？"

玄宗说："国忠是剑南节度使啊，现在南诏屡屡犯边，他不去的话，于法于理上都讲不过去呀。"

一听说皇上真的要派杨国忠去剑南，杨玉环心里急了，她说："三郎，国忠身兼数职，如果他去了，他管的那些事交给谁处理呢？这样两头都不落好的。如果他到巴蜀弄不好，打了败仗，就更是得不偿失了。"

听杨玉环说得头头是道，玄宗笑着说："玉环，想不到你对政事这样了解，看样子，我要封你一个官了。对了，国忠离去后，他兼的那些职务都让给你吧。"

杨玉环知道皇上这是在取笑她，她也笑着说："那好呀，以后我俩就一起上朝，一起下朝，真正是同止同息了。"

"好是好，只是委屈你要站在朝班，和那些老头子站在一起了。"

"啊，不行，我要和你一起坐在御座上。"

玩笑开过了，玄宗这才对杨玉环说："玉环，你不必为国忠担心。其实朕也不想派他去剑南，只是在这种情况下，不派他去走走过场，别人是要说闲话的。派他去还是必要的，只是时间不会太久，等他把大唐和南诏的关系理顺了，我就会召他回来，那时，朕会封他一个更大的官。"

"更大的官？那是什么官？"

"你不要问那么多，到时你就知道了。这些话你知道就行了，不要告诉杨国忠。"

听皇上这样一说，杨玉环才放下心来。她本不是一个对政治感兴趣的人，要不是杨国忠找她，她才懒得问这些事呢。现在皇上说派杨国忠去只是走一个过场，很快就会把他召回，还会封他一个更大的官，她也就不再过问这件事了。

杨国忠见过杨玉环后，总是有点不放心，第二天，又让虢国夫人进宫，探问一下。杨玉环就把皇上对她说的话告诉了虢国夫人。虢国夫人是能揣测出这些话里的内容的，皇上说会封杨国忠一个更大的官，比杨国忠现在担任的职位更大除了宰相再没别的官了，就是说，杨国忠再从剑南回来，皇上就会封他为宰相。哈，这可是个大喜讯，国忠的心愿终于实现了。

虢国夫人连忙从宫中来到杨国忠府上，把杨玉环的话告诉了他。杨国忠听了，心里又喜又忧。喜的是皇上心里有引他入相的想法，忧的是这到底只是空头许诺。再说，他去了剑南，朝中就只有李林甫一人说了算了，李林甫决不会轻而易举就让自己回京的。虽然有皇上做主，但他必从中百般阻挠，只要皇上稍一松弛，听从了李林甫的话，那他的美梦就会泡汤。所以，他想的还是最好不要离京，免得再生意外，就是非要走，也要在皇上面前把李林甫的险恶用心明白讲出来，让皇上提防着他。

但李林甫一再催促，皇上终于下了派遣杨国忠去剑南的诏命。没有办法，杨国忠只好收拾行装远赴巴蜀。临行前，他入宫拜别皇上，禁不住流下泪来。他哭着对玄宗说："皇上，臣今当远赴剑南，这全是李大人的主意，他这是在打击报复我。"

"国忠何出此言？"

"前一阵王钺造反，通过我的细致访察，发现李大人在此案中有着诸多蛛丝马迹，皇上体念老臣，让我不再追查下去。哪知李大人从此对小人怀恨在心，处心积虑地想打击报复我。听说此次让我去剑南，就是他怂恿当地官吏上的奏章。"

"国忠，你不要多想，你是剑南节度使，蜀中官吏盼你入蜀也在情理之中。至于林甫催促，也在他职权之内，你就不要多想了。"

"皇上，臣远离圣上身边，心有忧虑。"

"什么忧虑？"

"臣担心会被李大人加害。"

"国忠，你过虑了。你到了剑南，迅速处理好边务，我在京师屈指待卿。等你还朝，我还有一件大事委派给你呢。"

杨国忠本想问问是一件什么大事，但皇上不说，他可不敢问，只是哭哭啼啼，表现出万分悲痛、无限眷恋皇上的样子。玄宗见他这样伤悲，对自己这样依依不舍，也有些感动，就说："朕跟你说了吧。林甫年纪也大了，他的精力已经不足以每天处理繁重的政务。朕想在你从蜀中回来后，让你担当宰相的大任。你现在的政绩有目共睹，如果再有处理外事的能力，别人当会更加心服。国忠，你明白朕的心意吗？"

此时，杨国忠就是再愚痴也明白了。他心里一阵狂喜，这可是皇上亲口对他说的，等李林甫退隐之后引他入相。有了皇上这句话，杨国忠应当走得踏实和放心了。

临走之前，杨国忠还到李林甫的相府去了一趟。两人虽一直明争暗斗，但在面子没有撕破之前，表面关系还是要维持的。再说，出于礼节，京官外出，总是要到相府辞行一下的。杨国忠装着向李林甫请示机宜的恭敬样子，心里却在暗骂这条老狐狸。李林甫倒很会做人，他喜怒不形于色，装着兴致很高的样子，认真详尽地和杨国忠讨论着如何处理西南防务和南诏的关系，好像他真的一心扑在政务上似的。

　　杨国忠从长安出来，一路上带着游山玩水的心情，故意拖沓慢行，心想，也许不等我到剑南，皇上就把我召回去了呢。杨国忠这样想是有他的依据的，因为他在向李林甫辞行时，发现李林甫的身体已经大不如以前了，面黄肌瘦不说，没讲上几句话，他的额头就冒出了虚汗，拭汗的手也在颤抖着，没有一丝力气，身上显现着一些病兆。

　　杨国忠想得一点儿也没错，李林甫确实病了。在此之前，他的身子一直不舒服，但因为心里想着事，盘算着如何把杨国忠排挤出京城，殚精竭虑，一直用意志力压着病魔。杨国忠一离京，他的心愿达到后，精神一放松，身体松垮下来，病势乘机扩大了。开始是发烧三天，好不容易烧退了下去，身体乏力，再也没有了先前的精神气。

　　天气凉了下来，又到了上骊山的秋末冬初时节，玄宗携杨玉环再上华清宫。皇上知道李林甫的病后，也让他一起随驾前往，想让温泉水把他的病泡好。但温泉水对李林甫似乎并没有什么神效，他依然浑身无力，已经到了不能起床的地步了。

　　即使如此，李林甫也不愿或不能休息。自从他当上宰相开始，十九年来，他对事务的处理一直有他的一套方式，不愿别人插手，所以，即便他病了，那些事还是排着队等着他来办。本来有些事他可以交给左相陈希烈去办的，但他把揽着不放权。皇上鉴于他病势严重，特准他在府上办公，连每天到公衙点卯也免了。李林甫硬撑着在家办了四天公，累得实在吃不消，只得放手，暂把政事交付给陈希烈，自己在家休息，希望身体早日康复。

　　玄宗听说李林甫此次病情来势凶猛，已经到了不能起床的地步，就派太子去看望他。同时让高力士率宫廷中的两名最好的御医到相府，代表皇帝问疾，并进行诊疗。

　　太子到相府看望李林甫，看到他面容枯槁，已露垂危之像，心中欢喜不已，心想：看情景，这个老家伙不会活太久了，他一直和我作对，早就该死了。但心里这样想，嘴上免不了还是一番嘘寒问暖，希望他早日康复。李林甫感谢皇上和太子对他的关心，心里也知道太子的虚情假意。

　　御医诊治了李林甫的病，脸色严峻，回来告诉皇上，说李大人的病不太妙。由于李林甫不能处理政事，陈希烈对摆放在案头的有些事缺乏经验和能力，这样，许多事就推到了皇上面前。长年耽于享乐的玄宗，现在又看到那些案牍，烦恼顿生，他心里实在不愿去打开那些奏折。这样，他自然就想到了杨国忠。想到如果杨国忠在的话，这些事尽可全推于他，他也可以继续歌舞宴乐了。

　　于是，杨国忠离京还不到半个月光景，皇上又命中使急驿入蜀，召杨国忠速速回京。

　　这边，杨国忠还没有到蜀中呢，中使已赶上了他，把皇上的诏命念给他听，让他快速赶回长安。杨国忠听到这个消息，心里万分兴奋，他没有想到好消息来得这样快，于是立即拨转马头向京城赶去。路上，中使已经把李林甫生病的事告诉了他，杨国忠更是高兴，他想到离京时皇上跟他说的话。也就是说，皇上召他回去，是要他接替李林甫当宰相的。

在杨国忠往回赶的时候，李林甫的病情又加重了，已经到了不能起床的地步。温泉水对他一点作用也没有，他待在骊山的府宅昭应私第里，每天总有几个时辰神志不清，身上发着低热，与病魔作着最后的斗争。

玄宗为了表示对他的关怀，想亲自到李林甫府宅去看望他，被御医和大臣们劝住了，理由是重病之人身有不洁，万一感染到了皇上，那可不得了。于是皇上打消了亲自去探望李林甫的念头，改为在降圣阁遥望。

这天，玄宗登上降圣阁，向着李林甫府宅昭应私第遥望，并用红巾招之，表示慰问。李林甫已经病得不能起床遥拜谢恩，就让儿子代拜。李林甫的儿子和从宫中赶来的内侍、史官，早早立在高处，向着降圣阁张望。透过翠松，他们看到了一点红色。

"看到了，看到了。"内侍高叫着。

于是李林甫儿子拜服在地。史官记下这一切离开了。

杨国忠回到京城之后，便去了李林甫的府宅，在病榻前拜见了他。杨国忠看到李林甫已经形销骨立，瘦得没了人形，再也活不了几天了，因此心里暗暗高兴，心想：终于盼到你死了，过不了几天，别人就会喊我杨宰相了吧。

李林甫仿佛看透了杨国忠的心思，他喘着气说："国忠，你来得好快啊。"

"听说宰相病了，下官日夜挂心，兼程赶回。宰相，你的病不要紧吧？"

李林甫并不回答杨国忠的话，他把眼睛闭上养了一会儿神。杨国忠看着神情憔悴到了极点的李林甫，干瘦得缩成一团，心想，就是这个人让朝臣看了胆战心惊，可是现在，他的生命之灯就快燃到尽头了，他的威势还会在吗？他这样想时，心里的胆气陡然增长了不少，也敢正眼看着李林甫了。正在他这样看时，李林甫突然睁开双眼，本来虚弱无神的眼睛闪出冷冷的亮光，目光在杨国忠脸上扫了一下。杨国忠心里的勇气立刻消失不见了，他的心里不禁又生出畏惧来。

"国忠，我的病是不会好的了，我死后，你必为相，老夫的后事累公操劳了！"

这可不是一般的话，李林甫的话很重。大唐官场中"以事累公"，也不是一句寻常话，而是暗示过去虽有不洽或仇隙，但请政敌放过自己的子孙，所谓人死怨消的意思。

杨国忠与李林甫面和心不和，两人心里都是有数的，但官场上就这样，不到万不得已，面子是不会撕破的，表面的客气还是需要的。对于李林甫这个将死之人，他现在已经不需要这个面子了，他直截了当地讲了出来，这令杨国忠惶恐不安。

常言说"人之将死，其言也善；鸟之将亡，其鸣也哀"，李林甫预感到自己去日无多，他的荣辱安危都已不重要了，心中唯一牵挂的只是他的家人。也许他预感到他一生树敌太多，死后别人断不能善罢甘休，会找上他的家人，其中他最担心的人也许就是眼前的杨国忠吧。从同类身上最能闻出什么气味，李林甫知道杨国忠是怎样一个人，也知道杨国忠对自己恨之入骨。他讲这番话，就是希望杨国忠以后不要找他家人的麻烦。如果杨国忠在别人向他家人发难时，能给予援手，那他在九泉之下也就感激不尽了。他这样说，也就是承认在与杨国忠的争斗中败北了，这在任何一个有自尊心的人的心里都是痛苦的。其实，李林甫是输给了时间，不是输给了杨国忠，但为了家人，为了子孙后代，他，一个将死之人的自尊又算得了什么呢？于是，他满含凄楚和哀求地说出了上面那番话，恳求杨国忠放他家人一马。

杨国忠是明白李林甫话中的深意的，他惶恐不安，脸上有汗出来。李林甫已经把话讲到了这个地步，也就是挑明了他与自己的关系，这个关系不是朋友的关系，也不是晚辈与长辈的关系，而是仇敌的关系，这让他一下怎么受得了呢？他一直以晚辈之礼对待李林甫，内心对他极是忌惮，李林甫要是死了还好讲，如果他不死，那么这层脸面已经撕破，这让他以后如何对待他呢？岂不是连后退的余地也没有了？想到这里，杨国忠忙掏出汗巾拭面，一边说："李宰相言重了，下官哪敢望相？"

这是杨国忠的不实之言。在一个将死的人面前撒谎是让人感到羞愧的，话一出口，杨国忠就感到在人格上低了李林甫一等，他连忙说："李大人，你还有什么要交代的吗？"

李林甫又沉默了一会儿，然后向他挥挥手，示意他可以退下了。

从李林甫的府宅出来后，杨国忠心里既高兴又懊丧。高兴的事自然不用多讲，李林甫就要死了，他就要当上宰相了；懊丧的是他看到李林甫虽然就要死了，但不是被他击败的，相反，他感到是李林甫把他击败了，这让他气恼万分。

杨国忠充分利用此次从外地回京的借口，多方拜谒官员大臣，为他即将登相大造声势，笼络人心。同时，如有时间，他总是到李林甫的病榻前探望，如果李林甫不死，他也可以给自己留下回旋的余地。但御医告诉他，李林甫这次是真的好不了了，恐怕半个月也难坚持下来。

果然被御医说中了，十天没过，李林甫，这位做了十九年宰相的人，深为皇帝器重的大臣就死在了自己在骊山的住宅。

皇帝悼惜这位大臣。李林甫在位十九年，为他分了多少忧担了多少愁啊，现在撒手西去，真可谓折了他的左膀右臂。他追赠李林甫为太尉，扬州大都督官衔，由子侄扶灵回都城，丧事举办得非常盛大。

李林甫死后，由谁入相，几乎没有引起太多的猜疑，种种迹象表明，杨国忠是唯一可以代替李林甫的人选。果然，皇上没有过多久，就任命杨国忠为右相。

杨国忠的心愿终于实现了，他成了一人之下，万人之上的宰相，高兴得在睡梦中都笑醒好多次。想想吧，他，杨国忠，也就是以前叫杨钊的那个人，三十多岁前，他过的是什么日子？寄人篱下，浪荡街头，每天为着三餐奔忙焦心。那时，他最大的心愿，也许就是有鱼有酒地美美吃上一顿。可是时来运转，他杨家出了一位贵妃，他顺着这根藤蔓，一路攀缘着，先是来到京城，谋得小官，竟见着了皇上，更难以想象的是被皇上重用，一路爬到了宰相的地位。哈，原来杨国忠生来就是一个人物，必不会久居人下。

高兴归高兴，杨国忠也知道他来京时间短，短短七年间，从一个默默无名之辈，崛起到宰相之位。这是大唐历史上从未有过的，人们对他不免会有非议，特别是在按资排辈的那些人看来，他沾了太多的椒房之亲的光。为此，他亟待做几件事来证明他的能力，同时也为了笼络人心。

杨国忠上任后的第一件事，就是将等候着的选人，立刻依资历发任官职。从前，选人在吏部长年累月地待官，没有人事关系，会待很久，而杨国忠一当政，用最迅速的方法，依年资派给职务，一下子解决了问题。这使杨国忠在中下层官员群中，获得了非常好的声誉。

同时，杨国忠似乎为了更好地证明自己，加快了办事速度，在短短的时间内做了不少事，很有点雷厉风行的味道。他本来是个办事之才，脑袋聪明，没有儒家那些理论框框，凡事但求功利和实效，儒士们不满他的做法，可是各衙门中积压拖延的作风却改了过来。此外，他又以最快捷的手法查点库藏，量度岁出岁入，在残年时，便决定了增加中下级官员俸给的计划，在以前，这些事至少要半年以上的时间才能办好。这进一步得到中下级官员的拥戴，儒士们也没有话好说了。

就在杨国忠做宰相做得得意的时候，安禄山又来朝了。这次安禄山除了带来大批礼物分送给各大臣外，还另外带了几件送给玄宗和杨玉环的礼物。送给杨玉环的是一套用白玉石雕刻而成的鱼龙鸟雁等。原来上次安禄山来京，玄宗曾带他到骊山华清宫沐浴，他深深记住了温泉的好处。回去之后，他一直想着如何讨好皇上和贵妃，想到如果送一般礼物的话，皇上和贵妃定然瞧不上眼，不能起到讨其欢心的目的。有一天他突然想到范阳出产白玉石，灵机一动，想，如果用白玉石雕刻成一些动物放在温泉水中，定然会平添洗浴时的情趣，那样定会引得龙心大悦，贵妃也会高兴。于是，他精选了上等美玉，命人雕刻成这些礼物。其中最醒目的是一朵玉莲花。

玄宗和杨玉环看了这些进献的用白玉石雕成的东西，果然万分高兴。玄宗看到那些鱼龙鸟雁雕琢酷肖，巧夺天工，特别是那朵白莲花，洁白无染，玲珑剔透，似才摘下的一样鲜艳欲滴。他立刻命人把那些小动物用一根石梁横架着陈于温泉之上，于缭绕的雾气中看去，那些动物就像活了一般，鱼儿潜游，鸟儿振翅。那朵白莲花，安禄山在制作时就想好了，他让匠工琢通中心，把温泉水引注其中，再从莲头喷出，望去宛如天露四洒。杨玉环浸泡在温泉水中，看着那些小鱼小鸟似乎正戏耍着向她而来，莲花喷洒的水珠溅落在她的秀发和娇嫩的皮肤上，说不出的舒适和开心。

安禄山献给玄宗的礼物却是助情花。助情花不是真的花，而是一种催情药，大小如粳米，颜色微红，芳香扑鼻，娇艳可喜。安禄山想到皇上到底已是七十多岁的人了，身边即使有美貌的杨玉环，想必体力也有限，不能尽兴。于是，他千访万寻，才从一位道士那里得来此药。据说此药是采集了数百种雄花粉调配而成，得之极其不易，一共才一百多枚，安禄山自己留下几十枚，余下的一百枚全部进献给了皇上。

玄宗爱惜如宝，心想：还是安禄山知朕心意，真乃忠心也。

此年冬季，因为有安禄山进献给杨玉环的白玉石雕，又有进献给玄宗的助情花，玄宗与杨玉环在骊山待得特别久，有点乐不思蜀了。这正应了白乐天《长恨歌》中所说的：

> 春寒赐浴华清池，温泉水滑洗凝脂。
> 侍儿扶起娇无力，始是新承恩泽时。
> 云鬓花颜金步摇，芙蓉帐暖度春宵。
> 春宵苦短日高起，从此君王不早朝。
> 承欢侍宴无闲暇，春从春游夜专夜。
> 后宫佳丽三千人，三千宠爱在一身。

玄宗为了表示对安禄山的宠爱，尽管他家在范阳，很少来京，还是在京城长安为他盖了宅第，而且在骊山为他筑了府舍。

此时的安禄山由于得到玄宗皇帝的特别宠遇，除了身兼范阳、平卢节度使外，又另领了河东节度使，以及河北道采访处置使，还有上柱国柳城郡开国公、东平郡王等头衔，权势比过去大得多了。母亲、祖母皆赐国夫人，十一个儿子都由玄宗赐名。

安禄山此次来京，再没有了以前的手足无措和惊慌，他成了众多大臣巴结的对象。李林甫一死，他还怕谁呢？至于新为相的杨国忠，安禄山根本不把他放在眼里，以为他不过是靠椒房之亲才得以拜相的，环顾朝廷间，再没有能和他相抗礼的人了。由于他是贵妃的养儿，还获得一般朝臣所没有的宠遇，就是可以随时随地进出后宫，名义是拜见贵妃母亲。

这天在骊山府舍，安禄山闲来无事，他哪里也不想去，心里烦躁得很。不知怎么的，他的眼前老是飘浮着一个女子的身影。那个女子身着华彩丽服，高髻云鬟，上插金步摇，肌肤白嫩，说不出的风姿妖娆。这个女子似乎是他比较熟悉的，但又看不真切。心神不宁中，安禄山让下人备轿，他要进宫朝见皇上和贵妃。

来到华清宫，皇上不在，正在朝元阁接待一个外邦遣唐使团。贵妃刚刚从温泉中洗浴出来，正躺在御榻上休息。一听说养儿来了，出于礼貌，杨玉环起身接待。

杨玉环对这个皇上硬塞给她的养儿心里并不当回事，但私下里，玄宗对她说，为了笼络安禄山的心，请她务必委屈一下，胡人敏感，应善意相对。杨玉环不明白的是，为什么要来委屈她，这个胡将不听话，换另一个人去就是了。但玄宗告诉他，安禄山很会打仗，有他在东北边庭，契丹和别的强敌都不敢窥视中原，更不要说领兵南下了。听了玄宗这番话，杨玉环虽然心中极不愿意，但还是强打精神来善待安禄山。不过，有时这个养儿也能给她带来一丝欢乐，特别是每次见着她时，他必恭恭敬敬地拜服在地，高呼"母亲"，其滑稽模样常常令她忍俊不禁。

今天杨玉环听传安禄山来，想以皇上不在打发他回转，但一来想起皇上曾叮嘱过她的那些话，二来，她一个人待着也无聊，就唤他进来。

安禄山进来，看到杨玉环慵懒地倚靠在床上，也许是才洗浴过的缘故，脸上显得红润粉白，娇艳无比。他不敢多看，连忙拜伏在地，高呼"儿臣拜见母亲"。

杨玉环让他坐下说话。于是安禄山站起，早有宫女搬过椅子来让他坐下。坐下的安禄山拿眼偷觑了杨玉环一下，发现贵妃今天特别仪态万方，明媚动人。以前他看见杨玉环时，都是在杨玉环盛装在身的时候，今天杨玉环刚刚从温泉中出来，还没有来得及梳妆打扮，穿着也随意了一些，但更有一种出自女性天然的美让人心旌摇荡，魂不守舍。安禄山看着看着，突然发现，杨玉环原来就是平日在他面前晃动的女子身影，这让他吃惊和惊喜。不错，正是她，平常总认为没有看到女子的脸，其实不是没看到，而是看到了不敢承认。想到这点，安禄山把头低了下去，不敢再偷看杨玉环，他怕自己会失态。

杨玉环与安禄山默然相坐，她不知道应该和安禄山谈些什么。倒是安禄山打破了沉默，说："母亲，我来京也有许多次了，京都的繁华也见识了许多，但令我难以忘记的还是初次来京时的情景。"

"噢，是吗？你初次来京都见到了什么？"

安禄山这里说的初次来京，是当上节度使后第一次被皇上召见。他说："那次，没来京之前，儿臣在范阳，常常会听到从云端中传来一阵美妙的音乐。那种乐曲是儿臣从来没有听过的，也不知是什么乐器演奏的，是琴而非琴，是筝而非筝。那股仙乐从云端传来，若有若无，缥缈萦绕，让人心神向往。"

听安禄山这样一说，杨玉环有了兴趣，她把身子抬了抬，说："那是什么乐曲？难道是仙乐不成？"

"儿臣也是百思不得其解。人常说天上有仙女，当必有仙乐。那时儿臣想这肯定是天上仙女奏出的乐曲，不意被我有福聆听，真是三生有幸。但让儿臣遗憾的是，那股乐曲不是天天都有，有时是在上午，有时是在午后，多数是在夜晚出现。当天空繁星密布，儿臣听着这天外仙乐，几疑不在人间了。那些日子，对儿臣来说，每天的快乐就是能听到这股仙乐。"

"听得多了，想必你也能把它录下来了。你能不能把乐谱给我一看？"

"儿臣愚笨，哪有母亲的聪明才智？禄山就是听上百遍也不能记住乐谱，再说，儿臣当时只顾玩赏，哪里还想着记谱？"

听安禄山这样一说，杨玉环深深叹了一口气，她想，要是安禄山把乐谱记下来，那么，这段天宫仙乐由她来奏出，必当另有一番韵味。正当她失望时，又听安禄山说道："不过母亲不要失望，儿臣来到京师后又听到了这段乐曲。这次不是从天下传下来的，而是真真切切听人演奏的。"

"噢，那是谁？"

"是街头的一对卖唱父女。"

"卖唱父女？"

"正是。那天，儿臣闲来无事，想浏览一下长安的繁华美景，就信步走到一处酒馆。正是在那里听到了那对父女在演奏这段乐曲。"

"你有没有问他们这段乐曲叫什么名字？"

"儿臣问了，他们说叫作《凉州曲》。母亲，有这么一首乐曲吗？"

安禄山的这段话半真半假，其实他哪里不知道有《凉州曲》这首乐曲，不仅知道，而且还深知是杨玉环所作。他这样问，显然是故意讨好杨玉环，让她听了高兴。

开始听安禄山卖了那么长的关子，最后听他讲出的竟是自己谱写的一首乐曲，杨玉环心里不免有些失望。但失望之余，心里又有些得意。自己写的曲子受到别人如此推崇，她心里有甜蜜蜜的感觉。但她不好说这首曲子就是自己所作，嘴里只是淡淡地说："嗯，是有这么一首曲子。不过也不是怎样美妙动听，我听来觉得很是一般。"

"母亲常年在宫，美妙乐曲听得多了，一定不会觉得如何好。但儿臣久处塞外，听的多是大漠朔风，冲锋号角，这般婉转美妙的乐曲在禄山听来简直就是仙乐神曲了。儿臣看到在长安无论哪个酒馆茶肆中，这首曲子都是极受喜爱的，常常有人点唱。"

外愚内黠的安禄山故意装作什么也不知道，把杨玉环捧得晕晕乎乎的。

杨玉环不想再在这首乐曲上听安禄山的赞扬，就把话头一转，说："禄山，我看你对音律还是很有领悟的，不然你的胡旋舞怎么会跳得那样好？"

"母亲谬夸了，儿臣的胡旋舞怎能与母亲相比呢？上次儿臣还不知道，此次儿臣才知道，母亲的胡旋舞是京城长安，不，是天下第一啊。上次儿臣真是班门弄斧了。"

听安禄山这样一说，杨玉环笑了，她说："禄山，我跟你说，上次没有看到你的胡旋舞时，我还当真以为自己跳得很好呢，不要说天下第一，起码在长安也是数一数二的。但自从看到你的胡旋舞后，我不敢自夸了，才知天外有天，人上有人。"

"母亲太自谦了。胡旋舞本是胡人的舞蹈，儿臣久在胡地，见得多了，也只是粗通皮毛。其实这种舞蹈又怎能与大唐的舞蹈相提并论呢？"

"话不能这样讲。胡人的东西也不是全无用处。胡旋舞是比较难跳的舞，它有自己的旋律与节拍，不易掌握。"

"母亲其实不知，平日大家看到的只是小胡旋，与之相对应的，还有一种叫大胡旋的舞蹈，它要更难跳些。"

听安禄山这样一讲，杨玉环眼睛一亮。大胡旋？这可是她第一次听说。她连忙问安禄山会不会跳。安禄山说只是粗窥门径，还没有练得精熟。听说安禄山会跳，杨玉环也不管其他，立即要求安禄山教她跳大胡旋舞。

原来大胡旋舞蹈相对小胡旋舞蹈来说，突出在一个"大"字上。小胡旋要求舞者紧拢住身子，增加旋转的速度，而大胡旋恰恰相反，它要求舞者尽量伸展四肢，这样，旋转的速度固然慢了下来，但变化的花样多了，更具观赏性和娱乐性。同时，舞者扩大了旋转的范围，有时也可两人对舞或多人共舞。

安禄山一下场演示，杨玉环就被大胡旋这种新颖的舞姿吸引住了，她不待换装就随着安禄山的指点摆起了动作。杨玉环发现大胡旋舞因为摆脱了胡旋舞单纯地要求舞者旋转的束缚，而变得花样繁多，更要求手臂与脚部协调一致。可以说，大胡旋舞杂糅了小胡旋舞与中原舞蹈的特色，既有强烈的节奏感又有着观赏的美感。

安禄山在旁指点着杨玉环的一招一式，如何摆腿，如何扬手。因为距离太近，他闻到了杨玉环身上散发出的一股奇特的香味。这股香味令他晕眩，令他陶醉。

杨玉环在洗温泉水时，和别人不同，她会往水中加一种特殊的香料，洗后，还要在身上抹上龙涎香。龙涎香是一种极其名贵的香料，是由外邦进贡而来，传说是采集龙的涎水调制而成，香味润而不浓馥，醒脑而不迷醉，持久而不易散。杨玉环这么一活动，香味发散开来，安禄山闻了如饮美酒，浑身发软，渐渐有些把持不住了。

安禄山摇了摇脑袋，心中告诫自己要清醒些，不要做出什么非礼举止来，同时，他在自己的大腿上狠狠拧了一把，疼痛让他稍稍清醒了一点。

这时，杨玉环正张着手做一个大胡旋的动作，扭头问安禄山，她做得对不对。安禄山说不对，就走到杨玉环的后面，两手托着她的双臂要她再往上抬一抬。这样做时，安禄山贴着杨玉环而站，闻着她身上传来的香气，看到她雪白的后颈，还有黑亮带点湿润的秀发。安禄山只觉得自己口干舌燥，心怦怦直跳。他再也顾不了许多，一把将杨玉环抱在怀里，用嘴狂吻她雪白的后颈。

安禄山的举动把杨玉环吓坏了，她好不容易从安禄山的怀抱里挣脱出来，朝着他的脸就是两耳光，指着宫门气咻咻地说："大胆狂徒，滚！"

此时，宫女都站在宫门外，室内只有安禄山与杨玉环两人。安禄山捂着火辣辣的脸颊，仿佛也被自己的举动惊呆了。他慌忙跪下说："母亲，儿臣一时大胆，望母亲谅解……"

安禄山还要说什么，杨玉环已经瞪起凤眼，指着大门，再一次大声说："你给我滚出去！"

安禄山没有办法，诚惶诚恐地出了华清宫。

回到自己府舍的安禄山害怕到了极点，他责怪自己一时把持不住，竟做出非礼贵妃的举止来。这下完了，自己的一条小命定然不保。也许要不了多久，龙武军就会来捉拿自己。他痛悔恐惧，但没有办法，这里不是范阳，不是他说了算的地方。如果在范阳，即使是皇帝，又能把他怎么样？他手中有兵，有恃无恐。但这是在长安，在天子脚下，他得罪的又是皇上无比宠爱的贵妃。这下，他只有等死了。跑，那决计是跑不脱的。

内心焦急恐惧的安禄山，手足无措，犹如一只困兽在室内徘徊不定，只能坐以待毙。他仿佛看到了自己的下场：被禁军卫士五花大绑地捆起来，押到皇上面前。玄宗皇帝高高坐在龙座上，喝骂他这个忘恩负义的小人，对他这样恩宠，他却做出这种大逆不道的事，竟敢调戏贵妃。随后，他被押赴刑场砍头了事。随着一道圣旨到范阳，他的老母妻妾、子孙后代，全都被押赴刑场。想到这里，他闭上了双眼，不敢再想下去了。

安禄山离开后，杨玉环还没从气恼中清醒过来。她脸色绯红，呼吸不匀，气得把身上的衣服都扯了下来，狠狠地摔在地上，眼中几乎要喷出火。她真是气昏了，想不到安禄山这个肥猪竟敢来调戏她，眼中还有没有皇上了？！这个胡人，嘴里口口声声喊她母亲，心里还不知如何想呢，真是不要命了。杨玉环想，等会儿见了皇上，一定要把安禄山大胆妄为的事说出来，让皇上马上砍了这个狗贼的脑袋。

长这么大，杨玉环还从来没有生过这样大的气，她没有想到会被安禄山这样侮辱，就连皇上平日对她也是宠爱有加，礼敬三分。但安禄山眼中根本就没有皇上和她，他这样对她，把她当什么人了？杨玉环越想越气，恨不能马上就看到安禄山死在她面前。

但今天不知怎么了，玄宗皇帝迟迟没有到杨玉环身边来。在等待皇上的时间里，杨玉环的气稍稍平了一些，她恢复了理智，能够心平气和地来想这事了。她首先想的是，如果把这事告诉皇上，皇上无疑一定会杀了安禄山，那样的话，皇上就少了一员得力的边将。因为皇上无数次地对她说，东北有安禄山在，他睡觉就会很香。杀了安禄山，又到哪里去找像他一样能镇守住东北的边将呢？但如果不杀安禄山，心中这口恶气实在难以咽得下。杨玉环心中犹豫起来。最后，她从大局着想，决定放过安禄山，不把这事告诉皇上，只是以后再也不要让那个胡贼随便入宫了。

安禄山忐忑不安地在府舍中度过了一天，他没有等到来抓他的宫中卫士。一夜过去了，依然没有抓他的迹象。他疑惑了，心想，难道皇上就这样放过他了？他心里抱有侥幸，以为皇上器重他，不愿在这事上大做文章，却没有想到杨玉环根本没有把这事告诉玄宗。

第二天，他没有等到来抓他的卫士，却等到了皇上召他进宫赴宴的邀请。

安禄山想，这也许是个阴谋，皇上不愿让这件丑事张扬于外，以召他赴宴为名，诓他进宫，暗中处决了他。安禄山虽然害怕，但他不敢不去。到了宫中，发现远不是他所想的，皇上对他依然亲切温和，并且没有一丝一毫责怪他的意思。他看到皇上身旁的杨玉环把脸扭向一边，看都不看他。安禄山终于明白了，原来杨玉环根本就没有把昨天的事告诉皇上。

安禄山明白了这点，心里一阵狂喜，庆幸自己走运。他不知道杨玉环为什么不把这事告诉皇上，他也不想知道，此时他只知道性命一时无虞了。但此时无事，保不了会永远无事，杨玉环一旦把这事告诉了皇上，那么他的小命也就不保了。事不宜迟，应该速速回到范阳才是。于是，安禄山在宴会上就提出了要回范阳的请求。

玄宗对安禄山突然提出要回范阳有点惊讶，他说："禄山，怎么才来就要走了呢？等冬天过去了再回去吧。"

"陛下，我怕边境有事啊。契丹胡寇往往是在冬季侵扰边境的，我怕我不在，将官们会松懈防备，给了敌人可乘之机。"

玄宗听了这话，当真以为安禄山是以边事为重，心里万分高兴。他说："既然这样，那你就辛苦了。"随即扭转头对杨玉环说，"玉环，禄山要回范阳，你看我们该赏赐他一点什么好呢？"

杨玉环自然知道安禄山要回范阳的真正原因，那是他心里害怕。听玄宗这样说，她恨不能把面前酒杯里的酒泼在安禄山的脸上，算是对他的赏赐。但她没有这样做，只是冷淡地说："随便皇上赏他什么吧。"

于是，皇上赏赐了安禄山大批钱物。安禄山拜谢了皇上和贵妃，出得宫来，立即命家奴收拾行装，他来不及和众位朝臣告辞，便匆匆下了骊山。回到长安，他只是住了一夜，就日夜兼程向范阳赶去。一直到了范阳，安禄山才长长地舒了一口气，知道自己这条命总算暂时捡回来了。

安禄山的性命可说暂时无忧，但并不是说就消除了危险，相反，这种危险还是时时都存在着的，只要杨玉环把事情的真相告诉了皇上，皇上定会处置他，或召回处死，或赐毒酒自尽。为此，安禄山忧愁满面，常常无故地叹气，但此事又不能找人商量，就是找了，也无法商量。

安禄山的这种反常情绪引起了一个人的注意，那就是一心想做大事的奏记官高尚。高尚发现安禄山去了一趟长安后，回来就常常无缘无故地叹气忧愁，知道他在长安一定遇到了难事，但安禄山不讲，他也不好妄加猜测。高尚是一个诡计多端的人，他想他一定能让安禄山开口讲出在京城的遭遇，那样，他就会因势利导，掂量出那事的分量，是否有利用的价值。

高尚只因为没有中举，把一腔怨气都发泄在大唐王朝的身上。他由痛恨科举制度进而痛恨大唐，一心想搅乱太平盛世。他遍游天下，最后投靠在安禄山的帐下。他看到天下精兵尽聚安禄山手中，心想，如果说动安禄山反唐的话，那么不愁心中夙愿不能实现。于是，他对安禄山平日的一举一动无不格外留心，好寻找隙机，挑拨他与大唐间的关系。令他失望的是大唐皇帝对安禄山恩宠异常，不断召他进京，不断给他封赏，恩宠不是一般人能望其项背的。他发现安禄山投桃报李，对大唐也越发忠心耿耿，死心塌地为其卖命，主动出击敌军，有许多次差点连性命都丢掉了。高尚看在眼里，急在心里，他想，这样下去，安禄山只会与大唐越走越近，断没有反叛的可能，那他的反唐大计就无从实施了。不过，安禄山此次从长安回来，显得郁郁不乐，全没有了以前回来时的得意与风光。高尚看在眼里，心中暗暗高兴，揣度安禄山一定遇到烦心事了，最好与皇上之间有了隔阂才好，那他就可乘机挑拨离间，鼓动安禄山造反。只是安禄山遇到什么烦心事了呢？他想一定要找个方法套出来。

这天，高尚来到安禄山面前，对他说："安将军，小人昨晚夜观天象，发现了天象的异常。"

"噢，什么异常？"

"小人看到东北有一颗星，明亮异常，但它一路滑向中原，冲犯了中间的帝阙。这在平日是没有的。"

高尚这样一说，正触着了安禄山的心病。他连忙抬起身子，前倾着脑袋问道："那是祸是福呢？"

高尚一看安禄山这副慌张的神态，心里更加有数了，不慌不忙地说："现在小人还说不出是祸是福。但从天象来看，这是冲帝，是起乱的兆头，不好说是好是坏。"

"起乱？起什么乱？"

"就是犯阙啊。"

听高尚这样一讲，安禄山不吱声了。他知道犯阙就是造反的意思。见他沉默不语，高尚又问道："将军，东北就是我们范阳、平卢一带啊，天象显示的也是近期的事，难道将军此次进京的随从中，有谁顶撞了皇上吗？"

"啊，这个，没有。"

"那么说是将军有什么言语冒犯了皇上？"

"也不曾有。"

高尚见安禄山不开口吐露真相，就说："将军，天象有异动，依小人看，天下必有大的变动。将军如果此次进京遇到什么变故，若信得过小人，不妨对小人明言，让小人为将军剖析一二。"

听了高尚的这番话，安禄山心中犹疑不定。高尚说天象有所变动，难道自己对贵妃的冒犯这点小事也会反应在天象上？听他的口气，还讲不出结果是祸是福，如果把事实真相告诉他，他也许真的能说出个道道来，预测出凶吉。但这事怎好出口呢？万一高尚嘴不严讲了出去，那岂不是自找麻烦？

见安禄山犹豫不决，高尚说："将军既不相信小人，小人也不好替将军剖析。这就告退。"说着向门口退去。

"慢。"安禄山忙喊住高尚，他想，这事还是和高尚说了吧。这个奏记官确实有着别人不如的才能，也许他真能帮自己拿出一个好主意来。于是，安禄山把自己一时情迷，冒犯了贵妃的事一五一十地告诉了高尚。

高尚一听藏在安禄山心中的竟是此事，他万分高兴，虽还不能明白此事到底会有什么结局，但隐隐地感到此事会对他有用。调戏贵妃，那还了得，这是死罪啊。

在把事情讲给高尚听后，安禄山双眼一眨不眨地盯着高尚看，急等他分辨出结果的凶吉祸福来。只见高尚沉默了一会儿，说："将军，此事非同小可，小人判断天象的异动可能与此事有关。待小人夜里再细观天象，以辨结局凶吉祸福，再告示将军。"

没有办法，安禄山只得再等待高尚夜来观测天象。其实，高尚讲的那番什么有星犯阙的关于天象的话，全是一派胡言，那是他想出的要套安禄山说出心事的计策，想不到一套就套了出来。听了安禄山的话，高尚一时想不出如何利用此事才好，就用再看天象来搪塞，回去后好好想上一想，看如何利用此事来达到他搅乱天下的目的。

第二天，高尚再见安禄山，说已经从天象上看出凶吉来了。安禄山也是一夜没合眼，半夜里，他也曾几次爬起来，夜观天象。但密密麻麻的星星对他来说就是满天的沙子，他根本看不出丝毫端倪。他越发佩服高尚这类读书人，想，原来地上发生的什么事，在天象上都会反应出来，还能预测出后果。如果自己会观测天象的话，不早就看出此事的吉凶来了吗？

一见高尚，安禄山忙问可观测出什么结果来了。高尚想了一夜，心里早想下了一条应对计策，他不慌不忙地说："将军，天象显示此事不妙啊。"

"啊，如何不妙？"

"昨晚，小人再次观测天象，看到东北冲向帝阙的那颗星，也就是将军你了，一路犯阙，哪知冲到一半的时候停顿了下来，进，进不得，退，也已经没有了退路。"

"这样说，我命休矣。"

"将军，话还不能说死，要想活命，还有一条路可走。"

"什么路？"

"就是一路冲向帝阙，占据帝阙的位置，那么你就居于天象中心，不仅性命可保，还将大胜以前，富贵不可言说。"

"你，你这不是让我造反吗？"

"将军，小人只是依据天象而说，至于如何还听将军示下。"

听了这话，安禄山不吱声。高尚虽然一口一个天象，但话中含义他是能听得出来的，高尚的话就是鼓动他造反。

造反，安禄山可是从来没有想过，想到自己出身贫贱，好不容易才挣到今天这个显赫的地位，受到皇上恩宠，一家荣耀，这可全是皇上对他的厚爱，他怎么可以拥兵造反呢？但他一想到得罪了贵妃，这个事要是让皇上知道了，皇上就是再顾惜他，也会治他的罪。他是知道皇上对贵妃的宠爱程度的，那真是她要天上的月亮，皇上不会给她摘星星，这从杨门一家在京的权势上也能看得出来。

此次进京，安禄山随皇上和贵妃上骊山时，杨氏一门也随驾前往。安禄山充分看到了杨氏豪侈的排场。他看到贵妃的三个姐姐，外加堂弟杨恬和杨国忠五家，每家都拥有成群的奴仆与车驾，结成五队浩浩荡荡地向骊山进发。他们为了不混淆，商量好每家都只穿一种颜色的衣服，五队人马分成红、绿、黄、蓝、青五种颜色，远看就像五朵彩云在移动。跟在后面的安禄山看到在他们经过的路上，跟着成批的百姓，不时地俯身拾捡着什么。他走近一问才知道，原来在杨氏一门经过的路上，不时有珠宝和首饰掉落地上，如果哪个拾到了，那一年的钱粮也就有了。由此可见杨氏一家豪侈到了什么程度。杨氏的张狂得力于什么，这一点，安禄山可是明明白白，全在于贵妃，是皇上对贵妃的宠爱所致。

见安禄山沉默不语，高尚在旁说："将军，小人看天象，东北那颗星，也就是将军你，光芒耀目，华光已经盖过帝星。也就是说，如果你继续冲帝，那么你必居于帝位，把帝星赶跑。小人还看到，那颗帝星昏暗无光，摇摇欲坠，已经毫无作为。"

高尚这样一说，安禄山心中一动。高尚说得未尝没有道理，他现在正如高尚所说，正处于进退两难境地。现在看，他暂时性命无忧了，那是贵妃没有和皇上讲起此事，一旦讲起，他的性命还是不保，所以也可以说是没有退路。

安禄山不知杨玉环为什么没有和皇上提起此事，但他知道那绝不是出于对他的好感，甚至连怜悯都不是。高尚说得是，与其让别人捏着自己的小命，不如自己主宰自己的命运。

想到这里，安禄山眼珠一转，说："高先生，你说我如何才能居于帝星之位呢？"

听安禄山这样一说，高尚心里惊喜异常，他知道安禄山已经被他说动了，忙说："将军，上次我与你进京，看到一路武备松弛，几无防守之兵。而将军你手中尽有天下精兵猛将，如果有意，一声令下，领兵冲阙，当一路势如破竹，天下唾手可得。"

原来，高尚早有怂恿安禄山起兵造反之意，因此他对天下兵势的分布早已熟谙于心，当下一一为安禄山谋划。安禄山于是渐有反意。

安禄山一想到要起兵反叛唐皇，心里还有着一丝矛盾。因为唐皇对他太好了，第一次他犯了死罪，是唐皇开恩，赦免了他，以后又加封他为两镇节度使，赐以铁券，给予赦免的特权，官爵封到了极顶——东平郡王，在京城和骊山为他建造了富丽堂皇的宅第。可以说，在诸位节度使中，他受到的恩宠是无人可及的。他地位特殊，备受荣宠，而他却要起兵反唐，这于情于理都难以说得过去。但他似乎也有迫不得已的一面，那就是他得罪了贵妃，他的性命随时随地都会不保。为了活命，他万不得已才走了这步。

高尚对安禄山说，现在虽然他手中握有精兵猛将，但还没有到起兵的时机，一来他还没有调遣好兵力，二来他出师无名，三来如果贸然起兵，将士多半不听调遣。针对这三种情况，高尚为之代谋，进行了详细布置。

首先，在军事方面，修筑了雄武城，大贮兵器。先后收养了同罗、奚、契丹等族的壮士，名曰"曳落河"，约八千人。这些人有的是在本族中犯有死罪逃来的，有的本就是从本族中叛乱而来，被安禄山收养在其帐下的。这些人感恩戴德，无不想为安禄山肝脑涂地。他们骁勇善战，以一当百。安禄山有时也特意对他们进行考验，发现他们确实都能为他卖命，因此对他们更加重视。安禄山想，如果一旦发兵，就让他们打头阵，定将势如破竹，对唐王朝必是一场摧枯拉朽的打击。

要真的起兵造反，那就是一场大的战争，绝不是一天两天就能解决的战役，那就需要足够的兵马和粮草。安禄山想到了这点，他畜养单于、护真大马数万匹，牛羊五万余头，还囤积了大量的粮草，并购置巨额的军需物资及珍宝。

在做这些时，安禄山还没有忘记更重要的一环，那就是笼络人心，收罗人才，并能做到使之为己所用。为此，高尚通过多种关系积极为他网罗人才，并推荐给安禄山。因此，没过几年，安禄山的手下会集了张通儒、李延望、平洌、严庄等一些为他出谋划策的人，还有安守忠、孙孝哲、蔡希德、崔乾祐、何千年、田乾真这些愿为他冲锋陷阵的武将。其中，尤以高尚、严庄、张通儒与孙孝哲为心腹，常常聚在一起商议起兵大事。

一个叛乱阴谋正在酝酿，而此时的长安城里还是一片歌舞升平。

但安禄山的异常举动还是引起了一个人的注意，他就是杨国忠。

杨国忠关注安禄山的举动并不是出于对国家的关心，恰恰相反，他是基于自己的利益。原来，杨国忠看到上次安禄山来朝时，得到了皇上的无比宠信，大有入相之势，这对他的相位造成了威胁，出于稳固相位的考虑，他想打击安禄山。同时，安禄山对杨国忠的轻视态度也让他极其恼火。杨国忠想：安禄山，你这个无知胡人，仗着皇上对你的宠信，竟敢不把我这个堂堂宰相放在眼里，那你就等着吧。

所以杨国忠发现安禄山拥兵扩展势力的情况后，立即上报皇上，说安禄山有异谋，想起兵造反。他不仅自己上表，还联合左相韦见素一同上表。

玄宗看到杨国忠的这道表奏后，心里一惊，他想，这怎么可能呢？他对安禄山这样好，他为什么要起兵造反？

几天来，玄宗都被这件事弄得心烦意乱。杨玉环知道他的心事后，想到了安禄山调戏她的事，心想，该不是安禄山怕自己把这事泄露给皇上，要了他的脑袋，所以才先下手为强想起兵造反吧？如果那样，自己当初不把此事告诉皇上，那可是大大的失策啊。要是知道这个胡人有这样的狼子野心，还不如早早让皇上把他逮住砍了脑袋算了。

这样一想，杨玉环对玄宗说："三郎，国忠既这样说，想必他有安禄山想谋反的证据。你就派人去调查一下，看他是否有此野心。"

"玉环，朕看安禄山对朕只有忠心，没有野心。朕对他的宠信超过别的胡将，要说别的胡将造反，朕信，但如说安禄山造反，朕不信。如果朕因怀疑而杀了他，那样会让别的胡将寒心，反会真的激起兵变。"

杨玉环想，此一时，彼一时，以前安禄山也许真的没有动过造反的念头，但出了调戏我这事后，情景就不敢说了。于是她再劝道："三郎，你就派人去察看一下又有何妨，如果他老实得很，岂不更好？但如果从中发现了蛛丝马迹，也好早做安排。"

玄宗一听也有道理，就依了杨玉环的话，还打趣说："玉环，朕发现你现在越来越关心政事了，并能给朕提出很好的处理方法。你真是朕的左膀右臂啊。以后，朕就更清闲了。"

杨玉环想：我又能拿出什么好的方法？这都是被那个胡人逼的。想到这里，她倒巴不得安禄山真有造反之意，让皇上把他抓来杀掉。

皇上听了杨玉环的话，派了内侍辅谬到范阳去察看安禄山的动静。安禄山见了内侍，又用出他对付他们的老招：用钱财贿赂他们，上上下下都把他打通了。辅谬受了安禄山的钱财，回来自然只讲安禄山的好话，说安禄山虽狂傲，但颇满足现状，至于想起兵造反什么的，全是没影的事。

玄宗一听这话，放心了，他不再理杨国忠的奏折，又一味地沉溺到享乐中去了。

杨国忠开始是为了打击、排挤安禄山，怕他入相而对他留意，但经过长久的情报搜集，他看到安禄山确实蓄有阴谋，有起兵谋反之意。这下杨国忠真的急了。但皇上又不听他的奏报，这让杨国忠干着急。

这时，有人给杨国忠出了一个主意，让他奏报皇上，请皇上召安禄山来京。如果安禄山确有异心，心中有鬼，必不敢来京，怕阴谋败露，身死京师，那样的话，皇上就会相信他的话了。

"那如果安禄山果真来了呢？"

"嗯，如果他真来了，让他有来无回，在半途上就把他刺杀了，除去心头一大祸患，也是为国除去一大蟊贼。"

此计甚妙。杨国忠立即上书皇上，说可以召安禄山来京一试其有无反心，并说安禄山一定不敢来京。

玄宗一想，这果不失为一个好办法，如果安禄山不奉诏来京，那么就真如宰相所说；如果来了，也就消除了杨国忠的疑心。于是，就在这年春天，他下诏让安禄山进京。

安禄山接到皇上的诏命后，大吃一惊。近来，他派在京城的眼线，已经把所有情况都传报给了他，说杨国忠对他起了疑心，上书皇上。正在他不知皇上要如何对待他时，接到了这份诏书。

安禄山捧着这份诏书来找高尚，让他想一个对策。高尚看过诏书后，说："将军此趟是一定要去的。"

"什么？这时候去长安，我不是送脑袋吗？不去不去！"

听了这话，高尚微微一笑，说："将军，你为什么不敢去？"

"他们怀疑我，我去了他们就会把我关入大牢。"

"他们仅仅是怀疑，并没有什么真实凭据啊。你去了，他们会把你怎么样？

如果你不去，说明你心中有鬼，正好证实了他们的猜疑。这个诏命，本身就是一个检验。"

"那依你之言，我这趟还是要去？"

"一定要去。将军要知道，现在我们一切都还没有布置停妥，如果你不去，那么我们的意图就暴露了。就算草草起兵，胜算也不大。你这一去，既打消他们的顾虑，又可以争取一段时间。在这段时间里，我们就会布置得周密稳妥，等真正起兵时，就可以把唐军打得落花流水。"

听高尚这样一说，安禄山心中暗暗佩服。但他还有一怕，就是万一朝廷掌握了他要起兵的证据，他这一去，岂不是自投罗网，有去无回，一点退路都没有了吗？

高尚看出了他的顾虑，说："将军大可放心，我们的事情只有极少数的人知道，他们都是你的心腹。朝廷只是猜疑，绝没有真凭实据。你只管放心大胆地去，皇上绝不会为难你的。你去后，这边有我着手布置，等你回来，我们也就布置得差不多了。"

听高尚这样一说，安禄山放下心来。于是，他收拾了行装，带着卫士从范阳赶到京城长安。为防不测，此次特地从"曳落河"八千壮士中精选出佼佼者，作为贴身卫士带着。

安禄山刚一离京，杨国忠的情报人员就把这个消息传到了京城。杨国忠一听大出他的意外，心想，安禄山好大的胆子，竟敢来京。这打乱了他的设想。如果安禄山平安抵京的话，那么他在皇上面前说的那些话就会不攻自破，皇上越发不会怀疑安禄山有异图，而会怀疑他杨国忠是何居心。看来只有实行第二步，把安禄山刺杀在半途中。

于是，杨国忠匆匆布置刺客，要在半途中把安禄山刺杀了。刺客被如数派出，杨国忠忐忑不安地在京等候。

刺杀安禄山是在靠近潼关的一个地方进行的，哪知没有成功。安禄山带来的卫士都是以一当百的壮士，刺客不仅没有刺杀到安禄山，还被安禄山全歼。但这也让安禄山吃惊不小，他想不到在路上竟会遇到刺客，看他们行动时的口号和配合，不像一般打家劫舍的蟊贼，背后定有来头。只是把他们全都杀死了，没留下一个活口来盘问，不然定可知道他们是受谁派遣而来。

自此，安禄山一路小心翼翼，加强戒备，总算平安到达长安。杨国忠一听安禄山平安到达，心知不妙，不知被派去的刺客是否有活口落在他的手里，更不知活口是否把自己供了出来。

安禄山到达长安的时候，玄宗携杨玉环上了骊山。安禄山立即上山叩驾，他见了皇上，匍匐在地，装出一副可怜状哭着说："陛下，儿臣差点见不着圣上了。"

安禄山的入朝，彻底打消了玄宗对他的疑心。他看着安禄山可怜的样子，心里突然涌起一阵愧疚，觉得不应该听信宰相的一面之词而无缘无故疑心大臣。他示意安禄山起来，说："禄山，让你来也无事，是朕想念你，让你入京的。"

安禄山继续哭拜道："陛下，臣本是胡人，全靠了圣上的荣宠，方有今日的荣华富贵。皇上对臣的恩宠只是稍大一点，就为宰相所妒。臣远离圣上，宰相日夜随侍在皇上的身边，如果宰相总是说臣的谗言，臣怕离死不远了。"

玄宗听了安禄山这番哭诉，越发可怜他，赏赐巨万，并对他更加宠信了。自此，杨国忠再说安禄山的坏话，皇上一概不听。

杨国忠让皇上召安禄山进京，以为安禄山不敢来的，哪知这一下弄巧成拙，反让自己陷入了被动处境，只得哑巴吃黄连，有苦说不出。但杨国忠相信自己的判断，安禄山正在积极扩充兵马，增加兵器武库，蓄养战马，已经超出一个武将所应有的防备敌寇的行为。如果他没有起兵造反的打算，他为什么这样拼命整饬军伍？

杨国忠看到如果一味地在皇上面前奏报安禄山有反意，而拿不出真凭实据，皇上不仅不信，还会责怪他随便猜疑边臣。于是，为了牵制安禄山，杨国忠又想出了一个办法。

杨国忠奏请皇上封西北陇右、河东节度使哥舒翰为西平郡王，这样就可与安禄山相抗衡，一旦安禄山起兵，也就有兵可调。此时，正好哥舒翰在京。皇上听从了杨国忠的建议。

安禄山虽备受皇上恩宠，但说起将领的名声，哥舒翰还要在他之上。同时，哥舒翰心里瞧不起安禄山，因为安禄山打仗每每不是和敌方正面交手，而是大耍阴谋诡计，更有许多次被敌方打得丢盔弃甲，狼狈逃窜，有失大唐威风。哥舒翰认为为将者，就要敢于和敌人正面交锋，兵对兵，将对将地争斗，如此方显英雄本色。

皇上知道两位郡王不和后，就让高力士设宴把他们请到一起进行说和，免得伤和气。酒宴上，安禄山倒是表示了想和哥舒翰和好的意思。他想，哥舒翰也是胡人，等我起兵反唐时，有可能会遇到他，此时结好，到时说不定能把他策反。想到这里，他频频举杯，敬哥舒翰酒。

哥舒翰对安禄山似睬不睬，冷淡以对。高力士见了，周旋其中，说："你们都是皇上的爱将，本应相亲，不应有隙。"

安禄山听了，对哥舒翰说："高翁讲得太对了。想我的父亲是胡人，母亲是突厥人，而公的父亲是突厥人，母亲是胡人，族类颇同，为什么不相亲呢？"

听了这话的哥舒翰冷冷地说："我听说狐如果向着自己的窟嗥叫则不祥，是因为它忘本。你既然这样说，那我们就相亲吧。"

"狐"与"胡"同音，安禄山听了哥舒翰这番话，以为他讥讽自己原本是胡人，现在却领着唐军与自己的族人打仗，心中大怒，手按腰间刀柄，骂道："突厥老儿，敢如此放肆，我们来较量一番。"

哥舒翰丝毫不惧，也手按刀柄就要站起来。高力士一看，这说和不成，反又加深了嫌隙，于是酒也不喝了，把两人劝开散去。

这达到了杨国忠的目的，他想，就让两个郡王斗去吧，这样也可牵制住安禄山，让他不敢轻举妄动。

安禄山此次来京，因为心里有了谋反的意图，眼中所见与以前大有不同。以前，他眼中见着京城的繁华与气派，心里只是羡慕，现在看了，却在想，这一切凭什么都是李姓之家的？古书上不是说了吗，"帝王将相宁有种乎？"讲得太好了，江山轮流坐，明日到我家。他心里大有取而代之的想法。

当然，安禄山也见到了娇美如花的杨玉环。现在他再也不像以前那样随意进出后宫了，只是在几次宴会上见过杨玉环。他还像过去那样，拜伏在地，口中高喊着"儿臣拜见母亲"。杨玉环也不咸不淡地应着。

坐在宴席上，远看杨玉环，安禄山发现她有着一份无人可替的美艳，仿佛是笼罩在雾中的一朵盛开的牡丹花，富态逼人。就是坐在那里一动不动，她也是全场的中心，周身散发着一种诱人的魅力。

安禄山突然觉得杨玉环虽是一朵名花，但也不是高不可攀，如果他起兵犯阙，并攻破长安的话，那么这个女人不就落在他的手上了吗？那时，她可不是什么贵妃了，她将成为他的女人。

这样一想，安禄山的心不禁怦怦直跳，不禁又抬眼把杨玉环细细看了一遍，越瞧越觉得她美不胜收，想到如果能把这种女人揽在怀里，那真是不枉此生了。

杨玉环可不知道安禄山心里所想的这些龌龊的念头，她对这个大肚胡汉讨厌透了，先前对她非礼，近来又听说要造反，搅得宰相和皇上都围着他转。要是按她的想法，索性一刀杀了算了。但看皇上似乎没有这个意思。听皇上说，还要对他像以往一样重用。

杨玉环就在心里想，要不要把安禄山非礼她的事讲给皇上听，如果讲了，安禄山就再也回不了范阳了。但杨玉环随即想到，事情过去这么长时间再讲给皇上听，皇上会不会起疑心？他会问她为什么当时不说，为什么要隔上这么长时间才讲，其中是不是另有隐情。

如果皇上问起这些，她肯定哑口无言。她能说当时是替皇上着想，故而不言的吗？就算皇上不问，她敢保证皇上心里不这样想吗？皇上心里只要一有这个念头，那么她就再不会得宠了，那她就永不会被皇上原谅。这就是不公平的地方。

最后，杨玉环决定不说了。她决定把那件事深埋在心里，对谁也不说，要是安禄山对别人说起，那她就没有办法了。不过，谅那大肚汉也不会张扬。现在，杨玉环与以前不同了，她再也不能离开皇上了，不论是从情感上，还是从利益上。与皇上一起生活了十几年，已经与他真正做到了夫妇一体，感情上难舍难分。再说，杨家因她而显，她要是一失宠，他们必然遭殃。随着年龄的增大，杨玉环为家族着想得多了。话说回来，她确实又没做什么对不起皇上的事。安禄山胆敢对她非礼，她不是当场给了他两个耳光吗？

杨玉环心里矛盾着，自我劝慰着。这不是别的什么事，可以找个人来商量一下，这事知道的人越少越好，她只能自己给自己拿主意。

安禄山此次来京好像是要特地打消皇上对他的怀疑，不是来了就回，而是住了很久。他多数时间里都是陪着皇上在骊山上度过，表面故意装出悠闲轻松的样子，让皇上看了，认为他是个只图享乐而没有野心的人，暗地里，他可一刻也没闲着。

朝臣中极有地位的御史中丞吉温曾出使范阳，安禄山待之甚厚。吉温回朝时，他除了赠送大批礼物外，还让儿子安庆绪亲送出境，为吉温牵马出驿站走了数十步，以显示对他的尊重。吉温感念安禄山对他的礼遇，回京后，但闻朝廷间有何动静，就报与安禄山知晓，所送书信一夜间就到了范阳。安禄山利用在京这段时间，继续结交吉温，以便随时知道朝廷的动静，并希望吉温在皇上面前为他讲好话，"洗刷"对他不利的谗言。

此事也被杨国忠知晓了，自此对吉温疏远，想早晚找出一个事来除去安禄山埋在朝廷里的这个耳目。

安禄山在京还求到了另外几个重要的职位，兼领闲厩、群牧和总监。这样，他就可以利用这些职务充分调配战马了，这对他的反叛起到了有利的作用。

到了三月间，安禄山觉得在京城住得差不多了，皇上对他的怀疑基本消除，于是，提出返回。玄宗为了表示对他的器重，解下身上的披风赐予他。这让安禄山心里一阵温暖，感到皇上对他是真心宠信。但他不敢稍有迟疑，生怕杨国忠再上奏，找个借口把他长久留在京师，于是就立即疾驱出关。

安禄山一出长安，立即快马加鞭，日夜兼程赶路。这次他再也不走陆路了，怕再遇着刺客。他弃马登舟，乘船沿河而下。就是这样，他还嫌走得不快，令船夫执绳立于岸侧，十五里一换，昼夜兼行，日行数百里，沿途经过郡县也不下船，只求早日脱离危险之地，快快回到范阳老巢。

安禄山此次一去，恰如蛟龙入海，放虎归山。如果再召他入京，他是再也不会来了。也许是长安给了安禄山太多的刺激与忧心，他自此再没回过长安，就是在他称帝时，也只是长久坐镇洛阳。或许，是长安让他想到玄宗皇帝对他的厚爱，因而良心上有一种挥不去的愧疚吧。

【第十五回】

可叹惜三千宠爱，应怜悯一缕香魂

安禄山日夜兼程，赶回范阳，一颗心才安定下来。他把此次进京的过程细细地和高尚说了。高尚也庆幸他有惊无险，并告诉安禄山，他正在加紧，要不了多久，一切就会布置妥当。

安禄山心里对起兵还是有着一丝犹豫的，他主要是觉得太有负皇恩了。这次进京，他再一次感受到皇上对他的宠信，临走前皇上还脱下身上的御袍披在他的身上，这份恩宠是别的臣子奢望不到的。出于感恩，安禄山想到可以在皇上百年之后再起兵造反。但他又想到，他得罪了贵妃，时时都会有性命之虞。还有一点，他也曾得罪过太子，太子一旦继位，那么他的权势也就到头了。这又让他不能坐以待毙。

安禄山来京后，杨国忠说他谋反的话不攻自破。此后，皇上再也听不得别人说安禄山谋反了，如果谁说，他就把那人绑起来，送到御史台治罪。

但杨国忠并没有因为安禄山来了一趟长安就相信他真的是个忠臣。种种迹象表明安禄山有谋反的意图，可皇上又听不进这话，这让杨国忠着急万分。他是宰相，总掌全国政务，皇上沉溺享乐可以不管，但他可不能掉以轻心。

首先，杨国忠打击了与安禄山关系好的朝臣，首当其冲的是吉温。吉温在帮助杨国忠为相的过程中，曾出力不少，但杨国忠全然不顾这些，他现在看到吉温私交安禄山，已经对他构成了威胁。正好河东太守兼本道采访使韦陟贪赃枉法，被御史台收监待审。韦陟贿赂吉温，让他从中帮忙。杨国忠知道了这事，便乘机大做文章，最后，贬韦陟为桂岭尉，贬吉温为澧阳太守，终于把吉温排挤出了京城。这无疑让安禄山失去了在京的一个耳目，也让安禄山更加恼恨杨国忠。

现实并不因玄宗不爱听安禄山谋反的话而有所改变，实际上安禄山正步步为营，加紧布置。天宝十四载（755年）二月，安禄山派副将何千年入朝，请以蕃将三十二人代汉将，他的谋反之意已经昭然若揭。可玄宗皇帝还被蒙在鼓里，或者说在自欺欺人地不愿面对现实，他竟准许了安禄山所请。

左相韦见素听到这个消息，连忙赶到宰相杨国忠的府宅，对他说："杨公，安禄山久有异志，今又有此请，其反明矣。"

杨国忠说："韦大人，我已经和皇上说过不止一次了，但皇上就是宠信那个奸贼，让我又有什么办法呢？"

"杨公，你看这样可好。等明天上朝的时候，我先上前禀告，如果皇上不听，你再出班禀报。"

杨国忠见没有别的办法可想，只好这样做了。

第二天，玄宗一听韦见素又来禀告说安禄山要谋反，心里不高兴，脸上就有些恼火地说："你们疑禄山之意吗？"

杨国忠见皇上满脸不高兴，不敢上前再奏。退朝后，韦见素刚要责怪杨国忠说话不算话，杨国忠却附耳告诉他，已经想好了对付安禄山的办法。韦见素忙问什么办法。杨国忠说："如果让皇上下旨，把安禄山召入京城，官封平章事，以贾循为范阳节度使，以吕知诲为平卢节度使，以杨光翙为河东节度使，三分其势，那么安禄山想造反也造不起来了。"

韦见素一听此计大妙，一起和杨国忠奏报皇上。

玄宗听了他们的陈诉，认为可行，就准奏了。只是草书写好，留中不发。

下朝归来，玄宗神倦身疲。近日来一连串的事把他搞得头昏。他原本想的是，安禄山好好地待在范阳，杨国忠为什么非要说他造反？这样下去的话，安禄山不反也会被逼反的。但近来，他有点改变这种想法了，因为他也有自己的情报人员，他们把搜集到的情报上报皇上。这种秘密的禀报比杨国忠的话对玄宗的影响大。玄宗虽然老了，但并不昏聩，他对安禄山有点不放心了。

因此，他对杨国忠提出的三分安禄山势力的话，处理得很谨慎，他怕万一处理不好，会激起安禄山的兵变。玄宗想，要慢慢削除安禄山的兵权才好。为此，他又派了中使冯神威到范阳，告诉安禄山，皇上已经在骊山为他新筑了一处温泉。

在此之前，玄宗曾派过中使到范阳，但安禄山都以有病为由不出迎，就是见了，也是周围盛陈武备，耀武扬威，有的御史到了范阳过了二十多天也见不到安禄山的影子。

冯神威到了范阳，安禄山不仅不出迎，接见他时，还蹲坐在床上，见了冯神威只是欠欠屁股，也不下拜，随口问一句"圣上安稳"，此后再也不搭理冯神威。接见过后，左右引领冯神威到了馆舍，再也不与他见面。没几天，就把冯神威送走了，连回表也没有。

冯神威回到京城，见了玄宗哭拜在地，说："陛下，臣几不能再见大家！"

听了冯神威的禀报，玄宗心中凄惶异常，现在他感到杨国忠的话是有些道理的了。但他现在怎么办呢？他本来是想把安禄山召到长安来。只要安禄山一来京，那么一切都可化解，他就可以把安禄山另封一个官软禁起来，并削去他头上的三个节度使头衔，让他手中没有兵权。但安禄山似乎预感到了什么，他不来了。

因为安禄山的事，玄宗闷闷不乐，歌也不听，舞也不赏了。杨玉环试图宽慰他，说："三郎，人们都在说安禄山要反，是真的吗？"

"玉环，开始国忠和我这样说，我还以为他是无中生有，现在从种种迹象来看，安禄山确有领兵向阙之意。"

"现在四海升平，安禄山为什么要造反呢？"

玄宗苦笑着摇了摇头，他要是知道就好了。他封了安禄山那么大的官，不知道他为什么对他还有不满之意，也许这就叫人心不足蛇吞象吧。这样说来，也许他不该改变不得任用胡人为边将的政策。也许祖宗定下的不可重用胡将的规矩是有道理的。

但他宽慰杨玉环说："现在只是防患，患还没有来。即使有了患，以大唐皇朝深厚的国力，也能应付任何变局。现在要做的，就是先不要激起安禄山的兵变，然后再慢慢削弱他的兵权。"

杨玉环与玄宗在一起这么多年，从来没有看到他为国事这样忧心忡忡。她说："但愿一切都不要发生。三郎，我只想看到你快快乐乐。"

玄宗搂了搂杨玉环，表示明白她的心意。

远在范阳的安禄山，却感到风声的紧迫。就在秋七月，他曾上表献马三千匹，每匹执控夫二人，遣蕃将二十二人护送。而皇上怕有意外，没让他们入城。安禄山知道皇上对他已经有了疑心。正好上次皇上派来范阳探听虚实的内侍辅谬受贿事发，被皇上杀死，安禄山更是不安。终于他探听到皇上有意要三分他的权力，于是他坐不住了，认为此时再不起兵，等皇上诏命一下，他就会陷入被动之中。于是，他连忙叫来高尚商议。

高尚听了安禄山的担心后，说："将军，别的都已布置妥当，现在少的就是一个出兵的理由。"

"什么？我们造反还要什么理由，旗帜一换不就行了吗？"

"将军，恕高某多言，那样固然可以起兵，但不想打仗是每个人的心愿，你这样公然谋反，试想会有几人真正追随呢？就是追随，那也是裹挟而从，心里不愿，时间长了必然失败。就是造反也要有个堂而皇之的借口，让许多不明就里的人跟从。等他们明白时，已经上了这条船，欲退不能了，那时，再许以荣华富贵，这样才能大事得成。"

听了高尚这番话，安禄山连连点头，问道："那依高先生，应该找个什么借口呢？"

"咦，有了。将军听过清君侧的事吗？"

"清君侧，就是清除皇上身边的坏人、小人？这个主意太好了，那我们要清除谁呢？"

"我们要清除的就是奸相杨国忠。他杜绝言路，专权自傲，藐视群臣，这样的人还不是坏人、小人吗？"

"对对，杨国忠就是坏人、小人，我们就是要清除他。"

"我们打着这个旗号起兵，顺民心，合人意，部下才会追随。等打到京城长安，那时，你想干啥还不就干啥了。"

"好主意。高先生真是我的好军师。"

随即，高尚又代安禄山密谋如何打出这个旗号。他们商量了半天，就说奉有密诏讨贼。正好奏事官胡逸从京师回来。安禄山把部将都召集起来，对他们说："奉事官胡逸从京回，奉密旨，遣禄山随兵入朝，以平祸乱，诸公勿怪。"

众人听了面面相觑道："祸乱？什么祸乱？"

安禄山说："祸乱就是杨国忠弄权。"

安禄山随即拿出早已伪造好的皇上的诏书，告诉部将说他刚刚接到皇上密旨，密旨说当今朝廷已经生变，皇上令他即刻引兵进京，捉拿祸国殃民的宰相杨国忠，说杨国忠贵为当朝宰相，享受皇上厚禄，暗地里却将朝廷弄得乌烟瘴气。皇上对杨国忠十分不满，于是密令他带军进宫讨伐。说完，将假的明皇诏书给众将军们传看。

众将军乍听到这个消息，都十分惊讶，怎么没有听到一点风声就突然生变呢？这些将军中的大多数都是安禄山的心腹爱将，自然知道事情的原委，而那些不知道其中缘故的，本来心中有所疑虑，但看到明皇诏书上朱批俨然，哪里再敢怀疑，于是都一齐望着安禄山，听他怎么吩咐。

安禄山道："杨国忠早就该诛，杨国忠不诛，大唐将永无宁日。"于是，他将胸中计划徐徐道出。诸将听了，知道此次严密的计划已经制订得十分详尽，显然不是仓促而成，都在惊异之中理解了主将近年来一直刻苦练军的目的。他们当中的大多数对当朝宰相杨国忠也十分不满，因为杨国忠在朝廷中遍植爪牙，素与主帅安禄山不和，原本很多可以晋升的将军都被他暗暗压制，心中早存了一股怨气。再听到杨国忠两次进军南诏大败而归，皇上非但没有怪罪，反而越发重用杨国忠，众将都以为皇上年事已高，开始昏聩，但没想到皇上原来并非如此昏庸，早已委派安禄山进行讨杨事宜。这样想来，他们一下子都热血沸腾起来，吵嚷着要立即引兵杀向长安，杀了杨国忠。安禄山的心腹爱将暗地鼓噪，更是加了一把火，一时间气氛异常热烈。也有将领觉察到安禄山可能假借皇上诏书，可是此时也顾不得许多，因为箭在弦上，不得不发，发也是死，不发也是死，还是随众人一道更稳妥些。所以一时间大家都无异议，有的还觉得为朝廷效命的时刻已然到了，哪里还想得到这是安禄山的计谋呢？

安禄山圣眷正隆，许多人都是因为投靠了安禄山才得到了希冀的权力、地位。如果讨伐杨国忠成功，安禄山将会取而代之，那么皇上在以后的日子里便将永远依靠安禄山，以此推想，更大的荣华富贵将指日可待。而且事实也确实如安禄山所说，自从朝中有了杨国忠，也不知道皇上怎么想的，杨国忠说什么，皇上便听什么，丝毫不理政事，全权委托给了杨国忠。杨国忠倚仗贵妃的庇护在朝廷当中横行霸道已是众人所知的事实，而今，这一切已经到了该结束的时候了。皇上的诏书里既然言及，那么后果便由皇上自己承担，他们只是服从军令而已。如此这般一想，他们都觉得皇上十分英明，于是领命各回军中按令整肃部队，准备即刻入朝讨伐杨国忠。

安禄山没有想到如此轻易就化解了一些将军的疑虑。临行前，他设酒宴请军中各大将，拿出标明河北范阳至河南洛阳的山川地形、各地沿途要冲的地图，与将军们认真地分析了地形。最后，安禄山对他们说："报答皇上的时刻已经到了。"

安禄山将后方的范阳、平卢、大同分别交给范阳节度使贾循、平卢节度副使吕知海和别将高秀岩驻守，其余诸将都随他出兵。

这是天宝十四载（755年）十一月甲子。

安禄山统领三镇节度使，天下精兵握有其半，心中蓄谋已久，万事布置得当。在此之前，屡飨士卒，秣马厉兵。十一月初八，安禄山统领的队伍以及同罗、奚、契丹、室韦等部族兵都调集齐了，共十五万，号称二十万。初九早晨，安禄山出蓟城南，大阅誓众，以讨伐杨国忠为名，引兵南下。安禄山乘坐铁舆，步骑精锐，烟尘千里，杀奔南来。

其时天下承平日久，百姓久不闻兵革战事，突然听说范阳起兵造反，远近震骇，一时间手足无措，不知如何面对这种突如其来的危境。再说河北本来就是安禄山管辖之地，他已经早早安排下亲信之人为郡官，贼兵所过州县，望风瓦解，守令或开门纳贼，或弃城逃窜，或被擒戮，无一敢拒之人。

朝廷的军队还没有丝毫防御的时间，安禄山的军队便已迅速向中原挺进。安禄山非常满意军队的行进速度，他认为过不了多久，他就可以轻而易举地打下洛阳甚至长安。他对朝廷的兵力部署有着非常清醒的认识，目前大唐的军队与他率领的训练有素的军队相比，简直不堪一击。大军进至巨鹿，安禄山看到人马疲乏，本想住下来，可拿出地图一看，此处地名是巨鹿，便不高兴。安禄山名禄，音同"鹿"，"巨"同"拒"，"巨鹿"相同"拒禄"，他认为不吉祥，于是又下令军马移营至附近的沙河县宿夜。安禄山自从反叛起，就知道自己已无退路，对此一役只能言胜不能言败，所以处处他都讲究吉祥遂意，似乎只有这样，才可使他内心得到慰藉。

安禄山起兵造反的消息过了七天才被急报传到临潼。消息传到临潼时，玄宗正与杨玉环在骊山过冬。

安禄山谋反了，这对玄宗来说是个大大的坏消息，对杨国忠来说，却好似喜讯一般。因为他曾预告过安禄山的谋反，现在，他的预言实现了。他扬扬得意，逢人就说他的远见卓识。但是他要是知道安禄山起兵打出的"申讨杨国忠，清君侧"的口号，他就不会这样得意了。

得意归得意，杨国忠作为宰相，他必须要为平叛拿出对策。杨国忠入见皇上，说："如今要造反的，只有安禄山一人罢了，别的将领都是被裹挟而往，心中不欲。请圣上放心，不过旬日，必有人斩安贼首级献于阙下。"

这番话让皇上听了高兴。自从听闻安禄山谋反以来，玄宗一直心中慌乱，听了杨国忠这句话，他像吃了一颗定心丸，以为确如宰相所说，谋反因为不得人心，必不会长久。

随后，玄宗和众大臣商议，拿出几条防御措施。第一，派内侍到安禄山军中，劝说他罢兵，许诺他如果罢兵，便既往不咎。其实这条计策有等于无，试想历史上又有哪个造反的人会半途而废呢？这一点玄宗也知道，这只不过是为加强河北、河南的防御争取一点时间，同时看能不能策反几个安禄山手下的将领。第二，把防御重点移调到河南。因为河北原本是安禄山的辖地，少有驻兵，谅来抵挡不住贼兵的南下，那么只有依靠黄河天险，阻敌于河北了。于是任命尉卫卿张介然出任新设的河南节度使，以陈留为首邑，节度使领十三郡。同时，调回胡将安思顺出任户部尚书，任命郭子仪接任朔方节度使。因为安思顺与安禄山交好，以防万一只有这样做。又在各郡添置防御使。第三，调一员名将到东都洛阳，开府库就地募兵，加以训练，组成第二道防线。第四，任命荣王李琬为东征军的元帅，自右羽林大将军转右金吾卫大将军的高仙芝为副元帅，诏出内府钱帛，在长安地区招募十万人从军，并且预定为"天武军"，随时准备开赴前线。

十一月二十二日，丙子，距安禄山起兵造反已经十二天了。玄宗决定回到长安去。战事这样紧，如果他再待在骊山处理政务，会给别人一种不关心国事、只图享乐的错觉。其实他在骊山一样处理政务，一样忙得焦头烂额，一样忧心如焚，哪里还有心情欣赏美景？

　　玄宗回到长安的第一件事，就是把安禄山留在京城的儿子安庆明杀了，这也是表示对安禄山的不宽恕，表示平叛的决心。

　　安禄山的铁骑一路势如破竹，攻占洛阳后，兵势达到了最盛。但他停止了继续进攻，这除了河北义军突起，有可能切断他与老巢范阳的联系外，更主要的是他想登基做皇帝。

　　这又是高尚给安禄山出的主意。当初为了笼络人心，打着"申讨杨国忠，清君侧"的口号，随着和大唐的正面对抗，这个幌子再也不需要了，安禄山的野心暴露无遗。在这种情况下，再想依靠原先那个口号笼络人心，显然已经不行。高尚就给安禄山出主意说："将军既已攻占东都，何不就以洛阳为都，登万世不朽之帝业？"

　　"啊！"安禄山是想过取代大唐为帝，但没有想到会这么快。他原想把长安占领，把李唐江山全都夺到手中再称帝也不迟。

　　但高尚对安禄山说："将军，此时称帝最好，若不然，恐有不测。"

　　"此话怎讲？"

　　"将军试想，跟随你的将士，他们所图为何？无非功名。如果你迟迟不正名号，时间久了，惹得他们心冷，心中再以唐室为正统，日久分心，恐怕众叛亲离的日子就不远了。如果你称帝，将士心中有所归属，就会死心塌地地跟着你博取功名，他们心里也就有了盼头。"

　　听高尚如此一说，安禄山连连点头，认为他所言极是，问道："依先生之见，我当取何国号？"

　　"范阳与平卢在古代属燕赵之地，我看国号就取'大燕'吧。同时，将军自出兵以来，攻无不克，战无不胜，就称'雄武皇帝'吧。"

　　"大燕国，雄武皇帝，好，就听你的。常话说，燕赵多壮士。古人所言不虚。"

　　"臣叩见吾皇万岁，愿吾皇万岁万岁万万岁！"高尚乘机俯身下拜，行起君臣大礼来。

　　安禄山哈哈大笑，说："免礼。"

　　于是，经过短时间的筹备，天宝十五载（756年）正月初一，在"东都耆老缁黄劝进"之下，安禄山登上皇帝宝座，自称"雄武皇帝"，国号"大燕"，改元"圣武"。以归降过来的河南尹达奚珣为侍中，张通儒为中书令，高尚、严庄为中书侍郎。由于攻入洛阳那天，大雪盈尺，于是就把雪看作受命的符瑞。

　　安禄山在洛阳称帝的消息传到长安，玄宗气恼不已。他知道，安禄山称帝，会使战争的性质发生变化，在有些人的心目中，这就不是叛乱与平叛的关系了，而是两个王朝的交锋。这样就要加大对手下将官的笼络，加固他们心中正统王朝的地位，不然，他们随时随地都可能叛逃到安禄山那边，安禄山或许会封他们更大的官衔。在他心里，安禄山所建的是伪朝，但有些人可不一定这样认为。

因此，玄宗也让杨玉环尽量与百官的命妇接触，笼络她们的感情。这在以前是杨玉环挺讨厌的事，可是现在，形势的需要迫使她参与到政治中来。

安禄山的叛乱打乱了一向热闹的宫廷生活，近一个多月来，除了皇上为了掩盖动乱而举行的一次小型歌舞外，没有一次像样的宴乐。人人脸上都蒙着一层忧戚，无心享乐了。仅仅一个多月，也让杨玉环明白了自己的处境，那就是自己一生的依靠只能是皇上，他们的命运是连在一起的，休戚相关的。当皇上为国事奔忙时，她也不可能袖手旁观，置身事外，可以说，他的一举一动，都关系到她以后的命运。为此，杨玉环对皇上的关心更甚往昔。她发现短短一个月的时间，皇上与以往比起来，已经消瘦了不少，这让她心痛。但令她欣慰的是，皇上依然精力健旺，处理起国事来，没有疲倦的样子。她亲自过问起皇上的饮食来，这是以前她做不到的。

安禄山称帝放缓了对潼关的进攻，他曾让前锋崔乾佑攻打潼关，但无功而返。当他看到潼关不易攻取时，就没有强攻，而是让崔乾佑驻兵陕郡，等待时机。

哥舒翰不愧为名将，他到了潼关，面对战势，有着清醒的头脑。他看到潼关之兵全属乌合之众，斗志不高，无法与敌兵进行面对面的对抗，只能借着潼关天险，防守有余，反攻不足。同时，他也看到，敌兵远来，必求速战，王师坚守，方为上策。正月十一日，安禄山在洛阳称帝后不久，派遣儿子安庆绪进攻潼关。哥舒翰击却之，但并没有轻敌出关追击。敌将崔乾佑驻兵陕郡，他也不主动袭击。甚至敌将田乾真奄至关下，对关上的唐军与将帅大肆辱骂，唐军也不予理睬。

当安禄山听说哥舒翰来守潼关时，就知道遇到了劲敌。果不其然，哥舒翰遏制住了他的锋芒，让他西进不得。同时让他烦忧的还有后方。

正月，玄宗令郭子仪返回朔方，以便加强东线实力，好进取洛阳。这时，郭子仪推荐部下李光弼为河东节度使，分朔方健儿万人与之。李光弼率军出井陉，定河北，攻克常山，取得了重大的胜利，常山九县有七县归附。

就在形势慢慢趋于好转时，大臣间的争斗又起来了，这次争斗的对象是杨国忠与哥舒翰。

按理说，这时候应该是朝中大臣精诚团结、共同御敌的时候，但一向靠弄权起家的杨国忠，却对哥舒翰起了猜疑之心。当然，他的猜疑也不是空穴来风，因为哥舒翰本来对杨国忠就有点瞧不起，不买杨国忠的账。

哥舒翰不会忘记恩公王忠嗣是受了杨国忠这个小人的暗算，才贬官丢帅，最后几年郁郁寡欢，在愁苦中死去的。那时，哥舒翰曾暗中发誓，若有一天杨国忠落在他的手上，他必不会轻易放过他。后来，杨国忠为了对付安禄山，也曾一度笼络哥舒翰。哥舒翰为了自己着想，曾向他靠拢过，但在内心深处，他一直没有接纳过杨国忠。但现在这个机会来了，他作为先锋元帅统率二十万大军驻兵潼关，被皇上重用，虽然杨国忠已升为宰相，但因为安禄山起兵时打出的旗号，朝中一直有对杨国忠不利的言论。他决定好好利用这股言论，打击杨国忠。

哥舒翰曾与朔方节度使安思顺有怨仇，安禄山起兵后，皇上考虑到安思顺与安禄山交情亲密，就撤了他的朔方节度使头衔，改授户部尚书。现在，哥舒翰一时找不到扳倒杨国忠的机会，就想先打倒安思顺，出出心中的怨气。

于是，哥舒翰伪造了一封安禄山送给安思顺的假书信，说是在潼关逮到了一名安禄山的送信使，从他身上搜出的。玄宗皇帝接到这封假书信，也不分辨真伪，就把安思顺给杀了。此时的玄宗对哥舒翰太寄予厚望了，生怕得罪了他。

这件事是瞒着杨国忠进行的，当杨国忠得报时，安思顺已经被杀。杨国忠与安思顺也谈不上有什么交情，但杨国忠从中嗅到了一丝凶险的意味，那就是哥舒翰拥兵自重，不把他这个宰相放在眼里了。这样一想，杨国忠心中一咯噔，一向弄权的他，怎能容忍别人在他身旁耍弄权力的手腕呢？以前他笼络哥舒翰以对抗安禄山，现在又请他出山，到潼关统领二十万大军，他怎么也不会想到，哥舒翰会反戈一击，把矛头指向他。他不明白哥舒翰为什么这样做，但当他发现哥舒翰这样对待自己时，他懊悔不迭，后悔一向小心谨慎的自己，这次马虎大意了，竟让自己陷入被动之地。

幡然醒悟的杨国忠立刻采取了防范哥舒翰的对策。但应该如何防范哥舒翰呢？长安的兵大多已经被派往潼关，哥舒翰要是突然领兵西来，那他杨国忠只有束手待擒。不行，说什么手里也不能没兵。于是，杨国忠面奏皇上，说叛军就在潼关，为了保卫京师的安全，应加强防卫，把那些未成年的男子集拢起来，于苑中训练，不管怎么说，危急时刻也能派上用场。皇上同意了杨国忠的请求。为了把这支童子军牢牢控制在自己手里，杨国忠派了自己的心腹——剑南军将李福德、刘光庭做统领。

即便这样，杨国忠还是不放心，又在长安附近招募了一万人的新兵，屯驻灞上，让心腹杜乾运率领。名义上是防御安禄山的叛军，但明眼人一眼就可以看出这支部队到底是要防御谁。安禄山还在潼关之外，如果真的要防御安禄山，就应该让这支部队到潼关去，加强潼关的兵力。假如安禄山攻破了潼关，就靠这一万人能保卫住长安吗？那无疑是螳臂当车。事实也确是如此，杨国忠把这支部队布置在灞上，并不是真的要防御安禄山，他真正想防御的是哥舒翰，他怕哥舒翰发动兵谏，让皇上诛灭杨家。

杨国忠的这一连串布置自然瞒不过哥舒翰的眼睛，他心里恨恨不已，心想：杨国忠，你这个蟊贼，国家危急，社稷将覆，你不为国分忧，还尽想着排除异己。我不会让你的阴谋得逞的。哥舒翰的手下也看出了杨国忠的用心所在。王思礼劝主帅说："将军，今天下之兵尽集君手，何不像对付安思顺一样，表奏皇上，历数宰相罪状，请诛杨国忠呢？"

哥舒翰沉吟良久，没有答应，因为杨国忠不比安思顺。安思顺开始当朔方节度使时与安禄山交好，诛安思顺，也是间接出了皇上心中的一口怨气。而杨国忠身为宰相，在朝中有一定的势力，不易撼动。再说，他是贵妃的从祖兄，皇上爱屋及乌，如果表奏诛杨国忠，就是彻底撕破了与宰相之间的脸面。皇上要是不诛杨国忠，必然会对自己起疑，那时，杨国忠再在旁边煽煽阴风，自己必然会被撤换帅位。一旦自己不再是潼关主帅，那还拿什么去与杨国忠抗衡呢？那时，他为刀俎我为鱼肉，自己哪里还有命在？

王思礼见哥舒翰不愿按他说的那样做，又想出一计，说："将军，不如我带一队人马入京，把杨国忠抓来杀了算了。"

哥舒翰想了想，说："如果这样，那就不是安禄山在造反，而是我哥舒翰在造反了。"他也不同意这样做。

但哥舒翰也不会轻易受杨国忠摆布，他不会让自己处在前门有虎后院有狼，自己夹在中间的这种险境。于是，他表奏皇上，说潼关兵力不足以对抗安禄山的精骑，需再增兵马，应把灞上屯兵调来潼关，加强防御才是。皇上同意了哥舒翰的请求。

这一下，杨国忠的如意算盘落空了，忙活了半天，竹篮打水一场空，倒是为政敌忙活了。这怎能叫他甘心？于是他秘密下令给杜乾运，让他对哥舒翰阳奉阴违，不管哥舒翰如何说，只管按兵不动，这边由他在皇上面前为他开脱。有了杨国忠这番话，无论哥舒翰如何催逼，杜乾运就是不把这支部队调到潼关去。

哥舒翰一看杜乾运不听他的号令，心中恼火万分，知道如果不除去杜乾运，那么灞上的部队就不会掌握在他的手里。他传了几次号令，让杜乾运带队来潼关，但杜乾运就是不听。最后，他以商议军务为名，让杜乾运到潼关来一下。皇上既然把杜乾运所统部队划归哥舒翰指挥，那么杜乾运也就是他的部下了，按理，杜乾运应该听从哥舒翰的号令。但杜乾运也担心，如果他到了潼关，会凶多吉少，去时容易回来难，怕哥舒翰不放他回来。他把这份担心禀报了杨国忠。最后，杨国忠让杜乾运只身去潼关，他谅哥舒翰不敢把杜乾运怎么样，只要不把部队带去，哥舒翰也拿他没办法。

哪知哥舒翰把一切都布置好了，等杜乾运一到潼关，他立刻就以杜乾运贻误军机为由把他杀了，随即派手下一名将领驰奔到灞上，把那支部队带到了潼关。

这大大激怒了杨国忠，他没有想到哥舒翰这样厉害，这让他心中担忧和害怕。杨国忠想，这样不是前门驱虎，后院进狼吗？如果任由哥舒翰势力扩大的话，那么最后遭殃的一定是自己。等到皇上越来越器重他的时候，他就会像对待安思顺一样对付自己，只需一道表文就可让皇上诛灭自己。那时，他挟兵自重，朝中又有何人能治住他呢？不行，一定要想个办法遏制哥舒翰，起码也要削弱他的势力。

杨国忠绞尽脑汁地想，终于想出了一个办法，那就是让哥舒翰领兵出关，与安禄山决一死战。这样做可谓一箭双雕，如果哥舒翰把安禄山打败了，那么乘胜追击，收复洛阳，直捣范阳，叛乱平定，作为主战派的他，在朝中的地位会更加稳定，针对他的不利舆论自然全消；如果哥舒翰战败了，自然除去了哥舒翰这个劲敌，安禄山一定也会遭受重创，那么，河北郭子仪和李光弼再乘机光复失地，他依然是有功之臣。

这样想罢，杨国忠就上表皇上，说潼关已经坚守半年，士兵训练已经完成，士气很旺。安禄山的精兵猛将都调到河北与郭子仪作战，陕郡空虚无备，所留都是老弱病残之兵，此时当开关迎敌，与河北之兵成南北夹击之势，可一举收复失地。

玄宗看了杨国忠的奏折，交与大臣讨论，看是继续坚守潼关还是出兵反击。大臣们立即分成两拨，有赞成出兵的，有反对出兵的。赞成的意见与杨国忠的差不多，说安禄山的叛乱不得民心，谋反半年来，河北、河南不断有义兵兴起，给了贼兵很大的打击。潼关屯兵二十万，足可与安禄山一较短长，此时是出兵的最佳良机。反对的认为，安禄山的势力还很大，所率皆胡汉精锐之师，现在只有凭借潼关天险把贼兵阻挡在关外，等时机成熟时再开关迎敌，方为上策。

哥舒翰听说朝中有让他出关迎敌的讲法，心中焦急万分，心想，这是哪个不懂军事的人提出来的？他临危受命，不顾老命来到潼关，率领这群乌合之众，好不容易才把潼关守住，把安禄山阻止在潼关外，现在竟让他领着这支队伍去和安禄山的虎狼之师正面开战，那不是羊入虎口吗？不错，半年来，他是打退了几次安禄山对潼关的进攻，但那都是小股敌人，人数极少，是试探性的，如果安禄山大举叩关的话，他可没把握守得住潼关。还有，据侦察得知，安禄山留在陕郡的兵力不满四千，皆羸弱无备。但细想之下，就可判断出，这完全是安禄山的诱兵之计。作为一个才智过人的将领，安禄山怎会如此疏忽？为此，哥舒翰在关外挖了三条壕沟，皆深达一丈，宽二丈，以利于坚守。

同时，远在河北奋战的郭子仪和李光弼两位将军，也听到了朝中这股急于求战的舆论。他们上书奏道："哥舒公老疾昏耄，贼素知诸军乌合，不足以战。今禄山悉率精锐南驰宛、洛，贼之余众尽委史思明，我且破之，便覆其巢。质叛徒之族，取禄山之首，其势必矣。若潼关出师，有战必败。关城不守，京室有变，天下之乱，何可平之！"

这番话说得非常中肯，表明潼关只可坚守，不可出兵。如出兵必败，败了则长安有危，皇室有难。龙驾有险的话，则天下大乱。

此时的玄宗是如何想的呢？安禄山谋反已经半年了，更可恨的是，他还在东都洛阳称帝，建立什么大燕国，与他分庭抗礼。这怎么能让玄宗咽得下这口气呢？常言说一国不能有二主，如果不迅速灭掉安禄山的话，那么时间一长，人们就会接受这么一个伪皇朝，许多人就不会真正为大唐皇朝卖命而是转身投靠安禄山以谋取高官厚禄。那样，岂不是自己给自己树立了一个强敌？要消除这种危险，只有在短时间内，在人们头脑中还没有接受所谓的大燕国时，把它消灭掉。出于这种考虑，玄宗是赞成潼关出兵的。

当然，玄宗也不是盲目做出这个决定的，因为近来河北战场不断传来好消息，鼓舞着他，才让他有了这种想法。

三月，玄宗以李光弼为范阳长史、河北节度使。李光弼据守常山城，与敌将史思明对垒，长达四十多天，城中粮草困乏，形势危急，李光弼便向郭子仪报告。这时，郭子仪又从朔方回到山西了。四月，郭子仪率军至常山，与李光弼会师，大败史思明于九门城南。接着，攻克赵郡。李光弼不准士兵掳掠，郭子仪释放俘虏四千，以示优抚，颇得人心。

五月，郭子仪、李光弼与敌将史思明又进行了一场著名的嘉山大战。嘉山在常山郡东，结果唐军大胜，斩敌首级四万，俘虏千余人。敌将史思明被从战马上打落，赤足而走，至暮才逃回军营，接着又奔往博陵。嘉山大捷使得安禄山的大本营洛阳与老巢范阳之间的通道被切断，渔阳路再断，贼往来者皆轻骑窃过，多为官军所获，将士中家在渔阳者无不忧心。

河北战场唐军连连获胜的消息传到洛阳的时候，安禄山心中惊恐不已，他把高尚和严庄叫来，骂道："你们这些儒生，鼓动我起兵造反，说一定成功，如今唐军四面云集，进，进不得，退，退不得，哪里有成功的可能？都是你们陷害我。如果不成功，我必不会放过你们。"吓得高尚和严庄数日不敢见安禄山。

此时，恰好田乾真从潼关回来，向安禄山陈述形势，说现在唐军虽在河北打了几个小胜仗，但不足为虑。郭子仪兵少将寡，加之粮草供给困乏，势头必不长久，当务之急就是打下潼关。潼关虽有守军二十万，但乃乌合之众，不足为我敌，只怕他不出兵，出兵必为我所败。现在听说唐廷有意让潼关出兵，这岂不正是我军所盼？而高尚、严庄都是极有智谋之人，这样的人才应该是你安禄山的左膀右臂。

听田乾真这样一说，安禄山心中豁然开朗，立刻派人把高尚和严庄喊来，摆酒向他们赔罪，还自信地唱起了《倾杯乐》。安禄山想，纵大事不成，还可以学三国时的袁本初据守河北之地，做一方小皇帝呢。

而嘉山大捷的消息传到长安，在玄宗心里引起的震动不亚于安禄山，只是安禄山是恐慌，玄宗是喜形于色。他以为郭子仪在河北已经给了敌军沉重的打击，安禄山的精锐部队已经调防到河北，陕郡所留的都是赢弱之兵，正应乘此机会出兵收复失地。虽然朝中也有持与哥舒翰一样论点的人，但此时的玄宗已经听不进去这些话了。他太想收复洛阳，收复失地了。他想把一个完整的大唐交到太子的手里。加上宰相杨国忠不断陈说，玄宗的心里终于下了让哥舒翰出兵的决定。

只是玄宗还不想马上让哥舒翰出兵，他想让所有的战事在六月一日后进行，因为六月一日是杨玉环的生日，他不想因战事而搅扰她的生日之乐。

杨玉环已经三十八岁了，但岁月好似在她身上没有留下一点痕迹，她还是那样美艳无比，只是身体稍微丰腴了一点。在玄宗眼里，她还是十几年前那个顽皮任性、容貌妍然的寿王妃。虽然半年来战事扰神，但玄宗还是想在六月一日这天，好好为杨玉环庆祝一下生日。但杨玉环考虑到此时情境，认为宫中不宜举行盛大的庆祝活动，主动要求取消了庆祝活动。最后折中一下，杨玉环允许玄宗在宫中只是象征性地举行一场小型宴乐。

虽然是小型的，只是不请皇亲国戚中的贵妇，但还是让梨园弟子和乐坊在宫中表演歌舞，场面很大。自从安禄山谋反后，梨园弟子和乐坊很少演出了，他们怀念过去太平的岁月。此次，玄宗似乎有意显示太平岁月并没有过去，或者想告诉大家，太平岁月马上就会重来，让他们演出了《霓裳羽衣曲》。

当熟悉的乐曲再次响起时，玄宗和杨玉环都想起了过去那些美好的日子。这支舞曲一直贯穿在他们的情感之中，是他们爱情的见证，也是他们爱情的结晶。要是在以往，每逢宫廷里演奏《霓裳羽衣曲》，杨玉环总要下场领舞其中的一个片段。但今天她没有动，她与玄宗并排坐在一起，看着优美的舞姿，听着悦耳的音乐，心中感慨良多。十六年来，她看着这支曲子由孕育到诞生，再到被列为宫廷乐曲。而她与皇上间的感情也就像这支曲子一样，由萌芽到成熟，其中有渐起，有高潮，有低转，有激昂，直到现在的难舍难分。想到这里，杨玉环伸出手去，把皇上的手抓在自己的手里，脉脉含情地望着他。

玄宗明白杨玉环此时的心情，他微笑着说："玉环，这半年来，朕为政务所困扰，没有好好陪着你。今天也算略作一下补偿吧。"

杨玉环说："三郎，国事繁忙，看着你忧心忡忡，我又怎么有心独乐呢？我只担心你年岁大了，天天为国事操劳，身体吃不消啊。"

"朕怎么能不心急呢？一想到洛阳还在敌手，朕就寝食难安啊。洛阳有一些皇亲贵戚，他们在安禄山攻入洛阳时，没能撤出。唉，朕真的替他们担心，不知他们命运如何。"

"三郎，你催逼着哥舒翰出兵潼关，是不是急于收复洛阳啊？"

"这是其中的一个原因。但主要是因为朕觉得现在已经到了彻底打垮安禄山的时候了。玉环，半年来，别人不知道，你还不知道朕过的是什么日子吗？朕一想到安禄山这个贼子辜负了朕的信任，竟敢公然地在洛阳称帝，就恨不得亲自上阵擒杀这个叛逆贼子，让他跪伏在朕的脚下，向朕磕头求饶，方能消我心头之恨。"

"可是，我听说朝中有不少大臣阻止此次出兵，说潼关最好是坚守。"

"这都是一些做事太过谨慎的人，他们被安禄山吓破了胆，从来不为朕考虑一下。其实，安禄山造反时，只有十五万部队，号称二十万，半年仗打下来，顶多只有十万了。除去分派到各郡县防守的，河北战场郭子仪又牵制了他的大部分兵力，驻守在潼关外陕郡的只有两万兵不到，而潼关驻军有二十万，朕不信十个打一个会打不过。朕让哥舒翰出兵，并不是盲目的，是有着十足把握才这样做的。"

"国忠是赞成出兵的，是这样吗？"

"就是他先提出让潼关兵出击的。那么多大臣中，朕看只有国忠一人是一心为朕解忧的。玉环，朕早说过，在你们杨家，国忠是最能干的一个人，果然如朕所说。"

在悠扬悦耳的舞曲声中，玄宗皇帝向贵妃说着政事，对未来充满了希望，他感到压抑苦闷的生活就要结束，歌舞升平的日子又将来临。

天宝十五载（756年）六月四日，哥舒翰在皇命的一再催逼下，引兵出关。因为中风而行动不便的哥舒翰心里是明白的，此次出关凶多吉少。常话说知己知彼，百战不殆，哥舒翰对自己是清清楚楚的，而对敌方却一无所知。但对自己的了解也不能鼓起他丝毫的信心，反而更令他沮丧。因为他知道所率领的军队都是乌合之众，毫无作战经验，半年来勉强守住了潼关。皇上还以为安禄山势弱，急于收复洛阳，不顾实际情况，竟让他率领这支新军出征，以为人数占优就占有了优势。战场上可没有这种讲法，人数多少不是决定胜败的因素。他的奏表也递了，情况也陈述得不能再明白了，皇上还是不听。同时，他听说，朝中主战最为积极的是宰相杨国忠。靠一种直觉，哥舒翰感到，杨国忠的主战，其中挟有对他的私怨。这个得志的小人，为了自己的私愤，竟不顾国家的安危，他才是国家的蟊贼，是比安禄山更可恶的人。

哥舒翰不能骑马，他坐在车中，身旁行进着衣甲鲜明的部队。在他们脸上看不到对战争的恐惧表情，有的甚至把这当作一次出野狩猎，肩头的器戈都扛得不整齐。哥舒翰看着这些年轻的面孔，想到明天，或者后天，不知有多少张面孔会从这个世间消失，他心里伤痛异常，不禁手捂胸口，眼泪不知不觉地流了下来。

哥舒翰终于出兵了，玄宗心中既充满了焦急的等待，又有着一丝忐忑不安。他渴望哥舒翰给他传来捷报，但又担心像以往一样，送来的是令他心惊肉跳的消息。为了预防意外，他与哥舒翰相约，在哥舒翰出兵潼关时，每日初夜，举烽火以报讯。

唐朝边境，每隔三十里设置一处烽火台，置帅一人、副手一人，遇到敌情，放燃烽火示警。由于天下太平日久，这些烽火台久已不用。此次，为得知前线战讯，玄宗和哥舒翰约定，如果潼关没事，每天傍晚点燃烽火，站站快速传递，表示前线太平无事，反之，则危急。本来用作报警的烽火，现在改为报平安了，因此，此火又被称为"平安火"。

这样设置是为了防止意外。玄宗内心实是指望哥舒翰能出师大捷，打败叛军，直捣洛阳。自从六月四日起，随后三天，烽火每天升起，表示前线无事。玄宗的心情也稍微放松了一些。

在焦急等待的日子里，玄宗表面上装得很从容，但内心却很焦躁。按理说为了平复情绪，此时应该观赏一下歌舞才好，但玄宗怕别人说前线将士在卖命，而他却沉溺于享乐，影响不好，就没有这样做。他只是让杨玉环陪着到兴庆宫中散散步，观赏一下盛夏龙池中的荷花。

杨玉环搀扶着玄宗，沿着龙池缓缓地散步。沁人肺腑的荷香扑鼻而来。玄宗说："玉环，如果洛阳收复了，朕希望有生之年，能和你再到东都去游玩一下。唉，已经十几年没有去过东都了。"

到洛阳去，这何尝不是杨玉环的心愿呢？那里有她未出嫁前做少女时的记忆，有她闺阁中的密友，也有她初婚时的甜蜜。那里有她太多美好的记忆。多年来，她梦中不知回去过多少次了。但这个心愿能不能实现，现在还很难说。

"哥舒翰前两天没有遇到敌军，刚刚接到消息，他已经在灵宝西原遭遇到了敌兵，据报敌兵很少，不足以抵挡大军。看样子，一切都如预想的一样，安禄山把主力军队调到了河北，陕郡兵马不足，此次定可大获全胜。朕想，此时，哥舒翰正领着唐军与敌人展开激战，不出意外的话，今晚或明天当有捷报传来。"

看着皇上自信乐观的样子，不知怎的，杨玉环却感到事情不会这样顺利。她提醒道："三郎，凡事都要多想想，万一……"

杨玉环欲言又止，她不愿说出那不吉利的事。

听着杨玉环的话，玄宗眼里掠过一丝惊惶的神情，他沉默了。其实杨玉环所要讲的，他不是没有考虑过，但他不愿往深里想。因为他不敢想啊。他让哥舒翰领兵出关，已经是孤注一掷了。把所有的宝都押在这次军事行动上，胜了固然欣喜，如果打败了，潼关失守，那么后果不堪设想。虽然可能失败的想法也曾浮上心头，但他强迫自己不要往那上面想。他的乐观是心虚的，越是心虚，他就越是要表现出自信的样子来，说服自己，给自己壮胆。

他笑吟吟地对杨玉环说："玉环，凡事多考虑是对的，但面对即将成为现实的事，除了接受，只有接受。再说这是一个让人高兴的现实，你说呢？"

对军事一窍不通的杨玉环除了点头外，她还能说什么呢？玄宗觉得杨玉环被说服了，消除了她心里的担忧，舒心地笑了。其实不是杨玉环被说服了，而是他被自己说服了。他把紧紧偎依着他的杨玉环搂在怀里……

自从六月四日在玄宗皇帝的催逼下，哥舒翰统领十八万大军出潼关以来，两天之内没有发现敌踪。哥舒翰心中不免纳闷，他想，安禄山在陕郡的部队就是少，也不至于两天见不到踪影。六月初七，终于发现敌踪，遇到安禄山手下敌将崔乾佑的军队。敌军早已有所准备，据险以待。但唐军显然不知，南迫崤山，北临黄河，布阵于七十里长的隘道上，地势上显然不利。初八，哥舒翰和主持军政的田良丘坐船在黄河中流观察阵势，不见敌兵，便催促诸军前进。大将王思礼领五万兵为前锋，庞忠等将军分领十万兵继之，他自己领三万人马先到河北岸高地瞭望。

哥舒翰看到崔乾佑的部队只有一万余人，也没有个阵势，三个一群，五个一伙，散沙一盘，或走或退，或疏或密，连个队形也没有，大笑着对田良丘说："都说崔乾佑精于治军，很会打仗，今日一见，甚是失望。看他的布阵，哪里懂得兵法？"

田良丘也说："一人传实，万人传虚。闻名不如见面。那都是丢城失地的败将的夸大之词，好为自己推卸罪责。"

"瞧我今天生擒崔乾佑，让那些被他吓破了胆的人蒙羞。"说着，哥舒翰亲自擂鼓助威，催促唐军追赶敌军。

其实崔乾佑不是不懂兵法，而是他看到唐军倾巢而出，兵力是他的十倍，知道不能与唐军正面接战，只能智取。他故意让一万兵马示弱于唐军阵前，目的是诱敌深入，暗地里却把精兵慢慢移到唐军背后，列阵以待。果然，唐军看到面前的敌兵拖着旗帜后撤，都鼓噪而前，希望杀敌立功，擒献敌将。

崔乾佑的一万兵马且战且退，慢慢把唐军引到一处狭隘的山谷中。哥舒翰抬头一看，两边俱是高山，只有中间一条山谷，唐军拥挤其中，连转身的余地也没有。他心想不妙，如果敌军设伏于此，唐军岂不要全军覆没？他正要传令后撤，但是为时已晚。一声炮响，两边敌军齐出，居高临下，滚石檑木齐砸而下，唐军顿时陷于一片混乱之中。哥舒翰一见不好，为了突围而出，命令以毡车驾马为前驱，冲击敌阵。

这时，日已过午，突然刮起猛烈的东风。崔乾佑在上风口用草车阻挡住毡车，纵火焚烧。一时间，浓烟随风刮向唐军阵中，熏得唐军睁不开眼睛。唐军心中恐惧，自相残杀。有人说敌军就在浓烟后面，于是纷纷搭箭向烟中射去，一直射到傍晚，把所有的箭都射光了，才知道烟后并无贼兵。此时，崔乾佑看到唐军已经疲惫不堪，慌乱不成队形，才命令同罗精骑从南山冲出，袭击唐军后部，使唐军首尾不能相顾。这样一来，唐军彻底溃败，纷纷夺路逃窜，有的把身上的盔甲丢掉，隐匿山谷，多数官兵相挤着掉入河中溺死。兵败如山倒，后军见前军溃败，也不战自溃，黄河北岸的三万军队在一片鬼哭狼嚎中也吓破了胆，不攻自破，瞬间，两岸皆空。哥舒翰只与麾下百余骑逃脱，从首阳山西边渡河入关。潼关外三道深壕，本来是为防范敌军的，现在却成了阻挡败退唐军入关的障碍。败下来的唐军因为争相逃命，须臾间，就把三道深堑填满了，后来的败兵就踏着满壕的尸体入关。败退回关的唐军不足八千人。

还没等退入关里的唐军喘上一口气，崔乾佑衔尾而来，一举攻克潼关。

败退到关西驿的哥舒翰一面派使者把战况急告皇上，一面出告示收集散卒，欲复守潼关。但让他万万没想到的是，手下的番将火拔归仁却起了降敌之意，率百余骑把关西驿围住，然后入内对哥舒翰说："贼兵追来了，请公上马。"

等哥舒翰上马出驿，火拔归仁领着大家在马前叩头道："公以二十万兵马出关迎敌，现今所剩无几，有何面目再见圣上？公打了这样一个败仗，圣上必不会饶过公，难道高仙芝和封常清不是例子吗？请公东行吧。"东行就是到洛阳去归降安禄山。

哥舒翰一看，这是要执他投敌啊。登时怒目圆睁，对火拔归仁呵斥道："尔等鼠辈，这是要陷我于不仁不义。来人啊，给我把这个叛贼拿下了。"

但没有一人响应哥舒翰。哥舒翰知道大势已去，可他一个堂堂的大唐元帅，怎可叛变降敌，让一世英名付之东流？于是，他用马鞭后柄自戳其喉，要自尽殉国。火拔归仁连忙上前夺下他的马鞭，让人把他绑了，等待敌军来到。安禄山的军队不费吹灰之力就占领了关西驿和潼关，并且活捉了哥舒翰，其军将大喜，火速让人把他押解到洛阳去。

在去洛阳的路上，哥舒翰羞愤难当。他事后才得知，陕郡崔乾佑的部队一共才两万人，也就是说他统领的部队人数几乎是敌人的十倍。作为一方部队的最高指挥官，打了这样一个惨不忍睹的败仗，他的脸面何在？更让他气愤的是，他竟然被自己的人绑了，甚至被生擒至敌帅面前。如果失败了，战死沙场，那么名节还在，现在可让他怎么办呢？当然，他也可以宁死不降，身死殉国，开始他不是这样做了吗？但随着离洛阳越来越近，哥舒翰改变了这个心意。

刚上路时，为了防止哥舒翰再寻死，兵士时刻不离他的身边。火拔归仁也常来劝说，劝他不要再为唐皇卖命了，除了举出兵败而下场可悲的高仙芝和封常清外，还说唐皇近年来耽于享乐，不闻朝政，朝中宰相弄权，边臣不仅无功反而受过。这些话慢慢在哥舒翰心里起了作用。夜深人静的时候，哥舒翰细细回想起来，觉得确是这么回事。唐皇近年来只顾自己寻乐，很少过问朝政，先是李林甫专政，后是杨国忠弄权，连忠心耿耿、出生入死的恩公王忠嗣也落得个那般下场，想来让人寒心。此次出兵潼关关外，固然有他指挥上的失误，但如果皇上听了他的话，不听杨国忠坚持出兵的论调，他又何有此败，何有其辱？兵败之后，就算他其身得免逃回长安，但皇上能宽恕他吗？杨国忠会放过他吗？不会。高仙芝和封常清就是例子。皇上不会念及他以前浴血奋战的功绩的，凡军败者必诛。可以想到，他回到长安只有一条路，那就是死。

但如果让哥舒翰投降安禄山，他又心有不甘。安禄山是什么人？一个胡贼罢了，他曾当面骂过他，心里根本看不起他，如果让他屈膝下跪的话，他的自尊和地位往哪里放？为此，他曾萌发过死志，但兵士看管太严，他找不到自尽的机会。

人的死志虽强烈但不易持久，生的渴望也不会因年老而有所减退。最后，哥舒翰为了活命，还是打算向敌手投降。

当哥舒翰一到洛阳，被押到安禄山面前时，他竟不待任何利诱和恫吓，立即匍匐在安禄山的脚下，磕头如捣蒜，向昔日的对头求饶起来，而且生怕安禄山不容他，许诺手书几封，去招李光弼等唐将来降。安禄山看着跪在他面前的哥舒翰，心中得意非凡。他哈哈大笑，说："你一向轻视我，现在知道我的厉害了吧。"

哥舒翰头都不敢抬，说："臣肉眼不识圣人，罪该万死。"说着，又磕起头来。

此头磕下去，哥舒翰知道，他的一世英名已不复存在，以前累年戍边、沙场杀敌的功绩也一笔勾销，留在历史上的他，将是一个贪生怕死的人。想到这里，他的老眼里噙满了泪水。

安禄山是一个颇有心计的人，他在心理得到极大满足的同时，不仅没有杀哥舒翰，还善待他，封他为司空、同平章事，虽然后来他写的书信没有把李光弼等招来，也没有杀他。安禄山要让所有的唐将看看，他和唐玄宗是不一样的，唐玄宗不宽恕败军之将，而他会不计前嫌收留他们。这是收买人心的很高明的一招。

等收服了哥舒翰，安禄山又把火拔归仁喊过来，问他道："是你把哥舒翰擒住献给我的吗？"

火拔归仁忙不迭地答道："正是小人。"

安禄山脸一板，说："你身为下将，须当尽力保帅，竟卖主求荣，你这等不忠不义叛徒，留之何用？推出去斩了。"

刀斧手不管火拔归仁如何大喊"冤枉"，就把他推出去斩了。哥舒翰看到安禄山斩了火拔归仁，心里大是欣慰，觉得终于出了一口恶气。他上前再次向安禄山跪拜。这次是出于真心的感谢。

自从哥舒翰领兵出潼关后，玄宗每天都密切关注前线传来的消息。当他听说哥舒翰在灵宝西原遇到敌兵后，时刻都想着信使会传来令他欣喜的捷报，但没有。相反，在六月初九这一日，他得到的是潼关兵败的消息。乍听到这个消息，玄宗有点不敢相信自己的耳朵，他睁大眼睛看着记述战况的书信，以为自己眼花了，再仔细一看，没错，哥舒翰是打了败仗。这怎么会呢？二十万军队呢，怎么会败在两万敌军手上？玄宗那一直处于紧张、亢奋中的神经再也经不住这样的打击了，他惘然地望着身旁的高力士，说："力士，潼关失守了？"

高力士也是一脸愁容，他深知潼关失守对长安意味着什么。但他为了安慰皇上，说："大家，只听说哥舒翰兵败，还没有听说潼关落入叛军手里。依老奴看，哥舒翰即使兵败，以残兵退守潼关，防守还是绰绰有余的。"此时，长安还不知道哥舒翰已经被俘。

高力士这样一说，玄宗的心稍稍宽慰了一点，他问道："力士，你看现在应该怎么办？"

再一次的兵败，彻底把玄宗打蒙了，他慌乱无措，六神无主，竟像一个孩子一样无助地望着高力士，等着他拿主意。高力士说："大家，现在我们应该增派兵力，支援潼关。我看，可以把三千监牧兵派到前线去。"

于是，玄宗立即把近来组织训练完成的监牧兵三千人，交领军李福德率领着奔赴前线。

兵败的消息不断传来。六月初九的傍晚，玄宗和杨玉环亲自登上皇宫中最高处，向潼关方向张望。他希望平安火能如以往一样升起，这样起码对他还是一个安慰。西边天上的云霞慢慢收去了最后一道光线，暮色从四面合拢而来，也向玄宗的心里压来，因为他没有看到平安火。杨玉环依着玄宗站立，她定定地看着东方，直到最后一抹光线慢慢地消失。玄宗和他的贵妃心中的那线希望的光亮也随之泯灭了。玄宗向杨玉环看了一眼，那是绝望的一眼，空洞而没有光泽。宫女已经掌上宫灯，杨玉环怨恨地看了一眼掌灯的宫女，好像天上的光芒全被她们手里的灯光给赶跑的。

平安火没有燃起。按照先前和哥舒翰的约定，依现在的情况来看，潼关应该已经失守了。杨玉环还想着宽慰玄宗，说："三郎，平安火不至，也许是偶然的疏忽或者耽误吧。"

玄宗沉吟着，他知道这是杨玉环对他的安慰。在这危急时刻，谁敢玩忽职守？唯一可以解释的理由，就是潼关失守了。只是他们都不敢面对这个现实罢了。他对杨玉环说："玉环，大错已经酿成，不该命哥舒翰出征的。"

"三郎，哥舒翰有二十万大军，即使只剩一半，潼关还是可以守住的。"

"从平安火不至来看，哥舒翰可能一半兵也没能留下。唉，怎么会弄成这个局面？"玄宗沿着台阶默然而下。他的步伐明显地趔趄而拖沓，此时，他的心就像抽尽了水的塘，一下就枯干了。

回到宫中，玄宗和杨玉环都无心进食。在杨玉环的劝说下，玄宗勉强吃了一点东西。他惨然地对杨玉环说："玉环，长安只怕不保了。"

"啊？怎么会这样呢？"

"潼关失守，从潼关到长安，无险可守。平安火不举，想是地方官吏都逃走了。形势可谓凶险万分。"

"那该怎么办呢？"

"朕也不知道。"

玄宗讲的是真心话，本来他把希望都寄托在潼关出战上了，他从来就没有想过，要是潼关失守了，应该怎么办。他认为出战必胜，如果往坏的方面想会不吉利，会有晦气。现在潼关失守了，他不知怎么办了。话说回来，他又能怎么办呢？他第一次发现自己的确是老了。开始征战的时候，他还有勇气说自己要带兵，而现在，他是自己被自己失败的决策所打倒了，再也没有一点战斗的决心和勇气了。

对于安禄山叛乱，他先前以为很快就能平息，同时他也认为战事远在河北，离京城很远，想不到现在打到了眼前。长安无兵可守，他这个堂堂大唐皇帝竟要被叛军俘虏。而玄宗一直想的是把安禄山俘虏，应该是安禄山跪在他的面前讨饶啊。一想到会被叛军逮到，玄宗身上掠过一阵惊恐和绝望。

一夜无眠，六月初十，早朝时，潼关失守的消息得到证实，同时得知哥舒翰也被俘虏——至于哥舒翰叛敌的事是他到洛阳以后传来的，现在朝廷自然不知，还为他的生死担忧——潼关到长安之间的华州四县官吏和守兵全部逃散。

杨国忠听说潼关失守哥舒翰被擒，心中又喜又忧。喜的是又除去了一个对手、劲敌，他的政治目的终于达到了；忧的是潼关失守，长安危矣，他的命运也将会发生改变。他想了一下，长安已经无兵可守，如果继续留在长安的话，皇上与他必然会被俘虏，现在唯一的办法就是逃离长安。

一想到逃离长安，杨国忠就开始想往哪里逃。他自然想到了他的根据地蜀中。其实在此之前，他为给自己留一条后路，早就派心腹去蜀中增修城池，建置馆宇，储备武器，以供急需。只不过，这一切都是暗中进行的，那时，他还想不到皇上也会逃往蜀郡。

但形势的日益恶化，迫使唐玄宗和杨玉环不得不逃离长安了。这一天，天未亮，玄宗和杨玉环就起来了。昨夜下了一场细雨，凌晨时微有凉意。通光殿上，烛火通明，玄宗在做着最后的安排。他的身边站着高力士和陈玄礼，高力士身着戎装，脸色从未有过地严肃。此外，还有太子和宰相。

许多事情都是早就布置好的，按计划进行就可以了。杨玉环已经早早上了车，谢阿蛮不断把消息告诉她，说哪些人跟随，哪些人没见踪影。总之，杨玉环想到太多熟悉的人自此以后可能就再也见不到面了感喟良多。最后，大唐皇帝上到车中，车驾起动了。

杨国忠先到前方安排，高力士随御驾而行。一队龙武军的骑兵在前开路，太子另领一支队伍在后。还是宵禁的时候，街道上没有闲人，静寂无声，队伍秩序井然。

凌晨玄宗悄悄离京后，许多大臣都不知道，上午依旧到兴庆宫上朝。到了宫门，还能听到漏声，宫廷门前的值班金吾军士也还站得笔直，与以往并没有多大区别。等到宫门开启，还没等大臣进入，突然从里面跑出来许多宫女和内侍，吵嚷着慌张奔走，说是皇帝不见了。此时，大家才知道，皇上已经弃他们不顾，逃出长安了。顿时，宫中哗然，王公、士民四处逃窜，长安城陷入一片混乱中。那些未被告知的大臣气愤万分，心中责怪皇上的薄情寡义，昨天还讲着要亲征，原来一切都是为逃亡做准备，丢下他们不管。大臣们个个返身急奔回家，张罗出逃的事。

皇家宫禁再也无人专心看守，城中百姓和城郊村民争入宫禁及王公第舍，盗取金银财宝，有的人甚至骑着毛驴进入了皇宫。有人焚烧左藏大盈库，火光冲天。留城防守的边令诚出来镇压，杀了十几个人，根本无效。随后不久，金吾军士也参与了抢劫。城中混乱异常，局面一发不可收拾。

而此时的叛军还远在百里外的潼关。

这一切，玄宗不知道。他就是知道，除了徒增烦忧外，又能做什么呢？

六月十四日，逃亡的第二天是个晴天，可以想象会和昨天一样热。从金城西行，五里外就是兴平县城，但城中的人都逃跑光了。杨国忠和高力士商议，中午到距兴平县城二十三里的马嵬驿休息。

马嵬驿所在地叫马嵬坡，从前有城，驿站是开元末年建成的，在故城以东。那是长安西路的大驿站之一，道北是驿舍，有三栋，另有营房，道南则有驿亭，还有一个佛堂，依傍驿亭而建。

玄宗在车中拿出一幅地图，徐徐展开，指着地图上的马嵬驿对杨玉环说：

"中午我们就可以到这里了。"

"它叫什么名字？"

"马嵬坡。"

"这个地名不好。"

"为什么？"

"嵬，'山'字下面是个'鬼'。鬼本来就可怕，再躲在山里，说不定什么时候就出来作祟，让人防不胜防。"

听了杨玉环这番歪理，玄宗笑了笑，这是他几天来少有的笑。他说："等回来后，就把它的名字改了。你看改什么名字好呢？"

"反正不能有'鬼'字。改作马神坡吧。"

"朕看就把它改作贵妃坡吧。"

玄宗一语成谶，杨玉环死后，后来的人很久都把马嵬坡叫作贵妃坡。

由于昨晚大家都没有休息好，众人脸上都满是疲惫，走路时也萎靡不振。太阳慢慢升起来了，炙烤着路面。漫漫逃亡路，何时才能到达目的地呢？

总管一切的杨国忠跑前跑后，不停地协调各方面的矛盾。他派出小分队出去寻粮，尽量填饱大家的肚子。不知怎么搞的，杨国忠敏锐地感到禁军中有一股十分不满的情绪正在酝酿，而且明显是与他过不去。他们自成一个团伙，仗着皇家禁军这一特殊的身份，不仅对他的话阳奉阴违，而且对沿途百姓也随意辱骂，甚至对大臣和王孙也不放在眼里，随意呵斥，骄横无比。杨国忠想，也许是他们以为此时皇上全仗他们来保护的缘故吧。

禁军是归龙武大将军陈玄礼指挥的，杨国忠怀疑这是不是陈玄礼在其中弄鬼。但他又想，陈玄礼应该没有这个胆量吧。

杨国忠与陈玄礼的关系并不是很亲密。陈玄礼作为皇上的心腹已经许多年了，不然，皇上也不会把禁军交给他统领这么多年。杨国忠在为相前后，与他打交道并不多，只是觉得他是个不善言谈的人，对皇上忠心耿耿。杨国忠自己也承认自出京后，他对禁军是有所冷落，每次寻到粮食后，都是先大臣，再诸蕃使者，最后才想到禁军。一来，他们人太多；二来，相比起来，他们地位低下。他想，也许是这个原因引起他们心中的不满。所以杨国忠想，以后他会慢慢注意这方面的问题。

但当杨国忠意识到这个问题时，为时已晚，禁军中对他的怨恨已经达到了不可调和的地步。陈玄礼受王思礼唆使，正在利用禁军中这股反杨的暗潮，准备除去杨国忠。

陈玄礼作为一个久在官场走动的人物，他不可能不知道在没有接到圣旨的情况下诛杀宰相的后果。但他之所以听从王思礼的劝告，做出这个决定，也是有着一定原因的。自从原禁军将领王毛仲因骄横弄权被皇上杀掉后，他以淳朴自检得到重用。掌管禁军几十年来，他除了对皇上忠心耿耿外，从不结交大臣。他知道王毛仲就是因为结交大臣而被皇上怀疑，因而丢了性命的。他不与诸大臣来往，但并不代表对朝廷中的事漠不关心。他先是看到李林甫为相十九年，任人唯亲，打击异己，大唐保持着表面的繁荣，实际上内部危机四伏。到杨国忠为相时，朝廷中这种情况不仅没有改变，反而变得更加不可收拾。与李林甫相比，杨国忠这个无赖出身的游民，一点没有把握大局的能力。陈玄礼认为，安禄山的造反就是杨国忠逼的。如果不是杨国忠口口声声在皇上面前讲安禄山有谋反之意，让皇上对安禄山起了怀疑之心，安禄山又怎么会走上这条路呢？

陈玄礼决定诛杀杨国忠还有一条理由，那就是太子之谋。太子是未来的皇帝，皇上本来年纪就大了，按现在的形势来看，传位于太子当是短时间内的事。连太子都要除去杨国忠，他还有什么好怕的呢？如果不与太子合谋，得罪了太子，那他的前途不仅保不住，就连性命也有危险啊。正是有了这个依靠，陈玄礼才敢做这件背叛皇上的事。这也是他一生中唯一一次背叛皇上。

车驾在午时到达马嵬驿。此时已是烈日炎炎，好在大家在此前已勉勉强强多走了一段路，也算准时到达了目的地。这是逃亡以来，第一次按计划走完路程。到了马嵬驿的将士又累又饿，此时他们多么希望能吃上饭，好好休息一下。但却没有饭食供应他们。

这次派来的先遣队倒没有逃跑，但原先留守驿站的人员早逃了，赶到的人员面对空空如也的驿站，愁容满面，准备不出饭食来招待车驾。于是，军士们鼓噪一片，吵骂声、抱怨声此起彼伏。陈玄礼看到这种情况，心中暗喜，这正是他希望看到的。于是，他把手下各营的将领召集起来，先是试探性地抱怨了几句，发泄着对宰相杨国忠的不满，想看看众人的反应。哪知，众将领对杨国忠早就一肚子的怨气，听主将一开口，顿时吵嚷声一片，争先诉说对宰相的怨恨，说他根本不把禁军当人看，让禁军去找粮，却不分给禁军饭食，最后还让军士自己去村落中解决饭食。更有甚者，说这一切都是杨国忠造成的，安禄山的谋反都是这个奸臣般的宰相逼的。

听了诸将领的牢骚，陈玄礼暗暗高兴，他乘机把太子的计谋和盘托出，不想，马上得到了他们的响应。将领们纷纷应和说，杨国忠这个奸相，早该诛杀了。他们都愿听大将军号令，一同诛杀此贼。陈玄礼知道此事宜早不宜迟，如果风声传入杨国忠耳中，不仅大事不成，连性命也保不住了。随即，他做了布置，就在马嵬驿诛杀杨国忠。

此时的杨国忠还一点都不知道针对他的阴谋，他四处奔忙寻食，希望把大家的肚子填饱。同时，他还想着这次要对禁军优先照顾，先让他们吃上饭。不管以前杨国忠如何专权，自从逃亡以来，他可是兢兢业业，尽心尽职。他的目的很明确，就是要克服重重困难，把皇上带到蜀地，但为时已晚。

玄宗和杨玉环进入马嵬驿，稍事休息后，供应皇家的饮食已经呈上。由于有一天半的逃亡经验，他们已经没有了初时的慌乱和无措，知道逃亡途中，一切都只能从简，已能适应路上的颠簸和嘈杂了。即便这样，必要的修饰还是要的。一到驿站，杨玉环就入内更衣洗面。由于昨晚睡得太少，加上梦魇缠绕，她感到疲惫不堪，十分困乏。她用冷水洗了洗脸，精神稍稍振作了一些。

衣服换好后，杨玉环从内堂出来，玄宗在等着她进食。

玄宗说："玉环，你一上午都无精打采，一定是昨晚没有休息好。吃过饭后，你好好睡一觉。我们可以推迟一点走，也好避过烈日。"

杨玉环说："我不妨事，不要因为我一个人耽误了行程。今天好不容易按时到达了目的地，不能再拖延了。我下午在车上睡一觉是一样的。"

"玉环你看，凡事都是可以适应的，最初上路时，可以说人人无措，现在，似乎也有了逃亡的经验。"

杨玉环认为这话不吉祥，阻止了玄宗再说下去。她说："我们吃饭吧。难为国忠在这种情况下，还为我们准备了这般好饭食。"

其实摆在面前的饭食，实在不能算好饭食，不要说和宫中平常的膳食无法相比，就连一般宴席上的也比不了。但因为饥饿，他们吃起来都津津有味，丝毫不觉得比山珍海味差多少。

正在他们进食时，外面突然传来了一阵喧哗声。

原来陈玄礼带领着左、右龙武军和左、右羽林军，发动了诛杀杨国忠的兵变。

在此之前，杨国忠刚把能寻到的饭食分配给大家，但僧多粥少，还是不够分。他忙乱了一阵子，自己的肚子还是空的。正在他要去和众大臣一起进食时，相府从官来告诉他，许多外国使者的饭食还没有着落。于是，他返身去布置。就在他走在半道上时，迎面碰上了吐蕃使者。他们是来向他诉苦的，说他们自从出京后就没有吃饱过肚子，今天的饭食更是无从着落，希望宰相能分给他们一点粮食。

杨国忠向吐蕃使者致歉，命令先把分给相府的食物供给他们。但就在杨国忠与吐蕃使者说话时，忽然有十多名兵士叫嚣起来，他们大喊着，说宰相勾结蕃臣，图谋不轨。

杨国忠的侍从大声呵斥，但喊叫的人越来越多，他们不仅喊，还手执兵戈向他们冲了过来。杨国忠看到这些禁军军士，知道大事不好，连忙抢过一匹马来，跨上就逃。随后相府卫士把杨国忠的儿子杨暄也扶上马，向外逃去。

大喊的禁军正是陈玄礼预先布置好的，待军士一喊，立刻就有大批的军士从四面八方向此围拢过来。杨国忠还没逃出多远，军士就向他射箭了。羽箭嗖嗖地从杨国忠的头上和身畔穿过。他赶紧伏下身子，把整个身体贴在马背上。但马中箭了，杨国忠立即跳了下来，一瞬间，有几支箭同时射中了他。

已经冲到前面的杨暄看到父亲中箭倒地，立即掉转马头，准备把杨国忠从地上拽起来。他刚赶到杨国忠面前，追赶的禁军也到了，刀枪并举，将他们父子二人双双杀死在地。

杀死杨国忠的地方离大臣们进食的土屋不远。听到外面的喧哗声，御史大夫魏方进出来察看，当他看到宰相父子同时毙命于眼前时，不禁惊慌失措。慌乱中他只想阻止军士行凶，就大声喝止。正当凶险时刻，行凶的军士已经失去理智。一名骑兵军官挥动长柄刀，砍中御史大夫的头，魏方进倒下了。

杀死两位大臣后，围拢来的禁军立即大喊道："宰相通敌谋反！宰相通敌谋反！杨国忠造反！杨国忠造反！"

除了杨国忠，就属左相韦见素官最大了，此时，他硬着头皮走出土屋。他看到杨国忠父子和魏方进都横尸在地，心中恐惧。但他没有像魏方进那样呵斥军士，而是轻声细语地询问他们原因。红了眼的兵士丝毫没有把这位左相放在眼里，一名兵士挥动手中的长枪打在他的头上。韦见素一闪没有闪开，他头上一阵刺痛，倒下了。兵士正待要上前补上一枪，一名军官喝止道："他是韦相，不要伤害他！"

韦见素捡回一条命，但已经头破血流，再也不敢说话了。

就在一些禁军军士杀死杨国忠父子时，更多的禁军军士拥到皇上待着的驿站周围，大声鼓噪着。这也是陈玄礼和将领们事先商量好的。诛杀了杨国忠后，就拥兵到皇帝处，让他宽恕诛杀宰相之罪。

玄宗和杨玉环正在驿站内进食，听到外面的喧哗声，都停了下来。玄宗忙让高力士到门口看看出了什么事。

高力士来到门口，看到的是一片慌乱的景象。他大吃一惊，一时还没明白发生了什么事。待军士们大喊"杨国忠造反"时，他才知道他们诛杀了宰相。高力士不愧为久经世面的人，他面对这种危急的场面，没有贸然出口呵斥，而是静默以待。他看到军士们都带着兵器，虽杂乱，但有一定秩序，显然是有人在暗中组织策划。他心里明白了，这是一场有预谋的兵变。

军士们看到一身戎装的一品大将军高力士站立在驿站门口，不怒自威，心中不由得生出一股敬畏，稍稍向后退了几步。这时，陈玄礼也赶到了。高力士询问道："大将军，这是怎么回事？"

陈玄礼装作神情惶急的样子，说："军中有变，高翁，我也是刚刚得知。"

高力士望着陈玄礼的目光，心中充满疑问。但他知道此时不是追究罪责的时候，于是说道："圣驾在此，请勿惊扰。请你发令退兵。"

"是是。"陈玄礼答应着，挥手让军士们又往后退了几步，然后上前奏道，"高翁，听说宰相杨国忠私通蕃臣，图谋不轨，禁军将士才有此兵变，没有奏请皇上就自行发难，已经诛杀了杨国忠父子。"

陈玄礼的这番话刚讲完，围拢的军士又一次大声鼓噪起来，中间夹杂着兵戈相撞发出的声音。

高力士心想，如果没有你这位禁军大将军的命令，这些军士又怎么敢杀死宰相呢？你不从中策划，队伍中的军士又怎么会不奏请皇上就自行发难呢？但他知道此时不能戳穿陈玄礼的谎言，以免激化事态。此时形势万分危急，不比太平时期，如果现在宣判他们有罪，把他们逼上绝路，他们很可能会做出弑君的举动。而后他们再逃到叛军那里，不仅性命会保住，而且还会得到安禄山的封赏。

此时，高力士不能后退。他镇定了一下，独自站立在驿站门口，一点都不怕兵士会随时冲上驿站把他乱剑分尸的后果。他知道，如果他一退，皇上就更有危险了。别的内侍都离他远远的，吓得躲在一旁浑身发抖。

情势危急，不允许高力士入内禀告皇上再作定夺，他立即说："宰相谋反，罪大当诛，四军将士忠于皇上，我当奏闻，给予嘉奖。"

军士们没有想到这桩事会这样轻易地得到解决。本来他们还担心会受到皇上惩处，没想到还会得到奖励。现在他们不知是进是退，都把眼光投向了陈玄礼。

陈玄礼心里也拿不定主意。他没有想到能得到这样满意的答复。按理说此时应该退兵才是，但也许是结果太出乎他的意料了，陈玄礼反而犹疑起来。再说，这话只是高力士所说，并不是皇上亲口讲的，可信度又打了个折扣，事后，皇上要是再追究起来，不承认高力士所说的话，那时，岂不是一切都太晚了？但高力士已经这样说了，不退兵又没有理由。

正在陈玄礼为难时，突然，站在军士中的一名军官高声叫了起来："杨国忠谋反，贵妃不宜供奉，请皇上割爱正法！"

高力士听了这话，浑身一震，他知道此时群情汹汹，任何人提出的一个建议都会成为全军要达到的目的。果然，全军立刻响起"请皇上割爱正法"的喊声来。这时，高力士看到一队军士用长竹竿挑着杨国忠的头也来到驿站前，他心中更充满了忧戚。

全军的呼喊提醒了陈玄礼，他想，对啊，杨国忠是贵妃的娘家人，他被诛，就算皇上不予追究，贵妃岂能罢休？以后她要是时不时地在皇上面前吹吹风，时间久了，皇上难免会听她的话，那时，倒霉的还是自己。想到这里，他对高力士说："高翁，全军所请，请你转告皇上。"

但高力士没有动，他知道这个请求皇上是不会答应的，他知道贵妃在皇上心里的地位。他劝告说："玄礼，你让四军先退，你和我再一起面奏皇上，请皇上定夺。"

陈玄礼也知道此时不能罢兵，如果退兵，那就失去了和皇上谈判的条件。他说："高翁，你也看到了，众怒难犯，将士不达目的，说什么也不会归队的。还是请你代为面奏吧。"

高力士想，你还没有说怎么知道将士不愿归队？但也不好多讲。正在僵持时，皇上从驿站中出来了。

玄宗和杨玉环在内室已经得到内侍的禀告，说是杨国忠谋反，已经被禁军诛杀。

"什么？国忠谋反？断断不能！"玄宗不禁喊出声来。

玄宗站了起来，在屋内徘徊，他喃喃道："嗯，朕现在落得个众叛亲离了，连朕一向善待的禁军也要造反不成？"

杨玉环惊恐地看着走动的玄宗，仿佛急等着他拿出一个主意来。杨国忠造反？那是万万不会的。他为什么要造反？她说什么也不相信。当她听说杨国忠已经被杀时，全身一抖，心里掠过一阵恐惧。虽然她与杨国忠的关系不是太亲密，但杨国忠是她杨家人，她为他难过，同时也预感到这场动乱不会就这样平息，一定还会有事发生，那会是什么事呢？

高力士迟迟没有进来禀奏，看来外面情势危急。玄宗说："朕要出去看看。"

听了玄宗这话，杨玉环上前一把拽住他的手说："三郎，不可，外面凶险，还是让力士处理吧。"

"玉环，看来力士也不能控制局面了。朕出去看看，不会有事的。"

玄宗话音刚落，又是一阵呼喊声传进来。杨玉环说："三郎，我与你一道去。我们在一起，不管生死。"

玄宗拍了拍杨玉环的手说："你放心，情况不会如你想的那么严重。"

玄宗嘴上讲得这么轻松，实际知道不是这么回事。如果他待在亭内，一样是危险重重。他决定冒一下风险，亲自出面，或许可以化险为夷。

玄宗拄着拐杖出来了。他一出来就被面前的景象吓了一跳：禁军军士团团围住了驿站，人人手里拿着兵器。人群外面竖着一根长竿，上面吊着一颗血淋淋的人头。他估计是杨国忠的。

看到皇上出来，将士们一下变得鸦雀无声，目光齐刷刷地望着皇上，既不行礼也不高呼"万岁"。只有陈玄礼领着身后的将领躬身行起礼来。高力士见皇上此时出来，心里大吃一惊，连忙把情形简短地陈述了一下。听了高力士的奏报，玄宗转向躬身而立的陈玄礼说："宰相谋反，罪当诛灭，你们做得很好。着各军先行归队吧。"

听到皇上亲口赦免了他们诛杀宰相之罪，陈玄礼心中一阵高兴，但他此时的目的又多了一个：为了以后没有性命之忧，要让皇上正法贵妃。于是，他没有动。将士见主帅没有动，立即又高呼道："请皇上割爱正法！"

听了这句话，玄宗把疑惑的目光投向高力士。高力士脸色凝重，他轻声告诉皇上道："宰相谋反，将士们以为贵妃不能再伺候皇上，请皇上割爱正法。"

听了这话，玄宗如遭雷击，身子不禁晃了一晃。他用双手握紧拐杖，好不容易才撑住身子没有倒下去。高力士连忙喊了一声："陛下！"要用手搀扶。

玄宗朝他摆了摆手，稳住身子，威严地看着虎视眈眈的持戈军士们，说："朕自会处理。"说完这句话，玄宗迈着缓慢的脚步，拄着拐杖回转驿亭内。

他的背影是那样苍老和衰迈。此时的玄宗是那样伤心与愤怒，是那样惊恐与悲哀。哼，这些胆大狂徒，诛杀了宰相不算，竟连贵妃也不放过。贵妃有什么罪？她整日待在深宫，从没干预过政事，你们不知贵妃是朕心爱的女人吗？如果朕连自己心爱的女人都保护不了，那还算什么皇帝？让朕割爱，朕恨不能把你们都正法了。

玄宗这样想着，他一进驿亭内，就再也支撑不住，身子往地上瘫去。内侍连忙上前搀扶。杨玉环已经从谢阿蛮的嘴里知道了一切，她哭着一头扑进玄宗的怀里，喊了一声："皇上。"

玄宗伸手把杨玉环搂在怀里，眼里也流出泪来。他带着哭音说："玉环，不要担心，说什么朕也不会把你交出去的。"

"三郎，我怕。"杨玉环紧紧地搂住皇上。

"别怕，有朕呢。"可是玄宗的话再也没有了从前的底气和从容。他的声音听起来是那样虚弱。两人紧紧地抱在一起，生怕有人会把他们分开。接着，他们泣不成声。

可是就在这时，外面又是一片哗然，呼声一浪高过一浪。原来太子已经得到了杨国忠被刺杀的消息。太子精神大振，他感觉到了现在的时局对自己极为有利，只要乘胜追击，自己的计划很快就会实现。皇上的权力就要属于他这个太子了。于是太子就叫王思礼派了心腹去找陈玄礼，让他抓紧时机继续按原计划反戈。因此，陈玄礼便又一次在军士中掀起了要求处死贵妃的高潮。玄宗一狠心，猛地推开贵妃，一下就冲了出去。他对那些叫嚷的军士们说："你们要杀了贵妃就等于要杀了朕，如果你们非要杀贵妃，不如连同朕也一块杀了吧。"军士们听皇上这么一说，立刻吓得鸦雀无声了，谁敢弑君呢？

高力士趁机把皇上扶了进去。而此刻的杨玉环就像一朵被骤雨打湿的牡丹，如雨的长泪挂满了那张娇艳的脸。她被皇上的果敢和痴情震惊了，她觉得自己已经死而无憾了。她的双眼就像刚刚绽放的花蕾般向皇上张望着，更是让人怜爱，让人心痛不已。玄宗已经抱定了与杨玉环同生死的决心。那一刻，世界就像一下突然消失了一样安静。玄宗和杨玉环执手相看泪眼，仿佛他们的生命早已融为一体，已经度过了千年万年。杨玉环用从来没有过的沉稳而又安静的语气轻声细语地对皇上说：“三郎，我已经知足了，还记得我们的约定吗？我会在天上等你的。”

“不，玉环，朕会和你同生死的。朕不会让你离开朕的。”

“不，三郎，国不可一日无主。我已经得到你的爱了，已经心满意足了，我心甘情愿地要你把我交出去。”

“什么？”

“三郎，情势不可挽救，我要以死相救陛下。”

在玄宗出去时，谢阿蛮已把外面紧急万分的情势告诉了杨玉环，并说了将士最后的要求竟是让皇上杀死她，如果皇上不同意，他们就可能做出大逆不道的弑君举动来。杨玉环看到情势实在是太过凶险，外面围攻的将士就像一个火药桶，任何一句话、一个举动都可能成为一个火星，点燃它。一旦它被点燃，那么必会把他们全都烧毁。她思前想后，看来只有牺牲自己才能化险为夷，救皇上于困厄之中了。

听了杨玉环这句话，玄宗把她紧紧搂着，生怕她马上就要走出去。他流着泪说：“玉环，朕不会让你出去的。我们永远在一起。”

皇上说了与贵妃同生死后，转回驿站内，站着的禁军将士不知如何是好，又都看着陈玄礼大将军。陈玄礼想，皇上讲了这句话，显然不想杀贵妃。如果就这样罢兵的话，贵妃必不会离开皇上，那么，自己早晚会被她的谗言所伤。如果皇上坚持不杀掉贵妃，那么为了保命，只有弑君谋反了。现在自己是禁军大将军，禁军将士都听自己的，只要他登高一呼，将士必响应追随。杀了皇上，从富平奔逃去潼关，安禄山必会重赏自己，说不定封的官比现在的还要大呢。

陈玄礼想到这里，对高力士说：“高翁，你听四军将士的呼声……我也是身不由己啊。请你转告圣上，割爱正法贵妃，否则后果不堪设想。”

高力士鼻子里“哼”了一声，他看出禁军将士虽诛杀了杨国忠，但还是听命于陈玄礼的，只要陈玄礼下令收队，情势也许会有所好转，可陈玄礼似乎有意鼓动禁军将士与皇上为难。他不知道一向忠心的陈玄礼，为何要在关键时刻背叛皇上，难道他也像袁思艺那样，只能共富贵，不能共患难？但袁思艺只是逃跑罢了，而你陈玄礼却是拥兵造反，罪名可就大得多了。

不过，此时不是呵斥陈玄礼的时候，他知道任何不得体的应对都会激化矛盾。于是，高力士温和而有力地说：“玄礼，此事重大，容皇上慎重处理。来，我与你一起再进去劝劝皇上。"高力士想，只要把陈玄礼拉进去，将他与禁军将士隔开，或许会好些。

这时，韦见素的儿子韦谔也挤了进来。高力士向他一招手，说："韦司录同来，我们一起劝劝皇上。"

陈玄礼本不想进去，但见高力士这样安排，又不好不进去。他随即喊了两名禁军下属将领和他一同进去。当高力士转身入内时，围拢的禁军又喊起了"请皇上割爱正法"的话来，那是要求，也是威胁。

当到达驿亭门口时，陈玄礼觉得此时进去见皇上，似有不妥，于是他和另两名将领在门口阶前等待。高力士和韦谔进去。还在门口时，他们就听到了里面传出的哭泣声。一进去，高力士看到皇上和贵妃正抱在一起，悲伤万分。他连忙跪在地上，叩头说："陛下，老奴有罪，竟无力阻止这场哗变，让皇上蒙受如此无礼的恐吓。"

见高力士进来，杨玉环从玄宗怀里挣脱而起。玄宗说："力士，外面情况如何？"

高力士说："老奴有负圣恩，外面的局面，老奴已无能为力了。"

"嗯，这些大胆狂徒，先是诛杀宰相，再让朕交出贵妃。朕看他们才是在谋反。不行，就是死了，朕也不会交出贵妃。"玄宗气恨满胸地说。

这时，韦谔也拜伏在地，说："陛下，今日只有割爱方能渡过难关，不然，时机稍纵即逝啊。"

气恼已极的玄宗大声喊道："贵妃常居深宫，怎么知道国忠谋反？就算国忠有罪，贵妃又有何罪？"

此时不是探讨贵妃有没有罪的时候，而是要满足禁军将士的要求。平息叛乱的整个过程，高力士看在眼里，明在心里。高力士已经看出来了，并且深知他们的用心和担心，于是他只好挑明："陛下，贵妃诚无罪，但将士已诛杀国忠，想国忠与贵妃系出一门，贵妃侍奉皇上左右，将士岂能放心？愿陛下深思。现在是将士安，陛下才能安啊。"

这话讲得再明白不过了。就算贵妃无罪，但因为国忠与贵妃都出自杨门，有亲属关系。将士杀了杨国忠，为了自身安全考虑，提出此要求，也属情理之中。

但玄宗不管这些，风烛残年的他再也经受不住打击了，他就是不开口答应将士的要求。这可急坏了高力士，他仿佛听到时间正一点一滴地从身边溜走，仿佛看到门外急躁的将士晃动着手里的兵器正向驿站靠近。

看到此番情景的杨玉环，心里悲痛伤感。她也明白此时已经到了再无退路的时候了，她死了，皇上尚可逃过一劫，此外再无他法。于是，她再一次跪倒在地，说："陛下，臣妾愿以死谢罪。"

　　但玄宗还是固执己见，他一把将杨玉环拉起，说："你有什么罪？有罪的是他们，这些犯上作乱的贼子。朕不会让你死的，要死，我们死在一起。"

　　玄宗的这番话让高力士等人的心彻底凉了，他们知道再劝也是没有用了，他们能等到的就是刀剑加身。

　　这时，杨玉环站了起来，脸上突然表现出一股坚定的神情。她让谢阿蛮扶着她到后面的佛堂去。没过一会儿，谢阿蛮又回到前厅，招手让高力士到后面来一下。

　　高力士满面愁容地来到后面的佛堂。杨玉环已经在佛堂等着他了。她见着高力士，说："阿翁，再也没有挽回的余地了吗？"

　　"没有。看来我们都会死于非命。"

　　"阿翁，我要以死相救皇上，请你帮帮我。"

　　"可是皇上不允许啊。"

　　"皇上不会同意，我要自我了结。"

　　"什么？玉环，你……"

　　"皇上眷顾我们之间恩爱的感情，不忍心割爱，最后我们都将无一幸免。我仔细想过，只有我死了，满足将士们的要求，才能保全皇上。"

　　杨玉环说这些时，神情从容，丝毫不见悲哀，似乎在述说一件与她毫不相干的事。高力士是个聪明人，自然知道此时杨玉环做出这样的举动，是再好不过了。他想张嘴劝阻，但张了张，又把话咽了回去。他脸上老泪纵横，拜伏在地，哭咽着说："贵妃！"

　　"贵妃，玉环，不可！"谢阿蛮也急忙跪在地上劝阻。

　　"阿蛮，你不要劝我了，我心意已决，请你以后代我多多照顾皇上。"

　　谢阿蛮哭着站起来，要赶到前面去喊皇上。高力士用目光示意内侍拉住了她。

　　有人似乎早已经将一切都准备好了。杨玉环将身边的一尺锦帛拿起来，然后环视四周。她看到小小的佛堂内洁净无尘，陈设简陋，正面竖着一座佛像。她对佛从来没有兴趣，不知此地供奉的是什么佛。她看到佛像满面慈善，宝相庄严，似乎所有人的痛苦都可托付给它，只要告诉了它，它就能让你逢凶化吉，遇难成祥。杨玉环真想问，为什么它对眼前发生的这场悲剧无动于衷？但她还是走上前去，恭恭敬敬地向佛像拜了几拜。她在祈求什么呢？

　　当她转过脸来的时候，脸上已经布满了泪水。她贪恋地看着周围的一切。这是留于眼中的最后的尘世景象。她的心里翻滚着与皇上间的点滴恩情：玉真观的初次相会，北郊的载歌载舞，温泉赏雪……一切都要结束了。记得七夕盟誓时，他们相许永不分离，今世为夫妻，来世还为夫妻，想不到最后会是这样一种结局。

高力士知道时间不允许他多等，他示意小太监把锦帛结成活扣，套在杨玉环的颈上。他老迈的身躯趴在地上，不敢去看杨玉环受刑时痛苦的模样。他呜咽着喊出了一声："行刑。"

当锦帛向颈中收紧的一瞬间，杨玉环喊出了一声："三郎！"

谢阿蛮努力想挣脱拉着她的内侍，哭喊道："贵妃！"

没过一会儿，杨玉环就香消玉殒，委顿倒地，再无声息。谢阿蛮扑在她的身上，放声大哭。高力士脸上挂着泪水，赶到前亭，对皇上说："陛下，贵妃承顾圣恩，已经自缢身亡。"

"啊？"听到这话的玄宗，像不明白高力士在说什么。

"贵妃自甘听从四军所请，已经自缢身亡。"

这一次，玄宗听清了。他立即站起来，拐杖也不拄了，向后奔去……

杨玉环一死，陈玄礼看到目的达到了，禁军才同意继续西逃。在下午临动身前，匆匆举行了一个朝会，到会的大臣少得可怜，只有十来名朝官，别的大臣都奔散了。朝会上玄宗宣布韦见素暂为宰相。御史大夫魏方进也死了，眼前一时无人，就让韦见素的儿子韦谔代替。朝会散后，立即就起营了。

玄宗独自一人坐在空荡荡的御车里，在午后的阳光中离开了马嵬驿。随着马嵬驿在他眼中变得越来越小，他心里有一种痛。这痛越来越强烈，仿佛他身上有一块地方已经永远留在了那里。他知道，他余下的生命、他的情感，都会如凄凉的月光，每夜光临此地，而他们从此只能以这种方式相会了。

当马嵬坡兵变的消息传到虢国夫人处时，她大惊失色，知道他们杨家的气数到头了。她立即携杨国忠的夫人裴氏逃跑，当逃到陈仓时遭到陈仓县令薛景仙的追捕。裴氏先死，虢国夫人自刎未遂，被逮住了。她被关在大牢里时，还不知道逮住她的是唐军还是安禄山的叛军，她到死也不知道她死于何方军士之手。

唐玄宗和杨贵妃一对如此恩爱的情侣竟会落到如此下场，怎能让人释怀呢？玄宗在痛失爱妃后的岁月中充满了愧疚和遗憾，他为自己竟然无法保住心爱女子的性命而自责，他遗憾那样一个不问政事而又娇艳美丽的贵妃就这样永远地离开了自己。他与多才多艺、善解人意的贵妃今生无法相见，只有等来世再相逢了。唐玄宗度日如年，只能靠从前的回忆打发他百无聊赖的时光，他饱尝了凄凉的晚境。在失去了权力之后的日子里，他不再过问国事，只是守着偌大的宫殿，听着朝声、更声、雨声和风声，竟连一个说话的人也没有。那些妃子也在"安史之乱"中奔走离散了，唐玄宗真是孤寂难耐啊。如果贵妃不死，两人将会永远相依相伴，琴瑟相谐就是他们聊以安慰和快乐的源泉。如今琴弦已断，那些快乐时光已被岁月蒙上了厚厚的灰尘。而那些莺歌燕舞的日子只能在梦里出现了，杨玉环也只能在梦里出现了。

　　后来，玄宗让人重新厚葬了贵妃，并且把贵妃的画像日日挂在他的床前。他天天对她说啊，讲啊，可是她总是微笑地看着他，一句话也不说。唐玄宗真是懊恼啊。如果当初他不是沉溺于享乐，而是过问国事，如果他不偏听偏信，不让李林甫和杨国忠专权乱政，大唐的江山何至于弄到如此地步？如果他稍稍听从那些贤良的忠臣的劝告，"安史之乱"又怎么会在他的眼皮底下发生呢？如果他不那么贪生怕死，抛弃他的子民和大臣，甚至放弃了国都，又怎么会发生这一切呢？但一切都晚了，后悔也没有用了。可怜、可惜的就是让他心爱的玉环搭上了年轻的生命。她对权力不感兴趣，但她最终还是成了政治交替中的牺牲品啊。可是杨玉环到死都不会明白这一点，因为她是心甘情愿地为她的三郎去死的。她愿意用自己年轻的生命保住三郎的皇位和江山。可这个三郎实在是辜负了杨玉环的这份痴心和痴情，因为他是个江山和美人都不肯放过的男人。如果当初他在拥有了玉环，享受他的晚年，而把江山让给太子打点，自己不是落得两全其美吗？但是曾经是一代天骄的唐玄宗在自己老了的时候都不是这样想的，他还是贪恋手中的权力啊。一个人太过贪心了，上苍的惩罚就会降临到他的头上，就是皇上也不能例外。

　　只可惜了杨玉环，一个为爱情敢爱敢恨敢死的女人，实在是让人敬佩。敬佩之余，又不禁想到她实在是生错了朝代，爱错了人，以致有了后来文人笔下的许多浪漫传说。有人说杨贵妃根本就没有死，那些一向爱她的宫女不忍心她死，于是就有人心甘情愿地代替她去死，然后又有人悄悄地把她放走了。后来她就在外国使臣的帮助下东渡去了日本，在日本她隐姓埋名，又活了许多年。她隔水相望，望眼欲穿，日夜思念着她的三郎，直到临死，她的口中还喊着三郎的名字。有人考证说，现在在日本已经发现了杨贵妃的后代。据说在她的后代中，女人个个出落得如花似玉，能歌善舞，就如当年的杨贵妃一般。